花間坊
HUA JIAN FANG

两生错之尘仙

林珑◎著

朝華出版社

图书在版编目(CIP)数据

两生错之尘仙 / 林珑著. —北京:朝华出版社,2013.4
ISBN 978-7-5054-3438-7

Ⅰ. ①两… Ⅱ. ①林… Ⅲ. ①长篇小说-中国-当代
Ⅳ. ①I247.5

中国版本图书馆 CIP 数据核字(2013)082477 号

两生错之尘仙

作　　者 林　珑

选题策划 杨　彬　王　磊
责任编辑 梁　惠
特约编辑 武　瑾
责任印制 张文东
封面设计 小徐书装

出版发行 朝华出版社
社　　址 北京市西城区百万庄大街 24 号　**邮政编码** 100037
订购电话 (010)68413840 68996050
传　　真 (010)88415258(发行部)
联系版权 j-yn@163.com
网　　址 www.blossompress.com.cn
印　　刷 三河市三佳印刷装订有限公司
经　　销 全国新华书店
开　　本 710mm×1000mm 1/16　**字　　数** 400 千字
印　　张 22.5
版　　次 2013 年 5 月第 1 版　2013 年 5 月第 1 次印刷
装　　别 平
书　　号 ISBN 978-7-5054-3438-7
定　　价 32.00 元

如果早知道是这样的结局，你还会不会选择爱我？

一个男人悲凉的低语中，叶初夏睁开双眼。

那声音虚幻却清晰，仿佛来自天边，又似发自心底。

不再有人，也不再有声音，只有锥心的痛楚穿透胸膛。

眼前一片耀眼的白，却什么也看不见。

浓雾。稀薄而粘稠的雾，与这光融为一体，轻得仿佛一吹即散，浓得却如魔咒压身。

我是死了，还是再次抽离到了别的地方？

阻隔一切的雾里，她再一次被世界抛弃。只有那痛楚鞭笞着心，证实她曾经的爱。她在这爱里重新找回他们的曾经。

这痛不但属于她，也属于那个男人。

如果早知道是这样的结局，你还会不会选择爱我？

男人痛苦的低吟在她的心中萦绕，扩散，激荡，复再消融，只堆积起新一轮的痛，郁结心内，荡阔于外，勾勒她因这痛而真实的存在。

她在婆娑的迷雾中行走，带着忧伤和她的罪，踏着笑容的尸体，跨进悲伤的河流。

目录
CONTENTS

第一部　错爱

第二部　错过

目录
CONTENTS

第三部　错失

目录

CONTENTS

楔　子

沈天　太阴幻境

雾如烟，水如烟。在混沌了天地的幻境里，有河水在她的足间散开，化为明镜般的倒影。

倒影里没有她的形，只幻出一个清丽女人的花容，娓娓道着似曾相识的话语。

“碧玉泽桂，广寒宫前精炼三千年，纳百星之华，汲日月之光，三光圆满，终可修成正果。天机已至，现入凡间历炼情劫，尝尽生苦、老苦、病苦、死苦、怨憎会苦、爱别离苦、所求不得苦、五阴盛苦。当你找出那个元神的孽障，即是你还情债、索情债的情劫，若能在人间的痴爱情仇中炼出真我，悟出三才之道，腾挪三纲之变，即可返还天界位列仙班。若是找不出那孽障，抑或与其陷入俗世的欲望纠葛，你将灰飞烟灭，永弃于六道轮回之外，无缘再进天界。”

水中传来她自己的声音，却远比此刻的清新稚嫩：“我如何才能找到那元神的孽障？总得有些线索吧？”

那清丽的女人微微一笑，幽幽道：“缘起缘灭，一叶知秋。你将在十字刺穿蝎子的一刻，遇见玉叶真正的主人，他便是那元神的孽障。但是告知你亦无用的，当你下凡之后，一切关于月宫的记忆都将抹去，只是个初生的凡胎而已。”

她正为这恍若隔世的训诫苦思，远远忽有女人的歌声传来，似有若无，幽幽道着缠绵的意，却透出不食人间烟火的清冷。

太液旖旎霜满天，青丝白发度何年？

今生无悔今生错，来世有缘来世迁。

笑靥如华堪缱绻，容颜似水怎缠绵？

对月形单望相护，自在蓬山舞复跹。

她不及揣测歌中那千回百转的深意，白雾中已幻出一个清丽的女人，蹁跹袅娜，姿容独立，仙袂乍飘，环佩铿锵，片刻飘至她的面前，广袖云舞，勾起叶初夏尘世一段在劫难逃的孽缘。

1997年香港　半山府邸　某香港高官就职晚宴

“哇——见世面了！”宫殿般的港督府门前，叶初夏站在大理石台阶上，张着嘴合不拢。“要不是老爸被我磨得没辙，做梦我也梦不到这么豪华的地方啊。”她想起刚刚在家，她跟爸爸软磨硬泡，赌咒发誓，不惜哭诉自己单亲无母来博同情，爸爸那时的样子也怪可怜的。

“可要是不这样，明明有机会，却不能来这里大吃大喝的我，不是更可怜吗？”初夏认真地安慰自己，下定决心努力吃喝，来报答老爸的养育之恩。

叶初夏的父亲是个外交官，每两三年就要更换一次外派的国家和地区。时逢香港回归，他被升职重用，派到香港公干三年，而且获得了带家属出席晚宴的级别资格。

他唯一的家属，就是十四岁的女儿叶初夏。这个小太妹在学校里虽然学习还算过得去，却总爱翘课、打架，若不是被她的眼泪攻势打败，他哪敢带这个麻烦精来如此重大的场合？

此刻爸爸有任务在身，早就忙得没了影儿，只剩下初夏站在门口，看看光影旖旎的游泳池，再看看池边悠扬迷醉的提琴乐队，看看轻语菲菲的名流贵妇，又看看被聚光灯夺目照射的尖顶豪宅。正抬头寻找蓝色激光灯的光源，忽然被人猛地撞了个大跟头。

撞来的力道着实猛烈，随着一阵尖锐的碎裂声，她一下坐倒在地上，身边服务生托盘里的各色杯子、酒瓶被碰飞，满地乱滚。

她被撞得七荤八素，甚至以为自己发生了车祸，或者被一只横冲直撞的猛兽袭击了。

“你站这儿堵着门儿望什么天儿呢！”叶初夏坐在地上还没弄清发生了什么，一张冷峻的脸已对着她劈头盖脸地骂了起来。

谁敢跟我叶姐姐叫板！在学校里，整个年级都没有人敢惹她……哦，除了那个屡败屡战的尹睿儿……如今倒被这自个儿撞上来的家伙给骂了一顿！叶初夏定睛一看，是个目光犀利的英俊男人，虽然穿着笔挺的黑色晚礼服，其实也比她大不了几岁，而且听口音，似乎跟她一样是北京人。他身材高大魁梧，被这只大个子撞到，怪不得自己会人仰马翻。

这人正是杨锦。他母亲的房地产事业越做越大，这次瞅准了抄底的时机，准备进军香港地产界。一心一意准备让儿子接班的她，自然不能让他放过任何一次扩大交际、体验商场的机会，于是杨锦只好按着母亲的安排，心不在焉地一边摆弄着新换的第N个手机，一边往宴会厅里走。一个低头不看路，一个抬头不看人，两个人自然撞了个满怀。

初夏撇撇嘴，呆高傻壮，真是一只不长眼睛的马来貘！可是……可是……这只貘在看哪儿啊？

初夏顺着他直勾勾的目光低头望去，才发现自己新买的洋装已被撞得走了光，粉红色的草莓内裤正被那只“貘”嘲讽地玩味，他的唇角居然勾起一丝鄙夷的邪笑。

叶初夏连忙拉下裙摆站起来，她红着脸怒视“马来貘”，那只“貘”反而变本加厉地扬起唇角笑开来，仿佛看见了天底下最可笑的事情：“哈哈哈，居然有人穿着草莓图案的南瓜裤头来参加宴会，哈哈哈哈……”

刺耳的杯瓶碎裂声早就引来了周围绅士淑女的惊诧目光，此刻大家听到他的大声嘲笑，也都随着哄笑起来。在众人的嘲讽目光里，叶初夏涨红的脸已分不清是因为羞愧还是因为恼恨，她对杨锦疯狂怒视，恨不得眼里长出两把刀子，用目光把他碎尸万段。

我的内裤还不是被你撞得才走了光？草莓怎么了？是我最喜欢的，才选在今天这么隆重的场合穿上呢！这么个半大小子，脾气非但不小，欺负人的功夫也是一流，真是腹黑到了极点。就算是非富即贵的身家，也不能肆无忌惮到这个程度吧？老娘不发威就把我当病猫，看来今天姐姐我必须除暴安良，骂他几个钟头才对得起他。

于是叶初夏整理骂词，深吸一口气，淡淡地一字字说：“这里台阶大，门口宽，我就算站在这里也是我自己的事，没碍着谁。您要是看路，没道理就非得撞上我。我穿什么内裤是我的自由，宴会又没规定内裤的着装款式，您要是觉得您的内裤最体面，倒是脱了裤子给我们大家见识见识呀？”

杨锦对这小毛丫头毫不示弱的架势有些意外，刚要反唇相讥，又被初夏堵了回去：“您要是眼大无神，就去看看眼科；您要是嘴巴臭，就去看看口腔科；就怕您是脑子有问题，这才叫不可救药呢！个子大了不起啊？恐龙个子大不大？灭绝了吧……区区一只马来貘，有什么了不起的。”她正骂得痛快，忽然看到爸爸的身影从门边一闪而过，瞪了她一眼，低声说：“还不快进来！”

她忽然想起爸爸临出门时对她再三叮咛：千万别惹事！怎么自己就是眼里揉不得沙子，看见不顺眼的事情就非得不吐不快？要是再纠缠下去，恐怕以后什么晚宴大餐都没自己的份儿了。

“今儿个先饶了你，下不为例，你自己好好反省反省！”丢下这句话和被她气得张口结舌的杨锦，初夏一溜烟儿地跟着爸爸跑进了宴会厅。

初夏晃晃悠悠地走到二层露台，一阵泛着草木清新的山风让她觉得好受多了。她一步三摇晃地好容易走到了扶栏边，才发现居然还有人站在这里。

马来貘！怎么又是他？真是冤家路窄。

但愿他能认不出我……时刻铭记不要惹事的家训，初夏陪着笑脸冒充香港人说：“洁位大锅，屋里的森四苏吕那么都，点解呀个银到洁里躲清静？（这位大哥，屋里的绅士淑女那么多，怎么一个人到这里躲清静？）嗝——”看来是海风太猛太凉了，初夏开始忍不住打嗝。

杨锦听厌了酒会上人们自吹自擂、逢迎拍马的那些鬼话，本打算独自在露台混够了时间就回去和母亲交差，却忽然撞进来这么个酩酊大醉的小丫头，不但搅了他的安宁，还咬着舌头说些莫名其妙的火星语。

真是冤家路窄，刚刚让我在那么多相熟的叔叔伯伯面前下不来台，现在又阴魂不散地冒了出来。杨锦哼了声说：“看你刚刚骂人的架势，就知道你是个小太妹。这会儿又醉醺醺地撒起酒疯来了？”

初夏见已经蒙混不过去，索性也就不再装了，只奇怪地问：“喝酒？我没有喝酒啊……嗝——我只是觉得头很晕，肚子里……嗝——七上八下的，有点儿烧得慌而已……啊！难道那些……嗝——五颜六色的好喝饮料是酒？”

“你是喝了鸡尾酒？”杨锦看她一副着急为难的样子，不像是装的，也知道之前的事情是自己理亏在先，并没真对她生气，不禁用眼角偷偷打量她。

名媛淑女们为了这次的宴会，一个个都精雕细琢得像件艺术品，可眼前这女孩穿着一身不太入流的绿色洋装，短短的卷发乱蓬蓬的，似乎也基本没打理，而且脂粉不施。之前在门口看见她的时候，觉得她一副可恶的太妹模样，现在仔细一看，还是挺耐看的……不，其实就是连刚刚自己嘲笑她的时候，恐怕也不得不承认她的美，那是一种好像风，好像云，好像雪，不需雕琢，不容置疑的存在。看着她，仿佛能够看到万物更生的大自然。

杨锦似乎闻到淡淡的桂花甜香从她那边的风里飘来，刚想仔细闻个明白，那味道却又消失不见了，如来时一样的突然。

初夏虽然和同学一起偷喝过些啤酒，但是绝没打算在这次的宴会上大醉：“完蛋了，完蛋了，要是让老爸……嗝——知道，我以后的宴会大餐就全……嗝——泡汤了！”

和一如既往无聊的宴会相比，眼前这急得捶胸顿足的小姑娘似乎倒更有意思一些。杨锦脑海里又不禁出现她的超大草莓内裤，忍不住笑：“别急，你应该喝得不算多，只是因为没喝过，才一下子上了头。我去给你弄杯水。多喝点儿水，吹吹风，走走肾，一会儿就好了。”

我这就再去给你倒杯加绿茶的威士忌，让你今天得瑟着进来，横躺着出去。杨锦对自己的阴谋越想越得意，怕叶初夏发现他诡秘的笑，连忙转身向露台出口走去，

“哦，那谢谢你了。”看来“马来貘”只是嘴巴臭，心眼儿倒还没那么坏。初夏边想边懒洋洋地靠在栏杆上歇口气，脑袋发晕，身子一晃，险些掉下露台。

“这护栏是什么中看不中用的玩艺儿，怎么这么矮？”她正自言自语地抱怨，忽见一身低胸晚礼服的尹睿儿推开露台的门，冲向叶初夏一通鬼叫：“要死呀你！在学校跟我抢地盘争大姐头，连我们上流社会的派对都有脸混进来装淑女，这也都算了，又要来勾引我男朋友吗？”

尹睿儿气势汹汹地冲到跟前就要推初夏，可初夏资深太妹的名头也不是白来的，尽管对她说的话莫名其妙，但初夏的拳脚可吃不了亏，早在她出手之前初夏就使出一招跆拳道的转身侧摆腿，绿裙翻卷如浪，向她头侧猛踢过去。

花香四溢的美女瞬间变大侠，目瞪口呆的杨锦咽了口唾沫，嘴都忘记合。

尹睿儿应声倒在地上，可初夏的身子醉得不听使唤，加上从没穿过的高跟鞋一直不打算让她站稳，一个用力过猛，向后翻了过去。

一声短促的惊叫声划过轻歌曼舞的宴会上空，绿色洋装的少女划过灯火璀璨的夜色，坠下露台。

露台外，是绚丽迷醉的港岛半山，不远处是维多利亚港，波光粼粼的大海亘古不变地翻涌着，仿佛讲述着一个千百年来不为人知的秘密。光影交错的海面上是一轮缺了角的明月，安静地开始了月食。

第一部　错　爱

只怨碧桃蒂落迟。
嬉笑怒骂皆伏祸，
貌离神合两心知。
琼心豪意少年痴，

第一回　恩人陷囹圄　公主办派对

一轮缺了角的明月，安静地结束了月食。皎洁的月光坦然地透过摇曳的柳梢，照进浣薙阁的窗里，仿佛什么都没有发生过。

叶初夏缓缓睁开双眼，钝钝的疼痛慢慢变得尖锐，仿佛由远及近碾过来的车轮，转眼间头痛欲裂，她忍不住呻吟出声。

“公主！公主醒了！来人哪，快传李太医！”年轻女子的声音在耳边响起，接着是细碎嘈杂的脚步声……这屋子里到底有多少人……等等……公主是谁？

没有死气沉沉的医院消毒水的味道，却有说不出的沉香混着中药的气味。这里不是医院……这里到底是哪儿？老爸呢？还没来得及想明白，初夏又昏了过去。

无论信与不信，叶初夏的灵魂被传递到了三百年前的身体里。这个前世的身体和叶初夏一模一样，却穿着比清宫剧里不知华贵讲究几万倍的旗装，娇生惯养在后宫，而且貌似生下来就没离开过这方圆不过几公里的 FBD——“紫禁城商圈”。

这是她自己给眼下这鄙夷所思的境遇起的名字。与其说 FBD 是紫禁城商圈的缩写，不如说在她心里已经彻头彻尾沦为了“腐败地”的缩写。她做梦也想不到这世界上还能有人过着如此腐败的生活，和她现在奢华的待遇比起来，一切清宫剧都弱爆了。从挑选衬衣到换完外衣、配饰、鞋子，她要走过整个浣薙阁的内廊，别的不提，单说她那些手工刺绣的鞋子就放了满满一屋。

虽然她的鞋子一双双漂亮得都像艺术品，但是也都只能当艺术品来欣赏，不是人能穿的了的——至少不是她太妹叶姐姐穿得了的——因为它们都是高跟安在脚心上的花盆鞋！

为了掩饰对花盆鞋的操控问题，她称病未痊愈，让贴身宫女琴音扶着出现在万岁山的派对现场。

这几日下来，琴音已是她第一等的贴心奴婢。

尽管她长得和叶初夏在学校的死对头尹睿儿如出一辙，可她既不仗势欺人，又不阴险毒辣，反而事无巨细，只要她开口，都仔仔细细讲给她听，本本分分地照她吩咐去办，一切安排得妥帖周全，是初夏成功实现“清宫生活软着陆”的最大功臣。

所以她决定不以貌取人，后世的恩怨尽管留在三百年后再清算。

这次她刚刚病愈就来参加四阿哥、十三阿哥、十四阿哥举办的端午派对，虽然偶尔眼前发黑，头重脚轻，仍然不禁暗自佩服自己对清宫生活的超级适应能力。

叶初夏在心中反复默念这几日记下的人物档案，以免又让旁人同情地以为自己“神思溃乱”。

眼前这二十多岁秀眉细目的冷面帅哥就是康熙的四子胤禛，而我就是他同父同母的妹妹，也是只大我一岁的十四阿哥胤禵的妹妹，更是康熙唯一未出阁的小女儿：千叶公主。十四岁的千叶，在万岁山放风筝的时候不慎失足，坠下了山坡，被一位三等侍卫所救——侍卫抱着千叶滚下了山坡。可那位救命恩人因为被康熙怪罪看护公主不周，关在大牢，秋后就要问斩了。

四阿哥看到她精神大好的样子，一脸宽慰，那总是仿佛在忧国忧民的蹙眉也化开了结，却依然惜字如金。忆起她为了给那秋后问斩的侍卫求情，拉着皇阿玛的衣袖，一把鼻涕一把泪地装哭，一向不苟言笑的他不由用力抿住嘴，以免坏了自己的威仪。

叶初夏——不，此刻已是大清帝国的千叶公主——见他眼中的戏谑神色，知道这个面冷心热的哥哥又在拿她寻开心，也不以为意，反而顺水推舟地低声问他：“那个侍卫，真的放了？”

四阿哥不动声色地淡淡道：“责令他值夜看守公主寝宫三个月，扣半年的例银。”

活罪再狠，也总算捡了条命。在我成功回到未来之前，也算对得起这位素未谋面的救命恩人了。千叶心中一块石头落地，开始琢磨起她的回归大计，丝毫没有留意，一只火红的蝎子正从草丛中爬向她的花盆鞋。

这几日她在她的浣蕤阁，不是吃饱混天黑，就是应付那些前来探视的人们，虽然她受不了这些虚头巴脑的应酬，经常谎称睡觉躲过那些妃嫔，由得大大小小的慰问礼品堆了一柜，但是看着康熙对她疼爱的眼神，她就总会想起自己的老爸。

她常常一边装睡，一边盘算自己现在的情势：太医说自己身体 OK；所有人对她的态度也非常 OK；自己的饮食起居可以说是衣来伸手，饭来张口，众星捧月，非常 OK；刘小静同学还欠她二十块钱没有还，很不 OK；下星期五一帮同学要给张明宇过生日，自己已买生日礼物，吃喝却蹭不着，很不 OK……最不 OK 的就是现在这千叶不是真正的自己，她的亲生父亲还在时间的另一端因自己而焦急万分！

为此她总结了回归必备的三点：一、同一事件：坠落。二、同一结果：晕倒。三、同一地点：万岁山。

所以，连这次的派对地点——万岁山，也是几位哥哥由着她来订的。

她正东张西望地寻觅自己是从哪里摔下去的，十四阿哥已经箭步向她走来。十四阿哥直眉阔目，气宇轩昂，虽然只比她大一岁，却比她高出一个头。他还没出宫立府，这几日简直是长在了她的浣蕤阁，时不时就蹿过来陪她，不是带个蛐蛐就是拿只鸟的，有一次还居然牵来了他的大狗，倒也给她解了不少闷儿，更难得的是，他是宫里唯一一个说话不拐弯抹角，不用费神就能听得明白的人。

他拉着她向一位十六七岁，神俊挺拔，身穿银灰织锦长袍的男子走去，道："十三哥，你看我说的不假吧？这一摔，千叶倒比先前神采飞扬了。"

十三阿哥胤祥笑道："神采飞扬没看出来，东张西望的，倒不似先前那么矜持规矩了。"

这个家伙看起来风流倜傥，一副谦谦公子的神态，却眼明嘴快，损起人来不带脏字。千叶不吃亏的毛病又发作起来，立即说："我哪有东张西望，只是不想理会一个妹妹生病也不来探望的人罢了。"千叶说着微微顿足，那红蝎子见有物体移动，一直挂着倒勾的尾巴已高高翘起，只待千叶的脚再接近些，就要发难。

"哈哈，看来十四弟你的话果然不假，千叶也有如此牙尖嘴利的时候。"十三阿哥仿佛并不在意千叶的揶揄，道："我被皇阿玛派出京城办了个差事，刚刚回来，没能探望御妹，哥哥在此赔礼了。"历史上的胤祥文韬武略，才干卓著，饱受康雍两代帝王青睐，短短几句话更显他胸襟广阔，果然是个百年难得的人才。只是此等人才，却在史册上语焉不详地销声匿迹，更落个英年早逝的结局，实在可惜。千叶想到此处，看着眼前雄姿英发的十三阿哥，一时哽咽，半晌才说："我又没有真的怪你，不然我也不会来了。"

"先别忙话家常，今日还有位稀客引见给你呢。四哥你也来认识认识。"十四阿哥果然神经很大条，依旧兴致勃勃地拉着千叶和四阿哥介绍客人。

蓦地，琴音一声尖叫，千叶循着她慌乱的目光望去，一只斗大的红蝎子正趴在自己脚边，举着尾巴上的毒勾蓄势待发。

千叶短促地叫了声，急忙捂住嘴，动也不敢动。她知道蝎子多数是瞎子，只对疾速移动的物体有兴趣，她可不想因为自己的慌手乱脚，还没完成回归大计就英年早逝了。

第二回　古今轮回说　忍无可忍杀

一把银亮的匕首刺穿了蝎子的身体，那握着匕首的公子悠然掏出白丝帕，在匕首上仔细擦拭了半晌，自言自语道："那疯和尚的话果真没错，要我带上这从来用不上的匕首赴宴，居然真的派上了用场。"

千叶本就惊魂未定，又加上他这番莫名其妙的话，不由仔细打量起这人来。只见他慢吞吞地收了十字形的匕首，翩翩走上前来，约莫也是千叶的年纪，穿一件朱棕五色缎面大氅，内衬是暗红色琉璃锦绣长袍，眉目如绣，唇齿如画，姿态气度与仿若幽兰，更比几位阿哥添了超然物外的仙意。

好一位古装版的花美男。这又是我的第十几个兄弟？千叶正暗自惊艳，那人已行礼道：“在下金陵曹霑曹梦阮，拜见四阿哥，千叶公主。”

妈呀，曹雪芹！这可是我偶像啊！皇家的派对，真是大牌云集，大开眼界，一比之下，香港高官就职晚宴简直是毛毛雨啊！跳崖的事儿，我还是先放一放吧……

三等侍卫呼伦冲从靖王府里心事重重地出来，人刚刚迈出门坎，府门就从里面“咣”地一声关了个严严实实，险些夹到他腰间的佩剑。

他含怒回首瞪了一眼，森森的府门冷冰冰地沉着脸，藐视一切地巍峨耸立。他想要叹气，却生生把那口气咽进了肚里，回头迈起稳健的步子，疾速向紫禁城走去。

离天黑还有一段时间，他却早早回了执勤的班房，换好侍卫的衣服一动不动地坐在角落里，仿佛一只隐入丛林的豹。

姑母的泪眼和靖王爷的冷言冷语在他脑内盘旋撕咬，令他不禁攥紧了拳头。

两个准备换岗的侍卫踱进屋内，本来有说有笑聊得热闹，见了呼伦冲，都挂上嘲讽的笑容，一唱一和地说：“这不是救公主的呼伦大英雄吗？离今日的夜勤还早，怎么这就迫不及待地准备上了？”

另一个马脸侍卫把佩剑挂在墙上，搭腔说：“人家若不是每日如此兢兢业业，又怎么能得到这救公主的美名，换来个值守公主寝宫的美差？”

“真是个美差呢，整夜与星星、月亮为伴，与蚊虫、蛇鼠为友，看不见半个活人的影子，恐怕连他救的千叶公主也没正眼瞧过他一回呢。”

“马脸”侍卫哈哈大笑，接口道：“我在叔父的寿宴上匆匆瞥见过千叶公主的芳容，那真是国色天香，娴贵万芳，不知一个不受重用的三等侍卫，抱着公主滚下山坡，是何等的销魂呢？”

呼伦冲本就一肚子气，正憋着邪火无处发泄，虽想一如既往地对这些鬼话充耳不闻，却听“马脸”侍卫越说越下流，一副欠揍的嘴脸活活就是一个现成的出气筒，不由霍地站起身来抬步向那人衣领抓去。

御选出来的禁军侍卫，一个个不但威猛结实，手下的功夫也都了得，那人见呼伦冲来势汹汹，手上脚上转眼使出几招狠手，想挫挫他的锐气，却见呼伦冲厉豹一般盯着他的脸，目不斜视地拆招反击，步子没有丝毫滞怠，转瞬间已抓住他的衣领，龙吟低吼，寒光乍现，一柄宝剑顿时架在了他的脖子上。

呼伦冲犀利的目光将“马脸”侍卫逼视得冷汗直冒，侍卫僵着身子，斜眼看脖子下冰凉的剑，颤声说：“这可是紫禁城……天子脚下……你可不要胡来！”

旁边的侍卫也早就傻了眼，手忙脚乱地想要上来阻拦：“就……就是！这可是紫禁城，不是随你撒野的蒙古大漠！若是索大人的侄子在你剑下出个好歹，你和你那当侧福晋的姑母……就连靖王爷，都得吃不了兜着走！”

呼伦冲袍底不知什么地方，蓦地飞出一柄牛角弯刀，将那侍卫腰际的袍服死死钉在了墙上。

每天这些人都在呼伦冲耳边没完没了地重复大同小异的话：出身低微的喀尔喀人，规矩森严的天子脚下……若不是为了从小将他带大的姑母，他早就策马扬鞭回喀尔喀了，如今这些权贵子侄们又因他护主不力的责罚，对他变本加厉地排挤，既然忍无可忍……呼伦冲侧头瞪视要挟他的侍卫，唇边一斜，泛起一丝冷笑：“不如就让我看看，如何算作吃不了兜着走。”说着手下用力，剑锋已勒入了马脸侍卫的半截肉皮之中，鲜血顷刻横流剑锋。两个侍卫大惊失色，呼天抢地地嚷成一团，马脸侍卫吓得腿都软了，顺着墙棉花似的跪了下去，语无伦次道：“饶了我吧……我知错啦……再也不敢了……”

远处响起了几声换岗的锣音，呼伦冲向外望了一下，轻拭剑锋上的血，在马脸侍卫耳边低声说：“人不犯我，我不犯人。人若犯我……喀尔喀人饮了谁的血，谁的命就归他所有。就算你家威震朝野，你的一条命也难逃我的掌心。”呼伦冲瞳底腾起血色，狼一样的目光里，马脸侍卫似乎已看到了自己被他撕得粉碎的样子，惊得一个冷战，连连点头。

呼伦冲漫不经心地望向锣音响起的夕阳，不再理会脚边瘫软的同僚，收剑入鞘，眼中的火焰随着那血色渐渐熄了。冷却了飞扬的杀意，恢复惯有的隐忍，他大步向浣薤阁走去，仿佛刚刚那命在顷刻的血腥从没有来过，他还是那个微不足道的禁军夜勤侍卫。

阿哥们担心千叶身子未愈，并未安排登山，只叫太监们打起红罗销金瑞伞盖，前引后从浩浩荡荡地在林间漫步。

初夏小时候本和父亲经常来景山玩耍，却见三百年前被称作万岁山的同一个地方，草长莺飞，野趣无限，古松参天，翠柏林立，几株骄阳下盛开的兰花，看似不经意地掩映着曲径，走近但见有石碑立在丛中，上书：春晖幽园。

千叶不禁吟道：“孤兰生幽园，众草共芜没。虽照阳春晖，复悲高秋月。”

曹雪芹摇着扇子接道：“飞霜早淅沥，绿艳恐休歇。若无清风吹，香气为谁发……原来公主也喜爱李太白的诗。”

“也没多少研究，只是喜欢花花草草，偶然看见就拿来读罢了。”这倒是实话。

叶初夏虽然是个小太妹，但是也许前世千叶的皇家书卷气没褪干净，格外热爱花草树木大自然，更喜欢拿些野史歪诗来读，加上从小跟着父亲走南闯北，学校里的学习虽然只勉强凑合，但旁门左道的知识倒很丰富。

众人边聊边来到一处风景烂漫的凉亭饮茶赏幽。正有太监用冰围起了半个亭子，几个宫女站在外围，拿着芭蕉扇候在那里。

“哈哈，是谁盗用我的知识产权，在这里安排上人肉空调啦?”千叶正被她的高领、束胸热得不耐烦，看到此等场面，忍不住忘了让琴音搀扶，几步跳到了亭子中央，也不分宾主长幼，自顾自坐在了一个既凉快又便于观景的金丝楠木圈椅上。

胤禛低喝：“又犯了‘神思溃乱’的毛病了？尽说些胡言乱语也就罢了，客人还没落座，你倒先坐下了？还不快起来!”

我老爸都管不了我，你算老几，管起姐姐我来了？千叶的太妹脾气正要大爆发，瞥了眼胤禛严厉的眼睛，不由低头不敢再看他，却也不服气就此听他的话站起身。

曹雪芹满不在乎地坐在千叶身边，笑道：“家里人都说我是个混世魔王，怪话连篇，没想到宫里也有如此奇葩。不但姿容闭月羞花，才智更是灵秀机敏。”

胤禟接道：“姿容和才智是本就有的，怪话连篇却是最近的事儿，而且古怪主意层出不穷。不过，久闻曹兄才思过人，诗路清隽，是个不可多得的奇才，苦于远在金陵，一直难得一见。今日是何缘分，能来此一叙呢?”

曹雪芹道：“的确是机缘巧合。我进京探望伯父，却在城外和回京的十三阿哥偶遇。在下早在数年前就与十三阿哥在金陵结交，慕其侠肝义胆的大丈夫才情，这便应邀前来。”

此时，胤祥正和千叶说话，告诉她冰块是四哥的主意。千叶的“知识产权”早就在三宫六院不胫而走，妃嫔福晋都效法她这消暑妙招。这时，胤祥又接口对曹雪芹道：“你扯谎也不脸红，我能有那么大面子请得动你？要不是我说千叶也来，你才不理会我们这些‘须眉浊物’呢!”

千叶最爱曹雪芹珍重女儿的才情，正与自己的大女人主义不谋而合，忍不住引着他写的《石头记》说道：“本来女儿便是水做的骨肉，男人是泥做的骨肉。”

“妙，妙啊！本来我只觉女儿水清木华，是男人远不及的，可就一直想不清该如何作比，此等比喻真是说到我心坎儿里去了！在下谨记了。”曹雪芹更是对千叶刮目相看。

得，原来《石头记》里的这千古绝句，是我告诉曹雪芹的。历史在我这里打了个圈，又还回了本来的主人。就不知道我是不是还会影响别的什么人的历史轨迹呢？这到底是好还是不好？

第三回　冷侍卫出剑　美公主伤古

众人喝茶吃点心，畅谈甚欢，不觉已到黄昏时分。胤禛命人斟雄黄酒，摆“粽席”，又将康熙赐的桃核镂雕给每人手腕系了一个。千叶见席间每个细节无不应和“端午”节令，又见每件白釉餐具上都暗刻着缠枝莲托衬的艾叶图案，暗赞皇家礼法严谨，习俗讲究，也暗叹后人已将大半的传统遗失在岁月里。

四阿哥见千叶望着满桌菜肴发呆，走到她身边背手微笑道：“是你最喜欢的那套杯盘。”

十四阿哥也搂着她的肩笑道：“你还记不记得，你小的时候看见这高足碗上纹着艾叶的图案，就说是千叶的碗，因为上面有许多叶子。太监们要撤下去洗都不依，整夜哭着要，还是皇阿玛许你抱着一个，才安然睡了。”

千叶听着这陌生的故事，却仿佛似曾相识。记得自己小时候也曾把一枚心爱的叶形卡子握在手中，才能睡得香甜。

几个人乘着暑气未尽的夏夜，饮酒赏乐，吃串谈天，极尽逍遥。千叶特地把四阿哥和十四阿哥拉在一起，教他们玩十五二十的猜拳游戏。兄弟俩一学就会，没多久胤禵就被胤禛灌醉了，开始搭着四哥的肩膀，掏心掏肺地说起小时候的事情。

“四哥，虽说你从小在孝懿仁皇后身边长大，没和额娘住在一起，可怎么说也享受了十年独子的待遇。我可好，打生下来就听额娘念叨你四哥如何如何，真是一个娘两个儿，哪个不在想哪个。我从记事儿起你就住回了宁禧宫，从小我就跟在你后头跑，可是你都不爱带我玩儿，就爱跟十三哥混在一起。”

“那是父皇让我教他算学。”胤禛似乎酒量比胤禵大多了，也不用人劝，自斟自饮，任由十四阿哥半个身子赖在他的肩膀上。他犹豫地拿起桌上一根羊肉串，咬一口吃了，露出淡淡的满意笑容。

“你们年纪差太多，怎么能玩得到一块儿去？男孩儿从来就不像女孩儿那样，喜欢跟比自己小的孩子玩儿。”千叶劝道。

“四哥是不爱带他玩儿，但是喜欢玩他。”十三阿哥笑道：“那时候十四也就两三岁吧，有一回，四哥看见他在院子里蹲着玩石子，忽然间突发奇想，就从他头顶迈过去。十四这小子居然觉得好玩儿，还要他来迈自己的头儿。四哥迈了一回又一回，自己都迈烦了，终于累得给十四带了一个大跟头，让嬷嬷宫女们哄了半天才不哭呢。”

十四阿哥叫道："啊？还有这等事情？十三哥今日若没告诉我，我一辈子还都不知道呢！"

胤禛似笑非笑地端着酒杯看胤禵："你知道了又怎样？"

"自然也不能怎样，只是我要早点儿生儿子，好让他去迈你的儿子。"说罢搂着胤禛哈哈大笑。

胤禛忍着笑说："在千叶面前扯什么生儿子，我看你是醉了。"

千叶看着酷哥和萌货为小时候一点儿事情喋喋不休，倒也甘愿沉浸在他们当下单纯的快乐里。

千叶心里暗自封胤禛为酷哥，封胤禵为萌货。不过历史课告诉她，酷哥和萌货终有一日将为了皇位反目成仇。一想到这里，他们眼前的欢颜仿佛已湮没在血雨腥风之中，千叶不由得心头抽痛，闭上了眼。

人生短短几十年，无论成败，无论多少爱恨情仇，终究是一抔黄土，活的也就是个淋漓尽致的潇洒快意罢了。

也许在他们当下的年少光阴里，兄弟间的情谊越亲厚，面对将来血色暗夜的力量也就会越强大。

想着这些本来于己无关的悲伤，千叶不知不觉喝了一杯又一杯，然后站起来踩着石椅，举杯高声吟道："君不见——黄河之水天上来，奔流到海——不复回。君不见——高堂明镜悲白发，朝如青丝——暮成雪。"

十三阿哥举杯接道："人生得意须尽欢，莫使金樽空对月。"说完，便仰头一饮而尽。

"天生我材必有用，千金散尽还复来。"曹雪芹也斟酒干了。

千叶又喝了一口道："烹羊宰牛且为乐，会须一饮三百杯。四哥哥，曹雪芹，将进酒，杯莫停。与君歌一曲，请君为我倾耳听。"说着迈起方步，一步一得瑟地溜达到四阿哥身边，为他斟满了酒。

四阿哥颂得平淡，酒却喝得痛快："钟鼓馔玉不足贵，但愿长醉不复醒。古来圣贤皆寂寞，惟有饮者留其名。"

"陈王昔时宴平乐，斗酒十千恣欢谑。主人何为言少钱，径须沽取对君酌。"十四阿哥目光涣散地喝了一口，摇摇晃晃地站起来打着醉拳喊道："五花马，千金裘，呼儿将出换美酒，与尔同销万古愁！"

一首《将进酒》毕，千叶与大家一起开怀大笑，可只有她知道，这短短一首诗，天意般地映出了每个人的结局，虽难免悲切无奈，却只希望每个人面对自己的结局时，都能如此刻颂诗畅饮时的快意洒脱。

桑椹、樱桃、茯苓等膳后用的时令鲜果已呈上来。十三阿哥也有了几分醉意，忽然兴致勃勃地对曹雪芹道：“记得当年在金陵拜访贵府时，府上有位能歌善舞的婢女，不知这次可一同来京？”

曹雪芹一愣，心事重重地思忖少顷，随即假装茫然地问道：“不知您指的是哪位？”

十三阿哥回忆道：“姓什么不记得了，只记得名唤‘香玉’。”

曹雪芹正在沉吟未答之际，只见他身后的侍从婢女中袅袅婷婷走出一人，对着众人福了一福，道：“小女竺香玉，拜见众位阿哥。”

千叶眼前忽然一亮，见这女子凤眼含露，樱唇带嗔，若笑必如春风拂面，若泣必如梨花带雨，堪称江南美女的极致。

就连见惯了美女的几位阿哥，也都不禁对她多看了几眼。十三阿哥端详道：“果真就是她。这几年不见，愈发出落得标致可人了呢！”

曹雪芹讪讪地笑道：“难得十三阿哥还记着……香玉，就给我们来个你拿手的《蝶恋花》吧。”

竺香玉对惊艳地望着她的几位阿哥只轻笑了一下，却把目光深深停在了千叶的身上，仿佛洞悉了这稀世罕有的异人。听到曹雪芹的话，才恍然轻挪莲步，走到席前拾起琵琶道：“承各位爷抬爱，小女就在此献丑了。”语音虽温柔婉转，但气魄从容，丝毫没有娇柔羞怯的婢女姿态。

十四阿哥的醉眼仿佛也因她的出现而清醒了，只笑着连连叫：“好！好！”

竺香玉轻挑慢捻，缓启朱唇，婉转的歌声恍如从林中飘来的暖风，一只琵琶仿佛成了她窈窕身躯的一部分。千叶虽不懂吴侬软语的唱词，但那声音和表情抑扬着，如同一段娓娓道来的情事，不能不教人迷了魂魄。

她无意中扫了眼身边的四阿哥，只见他端在唇边的酒杯久久地悬在那里，已忘记送入口中，眼睛只痴痴地盯着香玉。那是千叶从没有在他身上见过的目光。

此刻，另一双眼睛也在四阿哥身上。

那是曹雪芹的眼睛。眼睛里只有不安。

第四回 夜半惊邂逅 趔趄乱入怀

一弯新月上了中天，几个年轻人尽欢而散。千叶喝得不少，又加上大病初愈，坐在凤辇内只觉四肢瘫软无力，酒劲上头，恨不得马上倒下睡去，却又想借酒撒疯地闹一场，解解不能回到三百年后的孤独郁闷。

凤辇到了浣蕤阁门口，千叶下辇对一众随从道：“你们都先进去吧，我想一个人走走。”

琴音道：“公主，夜黑风凉的，仔细闪了身子，还是随奴婢进去吧！”

千叶就不惯主仆尊卑这一套，早就把琴音当成个体贴的姐姐，拉着她的胳膊央求道：“今儿个我喝了酒，正在兴头上，就由得我这一次吧！”

千叶这几日对清宫生活“实习”的经验里，有一条就是满清女人最重仪态。上至主子，下至奴婢，无论谁，都经不起千叶这“无差别乱晃”的必杀技。

千叶摇得琴音头饰乱晃，钗环险些纷纷坠下，琴音只得慌乱地扶着自己满头的大小饰物，不放心地看向千叶，刚要再劝，见她已转头走了，只得无奈进院安排众人打水铺床。

千叶一个人扶着高耸的红墙趔趄前行，实在有些力不从心，索性一屁股坐在地上，看着高悬的残月和繁星点点的苍穹，自言自语道：“连天空都不一样了，三百年后空气污染，哪有这么多星星？”一时兴起，扯开喉咙唱起王菲的《水调歌头》来。千叶一边唱，一边想起别离的老爸和熟悉的家，泪水随着歌声静静滑落。

歌尽了，仍是她一人独坐在遥远时光的尽头。她低头徒劳地哭泣着，很久，很久，直到仿佛天地之间只剩她的泪和这片孤寂的红墙。

忽然眼前现出一方手帕子。她接过擦了几下泪，才蓦地一惊，抬头看帕子的主人。

是个十六七岁高大英挺的男人，宽大的银蓝箭袖长衫遮挡不住纠结的肌肉，手里拿着佩剑，像是宫中的侍卫。面容伴着微月弱星的夜色，美得让人心醉，寒得让人心碎。可是……这人怎么那么眼熟？

千叶把手帕塞回那人手中，却一直盯着他的脸，看得对方都已浑身不自在，忽然站起来指着他的鼻子大喊：“马来貘！”

“什么磨？”男人茫然问道。

千叶正琢磨该怎么回答，忽见男人头顶的天空一道流光划过，低呼了一声“流星”，然后连忙双手合十默念道：“上帝耶稣阿拉真主菩萨保佑，快让我回到老爸的身边去！”

“公主……您没事儿吧？”对着这个一会儿哭哭叫叫，一会儿又神神叨叨的公主，男人的眼中露现出诧异的神色。

千叶紧张地摆摆手道：“快许愿！再晚就来不及了！”

男人犹豫道：“何为‘许愿’？”

千叶絮絮叨叨地咕哝完，才不耐烦道：“就是对着流星说出你的愿望啦！这样你的愿望就能实现。”

“喳！”男人听到公主一声令下，连忙学着她的样子双手合十道：“愿姑母不再为我所苦，身康体健，福寿绵长。”

他如此仁孝厚德，完全不似那个嚣张缺德的“马来貘”，看来他的转世也和琴音一般，少了许多后世浮躁的诟病……不过……流星早就闪没影儿了，他那愿望不知许得能否灵验……

千叶正对着虔诚望天的男人发呆，忽然眼前一黑，心想：糟糕，准是刚刚站起来得猛了，眼前发黑的毛病又犯了！正摇摇欲坠的当儿，男人赶忙扶住千叶，千叶的花盆鞋一歪，脚下不稳，靠在了男人怀里。

两个人四目相对，几乎能感觉到对方的呼吸，很是尴尬。千叶连忙推开男人，可不知道是酒劲还是头伤，一个劲儿地犯晕，几番挣扎之下，该死的花盆鞋又跟她作对，似乎扭伤了脚，又倒回那男人的怀中。

这是什么情况?!为什么“马来貘”会在这里，而我还非得在这只“貘”的怀里?!千叶此刻才发现，本来自恃身大力不亏的她，身高才勉强到他的锁骨。她不甘心只对着他的胸膛，努力仰头望向那人，而那人此刻也刚好看着她。两个人再次四目相对，千叶忽然觉得浑身的血液仿佛都冲到了头顶，脸上烧得难耐，想把眼睛移开，却又似乎被什么东西牢牢地吸在了那人的目光里。

那双眼睛的确和“马来貘”长得一模一样，长而浓密的睫毛，犀利飞扬的眉目，可没有他的玩世不恭和时不时出现的嘲弄意味，有的只是沉静的深邃和隐忍的星光。

“你是谁?”千叶不能任由“马来貘”再这么直勾勾地看着她，赶忙打破沉默。

“奴才三等侍卫呼伦冲，拜见千叶公主。”那男人想要行礼，可行礼的对象又在他的怀里，想了一想，只能紧张肃穆地点头示意。

这么说，此人不是“马来貘”了？真不知道是该失望还是该庆幸……难道就像千叶是我的前世，而他是“马来貘”的前世？千叶想到这里，又仔细打量起呼伦冲。

呼伦冲被千叶看得浑身不自在，可又不敢无理顶撞，只能回看这个一会儿脸色苍白，一会儿又满面通红的公主。

在月光下，喝过酒的千叶娇艳欲滴，目光流转，呼伦冲也是头一次和女孩儿如此长时间地亲密接触，何况对方又是个活色生香的公主。千叶甜丝丝的桂花体香一个劲地往他鼻子里钻，搞得他不自觉地绷紧了全身的肌肉，这一紧绷，就把千叶搂得更紧了，而千叶软绵绵的身躯好像一碰就会化掉似的，他又不敢太用力，赶忙身子一震，又松开了些。

千叶任由他摆布着骤然贴紧又震开，打断了理不清的纷乱，回过神来。

我念叨三百年后的天空什么的，不会被他听到了吧？千叶心虚地问：“你是什么时候看见我在这里的？我为什么没有看见你？”

呼伦冲道：“奴才奉旨看守公主的寝宫，本还有一位侍卫和我同值，但他刚刚有事稍微离开一下。奴才送了他一程，回来这才看到公主正在垂泪。”

这么说我飙歌的时候他还没来，不至于太给我这个高高在上的千叶公主跌面子。千叶稍微放了心，忍不住问道：“他有什么事？又不是女人，还要你送？”

呼伦冲沉吟了好久，才有点不好意思地道：“腹疼难忍。”

啊，原来是闹肚子拉稀去了！我还真是多事，非要刨根问底儿地问出这个来，只好干咳道：“扶我回去吧。”

“喳。”呼伦冲挽起她的一条胳膊，半拉半抬地缓步向前走去。

千叶刚刚走了两步，就觉右脚剧痛难忍，想是刚刚扭到了，头也兀自钟鼓齐鸣地乱响。呼伦冲扶着她，见她步履艰难，犹豫了好一会儿，终于道：“公主玉体为重，奴才得罪了。”说完，单手把剑佩在腰间，右臂轻轻一滑，就将千叶抱了起来。

千叶低呼一声，已靠在呼伦冲大地一般坚硬的胸膛上，被他结实的双臂平稳地抱在了怀里。她身子无力，只得软绵绵地靠在他宽阔的胸口上，甚至听到了他稳定的心跳声，也分不出是自己的脸热还是他的胸膛热了。

除了老爸，这是千叶平生第一次和男人如此贴近，原来他身上的味道和老爸不一样，虽然淡淡的，却叫人心慌意乱，难道这就是传说中荷尔蒙的吸引力？可是它又让自己有一种久违的熟悉感，仿佛是一个遥远到不可触及的归属，近在咫尺地出现在眼前……

她在自己的胡思乱想中只觉脑袋就像开了锅一样热得冒烟，只得没话找话道：“我沉不沉？”千叶本来个子不算矮，这几日在宫里养尊处优地美食不断，真是担心自己胖了不少。第一次尝试电视剧里才有的情节，若女主角是个胖子可实在难看。

呼伦冲仿佛读懂了她的心思，嘴角一斜，飘过转瞬即逝的笑容，那笑容简直与“马来貘”的邪笑如出一辙，故意道：“沉。”可他步态轻盈，呼吸自若，走起路来大步流星，臂膀坚实而稳定，丝毫没有坠滞的意思。

千叶见了那笑不禁来气，暗叹轮回转世也化不掉的腹黑精魂，终于不服气道：“你抱过几个？和谁比我算是沉的了？”

呼伦冲望了眼千叶，目视前方淡淡道：“公主是第一个。”

千叶忽然觉得自己仿佛是在吃醋，听了他的回答又不禁觉得高兴，就这么心里七上八下的，转眼到了房门口。

千叶在外面耽搁的时间不短，厢房的粗使宫女和太监都已经熄灯睡下，呼伦冲踏着淡淡的月色，一只手开门进屋，又用脚轻轻一带关上了门，举手投足，轻描淡写，仿佛抱着个纸做的人。

琴音闻声从里间出来，见到两人如此形状，倒吸了口凉气，又连忙捂住嘴，一双眼睛紧紧盯着呼伦冲的脸，流转的目光仿佛在片刻间飞过万千思绪。她想起什么似的忽然转头，看到画境、书香和棋韵都在熟睡，这才三步并作两步地把人迎进了里间。

呼伦冲把千叶轻轻放在床上，低声道：“公主身子不适，又扭伤了脚。”这话像是解释，又像是交代琴音小心伺候。

“知道了，有劳大人。您这就回吧。”琴音压低声音催促呼伦冲。呼伦冲低头行了个礼，刚要转身离去，又被琴音叫住：“此事不要向人提起。”呼伦冲点了点头，躬身低眉，并不看千叶一眼，出了房。脚步没有一点声息。

琴音帮千叶盖好锦被，然后道：“我去传太医。”

“琴音，不用了。”千叶止住这就要走的琴音，道：“我只是酒气上头，又不小心扭伤了脚，没什么大碍，就别惊动旁人了。”

琴音想了想，神色缓和下来，去帮千叶打水洗漱，又拿了沉香水让她醒酒，然后从百宝阁里翻出一个青花药瓶，帮千叶敷在脚踝上轻轻按揉。

“这一晚辛苦你了。”千叶让琴音如此忙里忙外地劳烦，心里十分过意不去。

“这都是奴婢分内应当的。”琴音边揉着千叶的脚踝，边抬头微笑。

千叶问：“刚刚那个侍卫是叫呼伦冲？”

琴音的笑容似有若无地凝结了一瞬，道：“是。他本负责在万岁山值守，现在奉万岁爷旨意值夜看守公主寝宫三个月。”

千叶心中一动，从软枕上坐起来道：“难道他就是那个救了我的三等侍卫？”

“正是。”

千叶又忆起刚刚和呼伦冲的一幕，不由得脸红心跳，又感叹命运轮回的捉弄，忍不住道：“琴音，你相不相信轮回转世？”

“奴婢自幼家境贫寒，母亲卧病，弟妹年幼，一直为生计奔波劳碌，可没空想这些。”琴音偷眼看千叶绯红的娇容，低眉将被子盖好，道：“只是奴婢听胡同里的老人说，缘分都是千年的因果修来的，是生生世世的累积。有善缘，有孽缘，不是每一次的相遇都是值得期待的，有的还是避之则吉。不过奴婢不在乎什么下一世，只要这辈子守好本分，图个问心无愧也就够了。”

那我和呼伦冲的缘分，又是归于哪一世的轮回呢？本该是下一世的我进入了上一世我的身体，如今我在两世里都遇见了他，更何况还要面对四哥和十四哥这对兄弟反目的必然结局，我如何才能做到问心无愧？这真是理也理不清了。

第五回　方寸涛暗涌　灵犀良策圆

第二天，千叶昏睡到中午才醒。也许是宫里的药灵验，经过一夜，脚踝居然就不怎么疼了。她顶着宿醉肿胀的头，洗漱更衣，百无聊赖之下，又忍不住溜到院内，假装欣赏一株水栀子，眼睛却朝门口张望。值守的侍卫里，没有看到呼伦冲。

也对，值了夜班儿，白天必是要蒙头大睡吧。

宫中的生活，说好听了是锦衣玉食，养尊处优，说不好听了就是无所事事，社会寄生虫。眼见着千叶的身子越来越康健，这只爱捣蛋的小猴子又复活了。可是额娘对她管得也太严了，别说在她面前喝水不能出声，走路不能晃头，就连千叶不在她眼皮底下做的事情，她也全都知道得一清二楚——这浣蕣阁准是有她的眼线。

比如她做人肉空调的事情，额娘就为此在午膳的时候，当着四哥和十四哥的面把她一通碎碎念，什么劳民伤财啦，什么人尽皆知啦，什么招人话柄啦，然后又大大地重申了四哥的细腻低调和十四哥的仁义随和，十四哥本想帮着千叶说话，却没想到火上浇油，额娘更说起皇阿玛把千叶宠得不像样，不舍得千叶这最后一个女儿离开他的身边，所以还迟迟不考虑指婚的事情，吓得千叶话都说不出来了。

四哥道："额娘一向最体贴皇阿玛的心意，为此皇阿玛才说您是他的第一体己人儿，既然皇阿玛偏疼千叶，也全是看在您是她的母亲，您就遂了他的心吧。"

这话仿佛说到了德妃的心坎儿里，她低头微笑着吃了几口饭，又忽然想起似的给胤禛和胤禵夹菜，最后恨铁不成钢地看了千叶一眼，夹了她一向爱吃的桂玉酿鹿肉给她。

又是桂花。

"前任千叶"跟自己似乎有个同样爱吃的东西：桂花。这从哥哥、阿玛还有众妃嫔送的吃食就能看出来：不是蜂浆桂花露，就是杏仁桂花酥、当归桂花膏。千叶来者不拒，统统享受了。

额娘虽对千叶要求严格，可毕竟是一路看着她长大的亲娘，对她还是刀子嘴豆腐心地疼爱着。而作为叶初夏的我，四岁的时候父母已经离异，都不记得妈妈有没有给我夹过菜了。想到这里，千叶不禁红了眼眶。

四阿哥见千叶红了眼睛，以为她仍挂怀额娘的责怪，宽慰道："你可记得，你名字的由来，也与一棵桂花树有关？"

千叶尚自茫然不解，十四阿哥已抢着学康熙的腔调道："桂树生南海，芳香隔楚山。今朝天上见，疑是月中攀。取个千叶之桂的含义，只愿这孩子免于朝野与宫中的一切纷繁，有卓然独立的仙姿。"

德妃莞尔嗔道："都这么大了，还是小孩子心性，若是让你皇阿玛知道你学他，定会责你冥顽不灵，难成大器。"

十四阿哥道："怪只怪额娘和皇阿玛常常念起诞下千叶时的那个梦，我听得耳朵都起了茧子，想忘掉也难了。再者说了，我成不成大器又有什么要紧？只要太子成大器，威加海内，便也足矣。"

四阿哥半晌只顾低头吃饭，忽然抬头严厉地对十四阿哥道："君有君道，臣有臣纲，身为皇子，即便不是太子，也要有孜孜不倦、匡扶社稷的自觉，怎可胸无大志，甘愿碌碌无为？"

十四阿哥见四哥为一句随便的玩笑，义正词严地教训自己，忍不住回嘴道："谁说我胸无大志，甘愿碌碌无为了？只是我不爱整天板着个脸，把这些假道学挂在嘴边而已。"随即低声咕哝道："在皇后身边长大了不起啊？不过训出个整天只讲大道理的书呆子。"

"什么？你再说一遍。"四阿哥的筷子已放在了桌上，冷冷地望着对面的十四阿哥。

"十四，怎么这么对你四哥说话！还不快赔礼！"德妃也急了，可语气虽厉，面上却无动怒之意。

因康熙自觉克后，所以后位长期空悬，恭懿仁皇后虽薨前才封了后，但一直是位高权重的副后。四阿哥由恭懿仁皇后亲自抚养长大，他回到德妃身边时已几近成年。

想要弥补胤禛与自己失去的岁月，可唯一的童年已一去不返。

胤禛本该在母亲身旁撒娇的烂漫年华，已随恭懿仁皇后带入土中。这是德妃心头永远的痛。

千叶见这两位实在是脾性不和，只有越说越怒，连忙大声问德妃道："额娘，刚刚十四哥说什么您诞下我时做的梦，是什么梦啊？"

德妃飞快地瞥了眼这两个斗鸡似的儿子，也大声答道："啊！这个啊！这个你都不记得啦！是这样的……额娘即将临盆的前晚，梦到了一棵枝繁叶茂的桂树。桂花固然芬芳灿烂，更令额娘醒来还难以忘怀的却是那满眼的桂树叶。"

千叶本为劝架而岔开话题，此刻见德妃满眼向往的神色，仿佛已置身大树之下，不由被她的梦境深深吸引。

只听德妃接着幽幽道："那桂树叶生机勃勃地翠绿在枝桠浓密的大树之上，似乎有风吹来，仍在旺盛生长的树叶瞬间漫天飞舞，成千上万地在梦中席卷、飘荡，而这似乎也没有令那桂树有半分凋零的迹象，仿佛绿叶一旦离了枝头，又有新的绿叶转瞬更生，壮大。”

“额娘醒来，给你阿玛讲述了那梦中摧枯拉朽的千叶桂树，当日不久，就诞下了你。你虽还在襁褓之中，但已姿容娇艳，不可方物，你阿玛一见就很喜欢，遂名为千叶公主，取的就是‘桂树生南海，芳香隔楚山。今朝天上见，疑是月中攀’的桂树含义。”

千叶沉浸在那似曾相识的梦境中半晌分不清身在何方，待回过神来，又听德妃道：“更可巧的是，你八岁那年，与你阿玛微服私访五台山，路遇一云游仙姑，她不但一语道出了你阿玛的身份，更说你将与帝王之位关系深切，赐了你枚白玉，道了句‘缘起缘灭，一叶知秋。解开玉叶秘密之时，便是真相大白之刻’就化没了影儿。”

千叶皱眉茫然道：“‘缘起缘灭，一叶知秋。’前言不搭后语的，什么意思啊?”

十四阿哥边吃边道：“你不用想了，几百个翰林想破了头都没想出来，最后也无非得出个‘顺其自然’的结论，算是给皇阿玛一个交代。但是那件事儿的确越传越玄，人人都已相信你是上天派来庇佑我爱新觉罗家族千载一统的福仙。那些云山雾罩的事情莫要提了，还是说说眼前的。”他抬头含着饭对德妃道：“儿臣的算学老师病了，看似一时也难以痊愈，儿臣明儿个想让内务府给儿臣再派个老师来。”

德妃道：“这些事情也不用劳烦你阿玛，额娘一会儿就找小六子去内务府跑一趟罢，定给你寻个好的。”

千叶道：“其实大可不必那么麻烦，能当老师的人，远在天边，近在眼前啊!”

德妃和十四都对千叶的话一脸茫然，却见千叶笑盈盈地看着四阿哥，于是三个人的目光一起集中在正吃着饭的胤禛脸上。

胤禛嚼着口中的菜，望了望三个人，又夹了口菜，淡淡道：“好啊，可以。”

刚刚的剑拔弩张仿佛早已烟消云散，四哥本就不是个小肚鸡肠的人，他的回答云淡风轻，似乎并未对十四哥的气话太认真。

胤禵笑道：“那敢情好啊!”

对兄弟——特别是对十四哥这样粗线条的兄弟，看来真的不能太认真。千叶又在心中那个“酷哥萌货亲情录”上，得意地画了一个勾。

能让两个儿子有更多亲近的机会，德妃对这个提议自然也很满意。毕竟他们相差十岁，小时候各玩各的，长大些各忙各的，一直没什么话聊，脾性也完全相反。“那你下午奏明你阿玛，别耽搁了朝中的正事。”德妃叮嘱胤禛道。

胤禛放下手中的筷子，点头答道：“是。”

老四这孩子喜怒不形于色，也看不出是高兴当十四的老师还是不高兴，连答我一声话都有此中规中矩，难道我们母子之间，就只剩下了规矩?

德妃望了望矜持危坐的四阿哥，又望了望狼吞虎咽的十四阿哥，轻轻叹了口气，拉起他们的手叮咛道：“你们两个与皇位无缘，可说是不幸，也可说是万幸。额娘只要你们记得‘上善若水’这四个字——善利万物而不争。不但对待世人，你们兄弟间也要像水一样，互相扶持而不互相争斗。”

德妃以奉茶侍女之身，十九岁为康熙诞下四哥胤禛，二十几年来深得康熙宠幸，虽说三从四德的旧社会女性未免过于牺牲自己，可为了自己的男人，为了这相濡以沫的情分，所有的付出也该是她心甘情愿的。如今母慈子孝，夫妻和睦，却也是在皇家难能可贵的幸福了。

千叶转而又想到自己的母亲。因为随父亲东奔西走，她几年就要换一次工作，所以当父亲要离开驻使的波士顿时，母亲因为舍不得辞去当时一份国际银行的好工作，留在了美国。两个人分居了一年多，终因聚少离多而有了裂痕，最后离婚了。初夏并不怪母亲，只是觉得现代的女人在事业和家庭之间周旋，没有事业人家说你不独立，没有家庭人家说你不是女人，能找到一个心安理得的平衡点也实在是不容易。

用完膳，千叶随胤禵出得永和宫，赶着胤禵道：“今儿个我帮你解决了师资难题，你怎么谢我？”

“嗯？你不过是把你一个哥哥介绍给了你另一个哥哥，做了个现成儿的买卖，还要谢礼？”

“重在创意！你不是总说什么‘大丈夫滴水之恩当涌泉相报’吗？再说我也没说要你什么东西，你紧张什么？”

“得得，我缠不过你。你说你想我怎么谢你吧？我答应就是了。”萌货摆出一副阿哥的架子，大喇喇地等着千叶开口。

千叶心中大喜，面上假装平静无波，目光闪动地追问：“堂堂十四阿哥说话，可是一言既出，驷马难追的？”

“你就快说吧，总不能管我要星星要月亮吧？”

“我也要四哥当我老师。”千叶道。

这对酷哥和萌货，若是没有我的监督管理，恐怕不出三天就得闹得鸡飞狗跳。当一天和尚撞一天钟，我当一天他们的亲妹妹，就只好将“酷哥萌货亲情录”进行到底了。

第六回　一石三鸟招　一成不变拆

浣薞阁的灯火渐次熄灭，半个月亮的光透过窗棂，洒了一地霜白。今天又是个月朗星稀的好天气。

千叶在黑暗里躺着，两眼猫一样乱转，等得琴音她们呼吸逐渐均匀沉重，终于蹑手蹑脚地下了床，披件青绿色绛蝴蝶丝褂襕，拿了床头一个镂刻匠心的金匣，穿上软底绣花鞋就溜到了屋外。

“上次的事情，谢谢您！给您添麻烦了！……不行，公主的口气不应该是这样……上次救驾的事儿，呼伦侍卫辛苦了，本宫这里备了点儿薄礼，不成敬意。”

千叶嘴里念叨着，朝门口走去。

“呼伦冲。”千叶叫那个站在门口的背影。

背影转过身来，却是张横眉窄目的胖脸。那人行礼道：“奴才三等侍卫佟志德，参见千叶公主，公主吉祥。”

千叶忙把金匣藏在身后，背手问道：“怎么只你一人在此值守？呼伦侍卫呢？”

“回公主，因密妃娘娘宫中有事，传呼伦侍卫过去查看，片刻即回。”说着面上不禁现出不屑的神情，想再说些什么，却终于忍住了，垂手而立，听候千叶的吩咐。

千叶正盘算该不该呆站在这里等他，那佟志德又躬身道：“不知公主有何吩咐，差奴才去办也是一样的。”

千叶向远处眺望着寻找呼伦冲的身影，心不在焉道：“不用了，也没什么大事。”

佟志德似乎难得逮着个献殷勤的机会，不愿就此放弃，又道：“呼伦侍卫前日失职犯错，令公主玉体染恙，奴才等人都甚是心焦，就连小人叔父佟国维大人，也十分挂念。今见公主玉体康健，奴才也甚是欣喜。”

“哦？你叔父是佟国维？”千叶对这个师征葛尔丹、议政大臣一等公的名头，也是在三百年后就有所耳闻的。

“正是。”佟志德似乎达到了预期的效果，谄媚地笑了。

四哥说宫中侍卫是从上三旗的皇亲国戚里选拔出来的，如今一见果然都大有来头。不过他有伯父这么硬的后台，才混了个三等侍卫的头衔，可见是有多菜鸟了。看来拼爹吃祖宗的人，古今皆有啊。

正想着，千叶忽见远处有个高大的身影踏着月色走来，大步沿着黄瓦红墙，转眼已望见他俊美的容颜。

佟志德见千叶目不转睛地向他身后凝望，随着她的目光转头看到呼伦冲，连忙跨步到千叶近前低声说：“呼伦侍卫行事鲁莽，而且还有些嗜血啖生的怪癖，昨日刚刚因冲撞同僚闹得大家人心惶惶，公主还是对此人小心为妙。”

千叶最烦这种背地里说人闲话的家伙，刚要教训他，呼伦冲已走到近前。

他见到千叶，微微一愣，行礼道：“奴才呼伦冲，参见公主。”

“起来吧。”千叶道：“佟……那个什么，本宫有事问呼伦冲，你先退下吧。”

佟志德热脸贴了个冷屁股，愤愤地瞥了眼呼伦冲，臊眉搭眼地退了下去。

千叶逆着月光，站在浣蕤阁门边的阴影里。呼伦冲面朝千叶垂首而立，柔和的银霜洒在他宽阔的额头和英挺的鼻子上，优美的唇形抿成一条直线，仿佛含着什么难言的隐情。远处有蟋蟀此起彼伏地鸣叫，却显得两个人周围格外静谧。

呼伦冲虽面对着千叶，耳中却不断响着刚刚靖王的胞妹密妃说的话。

“因你的事儿，靖王爷最近不怎么常去你姑母那边儿了。你也知道她这个人，经不起王爷的冷落，周遭的奚落，近日身子不大妙，已躺了好几日了。你就算不为王爷，为了你姑母，也争口气吧！”

降临人世即沐泽的养育之恩还没有报，反而因自己受到的责罚连累到姑母的身子。百善之行孝为先，十恶不赦的混蛋也比我强些。

呼伦冲对自己在心底的痛骂，只化为左侧法令纹的一丝抽动，隐忍的视线穿过局促不安的千叶，洒向她身后淡淡摇曳的几棵湘妃竹。

千叶想要记起事先排练好的话，可呼伦冲萧杀的落寞神情忽然让她的大脑变成一片空白，什么也想不起来，只觉得血液上涌，脸上发烧。

我不是眼前发黑的毛病又要犯了吧？怎么一见他就出毛病？千叶定了定神，发现自己并没有要晕倒的迹象，遂说道：“听琴音提起，才知道前日我摔下山崖时，是你救了我一命。”

呼伦冲面无表情地低头答道：“奴才失职，令公主玉体临危，望公主恕罪。”

千叶连忙说：“是他们小题大做了，我还要谢谢你的救命之恩呢。”

呼伦冲只想赶快结束这忆起自己罪责的交谈，只冷冷道：“奴才不敢当。”

千叶学着十四阿哥的口气道：“没有什么敢当不敢当的，事实就是事实。滴水之恩当涌泉相报。我这有个东西，从屋里翻出来的，层层裹着放在这个金匣子里，我估摸着该是别的嫔妃给的什么稀罕物，就当个小小的谢礼。日后定当加倍谢你。”千叶从背后拿出金匣，递到呼伦冲跟前。

呼伦冲也不看金匣，依旧躬身道：“奴才不敢当。”

“哎呀，你怎么这么啰嗦。我自己留着也用不着，叫你收下你就收下。”千叶对呼伦冲恭敬却冷漠的态度有些恼火，将金匣塞到他的手上。

“既是如此，那奴才恭敬不如从命了。”呼伦冲接过金匣，并不打开，依旧垂手而立，仿佛在恭送千叶离去。

“你不打开看看？”

“喳。”呼伦冲从命打开金匣，趁着月光，见里边是一个打着团锦结的红穗子，最上头坠着个白玉雕成的叶子，精致大气，温润地泛着微光，一眼便知是宫中奇物。

千叶观察着他的表情，想看看他是不是喜欢。可他的脸仿佛冻了一层霜，化也化不开似的，见不到任何变化。千叶沮丧地解释道：“我料想这本该是个扇子坠儿，可我嫌有些大，配在你的剑上倒是刚好。”

每个宫中侍卫的剑鞘都有家人佩了奇珍异宝的配饰，唯有呼伦冲不屑为这些华而不实的小事来烦扰姑母。呼伦冲下意识地摸了摸自己光秃秃的剑鞘，没想到这看起来大大咧咧的公主，心思却如此细腻。他终于望了她一眼，眼中有意外，有感动，又有挣扎的抗拒。

“谢公主。”呼伦冲又行了个礼，虽然依旧冷着个脸，语气里却有了些暖意。

千叶见他的确喜欢，不由自主面带微笑道：“不用谢，我上次坠崖的事儿也给你添了不少麻烦。”

呼伦冲低着头，倔强的唇抿得更紧了，仿佛有什么要说，却又没有说出口。

千叶见他面色阴晴不定，不知道自己的计划有没有得逞，小心翼翼道：“那个……我还有件事儿要求你……”

呼伦冲又恢复那恭敬而冷漠的神情：“公主请吩咐，奴才理应照办。”

千叶闪烁着目光，道出早就编好的谎话：“我近几日少了一对儿耳坠子，哪里也寻不见。想了半天，记起出事儿那天戴来着。明儿个你能不能带我去一趟我出事儿的地方，随我找找？”

呼伦冲望着她乱转的眼睛，似笑非笑地回道：“琴音姑姑她们该是知道地方的，公主找她们伴驾岂不更好？”

刚刚那佟志德死乞白赖地想和我套近乎，如今呼伦冲这家伙倒心高气傲地不爱搭理我。要是能找琴音她们我早找了，可琴音一个心八个窍儿，非得告诉额娘不可，那我还跳得成崖吗？

第七回　思父心切切　跳崖步危危

千叶自从知道了呼伦冲是她的救命恩人后，的确是真心实意地想要报答他的恩情、补偿他所受的冤屈，继而想到他是能带她到出事地点的唯一人选，于是就想出这样一个一石二鸟的计划，既是谢恩，又是贿赂。另外，她还有只不太愿意承认的第三只“鸟”：她就是想要看到他。她说服自己这只是因为他长得像那个自己在三百年后认识的人，虽然那人是一只横冲直撞的“马来貘”，但毕竟是她在这个世界“唯二”的熟人——另一个便是琴音了。

我怎么能说服他带我去呢？他这人看起来冷峻漠然，可昨天的许多个瞬间却让我感到他冰冷的外表下，压着一座时刻等待喷发的火山。他眼中有如流星一般的不羁豪情，我不会看错。不然我就孤注一掷，激他一下试试。千叶遂笑道：“难道呼伦侍卫还在为当日因我受的委屈生气？”尽管关了你几日，还责罚了你，可我怎么说也算给你求了情，你若是承认对那日的事情耿耿于怀，就是承认自己忒小心眼儿了吧？

呼伦冲并不答，低头冷冷反问道：“难道公主自己不记得地方了？”目光里已翻涌着莫名的火焰。

这一问，正中千叶的要害，她激将不成，反倒自己心虚了起来。我总不能告诉他，我不是千叶，是叶初夏，所以怎么会知道千叶从哪里摔下去的？说了他也不会信啊！千叶只好胡乱说：“当日我跟着风筝随便乱跑，怎么会在意自己跑到了哪里？再说……我是个路痴……”此话倒是不假，到现在为止，千叶出了浣薮阁，若是没有人领着，连德妃的永和宫怎么走都记不清。

呼伦冲不解这个词的意思，终于抬头茫然地望着千叶：“路痴？”

千叶不好意思得有些恼羞成怒：“就是不认路！”

夜空里璀璨的星坠入尘世，点亮在千叶面前。呼伦冲扯起一侧唇畔，微微地笑了。她又看到了昨夜那个抱着她、埋怨她沉的呼伦冲。

他虽然笑了，千叶却奇怪：明明自己的计划已经得逞，一颗心该放回肚子里了，可为什么此刻反倒跳得更加快了？她望着他夺目的笑容，捂住心口，默默对自己说：“是不是我知道可以回家见老爸，激动得要犯心脏病了？”

千叶一早儿就把贴身宫女全打发了出去，让这个去给额娘送点心，让那个去找十四阿哥借书……等众人都走了个干净，千叶赶忙叫人备辇，由呼伦冲护着到了万岁山。

今天是个暑热熏蒸的桑拿天。千叶汗流浃背地随呼伦冲爬山，一路上，她把领子、袖子扯得乱七八糟，又不住地拿绣袍擦汗。呼伦冲走个十步就要停下来等千叶半天，又不敢看她露出来的酥颈玉臂，终于递给了她一块手帕。

“谢谢！”千叶接过手帕，劈头盖脸地擦了一通，抬眼发现了呼伦冲的尴尬，把衣领稍微整了整，想把帕子还给他，却不好意思还他一个弄脏的帕子，只得将它塞进衣袖道：“我们找个地方歇会儿吧！”

呼伦冲引着她来到一处通透的凉亭，一面是竹林通幽，一面可以鸟瞰整个紫禁城。千叶恍然记起，自己小时候和爸爸来过这个亭子。

眼前肃穆静谧的紫禁城，在千叶的记忆里永远是游客摩肩接踵、人头攒动的样子。五岁的小初夏站在长凳上，一边吃着爸爸买的烤白薯，一边向下眺望。她回身将烤白薯高高举到爸爸面前。爸爸低头正要吃，小初夏没拿稳，惊叫一声，烤白薯撞到了他的鼻子上，弄得鼻子上黄黄的。

自己和爸爸的笑声仿佛还在耳边，地方也是同一个地方，但往日熟悉的一切却如此陌生。这是一个不属于她的世界。

千叶微笑着，浓密的睫毛微微颤动，有泪水悄悄滑落。

这个本来如牡丹般娇艳绽放的女子，忽然变得如此楚楚可怜，呼伦冲看着泪珠滑过千叶白皙的面颊，不禁抬起手来想要帮她拭去。千叶转头泪眼迷离地望着他，目光却停留在时光的那一头。呼伦冲的手停在半空良久，终于还是放了下来。千叶仿佛刚刚意识到他的存在，急忙抹了抹泪水，道：“我们走吧。”

擦肩而过一道暗香，令呼伦冲忆起数日前在这里抱着她滚落山崖的瞬间。明明是生死一瞬的关头，那浓烈的桂香却成为自己对那刻唯一的记忆，令他此刻心头一热。

猝不及防地，他已拉住她的手腕。她猝然回首惊望着他，眼中仍然含着泪，如露水浸湿的精灵。

呼伦冲仿佛刚刚意识到自己伸出去的手，慌忙松开，故作镇定道：“手帕……”

“什么？”

“奴才的手帕……还我……”

“……脏了，洗完还你。”

“公主不是想私藏了不还吧？那可是苏绣的。”

“……我至于吗？我可是公主！”

“那可不好说，听说公主‘神思溃乱’了，改天翻脸不认账了可难办啊！”

“我现在就神思溃乱了。本宫很负责任地告诉你：不还了！”本来难得悲情一回，还被这个腹黑的“马来貘”给搅合得只剩下一肚子莫名其妙的气！千叶气鼓鼓地扭头就走。

“公主这不是私藏，是明抢啊！明抢！”呼伦冲在她身后叫。

这才像那个活力十足的千叶公主，泪流满面的哀怨模样不适合你。被公主明抢了手帕的呼伦冲，望着她昂首阔步的背影，扯起一侧唇畔，明媚地笑了。

大步猛闯的千叶忽地停步，对着前方的路犹豫片刻，回头对呼伦冲道：“还不带路！”

黄色的雏菊，紫色的铃兰，还有五颜六色不知名的野花，披满这片开阔的山坡。呼伦冲带千叶走到一处山崖边，山崖下面是一处稍有些陡峭的缓坡，接着却是嶙峋突兀的山石，如果从这里掉下去却没有呼伦冲抱着，早就一命呜呼了。千叶想到这里，忽然一惊，转头问道：“你有没有受伤？”

呼伦冲不自觉地摸了摸自己的右肩，道：“奴才没有大碍，几乎痊愈了。”

千叶焦急道：“让我看看。”

呼伦冲很意外：“这……恐怕有所不便……”

千叶道：“少废话，快让我看看。”别人不但因为自己被关进大牢，又受了罚，还因为自己受了伤，这份人情可越欠越大了。

呼伦冲只得依言解开自己上衣的几枚盘扣，露出半截肩膀，只见肌肉纠结的后肩上一大片淤青，右臂上方还有一道长长的疤。千叶不由得一惊，道：“你疯了？这个样子前天还抱我回房？”说完又觉得自己的话太过直露，不由脸上一红。

呼伦冲边把衣服系好边淡淡道：“奴才为公主尽忠职守，本就是分内应当的。”

千叶挥着手，气得乱转：“琴音也说是分内应当的，你也说是分内应当的，哪来那么多应当？难道我要你的脑袋，你也给我不成？”

“如果皇上和公主需要，奴才自当肝脑涂地。”呼伦冲像是说着别人的事儿一样，淡然答道。

千叶喊道：“疯了，疯了，都疯了！你的命是你自己的，别人谁也没有权力拿走！”

呼伦冲不懂千叶在生气什么，一脸诚恳地解释道：“自古‘忠孝仁义礼智信’，第一便是‘忠’字，奴才这条命自然是皇上的。”

忠孝仁义礼智信？好久没听过的词了，三百年后的人们都已经不讲这些了，可是这几样听起来没有哪样是不对的……所以，到底是我不对还是他不对呢？

“总之……你对国家尽忠没错，但是只对皇上公主我们这些人尽忠就是愚忠，为国为民，救国兴邦才是忠的真义。”千叶道。

呼伦冲由衷拜道：“公主澄明睿智，奴才受益匪浅！”

千叶也没想到自己能说出如此大义凛然的话来，忽然很崇拜自己。得意了半晌，忽听呼伦冲问：“不知公主的耳坠子是什么样子的，奴才知道了也方便找。”

耳坠子本来就是无中生有，为了骗呼伦冲给自己带路的借口，哪来什么样子？“这个……哦……这个嘛……”千叶假装回忆，来回踱步道：“是个碧玉的……上面有叶子的雕刻……还有银饰……”

“奴才明白了，这就下去找。”呼伦冲说着就要爬下悬崖。

“等等！”千叶喊。为了一件根本不存在的东西让他冒险，千叶于心不忍。

我不如就赶紧跳下去，也省得他麻烦。千叶想到此处，咬着唇，走到悬崖边，望了眼险峻的山势，千叶不由得脚下打晃。可是想到焦急的爸爸和熟悉的家，她把眼睛一闭，心中默念：“上帝菩萨阿拉真主，保佑我能回到未来吧！”便纵身跃了下去。

第八回　浴血救红颜　怒斥挽执念

琴音提着千叶吩咐送来的点心进了永和宫，见几个宫女正伺候德妃梳头，一只鲜艳的木芙蓉被几个人来回插着，花瓣都几乎凋落下来。德妃嗔怒道：“这么点儿事儿都做不好，笨手笨脚要你们有什么用！”

琴音上前请了安，使个眼色叫几个人退下。她拿起篦子轻轻给德妃重新梳理好头发，对着木芙蓉喷了些水，在茎上固定几个卡子，对着铜镜比了比位置，稳稳将花插在了德妃的发髻之上，又将发冠、珠钗一个个仔细地点缀好。

德妃对着铜镜左右端详片刻，满意地扶着木芙蓉微笑：“果然还是你梳头的手艺最好。”

琴音低眉微笑道：“今日的流云鬓已经梳得极尽精巧了，奴婢只是做了些锦上添花的功夫罢了。”

德妃叹道：“整日不是流云鬓就是万华髻，再就是朝凤髻，哪有你那时候梳的花样多！”

琴音欲言又止，垂眸微笑不语。

德妃起身，让琴音扶着坐到榻上，吹着刚沏好的热茶说：“本宫知道，让你去千叶那儿是委屈了你，可你十岁进宫就在我跟前，那丫头又总让我操心，不让你去替我看着，哀家哪儿能放得下心？”

琴音立在德妃身旁回道：“奴婢的老母弟妹全凭娘娘关照才有今日，娘娘对奴婢恩重如山，纵使娘娘让奴婢上刀山下油锅，奴婢也是心甘情愿的。”

德妃点头微笑问：“今儿个你一早儿就过来，恐是这丫头又给本宫闯下什么祸端了？”

琴音取过边桌上的点心道：“昨日万岁爷赏了公主几块白玉桂花糕，上面撒着珍珠糖霜，公主说珍珠粉对娘娘养颜最好，一口没舍得吃，怕晚了不新鲜，一早就差奴婢给娘娘送来。”

德妃笑道：“往日里总是冷冷淡淡地给我软钉子碰，仿佛只有万岁爷是她亲阿玛，我却是个后额娘，如今摔了一次倒学乖了。”

琴音赔笑道：“公主的孝心一直都是有的，只是正在半大不大的年纪上，对娘娘的苦心未能一一体会罢了。”

德妃轻叹：“若不是我小心翼翼地替她经营，她早就得罪了不知多少人。光说几年前和还没出阁的温宪公主赌气那事儿，万岁爷本就偏疼着她，多赐了她两只鹅和五斤羔羊肉，她还偏偏不依不饶地多要出三只鹅来。尽管温宪公主跋扈在先，可她毕竟是副后的女儿，她出阁走人也就罢了，她们佟氏姐妹那儿能是善罢甘休的主儿吗？”

琴音回忆道：“当日娘娘贤让，从自己这边分出些赏赐给温宪公主送了去，说是万岁爷私下特别赏赐的，不叫张扬，这件事也就息事宁人了。”

德妃笑望了琴音一眼道：“也亏得你心灵眼快，及时上本宫这里传了消息，不然依着她的小性儿，非闹得人尽皆知不可。”

琴音沉吟半晌，低声支吾道：“昨夜有件小事儿，奴婢也不知该不该说……”

德妃面色一凝，道：“本宫早就说过，千叶的事儿无论大小，一律都要知会本宫。”

琴音道：“昨天公主和几位阿哥、曹府的大公子曹雪芹饮得多了几杯，到家门口非要独自走走，奴婢如何相劝公主也不听，只好在屋里听着动静，没过多久，就让门口的侍卫给抱着回来了。”

德妃压低声音惊道：“堂堂一国公主，让个侍卫抱在怀里进了寝宫？你可看清楚了？”

琴音忙道：“公主身子虚弱，又扭伤了脚，这才只得叫那奴才抱着。浣蕤阁里的人都熟睡了，只有我一个人知道。奴婢连忙打发侍卫走了，教他不许对半个人提起。奴婢看他倒是忠心可靠的，该是不会有人知道了。”

德妃冷哼道：“忠心可靠？你还是年纪轻，太容易相信人了。这宫里哪有几个真正忠心可靠的人？还不是都在步步为营地为自己打算。”

这几句话像是说中了自己的心事，琴音怕德妃察觉自己神色有异，连忙低头不语。

德妃兀自想着千叶的事情，厉色道："你盯紧了那侍卫，看他若是有半分异状，或是将此事张扬了，就马上来禀告哀家，斩草除根。"

琴音望着德妃苍冷的眼神，心中一抖，敛容退了下去。

琴音从永和宫送完点心，回来四处不见千叶。她拉住几个粗使的宫女太监问，都回说不知道，却见其中一个太监目光闪烁，心虚地不敢直视她的眼睛。她一个耳光抽过去道："若是公主因你这没根儿的畜生有了闪失，仔细我剥了你的皮。"

那太监身子一软，跪在地上求饶道："姑姑饶命……姑姑饶命……奴才真的不知道……"他抬头偷眼看琴音狠辣的目光，心中乱跳，连忙说："奴才本来刚从司衣库领东西回来，远远地只看见公主上了凤辇，匆匆走了，不知去了什么地方。"

千叶身子已在空中，忽觉左臂一紧，整个人被一股强烈的力道拽了回去。那力道来得着实猛烈，千叶一下子被甩到地上，等明白过来，人已经被压在呼伦冲的身下。

原来呼伦冲见千叶往崖边冲过来，早觉得她行为异常，见她居然要跳崖，慌忙间使出浑身力气拉住了她的胳膊，将她拽了回来。可是情急之下用力过猛，和千叶双双倒在地上。

呼伦冲的呼吸急促地吹在千叶脸上，他的目光从惊讶到柔软，又从柔软到灼热，身子山一般坚实，压得她动弹不得。

旁边的树上有鸟儿不知从哪里飞来，流利婉转地啼着，两个人埋在野花丛中，鼻子对着鼻子，眼睛对着眼睛，一时忘记了彼此的身份，忘记了时间。呼伦冲再次闻到千叶身上特有的甜香，望着她珠光流转的双眸，小巧的鼻子和微张的朱唇，心中一荡，不由得和那唇贴得越来越近。

千叶紧张得闭起了眼睛，却忽然觉得身上一轻。呼伦冲站起来走开了。

"公主为何要自寻短见？"呼伦冲背对着千叶，但是听得出语气里的怒意。

千叶站起来，也生气道："我没有寻短见……你不会明白！你……你坏了我的大事！"

呼伦冲侧头厉声道："公主也许有不得已的苦衷，不然不会几次伤心落泪。但是就算再伤心，身体发肤，受之父母。公主如此行事，可曾考虑过皇上和德妃娘娘……可曾考虑过周围无辜的下人？！"

我若刚刚跳下去，真的千叶是不是就此死了？阿玛、额娘、四哥、十四哥必定伤心难过，也许还会问责琴音、书香她们……还会牵连面前的呼伦冲！仅仅因为我受伤，他都曾被阿玛关进大牢，我若在此死了，他必定也活不了了！

千叶想到此处，不由一身冷汗，可呼伦冲害自己不能回到未来和爸爸团聚，她又憋闷气恼，嘴硬道："你区区一个不受重用的三等侍卫，凭什么教训本公主？"

呼伦冲蓦地转回身来，瞪视千叶，眼中燃起的火焰仿佛一匹受伤的狼。但是很快地，那火焰渐渐熄灭了，呼伦冲捡起地上的佩剑，淡淡道："不受重用才来看护你。"

千叶起初被他瞪得心中一悸，听他如此说，又不由得火往上冲，转念想到自己不顾那么多人的死活，鲁莽行事，自知理亏，只憋得嘴唇就要咬出血来，一言不发地往山下走去。

第九回　当算学伴读　骂妃子皇上

待千叶回到浣蘋阁，一众宫女太监早就围了上来。琴音急道："公主这一上午是都去了哪里？万岁爷刚遣人来传，奴婢又找不着人，正急得没个计较呢！"

"只是觉得无聊，出去随便逛逛。皇阿玛传我什么事？"千叶见众人急得如热锅上的蚂蚁，想自己若真的跳成了，他们恐怕此刻已经脑袋不保，因此居然有些暗自庆幸计划失败。

"奴婢也不知道。只得回说公主在午觉，等醒了就去养心殿。"

千叶还没进养心殿，就听到了皇阿玛洪钟般的笑声。太监打起帘子，千叶见四哥和十四哥都在，请安告了坐，察言观色地问道："什么好事儿？让女儿也乐乐？"

十四阿哥笑道："正说你呢，你就到了。"

千叶这一上午惊心动魄，一听此话，心里发虚，生怕自己去万岁山的事情走漏了风声，可是看看大家的神色，似乎不像是知道了那件事情，遂小心翼翼地问道："说我什么？"

"十四说，一个人念书闷得慌，叫你给他伴读。"康熙喝了口茶道："朕说哪有女孩子当伴读的道理，你猜他说什么？"

原来十四哥已经展开攻势，为我上学的事情想办法了。千叶心内一宽，瞥了一眼十四哥，见他神神秘秘地笑着，肯定是没说什么好话，撅嘴道："十四哥一定说，有我给他比衬着，才能显出他的聪明悟性来！"

康熙笑道："哈哈哈哈，你们这些孩子，真是一个赛着一个鬼灵精怪。"只有千叶在这里的时候，康熙和儿子们才能暂时放下国事，像寻常百姓家那样谈天说笑，享受些天伦之乐。

四阿哥对千叶道："十四弟说，我的算学是皇阿玛亲自教习的，我既然教了十四弟，就也该一并教会了你，等你嫁了出去，好教爱新觉罗的算学真传在中华大地开枝散叶。”四阿哥说着，不禁也笑了起来。

“哈哈哈，如此说来，女儿必当勤学苦练，早晚练功，才不跌了皇阿玛祖师爷的门面。”千叶立即见缝插针。看来这事儿已经成了大半，我在那边虽然没好好念书，但是那么久不上学才发现空虚得紧，人还是要有所收益，有所贡献才充实呢。

“好，朕就收你这个徒孙，明日起和十四一起去御书房念书吧！老四，把我那张金丝楠木的算学桌搬去，你每日教他们半个时辰，但是漕运那件事，可别耽搁了。”

四阿哥行礼道：“儿臣遵旨。”

康熙身边的老太监禀道：“启禀皇上，公主大恙已去，内务府呈上了‘送圣’仪式的折子，就不知是否同诸阿哥的一样，内务府总管特请皇上示下。”说着呈上一道折子。

千叶见老太监说得郑重，侧头低声问十四阿哥道：“哎，什么叫‘送圣’啊?”

十四阿哥解释道：“这本是我大清皇室儿女出天花痊愈后的庆贺仪式，皇阿玛因疼惜你，特为你这次死里逃生的大幸也下旨差内务府拟办了‘送圣’。”

康熙接过折子用朱笔边写边道：“一切事例俱照先前阿哥‘送圣’之例。”

“喳。”老太监念道：“千叶公主‘送圣’用：纸糊的轿三乘，马三匹，香亭一座，船一只，宝幡一架，伞三把，阳屏四个，另备金银元宝四百个，饽饽一百个，猪一口，羊一口，酒一大瓶，以及杭州细绸制造的冠、袍、带、履及轿夫、乐工、持仪仗者所穿霄羽衣，太医院大夫所背红绸缎、所插金花等物。”

“额滴神哪，就算死个人也不过如此了吧。”千叶不禁自言自语，却被四阿哥狠狠拽了衣袖一把。她连忙捂住嘴看康熙，所幸声音不大，语焉不详，没被他听到。

“良妃娘娘到。”随着太监通传的喊声，一串银铃般的笑声从外面传来，檀木珠帘后现出一张眉目如画的俏脸：“哎呀呀，怪不得臣妾从外面路过听得里面这么热闹，原来几位阿哥公主都在呢!”

四阿哥、十四阿哥躬身行礼道：“儿臣参见额娘。额娘吉祥。”

千叶本来望着这忽然闯进来的美妇人犯愣，眼睁睁看她娇滴滴的姿态已迷得皇阿玛眉开眼笑，心里正替德妃不是滋味，见哥哥们施礼请安，也连忙福了下去。

这良妃娘娘不过二十多岁的年纪，望见千叶，一条细细的柳叶眉轻挑了两下，冷冷说：“起来吧。”转身贴在康熙耳边轻笑道：“臣妾今儿个有好玩儿的东西给万岁爷瞧瞧。”

康熙对这妃子似乎十分宠爱，任由她的酥身媚骨轻靠在自己身上，微笑道：“在这紫禁城里放眼望去，除了千叶，就数你的鬼主意多。”说着在她脸上轻轻掐了一下。

四阿哥、十四阿哥都对自己阿玛当着他们的面和妃子亲热有些不自在，尴尬地别过头去假装没看见。千叶看见良妃在康熙怀里对自己投来挑衅的目光，不知自己先前如何得罪过她，却忍不住替额娘叫屈。

康熙虽然对德妃体贴入微，关怀备至，却顶多算是相濡以沫，怎么能和眼前良妃这如胶似漆的架势相比？难道只因德妃不如良妃年轻？难道男人都是喜新厌旧？

千叶看着眼前的康熙和良妃，越看越不顺眼，大声对良妃道："女儿哪儿敢跟额娘相提并论，单凭这纠缠男人的狐媚功夫，女儿就甘拜下风。"

良妃没料到千叶在康熙面前如此口无遮拦，正气得不知说什么好，已听康熙沉声责备道："千叶，怎能在额娘面前如此无礼？"

千叶自从苏醒过来，从没在康熙口中听到过一句重话，如今却为了一个狐狸精骂她，她咬唇顿足道："我额娘哪里比她不好？一个男人朝三暮四，见一个爱一个……我最看不过眼了！"说着提起裙摆夺门而出。

她刚出了门，脚步却骤然停住了。

几个太监正围着一只庞然大物小心翼翼地侍候着，有的牵绳，有的喂草，却都畏惧地看着那似猪似象的怪物，生怕它一个不高兴发起脾气，恐怕在场的人没有一个吃得消。

十四阿哥追出门，本想拉着千叶劝她，见到眼前的光景也不禁惊讶得合不拢嘴。

那怪物却一副安详的神态，面沉似水地嚼着草料，仿佛有了吃的就天下太平了。

十四阿哥打量这巨兽，黑色的头身和尾巴，腹部却有长长一段是白色的，仿佛是有人故意刷了颜色上去，壮硕的身体下，却踏着猪一样的蹄子。他不禁自言自语："这是什么？"

"马来貘。"千叶仿佛已经把先前的不悦一扫而空，蹦蹦跳跳地跑过去看这只貘。

十四阿哥连忙跟在她身边担心地喊："小心，别离得太近！"他真怕那只巨兽会有什么失控的举动……它真是太大了，大得骇人。

千叶虽然以前在动物园见过貘，却也是头一次和它如此近距离地接触。她缓缓接近这只貘，拿过草料喂了喂，貘用小小的眼睛淡然看了她一眼，毫不犹豫地吃走了她手上的草。

千叶回头看着十四阿哥，哈哈地笑了，小心地伸手触了下它的额头。它毫无感觉似的只顾吃草。

远远躲在一边看的宫女们，见到千叶去摸那怪物，都低声惊呼起来，身边的太监也紧张地阻拦千叶道："公主，还是离这畜生远些的好，这万一有什么闪失，奴才可担待不起。"

千叶刚要反驳，就听身后有个女人的声音道："刚刚还在万岁爷跟前放肆，转眼就和我的黑将军玩起来，果真还是个没长大的丫头。"

千叶回身，见康熙、良妃和四阿哥已都走了出来。良妃移步到千叶身边，白了她一眼，对康熙笑说：“皇上，您看臣妾的黑将军怎么样？”

第十回　骑貘下赌注　任性打宠妃

康熙冷眼瞪了下千叶，见她边垂首对着自己，边斜着眼睛兴致盎然地偷看“黑将军”，想起李太医说过她“神思溃乱”的事，无奈叹了口气，也不想再跟她计较，对着良妃笑道：“这马来貘是产自南洋的食草兽，亏你能把它弄到宫里来。”

良妃似乎和这只貘很熟悉，拍了拍它的脖颈笑道：“皇上圣明。上次觐见的琉球使节有个妃子，和臣妾攀谈时说起他们那里有个如此形状的怪物，臣妾本想弄来给皇上看个新鲜，可这天底下恐怕没有什么是皇上不知道的了。”说着佯嗔地撅起嘴来。

康熙背手微笑道：“朕也是只听汤若望说起过，并没真的见过，如今也算开了回眼。”然后，又望了望两个阿哥道：“你们也托你们额娘的福，见识见识这南洋的怪物。”

千叶听康熙话里话外地宠着这良妃，居然为怕她扫兴，连两个哥哥都要陪着她助兴，也上前轻拍那只貘的脖颈道：“额娘说这只貘是你的，可就不知它认不认得你呢？”

众人不解她的意思，都莫名其妙地望着她。良妃轻哼道：“我弄来的畜生，当然认得我了。”

千叶也不理她，对众人道：“马来貘是一种介于马和犀牛之间的动物，既然有几分马的脾性，就该有对待马的规矩。”说着问十四阿哥道：“十四哥，你说如何看出一匹马认谁是它的主人？”

十四阿哥道：“自然是谁能驾驭它，它就认谁做主人了。”

康熙似乎已预见她又要作怪，沉声道：“千叶，不许胡闹。”

千叶瞪着眼睛无辜道：“我们满人马上得天下，自然女儿在弓马骑射上也不能输了哥哥们。女儿只是想试试自己的骑术罢了。”

十四阿哥奇道：“你要试骑术，御马房里有几百匹宝马良驹等你挑，你为何偏偏在这头不猪不牛的怪物身上试骑术？”

千叶微微一笑道：“因为我想养它当宠物。”说着不顾众人阻拦，从太监手里抢过缰绳，用力跳了几下，翻身上了那只貘。

可貘不是马，没有马鬃，千叶在它粗大的身子上连个抓扶的凭借都没有。它仿佛被千叶骚扰得有些不舒服，巨大的身子微微晃了几下，千叶一声惊呼，坐到了地上。

四阿哥扶她起来，低声道："量力而行。"

良妃看到千叶狼狈的样子，哈哈大笑："谁说我的黑将军不认人了？想要把它据为己有，可没那么容易！"

千叶拍拍身上的土，不服气道："额娘若是说它认得你，骑上来试试我就服气。"

良妃柳眉微蹙，偷眼看了看康熙，见他笑吟吟地望着那貘也不说话，似乎等着看自己如何降服这畜生，只后悔自己夸下海口，硬着头皮走到貘的旁边。

一股骚臭袭来，良妃捂着鼻子，把眉皱得更紧了。她叫过一个太监，让他俯下身子，踩着他的背摇摇晃晃坐了上去，还没坐稳，那只貘就摇了摇脑袋。良妃大惊，不等貘再挣扎，已经自乱阵脚，掉了下去。

早有太监在一旁候着，见良妃摔倒，连忙拥过来扶她站起来。

千叶拍手大叫："听见没有？貘摇头说：'你不行，你不行'！"

康熙笑道："好了，闹也闹够了。"命太监把貘牵走。

千叶拦住太监道："等等。"说着又翻身上了貘。这次她不再立身坐着，而是死死抱着貘的脖子，贴在它热气腾腾的身子上一动不动。

貘仰头叹了个响鼻，迈开蹄子在殿前大步走了起来，而且越走越快，渐渐奔跑起来，仿佛一辆疾驰的公共汽车。众人不禁惊呼，却见千叶随着貘的摆动，只紧紧搂着貘的脖子，如睡着了一般，若不是她鹅黄色绸缎的旗服在太阳下闪着耀眼的光，几乎难以分辨貘和人之间的差别。

貘见自己逃不出去，渐渐放缓了脚步，懒洋洋地绕了半圈，似乎累了，居然驮着千叶卧了下来。

千叶待那只貘伏稳，这才起身轻轻跳到了地上。十四阿哥走过来惊叹道："行啊你！恭喜你成为紫禁城——不不，是全京城降服貘的第一人。"

千叶对着良妃傲然笑道："这下知道谁是貘的主人了吧？"

良妃呆呆望着千叶有惊无险地从貘身上下来，见她又来挑衅，轻蔑笑道："什么主人不主人的，我倒要感谢千叶给大家展示了一番骑貘的戏法，小顺子，把貘牵回去吧！"

千叶气道："不是说好了，谁能骑就归谁吗？"

良妃媚眼望着康熙笑道："谁跟她说好了？公主真是越来越刁钻了，自说自话不打紧，还要抢人家的东西，可得好好管教管教的为妙。"

千叶仔细一想，果然良妃没说过谁能骑就归谁的话，都是自己一时意气用事，想要跟她争个长短，才自己编出来的说辞，她却从没否认，只眼睁睁看着她汗流浃背地从貘身上下来，才来个翻脸不认账。

康熙见千叶气得脸红一阵白一阵，只觉她又耍小孩子脾气，劝道："什么谁骑得了就归谁，良妃娘娘拿来的，就该物归原主。"

良妃见康熙也为她说话，愈发得意道："公主先前失足坠崖，听说得了'神思溃乱'的毛病，此番一见，果然病得不轻呢！"

千叶见良妃一副小人得志的欠揍嘴脸，转眼火冒三丈，太妹本性大发，逼到良妃跟前恶狠狠地叫道："我是'神思溃乱'了，可刚刚还不算发作，如今受了刺激，这才要发作呢！"话音未落，一掌已向良妃的脸上掴了过去。

良妃自幼养尊处优，后宫里，除了已故的堂姐孝懿仁皇后，数她独大，哪里见过如此阵势？良妃捂着脸躲在康熙怀中哭道："皇上，皇上给臣妾做主啊！"

千叶见她一副弱不禁风博同情的鸟样，更是气不打一处来，揪着她的衣服就要接着揍，被康熙一把攥住了手臂，推开她道："目无尊长，蛮横无理，你眼里还有没有朕了?!"

千叶被康熙推得一惊，望着他威仪的怒容，怀中的良妃，自言自语似的道："我眼里本来有您，可只是把您当做自己的阿玛敬爱疼惜，却忘了您还是个有着三宫六院的皇上。您今天搂着良妃娘娘，明天搂着别的妃子，却不知道您的真心到底给了谁？还是一颗心真的能分成那么多份儿？那给我额娘的又有几份儿？……我讨厌这样……讨厌这里……也讨厌您！"说完头也不回地跑走了。

四阿哥和十四阿哥连忙躬身行礼，追了出去。

良妃见千叶兵败而逃，也不再哭，口中啧啧道："这丫头真是疯话连篇，也不知德妃是如何教导的。此番都不把皇上放在眼里，往后真不知还会如何不堪呢！"说着望了眼康熙，想看她如此煽风点火地一说，能不能就此除了这个眼中钉。

康熙的脸色阴晴不定，将搂着她肩膀的手垂了下去，仿佛没心思再听再看她，背手走向养心殿内冷冷道："朕今天累了，你跪安吧。"

第十一回　天涯沦落人　斗嘴紫禁巅

不知穿过了几道宫门，转过了多少宫墙。她想逃出这金瓦红墙的囚笼，却无论如何奔跑，前面总有新的金瓦红墙挡在身前。

千叶没命地向前跑，身后远远传来十四阿哥的声音。他在焦急地呼喊着她的名字。此刻对她来说，那关爱的呼喊却像是一个招魂的魔咒，要把她拉回那重重的宫闱之内。

难道我就一辈子关在这森严的壁垒之中，再也看不见外面的世界了吗？

当她以为到了宫的出口，一转弯，却又跑进了一个新的墙院。她已精疲力竭，沮丧地靠着一棵树，上气不接下气地四顾着，才发现这里不似其他光秃秃的宫殿，草木环绕，古木参天，几只鹿在远处悠闲地吃草，池塘边还有两只仙鹤警惕地凝视着她。

难道这里就是传说中的御花园？千叶被眼前如仙似幻的景致所震撼，不由地停下了脚步。

十四阿哥的喊声越来越近了。

我不要被他拉回那个死气沉沉的地方。女人阴险毒辣，男人用情不专，那里不是属于我的世界。

千叶慌乱地四下寻找藏身的地方，情急之下，看到一棵高大的樟树，逶迤的枝桠伸到了高耸的屋檐之上。

如果我爬上这棵树，不但可以逃过十四哥的追捕，更可以在屋顶上眺望宫墙之外的世界。

千叶毫不犹豫地脱下碍事的花盆鞋，把它们甩在桂树下的井边，施展小时候爬树的本事，几下子便登上了粗壮的树枝。

还没爬上屋顶，四阿哥和十四阿哥已追进了园子。十四阿哥在园子里边呼唤着千叶，边四下寻找；四阿哥跟在他的身后，仔细地勘视每一个角落。当他们跑到树下的时候，千叶终于逃出了他们的视线，上了屋顶。

一阵清凉的风从宽阔的屋顶扑面而来，千叶舒心的笑容还没来得及展开，就被什么东西罩住了头。她双臂乱舞一气，想把那东西从头上取下来，可那似乎是一块大得没边的包袱布，越是挣扎越甩不开，已罩住了她大半个身子。

似乎有一股熟悉的气息从这东西上传了出来。千叶还没想明白那气息的来源，身子忽然失去重心，眼看就要从斜斜的屋顶摔下。

她刚要惊呼出声，一只强壮的手臂揽住了她的腰。有了那手臂的稳定支撑，她终于把罩在头上的东西揪了下来，气急败坏地望向那胳膊的主人。

迎来的是呼伦冲冷冷的目光。呼伦冲身上泛着淡淡的酒气，嘴里正嚼着什么东西，只穿一件白色中衣，却露着半条没来得及穿袖子的壮硕臂膀，正是那几乎和千叶的腿一样粗壮的臂膀，此刻正紧紧揽着她的腰。

她推开呼伦冲，努力在斜斜的金瓦上站稳，仔细打量手里的东西，才发现那是他的外衣。

屋脊上摆着两样东西，一个小缸一样的酒坛已见了底；一个做工讲究的小食盒，里面有几块粉嫩新鲜的生肉，看颜色像是羊肉，食盒一侧的小格子里还仔细存着几种调料。

那个叫佟什么的侍卫倒有一点没说错，这家伙真是野性难驯，连生肉都吃得这么津津有味。定是他独自躲在这里，边喝酒吃肉，边光着膀子晒太阳，怕被我撞见他半裸的样子，才趁罩住我头的功夫穿上了衣服，可惜来不及穿完，就只得上前救驾了。

你整天摆一副苦大仇深的臭脸，小生活过得不是也挺逍遥？千叶抓到了呼伦冲的小辫子，面上掠过一丝诡笑，但仍然怒气未消，刚要发难，却被他捂住了嘴。

呼伦冲侧头吐了块碎骨，不耐烦地向下面抬抬下巴，示意她记得下面还有“追兵”。

千叶会意，连忙伏下身偷看地上的动静。

透过茂密的枝叶，千叶依稀看到四阿哥正蹲在井边拿着她的鞋子端详，十四阿哥紧跟着跑了过来。

“这不是千叶的鞋吗？”十四阿哥喘着粗气说，“那她人哪儿去了？”

千叶的心一下子提了起来，连忙缩头，生怕他们抬头发现了自己，还不到一会儿的功夫，又禁不住好奇地悄悄伸出头去看。

“啊……该不会……”十四阿哥惊惧的声音传了过来，他伏在井边向井里大叫：“千叶！千叶！”

“还不快去叫人！”四哥的声音也不淡定了。两个人转眼消失在了园子门外。

他们居然以为我投井自尽呢！千叶在屋顶上已经快憋出内伤，等到他们走远，终于忍不住笑断了气。

呼伦冲已将衣服穿好，僵着脸看她乐不可支的样子，半晌终于忍不住说：“看别人着急难过，公主很开心是吗？”声音里没有一丝笑意。上午千叶给他上演的自杀戏码，还有她那句刺耳的话，仍然让他恨得牙痒痒的，若这个麻烦精不是公主，早就被他提起来好好教训一顿了。

可她就是公主，这是不能改变的事实。而他是她的侍卫，这也是不能改变的事实。所以他只有忍。

她那张娇艳如花的脸上，总是毫不掩饰地映出她的心情。虽然有任性，有蛮横，但是这无意流露出的自由气息，还有从她那边的风里吹来的淡淡花香，总让他想起那片回不去的草原，令他莫名其妙地向往着她，眷恋着她。

有多向往，就有多抗拒。

一个侍卫向往公主，这是多么胆大包天的妄想，何况是个令他身陷囹圄的公主。

那纠结的情绪汹涌在他的心里，只在眼中冻成了化不开的坚冰。

千叶看了眼他严峻的神色，撇了撇嘴说：“最好他们以为我死了，这样我就可以在他们的世界里销声匿迹，最好能让皇阿玛知道，看他还敢不敢对我凶！”

敢对皇上说出如此大不敬的言辞，就算她是皇上的女儿，也太无视长幼尊卑的纲常了。呼伦冲盯着她的脸看了半晌，像是看从没见过的什么怪物，然后冷哼道：“躲得过一时，躲不过一世，难道公主要在这屋顶住一辈子？”

我何尝不是想躲在这屋顶一辈子？

呼伦冲口中虽在教训千叶，其实是说给想要逃避这一切纷扰的自己。

千叶刚受了一肚子康熙和良妃的气，好不容易找个由头让自己开心些，本想趁着高兴，忘了和呼伦冲在万岁山的过节，现在他又主动来找晦气，不由地怒道：“我住不住在这里也不关你事！紫禁城是我家，我住在天台还是地下室谁也管不着。倒是你，整天一副苦相，苦给谁看呀？大白天跑到我家房顶上来……”

呼伦冲眼中又闪出那犀利的光，千叶想起上午在万岁山骂他的时候那吓人的反应，自觉失言，连忙捂住嘴，却已迟了，只得强自接着刚刚的话头，续了句“有何贵干”算是中和一下自己话里的火药味。

那光芒转瞬即逝，呼伦冲望了眼远方的落日，淡淡说：“想逃开这里的，不止公主一个。”说罢将酒坛里的酒一饮而尽，端详了一眼食盒，抓起生肉吃个精光，收拾东西径自走向房檐，头也不回地道：“不过奴才至少还明白，有些事情总得面对，逃也逃不掉，所以公主请自便，奴才少陪了。”话音刚落，人就消失在了房檐下。

第十二回　琴音遭冷拒　康熙念旧情

暮色一寸寸染上浣薮阁门前的台阶，呼伦冲站在渐渐被黑夜笼罩的大门前，如同石像一般，只有波涛汹涌的双眼证明他还活着。

夜的落寞，宫的孤寂，渐次袭来。作为一个奉命守夜的侍卫，早该习惯这些的，可为什么我在太阳消失的这一刻，却总是想起草原的落日呢？

你这个不受重用的三等侍卫！

千叶的厉声责骂再次穿透呼伦冲的心。那么多身边的冷言冷语我都挨了过来，为什么我对这个嚣张公主的一句话总是耿耿于怀呢？为什么每次脑际中响起这个声音，我的心似乎愤怒得不再属于我了？

呼伦冲脑海中胡乱翻涌着这些挥之不去的迷惑，琴音含情脉脉的双眼已出现在他的面前。

琴音目光闪烁，竭力镇定地道：“呼伦侍卫，关于公主寝宫的夜间安全，奴婢有些想要建议的事情。”余光扫到呼伦冲的剑穗，蓦地一惊，盯着那东西，眼睛也忘了眨。

这个公主的贴身宫女，对他们值夜的侍卫一向照顾，熄灯前总不忘送些解暑汤、驱蚊香等应季之物，就连刚刚他最爱吃的生羊羔肉，也是她亲自从御厨房刚宰的鲜肉里弄来的。她此时有事相商，他自当鼎力相助，便躬身回道：“姑姑有何赐教，请讲便是。”

琴音收回盯着剑穗的目光，侧目睨了眼佟志德，见他正隔着门探头倾听他们的谈话，于是低声道：“事关公主起居，还请呼伦侍卫借一步说话。”

呼伦冲随琴音到了一处僻静的墙边问：“姑姑有何见教？”琴音不答，轻笑着拾起剑穗随意似的道：“呼伦侍卫这剑穗好别致，可想是靖王府的奇物了。”

呼伦冲低下头也看向那剑穗，目光忽地柔和下来，踌躇半晌道：“这并不是靖王的赏赐，一个朋友随便送的礼物而已。”

为什么我不说这是千叶公主给我的呢？我与她之间本来也清清白白，为什么这点小事却羞于出口了？

呼伦冲按捺自己纷乱的心绪，对着若有所思的琴音道：“姑姑特地唤奴才至此，不知……”

琴音忽然想起似的左右四顾，确定没有人，才低声道：“今晨呼伦侍卫随公主去万岁山的事，切莫再向他人提起。”

随千叶找耳坠子的事情，尽管千叶未免有些过于鬼鬼祟祟，于他来说却是坦坦荡荡，不过是一次奉命行事罢了。

呼伦冲不解琴音为何如此紧张，不禁也随她低声道：“姑姑何出此言？”

琴音像是怕有人见到他们谈话，急急忙忙道：“昨夜呼伦侍卫送公主回宫的事，不知为何已传到了德妃娘娘耳中，若是今日的事再被娘娘知道，恐多生事端，为免节外生枝，呼伦侍卫还是对此事缄口不提为妙。”

呼伦冲不悦道：“大丈夫行事光明磊落，两次事情皆因公主所需，奴才不过是尽职而已，就算德妃娘娘问起，奴才不过还是一样的话。”

琴音望着他坦荡的双眸，面色一缓，仿佛放下了心中的忧虑，轻叹道：“人言可畏。在这宫里，不是你做得问心无愧就够了的……我这也是为你好，若是和公主扯上些不必要的闲言碎语，恐怕到头受伤的只有你。”

呼伦冲见琴音如此替她着想，心中感动，却仍然不解道：“今天的事也不止奴才知道，那抬辇的四个太监也知道，就算奴才保证不传出去，也封不上别人的口。”

琴音泛起一丝冷笑，淡淡看着远处的一株海棠道：“这些事情，呼伦侍卫就不必操心了。若想事情不传出去，自然有办法。”

呼伦冲迷惑地沉吟半晌，一脸惊惧地望向琴音。琴音却面无愧色，微笑道：“呼伦侍卫不必太过忧心，并没伤了他们性命，不过是寻个由头打发出宫了。”她幽幽叹了口气，目光流转地望着他道：“在这宫里，若是想保住自己重要的人，总得有所牺牲……你……现在暑热袭人，你要多爱惜身体才是……”说着抬起手，想要用帕子拭去他额角的汗水。

呼伦冲冷冷别过脸，躲开了她的手。

虽只是微微一侧，已隔出了他与她千仞的距离。

一只捏着丝帕的手，空空地悬在他的额畔，仿佛一个失了魂魄的躯壳。她望着他漠然的眼睛，心中如被冻伤地抽痛，迟疑了一下，只得垂下手去。

“姑姑的嘱托，奴才谨记了，不会给公主带来困扰。”呼伦冲避开她灼热的目光，冷漠的声音里压抑着愤懑，行礼道：“奴才还有职责在身，告辞。”语毕，转身头也不回地大步离去。

“我只想告诉你，莫要惹火上身。那美玉虽然光彩照人，却不是你我这些奴才佩得起的，若硬是要佩，早晚倒霉的是自己！”琴音咬牙低吼，却只见呼伦冲离自己越来越远，不知是否将她的话听了进去。

万丈的金色余晖和无尽的金色屋顶，连绵起伏的大殿巍峨林立。皇族的国度在这里不容置疑地将千叶重重包围。

根本看不到外面的世界。

有些事情总得面对，逃也逃不掉的。呼伦冲浑厚的声音一次次划入她的脑海，告诉她冷酷的现实。

我真的不可能离开这个世界了吗？在我想到能够回去的办法前，尽管这个世界的规则与我所熟悉的大相径庭，却是我必须去面对的。如果我想在这里好好活下去，就不能再逃。

如果没有强大到能够改变世界，就只能改变自己来适应这个世界了。

忽然，千叶见到不远处的大殿屋顶有个人影闪了出来，熟练地找到个合适的坡度，对着夕阳躺了下来。

本以为只有我发现了这皇宫之上的僻静之所，一上来却撞见了呼伦冲，现在又来了个躲清静的。原来紫禁城的屋顶早已不得安宁，什么人都敢往上蹿。千叶扶着屋脊，顺着叠互的高檐，大着胆子悄悄溜到了那人躺着的屋顶上。那人对着夕阳一动不动，似乎睡着了，连千叶不小心弄出的声息都没有听到。

千叶闪到那人身前，刚想摆出公主的架子责问他的来头，仔细一看他的脸，却惊得变了颜色。

康熙正自对着夕阳呆呆出神，忽然见到一个少女出现在落日的余晖里。逆着暮光，看不清她的脸，只有旗服的剪影让他的心猛烈跳动。他坐起身，拉着她的衣袖脱口而出呓语道："苏麻……原来你也没忘记这里……苏麻，你来看我了，是吗？苏麻……"

千叶见此人居然是康熙，又听他情深意切地将自己呼唤成别人，连忙行礼道："女儿给皇阿玛请安。皇阿玛吉祥。"

康熙如梦初醒，换上严厉的神情，沉声道："怎么是你？"眼里却难掩那若有所失的落寞。

千叶撅嘴赌气道："怎么不能是女儿？这屋顶又不是皇阿玛一个人的，也是我家的一部分。"

康熙心不在焉地教训她道："算上你，有胆子敢上这屋顶的人也只有三个。"

算上刚刚那个"马来貘"，就已经是四位了。您虽是皇上，可眼睛只有一双，哪能知道有多少人上过您的房顶？千叶忍着笑垂首而立。

康熙无声注视那渐渐西沉的落日，仿佛仍旧沉浸在回忆里，不再理会她，许久才自言自语道："若不是想起她，朕也好久没有来这里了……她也曾把这里当做自己的家，直到终老，却不屑任何一个封号……"

千叶蹲在康熙身侧，望着他落寞的神情，忍不住问："是哪个苏麻？"

康熙深感自己在女儿面前失态，回避千叶追问的目光，冷冷道："野了这大半日，还没闹够？快点回去！"

千叶这才想起电视剧里演过一个叫苏麻拉姑的侍女，似乎是康熙的初恋，自幼教导他，默默在他身后陪伴几十年，却在他成为"千古一帝"之时撒手人寰。

嫔妃们曾经议论康熙以自己克后为由，致使后位长期空悬，康熙刚刚落寞地念及苏麻拉姑不屑封号，难道那长期空悬的后位竟然早已有主，而真正的主人却只躲在角落中无欲无求？她恍然大悟道："原来皇阿玛也是有真心的。将真心托付给这样一个上善若水、利万物而不争的女人，也算一生无憾了。"

此刻她忽然觉得，平日高高在上的帝王，坐拥后宫粉黛三千的天子，都不如眼前这个真情流露的男人可亲可爱。千叶想起自己过激的言辞，实在不该用在这宁教后位空悬，也不给其他女人机会的男人身上，便由衷后悔道："是女儿错怪皇阿玛了……"

康熙望着千叶诚挚的眼睛，如同一湾清澈见底的潭水，不禁叹道："你这孩子……真像当年的朕，有股天不怕地不怕的魄力……可惜当年有她拦着朕，才没能做出你所说所想的事情……而今日若不是你，朕也早就忘了那个曾经的朕。"

我所说所想的事情？我说他是个有三宫六院、用情不专的皇上，想知道他到底有没有真心……难道他居然曾经为了她，想要舍弃那三宫六院的嫔妃？千叶不由地惊得一句话也说不出来，望着他的眼睛，只看到深不见底的沧桑掩埋了过往。

康熙收回飘摇到久远记忆里的思绪，不愿再在女儿面前袒露自己的心事，站起身来道："今日的事情，是你不对在先，所以也别怪朕不偏袒你。良妃忍了五年的失子之痛，如今刚刚得子，难免浮躁些，可她毕竟是你的额娘，你担待着便是了……所幸你不是朕的儿子。"

千叶奇道："为什么？儿子女儿，有什么不一样？"

康熙走到梯子前，对她的古怪言辞投来诧异的目光："你这孩子，又犯了神思溃乱的毛病了？若是儿子，朕岂能这么滥宠着你，由你胡说八道乱了朝纲？"他翻身上了梯子，喝了句："还不随朕下来？"

原来只因我是女儿，置身朝野政事之外，他才能对这个自己年少的影子纵情溺爱，容忍我和他如出一辙的天性；若我是个男儿身，恐怕也只能挤在哥哥们的队伍里中规中矩，甚至成为皇位争夺的众矢之的。

做个父亲真难，做个君临天下的父亲更难。他一肩扛起万民的期待和满朝的纷争，千叶忽然有些同情这个年近五旬的一国之君，又暗暗后悔自己不该口无遮拦地给他找麻烦。她望着他有些沉重艰难的身影，默默随他下了梯子。

第十三回　凄风聚亲暖　冷雨葬春情

千叶到了地上，才发现这是养心殿的后墙。原来我跑了半天也没跑出多远，一直在原地兜圈子，可真是个名不虚传的路痴。千叶随着康熙走到正殿，正自懊恼，有太监传道："四阿哥、十四阿哥觐见。"

康熙刚刚叫"传"，十四阿哥已急冲冲地跑进来喊着："不好了！不好了！千叶投井了！"

康熙惊异地看了一眼身边的千叶，只见她跳到十四阿哥身前忍着笑，假装焦急道："真是大事不好了！不知捞到尸首没有？"

十四阿哥慌张地回道："捞了半天也没捞到……"定睛才见问的人是千叶，惊喜道："千叶！你没死！？"

千叶笑道："你看我死没死？"

十四阿哥摸摸她的身子，看看她灵动的大眼睛，仿佛确认似的道："活得不能再活了。"

四阿哥跟进来，向康熙行了礼，看到活蹦乱跳的千叶，紧绷的脸松弛下来，随即怒道："还不回去!"

千叶让他们白白心焦了半天，自己却和没事儿人似的在这里和皇阿玛有说有笑，心里也十分过意不去，轻轻地扯着四阿哥的衣袖认错道："是我不好，不该乱发脾气，还吓唬你们……可我也没说我去投井，是你们自己误会……"

四阿哥责怪地瞪了一眼千叶，将紧张担忧的目光落在了康熙的身上，他挣开千叶的手，走到康熙身前跪道："儿臣管教无方，令千叶肆意胡为至此，还请皇阿玛责罚。"

康熙坐在龙椅里睨了一眼千叶，沉下脸道："纵妹行凶，目无纲纪，更听说前日里各宫各院，乃至王公府第都争相效法千叶扇冰消暑的法子，劳民伤财，骄奢淫逸，一时间闹得满城风雨。你这个为兄的的确失职了。罚你在养心殿前跪一晚思过。"

千叶见康熙刚刚还是一个慈父，和自己推心置腹地聊天，以为一切不快就算这么过去了，此刻见他不罚自己，居然责罚四阿哥，大惊失色，刚要说话，十四阿哥已近前跪倒拜道："四哥已出宫立府，整日忙于朝政，无暇顾及千叶。儿臣与千叶朝夕相伴，是儿臣教导无方，与四哥无关，还请皇阿玛明察。"

康熙怒道："胞妹胡为至此，你们两个做兄长的都难辞其咎!"

千叶被康熙的怒容也惊得跪倒，却仍不甘心道："我犯错是我自己的事，为什么要处罚他们？一人做事一人当，皇阿玛要责罚，责罚我一个人就是了。"

康熙被千叶的胡言乱语气得说不出话，半晌才道："'姐妹之过，兄弟之责'，连这点儿基本的大内宗法也让你给摔丢了?!"

千叶大惊，原来在三百年前的紫禁城，自己非但没有行为自主的权利，连犯错受罚的义务都没有，简直称不上是个人了。她直视康熙的眼睛，刚要说："若是如此，那追究起来，第一个难辞其咎的就是作为父亲的皇阿玛。"但是呼伦冲的冷峻神情和冷酷话语忽然从她脑海中蹿了出来。

有些事情总得面对，逃也逃不掉的。

这是一个男尊女卑、皇权至上的世界，挑战父权和皇权的下场只有死路一条，唯有更加连累哥哥们而已。这是逃不掉的法则。

我这心直口快的性子，在三百年前的紫禁城是吃不开的，要想活下去，必须改了才行。

她努力咬住嘴唇，将那即将脱口而出的话狠命咽了回去，低头道："女儿令皇阿玛和哥哥们操心担忧，女儿恳请皇阿玛明察，只责罚千叶一人。"

身旁的四阿哥狠狠拉住千叶的衣袖，拽着她连连叩首道：“千叶神思溃乱，旧疾未愈，请皇阿玛准其回宫养病，儿臣愿一力承担其过。”

十四阿哥也叩首道：“儿臣愿一力承担其过。”

康熙看着几个伏首在地的孩子，不怒反叹道：“你们倒是兄妹情深，只有朕这个阿玛绝情……只怪朕平日太宠着她了。”说着走到千叶身边无奈道：“你这孩子……快回去把病养好再说吧！”说罢拂袖而去。

闷了一天的雨，从黑得发红的天空里倾注下来，仿佛要将一切的委屈、不公洗刷殆尽。三个年少的身影跪在养心殿的门前，任由这雨瓢泼。

四阿哥在雨里奋力挣开双眼，侧头对十四阿哥道：“皇阿玛只责罚我一人，你还不带千叶回去？”

十四阿哥顶着隆隆的雷声喊道：“皇阿玛知道这事与四哥无关，我一个人在这里跪着就够了。”

千叶被风雨袭得东倒西歪，却仍然咬唇挺着，倔强地喊：“我不走，陪你们！”

四阿哥担心地看了一眼千叶，见她已如稻草一般乱晃，厉声道：“你听不听四哥的话了？！”

十四阿哥喊身边的太监道：“小六子，小伍子，扶公主回去休息！”又对千叶嚷道：“若是真舍不得我们，以后就改了吧！”

两个太监已打着油伞快步过来，半拉半扶地将千叶架了起来。

千叶用力挣扎着喊：“我不走！我不走！我要陪你们跪到最后……”喊到最后，已急得哭了：“凭什么罚你们不罚我……凭什么罚你们不罚我……”

本来太监们也不敢在千叶身上使出多大力气，她如此死命挣扎，两个太监只得脱了手，由得千叶跪了回去。

十四阿哥急道：“你一个弱不禁风的丫头，哪能和我们比？如此挨上一夜，怕是半条命都要丢了！”

四哥厉声喝两个太监：“若是公主有半点闪失，小心你们的脑袋！”

千叶仍哭着争辩，两个太监早就不由分说地将她架着消失在了雨幕之中。

佟志德在门洞里缩着脖子，呲牙望着这漫天的雨，不以为然地看了一眼仍在雨里站立的呼伦冲。

呼伦冲一动不动地站着，如同一颗冷冷的钉子。雨无情地冲刷着他，他的眼睛，也似这雨一般地冰冷，却骤然惊起万丈的波涛。

千叶被两个太监拖着，嘴里喊着些含糊的话，转眼消失在了浣蕤阁的大门里。

她没顾得上看他。他的目光也没有因她而移动。

那波涛激荡了几个来回，渐渐平息，熄灭成原有的冷漠。

一个区区三等侍卫，不该再和金枝玉叶的公主有任何瓜葛。为了她，为了我，也为了那些无辜的人。

呼伦冲习惯性地在雨里抬起头来，让雨代替自己的泪，在脸颊肆意横流。

忘了那些贪恋，断了那些欲念。让冷的雨，洗尽虚妄。

清晨的第一缕晨曦，照亮竹叶上的水滴。纤细的叶片经不住那水滴的重，松了手，任它坠落。

它还没来得及落到地上的水洼里掀起期待中的微澜，一双穿着花盆鞋的脚已踏过那水洼，顾不上理会四溅的水，向浣蕤阁外跑去。

那双精致的宫绣花盆鞋一路飞奔，匆忙地停在了养心殿的大门前。

两个本来抖擞的伟岸身影，已如崖边的枯木，摇摇欲坠。

千叶心头酸楚，扑到他们面前，噙着泪拼命拉四阿哥的衣袖，想要扶他起来。四阿哥皱眉用力，却站不起身，跪了这一宿，腿已僵了。

千叶又去拉十四阿哥，结果也是一样。彻夜未眠，她颓然坐倒在他们身前，呜咽道："都怪我……都是我不好……我再也不这样了……"

四阿哥轻抚她的背，强笑着安慰道："早点儿明白多好。这里不是能让你恣情任性的地方，若不收心敛性，早晚要惹出大祸。"一贯淡定的声音却因这一夜的雨带了几分嘶哑。

十四阿哥边给她拭泪边埋怨道："跪了这一夜已经够乏的了，这一大早还得来哄你。鼻涕虫，不许哭了。"

谁说这是个陌生的冷酷世界？谁说这宫中只有杀人的规矩和险恶的心？千叶心中最柔软的地方被他们的怜爱触碰，搂起两个人湿漉漉的身子，发泄所有无助和委屈似的放声大哭。

四阿哥搂着千叶微颤的身子，声音恢复惯有的清冷："以后听哥哥的话，我保证，我们谁也不会再受这样的罪了。"

在巍峨的养心殿门前，三个人紧紧抱在一起。虽然身子冰冷，他们的心中却奔涌着同一股暖流。

第十四回　密妃牵红线　悔悟孕新机

除了和几个阿哥相处，千叶更多的时间就是熟悉波涛暗涌的宫斗派系。

从琴音那里才听说，良妃和孝懿仁皇后都出自佟佳一族，不过皇后是佟国维的女儿，而良妃是她的远房堂妹。她还是嫔的时候，生过一个皇子，当时按照大清的规矩，由其他嫔妃抚养，康熙就将那皇子给了德妃。那孩子却在两岁时就生天花夭折了，良妃因此与德妃有了心结。如今她的十九皇子已一岁了，聪明伶俐，甚得康熙的喜爱，又加上副后殡天，后宫以她佟佳氏为各宫之首，因此难免恃宠而骄地和德妃翻起旧账来。

良妃偶尔还是对千叶鸡蛋里挑骨头地挑衅，却也忌惮她“大清福仙”的地位，不敢轻举妄动。千叶知道了她的经历，感叹她只是和自己一样，是个在这深宫中身不由己的女人，只对她装聋作哑地敷衍了事，不再认真和她计较。

膝下无子的密妃却对自己十分热络，经常来访，和她闲话些家常。千叶才从她口中得知呼伦冲出身蒙古喀尔喀的一个小部族，虽是部族的贝勒，但因本族势力微弱，朝中无人，始终在禁军中受人排挤。密妃本是靖王府的格格，她的哥哥靖王娶了呼伦冲的姑母为侧福晋，因为哥哥多年无子嗣，康熙征召禁军侍卫时家中无人可送，就让呼伦冲认了干亲，算是靖王府内出的人了。

密妃虽不算姿容艳丽，但白皙精致，年纪又轻，本来深得康熙宠爱，可多年却没生个一儿半女，渐渐也就被冷落了。密妃每次来访，都会有意无意地提起呼伦冲：“这孩子武艺超群，骑射刀剑样样精通，又过惯了塞外自由豪放的生活，所以难免有些心高气傲的脾气。”

原来呼伦冲能够获准深夜去密妃宫里办事，也许就是因为这一层瓜葛。

“他姑母本就因出身低微，在府里没什么地位，有时候气焰高些的丫鬟，都敢骑在她头上作威作福。本来呼伦冲认了靖王爷当干爹，又在宫中谋了职位，她才有些好日子过。上次因护卫公主不周，虽蒙公主和万岁爷特赦，免于一死，但他受到责罚，靖王爷难免脸上无光，连带着对他姑母也冷言冷语，不怎么常去她那边儿了。侧福晋是个心窄面薄的主儿，就因这事儿常受别的福晋和丫鬟挤兑，没几日就躺在床上病得下不了地。每次呼伦冲回府探望他姑母，不但得受着王爷的脸色，而且也只能看着侧福晋以泪洗面没个计较……他能怎么着呢？本不是个会阿谀奉承的主儿，只有起早贪黑地练功罢了。这如今又调回了万岁山，原先就不受重用，现在又犯了事儿，就更别指望能有出头之日了。”

密妃叹了口气，端起茶杯抿了一口，偷偷察看千叶的反应。她已从可靠的太监那儿打听到千叶曾与呼伦冲共赴万岁山，虽不知道细节详情，但能感觉到千叶对呼伦冲与众不同。若是自己的靖王府能攀上千叶这个高枝，她密妃的境况就不可同日而语了。可是自从那次回来，两人就没了下文，一个天天夜守浣蕤阁，期满回岗；一个整日泡在御书房，假小子似的。两人就算擦肩而过也客客气气地形同陌路。他们俩不急，密妃就先着急了。

千叶听她一说，才明白他为什么总是摆着一副苦大仇深的臭脸。

然而我和呼伦冲自那日屋顶不欢而散之后，就没再说过话。我一个女儿家，赌气冷战也就罢了，他居然也有了几分对我敬而远之的意思，每次面对面的碰见，也不过行礼请安而已。

将近两年的时间过去了，他早已回万岁山当值，若是想报答和补偿他，只能去求皇阿玛。

千叶心中后悔，面上却淡淡道：“娘娘不必担忧，呼伦侍卫对我本有救命之恩，我自当知恩图报。”你大概是想托我替你们家人说些好话，谋个前程。我已对不起他在先，现在又怎能不做这个顺水人情?”

有了千叶这句话，密妃自然喜不自胜，连忙说：“都是自家人，说什么恩不恩的。能为公主效力，是他前世修来的福分。”为了将事情更加确凿，又趁势轻叹道：“这孩子命苦，生母难产，生下他三日就断了气，从小就没有母亲。他父亲续弦再娶，很快又有了孩子。是他姑母一直疼惜他，照顾她，简直比亲娘还要无微不至。听说那时候他喝不到母亲的奶，都是他姑母亲自喂他马奶长大的。”

原来姑母是他如此的至亲，那夜从密妃宫中回来的他，得知姑母因他卧病，心中该是多么煎熬？我却还对他冷漠的态度耿耿于怀，不但缠着他跳崖惹事，还雪上加霜地提起他受责罚的事情，他和姑母因为我落得任人欺凌的下场，我却指着他的鼻子骂他是“不受重用的三等侍卫”……换做是我，早把自己暴揍一顿了。我……我真是个自私任性的大傻瓜！还一直高高在上，自以为是给他求情特赦的恩人呢！

千叶懊恼地拍了拍自己的嘴，恨不得立时去给呼伦冲道歉。她见密妃茫然不解地盯着自己，想了想，豪气干云地拍着密妃的肩膀道：“本来十四哥早就告诉过我，三月初九众阿哥要随皇阿玛下江南出巡。皇阿玛缠不过我，已经答应我同游了。如今我要选几个随行的侍卫，自然也不是难事。”

第十五回　勇武立高功　救驾扬威名

康熙取道济南，登泰山；达宿迁，召两江总督视察河务，嘉许胤禛的漕运事宜周全妥帖；于清口渡黄河，改水道南行；经过近一个月的舟车颠簸，这一日，康熙的大队人马终于来到了金陵城外。

这一路，呼伦冲都对千叶礼敬有加，却沉默疏远。每次千叶道歉的话到了嘴边，都被他回避的目光和冷漠的态度给顶了回去。只发现密妃的话果然不假，呼伦冲总是侍卫中第一个起床练功的人。到了晚上，侍卫们有的喝酒，有的赌钱，只有呼伦冲自己找一片僻静之处，将长剑舞得白光四起，枯叶纷飞。千叶只能怔怔地看着他早晚练功的清逸身姿，看着他无尽的落寞与孤寂。

今日，康熙要千叶伴驾同乘一辆马车。经过上次屋顶邂逅，康熙对这个小女儿非但没有责怪，反而更加疼爱。也许是因为从她身上，他总是能回忆起自己年少轻狂的影子，更因为她是知道他“真心”秘密的唯一一人。此外，从德妃、良妃事后的态度里，他可以知道这个女儿对他的秘密是守口如瓶的，既没有向她额娘告密，也没有向良妃寻衅，反而对良妃更添忍让。这样一个聪慧、诚挚、知进退的女儿，哪个父亲不会疼爱呢？

马车又行进了一段路程，有侍卫在车外禀报：銮驾即将进入金陵城。千叶又偷偷掀开车帘，见金陵城已经近在眼前，总算可以安顿下来了。她无意中瞥见了骑马随车而行的呼伦冲。因为今日千叶与康熙同车，作为公主侍卫的呼伦冲也就伴在车旁同行。他一身银盔银甲，策马缓行于车旁，猎鹰般警觉地侦视周围的动静，似乎对千叶的注视浑然不觉。

呼伦冲从密妃那里得知，千叶求皇阿玛让他伴驾南巡。密妃自是为他高兴，千叮万嘱地讲给他伴君之道，呼伦冲却并不觉得兴奋。千叶本就看不起自己，此次又受密妃所托，靠了这个刁蛮公主的关系，才得到机会，他在千叶面前更是抬不起头了。这一路上，军中也有同僚夹枪带棒地说他是靠女人的小白脸，他虽假装充耳不闻，心中却郁郁寡欢。

虽然姑母因他而卧病在床，他恨不得想要抓住每一个出人头地的机会，有朝一日让姑母也能因他而骄傲，因他而备受尊重，不再受那些势利小人的欺侮，但是通过女人上位，特别是通过千叶，是他所不能接受的。

自从启程，他日夜伴在千叶左右，这是他作为侍卫的职责，却也是对他的折磨。

回到寂静的万岁山，整日只与寒风霜雪为伴，那颗动摇的心总算冻结进了深海。如今她鲜丽的容颜每日晃动在他的眼前，敲碎冰封的心，才发现那倾慕早已在不知不觉之时，泛滥成河。

她的存在对于他来说，已经变成可望不可及的折磨。她是他的主子，他是她忠实的保护者，一个随时等待她一声令下就要抛头颅洒热血的奴隶。他念着她，却不能从她身上得到任何作为一个男人的尊严——一个骁勇善战的男人应有的尊严，这让他觉得自己卑微又可怜，自己的骄傲和自尊被践踏。

然而越是压抑，就越是想念。他开始因为恨自己不能拥有她，恨自己想念她，又因为恨自己想念她而恨她的存在。可是作为一个忠诚的奴仆，他不允许自己有恨她的念头，所以，他只能恨自己，折磨自己。

在夜深人静的时候挥舞着手中的长剑，像斩断思恋一样斩断那些树木，又任凭草木纷飞着再次扬起那遥不可及的思恋，让汗水耗尽他最后一丝力气，让自己精疲力竭到没有思考的余力。

别人越是说他靠千叶，他就越是疏远千叶；别人越是说他没本事，他就越是要有一番作为给所有人看看。因此无论早晚，他都打起十二分的精神警惕四周，保护千叶，绝不允许从自己身上再出任何差错。

而机会，通常是留给有准备的人的。

“江南好，风景旧曾谙。”康熙望着窗外的风光，为这秀丽的景致所感，情不自禁吟起白居易的《江南好》。

千叶伸手采下一朵划过车边的红芍药，闻着花香接道：“日出江花红胜火，春来江水绿如蓝。能不忆江南？”

父女俩正相视而笑，忽听车外一阵人马喧嚣，有人惊叫：“刺客！护驾！”话音未落，居然一柄长剑从右侧刺进了马车。

千叶不由地一声惊呼，冷汗簌地从背脊蹿了上来。她不知所措地看向康熙，长剑虽然刺向康熙坐的位置，却没有刺着，他也是一惊，却只偏了偏身子，敏捷地将千叶拉到自己怀中，镇定地倾听车外的动静。

千叶在康熙稳定的臂膀里，心里平静了大半，却一直在想刺客的下一剑会从哪里刺来，还会不会有其他刺客的剑同时刺来。她紧紧贴在康熙身上，抓着他的袖子睁大双眼，生怕自己看不到剑的来势。

随着那柄长剑撤回车外，有打斗声短促地响了一阵，然后有人道：“启禀皇上，刺客已被擒住。臣等护卫不周，惊扰圣驾，还请皇上责罚。”

“知道了。起驾江宁织造吧。”康熙处变不惊，居然连停车下来查看的意思都没有。

千叶却是惊魂未定。她好半天才回了魂儿，想了片刻，连忙掀开帘子向外看，张望几眼，放下帘子缓缓道："料想这个刺客，不但贼胆包天，而且也该是有超群的本事，才敢豁出命来行刺。能几下子就把这刺客擒住，皇阿玛挑选的侍卫果然武艺精湛，训练有素。"

康熙沉着脸闭目养神，听了千叶的话，阖着双目不语。

康熙一行鸣锣开道，仪仗引路，到了江宁织造府门前。早有曹寅率子孙男女，顶戴朝服跪了一地。康熙恕了曹寅防范刺客不周的罪，率皇族一众进了江宁织造府内。

曹寅十六岁时入宫为康熙内廷侍卫，又曾做过康熙伴读，更与少年康熙携手力擒鳌拜，因此曹寅深得康熙信任。康熙几乎每次南巡皆住曹寅家。

曹寅，即为曹雪芹的祖父。

千叶随康熙进府，一眼就在门口跪拜的人群中找到了偶像曹雪芹。千叶偷偷朝曹雪芹招了招手，曹雪芹笑着朝千叶挤了挤眼睛，低下头去。

千叶作为公主，不与众臣会面，教媳妇引着去了。康熙与曹寅寒暄过后，侍卫总领来报："启禀皇上，现已拷问出刺客来历……"接着抬头望了望曹寅，似乎在犹豫该不该接着说下去。

"讲吧。"康熙对这个发小儿信赖笃深，并不以为意。

"此人名为庄豪关，是康熙二年《明史》案的后人。"

康熙叹道："《明史》案？……此案一干人犯七十余人，其中包括为《明史》写序、校对者，甚至卖书、买书者、刻字印刷者，以及当地官吏，或凌迟或杖毙或绞死，一时血溅杭州城，另有数百人受牵连发配充军，确是涉及过广的一桩惨案。"

曹寅宽慰康熙道："圣上八岁登基，《明史》一案案发时，圣上仍然年幼，一切全由当年的摄政王多尔衮定断裁夺，皇上已将此暴虐蛮横之人正法以谢天下，就莫为陈年旧事耿耿于怀了。"

"曹爱卿此言确是。赏此人一个全尸，处以绞刑吧。"康熙顿了一顿，接着问道，"是谁擒获此人的？"

"回圣上，是三等侍卫呼伦冲。"侍卫总领道。

原来呼伦冲在马车右侧护驾而行，知道进城后虽然早有先锋开路清道，但是毕竟人多易生变故，早就打起精神警觉着。果然，康熙的马车经过城门时，有人持剑从城门后闪出来，展开轻身功夫，几个箭步就蹿到车旁，呼伦冲身前的侍卫一恍神的功夫，长剑已刺进马车。

但是马车仍然行进，刺客却站在原地，仿佛在确认自己有没有刺着人，正欲抽剑再刺，人已到了呼伦冲的马前。呼伦冲双腿一用力，身子腾空跃起，单手撑住马鞍，左腿踢飞刺客的长剑，一个燕子翻身，右腿踢中刺客的头。刺客被他一招就制得倒在了地上。其他侍卫一哄而上，转眼将那人五花大绑地擒了起来。

“传。”康熙道。

片刻，呼伦冲进得厅来，行君臣大礼。

“抬起头来让朕看看。”康熙道。

“喳。”呼伦冲缓缓抬起头来，不敢直视康熙，却也没有丝毫怯懦畏君的意思，定定地目视前方。

康熙满意地微微一笑：“嗯……果然是个英武刚劲的小子。你是谁家的孩子啊？”

呼伦冲拜答：“回圣上，奴才是靖王的义子，原是喀尔喀部汗王呼伦达赉之长子。”

康熙微笑道：“喀尔喀虽是个小部落，但是一直对大清忠心耿耿，北慑俄罗斯，西镇准格尔，在蒙八旗里为征讨额尔丹立下过赫赫战功。”他侧头问总领太监：“听闻靖王有位侧福晋，近日身子不大好，可是出身喀尔喀的？”

总领太监躬身道：“回皇上，那位侧福晋正是呼伦达赉汗王的胞妹。”

康熙问呼伦冲：“那就是你的姑母了？现下可痊愈了？”

呼伦冲答道：“正是奴才的姑母。托皇上洪福，姑母身子略有起色。只是本就积弱，一直没去了病根。”

康熙点点头，对总领太监道：“传朕的旨意，三等侍卫呼伦冲护驾有功，升任内廷二等侍卫，回京后上任。赐御用补褂，赏银五十两。再遣李太医去给靖王府侧福晋看看，把朕留的那几颗瑰玉还原丹带上。”

“臣领旨谢恩。”呼伦冲拜道。

康熙想了想，又问：“你既不是我内廷的侍卫，是哪个阿哥选上来的啊？”

呼伦冲道：“回皇上，奴才是千叶公主选上来的。”

果然如我所料，不然这丫头也不会在车内为他说好话，原来是给自己脸上贴金，等着要封赏呢。康熙微微一笑，对总领太监道：“再传朕的旨意，和硕千叶公主慧眼识人，护驾有功，封固伦千叶公主，把朕年轻时用过的那件金络脑赐给她玩儿吧。”

总领太监面色一凛，凑近康熙低声道：“回皇上，按大清的礼制，只有皇后生的女儿才能封为固伦公主，千叶公主为德妃所生，这恐怕……”

康熙不悦道：“就连阿哥们都算上，不给我生事就算不错了，又有几个孩子能救得了朕的命？是礼制重要，还是朕的命重要？千叶本就是天赐我大清的福仙，这固伦公主的头衔又算的了什么？”

总领太监不敢再劝，连忙躬身退下，朗声传道：“和硕千叶公主慧眼识人，护驾有功，封固伦千叶公主，赐金络脑一件。”

第十六回　痴情种戏婢　半裸奴欺主

金陵已是暖风熏得游人醉的天气，千叶这次进江宁织造府，也是按品级穿了和硕公主的朝服，虽说披金戴银，花团锦簇，却也着实把她裹得憋闷。进得房内，也顾不得四下赏玩，就让琴音伺候着换上了件镶粉色绣边的鹅黄丝绸衫。棋韵打了水从外面进来，快步走上前道：“恭喜公主，贺喜公主！”

千叶整着衣衫问道：“平白无故的，喜从何来？”

棋韵边递手巾给千叶擦脸边道：“公主挑选的侍卫护驾有功，万岁爷升任他为内廷二等侍卫，还说公主慧眼识人，破格封了固伦公主，奴婢们也跟着面上有光呢！”

千叶也不顾擦脸，只瞪着大眼望着棋韵：“啊！真的？”

棋韵喜道：“这还有假？说是还赐了万岁爷当年用过的金络脑呢！”

千叶惊喜交加，拉着棋韵问：“赐呼伦冲金络脑了？还是皇阿玛用过的？‘何当金络脑，快走踏清秋’，咏志士，寄厚望，皇阿玛对他的意思可不一般啊！”

棋韵嗔笑道：“金络脑是赏公主的，不是赏他啦！他哪有这个福分……倒是遣了李太医去给他姑母看病……公主怎么对呼伦冲的赏赐比对自己的还要惦记？”

千叶面上微微一红，只道：“李太医是御医中的翘楚，这回他姑母有人救治，他可不能再摆臭脸了吧！我这就瞧瞧去！”穿上鞋就往外跑，想了想又回来对着铜镜理了理头发，抿了片胭脂在嘴上，端详了一下镜子里的自己，满意地笑了笑，这才蹿了出去，完全没看到站在一边的琴音若有所思的目光。

刺客被擒之际，听到车外通报侍卫的低沉嗓音，千叶就已辨出是呼伦冲。她定神看向车外时，虽见呼伦冲仍旧面无表情地策马前行，但已从周遭侍卫对他的敬慕眼神中将一切了然于心。

想是我在车里给呼伦冲垫的好话管用了，可没想到他能升得这么快。内廷侍卫是专门在御前伺候皇上的，一切才华抱负都有机会在天子面前展露，甚至可能是下一个曹寅。如此一来，前途就不可限量了。千叶越想越替呼伦冲高兴，穿过雕梁画栋的游廊，越过一道荷花池上的石桥，一路打听着，来到一个碧桃盛开的园子里。

千叶穿过一道月亮门，正要从假山后面抄近路绕过去，忽见四阿哥背对着她站在山石旁边，用嶙峋的巨石半掩着身子。千叶转到他身侧刚要叫他，却听到一串银铃般的笑声。

她透过假山循声望去，见是竺香玉提着一个篮子，旁边的曹雪芹正不依不饶地纠缠道：“好姐姐，就赏我吃一口吧。”

“老太太早就发下话来，不能再惯你这个毛病，如今我是有几个胆子？你就快改了吧！”竺香玉说罢扭过头去，小心地采着最嫩的桃花瓣，放入篮子里。

曹雪芹追着转身绕到那株香玉正在采的碧桃跟前，嬉皮笑脸道：“我这什么时候算是毛病了？唯姐姐口上的胭脂最好吃，别人的我还不乐意吃呢！”

“那你这倒算是抬举我了？我可不敢当呢！”竺香玉被曹雪芹缠得娇羞满面，只好又转身去采别的碧桃上的花瓣。

看来贾宝玉吃胭脂的桥段，是曹雪芹的自传了。嫩粉的花间，秀眉微嗔的竺香玉和温美如玉的曹雪芹，仿佛一幅工笔重彩的画卷。千叶轻轻一笑：明白的人，知道他这是情痴的疯病；不明白的人，还真以为他在耍流氓呢！

只听曹雪芹又道：“想是姐姐有了中意的人，不爱理我这落魄户了？”

“谁说的?!”竺香玉忽然脸上一红，一双凤眼似嗔非嗔，似喜非喜，一副欲盖弥彰的样子。

“那还不快给我尝尝！”曹雪芹趁竺香玉犯愣的片刻，抢上去捧着她的脸，在她嘴上亲了便跑。

竺香玉仿佛被吻丢了魂，提着篮子呆立半晌，才气得跺脚：“要死了要死了！”便携着篮子追远了。

千叶转目看四阿哥，只见他面无表情地盯着香玉远去的背影，疼痛的目光让千叶见了都难过，有青色的血管在他太阳穴周围肿胀起来，越攥越紧的拳上，关节白没了血色。

千叶刚想走上前去安慰他，可四阿哥却低着头向另一边走去，连脚步里都是心事。两人虽近在咫尺，一向谨慎的他却丝毫没有警觉的心思。

千叶忧虑地看着他远去的背影，轻轻叹了口气，只得继续前行，穿过竹林，拐进旁边的别院，站在厢房外敲了敲门。

“谁?”呼伦冲磁性的低音从门内传来，果然是他的屋子没错。

千叶也不等人请，兀自推门就要进去道喜，却见呼伦冲只穿一条锦裤，半裸着上身正用手巾擦身呢。千叶万万没料到是这等场面，一时站在门口呆住了。

她想转身逃跑，又觉得很没公主的气派；她想遮住脸扭过头，又觉得显得自己很不淡定没面子……她傻在那手足无措，呼伦冲却一直挑衅地看着她，仿佛在等着看她的好戏，于是她心一横，眼一瞪，任凭自己目光发虚，心慌意乱，却死死地盯着他半裸的身子没有动弹。

呼伦冲见人开门，本来一惊，看到来的人是千叶，更是难免有些尴尬，转而见她比自己还要慌张，往日的高贵刁蛮一扫而空，流露出未经世事的少女本色。他心念一动，唇畔一侧扬起笑的弧度，不紧不慢地把毛巾放到一边，在盆里洗了洗手，又仔仔细细把手擦干，然后大模大样地裸着上身，缓缓走到她的跟前。

呼伦冲一言不发，似笑非笑地看着千叶，粗壮的胳膊悠闲地架在千叶面前的门框上。古铜色的皮肤，一身均匀的肌肉结实而流畅。千叶心中的少女小人儿打败了女王小人儿，终于慌了神，侧过头去不好意思看，勉强道："你……要不要先把衣服穿上?"

"这是奴才的屋子，奴才在自己的屋子里穿不穿衣服，公主也要过问?"呼伦冲依旧是一副满不在乎的口吻，气定神闲地望着越来越局促不安的千叶。

第十七回　碧桃解思意　软语诉真情

此刻有些坏坏的他，倒让千叶想起她在宴会厅门口撞见的"马来貘"。看来真是轮回转世，本性难移，千叶暗自咬牙：这小子今天被皇阿玛赏识，升官发财，总算扬眉吐气，心情看似一片大好。可为什么他心情不好的时候对我客客气气，心情好的时候反倒爱刁难起我了?

呼伦冲今天心情的确非常好。

此次呼伦冲一人独擒刺客，虽是偶然，也是必然。他凭自己卓绝的身手和时刻警醒的自觉，不但在军中立了威，而且在皇上面前受了封赏。皇上赏识的人，没有人再敢对他造次不恭。从此姑母不会再为他所累，终日愁病，更能因他而保住在靖王府的地位。他的确是扬眉吐气了。

更令他一雪前耻的是，他不但救了皇上，而且救了和康熙同乘一车的千叶。此次这个刁蛮公主还如何能再瞧不起他？现在又逢千叶自己撞上门来，呼伦冲忍不住想要逗一逗她。不知道为什么，他就是很喜欢看她脸颊绯红的样子。

果然，千叶见他半裸着身子纹丝未动，更是不知所措，一张俏脸又羞又气，憋得通红。呼伦冲仿佛很满意，微笑着欣赏了一会儿自己在她脸上造出的红云，终于转身回去慢悠悠地穿上衣服。

"奴才自幼在蒙古长大，经常幕天席地，对酒当歌。夏天打着赤膊在草原上骑马射猎，也是稀松平常的事情。"呼伦冲与千叶坐在屋前的廊下，对她讲起了小时候的事情。

是喜悦冲昏了头吧？还是因为刚刚那她那动人的样子？为什么我感觉不到她是尊荣独享的公主？为什么我会忘了彼此的距离？

只是想和她这样肩并着肩一起安静地坐着，笑着，说着——说些什么都不重要，只要能看到她昙花一现的少女花容，就在自己触手可及的面前绽放着，似乎我纠结的思恋就能得到暂时的平息，不再翻江倒海地折磨我。

暂时纵容一次对她的贪恋吧，受够了用极尽恭敬谦卑的态度，反复提醒自己和她的现实距离。眼前这个笑靥如花的女人，正用清澈的眼睛，毫无矫饰地望进我的心里，我只想让这个女人了解全部的自己，仅此而已。

“蒙古的草原，的确是一片迷人的地方。不但水草丰美，羊肥马壮，到了七月，油菜花黄澄澄地开满山野，刺目的阳光下是一片金光闪烁的花海。”千叶曾随父亲驻使蒙古，她的童年时光，也曾策马奔跑在广阔的草原上。

“公主也到过蒙古？”呼伦冲问道。

“哦……只是……曾随皇阿玛出塞围猎罢了。”千叶真是佩服自己脑袋转得够快。

呼伦冲的心仿佛又回到了那天苍苍野茫茫的草原，对千叶不自然的表情也没太在意：“若是有朝一日能够同去蒙古，奴才愿意好好教习公主马术。”

千叶不服气道：“我会骑马！皇阿玛给我请了无数个御马师傅，我的马术在宫中可是一流的，就连四哥、十四哥也不一定是我的对手。”忆起在蒙古与老爸的蒙古同事们学骑马的情景，她的谎撒得倒也理直气壮。

大清国马上得天下，满人公主自然从小有无数人教习马术了。想要忘记彼此的距离，但是地位的悬殊总是跳出来横在我的面前。呼伦冲低头不语，沉着脸将唇抿成一条隐忍的直线。

又忽然生气了。这个人怎么这么爱生气啊。算了算了，这次我是来道喜的，又不是来斗嘴的。

不知为什么，千叶一见他沉下脸，一颗心也扑通扑通地乱跳着往下沉，只好道：“我这次来，是恭喜你升迁的。我本来听到车外有刺客，又看到一柄剑刺进了我和皇阿玛的车里，那时候真是吓坏了。后来听说你独擒刺客，大家不但对你刮目相看，还赞我挑选你的眼光。其实我哪有什么眼光？是你自己有本事，只是终于有机会得到皇阿玛的肯定而已。我真的替你高兴，所以才……”千叶嗫嚅着低下头去。

呼伦冲也低头凑过来，心醉地注视她娇羞含露的双眸：“所以什么？”

“所以我才高兴得忘记打个招呼就闯进了你的屋子……”千叶越说声音越小，最后小到连自己都听不见了。

呼伦冲望着千叶真挚诚恳的样子，忽然升起一丝渺茫的希望：她会为他而脸红，会为他而笑，也会为他而骄傲……也许他在她的心中，不是那么卑微；也许他在她的心中，也占据了一个小小的位置。

如此想着，纠结在他心头已久的阴霾渐渐云开雾散，他对着她明媚地笑了，能看到他洁白整齐的牙齿迎着阳光闪耀：“我烦的那些事，本来也与你没有直接关系。我……我只是在气自己而已。”

“真的?”千叶想起他被自己骂之后那如火般的眼神，不放心道：“我从密妃娘娘那里才得知，你姑母因我的事情病得不轻，我还总是跟你过不去……如此对不起你，我心里一直都不是滋味，其实我早想跟你道歉，可是你都不理我，这明明是在生我的气，怎么又和我没关系呢?”

你只知我的境遇，又怎能知道我对你的非分之想在日夜折磨着我？呼伦冲深情地望着千叶，心中百转千回，半晌才道：“姑母被赐婚给靖王当侧福晋之后，一则不放心我在后母身边被她视为谋求汗位的眼中钉，另一则也因为京中无亲无故的寂寞，一直想寻得个由头把我接过来。过了几年，才有了这个征选侍卫的机会，本想我能进京与她作伴，照顾她，却没想到却连累了她。”呼伦冲至今回忆起来，仍旧懊悔，不禁攥紧了拳头。

“我只是一直恨自己没有能力让姑母幸福，却让她因为我在靖王府抬不起头，受人欺侮，那些都是我的痛，我的错，和你又有什么关系？所以我根本没有怪你……”呼伦冲下意识地低下头去，看着自己的剑鞘。千叶随他的目光望去，看到剑鞘上坠着一个白玉团锦结的穗子，叶形的白玉在春光下晶莹温润，正是千叶送他的那个。

呼伦冲和千叶不约而同抬起头看着对方，看着彼此眼睛里浓情的自己。

爱情的来临，总是悄无声息，猝不及防。当他们发现的时候，早已深陷其中。

忽然一阵清风袭来，碧桃的花瓣迎风漫天飞舞。粉色的花瓣映着千叶的脸庞，一瓣碧桃窈窕扭动着，落在了她的头上。呼伦冲举手摘去那一片花瓣，轻轻拈在指尖望着千叶微笑。千叶也望着呼伦冲，绽开比花更绚烂的笑颜。

花香花容中，呼伦冲不禁将唇渐渐凑近千叶，接近，再接近……接近那折磨自己的非分之想。

非分之想?

非分之想!

呼伦冲蓦地飞身跃起，漫天花雨中，剑已如虹。他竭力不让自己去想那个仍旧坐在碧桃花下惊讶地望着他的女人，竭力让身体远离那个磁石般的存在。

明明就在眼前，却依然思恋成河；明明知道可望不可及，却只想将她永远留在眼前。我是不是疯了？他奋力地舞着，舞到喘息，舞到绝望，希望这样可以耗尽杂念，斩断思恋，却仍旧恐惧地发现自己心底仍然有着占有的火焰。

第十八回　不打不相识　无意无款曲

这一日曹雪芹做东还席，邀胤禛、胤祥、胤禵还有千叶在一处依山傍水的凉亭赏乐饮酒。

为免人多繁杂，几个阿哥和公主遣走了自己的侍从，只留曹雪芹的丫鬟们和几个宫中的侍卫在旁伺候，呼伦冲也位列其中。

酒过三巡，曹雪芹主动叫了竺香玉出来，弹古筝为大家助兴。千叶担心地看了看四阿哥，只见他依旧面无表情地喝着酒，却对竺香玉不看一眼。曹雪芹仿佛很开心，边看着竺香玉弹曲，边和十三阿哥、十四阿哥聊天吃菜。

忽听“哒”地一声，四阿哥放下手中的酒杯，站起身来抽出身后侍卫的宝剑。众人都不知四阿哥是何用意，皆停下手中的筷子，怔怔地望着他。

“香玉姑娘琴曲撩人，声声扣人心弦，令我心驰神往，想要为大家舞剑助兴。”四阿哥今日一直闷闷不乐，忽然少见地一下子说了这么多话。

十三阿哥似乎也看出四阿哥今晚有些不寻常，在一旁打趣道：“能让四哥舞剑助兴，香玉姑娘的面子可真不小。”

千叶偷偷拉了拉十三阿哥的衣袖，十三阿哥会意，不再言语，低头吃菜。她又瞥了眼曹雪芹，见他心事重重地望着竺香玉。

“《高山流水》，可好?”竺香玉面不改色，柔声问四阿哥。

“《十面埋伏》。”四阿哥语未毕，剑已出。

《十面埋伏》讲的是刘邦和项羽在垓下决战的情景。只听竺香玉的琴音仿佛由远及近，由徐缓至湍急，气势恢弘，波澜壮阔，充斥着金戈铁马的肃杀之声。

四阿哥的一柄长剑，随着竺香玉的琴声白光四起，起初是剑随音走，渐渐地，竺香玉的纤纤玉指随着四阿哥的身姿跳跃飞舞，剑越舞越快，琴音也一声疾似一声。

曲到极致，弦忽然断了。

四阿哥停剑望向竺香玉，却见竺香玉将断了的琴弦叼入口中，轻轻咬住，继续弹奏。四阿哥随声而起。这小小的停顿之后，剑虽依然快，琴虽依然疾，却有了说不出的默契。

曲毕，四阿哥把剑丢给那个侍卫，缓步回座接着喝他的酒。十三和十四都给他叫好，曹雪芹也干笑着道：“早听闻四阿哥文武全才，在下今日方才领教了。”

“四哥这一舞，让我也不由地心痒难搔。”十四阿哥道，“千叶，前日听闻那个擒了刺客的侍卫，是你那边带来的，今日可在这里?”

“就是他。”千叶回身一指呼伦冲，带着几分得意。

呼伦冲走到众人跟前躬身行礼：“二等侍卫呼伦冲，拜见众位阿哥、曹大人。”

曹雪芹道：“我没品没级的闲人一个，每日只混在脂粉堆里，可不敢当什么大人。”斜睨了眼四阿哥接着道：“若封我个牡丹将军，胭脂大人，在下自是乐得胜任。”

千叶道：“先生是千古奇才，富贵闲人，自是不屑和士大夫之流为伍。只是人生在世，皆非草木，谁也逃不过一个‘情’字。”

“哈哈哈，好一个谁也逃不过的‘情’字!”曹雪芹举杯叫绝。“千叶公主见识不凡，胸襟广阔不让须眉啊!”

千叶与曹雪芹碰杯，回嘴道：“曹先生才情卓越，蕙质兰心不让巾帼。”她最烦的就是“不让须眉”这个词，好像须眉天生就比巾帼强一样。

曹雪芹开怀笑道：“哈哈哈，是在下愚钝了!”在这个世道中没有几个人敢将女子与男人并论，千叶的几句话，让曹雪芹深感她与自己气味相投。

“你们两个你一言我一语的倒是聊得投机，我们可以比武了吧?”十四阿哥道。

“比武?”众人皆诧异。

“我早就想试试自己的身手，如今有个能一招制敌的强手摆在眼前，我又怎么能轻易放过?”十四阿哥摩拳擦掌。

就算十四哥身手再敏捷，也敌不过天天以此为业的呼伦冲。可他若胜了阿哥，人家会说他狂妄自大；若败了，又会说他花拳绣腿，碰了个好运气才独擒刺客。千叶连忙道：“刀剑无眼，伤了谁都不好，还是算了吧!”

“大不了不比刀剑，只比拳脚。”十四阿哥年少气盛，虽然从来没有实战经验，却一直觉得自己武功了得，似乎打定了主意想要和呼伦冲一较长短高下。

千叶想了想道：“那好，我也早就想看看十四哥的拳脚功夫究竟如何，可我自然是比不过的。今天就让呼伦冲代替本公主，赢了算我的，输了也算我的。”转头对呼伦冲道：“你不必客气，尽管拿凌厉的招呼，让十四哥看看我千叶派的厉害。”

呼伦冲微笑会意，上前一步行礼道：“如此，奴才就多有得罪了，还望十四阿哥恕罪。”

十四阿哥道：“找个空旷点儿的地方，也好施展得开。”

众人均移步到亭外湖边的空地上观战，竺香玉刚要收琴退下，忽地左臂一紧，被人拉着闪进了竹林中，一柄琴斜斜陈在榉木云纹案上，险些落地。

十四阿哥向呼伦冲抱拳行了个礼，呼伦冲刚要还礼，十四阿哥的右拳已奔他面门而来，拳未到，风先到，果然势如破竹。呼伦冲连忙头向右偏，躲开了这一拳，可十四阿哥左拳紧跟着打他右肩，眼看呼伦冲无论如何也难以躲开，却见他双腿一纵，在空中翻了个筋斗，解了十四阿哥步步紧逼的围困，又趁势朝他头胸连踢。十四阿哥仓促收拳，向后急纵，才总算躲开了这一招，落地却未免狼狈。

十四阿哥见呼伦冲身手果然不凡，掷地有声地赞叹道：“好一招‘鲤跃龙门’！”

呼伦冲单手背在身后，微微一笑，不羁的傲骨又在唇边微现，气定神闲地只等十四阿哥进招。

十四阿哥平日虽也有拳师和自己对招练功，可那些人难免碍于他的身份，比试起来缚手缚脚，很不痛快，如今难得遇到能和自己年纪相当的高手，因有千叶撑腰，出招也不留情面，当真令他觉得快意。于是他果然沉不住气，一跃而起，连连进招。

千叶只见两人左突右蹿，呼喝之声不断。呼伦冲蓦地矮身躲过十四阿哥横扫过来的一腿，也不站起身，就势身子一旋，一个扫堂腿，扫中十四阿哥撑在地上站立的那条腿。十四阿哥双腿悬空，没了重心，一跤摔在了地下。

呼伦冲微笑着走过来，向十四阿哥伸出手去，想要拉他起来。十四阿哥拉住他的手，身子向后一用力，呼伦冲猝不及防，被他抡在空中，十四阿哥仰面躺在地上，一个“狡兔蹬鹰”，向后将他身子一踢，把呼伦冲踢入身后的湖中。

“十四哥使诈！”千叶不服气地叫，忧心忡忡地向湖面眺望。

湖边的水不深，只是呼伦冲衣服湿透，在千叶面前丢了面子，目光里又有火焰燃起。

“这叫兵不厌诈！”十四阿哥正扭头对千叶贫嘴，呼伦冲已一跃到他的身后。他早已发现十四阿哥攻有余而守不足，下盘不稳，这大概也是阿哥与拳师练拳的通病。他右手提着十四阿哥的后脖领，顺势制住他的大椎穴，教他立时四肢不听使唤，再腿下一用力，十四阿哥侧身向下摔去，还没等着地，就被呼伦冲双臂接了起来，高举过头。十四阿哥在空中连连惊呼，苦于大椎穴被制，动弹不得。

呼伦冲举着十四阿哥转了半个圈子，面向千叶问道：“奴才接下来该如何是好？还请公主示下。”

千叶看到呼伦冲眼中精光四射，唇边扯起她熟悉的坏笑，马上会意：“本掌门要你把他给我扔进湖里。”

“喳。”呼伦冲双臂早已运上力气，假装没听到十三阿哥的喝止声，话音未落，就把十四阿哥朝湖里扔去。

十四阿哥从湖里跳出来，也有些气急败坏，随手抄起一块鹅卵石就向呼伦冲掷去。

石头不小，又加上十四阿哥动了真气，只听呼呼风声，刹那间奔向呼伦冲的面门，却被呼伦冲不疾不徐地伸指一弹，石头变了方向，径自以更猛的力道斜斜飞去。

忽闻太监的声音：“皇上驾到！”话音未落，余力未消的石头已向康熙砸去。在场的众人本来一心观战，谁也没留意康熙等一众随从已来到近前，此刻都不由地惊叫出声。

康熙面不改色，在众人的惊呼里翻卷龙袖，轻轻一拂，已将强弩之末的大石化掉了所有的力气。只见他翻腕将石头拿在手中，略微端详，随即冷冷扫了一眼众人，见十四阿哥和呼伦冲浑身湿透，将微愠的目光落在了呼伦冲身上：“相邀私斗，尊卑不分，你是嫌自己升得太快了？”

众人连忙跪倒向康熙请安行礼。千叶怕呼伦冲受皇阿玛怪罪，连忙道：“十四哥正挑战我千叶派门下的大弟子呼伦冲呢，却没想到皇阿玛才是深不可测的高手。”

康熙自幼尚武，也自恃功夫了得，如今被千叶的马屁拍得正是受用，又一听那古灵精怪的说辞，知是小孩间玩闹，面色缓和了几分：“你这丫头，又跟我耍些嘴上功夫。是谁赢了？”

呼伦冲拜道：“启禀皇上，如今也没分个胜负。”

十四阿哥却回道：“呼伦侍卫确是技高一筹，儿臣已败象连连了。”

呼伦冲见十四阿哥不计前嫌，并不以阿哥之势压人，说话冷静客观，不由地钦佩地望了他一眼，见十四阿哥正诚挚地对他笑。

“哈哈，不愧是我大清的皇子。大清国马上得天下，如今你们虽安居城中，却不应疏于功夫骑射，才能振我满人的雄风。而胜败乃兵家常事，得胜固然值得骄傲，认输却更需要勇气。只有知道自己输了，输在哪里，才能有反败为胜的机会。”

众人拜道：“儿臣谨遵皇阿玛教诲。”

“明日朕要启程去趟扬州，七日便回来，你们几个阿哥陪朕走一趟，千叶就留下歇歇吧。”顿了一顿，又对呼伦冲道：“不要因为自己救驾有功，就忘了自己的本分。往后在朕的身边，若是有半分逾矩之行，你可要好好掂量掂量自己的脑袋。”

“喳。”众人行毕了礼，康熙一行便离去了。

康熙没有责罚他们惊驾之罪，这一遭算是有惊无险地过去了。不过这一搅合，架也打不成了。两人看着彼此湿漉漉的狼狈相，都忍不住尴尬地笑了。千叶嗔道：“还不快回去把湿衣服换下，仔细让风闪了。”

“看来他们这叫不打不相识。”曹雪芹一直在旁边看热闹，现在又溜达着过来敲锣边儿鼓。

十四阿哥由衷地对四阿哥赞道：“呼伦侍卫勇武过人，豪放洒脱，的确是个值得一交的汉子。四哥，你说是不是？”说着四下寻觅：“四哥哪儿去了？”

“是啊，刚刚皇阿玛来时，就已不见他人了。”十三阿哥道。众人一直聚精会神

地观望比武，谁也答不上来，只有曹雪芹望着那几上寥落的斜筝呆呆出神。

而这一切，都被千叶看在眼内。

第十九回　出笼鸟丢佩　肌肉男买绸

金陵乃是六代豪华之所，十朝京畿要地，江宁县又处在秦淮河、长江交汇之处，更有说不尽的婀娜风姿，道不完的妩媚婉转。出门东行，转过几个里弄，就到了熙熙攘攘的河边市集。

千叶久居宫内，如今终于回到人群中间，仿佛一只出了笼的画眉，一会儿买个桂花头油，一会儿又摸摸织锦香囊，叽叽喳喳地跑在前头。

呼伦冲被琴音召了来，紧随在千叶后面，如见了老鼠的猫一般，警觉地瞪视每个路过的行人。若有谁不小心碰到千叶，他就冲过去一掌把那人推开。挨推的人虽想发脾气抱怨，可看看高大威猛的呼伦冲山一样罩在千叶身后，冷峻的目光仿佛两把剑，能穿人一个透心凉，也只好把一口气活活吞回肚子里去。

就是苦了琴音和画境。两人虽是宫女，可位分不低，在宫内也是有人伺候的，哪经历过如此急行军一样的走法？早被千叶和呼伦冲落下了一大截。

忽然，一个衣衫褴褛的小男孩从人群中跑了出来，正撞在千叶身侧，呼伦冲见是一个孩子，也不好下狠手推他，只拎起他的衣领放到一边道："看着路，别瞎跑！"

小男孩咕噜噜地转了转大眼睛，嘻嘻笑道："是了是了，下次不敢了！"然后一溜烟跑远了。

千叶觉得奇怪，无意摸摸自己身侧的牡丹镂金玉佩，低头一看，却没有了。"咦？我的玉佩呢？"

"那小子定是个贼！"呼伦冲瞪着眼就要去追那男孩。

千叶拉住他道："算了算了，也不是什么稀罕物。那孩子乌黑精瘦的，拿去能换几顿饱饭，也算是咱们积的福了。"

呼伦冲看看千叶，千叶朝他灿烂一笑，果然对玉佩全不放在心上，他的目光因她的善良而柔和下来，看着她转身蹦蹦跳跳地往前走去。

琴音、画境两个人似乎已经跟不上她和呼伦冲，没了踪影。千叶回头四顾了一下，仿佛很高兴地松了口气："这下没有她们管东管西，我就可以玩得更痛快了。"说着进了一个装潢考究的绸缎铺。

胖胖的老板用眼角上下打量了一下两人，从鼻子哼道：“客官有什么喜欢的，就自己随意看看吧。”然后打帘进了内堂。

今日千叶特地打扮得朴素，就是为了不让人识出自己的身份，以免招些不必要的麻烦，所以对老板的态度也不以为意。她在五颜六色的绸缎轴子前东摸摸，西比比，见没什么比宫中更奇丽的货色，就打算迈步出去。

呼伦冲却忽然拦在了她的身前。她抬头莫名其妙地看他，见他眼睛四下扫视着那些绸缎轴子，一副很想要买的样子。

“怎么？你想做件新衣服？”千叶想象这个高大的肌肉男，左拈一批红绸，右挑一卷织锦，细声细气地在绸缎堆里东挑西选的样子，就不禁笑了出来。

呼伦冲本就对这些花花绿绿的绸缎有些无所适从，见千叶取笑，尴尬得都要冒出汗来，瞪眼对千叶道：“公主笑什么？奴才不能挑布料吗？”说完回身就东拉西扯地翻了一阵，却完全不得要领。有伙计上前阻拦道：“哎哎哎，客官您这么死拉硬拽的，我们的货还要不要卖了？”

千叶止住笑，上前道：“你和布料谁也不认识谁，这从何挑起？我来替你挑吧。”

呼伦冲瞪了一眼千叶，本想不理她接着挑，可想想术业有专攻，要他冲锋陷阵容易，而挑选绫罗绸缎，就是千叶在行了，只得放下手里的缎子认输道：“好吧。”

“那你须得告诉我你要什么场合、什么季节穿，我才好给你挑啊！”

呼伦冲斜眼望着地，嗫嚅道：“不是我穿。”

千叶奇道：“那是谁穿？”

“女人穿……要成熟庄重些的。”

好啊！居然是给女人穿的！成熟型？没想到他还是个御姐控！千叶心下寻思着，兴头儿已一扫而空，随手在绸缎堆里拉出个粉红色银牡丹镂底织锦道：“这个够成熟，怎么样？”

呼伦冲扫了一眼那颜色，将目光兴味盎然地落在千叶脸上，望着她千百个不愿意的神情，浅浅扯起一边唇角。他将织锦扯回绸缎堆上，享受地盯着她道：“这个不好。她深居名门，容貌白皙秀丽，当选个再华丽典雅些的。”

哼，还是个白富美呢！眼光够高的啊！千叶没好气地拉过一席黑色金鹤戏云织锦，举到他面前道：“这个如何？”

呼伦冲这次连看都不看那织锦，只笑意盎然地深深凝视千叶，缓缓走近她的身前，缓缓将自己的手伸向她。

慢着慢着……他要干什么？古代人不都是男女授受不亲的么？他走这么近要干什么？大庭广众之下拉我的手？

呼伦冲俊逸到令人窒息的容颜近在咫尺，千叶不由得在心底叫：天哪！这张脸也太帅了吧？帅也就算了，像平时那样摆副臭脸我也就踏实了，干嘛这么看我？这不是成心欺负人吗？千叶心里骂，脸却越来越热，不禁被他犀利帅的攻势逼得节节后退，低头靠到了堂柱上。

几乎可以感觉到呼伦冲温热的呼吸，那呼吸只让千叶的头像火山一样，乱沸得冒烟。呼伦冲满意地望着千叶绯红的面容，将手伸向她的手，却滑过她的手边，用两指夹起那黑绸轻轻一甩，黑绸听话地卷好躺回了绸缎堆。

“这款太老气了。她可还年轻得很。”呼伦冲话里虽说的是绸缎，语气却低沉得仿佛在谈情。

我帮你选就不错了，你还横挑鼻子竖挑眼，千叶道：“这么难的款式，我可没本事选，你还是自个儿慢慢挑吧。”说着在他的胸膛猛捶了一记，想要挣脱他嘲弄的目光。

怎么好像打在石板上？千叶揉了揉生疼的手腕，咬唇看向毫无反应的呼伦冲。

呼伦冲愣了半秒，忽然按着胸口喊：“哎呦……好疼！奴才被公主打成内伤了，在宫中当差不但要防范刺客，还得挨主子打骂，做奴才真难啊！”

千叶紧张地环视周围，还好一个人都没有，连忙捂住他的嘴低声道：“你给我小声点儿！生怕别人不知道我是公主吗！我给你算工伤还不行！?”

呼伦冲拉开她捂着自己的手问：“‘算工伤’是什么？好吃吗？”忽然只觉千叶的手香滑无骨，心底那缕莫名其妙的冲动又升了上来，吓得连忙将她的手扔开。慌忙之间用力过猛，把千叶整个人都扔到了旁边的堂柱上。

千叶揉着被撞痛的肩膀叫：“你干嘛！”

呼伦冲尴尬地岔开话题：“你说的‘算工伤’是什么上等物件？可补偿得了奴才这内伤的损失？”

“不是算工伤，是工伤……你刚刚这么大力气扔我，哪儿像是有内伤的了！”

呼伦冲放大声音道：“公主是想言而无信不成？”

千叶吓得连忙叫他噤声：“好好！算工伤！工伤就是根据你的身体损失补偿适当财物的办法。”

呼伦冲道：“奴才不用什么财物，只希望公主帮我选绸缎好送人。”

千叶咬牙思量道：“你要让我帮你选也可以，但是须得回答我一个问题。”

“公……姑娘请讲。”

“这绸缎是送谁的？”

“姑母。”

嗨！早说啊！姑母从小把他带大，又把他带到京城，因为他受了这么多委屈，这次他扬眉吐气，一定是打定主意回京要让姑母大大风光一场了。

千叶深深望了一眼他，转头叫伙计：“把你们店最好、最下功夫的货全拿出来。”

那伙计慢吞吞走过来，睨了眼千叶道：“听客官口音，应该是从北方来的。您可以跟本地人打听打听，我们睿锦斋可是金陵城的这个——”说着比了个大拇指，接着道：“好货有是有，可都是给织造府上的曹大人留着进贡的，别说您没钱买不起，就算是有钱，也买不了啊。”说完嘿嘿干笑了两声。

千叶见他的势利嘴脸，早来了气，从怀中掏出一件明晃晃的东西道：“你不说曹大人也就算了，既然提起了他——那我也买不了了？”

伙计慢吞吞凑上来，定睛一看那东西，倒吸口气，圆着眼睛媚笑道：“姑娘稍等，姑……姑奶奶稍等……”说完就慌慌张张进了里间。

千叶向呼伦冲胸有成竹地微微一笑，拿着那东西朝他顽皮地晃了晃，呼伦冲才见那是一个金符，镂金的云纹鹤底图案上，刻着一个“曹”字。

千叶见呼伦冲诧异，凑到他耳边低声解释道：“昨日打从听说皇阿玛要出去，早打算今日偷溜出来，就和曹雪芹要了他家的家牌，听说是嫡亲才有的，想着兴许会派上用场。没想到真是‘县官不如现管’，他曹家在江宁纺织业的面子还真叫大呢！”

正说笑着，老板已蹿了出来，讪笑着行礼道：“早见二位气质华贵不俗，怕搅了您的清静，小人一直躲在内间候着。若要看好货，快往里请，快往里请！”说着连忙沏茶倒水地把千叶和呼伦冲让到内间厅里坐了，命伙计们每人托着好几轴上好苏绣，站成一排：“奶奶请看，这都是今年往京里进贡的货色，您先挑着。”

千叶瞥了一眼，喝了口茶，拿腔作势道：“进贡京里，都是给皇上、娘娘的，我一介草民怎么敢挑。”呼伦冲听她故意刁难那老板，站在一边强忍着笑，也佯怒道：“我家小姐看不上这些货色，还不再拿好的来！”

老板为难得胖脸已皱成一团：“奶奶，听您口音该是北京来的，想是曹嫔娘娘身边的人，您也该知道，我们这都是今年新出的了，真没有更好的了。”

千叶叹了口气，翻着料子道：“这百鸟朝凤、五福临门、竹报平安，也都是换汤不换药的老样子，没什么新意。”

老板连忙拿料子比划着道：“奶奶也是懂的人，我江宁的云锦一向以柔韧的质地、经久不褪的艳丽色泽独步天下。您再仔细看看，我们这样子虽没大变化，但是料子比往年更加了层针，提花丝织更加密实厚重，不但经久耐磨，在屋内一个颜色，在阳光下面又是一个颜色，穿上也更显贵气，不信您摸摸。”

千叶早听妃嫔们说过，江宁绸缎用料考究，织工精细，图案色彩典雅富丽，宛如天上彩云般的瑰丽，故称“云锦”。摸了摸，果然不愧金陵第一的绸缎庄，做工的确考究，但她仍然撅嘴道：“我们娘娘不喜欢穿和别人重样儿的，你是知道的。”

老板连连点头：“小的知道，小的知道！”说着手下忙个不停，翻出一卷紫红绣纱道：“您看这金雀紫罗苏绣红，质地样式都是最新的，如何？质地轻盈，绛金的苏绣金雀，又华丽又大方，穿上恍如仙子下凡，颜色妩媚却不张扬，最适合春夏穿着了。”

千叶眼前一亮，不提那振翅欲飞的金雀，单看这堪比黄金美玉的丝质，就已令人爱不释手。在手上掂了一掂，点点头，又递给呼伦冲。呼伦冲掂了一下，赞道：“好轻好薄，姑……娘娘一定喜欢。”

“就它吧，来二匹给我包好。还有这个、这个和这个，都包好了给我送到府上给曹雪芹就行了。”

老板见千叶满不在乎地直呼江宁织造府大公子，更觉她来头不小，连连打千作揖，就差要给她跪地磕头了。

千叶也不看他一眼，就要往外走，呼伦冲掏出银子要付钱，那老板也不敢收，推着银子道：“上次的预付款子还没花完，先从里边扣就是了。”

千叶回头道：“进供的归进贡的，我买的算我头上。”

老板依旧推辞道：“进贡的也是给娘娘们穿，都是一样的。”

千叶瞪眼道：“一码儿归一码儿，做事自然要分清来龙去脉，难道你先擦屁股再拉屎不成？”

见这艳丽娴贵的小姐说出如此粗鄙直白的话来，老板一时愕然不知如何是好。呼伦冲忍着笑，趁机把银子塞给他，随千叶出了门。

老板这才恍过神来，追着两人喊：“奶奶身子金贵，要不要小的备轿送回府内？”

千叶头也不回，摆摆手道：“不用了。”

千叶走出老远，才跳回呼伦冲身边道：“这下保证你姑母穿着宫中都没有的极品，在靖王府大大风光一场。等我回去再找些搭配的玉佩香囊、钗环耳坠，定教她艳压群芳，把靖王迷得五体投地。”

呼伦冲对她的说辞哭笑不得：“我姑母若有公主半分的活宝性子，也不至让人欺凌至此了。”

千叶皱皱鼻子，朝呼伦冲吐了吐舌头，自顾自向前走去。

呼伦冲深深注视着千叶无忧无虑的背影，她刚刚在睿锦斋的威仪与刻薄已荡然无存，也许那就是她在宫中面对势利小人时不得不装出的面具，能够在这复杂的环境中保持自己的单纯与善良，是何其不易。他身边有很多原本单纯善良的人，为了保护自己，不得不装出另一副嘴脸，久而久之，他们已经摘不下面具，忘记了真正的自己。眼前这个天真快活的小女孩，虽偶尔迷糊，却在骨子里保持着常人难得的清醒。

第二十回　传世翡翠绿　退敌怒火红

呼伦冲追逐着千叶自由快乐的背影，仿佛追逐那片一直向往的无垠草原。他跟从着，追随着，直到目光再也无法移开，直到感觉这个世界已没有别人，只有他和她。

千叶又停在一个首饰摊前，拿起一个黄玉镯子把玩，卖货的大娘趁势兜售道："这可是上好的黄玉，看这成色。"千叶不语，只是拿着镯子左右端详。

大娘又道："姑娘这么漂亮，给你个便宜价钱，喜欢就让相公给你买了吧。"

千叶不解，见大娘只是望着她身旁的呼伦冲笑吟吟地自言自语道："真是一对般配的璧人呢！"

千叶一下子红了脸，连忙放下镯子嗫嚅道："我也不是要买，只是看着它和我宫……我家中的那只有些相像。"然后掉头跑到旁边的摊子上去了。

呼伦冲讪讪地朝大娘笑了笑，见千叶居然没有急于否认，只觉曾经痛苦思恋的人已和自己越走越近，那些怨恨的、纠结的折磨已渐渐化为一缕绕指柔，缠绵于心。

他低头傻笑时，却看到一对耳坠子，拿起一个仔细端详，上面用碧玉坠着几个小巧别致的叶子，还嵌着镂空的银边纹饰。呼伦冲忽然想起千叶遗失在万岁山上的耳坠子，听她的形容应该和眼前的有几分相似。

大娘见他诚心赏玩，凑近他低声道："公子若是中意这款，我屋里头有个独一无二的，不过价钱可是不菲。"

呼伦冲偷看阳光下光彩照人的千叶，知她宫内奇物见得惯了，自该有个非比寻常的坠子配她，侧头对千叶交待一句，便随大娘进了摊子后面的小屋。

珍珠细软堆了一屋，大娘却绕过首饰堆，打开锁柜，端出一个别致的锦盒。锦盒上又有一个银锁，大娘边找钥匙边道："和公子有缘，这货是我在宫内负责采办的侄子从缅甸淘来的罕物，说是叫翠，特地请了广储司的熟人工匠打造，交代我代买的。"

开了锁，是个锦囊，开了锦囊，又有锦帕包着。

红色的锦帕里，静静躺着一对鲜翠欲滴的耳坠，款式虽与刚刚所见的如出一辙，质地、做工却天差地别。

呼伦冲大喜，付了钱，将耳坠子层层仔细包好，收入怀中，出屋走向旁边货摊前的千叶，却哪里见到千叶的影子？

千叶乃一国公主，久居宫中，从来没有在这闹市人群中走过，又是个路痴，若是走散了也找不到回去的路；何况她如此美艳，走过的这一路不知有多少男人都惊艳地看她，若是被居心叵测的人盯上了……呼伦冲只觉心脏像要跳出胸膛一般，四下里张望着呼唤千叶，却只见到一张张陌生的脸。他急得手心沁出汗来，忽见摊子后面一个狭窄的小弄里，仿佛有千叶的身影。

原来千叶被大娘说得心里小鹿乱撞，羞得满面通红之余，却又有几分甜甜的喜悦，一边等着呼伦冲，一边假装拿着旁边货摊的东西赏玩，心里却全是大娘刚刚说的话，还有呼伦冲清朗的笑容，正东张西望地没个计较，忽见货摊后面的小巷里仿佛有人在打斗。

她放下东西走过去看时，只见一个六七岁、衣衫褴褛的小男孩倒在地上，正被一个腆胸叠肚的大汉下了狠脚踢着。她赶忙跑上前去，用尽全身力气把那大汉推开，叫道："你这么大的人，怎么欺负小孩?!"

"什么欺负小孩？老子揍儿子，也要你管?"大汉瞪着布满血丝的眼睛，逼到千叶身前。

千叶没想到这孩子是他儿子，有些意外，仍然道："就算是你儿子，也不能往死里打啊!"

那小孩却叫道："我不是他儿子！姐姐快救我!"一下躲到了千叶身后。

"我供你吃供你喝，怎么不是你老子?"大汉说着，就往千叶身后伸手要抓孩子。千叶护，孩子躲，本就狭窄的里弄，几下就让大汉把两人逼得无处可逃了。

大汉离千叶不过一寸的距离，吸着鼻子嗅了嗅千叶的桂香，又看了看千叶娇艳的脸庞，色迷迷道："你让我放了这龟儿子也可以，让爷亲一口就行。"说着，便嘻笑着把油乎乎的脏脸凑了过去。

千叶错身想要逃，双臂却被大汉死死按在墙上，挣也挣不开。

我该怎么办？难道就任由这下三滥的家伙摆布？谁来救救我？呼伦冲，你在哪里？我不该一个人有勇无谋地乱跑，早知道应叫上你的。

千叶用力侧头，躲闪大汉贴过来的嘴，那嘴却离她越来越近。她只能紧闭双眼在心中无助地大叫："呼伦冲!"忽然飞来一只脚，把那人的胖脸踢得肉都歪到了一边，那人"咕咚"一声倒在了地上。

呼伦冲已立在千叶身前，低头怒视着大汉。

又见他眼里的火焰。

大汉刚刚要爬起来，呼伦冲几步上前又狠狠给了大汉一脚，紧接着就骑在那人身上，左一拳右一拳，打得大汉的脑袋如开了花般鲜血四溅，双眼翻白，眼见就要不行了，呼伦冲却仍然如着了魔般死命挥拳打着。

千叶忙上前轻轻拉住呼伦冲的胳膊，柔声道："好了……"

呼伦冲见大汉企图调戏千叶，只觉有人沾染了自己的女人，早就气得发了狂，回头望着千叶的目光里，有猩红的瞳底燃烧着熊熊烈焰。千叶平静地看着他的眼睛，拉他胳膊的那只手，依旧轻柔，然而坚定。

她的眼睛清澈见底，呼伦冲心头的怒火被浇上了甘洌的泉水，渐渐平息，瞳底的血色也缓缓褪去。他站起身来，睨着那人从牙缝里挤出一个字："滚!"

大汉见敌不过，捂着满口的鲜血，连滚带爬地含糊道："好小子……你给我等着!"

呼伦冲缓缓地朝他逼近两步，大汉吓得又坐倒在地上，仿佛腿都已经软了，跌跌撞撞地消失在小弄深处的拐角。

呼伦冲看着那人走远，回头上前关切地上下打量千叶："你没事吧?"

"我没事。"千叶抖了抖衣服道。

呼伦冲见她平安无事，一颗悬着的心这才放了下来，笑着刮了一下她的鼻子，说出那个早就在他肚子里徘徊了几千遍的词："麻烦精。"

千叶咬了咬嘴唇，呼伦冲又满意地看到她脸上升起了红色的云朵，低头却看到一双大眼睛正笑嘻嘻地看着自己。

"是你这个小贼!"呼伦冲一伸胳膊，把男孩揪到了半空。

男孩被揪得喘不过气，艰难地嚷："姐姐救我!"

千叶这才发现这男孩就是刚刚偷她玉佩的小孩，对呼伦冲道："先放他下来!"

呼伦冲把男孩扔在地上，道："把玉佩交出来。"

"被爸爸拿走了。"

"他真是你爸爸?"千叶问。

男孩语气麻木，仿佛在说别人的事情："我从小被他拐了来，不知道亲生父母。他每天泡在赌场，只管我饭，叫我饿不死。我每天都得偷东西给他，偷得不够了，就要挨打。"

千叶蹲下身，含泪摸摸孩子的瘦脸道："那你为什么不逃呢?"

"我不敢跑，被他抓回来会被打死的。再说……我一个人也活不了。"男孩低下头去。

呼伦冲担心地望着大汉逃走的方向，对他们道："还是快走吧，此地不宜久留。"

"就是他!"远处传来大汉的声音。大汉带着一帮地痞流氓从巷子深处闪出来，舞刀弄棒地奔向呼伦冲。

"你们先走。"呼伦冲向弄口处轻推了千叶一把，抽出长剑迎了上去。

第二十一回　患难见真情　彼心归此心

千叶知道留在呼伦冲身边只能给他添乱，便带着男孩跑出了小弄，见没有人追来，就躲起来看呼伦冲。

呼伦冲上下纵跃，几腿踢翻了三个人。因为千叶是偷跑出来，所以呼伦冲不敢伤他们性命，怕把事情闹大。踢倒的又爬起来，呼伦冲捡不是要害的地方刺了他们几剑，却仿佛没留意那大汉已绕到自己身后举起刀就要砍下。

千叶见形势危急，赶忙蹿出去推了大汉一把。大汉被她一推，刀从呼伦冲肩膀呼啸滑过，呼伦冲其实早就意料着那刀的来势，转身旋踢，大汉一下子飞了出去，刀掉在了地上。

千叶刚刚松了口气，又见几人挥着兵器朝呼伦冲袭来。呼伦冲双腿用力，左右踢墙，人高高地定在了众人头顶。众人见打不着他，就要朝千叶攻去。呼伦冲俯冲下来，踢翻了两个，还有一人挥着刀向千叶砍来。他在空中拧身翻了个跟头，横身挡在千叶身前，用自己的后背生生扛了这一刀。

千叶面朝呼伦冲，被他双臂紧紧搂着，只觉呼伦冲身子一颤，闷哼了一声，知道大事不好。呼伦冲并不回头，低声怒吼，右手抓住那人又要砍下的刀柄，“咔”的一声震断了刀片，紧接着左手向后疾刺一剑，那人应声倒下。

千叶觉得这一切仿佛只在瞬间。她毫发未损，而呼伦冲的背上，却多了一道深深的刀痕。

小男孩见危险已过，跑到被踢晕的大汉身上摸索了片刻，拿着玉佩递到千叶手中。

千叶攥着玉佩的手微微颤抖，眼睛却一刻没有离开呼伦冲。她似乎想了很多，又似乎什么也想不出。

千叶吃力地扶着呼伦冲朝江宁织造府门走去。一路上呼伦冲一言不发，每次千叶担心地看他，他都对千叶微笑，只是面色越来越苍白，豆大的汗珠顺着额角滴到千叶的脸颊上，嘴唇也越来越没有血色。

快到府门口，早有琴音、画境和曹雪芹迎了上来。众人一见这形势，都大惊失色。曹雪芹抢过来搀扶呼伦冲，替下了摇摇欲坠的千叶。琴音举着帕子替千叶擦汗和脸上的污渍，一双眼睛却离不开呼伦冲苍白的脸，急道：“怎么回事?”后又瞥见跟来个衣衫褴褛的男孩，问道："他是谁?"

千叶落在曹雪芹和呼伦冲身后，这才看到呼伦冲后背的长衫早就全都被血浸透了，也顾不上回答，喘着粗气道："快请大夫……千万别让人知道!"

曹雪芹想了想，引大家折道向西："走西侧门，可以直达呼伦侍卫的寝室!"

琴音跟在千叶身边疾走边道："在集市里不见了人，找了半天，只得回来等，却果然出了事!"又转头对画境道："你去请大夫，再看看府里的动静，吩咐他们有人找公主就回说睡着呢……跟谁也休要提起!"

画境应了，转身向府门奔去。

千叶等人眼见就要到了西侧门，曹雪芹停下脱了自己的袍子给呼伦冲罩上，对看门的小厮甩了句："开门!"就引着众人进了呼伦冲的屋子。

呼伦冲侧躺在床上，脸色煞白，却依旧看着千叶着急的样子微笑。曹雪芹若有所思地看了看两人道："我去看看大夫。"又对琴音道："姐姐随我打些水来。"就带不情愿的琴音和男孩出了房。

千叶慌手慌脚地在屋里走来走去，一会儿检查呼伦冲的伤口，一会儿给呼伦冲找手巾擦血擦汗，一会儿倒水给呼伦冲喝，一会儿又望望窗外说怎么大夫还没来。千叶正没头苍蝇似的在床边乱转，却被呼伦冲一把拉住了手。

千叶被呼伦冲这么一拉，一颗心仿佛忽然定了下来，泪水却似断了线的珠子落个不停。她任由呼伦冲拉着自己的手，沉沉地坐在他的床边，也不说话，只是看着他哭。

"我死不了。"呼伦冲微笑，想要抬起微微颤抖的手擦她的眼泪，胳膊却扯得后背一阵剧痛。

千叶连忙拉住他要举起的那只手道："这种时候了还胡说……很疼么?"

呼伦冲道："很疼。"可却依然笑着。

"都是我不好……都是我不好……我就是个该死的麻烦精……"千叶说着，泪涌得更凶了。上次意气用事，连累了两个哥哥；这一次还是不长记性，却让呼伦冲有了性命之忧。你这个傻瓜笨蛋白痴，快改了吧！还要说几次"都是我不好"才算记得住这教训呢?

呼伦冲又试着抬起手臂，千叶扶着他的手，任他把手落在了自己的脸上。

"哭得好丑。"呼伦冲笑着帮她拭泪，又轻轻刮了一下她的鼻子，轻抚她的脸颊。她曾为他笑，为他脸红，为他骄傲，此刻却在为他而流泪。他心疼地望着她，不要她为自己流泪。他只想看到她快乐地在他身边。他要做那个唯一保护她、呵护她的男人。

千叶被他一说，破涕为笑，却依旧是满眼的泪水，心疼地说道："你怎么那么傻。

我是害你被责罚、使你姑母忧病的元凶，是骗你骂你使唤你的刁蛮公主，你却拿你的命来救我。”

呼伦冲咬牙忍痛，开玩笑似的道：“若是你死，还不如我死。”眼神却是认真的。

刚刚千叶以为他身陷险境，不顾自己千金之躯，奋不顾身地扑上来救他，在那一刻，他已经知道，今生要定了她。从此，她的喜怒安危，就是他的喜怒安危，若是她死，会比自己死要痛上千万倍。所以当刀砍向千叶时，呼伦冲扑上的那一刻丝毫没有犹豫。

“因为我是公主?”千叶泪眼婆娑地望着这个几次救了自己命的男人，如今她毫发未损，而他的刀痕深可见骨。如果他的坏，让她心动，那么他的好，就已让她心痛。而这一切的好，是否只不过是他口中“君叫臣死臣不敢不死”的忠义呢?

“因为你是你。”呼伦冲定定地看着她，仿佛在看一株坠落凡间的仙草。她是他赴汤蹈火也要保护的主子，更是他不惜一切也要珍爱的女人。

千叶从没有被一个男人这样注视过，这样珍爱过。他躺在床上淡淡地微笑着，可是他微微颤抖的手臂泄露了强忍的痛。他是一个风霜傲骨的男人，不愿在她面前流露半点软弱，孑然独立地扛起所有的压力和痛苦。能被这样的一个男人如此注视，如此珍爱，千叶第一次觉得能够来到三百年前，真是无怨无悔。

她的心被他撼动着，温柔凝视他的双眸，缓缓低下头去，在他的唇上轻轻一吻。当她的唇刚要离开他的唇，却被他紧紧拥在怀中，深深地吻了下去。是思恋，是告白，是占有，千言万语化成这深深的一吻，让两颗心再难分辨彼此。

精雕的木门外，靠着失魂落魄的琴音，一盆刚刚打来的水，从她手边斜斜滴落，泪水般横流。

转眼间，康熙一行次日就要回来了。天刚刚亮，千叶就洗漱早膳，去找呼伦冲。她轻轻地敲了敲他的房门，见无人应，就小心翼翼地推门进去。

因为伤势沉重，呼伦冲依然睡着。千叶悄悄地坐在他的床边，不忍心将他唤醒，漫无目的地将视线落在墙上的一幅画上。

一支梨花肆意张扬着鲜活的花朵，叶片不羁地托起洁白的梨花，却有些呼伦冲傲气凌人的意思。千叶微微一笑，望向画旁，有诗题道：“人说梨花白雪香，我爱梨花似月光。明月梨花浑似水，不知何处是他乡。”

梨花如月，月似水，好一句“不知何处是他乡”。我有我朝思暮想的父亲，呼伦冲有他心驰神往的草原，然而我们在这秦淮河畔相知相惜，从今往后，我却觉得有他的地方就是我的家了。

千叶收回目光，细细看床上呼伦冲的睡脸。俊秀的眉，浓密的睫毛，英挺的鼻子……她的手随着自己的视线在他脸上轻轻游走，却不敢碰醒他。真想一直就这样看下去，可是到了明日，人多眼杂，千叶就不能如此随便探视他了，等回了京城，他更要在皇阿玛身边，相见也只能是匆匆一瞥。她只能努力地看，努力地记忆，把他和她的一切都深深烙印在心中珍藏，用以温暖之后的日子……

千叶的手刚刚滑过呼伦冲的唇边，忽然被呼伦冲一把抓住，放在唇上吻了一下。千叶浑身一颤，却见呼伦冲眯着眼睛朝她坏笑。她轻轻挣扎道："醒了还要装睡！"

呼伦冲依旧攥着她的手，放在自己嘴上，边用她的手拍着自己的哈欠，边懒洋洋道："若是有人在自己脸上做文章还呼呼大睡，那我也不用做侍卫了。"

千叶脸红道："你就是爱拿我寻开心。"

呼伦冲忽然正色道："我有没有告诉过你？"

千叶看他表情严肃，也不禁紧张道："什么？"

"我就是喜欢看你脸红的样子。"呼伦冲灿烂地笑。

千叶的脸更红了，羞得不知道该说什么好，只在他胸膛轻拍了一记。呼伦冲痛得脸都皱在了一起，千叶连忙收回手，紧张地抚摸他的额头、脸颊，呼伦冲不禁大笑了起来。

千叶知他又戏弄自己，叹道："你就是这样，真真假假，忽冷忽热，都弄不清你是什么心思。"

"你想知道我的心？"呼伦冲问道。

千叶望着他，不语。

呼伦冲道："那你转过身去。"

"又要什么把戏？"

"就转一下。"

"好，我只数三下哦。"千叶说着转过身去，缓缓数起来。

"一。"呼伦冲把手往枕下伸去，只是稍稍一动，伤口就剧痛难忍。

"二。"他咬牙忍着痛，取出枕下的一件东西，连忙塞入怀中。

"三。"千叶迅速转身，只见呼伦冲依旧若无其事地笑望着自己。

"什么情况？"千叶一双大眼睛上上下下打量呼伦冲，也没见有什么异动。

"你不是要知道我的心吗？"呼伦冲道，"那就摸摸看。"说着朝自己胸口努努嘴。

千叶斜睨了他一眼道："想得倒挺美。"转身就要站起来。

"哎……"呼伦冲连忙抓住她，伤口又是一阵剧痛。

千叶转头看他，呼伦冲强笑道："这次不骗你，你摸摸看，就知道我的心了。"

千叶将信将疑地把手伸过去，看了看呼伦冲，不像是开玩笑的样子，就抿嘴低头把手伸进了他的衣服里。

他的胸膛依旧是那么硬硬的，暖暖的，可以感觉他起伏的呼吸……千叶脸上发烧，手接着向他心脏的位置摸去，却摸到了一件小小的东西。

千叶拿出那东西，捏在手里看时，见是一对耳坠子，一串悉心雕琢的小叶子，被银饰镶嵌着，翠绿得像是要渗出水来。“好漂亮！”千叶喜道。

两个坠子自然一模一样，可仔细看时，一只坠子的银饰内侧，篆刻了一个细细小小的“冲”字。

你想让我知道你的心，却在你的心上放了送我的耳坠子上。你在耳坠子上刻了自己的名字，叫我无时无刻不把你放在脑际，却是想要占领我的心了。

连表白也这么霸道。千叶把两个耳坠子攥在掌心，望着呼伦冲悠悠地笑了。

第二十二回　迷途雁彷徨　曹雪芹解语

这几日曹夫人怕千叶一个人寂寞，早就遣曹雪芹去请千叶一起用膳喝茶，千叶因呼伦冲的事情，总推说旅途劳累，身体不适，没有应邀前去，今日曹雪芹又来请千叶，见她不在，就直接往呼伦冲的寝室找来。

正巧千叶从碧桃园子的月亮门里闪出来，曹雪芹见是她，笑道：“公主今日又去‘晨昏定醒’了？”

“什么定醒？皇阿玛去了扬州，我去给谁定醒？”

“给呼伦冲啊。”曹雪芹懒洋洋地笑道，一副“你的事我心知肚明”的神情。

千叶笑了笑，低头不语。她已知这偶像总是满嘴疯话，也不在意，而且在这个时代能略懂她心思的，也只有他一人，早把他视为知己，所以从来没打算在他面前隐瞒什么。

曹雪芹引千叶在一株大梧桐树旁的草地上坐了。刚刚坐下，曹雪芹抬头“咦”了一声，躺倒在了草地上。还没等千叶反应过来，千叶便被他猛地拉了下袖子，“啊”的一声，也倒了下去。

千叶吓了一跳，气急败坏地瞪了眼曹雪芹，刚要起来发飙，却见曹雪芹淡淡地指了指天空。

千叶随他指的方向看去，蔚蓝的天空一碧如洗，虽不见一丝云彩，却有黑压压的一大群鸟飞过。尽管不是十分严谨，偶尔有几只自由散漫的鸟歪出了列，却也能看出它们规规矩矩排成了“一”字的队伍。那队伍浩浩荡荡，来不见首，去不见尾，仿佛永远不会终结似的在他们头顶不紧不慢地前行，不时能听到队伍里传出欣然安详的鸣叫。

千叶简直不敢相信自己的眼睛，如此壮观的景象是她从来没有见到过的。“这是什么鸟？”千叶兴奋地问。

“大雁。”曹雪芹双手枕头，望着天空答道。

千叶在小学课本里只是学过“秋天来了，天气凉了，一群大雁往南飞，一会儿排成‘人’字形，一会排成‘一’字形。”可没想过对于南方来说，春天来了，大雁是要往北飞的；更没想到，课本里的“一”字形队伍在眼前是如此声势浩大，大到千叶几乎要为这大自然的磅礴气势流下泪来。

千叶痴痴地问：“它们是在往北飞么？”

曹雪芹依旧仰望大雁，眯着眼睛点了点头。

两人躺在春天新绿的草地上，肩并肩静静仰视一群大雁向北飞去，千叶看着一只只安详的大雁道：“它们不知疲倦地前行，前行，却不知是什么样的归所在等待它们。”

曹雪芹道：“只要在期待中前行，就总会有一个属于它的归所等在那里，无论那归所如何，却都是独一无二的。春暖花开，雁儿北去，世间万物，都有自己宿命的归所。”

千叶想到自己的身世处境，轻轻叹道：“就不知若是一只迷途的大雁，会不会可以随遇而安，找到自己幸福的归所？”

曹雪芹若有所思地转头望了眼千叶，明媚笑道：“事在人为，何况那大雁又冰雪聪明。”

千叶踌躇道：“有时候人算不如天算，不是所有事情都能尽如人意吧？”

曹雪芹道：“人生在世，岂不就是因为不知道结局，才能珍惜当下的快意洒脱？”

千叶侧头凝视曹雪芹道：“若是知道结局呢？”

曹雪芹正色道：“什么是结局？所有人的结局无非一死。你会为了早晚要死而放弃活着的权利？”

千叶微笑道：“所以高兴就笑，难过就哭，不懂就问，生气就嚷……放胆去爱……”

一恍神的功夫，大雁们已消失无踪，独留一片荡荡碧空。鸟飞过的天空没有痕迹，只留下奋力挥动翅膀的余温。

曹雪芹坐起来胡乱揉着千叶额前的秀发道：“真是只冰雪聪明的大雁！”然后，又缓缓道：“我朝公主嫁一等侍卫的惯例也是有的，只要他得到皇上的信任。”说完，便走了，只留下怔怔发愣的千叶……

曹夫人甚是喜欢千叶，说家里女孩儿虽多，模样标志的也不少，可公主就是公主，举手投足的贵气是小家碧玉比不了的。曹雪芹揶揄千叶，说那不叫贵气，叫麻辣之气。曹夫人大概也听惯了儿子的疯言疯语，只是贬斥他不分尊卑，没的在人前失了体面，叫人以为府里上下和他一般的疯癫。千叶只是装淑女，话不多说，面带微笑，却更在曹夫人那里得了个“温柔端顺”的评语。曹夫人拉着她用了膳又喝茶，喝了茶又赏字画，命人领来一个俗名石涛的老和尚，叫他把自己画的、府里珍藏的字画悉数陪着观赏了一遍，直到将近傍晚，才命曹雪芹送千叶离去。

千叶也不回房，别了曹雪芹，直接去了碧桃园，绕进别院，正见呼伦冲独自坐在屋前的廊下。

他一只脚蹬在长椅上，身子斜靠着廊柱，正百无聊赖地折着手中的树枝。一段段被折下的树枝，在他手指间簌簌地飞了出去，几只空中的小虫应声落地。

我男人连发呆犯无聊都这么帅。要是老爸知道他未来女婿是个武功高强的大内高手，不知道会吓成什么样子。千叶觑了眼那几只飞虫，轻轻一笑，跑到他跟前嗔道：“怎么下了床？大夫让你静养少走动呢！”

呼伦冲道：“闷了，想透透气。”他也想到明日即将聚少离多，心情不免暗淡。

呼伦冲收回腿，让千叶在他身旁坐下。她依恋地将头轻轻靠在他的臂上，好像一只靠在大狗熊身旁的小绵羊，和他一起静静地看满眼鲜艳的粉。碧桃依旧迎风飞舞，一片片花瓣纷纷落下，如诉不尽的心事，虽不知道能结出多少果子，花儿们仍奋不顾身地娇艳。

“你今年多大？”千叶张开伸出去的手，一片花瓣刚好落入掌心，居然是一个心的形状。

“十八。”呼伦冲目视远方。这已是他离开草原的第四个年头，那片茵茵的旷野，却仍然在他极目眺望的远方。

“我十六。”千叶随口说着，想把那片奇特的心形花瓣捧给他看。

“我知道。”

“你知道？”千叶停了手，意外地看着他。因为她自己都对千叶的很多事情不是很清楚，所以极少和他提起。

“皇上最宠的小女儿，名震朝野内外的‘大清福仙’，破例在亲母德妃身边长大，八岁作诗，九岁能赋，十岁能曲，十二岁能绣凤穿牡丹。”

“你怎么知道的？”

呼伦冲看了她一眼，转头依旧目视前方，微笑不语。

天哪，他怎么知道我那么多事情？自从我那次醉后在浣蕤阁门前遇到他，也不过将近两年的光景，但是，他是从什么时候开始注意我的呢？虽然我住在紫禁城不过两年，但是真正的千叶已经在这里生活过十四年了。千叶想到这里，不由地一惊，问道："你……是从何时起喜欢我的？"他该不会喜欢的是"前任千叶"吧？

呼伦冲低头泛起温柔的微笑，回忆道："这个我也说不清……很久以前我就注意到你了，刚刚进宫任职的时候，有一次在御花园见到你走过……"

"我忽然想起还有事，先走了！"千叶顿时觉得如坠入了万丈冰窟，忍着锥心的刺痛，攥紧掌心的花瓣，站起来，头也不回地跑开了。

果然如我所担心的，一个雄姿英发的大清侍卫怎么会喜欢上一个二十世纪的小太妹呢？在他心中抹不去的一定是那个端庄聪颖的千叶，我却是一个虚幻的赝品。只因真的千叶不可能给他任何接近的机会，而我却是个比他还要低贱的平民丫头，所以他才在第一次见我时有机会抱起我。若是有一天他发现我是冒牌货，那我该如何自处？到那时，我的一颗心又该何去何从？我是叶初夏，我不要做千叶的替代品！

她闪出月亮门，泪水已奔涌而出，模糊的双眼，顾不得看到门后那个鬼鬼祟祟的身影。

佟志德躲在一棵碧桃后，泛起一丝诡谲的笑。

呼伦冲迷惑地看着她的背影一闪即逝，试图站起来追她，可是剧痛的伤口让他不得不沉沉地倒回了长椅上。他独自一人留在这漫天花雨之中，直挺挺地呆坐着，直到黑夜将眼前的一切埋葬。

第二十三回　花雨埋痴情　挥袖断痴念

康熙在江宁织造府又逗留了几日，就要启程回京了。

这几日里，千叶与几个阿哥、曹雪芹做伴，没有叫呼伦冲来护卫。一方面想要他尽量静养，才好应付舟车颠簸的回程路途；另一方面，她的眼前总是闪过呼伦冲回忆"前任千叶"时的温柔笑容，这让她心乱如麻，不知该如何面对他才好。

她已经不能确定，他那温柔的眼光，是在看着她，还是在看着她的躯壳。

有时她又想不顾一切，只愿贪恋在他的怀抱里，无论呼伦冲爱的到底是谁，只要他能那样温柔地看她，对她笑，和她说话，她就算冒充一辈子别人也在所不惜。可是如果有朝一日呼伦冲发现她这个冒牌千叶既不会吟诗作赋，又不会作曲弹琴，刺绣又只会全往手指头上招呼，那该如何是好？千叶觉得那些自私的愚蠢想法使自己变成了一个骗子，一个小偷，欺骗了呼伦冲的爱情，偷走了本该属于“前任千叶”的真心。

明知道回了京城她将再难见他一面，明知道自己对他的爱意已刻入骨髓，明知道这回程的路途是他们最后朝夕相伴的日子，可千叶只是默默地任由这珍贵的时光从她肩旁滑过，假装没有看到呼伦冲焦灼的探询目光，一次次告诫自己他看的只是自己的躯壳；一次次难以抗拒地贪恋他的怀抱，甚至在心里讨价还价地对自己说“一次就好”；又一次次痛恨自己的软弱自私。

千叶在纠缠的思念里，只能日日在手心里反复把玩那对翠绿欲滴的耳坠子，将心形的花瓣悄悄珍藏在锦盒里；她将呼伦冲在万岁山递给她擦汗的帕子早已洗净，如今更是寸步不离地随身带着；到了晚上，痴痴望够了那树张扬绽放的水墨梨花，就会偷偷遛到林子里去看呼伦冲日益锋芒逼人的剑舞英姿。

紫禁之巅依旧巍峨森然，金瓦日落依旧璀璨万丈，只是当年那对嬉笑怒骂的人，眼中只有彼此的深深愁怨。

“为什么躲着我？”呼伦冲拉着千叶的胳膊，仿佛一辈子不打算放手。

“谁……谁躲着你了？”千叶躲避着他灼热的眼神，挣了几下挣不开，软绵绵地妥协了。

“你。”笃定的眼神让千叶退无可退。

刚刚百无聊赖，去永和宫蹭饭，却莫名其妙被额娘旁敲侧击地数落了她和呼伦冲的暧昧，本想来房顶躲个清静，却偏偏撞上了这个让人心烦意乱的罪魁祸首。我今天真该先看看黄历再出我的浣薮阁。

“你知道我是谁吗？你根本未曾真的认识过我！”德妃的冷语，呼伦冲的追问，只让千叶如一只抱头鼠窜的鸵鸟。她想要掰开呼伦冲的手，可没等用力，他的手已落了。

“你是千叶公主，我的主子。我知道我本不该思慕你，可你为什么用你那双该死的大眼睛看我？又为什么对我笑？为我脸红？我为你扛那一刀的时候，你冷着脸打发我些赏赐就已能让我感激涕零，为什么哭得六神无主让我失了心神？如今又要来提醒我你是谁？你非要把我折磨得像个傻子一样才甘心吗?！谢公主提点，奴才谨记了！”呼伦冲咆哮完，也不等千叶答话，转身蹿上了养心殿的屋顶，几个纵跃，已没了人影。

“自顾自地误会，自顾自地生气，根本不给人解释的机会就跑了！你就是个大傻瓜！”千叶跺得屋顶金瓦乱颤，骂呼伦冲的话，却只能喊给落日听了。

虽然千叶在乾清宫、养心殿……康熙所到的很多地方都能与呼伦冲不期而遇，两人却又回到了江南之行前的冷淡漠然。特别是呼伦冲。

害怕在皇阿玛身边看到呼伦冲那透着寒意的面容，更害怕自己在人前见到他时心猿意马的傻样，千叶因为呼伦冲，在皇阿玛和众嫔妃面前打翻了几次杯盘碗碟之后，就把自己关在浣蕤阁中，日复一日苦学诗词歌赋，古筝的技艺更练就得让康熙和各嫔妃福晋赞不绝口。

她总算在额娘的脸上看到了对自己满意的神色，而且，尽管仍然差强人意，她也能勉强绣出凤穿牡丹的图样了。

也许我就要以千叶的身份了此一生，与其痛苦地纠缠呼伦冲爱的是谁，不如让自己做得更好，成为那个值得他爱的人。当有一天我能问心无愧地作为千叶出现在他面前时，那么他看的是哪个千叶，对我们来说已无足轻重了。

这一天，十四阿哥约了千叶来太液池饮茶赏花，自己却又迟到了。

早料到他会迟到，因此千叶特意叫琴音备了古琴，在亭内独自抚着，打发无聊的时光。

比起“前任千叶”的古筝，她更爱古琴。清幽淡远，抬手已是故事。

自从有了福晋们，他和千叶约会总是迟到，有次居然还是带着脖子上的吻痕来赴约的。每次看到他与福晋们恩爱的样子，真是令千叶咬着牙的羡慕嫉妒恨。

然而更早立嫡福晋的四哥，却只奉康熙的旨意，立了一个侧福晋，对她们虽然相敬如宾，处处体贴，却总是一副不冷不热的态度，让千叶都忍不住替她们叫屈。可想到四哥看竺香玉的眼神，还有他在江宁织造湖边神秘消失的晚上，千叶又忍不住担心，却不是为四哥，而是为竺香玉和曹雪芹。

她一向知道，四哥是个外冷内热的执着之人，一旦让他认定，就是一生一世。何况他又是未来的雍正皇帝，就算他现在得不到竺香玉，终有一日还是有无上的权力帮助他得到这个女人。

到那时，也许就是曹雪芹的末日。

只是不知道，竺香玉心里究竟放着的是谁？是君临天下的胤禛，还是千古奇才的曹雪芹？历史虽能告诉她曹家终被雍正两次抄家的结局，却不能写下这三个人的心。而爱情的胜负成败，却只是在人的心中，不是文字所能记载的。

千叶想到这里，一根弦揉破了音。她皱眉停琴，喝了口新茶，替竺香玉头疼。虽与竺香玉只有两面之缘，连话都没说上几句，千叶却对这个外表柔媚如水，眼神却坚定如钢的女子倾慕有加，甚至想，若自己是个男子，也定会爱上她。

千叶望着在茶杯中轻盈漂动的两朵茉莉，时而相聚，时而分离，却一样的芬芳柔美，是被同一束根滋养酝酿，在同一株花上绽放采撷来的。

四哥和十四哥也总聚少离多。算学课因为两人愈来愈繁忙的政务，已渐渐荒废了，也只有千叶强拉着他们出来，两人才能在一起有说有笑地聚上一聚。不过同胞兄弟的情谊说来也怪，四哥洁身自好，不露好恶，不与众阿哥结盟；十四哥好友善交，常与八阿哥府上往来，两人坐在一起虽偶尔为朝廷政事讨论得剑拔弩张——当然拍桌子瞪眼睛的那个总是十四哥；四哥说话虽总是淡淡的，却每次都一针见血，噎死人不偿命——但是在朝堂上总为对方的情势担心解围，也依旧能靠几个眼神，几句话，就能释然和乐地与千叶共享手足之情。

上次两个人刚刚下了早朝，就被千叶拉去畅春园。酷哥和萌货被千叶累得双双躺倒在草地上，只顾枕着她的胳膊，一左一右地酣睡。

恐怕这世上能和这两个人左拥右抱躺在一起的人，也唯有她了。

虽然千叶不能十分了解兄弟之情，但是四哥对她的情谊，她是十分了解的。虽然她与四哥面不常碰，话不多说，却依然能感到他关爱的注视和体恤的心，那是一种流动在血脉中难以割舍的亲情。尽管她常与十四哥碰面聊天，可是有什么难以决断的大事，她总会找四哥商量。她相信他，依赖他，只希望这份四哥给她的血脉相连的安全感，对十四哥也依然能够存在。无论现在，或是将来。

四哥似是无情，实为痴情；十四哥似是滥情，实为多情。而她自己，只是在静静等待那思念的果实落地的一天。

宫门深似海，锁春愁无限，思念的果实落地，终究不过入土为泥而已。

好在眼下皇阿玛疼她疼得跟眼珠子似的，还没有把她嫁出去的意思，她还有足够的时间化茧成蝶。她甚至已觉得，爱他这件事，已与他无关，变成了一个纯属于自己的秘密。

她把他圈在自己心中最温暖的位置，每天与他厮守，一起看日出日落，花开花谢。在那里，他从来都没有离开。她因为这秘密而美丽，而成为了一个真正的女人，安静恬淡地随他共度一个个春夏秋冬。

也许四哥对竺香玉的爱情，也是如此吧。

“人生在世，皆非草木。真是个人间千古，谁也难逃的‘情’字。”千叶自言自语叹道。

“别忘了自己的身份。”额娘虽已对她和呼伦冲的事情淡了，当日她说话时幽冷的样子，早已划开了他和她的距离。她是主子，他是奴仆，这些年见惯了规矩的她，早已对这份情不报任何指望。

只有曹雪芹知她懂她，可他那以情治世的新学，却在这僵化的世界也是个异类，不知何日才可实现。

第二十四回　比剑胜折花　尊卑泪忘分

又到了万物更生的季节，草木在一片新绿中等待绽放。梨花早已抢先开了一树耀眼的白，碧桃萌发着含苞待放的粉红花蕾。千叶正望着碧桃，在凉亭里呆呆出神，见十四阿哥今日也没带随从，只带着一个高大的男子从远处走了过来。

那人跟在十四阿哥的身后，从一树艳丽的碧桃花蕾边，绕到了亭前。

什么自由，什么痴心，这些年在这幽幽深宫，早该淡了，忘了，怎么一颗心却又不争气地乱跳起来？

她见到了他熟悉的身影，手足无措地不知道该看哪里好，只得拿起茶杯低头喝茶，却未曾留意琴音刚刚续了滚烫的水，烫得她把一口茶洒在了裙摆上，杯子和茶碟也脱手而落。

一只不疾不徐的手，将那半空中的茶碟接住，又稳稳托住了茶杯。茶在杯中摇曳了几下，一滴未洒。

平静的呼伦冲和惊讶的千叶短暂对视，垂下眼睛，将茶碟放回石桌之上，行礼道："二等侍卫呼伦冲，参见千叶公主。"

本以为这几年已把公主的腔调学得足了，为什么又在他面前如此失方寸，又上演杯盘乱飞的杂技？千叶干咳了几声，心里的公主小人儿狠踩少女小人儿，表面上却装模作样地望向远处一棵碧桃悠悠道："起来吧。"

"到秋天就是二十岁的大姑娘了，怎么毛手毛脚地还像个小丫头？"十四阿哥人没坐定，就取笑起千叶。

然后，十四又话峰一转，"闲话莫提，我上个月与伊尔根觉罗珍玉的大婚喜宴，你因患了风寒没能来成，却猜猜我碰见了谁？"十四阿哥说着瞅了一眼身边的呼伦冲。

伊尔根觉罗珍玉是内廷二等侍卫伊尔根觉罗石保之女，他们的大婚之宴，同为内廷二等侍卫的呼伦冲自然也要出席，我就是怕碰见他，才谎称风寒没出席的。这会儿你又问我碰见了谁？千叶望了望呼伦冲，转着手中的茶杯，低头不语。

"我就是碰见了这小子！"十四阿哥搭着呼伦冲的肩膀拍了几下，接着道："你再猜我碰见他的时候，他在干嘛？"

"怎么那么多要人猜的，你就直说不完了。"千叶不耐烦道。

十四阿哥也不以为意，自顾自道："这么多年没见，他还是如当年在金陵一般的性情和傲骨，正一人儿拎着酒瓶，在我后花园里耍醉剑呢！”

千叶猛抬眼望向呼伦冲，呼伦冲尴尬地别过头去。千叶再朝他的剑鞘望去，刹那间百感交集，眼见就要掉下泪来。

每次和你的匆匆一瞥，已见你眼光中没了希冀，只有冷漠，本以为你对我的心思早已淡了。可是你却依然挂着我送你的穗子，在十四哥的大婚喜宴上，独自喝着酒，舞着寂寞的剑。你是因没有碰见我而失望，还是因看到十四哥的幸福而伤情？原来这段情里，我给你的伤害，不亚于你给我的。而你是无辜的，我却是自作自受……

十四阿哥接着道：“呼伦侍卫乃性情中人，与我脾性甚合，我本就有心结交，苦于这么多年来一直各忙各的，也没个机会大家坐在一起聊个天。那日之后，我就约了呼伦侍卫好几次，切磋武功，畅谈国事，这才发现他不但武艺又精进了不少，也有许多为国为民的抱负与我甚是合拍，颇有英雄惜英雄的意思。”说着，十四阿哥看了一眼呼伦冲，呼伦冲也朝他微微一笑，谦道：“是十四爷抬举奴才了。”两人果然有些肝胆相照的默契。

十四阿哥饮了口茶，回忆道：“那日我和呼伦侍卫喝到酣处，他忽然提起我们在金陵的日子。他说虽然当时的他年少青涩，又壮志未酬，却没想到在那里度过的，是他人生最快乐难忘的时光。”

千叶和呼伦冲不约而同地看了彼此一眼，四目相投，却如被鞭子抽了一下似的，慌忙闪开了目光。

十四阿哥对两人的异状毫无察觉，接着对千叶道：“于是我就提议，不如我们再来一场湖边比武，还是由千叶当评判，重温一下少时的狂放。可没想到他当时答应得点头如捣蒜，今日我约他一同来找你，他又打了退堂鼓，说什么不记得自己答应过这事，来了个翻脸不认账，还是我连哄带吓地才把他拖了来。”

呼伦冲不自在地干咳道：“奴才那日喝多了，真不记得自己说了这些。”

原来不单是我不敢见你，你也不想见我呢，看来全是我自作多情了。反正你喜欢的人是“前任千叶”，你断了对我的念，我也就不用再担心自己是个骗子小偷冒牌货。既然如此，我们也算两不相欠了。

千叶越想心越冷，低下头去喝茶，唇边静静地浮起坚定的笑意，抬头站起来大声道：“大丈夫一言既出，驷马难追，管他醉没醉，说了就是要算的。”瞟了眼呼伦冲道：“千叶派门下弟子呼伦冲听令。”呼伦冲微微一愣，犹犹豫豫地朝千叶行了个礼。

千叶指着两人道：“本帮主令你与十四阿哥比比剑术，谁先入水谁就算输了……输了的人，要满足本公主一个要求。”

十四阿哥早有了那次千叶要求上算学课的前车之鉴，一听她有要求就头痛：“什么要求？别又是什么稀奇古怪的要求！”

千叶背手微笑道：“两位英雄放心，一定不违反你们的江湖道义和做人原则就是了。”

呼伦冲却拜道：“公主切莫说笑，奴才怎敢再担此‘相邀私斗，尊卑不分’的罪名？”

千叶瞪着他重复道：“怎敢？你怎敢？”你敢抱公主，敢给公主软钉子碰，敢在万岁山上教训公主，敢在紫禁之巅晒太阳，敢把十四哥扔进湖里，挡在我身前挨刀子的时候眼睛都不会眨一下，如今你说你怎敢？

千叶忍着怒气沉声喝道：“我看呼伦侍卫不是不敢，恐怕是荣升了内廷二等侍卫，不再把我这昔日的主子放在眼里了。”

你从未拿公主威仪来压过我，几年不见，你我居然已经只剩这一层关系了。紫禁之巅的言语犹为刺心，呼伦冲对着千叶呆望片刻，冷冷道：“公主是公主，奴才是奴才，这身份是永远不会变的。”

若真如你说的，这身份永远不会变，当初你又怎会吻我？此刻你又想起自己的身份，定是刻意曲解我在紫禁之巅说的话。不分青红皂白地误会人，又来挖苦我，我就让你知道这身份的厉害。千叶冷笑道：“呼伦侍卫果然是个明哲保身的本分人。先前你迟迟未到，令本宫坐在这里枯等，现下就让本宫看看呼伦侍卫这奴才该如何赔罪。”

你要做我的奴才，我就让你做个痛快。千叶挑衅地瞪着呼伦冲，望着他渐渐铁青的脸色，心中却无论如何也高兴不起来。

十四阿哥劝道：“呼伦侍卫随着我一起来的，你要怪我迟了尽管罚我，何必跟他过不去？”

呼伦冲青着脸冷冷道：“公主要的，奴才一向不是很清楚。当年奴才尽心服侍，却仍令公主不满，奴才已为此愧疚多年。圣意难揣，此刻还请公主明示。”你折磨我又不是这一朝一夕的事情了，如今我倒要看看你还能践踏我到何种的境地。

你这语气，这表情，哪有半分愧疚的意思？却是在责怪我当年冷落你了。可你怎知我心内的苦？你喜欢“前任千叶”我不怪你，可我也是活生生的人，被你当成她的替代品，如今不在意也就罢了，却拿昔日我的真情来当你奚落我的话柄，真是腹黑到了极点。

千叶望了眼他身后粉润的碧桃，凄然道：“久等无人，唯以花草解愁。这碧桃开得绚烂，本宫只是要你去折一只来给我回去插瓶。”

十四阿哥见呼伦冲面色难看，对千叶道：“内廷二等侍卫，在皇上面前也是有头有脸的，哪来得伺候你折花插瓶的道理？快别闹了。”

琴音一直侍立一旁静观其变，本以为两人的事情过去多年，她暗示德妃的一番话已令此情成过往，却见千叶百般刁难呼伦冲，忍不住上前道：“都怪奴婢侍候不周，这碧桃开得艳丽，奴婢本该早些去折了给公主赏玩，奴婢这就去给公主折一枝回来。”说着就要出亭下阶。

千叶喝住了琴音，望着呼伦冲道：“本宫只是要看看，我这个昔日的主子，到底在这奴才心里有几钱的分量。”

亭子里的人不由地都将目光集中在呼伦冲的身上，只见他面无表情地静默半晌，缓缓转回身去，望着那缠绵叠嶂的碧桃林，似有若无地轻叹了一声，向亭外走了几步，却停了。

江宁织造别院里的碧桃，曾无数次开在过我的梦里。这你我当年的情花，如今却成了让你践踏我尊严的工具。人说“最毒妇人心”，却未料这“毒”不是要你的命，伤你的身，却是嘲弄你的情，令你生不如死地心痛。

“公主若是惜花之人，就不应见到喜欢的便采归己有。若是赏玩几下便弃之不理，这点点碧桃也只有落个枯萎凋零的下场。公主无非是气奴才不肯与十四阿哥比武。奴才比就是了。”看不见他此刻的面容，只能听到他几分悲凉的话语。

十四阿哥拍着呼伦冲的肩膀道：“大丈夫头可断，血可流，那些给女孩儿家折枝弄草的活计，却万万是做不来的。我就是慕你这宁折不弯的脾气。”说着拉他走向亭外。

千叶见他宁可答应和十四阿哥对剑，也不愿为她折一枝碧桃，可想而知是全然不顾当年的情意了。她心中的苦涩更添一层，顿觉意兴阑珊，连为难他的心情都已索然无味。

千叶随两人来到一处开阔的湖畔，命太监号令，只听龙吟阵阵，两人手中各自多了一柄长剑。呼伦冲如蛟龙入海，十四阿哥似猛虎下山，一时间乱石激舞，草木纷飞，森森的剑气逼得千叶不由地倒退了七八步。

呼伦冲这几年的剑术更见精进。不疾不徐，对付十四阿哥仿佛游刃有余，面上虽仍旧毫无表情，却不见一次惊惧窘迫，只是随着十四阿哥的招数进退，颇有些陪小孩子玩耍的悠闲气度。

正在剑光四射难解难分的时刻，千叶忽觉脚下簌簌声响，一只斗大的青蛙从草丛里冒出来，跳到了她的鞋上。她一声惊叫，手舞足蹈地倒退数步，却被身后的一块大石绊得摔在了地上。呼伦冲和十四阿哥都不禁停了手中的剑循声看她。十四阿哥看她并无大碍，急欲再战，却见呼伦冲仍旧担心地看着千叶出神。他微微一笑，瞅准了这个空子，飞起一脚，就把呼伦冲踢进了水里。

呼伦冲从水里走出来，笑着抱拳道：“十四阿哥的剑术功夫卓越超群，奴才甘拜下风。”

“这次我只是抓住了你走神的小空子，也仍旧有些胜之不武啊。”十四阿哥心胸坦荡，并不为自己的胜利洋洋自得，反倒有些遗憾。

“两军对垒，每时每刻都是千钧一发的紧要关头，一时疏忽，就能让胜负立时反转，此乃兵家大忌。十四阿哥处变不惊，奴才输得心服口服。”呼伦冲败得心悦诚服，却又对胜负有些心不在焉，边说边向千叶走去。

第二十五回　骤雨解宿怨　斜风道深情

千叶早教众宫女太监们扶进了凉亭坐下，身子似无大碍，脸上却是煞白的凄然神色，仿佛这一摔，将她满心的委屈也摔了出来。她打从见了呼伦冲这一面，从强作镇定，到假装坚强，甚至咄咄逼人，在自己心上筑了一道又一道的堤坝，为的就是怕一颗碎了的真心化成江水，奔涌出来。

这下就连神经大条的十四阿哥也发现了千叶不对劲，蹲下身去握着千叶的手道：“千叶，你哪里不舒服吗？”

被十四阿哥这么一问，千叶竭力在心里竖起的堤坝一下子决了堤，泪如泉涌，趴在十四哥的肩头泣不成声。

亭外的湖水在乌云密布的天空下，灰蒙蒙地泛起波涛，雨沉沉地打了下来。天上的水和地上的水混在一起，再难分辨彼此，只有淋漓的雨声和大小的涟漪宣告着它们的交融。

十四阿哥遣走了众宫女太监，轻拍着千叶的背，柔声安慰道：“好妹子，我这才想起你今儿个打一开始就有些神情恍惚的，告诉哥谁惹你了，哥给你出气。”

千叶含泪望了呼伦冲一眼，满心的苦楚有口难开，唯有百转千回的啜泣与漫天的风雨淋漓地倾诉着愁绪。

十四阿哥为难道：“这一下子哭成个泪人儿，又不言语。若是哭坏了身子，我在皇阿玛跟前可又犯了一桩大罪了。”

呼伦冲见千叶哭得肝肠寸断，又见她望自己的那一眼满是凄苦，虽不明就里，却因她的疼痛而揭开了自己心里的伤疤。

明明是你这个高高在上的公主头也不回地离我而去，为什么此刻你却哭得如我抛弃了你？你是否知道我这四年的日子是如何难熬？我仿佛一个身在天堂却忽坠地狱的白痴，每日冥思苦想着你拂袖而去的原因，终于想到也许是你以为我蓄意打探你，接近你，只为了巴结你是个公主。

当我费尽心机想跟你解释当日的误会，你却千方百计地躲我。回到京城我们难得在屋顶碰面，你却只甩出自己的身份压我。当我在养心殿再次看到你时，你又变回了那个高贵冷艳的公主，仿佛我们之间的一切都没有发生过。我的尊严也许在你面前一文不值，但仍然是我这个卑贱的侍卫所珍视的，不能如此任由你践踏蹂躏。

“奴才还有公务要办，就此别过了。”呼伦冲对十四阿哥和千叶行礼，转身走入雨里。

“你回来！”千叶喊了才觉后悔。要他留下又能怎样呢？不过是两生怨偶罢了。可话已出口，覆水难收，望着呼伦冲顿在雨中的背影，只有徒劳地哭泣。

“叫你回来你就回来吧！有多要紧的事儿非得马上就走？”十四阿哥被千叶哭得慌了神，只得对她言听计从。

千叶的泪水透过淋漓的雨，浸湿呼伦冲的心。他在雨中久久矗立着，终于似有若无地长叹了口气，恭顺地走回千叶的身边。

望着泣不成声的千叶，呼伦冲用冷漠压抑的思恋背叛了身体，不由地抬手想要放在她的肩上，拂去她心中的痛，却又碍于十四阿哥在这里，不敢妄动。

千叶见他过来，脸色又似当年那般阴晴不定，举止又似当年那般忽冷忽热，更想到他爱的人是千叶而不是真正的自己，气苦难熬，挥起粉拳，一记又一记打在他身上。

呼伦冲将唇紧紧抿成一条线，面无表情地站在那里任由她的拳头捶着。

也许你只是把我当个南巡应景的玩物，但是我还有权利保存我的真心。我小心地等待它痊愈，仔细地把它收藏在隐秘的地方。就算再见到你，也让我拥有冷漠地保护真心的权利吧！你却又为什么如此怨愤？难道你非要看到我为你疯掉才满意？

十四阿哥见状，也稍微明白了端倪，不可置信地呆立片刻，终于站起身来在呼伦冲身边叹道：“解铃还需系铃人。”说完，便步出凉亭，由太监打着油伞迎了，想了想又道：“不许再让我妹妹哭。”就消失在雨雾中。

呼伦冲将手轻轻放在千叶的肩头，感觉她比5年前消瘦了许多。他任由千叶捶了一气，只觉她的拳头愈来愈无力，终于千叶揪住了他的衣服，只是埋在他身上不住地哭泣。

呼伦冲眼望苍茫的湖水，心潮也如眼前的湖水般翻涌，紧紧搂着身后早被雨水淋湿的千叶。珠串般的雨点打在他的脸上，他缓缓仰起脸向天空望去，让雨顺着脸颊一滴接一滴地滑落。

早已习惯在下雨天仰起脸望向天空，因为这样才不会让人发现他的眼泪。

过了许久，千叶的哭声渐停，呼伦冲嘶哑道：“是密妃娘娘。”

“什么？”千叶红着眼睛抬头望他。

呼伦冲坐在她的身边，把她半个身子罩在自己怀中，挡住不断袭来的风雨：“八岁作诗，九岁能赋，十岁能曲，十二岁能秀凤穿牡丹……告诉我关于你一切的，是密妃娘娘。”

密妃知道是呼伦冲救了我，似乎想靠他拉拢和我的关系，既然她把那么多呼伦冲的事情告诉了我，再把我的事情告诉他，也是理所当然的了。

千叶茫然道：“不过那又如何呢？”他到底想说什么？

呼伦冲坐离千叶的身边，一条腿蹬在长椅上，将身子斜靠在廊柱上任由风雨袭来，冷笑道：“是啊，那又如何呢？我只是想要告诉你当年没有告诉你的话，让你知道我没有蓄谋打听你，接近你。如此我这个公主出巡时的玩物也能心安了。”

千叶对着他的眼睛道：“我没有！我没有气你打听我的事情，也没有觉得你早有预谋，更没有觉得你是个玩物！我只是……只是在气自己……我那日从万岁山摔下来……摔下来醒来之后，失去了很多记忆，不再是你在御花园里看到的那个千叶了……我没有你想的那么好……”

呼伦冲诧异地望着千叶，她眼里依然有泪水在闪动，目光却一如当年在碧桃园时那般真诚，可是，她这四年来的置之不理，又哪来得真诚呢？呼伦冲避开她的目光道：“千叶公主高贵尊荣，无论是在御花园里的，还是在眼前的，都是我们奴才不应有非分之想的。”

他定是在气我这四年对他的躲避，可是我又怎么能跟他说得清呢？千叶凄然笑道：“你真的对眼前的这个我，从没有过非分之想么？我们在金陵发生的一切又算什么？只是你念着御花园里的我，而满足自己的幻觉吗？”

呼伦冲站起身来怒视千叶，眼中似乎又燃起了那狼一般的火焰：“我呼伦冲若是当日在御花园里就对千叶公主存有过非分之想，立时五雷轰顶！”说着指指乌云密布的天空。

他对御花园里的那个千叶没有动心。千叶心中升起一丝希望，幽幽望着他问：“那么对眼前的我呢？”

呼伦冲的眼睛闪烁着，无言地凝视了她许久，终于颓然坐倒：“公主是不是要刨出奴才的心来看看，才会开心？”我为什么又像个白痴一样，站在这里任你耍弄呢？难道你还不知道我的心？非要看到它已因你千疮百孔才甘心吗？呼伦冲不由地苦笑。

千叶见他眼中的疼痛并不比她的少，知他这四年也如她一般的煎熬。自己又何尝不想把心掏出来让他明白，可是又如何能让他明白？情急之下，她忽然想起自己曾说过：“高兴就笑，难过就哭，不懂就问，生气就嚷，放胆去爱。”于是镇定道：“我知道我伤害了你，可是你却不知道你也在无意中伤害了我。不是因为我觉得你打听我，故意接近我，而是我必须知道你的心是从何时起才有了我。就算你不想再与我有任何瓜葛，可是这对我真的很重要，这个问题已经折磨了我四年。请你告诉我答案，好吗?”

呼伦冲沉默地看着滂沱的雨，也不知道有没有在听，过了半晌，他才缓缓道：“我虽之前偶然见过你几次，但是对你也只是表面上的印象，自从你酒醉送你回房那日起，我才有机会了解真正的你，莫名其妙开始在心里挂念你。”

他心里的人是叶初夏，而不是千叶！千叶抑着雀跃的心绪，走近他的身边轻轻道：“谢谢你……对不起……”

亭外的雨已经小了，淅淅沥沥地低语着。

呼伦冲凝视千叶，他不懂为何这对她如此重要，却见到她眼中闪着幸福的光华，那是他曾在金陵的病床前见到的光华，他警告自己不要再次沦陷进她的双眸里，却又久久移不开自己的眼睛。

他听到自己柔声对她低语：“虽然我是如此对你朝思暮想，可是我仍然知道，集万千宠爱于一身的千叶公主，不是我区区一个侍卫应该梦想的对象……”说着轻抚着她的耳坠子，凄然笑道：“今日能看见你依旧戴着我送你的耳坠子，用着我在万岁山递给你擦汗的手帕，我就已知足了。”

千叶轻声道：“这坠子和帕子，自打离开了你，就再也没有离开过我……”

又见到了呼伦冲熟悉的笑容。那笑容如春天的溪流，点点滴滴融化着千叶堆满积雪的心，她仍然不放心道：“现在的我，如果根本不会诗词歌赋，弹琴绣花，或者……我根本不是公主，你还会喜欢我吗?”千叶摒着呼吸，等待他的答案。

“那对我来说简直求之不得。就算你是公主，只要我不是这宫中的奴才，我又何必日日为这碍事的身份地位而折磨自己，早就把你掳回家了。”呼伦冲唇角微微一侧，泛起招牌的邪笑。

幸福在千叶脸上绽开，眼中却满是泪水，她轻抚呼伦冲坏笑的唇角，自言自语道：“我曾经是个自由自在的太妹，被放在这突如其来的深宫里，渐渐开始怀疑一切，甚至怀疑自己存在的真实，所以一不小心就钻了牛角尖，一钻就钻了四年。”

呼伦冲咬牙望着她的眼睛道：“所以你因为你小小的牛角尖，让我煎熬了四年?”说完在她的鼻子上重重刮了一记。

千叶啐道：“不分青红皂白就乱误会人的，又不止我一个!”她捂着鼻子伸出手来，教呼伦冲比了一个“六”的手势，又轻轻扳出他的食指，低着睫毛道：“这三个手指叫做‘I Love You’。”

呼伦冲深深凝视她的眼睛，跟着她重复：“I Love You……何解?”

她埋进他结实宽阔的胸膛，在熟悉的荷尔蒙味道中低语：“我爱你。”

在久违的沁人甜香里，他一侧的唇畔又翘了起来，拉开明媚的弧度。

感受着彼此久违的温暖，他们在斜风细雨的太液池畔，再一次心甘情愿地沉沦。

过了半晌，千叶擦了擦脸颊未干的泪，抬头对呼伦冲道：“你比武输给我十四哥，现在本帮主要你答应我一个要求。”

呼伦冲纵容地望着千叶：“什么？”

“无论未来如何变化，永远不要放弃我。”千叶望着呼伦冲的眼睛，一字一句道。

雨已停了，鸟们重新在林间鸣叫，宣布太阳的消息。千万缕阳光从云的缝隙里四射出来，也照耀在呼伦冲英俊的脸上。他的脸上再没有乌云，只有明媚的阳光。

呼伦冲把千叶抱起来跑下了凉亭，来到湖边，却不停步，趁着早就湿透的衣衫，径自抱着她朝湖里跑了几步，惹得千叶又笑又叫。

天水之间架起一道彩虹，西斜的太阳让他们置身于一片橙色的涟漪之中，呼伦冲就这样抱着千叶，和她一起静静地凝望这恍如梦境的湖光。虽然早春的寒意在暮色中渐渐袭来，但是相拥的两个人，还有彼此的暖。

呼伦冲低下头来，轻轻在千叶唇上一吻，对着她的眼睛一字字地道：“我呼伦冲今日对天地湖水发誓，绝不辜负千叶公主，永不放弃千叶公主。死生契阔，与子成说。”

“执子之手，与子偕老。”千叶在他深邃的双眸中，又看到了那个幸福的自己。

第二十六回　良妃藏玄机　天子宣孽缘

随着千叶的年纪渐渐大起来，皇阿玛和额娘每次见她的话题，总不自觉引到了她的婚姻大事上。的确，二十三岁，对一个公主来说，是一个早就该出阁的年纪了。也许因为康熙的几个女儿都是出阁之后没几年就早夭了，所以对于丧女之痛的惧怕，让他对这个最疼爱的小女儿迟迟不舍得放手。

但是千叶知道，舍不得归舍不得，没有把女儿永远留在身边的道理，特别是帝王家的女儿。无论康熙再怎么宠爱自己，他都要把千叶安排到一个他觉得最需要、最让人心服口服的地方——当然，也是自认为她能够得到幸福的地方，至于她能不能真的幸福，也只有听天由命了。

这就是她的宿命。

千叶所能够做的，就是把这宿命，竭尽全力与自己所选择的归宿合而为一。

她知道这很渺茫，毕竟在这个时代，女子在自己的终身大事上完全没有发言权，但是她反复对自己说：如果自己都不相信能拥有，那么注定将什么也得不到。

因此，每当康熙和德妃提起她的婚事，她就暗示父母，自己想要随时能让他们看到自己，不愿远离京城。久而久之，给他们洗脑次数多了，皇阿玛似乎真的断了让她远嫁属邦的念头。接下来的事情，她也不便多说，就只能靠呼伦冲了。

她和呼伦冲仍旧难得一见，两个人就算碰面，也只能偷偷远望对方一眼，低着衣袖，互比一个“I Love You”的手势。但是太液池畔的誓言犹在耳畔，彼此只靠一个手势，就能在心上甜蜜回味很久很久。

她听说康熙的五公主固伦温宪，就是嫁给了内廷一等侍卫。所以只要呼伦冲再升一级，就有资格向皇阿玛提亲了。

这三年来政局动荡，国事繁忙，十四阿哥虽邀了呼伦冲来他府上与千叶小聚，却为了避免与内廷侍卫来往甚密的嫌疑，呼伦冲几次都只能来去匆匆。每次十四哥都知趣地给两人独处的时间，两人却总是拉着手久久地看着彼此的眼睛，什么话也说不出。也许对他们来说，看着彼此的眼睛微笑，就是世间最美妙的事情了。

“十四阿哥为我们出谋划策地想了不少办法，更私下游说朝中重臣进谏皇上保举我。近日皇上封了我内廷一等侍卫。”

康熙经大臣举荐，开始注意呼伦冲。长久考验下来，发现他做事大胆周全，谨言慎行，对很多国家大事也有自己独到的见解，更令他欣赏的就是，呼伦冲洁身自好，不与同僚结党营私，做些攀附权贵的勾当，的确是个可用之才，便于近日封了他内廷一等侍卫的头衔，并充任协理事务侍卫班领。

千叶笑道：“这个好消息我早就打探到了，所以这次才特地跑来恭喜你。十四哥本就重情重义，这几年与众福晋的相处，更明白了相濡以沫的幸福。何况我这个嫁不出去的倒霉鬼总给他找麻烦，他当然巴不得赶紧把我嫁祸给你了。”

呼伦冲在她的鼻子上刮了一记道：“你也算有几分自知之明。麻烦精最近有没有找麻烦?”

千叶捂着鼻子叫：“这可是家庭暴力！家庭暴力！现在你都这样，以后……”想到要和他结婚，千叶不禁又红了脸，道：“我最近可没空找麻烦，忙着做孝女呢！皇阿玛最近因为哥哥们的事情心情不好，我想趁着他六十寿宴的喜庆，决心让他好好高兴一场，把上千个年近百岁的老人请来乾清宫热闹一下，图个长命百岁的彩头，与皇阿玛共庆寿辰，起名就叫做‘千叟宴’”。

呼伦冲点头道：“我们两人的婚事指日可待，你作为闺中女儿，能与阿玛承欢膝下，尽孝道的日子也不多了。我已经和十四阿哥商量了提亲的事情。我们盘算许久，决定事不宜迟，就趁万寿节皇上心情大好的时候，私下提了，这样就算皇上不同意，也有商量的余地。”

万寿节，康熙六十大寿，举国同庆，万民欢腾。京师与各直隶省纷纷建道场并诵经祝诵；京中百官分队而列，望阙叩头；诸位亲王贝勒与满朝文武百官、国外使节次第朝拜祝寿，千叶也随母亲嫔妃按品级着吉服，垂了纱帐，在内廷与康熙共度寿辰。

时逢康熙刚刚二废太子，诸位阿哥又因太子之位空悬而硝烟四起。一废太子之时，十三阿哥已被大阿哥陷害被囚，八阿哥又被众臣举荐为太子，落了个窥伺王位的下场；此事如今刚刚二废太子，大阿哥的阴谋被揭穿，十三阿哥获释，却从此失去了康熙的信任，往日风流倜傥的十三哥，却成为日日担忧处境、谨小慎微的阶下囚。千叶眼见众位哥哥使出浑身解数，为了一个王位争得头破血流。千般算计，万般经营，最终也只落个玉石俱焚，只感叹争权夺利之人的命运如一盘棋，每个棋子一旦上了棋盘，只有吃掉和被吃掉的结局，而没有停下来的权利。

所幸的是，自己两个同胞兄弟，似乎还没有走上棋盘。又或者，等待他们的是另一盘更大的棋局。

康熙见自己的亲生儿子们如此争得你死我活，心情从愤怒到失望，从失望到郁闷，最后也只剩下无奈。康熙这个戎马半生、英明一世的天子，到老却落得子盼父亡、众子反目的下场。这一切，置身事外的千叶都看在眼里，所以竭力为康熙排忧解闷。

她入住宫中九年来，康熙对她的宠爱、宽容，甚至骄纵，是替代老爸温暖她的父爱，能有这样一位伟大又慈爱的父亲，千叶是幸福而满足的。因此，她心疼这个阿玛，已经不比阿玛心疼她的少。呼伦冲既已决定提亲，只要自己再暗示些意思，皇阿玛没有不依的可能。

颂词礼乐毕，千叟宴始。康熙见每个老人都由自己的儿子媳妇们簇拥搀扶着入席，不禁感慨："我泱泱大国，孝悌尤盛，实为幸事。可惜朕一朝天子之家，却连寻常百姓之家的孝悌之风都不如了。子不孝，父之过，朕一生励精图治，修身、治国、平天下，却连一个小小的'齐家'都没有做到。"

十四阿哥出列拜道："自古家和万事兴，儿臣们定当谨遵教诲，摒弃前嫌，为皇阿玛尽忠尽孝。"

康熙安慰地笑道："老十四一向宅心仁厚，朕这一众不孝孩儿里，也唯有你最像朕，最懂朕的心思了。"

其他皇子与朝臣不禁微微抬头，露出惊异的神色。太子与八阿哥的两败俱伤，反而成就了十四阿哥，这是大家始料未及的，而千叶却知道，十四哥的仁孝率真，至情至性，是这个风烛残年的老人此刻唯一的安慰了。康熙宠爱他，是偶然，却也是必然。

人间千古，王侯将相，最终谁也难逃一个"情"字。千叶眼前不禁浮起当年说这话时，与哥哥们和曹雪芹对酒当歌的豪迈洒脱。

这情，不止是爱情，还有亲情、友情和对世间众生的悲悯之情。一个重情重义之人，才有可能获得长久的大成功。

良妃皮笑肉不笑地在德妃身边道：“如今四阿哥谦和谨慎，十四阿哥又备受万岁爷的宠爱，更有个痴情的女儿守在阁中舍不得嫁，德妃娘娘真是个有福之人。”她故意将“痴情”两个字说得分外高声，仿佛生怕别人听不到似的。

德妃皱眉睨了眼千叶，见她心虚地垂下眼去，还未及说话，密妃已笑道：“良妃娘娘这是过谦了，谁不知道十九阿哥聪明灵慧，连教习的师傅都说他是个神童，是诸位阿哥里最有诸葛之才的。”

良妃微微一笑道：“我们都有自己的儿子要忙活，所幸密妃娘娘有个争气的侄子，更比不争气的儿子强了百倍。”

密妃已打探得知呼伦冲要提亲的消息，虽心中不敢十分确凿，却从千叶与她聊天的神色中有了几分的把握，此事如今靖王府虽无人知晓，但在她心中早已张灯结彩地筹办起来，此时忽然被良妃的话说得一头雾水，只得顺势道：“哪里哪里，他只是勇武过人，思虑却还有欠周全，哪日有机会，还请良妃娘娘多多提点才是。”

良妃被密妃暗讽了心机，也不再多言，只胸有成竹似的微笑不语。

只听康熙又举杯笑道：“还有一个孩子，也最懂朕的心思，聪明伶俐，给了朕晚年无尽的安慰与快乐。今日，朕想要趁这喜庆的日子，了却一桩多年的心事。”说着，朝帘内的千叶微微一笑，示意身旁的执事太监宣旨。

难道呼伦冲已提亲了？能有这么快？怎么也没和我通个消息？千叶想到这里，一颗心提到了嗓子眼儿，不知是忧是喜。

执事太监上前几步，打开卷轴，念道：“奉天承运，皇帝诏曰：尔固伦千叶公主秀出紫微，祥开银汉，爰从襁褓即育慈闱。爱每笃于兴居，日无违于左右。弱龄受教，聪慧夙成，性自悦乎诗书，行每谐于箴史。今赐婚一品尚书曹頫之子曹雪芹，祈福冀永享，修龄作聘元舅之家，仰慰慈亲之恋。钦此。”

康熙捻着胡须笑盈盈地听执事太监念完归位，只等着曹雪芹和千叶出列谢恩。却不知这圣旨一下，堂上有五个人都惊得僵在了原地。

第一个人自是千叶。她万万没有想到，康熙不但没把她赐婚给呼伦冲，反而赐婚给旧交知己曹雪芹。虽然她知道曹雪芹的祖父曹寅，已于去年故去，康熙顾念旧情，对曹家的恩赐不减反增，当即赐了曹寅之女蕙嫔为蕙妃，更封曹寅之子曹頫一品尚书，举家进京赴任，却没想到他对曹家如此信任与厚待，将自己许配予曹氏子孙——在呼伦冲提亲之前！

难道从此我就要和呼伦冲咫尺天涯，与曹雪芹熬完这没有爱情的一生？那我和呼伦冲在月下浣蕤阁前的相逢，金陵碧桃园的厮守，太液池畔的誓言……这一切又都算作什么？没有呼伦冲的世界，活着又有什么意义？我真傻，在这个女子要三从四德的年代里梦想着能主宰自己的命运，反过来也只有被命运嘲弄而已。千叶不哭反笑，只觉得胃里抽起一阵绞痛，丝丝冷汗从背脊冒了出来。

另外惊异的两个人，就是呼伦冲和十四阿哥。两人本已苦心孤诣，步步为营，早打算千叟宴毕，就乘着康熙高兴，去养心殿提亲，却没想到康熙抢先一步，把千叶指给了曹雪芹。十四阿哥面色焦虑，忧心忡忡地抬头偷看侍立在康熙身侧的呼伦冲，见他早已面无血色，一只攥着剑柄的手微微颤抖，震得剑鞘叮叮微响，手指的关节也已握得发白。

曹雪芹自然也是一惊，他本只是随父母来康熙寿宴打酱油，没想到康熙却成就给他一桩如此婚事。他早知千叶心不在己，却不知多年之后变数如何，偷偷觑了眼面无人色的千叶和呼伦冲，心下明朗，不禁咬牙锁眉。

还有一个感到意外的人，却是四阿哥。四阿哥虽对千叶与呼伦冲之事不动声色，但一切早已看在眼内，默默关心着他们的进展。他上朝前后总有意无意地提点呼伦冲对各种事情的处理之道，才让呼伦冲在太子废立、诸子争位的复杂情势下不但明哲保身，而且取得康熙的信任，顺利升任协理事务侍卫班领。虽然他知道千叶的终身大事，最终的决定权还是皇上，自己也曾暗示千叶“尽人事，知天命”，却没想到二人希望就在眼前的时节，只因棋差一步，误了终身。因此也不禁为之动容。

却还有两个人，不禁唇上挂起了笑意。

一个是得意洋洋的良妃，还有一个是低头恭顺的琴音。

曹雪芹被父亲一声干咳，摧得跌出众臣，跪倒拜道：“微臣曹雪芹，领旨谢恩。”

本已脸色煞白的千叶，在帘内也被额娘一拉衣袖，软绵绵跪了下去，半晌才道：“女儿……女儿……”话说一半，只觉整个人轻飘飘的，仿佛被掏空了魂魄，哽咽得头昏目眩，眼前一黑，倒在了地上。

第二十七回　抗旨不尊罪　父皇伤怀心

千叶微微睁开双目，第一个看到的就是康熙担心的神情，转而想起乾清宫的一幕，不禁涌出泪来。

“你这一昏，你阿玛寿宴的兴致扫了大半，匆匆和朝臣千叟喝了几杯，走完排场，就起驾浣薞阁来看你了。”德妃见她悠悠醒转，心下微宽，嘴上虽仍然嗔她，却忙叫琴音给千叶递水送药。

“千叶，李太医说你忧思郁心，惊吓过度，是怎么回事？这又哭什么？”康熙疼惜之情溢于言表。

“千叶想是对赐婚之事太过兴奋，一时激动所致。”四哥进前一边说，一边朝千叶使眼色。旁边的十四阿哥看了他一眼，想说什么，却终于叹了口气，垂头不再言语。

康熙轻拍千叶的手，柔声安慰道：“朕已考察妥当，这曹雪芹一表人才，是个才华横溢、直率爽朗之人，与你又有旧交，还听说你们言语甚是投机，他家人也对你甚为喜爱。朕与曹爱卿自幼相交相知，可惜他先朕一步去了，但他几十年的织造世家，不但殷实丰厚，不久前更受朕所封一品尚书，赐了蟒袍，进京就职。以后你想家了，能常来探望，他们更不会似久居京城的朝臣，陷入朋党的旋流。”

看来皇阿玛为了我的婚事，也是处心积虑谋划了很久，不惜未雨绸缪，授予曹家如此丰厚的待遇，令他们进京就职。这一切只为了让我有一个能在他们身边，又免于朋党隐患的归宿。皇阿玛没有把我作为一个交易的筹码、一个步步为营的棋子，已经为我牺牲了很多，可是……

“千叶，你是朕晚年最大的安慰。朕知你担心朕，每日想方设法逗朕开心，尽管三宫六院的嫔妃都在想方设法巴结你替她们背后的势力说好话，你却把那些都举重若轻地化掉了，从没偏袒谁，诋毁谁，单纯善良地凭着一颗真心，只把朕当做阿玛在跟前尽孝。朕舍不得你，但是朕还没自私到要留你一辈子，才给你找了这个最为安稳幸福的归宿。”

“皇阿玛的一片苦心女儿怎会不知？可女儿……女儿……不愿意……”千叶不忍看到阿玛惊愕失望的脸，闭眼别过头去，泪水潮湿地滑落在枕畔。

康熙的手在千叶手中僵了片刻，缓缓撤了回去，不解道：“这是为何？”语气已冷了下来。

眼下已不能再把呼伦冲牵扯进来，不然恐怕他有性命之虞，千叶依旧闭目，定了定神，悠悠道：“女儿的安稳幸福……却不是在曹雪芹那里能够得到的。”

康熙站直身子背手道：“朕乃一朝之君，金口玉言，旨意已下，没有商量的余地。”

千叶睁开泪眼看康熙，这个刚刚还担心而憔悴的老人，又恢复了他以往君临天下的威严，可是千叶知道，在这冰冷坚毅的外表下，此刻他的心，一定已经伤透。

“皇阿玛……是女儿不好……是女儿的错……请皇阿玛责罚。”如果我能做什么，只要你不再伤心，就算一死我也愿意……可是为了呼伦冲，我宁可死，也不能嫁给别人。

“责罚？朕就是宠坏了你，让你不知责罚的厉害！”人总是用愤怒来遮掩自己被伤害的心，天子也不例外。

德妃见康熙动怒，连忙上前劝道：“这孩子一定是因为晕倒，神思溃乱的旧疾又犯了。请皇上让她闭门思过，静养上一阵子，也就想通了。”

康熙瞪了眼德妃，冷哼一声，又瞥了眼床上的千叶，终于叹了口气，拂袖而去。

德妃恨恨地望了眼垂手而立的琴音，对唇色灰白的千叶道：“你这孩子，太不懂事！有什么事情，也要和额娘商量了再做计较。你倒是跟额娘说说，你是吃了熊心还是豹子胆，敢抗旨不尊？”

千叶牵着德妃的手，失声道：“女儿日日让额娘忧心，如今又犯下这滔天的祸，女儿自知罪孽深重……可是……可是女儿也是迫不得已……”

德妃甩开千叶的手道：“有什么得已不得已！若自知罪孽深重，就趁早改过，向皇阿玛请罪。你阿玛放纵你，你也要适可而止，切莫再把事情闹大。”然后又瞪着琴音道：“本宫防贼似的防着你惹事，没想到在眼皮底下还成了这样！”

她见千叶仍旧倔强不语，微微一叹，转头对四阿哥道：“你阿玛走时气郁，他的身体最近也不好，额娘去瞧瞧。你们好好劝劝她，她这恣意任性的脾气屡教不改，如今惹出这等祸事，也是你们这些做哥哥的惯出来的！”

琴音恭送了德妃，转着眼睛道：“奴婢去给公主打水洗个脸。”低头飞快地退了出去。

十四阿哥打着千，见德妃走远，连忙蹿上来握着千叶的手道：“你还好吧？”

千叶勉强微笑道：“我没事。”

“你胆子也太大了，敢抗旨！”十四阿哥仿佛仍然心有余悸。

千叶虚弱但坚定地道：“我别无选择。”

“和皇阿玛如此硬碰硬，让他下不了台，此事恐怕难以……”四阿哥踱着步，远远望着千叶叹道：“更重要的是，你伤了皇阿玛的心。”

“我知道。”千叶凄然道，“可是我的心……”

四阿哥打断她道：“你的心，还是忘了吧。”

“你能忘了你的心?!”千叶想起竺香玉，不由地反唇相讥。

四阿哥不禁一怔，却很快望着窗外已近圆满的明月淡淡道：“我早已忘了我还有心。”

十四阿哥急道：“别什么心不心的了，还是想想眼下该怎么办吧！如今皇阿玛正在气头上，事情很难有什么变化，你且安心养着，别胡思乱想，能有什么帮的上忙的，我自然会想办法。等皇阿玛过两日气消了，我再求求去。”

这时有太监进来对十四阿哥进来：“奴才给四爷、十四爷、公主请安。”

十四等人不耐烦道：“起来吧。”

“皇上传十四爷觐见。”

三个人对视了一眼，十四阿哥行礼道：“儿臣遵旨。”随太监去了。

千叶见康熙这么晚了还召见十四哥，心下茫然，却见四阿哥的神色似乎比之前难看了许多。

琴音追上德妃，拦住她跪倒道：“奴婢对公主照看不周，还请娘娘责罚！”

德妃停步瞥了她一眼，冷冷道：“本宫手下没有傻的人，只有装傻的人。”

琴音惊惧地启首望着德妃道：“娘娘赎罪！奴婢……奴婢的忠心天地可鉴！”

德妃冷笑道：“在这深宫之中，权利面前，天地也排不上座次的。你也大了，本宫早就寻思该给你找个好人家了……只可怜了你的病母弱弟……”

琴音的母亲一直病卧在床，全仗着德妃派太医养护着，才留下如今一口气；弟弟刚刚被德妃安排进了国子监做伴读，指望他日能在皇亲国戚的身边有所作为。现下她这话一出，自己的身命还不打紧，母亲和弟弟怕是什么都要没有了。

琴音吓得连忙磕头道：“奴婢舍不得娘娘，奴婢只愿在娘娘身边侍奉一辈子！”

德妃摇头叹了口气，举步要走。琴音连忙拉住德妃的裙摆，一字字道：“因为奴婢这次的疏忽铸成大错，奴婢死不足惜。可是奴婢还要为娘娘尽忠雪耻，这条命先寄放在娘娘那里，他日自当任听娘娘发落。”琴音苍白着脸起身向德妃深深一礼，转身向养心殿跑去。

未上养心殿的台阶，琴音已从夜色中辨出门边侍立的呼伦冲。他一如既往地矗立着，无悲无喜，只是仿佛如同一个空空的躯壳，那些鲜活的音容已随着刚刚的赐婚圣旨，被掏空殆尽。

琴音心中的痛，已在见到呼伦冲的一瞬决堤，随着泪水奔涌。

本想用我卑微的爱情来守住你的爱情，可是在这今不保夕的紫禁城，我们的命都由不得自己。终于还是有这一日，我要去万岁爷面前将你揭发出来。唯有如此，我才能抹去娘娘对我的猜忌，保住我的母亲和弟弟。

琴音刚要上前，却看到已有一个人的身影站到了养心殿的门前。

佟志德侧目对着呼伦冲冷笑一声，屈身进了养心殿。

三日来，千叶卧床不起，十四阿哥也一去杳无音信，四哥来了，只是劝她忘了，而且似乎也没睡好，脸色越来越憔悴。千叶虽然感觉有什么事情发生了，但是知道只要他不想说，问也问不出个结果，只是担心他为自己的事情太过操心，反而安慰起他来。

而她呢，早已把心一横，死磕到底。只喝水，不吃饭，皇阿玛不答应她，她就不活了。如此心意已决，她倒是心下轻松不少。

琴音慌慌张张地端着个托盘走了进来，见到千叶，福了一福，想说什么，却又咬住了嘴唇，踌躇了半晌，端着金丝干贝粥进前劝道："公主，您别和自己过不去了。"

千叶早已听惯了琴音的劝，只是微微叹了口气，别过头去。

琴音颤声道："您就算不为了自己，为了呼……火上身的十四爷，也要……"说着不禁掉下泪来。

千叶一下子翻身坐了起来，抓着琴音的胳膊道："十四哥怎么了？你给我说清楚点儿！"

琴音流泪摇头，只是哭。千叶不断摇着她的身子道："十四哥怎么了？你一定知道了什么！快说！快说啊！"可是几日油米不进，身子虚弱，一个用力过猛，就是一阵眩晕。

太监在外面传道："皇上驾到！"话音未落，康熙已大步进来道："你不用问她，也不用寻死了。"

千叶疑惑地望着康熙，请安道："女儿参见皇阿玛。皇阿玛吉祥。"

康熙挥挥手，叫她免礼。坐到千叶身前，皱眉望着她虚弱的样子微微叹了口气："你是问老十四怎么了？"

"是。"

"你十四哥为了给人求情，挨了朕二十个板子，降为贝勒，正在家里趴着动弹不得。"康熙似乎此刻想起，还是气愤难平。

千叶瞪大眼睛望着康熙，听到自己颤声问道："给谁求情？"但是她却根本不想问，也不敢听。

康熙怒视着千叶的眼睛，将白玉剑穗甩到她的身前，一字字冷冷道："呼伦冲。"

千叶缓缓拿起呼伦冲的剑穗，只觉身轻气短，恍惚着又要晕倒。琴音苍白着脸，忙上前扶住了，轻声唤道："公主，公主……"

我现在绝不能晕，不知道呼伦冲是死是活，究竟如何，我绝不能晕！千叶在心里对自己大喊。

康熙见到女儿为呼伦冲如此不堪，铁青着脸道："呼伦冲结党营私，行为不端，妄图谋求公主。早有人给朕通了消息，朕顺藤摸瓜，已经把这个狂徒痛打了五十大板，打回原籍，永不录用，连坐靖王削为郡王。若不是你十四哥拼上性命求情，我早已把这小子给宰了！但是五十板子也不是普通人能吃得消的。打完他时虽还有口气在，眼下那口气断没断也不好说。连你八岁时仙姑所赐的圣品都敢佩作饰物，真是死有余辜！所以你也不用为他要死要活，就此死了这条心吧！”

康熙说完，也不看千叶凄凉憔悴的面容，站起身就走。刚到门口，只听琴音一叠声“公主，公主”地哭喊，蓦然回头，见千叶已经倒在了琴音的怀中。

浣薤阁的窗棂之外，团圆的满月已被吞掉了大半个脸，淡然地持续着月食。

第二部　错　过

恨亦难解爱亦艰。
同是天涯沦落人，
润指叩玉帆百年。
冰心难熬淬火炼，

第一回　倦鸟归巢泪　情牵前世人

奔驰牌的出租车在街灯林立的公路上飞驰，穿过一座座简约的鲍豪斯建筑和十八世纪精致的尖顶房屋，消失在立交桥的另一端。立交桥上高悬着一轮缺了角的圆月，静静结束着月食，俯瞰大地。

立交桥的一侧，坐落着柏林市立医院，一扇扇或明或暗的窗里上演着各自的悲欢，其中一个便是叶初夏的病房。

若明若暗的梦境里，她又回到呼伦冲的身边，和他在碧桃园里肩并肩地坐着，看漫天的粉嫩桃花无休无止地纷飞。

呼伦冲对她笑着说了些什么，她只见到他张阖的嘴，却听不见声音。她想让他再说一遍，却发现自己的话语震颤不了周围的空气，如铅块般笨重地哽在喉里。

对初夏的彷徨与无助，呼伦冲仿佛毫无察觉，依旧灿烂地笑着低语。阳光斜斜地照在他英俊温柔的脸上，一切都如曾经那般美丽。

可是无论初夏怎么努力地喊，喉咙却出不了一丝声音，也听不到他每一句浓情蜜意的话。

这是一个无声的完美世界。他听不见她，她也听不见他。仿佛她在此处，又不在此处。

初夏躺在病床上，蓦地坐起来惊叫："呼伦冲！"却只觉右手背微微地疼了一下。她摸了摸自己的右手，有吊针插在上面。屋内漆黑一片，只有剧烈的头痛从黑暗中缓缓走出来。初夏下意识摸了摸自己的头，上面缠着层层纱布。

初夏转头，望见玻璃窗外那轮缺了角的月亮，正若有所思地凝视着，像是有人听见她的喊声，开门打开了灯。

是个金发碧眼的护士。她进来检查仪器上的数字指标，又在她的手腕上摸了摸脉搏，对她笑着柔声说了句初夏听不懂的话，然后走了出去。

我又回到了现代香港？回到了我坠楼的那个晚上？或者那一切的惊心动魄根本没有发生过，只是我在病床上的一场长长的梦？

初夏望着挂在墙上的钟呆呆出神，无情滑过的时间如河水般一去不返。9 点 15 分，9 点 25 分，9 点 40 分，9 点 55 分……时间被人们用分秒和年月来区分着长短，而在她的眼中已成为计量距离的寂寞。

突然，一个高鼻褐发的医生带着一个六七岁的中国小男孩走了进来。

小男孩跳着来到初夏的身前，欢快地叫：“姐！姐！你醒了！”

初夏不禁重复：“姐？”初夏用陌生的目光打量小男孩。男孩眉清目秀，个子很高，若不看他稚气的小圆脸，会以为他是八九岁的大孩子。

“姐你怎么了？我是天天啊！叶行添！”小男孩皱起眉，担心地看了看她，然后转头对医生说了些什么，医生就用医用手电筒照了照初夏的眼睛，问了初夏一句话，初夏茫然地看着他。男孩只得翻译道：“他问你叫什么名字。”

“千……叶初夏。”初夏答。

接着，那医生又问了初夏几个问题，男孩一个接一个地翻译了：

“你记得你发生了什么吗？”

“……我从阳台坠了下来。”

“今年是几几年？”

“1997 年。”

“你在哪个城市？”

“香港。”

随着初夏的回答，男孩的小眉毛越来越纠结，大夫低头对男孩有问有答地说了半天，然后安慰似的望了眼初夏，走了出去。

男孩小大人似的拉着初夏的手，安慰说：“别担心，大夫说你应该是因为车祸对头部的猛烈撞击引起了暂时性的失忆。他明天会再对你做一个脑袋的什么扫描和 CT，才能得出更确切的结论。”

“车祸？”初夏疑惑地看着男孩。我不是从香港晚宴的阳台坠下去的吗？

男孩的眼中升起泪水，但仍然笑着拉起初夏的手说：“现在是 2006 年，我们在柏林，你是因为出了车祸才住院的。”

初夏不禁惊得捂住了嘴。1997 年，2006 年……原来我在上一世过了九年，这一世的我也过了九年……那是谁代替我作为叶初夏陪老爸过了这九年？……好在老爸不会替我一直担心了。

初夏忽然抬头问男孩：“老爸呢？老爸为什么没来看我？”

男孩眨着大眼睛望着初夏，仿佛竭力抑制着泪水，过了半晌才强笑着说：“老爸在另一个病房。”

“出车祸的时候老爸和我在一起？他怎么样了？我要去看看他！”初夏说着就要下床。

男孩连忙拦住初夏说：“别着急！大夫说你现在刚刚醒来，还不能乱动，这么晚了，探视时间早就过了，明天再去也不迟！”

初夏看着这个从天而降的弟弟，虽然年幼，却似乎已经是个小男子汉了，从一见面就能把一切安排得妥妥当当，还会安慰自己。

看看他的眉眼，真的和爸爸、自己有几分相似之处，难道……

“妈妈呢?”难道爸妈复婚了?

男孩撇嘴说:“我不知道妈妈是谁，老爸怎么也不肯说，问了就发脾气，后来也不敢问了。”

所以不是爸妈复婚了?他是老爸和别的女人生的?老爸这家伙，也不知道在这九年里都干了什么好事!看我明天不好好拷问他。

天天转身向门口走去，打开门，又回头对初夏笑道:“我明天放学就来看你。”

初夏扯出些笑容，点了点头。

见天天轻轻关上门，初夏的笑容才渐渐消失。她转头看那窗外的月亮，浑圆而明亮地撒下温柔的光，仿佛月食从没有来过。

冰冷的白色铁床和寂静的白色病房。这里是2006年的柏林医院。她在三百年后，而他在三百年前，或许。

她不愿意相信这一切只是场梦，因为那笑那泪都清晰得渗入骨血，可是她又找不到一丝真实的证据，证明呼伦冲的世界曾经存在过。

带着悲伤和她的爱，她已跨进幻梦的河流。踏在笑容的尸体上，只有寂寞穿透胸膛。

初夏在被子里疲惫地一动不动，过了许久，才把头露出来。她觉得好累，累到什么都不想思考，只是呆呆地望着屋内虚空的一角。

冬天的柏林似乎天黑得特别早，才下午四点多，尽管窗外还有微光透进来，可是似乎那光线太过虚弱，还没走到她的面前，就被屋内的黑暗吞噬了。屋内并不是绝对的黑，只是每一件东西，都被罩上了越来越浓烈的灰。

她被包裹在这潮湿寂静的灰暗里，似乎全世界只剩她一人。

叶初夏感受着闷痛的头，闭起眼睛，想睡一会儿。可是脑中总是有个声音在响。

“是她自己贪玩和爸爸去旅行才出了车祸……都是因为她，爸爸现在还起不来……也许永远都起不来来了……”

天天的哭声在寂静的病房里回荡。

初夏妥协似的叹口气，从床上挣扎着爬起来，扶着吊瓶架蹒跚着走到窗边，向窗外俯瞰这陌生的城市。

有鹅毛般的大雪悄无声息地飘落。那滂沱的气势，仿佛应该伴随着摧枯拉朽的巨响才对。

雪片们只静静地飘落，将室外的一切瞬间覆盖上沉重的白。它们在路灯前急行军似的下坠，仿佛在忙着掩埋什么不可告人的秘密。

今天一早做完所有的检查，她就请护士推着她的轮椅来到了父亲的病房。

轮椅缓缓在父亲的病床旁停下，看到父亲在车祸中伤得比自己还严重，初夏不禁心疼地伸手抚摸父亲的脸颊，无意中触到了他眼角的皱纹。九年的时间，给当年还神采飞扬的父亲添了不少岁月的痕迹，人似乎也比以前清瘦了。但这的确是父亲，是初夏曾经不惜跳崖也要回来见到的老爸。

初夏把头轻轻埋在他的胸前，被褥的另一端，传来了爸爸安详的体温。混着消毒水的味道，她又闻到了老爸熟悉的气息。那是混着干净衣服和男人油脂的味道，她一向都不太喜欢。但是此刻，她却因为闻到了这气息而恍然回到了九年前，变回了那个因为淘气而被老爸紧紧夹住脖子绑在胳膊下的十四岁女孩。

初夏的脑中仿佛有个开关，“咔哒”轻响，这九年来经历的不可思议和惊心动魄，仿佛因为这“回家”的感觉而统统释放出来，开启为依恋委屈的泪水，静静滑下她的面颊。

“老爸，我回来了。”她含泪抬起头，撒娇般地轻轻推了推他的身子。好想让他宠爱地看自己，对自己笑，揉着自己的头发叫“捣蛋鬼”。虽然对老爸来说，初夏并没有离去，但是对初夏来说，却是九年迷途般的别离。

爸爸没有反应，依旧均匀地呼吸着，沉沉地睡着。

初夏心中一沉，又稍微用力推了推他：“老爸……老爸……”声音渐渐不安起来。

第二回　绝念悲寻死　破梦悦求生

熬到下午，天天带来了一个娃娃脸的女孩。

女孩看起来和初夏差不多年纪，戴一个白色毛线帽，留着可爱的短发，一身随意的牛仔裤和羽绒服。

看她和天天的亲热劲儿，该是初夏的好朋友了。所以她问这个素未谋面的“好朋友”：“什么叫 vegetable patient？”

行添的笑脸瞬间凝住了，随即问初夏：“你今天去看过老爸了？”

初夏点点头。

行添把脸别向一边，目光集中在白色地板上的一块小污渍，下意识地踩了踩那污渍，吞吞吐吐地说：“不是 vegetable patient，是 vegetative patient。”

“甭管叫什么吧，快告诉我什么意思！马上！”初夏不自觉提高了音量和语速——这九年来还没有几个人敢对她提的问题支吾以对。

叶行添终于不再跟那污渍纠缠，转头正视初夏焦急的目光，一字字说：“植物人。”

姐弟俩沉默地看着彼此的眼睛，一个瞪着，一个流泪。

“娃娃脸”终于打破沉默说：“你车祸之后昏迷了一周，在这之前叔叔的病就已经确诊了。他们说叔叔头部的剧烈撞击，对大脑皮层功能造成了严重损害，因此叔叔陷入了深层昏迷状态，丧失了意识活动，但还能维持自主呼吸运动和心跳……”

初夏叫着打断她：“有呼吸有心跳，不是就能随时从昏迷中醒来了？”

“娃娃脸”过来紧紧握着初夏的手，泪已流了出来，哽咽了半晌，才努力说：“醒来的希望很渺茫……他们说这就叫植物状态……”

初夏挣开她的手，瞪着旁边也已泪流满面的叶行添，指着“娃娃脸”的鼻子嚷：“她是谁？是谁叫她来这儿胡说八道的？叫她出去！快叫她出去！”头痛再次猛烈地袭来，她一阵眩晕，扶着自己的头努力地定了定神。

“娃娃脸”撤回手，惊愕地看着狂怒的初夏，煞白着脸半晌说不出话。

“姐，你别闹了！”叶行添用袖子抹着眼泪，烦躁地说。

“娃娃脸”定了定神，想起叶行添说过初夏丧失记忆的事情，缓了缓气望着她柔声说：“初夏啊，我是你的大学同学……你最好的朋友，李彤彤啊……”

叶行添拉了拉李彤彤的衣袖，“彤彤姐，我们先让姐静静吧……”说完就拽着“娃娃脸”离开了病房。

陌生的弟弟，陌生的朋友，陌生的语言，陌生的城市……为什么我终于回到了我所熟悉的现代，却比在三百年前还要彷徨和孤独？这已不是我的世界……四哥，我该怎么办？十四哥，我想哭，可泪已哭干……呼伦冲，我想回去，回到你的身边……

初夏在脑海中声声地呼唤梦幻中的人们，可没有人答。

他们远在金碧辉煌的紫禁城，无边之梦的时间彼岸，把她独自抛在了这寒冷的黑暗之中。

终于如愿回到思念的爸爸身边，可这唯一的羁绊，已形同虚设。

初夏拔下手上的吊针，轻拉扳手，打开了医院的窗子。

如果我现在离开这里，是会在梦里与你重逢，还是会在下一世再遇到你？到那时，我不是千叶也不是叶初夏，你不是呼伦冲也不是“马来貘”。

那时，你可会记得我？但愿那不会是又一个痛着醒来的梦。

不，你一定已把我忘了，忘在三途之河的岸边。但是我会记得你，如同千叶记得呼伦冲。当你发誓永不放弃我的时候，我也已在心里念过同样的誓言。你将你的名字刻入那耳坠子的时候，也如你所愿地将它刻入了我的心中。

转世轮回，无以磨灭。

初夏微微探出身去，扑朔的雪片打在她的脸颊上，泛起丝丝的痛。

没有什么能证明我们的曾经存在过，但我胸中的痛是如此真实，真实地宣告着你我的曾经。死生契阔，与子成说。生不放弃你，死也要与你在一起。

初夏闭起双眼，攥紧的掌心有雪水滑落，一滴滴从高空坠落，无依无靠地倒在十几米下的雪地里。她的鼻尖感受着不断袭来的寒意，身子不断向外倾斜、倾斜……

“姐！”一声欢快的童音，她身后的屋子瞬间被点亮。

初夏蓦地循声回头望去，天天正瞪着圆圆的眼睛，不可置信地看着眼前的一幕：“姐……你在干吗？”他微微一愣，随即扔下手里打包的餐盒，向窗边奔去。

初夏因为回头太突然，身体已失去平衡，望着奔过来的天天，视角一滑，向窗外摇摇坠去。

正当她的脚已离开地面，天天一把抱住了她的腿，死死拽着不肯放手。

初夏担心就此拖累天天一起滑坠下去，趁身子略微停顿之际，连忙扒住了身后的窗沿。

不，也许我根本不想死，不想就此对现实低头认输，成为一个逃兵。只因一时的心力交瘁，我想一了百了地结束一切。但是现在死死抱着我腿的，是一个幼小无助的生命，是与自己血脉相连的弟弟，更是我此刻与现实世界连接的唯一凭借。

我要依靠这唯一稚嫩弱小的凭借，向陌生的现实世界做一次最后的反攻。尽管我的手指已快要撑不住自己的身体，尽管我的指尖已痛得快要断掉，但这是我最后能给自己争取来的机会，更是天天给我争取来的机会。

天天小小的身体突然传来无穷的力量。他用超乎自己生命的力量，将初夏走进死亡世界大半的身体，挣扎着拖回到生的世界。

天天和叶初夏喘着粗气坐在地上，双双对望许久。初夏正惊讶天天这小小的身体，是如何拥有等同于呼伦冲的力量，蓦地，天天的小拳头如雨点般纷纷打落在初夏的身上。

“你要干吗？你要干吗！”天天边哭边打初夏，想把一肚子的委屈和假装坚强的疲惫都一股脑发泄出来。“爸爸都已经半死了，你也死了，我可怎么办？”他打得累了，抬不起沉重的手臂，只坐在地上哇哇大哭。

天天眼泪鼻涕一袖子地嚎啕着：“爸爸总说……呜呜……我是个男人，应该照顾姐姐……呜呜呜……可是你讨厌死了！都不记得我了，还……呜呜……对我那么凶……呜呜呜……爸爸……爸爸……呜呜呜……我要爸爸……”

哭着打人的力气，还只是一个普通的小孩而已。是因渴求和不舍吧？才让他瞬间爆发出那骇人的力量。爸爸是植物人了，我若是死了，这孩子就没有亲人了。这让一个六七岁的孩子怎么活？

初夏蓦地想起在金陵遇见的小乞丐，也是天天这个年纪。若是无父无母，难道要他也沦落到那小乞丐的下场？

初夏揽过泣不成声的天天，虽已不知他在呜咽着说些什么，只紧紧搂住他小小的身躯，一遍又一遍轻抚他的头发安慰：“不哭了，不哭了……是姐不好，姐失去记忆发神经了……姐再也不这样了……”

十四岁时，我不想离开爸爸，却离开了；我想要回去，却有了回不去的羁绊。现在，我不想离开呼伦冲，却离开了；我想和爸爸在一起，爸爸却已没了知觉；我想要结束这令人疲惫的一切，却仍旧有不能结束的羁绊。那是这个我怀中无助哭泣的弱小生命，这一次，我又要为他停留，在这个新的陌生世界留下我的足迹。到底什么时候，我才能真正为自己活一次？

我的痛苦是我的自私，又是我的不够自私。

窗外的雪依旧沉甸甸地下着，屋内却已不再黑暗。千叶，或者初夏，静静地留下泪水。为她，为天天，也为这孤立无援的苍白世界。

相拥而泣的姐弟，已是这茫茫世界里彼此唯一的依靠。

第三回　贵人入贱命　邂逅来生缘

初夏渐愈，为将医疗费省给卧床的父亲，在天天和李彤彤的陪伴下，匆匆忙忙出院回到她从未有过记忆的家。

这座中世纪味道的红砖小楼，是你曾经代替我居住的家。

墙上挂满你的服装设计奖学金证书，服装设计奖章，各色古筝比赛大奖，还有几张天天的篮球比赛、数学比赛奖状。

玄关柜上陈列着大大小小的相框。有十八九岁时你安静的微笑，站在爸爸身边，怀里抱着两岁多的天天。你是那个陌生的我，你有着充满秘密和疼痛的眼睛，和那与眼睛完全相反的笑容。

现在你走了，正如你轻轻地来，不带走一丝云地存在过，甚至没有任何人知道。

除了我。

你猝不及防地回到浣薞阁的家，能否对即将来临的一切淡然处之？你会听从皇阿玛的安排，嫁给曹雪芹，还是如我一样宁死不从？你八岁作诗，九岁能赋，十岁能曲，十二岁能秀凤穿牡丹，聪慧夙成，似乎你应付现代的生活，比我应付古代的生活还要得心应手，我大概不必替你担心吧？

是吗？真正的千叶公主。谢谢你替我作为老爸的女儿存在过。更谢谢你证明我曾经的欢笑和泪水，证明那胸中翻涌的思念，不是一场触不到的梦。

清冷到透出丝丝寒意的筝曲如涟漪般一波波散开，回荡，终于渐渐平息，消失在平静无波的水面。

早晨，叶初夏骑着自行车穿过明媚的小巷，黄色、红色的阁楼上，每座阳台外都堆满五颜六色的盆栽。她轻快地拐了几个弯，停在一座雕梁画栋的华丽中餐厅门前，将背包甩在肩上，轻快地和门童打个招呼，进了门。

初夏进到员工休息室，换掉吊带背心和牛仔裤，穿上清宫女人的服饰。她熟练地插头，戴领，穿鞋，在镜子里上下打量自己。

拙劣的合成布料和人造绢花，连浣薞阁的粗使宫女穿得也比这个强些。

初夏轻抚镜子里自己苦笑的容颜，望着自己的装扮，带着每一次呼吸中难以稀释的痛，又一次迷失在若即若离的梦里。

三百年。两条时间的平行线上，一边是阴谋与死亡，一边是思念断肠。

初夏凄然微笑，迈起不疾不徐的步子，向收款台走去。

初夏的德语水平还是很差，英语口语虽然还不错，但仍旧应付不了专业领域的词汇。虽然她有时装设计的硕士毕业文凭，但是德国是个重实力不重学历的地方，仅仅她蹩脚的德语，就让她被许多德国时装公司拒之门外。为了支付弟弟的学费和爸爸的医药费，她只得暂时在这个中餐厅当服务生养家。

上个星期，爸爸的单位打来电话。因为爸爸的病进入了稳定期，而且距车祸的时间已超过半年，所以他们决定将他转回北京治疗，以抚恤金的方式一次给清二十万人民币的治疗费。

的确，支付昂贵的德国消费，对初夏也是一件十分吃力的事情。尽管她早出晚归地努力工作，也只能眼睁睁地等待一个坐吃山空的结局。而且，尽管已不是三百年前的模样，她仍渴望能够回到那个有紫禁城、有呼伦冲的地方。所以她和弟弟商量之后，同意了他们的决定。但老板死拉着说今天有重要的客人，非要初夏出工，要不是看在他一直对自己这么照顾的份上，不然初夏就不来了！

这时，一个女同事慌慌张张跑过来拉着初夏说："哎呀，你总算来了，快去VIP包间看看吧，那个客人已经来了，可难伺候了。说什么咱们这的茶是去年的啦，什么豌豆黄里掺了绿豆面啦，你快去搞定吧！"

初夏快步随女同事上楼，还没到包间门口，就已听一个轩昂的男子声音从里面传来："是蒙爷不懂呢，还是你这儿也无非如此？要不是有个哥儿们死活推荐我说你们这儿好，我也吃烦了这德国的破香肠儿……"

这是哪家的傻大款富二代，跑这里来撒野了？初夏站在门口微微皱眉，推门进去。

一身黑色西装的高大男人左拥右抱着两个超短裙美女，其中一个还是洋妞，正不歇气地数落着餐厅的老板。一向气定神闲的钟老板，今天也只有低三下四连连点头道歉的份儿。

那人边骂边扫了眼走进来的初夏，正要接着骂，忽然张口结舌地瞪着她的脸，即将出口的骂词如坠入了无底的深渊，连个细小的回声都冒不出来。

初夏见到他，也简直有些不敢相信自己的眼睛。

我一定是对他每日挂怀，思念成魔了。

她努力眨了眨眼，但是那俊秀的眉，浓密的睫毛和英挺鼻子……是她用她的手、她的眼睛，一点一滴铭刻在心上的，怎么是他……真的是他……初夏只觉浑身的鲜血和热泪奔涌上来，不由走上前几步，凄然而欣喜地叫："呼伦冲！"

那人听到初夏叫的名字，先是一愣，接着不悦地皱起眉，扭过头不去看她。他想要接着数落餐厅老板，却有些心不在焉："你说说吧……你打算怎么办？"

餐厅老板对着他连连鞠躬，抹了抹秃顶上的汗说："真的十分抱歉，知道杨总今天要光临本店，我们昨天起就开始精心准备了，我已经交代他们要给您最优质的菜品和服务。一定是我的员工在哪里出了错，真是万分抱歉，我现在就替您去换。"

杨总？他不是呼伦冲？对啊，呼伦冲在三百年前，如果在现代能见到和他长得一模一样的人，那他一定是……"马来貘"！初夏目不转睛地盯着那人的脸，反复对自己说：你真傻，他怎么会是呼伦冲呢？看看他不可一世的样子，还是和十年前一样不可救药。这个不可救药的家伙叫什么杨总，不是你的呼伦冲。

面对一个和自己朝思暮想的人长得一模一样的家伙，初夏的心里一会儿是火焰，一会儿是泪水。当看到老板卑躬屈膝到恨不得要亲自去端茶倒水的时候，她实在忍不住了，拦住老板说："请问这位先生点的是什么茶呢？"

老板好容易平息了杨锦的牢骚，见初夏忽然来多事，朝她一边使眼色一边急促地低声说："大红袍。"

"请问这位先生，您是否因为觉得这茶是去年的陈茶，所以想要去更换新茶呢？"

杨锦冷冷地盯着初夏说：“对。这茶味道发涩，汤色也不清，一看就知道是去年的。”

“先生对茶这么有研究，一定知道大红袍属乌龙茶，是武夷岩茶的一种了？”

杨锦不知初夏葫芦里卖的什么药，含糊应道：“那当然。”

“却不知您是不是又知道，虽然众所周知‘饮茶要新，喝酒要陈’，却有几种茶偏偏是特例，比如我们熟悉的普洱茶，越陈越高价，口感也越好；而另一种，就是您面前的武夷岩茶了。”

杨锦被初夏这猝不及防地一问，说“知道”也不是，说“不知道”也不是，只得用鼻子“哼”了一声。

初夏见他气场已经被自己削了一半，乘胜追击说：“产于福建的武夷岩茶，来年陈茶反而香气馥郁，滋味醇厚。也许您刚刚尝得急了，只顾看色而忘了品味，又冲的是头一泡，自然难免有些苦涩。”说着她熟练地倒掉壶中的茶，重新倒了水，给杨锦递上闻香杯闻了，又斟了一盏送到他面前。

杨锦匆匆望了一眼初夏，接过茶盏细细地品了少顷，由衷说：“的确比之前顺口儿多了。”

初夏微微一笑，心下自言自语：看不清色，品不出味，还胡乱骂人，原来隔了这么多年，这“马来貘”的眼睛、嘴巴和脑子，没有一样长进的。唯一好的就是面对事实还算诚恳，不会一味嘴硬。

杨锦斜睨了眼老板说：“这茶的事情就算了，可豌豆黄又怎么说？”

老板说不出话，初夏连忙说：“自古宫廷豌豆黄，都有豌豆和绿豆两种制法。近来天气炎热，人难免会燥热上火。因为今天老板早就嘱咐要好好款待杨总，所以厨房特地在豌豆里加了解诸热毒的绿豆粉。如果杨总吃不惯，我们可以换成普通的桂花豌豆黄，您说可以吗，杨总？”初夏故意恶狠狠地“杨总”前“杨总”后，就是要把这个自命不凡的“马来貘”讽刺得心烦、心虚、心中有愧。

杨锦仿佛没听出初夏话里带刺，只大咧咧地搂起那洋妞的肩膀，边玩她的大耳环边说：“嗯，换去吧。”那洋妞笑望着杨锦，搂着他的脖子就在他的脸颊上亲了一记，轻抚他的脸颊，仿佛在欣赏一件活着的艺术品。

看到“呼伦冲”搂着别的女人亲热，还任由别的女人吻他，初夏心头酸楚，眼中升起雾水，不由地咬起嘴唇瞪着他僵在桌旁。

杨锦任由洋妞亲着抚着，眼睛却一直没离开初夏，见她凄然欲泣的苍白，轻笑了几声，可笑声中没有欢愉，反而却有些苦涩。

老板走到初夏跟前使了个眼色，示意她去换豌豆黄。初夏拿了豌豆黄随老板出了包间，老板顾不过来理会她，就慌慌张张跑到角落去打电话。

长长的包间走廊里，初夏缓缓地走着，身后响起老板压抑着焦急的低声。

“喂，您好！是林总吗？……您好您好，我是小钟啊……是是是，对对，已经来了……谢谢您！万分感谢您今天帮我安排的这次机会……不过……杨总看来今天心情不太好啊……啊……向来如此？是吗……呵呵呵……可是我实在很难开口啊，您看您能不能好人做到底，再帮我说几句话……是是是……我理解，可是……林总……喂？林总……？”

随着初夏脚步的离去，老板的声音越来越远，最后挂掉电话那声沉沉的叹息，却依然清晰可闻。

这顿饭算是有惊无险地接近尾声了。杨锦没有再鸡蛋里挑骨头地找茬，只是使唤着初夏端茶倒水分菜分汤，和两个美女咸一口淡一口地胡扯，却总有些心不在焉似的瞟初夏。初夏也不再多言，木着脸任由他支使。

杨锦吃饱喝足，叫：“买单。”

老板似乎早就守在门口，杨锦的话音刚落，他就赔着笑走进来，快步绕到杨锦身前说：“杨总，今天我请客，只希望您能吃得开心，拿小钟当个朋友，以后多来小店赏光。”

杨锦抬眼看了看他，依旧掏出钱包说：“吃人嘴短，钟先生也是打开门做生意的，没道理无缘无故请客。”

那钟老板脸上红一阵白一阵地嗫嚅半晌，才说：“其实也不是无缘无故……杨总……您看，您盛远集团买了我饭店和周边的地，听说下个月就要拆掉重建，却不知道是要重建什么呀？”

杨锦抽出张黑色的信用卡放在桌子上，似笑非笑地打量了老板一眼说：“你是想窥探商业机密？”

钟老板慌得连连摇手说：“我哪儿敢，我哪儿敢啊……”接着苦脸对他说：“杨总，您看看我，都四十多岁的人了，在德国打工十几年，才辛辛苦苦经营了这么个小店，我们一家老小全指望着这个店，您要是一声令下给拆了，可叫我们怎么活……”说到最后，声音已不禁颤抖。

初夏眼中的钟老板，一向是沉稳悠闲的，第一次见他如此惊慌失措，又说得如此凄凉惨痛，也不由地动容。

杨锦却仿佛根本没听到钟老板的哭诉，催促初夏：“结账。”

初夏犹豫地看了眼老板，也不知该不该结这个账。老板顾不上理会初夏，仍然苦口对着杨锦不死心地问：“就算真的要拆，能不能给小店在您新建的规划里找个位置？这里临着波茨坦商业区最繁华的地段，要让我再在柏林找个这样的地方，可真不是那么容易的事儿了。”

杨锦站起身来，冷冷说：“新规划里，不可能有你的地方。”也不再等初夏来结账，兀自拿起卡就走，到初夏身边，却顿住了步。

杨锦闭起眼睛深深吸了口气，仿佛在回忆她身上的桂香。他缓缓睁开眼，若有所思地望着眼前的她，似有不舍地要说什么，却终究什么也没说。

想走，又迈不出步，半晌只板着脸说：“打包。”语气漠然，始终没有看她的脸。

钟老板又趁势追了过来，堵在单间门前讪笑说：“林总是我们店的常客，他特别喜欢小店的马蹄肉茸酥油面筋，我这里准备了些，麻烦您给他带点儿回去。”

杨锦咬牙自言自语：“我就知道是这二货。”接着对钟老板不耐烦地说：“我不去找他，你也不必给我！”他看了眼忙碌的初夏，忍不住对老板放缓语气：“你既然知道自己经营不易，就趁早下手另寻个合适地儿吧。”

初夏见他对可怜的老板如此冷酷无情，简直就是个彻头彻尾的奸商嘴脸，心里有气，嘴上又不便说。她把剩菜打包好，将纸袋甩到杨锦面前。杨锦复杂地望了眼她，又望了眼纸袋，不去接，只低眉冷冷说：“送到门口。”说着回头拨开老板，开门往楼下走去。

老板在前头追着他央求，初夏跟在他和两位美女身后拿饭盒，一群人浩浩荡荡来到收款台。杨锦要结账，老板跟打架似的拦着他不让结，杨锦从钱包里拿出一叠欧元，冷冷地甩在收款台上，转身就走。

“杨总，您再考虑考虑，您那么大的规划，怎么能没有我一个小店立足的地方……杨总……”老板知道事情很难再有转机，绝望的哀求里已带着哭腔，跟着杨锦来到店外。

早有门童把他的两辆跑车泊了过来，老板见了那两辆车，不由低呼：“玛莎拉蒂、奔驰 SSK！”

杨锦似乎听惯了这些惊叹的话，也不理会，径自来到白色玛莎拉蒂敞篷车前，接了门童递上来的钥匙，却迟迟没有上车。两位美女已上了奔驰，一位做了个让他有空打电话的手势，一位朝杨锦飞了个吻，油门轰鸣地开走了。

老板依旧在杨锦身边求着，已急得声泪俱下。初夏赶上来，不耐烦地举着纸袋要交给他。他看了眼纸袋，又用那种复杂的目光凝视了初夏半晌，忽然嘴角一扯，开了右侧车门，把初夏扔进了副驾驶，初夏低声惊叫，纸袋也掉在了地上。杨锦右臂一撑，从她身后纵进了驾驶座，熟练地按了两个键，车门关闭，引擎大作，杨锦对初夏甩了句“安全带”，转眼把目瞪口呆的钟老板远远抛在了身后。

第四回　爱恨未了情　踟蹰莫须有

等初夏明白过来，人已经随杨锦疾速地穿行在车流中。她捂着被风吹歪的清朝头饰叫：“停车！让我下去！”

杨锦充耳不闻，盯视前方的眼睛里，只闪着森森寒意。他狠踩油门，车又豹子般朝前猛蹿。初夏的身子被狠狠地抛在靠背上，那高高的头饰又摇摇欲坠，她一手扶着头饰，一手扶着座椅，眼看杨锦打着急弯，惊险地超了几辆车。她回到现代，还从没经历过如此刺激的速度，吓得已说不出话来。

初夏知道喊也没用，杨锦是打定主意不会停车的了，就是不知他为什么要这么做。看看他阴沉的脸，估计问也不会问出什么结果，初夏想起刚刚老板苦苦恳求杨锦的样子，忍不住说：“我老板人很好，对员工不苛刻，对食材不马虎，这么多年辛苦经营眼看就要毁于一旦，你真的不能帮忙想想办法吗？”她在杨锦几乎飞起来的车子中拼命想要系上安全带，可是太久没用过这种现代化的东西，她越是紧张越是系不上。

等红灯，杨锦瞥了眼初夏笨手笨脚的样子，犹豫片刻，冷着脸帮她扯出安全带系好。

耳鬓交错，又是那种该死的香气，又是那清澈得直射心底的目光，杨锦竭力不让自己去想去看，只盯着前方的路，淡淡说：“我不是慈善家，没那么多闲功夫去操心别人的死活。从我一进门他的巴结样儿就看出他没憋着好屁。”

初夏一惊：“所以你存心拿大红袍和豌豆黄刁难他？”

杨锦唇角一斜，盯着初夏的眼睛，意味深长地说：“我最烦把我当傻子利用的人。他利用我，我自然要耍他耍个痛快。”

初夏急了：“可他的餐厅在你集团的地里，你明明有能力却不帮他，难道眼睁睁地看着他走投无路你才会开心吗？”

杨锦冷冷地睨了初夏一眼，依旧目视前方说：“他有本事活下来，才有本事面对下一轮的竞争。商场弱肉强食，这是物竞天择，如果习惯了，就无所谓开不开心。”

初夏盯着他恨恨说：“如果这个人是你的家人，比如你爸爸，你还会说得这么轻松吗？”

杨锦无所谓地说：“我没有爸，只有妈。”

初夏一愣。没想到这个不可一世的家伙却和自己一样是在单亲家庭里长大的。那是一种过早的生活成熟与似乎永远不能结束的精神不成熟的纠结状态，以为早已被克服的不安全感和自卑感，总是会在意想不到的情况下跳出来抽打她，比如她的太妹姿态，比如她的嘴硬不服输，比如她面对绝境时的轻言放弃……某个时刻，她觉得自己忽然理解了旁边这个高傲的男人——她自己又何尝不是用高傲来保护自己过于脆弱的心呢？

她低头嗫嚅句“对不起”，无言以对，陷入无边的沉默。

忽然，初夏身子一晃，车停了下来。她向车外望去，已经到了一片别墅区。面前是一座白墙棕顶的阁楼别墅，屋前有咖啡色篱笆围成的花园，一棵参天的桂树在花园的一角，开着璀璨芬芳的黄色小花。风未动，香已扑鼻。

车门开了，杨锦站在车外等她下来。面上依然冷冷的，目光里却不情愿地有了一抹化不开的暖。

初夏随杨锦进了别墅，空旷的客厅随意陈设着几件必需的家具，却显是洛可可时期的古董，屋子里回荡着久无人居的腐朽味道。

杨锦从吧台里翻出瓶威士忌倒了一杯，很渴似的咕咚咕咚一饮而尽，然后如泄了气的皮球，倒在沙发上，盯着屋外的桂树呆呆出神，仿佛忘记了初夏的存在。

没人簇拥着注视的杨锦，不再趾高气昂，却像一个孤独可怜的孩子。

初夏忍不住打开窗子，让屋外淡淡的花香吹散屋内沉沉的死气，站在窗前，望着那棵桂树许久，不禁低吟：“桂树生南海，芳香隔楚山……”忽听杨锦在身后接道：“今朝天上见，疑是月中攀。”

初夏回头惊望杨锦。卢僎并不算个有名的诗人，怎么这个玩世不恭的富二代，居然知道《题殿前桂叶》？若不是我从十四哥口中知道这首诗是千叶赐名的由来，我也不一定会念呢。

杨锦不知何时又倒了一杯酒，低声吟完，唇边淡淡扯着呼伦冲的邪笑，望了眼惊异的初夏，又将酒喝得一滴不剩。

千叶的诗，呼伦冲的笑，初夏恍如走进了时光交错的夹缝中，忍不住问：“你是怎么知道这首诗的？”

杨锦凝视初夏的目光闪过一丝悸动，忽然笑了，又倒了杯酒说：“我是怎么知道这首诗的？你不记得我是怎么知道这首诗的？”语气里隐隐透出怒意。

初夏不解地望着杨锦。我只在浅水湾的别墅匆匆见过你一面，我怎么会记得？

杨锦站起来缓缓走到初夏身前，一只手架在她身后的玻璃窗上，凝视着她喝了口酒，一字字道：“叶初夏同学，我不会认错人了吧？”

啊？他怎么会认识我的？我没记得那次告诉过他我的名字啊……而且到现在为

止，我除了知道他姓杨，连他叫什么都还不知道呢……初夏慌张地瞪着他逼视过来的脸说：“啊？哦……我是叶初夏啊……没认错……”

杨锦盯着她慌张的脸看了一会儿，鼻尖轻触她的发梢，一时难以分辨那浓烈的香气是来自于她，还是窗外的桂树，不禁叹息似的说：“我以为这辈子再也见不到你了。”

初夏瞪圆眼睛，被他突如其来的这句“我以为这辈子再也见不到你了”搞得莫名其妙，不知该说什么好，只得静静听着。却见杨锦转身靠在她身边的玻璃窗前，颓然闭目几秒，转眼换上满不在乎的神情，挂着嘲讽的笑意问初夏：“你和你外交官的爸爸三年换一个国家，每换一个国家都可以甩了之前的男朋友重新再交，到现在为止，你的男朋友大军是不是也能凑成个小联合国了？”

你以为我和你一样朝三暮四？真是狗嘴里吐不出象牙，初夏瞪眼说：“我没有！”

杨锦看她恼羞成怒，更觉得有欲盖弥彰的嫌疑，不可置信似的看着她的眼睛：“你没有？”

难道“前任初夏”是这样的人？怎么听他的话好像什么都知道似的？我的前世水性杨花？不会吧？初夏想想玄关柜照片里温婉娴静的初夏，再看看面前笃定嘲讽的杨锦，不由地有些含糊，嘴硬地支吾着说：“我没有……”

杨锦审视地盯着她的眼睛，仿佛想要看进她的心里，却终于放弃似的靠回玻璃窗上，冷冷问：“那葫芦冲是谁？”

初夏忍不住恼怒地叫：“不是葫芦！是呼伦！呼伦冲！”他居然还记得这个我脱口而出的名字！初夏又是一惊，几乎无言以对：“不是谁……是我认错了……”

初夏听到杨锦在她身边裹着沉重呼吸的呻吟：“认错了？……认错了……”忽然笑了：“是啊，都这么多年过去了，你男朋友又那么多，很容易认错的。”

初夏不明所以，见他总算不再咄咄逼人地追问呼伦冲的事情，暗暗松了口气，跟着他心不在焉地笑说：“是啊……”但是忽然反应过来他说自己有那么多男朋友，又急忙说：“不是……不是的……”

杨锦见初夏不小心说漏了嘴，一丝怒意在脸上一闪而过，狠狠拍了拍叶初夏的肩，皮笑肉不笑地说：“我们校友一场，这么久不见，今天是不是该和学长好好走几杯啊？”说完也不等初夏同意，就去倒了杯威士忌，拉着她扔进沙发里，将酒杯塞到她手中。

总有危险的气息暗暗蠢动，仿佛一个不满意，那笑颜转眼就会破裂成杀人的刀，将她一片片割裂。初夏看着他僵硬的笑容和冰冷的眼睛，不寒而栗。

杨锦坐在对面的沙发里，碰着初夏的杯子说：“祝我们八年的重聚，走着。”自顾自将酒一饮而尽。

八年？现在是2007年，也就是说我1999年之后再没见过他，他又说是我学长，看来是我在香港时和他曾在同一个中学念书了。他真的是“前任初夏”认识的人！她一边脑袋飞转，一边随着他喝了口酒。

杨锦一直笑着，说起些过去在学校的趣事，然后就笑得更加厉害。初夏陪笑附和着，一直心虚地怕他看出自己不是他所认识的初夏，脑中又飞速整理着他说出的支离破碎的信息，才大概明白了些端倪。

叶初夏受伤醒来之后仿佛变了个人，说话行事都像个温婉贤淑的古代女人，到了学校大家都笑话她整天在演古装片，本来是个雌霸一方的小太妹，这下往日敢怒不敢言的女生都扑上来欺负她。

杨锦边喝边笑，边笑边说着些无关痛痒的片段，渐渐已经有些语无伦次，舌头发直：“你还记不记得，你还记不记得你被搞得最惨的那次？”

NND，老娘不发威就把我当病猫，怎么我的前世没有我半点所向披靡的气魄？初夏听了杨锦嘲笑着她在学校被欺负的事情，恨得牙痒痒，却又对已经过去的事情也无计可施，随口哼道：“哪次？”

杨锦依旧在笑，目光里却有一丝冷意：“就是尹睿儿带了一帮人，把你围在学校后山那次呀！”

靠！尹睿儿这个手下败将也敢跑到我的头上发威了！她中一的时候都不是我的对手，升到中二难道有了新靠山？初夏闷声不语，等着杨锦讲故事。

“那次可真是险，我一人单挑他们七八个，要不是我够生猛，恐怕现在都不会有命在这里说笑聊天。”杨锦一杯杯酒接连下肚，目光游离地看着坐在对面的初夏。

是他替我打的架？初夏望着他停在自己身上的眼睛，渐渐迷失在自己从没有记忆的过去。

杨锦把玩着手中的酒杯，琥珀色的威士忌在六角形的水晶杯中荡漾，他凝视那波涛汹涌却又洒不出的酒，不经意地低声说：“那次的事情现在想想真是好笑……后来……你还记得吗……”

初夏面对他忽然变得深不可测的目光，一时不知道该说什么好，只得胡乱说：“那么久之前的事情，谁还记得清。”

猩红的血色染上瞳底，杨锦的眼睛里忽地燃起一层火焰，那是初夏多少次为之悸动的火焰，初夏不由地沉沦在这交错时光的火焰里，忘了去想它的缘由。

杨锦拿着酒杯缓缓站起身来，微晃着身子逼到初夏身前。他仰头喝尽杯中的酒，猛地弯下腰去，用一只胳膊撑进她头侧的沙发，咄咄逼人地问：“那么久之前的事，记不清了是吗？”

恍惚在那记忆里的火焰中，初夏望着那火焰渐渐逼近，渐渐燃烧了他，也燃烧了自己。多想就这样在呼伦冲的目光里烧得灰飞烟灭，这样就能省却多少思念的怅惘和悔恨的疼痛。

她魂不守舍地微笑，心不在焉地点头。

“咯”的一声，水晶酒杯在杨锦手中被捏得碎裂。两人都微微一惊，不禁去看杨锦划破鲜血的手掌。杨锦觑了一眼，厌烦地将杯子随手扔在地上，对初夏一字字低吼：“那你记得这个么？”话音未落，已狠狠吻了下去。

呼伦冲，你的火焰再次燃烧了我，不如这次就让我化为灰烬，再在你的吻里涅槃重生，但愿重生之后的我不再有如影随形的痛。这火焰，这唇，是我一直惦念的牵挂，如果这一切是你可怜我的思念而给我捎来的施舍，我愿意沉沦在你的怜悯里，沉浸在当下再不醒来。

当他剥出她白皙的肩膀狂乱地吻下去时，初夏蓦然惊觉，用力挣扎着推开他，低头缩在了沙发的角落里。

他逼近初夏，按住她挣扎的手，野兽一般恶狠狠地低吼着喘息：“你装什么圣女？我们又不是没有过……”不去看初夏的惊异，继续狂暴地吻住她的身体。初夏叫着，徒劳地挣扎着，却根本无力推开他。他是如此强硬而坚决，复仇一样的欲火愤怒地燃烧，仿佛要从她身上讨回欠下多年的债。

她只好瘫软无力地任由他将自己的衣裙撕尽，任由他的唇洒落在自己身上。

旗装的我，西装的你。是呼伦冲强暴了千叶，还是杨锦强暴了叶初夏？她的灵魂仿佛被他挤压到了时空的碎片之中，崩溃在两世的怨念之间，终于精疲力竭地在他身下无助哭泣。

杨锦听到她轻轻的啜泣声，缓缓抬起头看她的脸。初夏仰头望着天花板上的虚空，无助地默默流泪。

他僵硬地在她身上凝结了片刻，望着初夏美丽到无法触碰的虚无面容，不知该愤怒还是该颓丧。

他刚要起身，却听到门口一声尖哮。

第五回　忘却的爱情　怀恋的帝都

“杨锦！”一个艳丽精致的女人已站在门口，杏眼圆睁地怒视这一幕。

沙发上的两个人不禁同时向她望去。趁杨锦愣神的片刻，初夏连忙推开他躲到对面的沙发，顾不得蓬乱的鬓发，忙乱地系着衣服。

女人死死瞪着杨锦，一边骂一边走到他的身前："你这两天一直和 Hanah、Tanya 鬼混，还骗我说和 Hanah made love。Hanah 说你那天晚上连个手指头都没碰过她。你放这种空炮也不是一次两次了，这又从哪捡来个野女人？还穿成这样，玩得有够 High、演得有够逼真啊，搞变装呢是吗……"说着，瞥了眼仍在低头扣紧盘扣的初夏，正想接着对杨锦开火，却把目光转回到初夏身上，仔细打量了片刻，无法置信地惊呼："叶初夏！"

初夏听到这个女人居然叫出自己的名字，一双忙着系扣子的手不由地停住了，抬头茫然凝视这个女人半晌，同样无法置信地惊呼："尹睿儿！"

本来理直气壮指责杨锦的尹睿儿，似乎只在重复着自己一如既往的戏码，虽然大吵大闹，却没见她有多少意外的神色，见到初夏之后，却惊惧得颤了声音："你……你……"她对着初夏说不出话，只好转头质问杨锦："她怎么会在这里？"

尹睿儿话虽出口，心中却后悔，只怕杨锦的回答会揭开她竭力隐藏多年的秘密。

八年前，杨锦父母因"家庭利益"将杨锦的婚姻和身为"白富美"的尹睿儿捆绑在一起，但杨锦和初夏互生好感，并形成了男女朋友关系。骄傲的尹睿儿自然大为光火，对初夏恨之入骨。

香港中学共有五个年级，如果不打算考大学，就不必再接着念两年的预科。很多同学在中五毕业之后就要离开校园，包括杨锦的几个朋友。

当时的初夏，即住在初夏身体里的千叶公主，就要乘坐当晚的夜航和父亲驻使新西兰，杨锦本来无心参加聚会，还是初夏劝他，他才去和朋友们喝最后一次的毕业酒。

尹睿儿偷偷在杨锦的酒里下了迷药，将半睡半醒的杨锦带回了他空荡荡的豪宅。确认他已被迷倒之后，将他和自己的上衣剥光，自导自演地拍了几张"床戏"照片。

出发去机场的时间就要来临，杨锦和她说好，在中五的毕业聚会上走个过场，就来这里见她临行前的最后一面。

杨锦没有来，来的却是尹睿儿。

尹睿儿趾高气扬地告诉叶初夏："杨锦不会来了。他知道你走了，你们就算完了，所以这一天一直都和我在一起。"

杨锦对自己的心，初夏一清二楚，当然不信尹睿儿的话，可尹睿儿居然拿出了一堆和杨锦的亲密照片作证。

照片里杨锦和尹睿儿相拥在床上熟睡着，两人赤裸着身子，只盖个薄毯。

照片真实得刺眼，没有作假的可能。初夏如掉入了无底深渊，痴望着照片上轻轻环着尹睿儿的杨锦，想要挪开眼睛不去看这令人作呕的画面，却又挪不开。

尹睿儿雪上加霜地说：“杨锦不想看见你伤心，所以托我来转告你，要你保重，忘了他，在新西兰找个更好的。他说，反正初恋从来也没有几个能修成正果的，他不想再这么累地等下去，宁可和我及时行乐在一起。趁现在说清楚，would be cool for everyone.”

从来没有经历过如此打击的初夏，仿佛眼前满满的都是挥不去的裸照。她没有心思再听尹睿儿转述那些绝情的话，淋着雨，整个人冰冷僵硬地回了家，虽然不甘心地打了无数次杨锦的手机和家里的电话，却一直没人接，只得随父亲登上了开往惠灵顿的班机。

到了惠灵顿，初夏每日辗转反侧，终不愿只因尹睿儿的一面之辞，就轻易放弃这段珍视的感情。哪怕亲耳听到杨锦说出分手的话，她也无怨无悔了。忍受了一个多月的独自情殇，她终于鼓起勇气和杨锦联系。

手机响了几声，接电话的却是尹睿儿。尹睿儿这些日子天天和杨锦粘在一起，就是为防初夏的越洋电话。趁杨锦不注意，她连忙接手机，假装不耐烦地说：“杨锦在打游戏，很忙，没空接你电话，让你有什么事告诉我。”

初夏一言不发地挂断了电话。从此两人再无联系。

没想到时隔多年，三个人居然会在柏林碰面。难道这是老天特地安排，惩罚我当年的离间之罪么？

我和杨锦的裸照，是在杨锦的酒里被下了迷药之后拍的，初夏远隔重洋打来的电话，也都是我背着杨锦偷偷接的。如果他们重逢，解开这些误会，我这十几年的苦心经营就要付之东流。

尹睿儿越想越苍白，只虚张声势地怒视着杨锦，心里却哀求杨锦不要追问当年的事情。

杨锦看也不看尹睿儿，冷笑了一下，接着抽自己的烟，看着烟雾升腾，徘徊，消失不见，一如过往。

那冷笑好像在嘲讽我的所为。他都已知道了？尹睿儿不敢再说话，甚至连喘息的力气都没有了。如果可以，我真希望自己没有出现在这里。

杨锦终于漠然地看了她一眼，懒洋洋地刚要说话，就听初夏的声音在尹睿儿身后响起：“我也要问问，你怎么会在这儿？”

她还不知道我和杨锦的关系？既然他们没有提到我，就更不可能提到当年的照片了！尹睿儿闻声转过身对着初夏，忽然冷笑一声，白了她一眼，亲热地坐在杨锦的身边，揽过他的脖子，学着京腔挑衅地说：“我是他女朋友，怎么不能在这儿？”

只要我一刻没被揭穿，就还是杨锦的女朋友。若不是趁此机会让叶初夏知难而退，也许我这辈子就再也没机会坐在杨锦身边了！

初夏一惊，质询的眼神停留在杨锦的脸上。杨锦不情愿地被尹睿儿搂着，别过头去不看她俩，抽了口烟，不自在地拉了拉扣子已大开到小腹的衬衫，却没有挣脱，也没有否认。

初夏忽地忆起香港露台上尹睿儿最后说的那句话。

“要死呀你！在学校跟我抢地盘争大姐头，连我们上流社会的派对都有脸混进来装淑女，这也都算了，又要来勾引我男朋友吗?”

听说尹睿儿家是香港的富豪，恐怕和杨锦家是旧识，如此说来，他们从那时就在一起了。

初夏看看趾高气昂的尹睿儿，又看看沉默冷淡的杨锦，忽然觉得自己在这里很可笑。若不是眼前这个家伙和呼伦冲长得一模一样，我被他的长相催眠，又怎么会到这儿跟个花心“马来貘”扯在一起，莫名其妙地当了个小三儿?

她嘲弄地扯了下嘴角，站起身一言不发地朝门口走去，停在门口想了想，回身淡淡地对尹睿儿说：“也许你很稀罕你那个花心马来貘，我可不稀罕。要不是他死拉着把我绑架过来，就是给我三拜九叩我也不会来。”说完不等尹睿儿回嘴，便摔门而去，没看到杨锦眼睛里一闪而过的悸痛。

父亲单位刚好有专机要回北京，已经提前把他安顿好送了回去。初夏带着天天，一人一个大背包，又拉着两个四十公斤的超大行李箱，让李彤彤送来了机场。

行李超重，狭小的 Tiger 机场里，叶初夏将日用百货大大小小摊了一地，忍痛舍弃了平底锅和一些盘子、衣物，才气喘吁吁地把行礼托运完。

李彤彤已经难过得说不出话，只拉着初夏的手迟迟不肯放开。她作为在德国的外国人，能有个说得上话的好朋友并不容易，从此要和她最好的朋友分离，身在异乡的寂寞更浓了一层。

初夏紧紧抱了她一下，故作轻松说：“不要搞得那么悲壮好不好，我这可是回家，又不是上战场。”

李彤彤含泪笑着打了她一下：“我不是替你悲壮，是替我自己悲壮。从今以后，我就要孤军奋战在这片日耳曼人的天下了。”

机场已经广播起航班登机的信息。初夏和天天边匆忙跑向海关，边回头朝李彤彤招手说：“拜拜！你多保重哦！到了就打电话给你！”

天天还不懂离别的悲伤，但仍旧贴心地向李彤彤招着小手说：“拜拜！到北京就给你寄你要的‘老干妈’!”

也许是初夏的背包太过沉重，也许是初夏对于未知的日子太过忐忑，她在安检的队伍中无心四顾，没有看到另外两个她熟悉的身影。

助理们的簇拥下，戴着大墨镜的尹睿儿，挂在高大的杨锦身上，经过海关VIP通道，第一批检票登机，舒服地坐进了第一排的头等舱坐席。

这对他们来说已经很委屈了。要不是杨锦家的私人飞机在做定期保养，他们原本不用和这么多人“挤”在一起。

在阳光背面的地球上空，飞机安静地穿行于欧亚大陆夜的云层之上。身边的人已经沉睡，杨锦和初夏却无法入睡。

他们在各自的座位上，同时收回眺望无边黑暗的目光，打开面前的屏幕。机载电视里正播着好莱坞重拍的老片子——《金刚》。

千古人间，皆非草木，谁也难逃一个“情”字。而这情却是一把双刃剑，能温暖人，也能杀死人。连这庞大凶猛的猩猩尚且有情，懂得保护和捍卫自己的爱，为什么却有那么多人执迷在物欲里，只将爱情视为玩乐？

“你装什么圣女？我们又不是没有过……”

杨锦怨毒的低吼和狂暴的吻，如同鞭子一般抽过初夏的心。呼伦冲的转世，居然如此低劣无情，企图强暴自己。她对这个难以理解的世界心寒到绝望。

是不是作为初夏的千叶，已经和杨锦有过肌肤之亲？怎么会这样？难道她应付不了这越变越荒唐的现代世界，才会被一个爱情玩家骗上了床？

金刚那双单纯的眼睛，含着无数的疑问，无数的不解，如同杨锦身下的自己，脸上的神情，也和当时的自己一般的绝望。初夏看着这只无辜而丑陋的猩猩摇摇下坠，碰触了心中竭力忘却的痛，怔怔流下泪来。

多么渴望能回到那个有呼伦冲的世界，那时的爱情，有足够漫长的时间来滋养；不想停留在任杨锦欺侮的麻木世界里，随意吞咽这无味的快餐爱情。

此刻的杨锦，也注视着坠下万丈高楼的金刚。

无论金刚是多么强悍凶猛，到头来还是为了一个女人丢了性命。它是愚蠢的，只因不能断了贪恋。

如果他能再绝情一些，在这个金钱之下不堪一击的世界就会立于不败之地。他恨它，更恨自己，恨自己舍不下那卑微的执着，忘不掉那早该忘记的女人。

初夏的漠然、抗拒和鄙夷，仿佛是那只推下金刚的无形之手，让他随着那庞然大物，一起坠进万劫不复的深渊。

同一架航班里，一个坐头等舱的男人，和一个坐经济舱的女人，看着同一部片子，在夜阑人静时，各自泣不成声。

天空迎来了一个新的清晨，飞机在首都机场着陆。出了舱门，熟悉的桑拿暑热包裹住了远方归来的游子。杨锦和尹睿儿走 VIP 通道，坐豪车；初夏和弟弟走普通通道，坐机场巴士。如两颗尘埃，各自飘入了古老又崭新的都市丛林——北京。

第六回　一样睹物情　两样触景伤

“九百万，九百万一次……好的，这位先生出价九百五十万……九百五十万一次……九百五十万两次……还有没有？这套珍罕的清康熙御制鎏金铜云龙纹编钟，即将属于这位先生了……九百五十万三次！恭喜这位先生！”随着拍卖员一锤定音，全场响起了热烈的掌声和欢呼声。坐在第一排的初夏露出满意的笑容，她身边的大胸女同事兴奋地凑近她耳边说：“太好了，我们‘浅山’代理的拍品终于都拍完了！这次的货都拍得不错，尤其是刚刚这件，拍出了惊人的高价，回去跟老板能要不少提成了吧?”

初夏瞥了眼女同事，轻笑说：“你刚来可能不知道，我们‘浅山’以作文物研究为主，代理鉴定拍卖品本来就是老板顺便帮朋友忙而已，他自己都未必收钱，我们能要来什么提成?”

女同事失望地埋怨说：“老板自己总在旧金山不过来，却叫我们千里迢迢从北京来香港做这些不赚钱的跑腿活儿，真不知道我们‘浅山’是拿什么赚钱的!”

初夏幽幽地说：“有时候做一件事情的价值，也未必是能拿钱衡量出来的……”

女同事似懂非懂地想了想，微微摇头，不再言语。

大屏幕上现出了新货品的图片，拍卖员微笑说：“现在，我们开始今天‘中国宫廷御制艺术精品’专场最后一件货品的拍卖：清康熙御制镶银翡翠叶形耳饰。”

拍卖员介绍说：“这件清康熙御制镶银翡翠叶形耳饰瑰丽大方，叶子栩栩如生，形态各异，由无数细小的碧玉精心雕琢而成，又镶有镂空的云纹银饰，更添华贵典雅的宫廷气魄，是康熙年间唯一珍罕的缅甸翠制品。清康熙御制镶银翡翠叶形耳饰的起价是二百万港币。”

本来初夏大功告成，正心不在焉地整理自己的文物资料，等着最后一件公司代理的拍品拍完，就结束这一天的拍卖工作。当拍卖员的介绍词不经意地钻入她的耳朵时，她不由停下了手，向大屏幕里的拍品图片望去。

已经有人纷纷举牌，当竞拍的人只剩下两个时，初夏身边的女同事偷偷向后张望了一下，对初夏低声说：“剩下的两个人看来是较上劲儿了，一个是秃顶大爷，也就算了，另一个居然是个帅哥，真是帅得犀利啊！你快看！”

初夏对女同事聂瑶瑶的花痴风格已经习以为常，她总是一脸惊艳地拽着初夏看帅哥，不知这次她又看上了谁？初夏正一脸疑惑地仔细端详那件拍品，终于受不了她在自己耳边没完没了地聒噪，不以为然地回头瞥了一眼，却愣住了。

居然是那个腹黑浪子杨锦！他还是那副人模狗样的西服装扮，翘着二郎腿，微皱着眉频频举牌，似乎对不断攀升的拍价毫不在意，一副志在必得的架势。这一整天的拍卖也没见他露出半点声息，看来就是冲着这件拍品有备而来的了。

初夏完全没有看到，坐在杨锦身旁的那个戴着黑边眼镜的男人，正用与她同样惊异的目光凝视着她。她不愿与这惹是生非的花心“马来貘”再有瓜葛，连忙心事重重地转回头。

聂瑶瑶仍然意犹未尽地念叨：“真是名副其实的高富帅啊……没想到来拍卖会还能饱个这样的眼福。”

另一个秃顶大爷坐得离杨锦不远，似乎和杨锦是旧识，本来气定神闲地微笑着和杨锦竞拍，还自言自语似的告诉身边的人，太太看上了这件耳饰，他要拿这件拍品送给他太太当做结婚纪念日的礼物。但是杨锦看也不看他一眼，毫不犹豫地频频举牌，丝毫没有让步的意思，他不禁有些恼火。随着价格无情地飙升，他举牌子的手也略微有些犹豫颤抖。当杨锦叫到八百五十万的时候，他几乎放弃了，但是实在不想因这个晚辈在人前丢了面子，心一横，举了九百万的牌子。

“九百万！”拍卖员惊呼，面上也不禁现出兴奋的神色，“没想到清康熙御制镶银翡翠叶形耳饰能虏获两位英俊男士的心，看来这件康熙珍品即将成为我们今天拍卖会的黑马了。”拍卖员迅速环视全场，身子紧张得凝住了，只有双唇飞快地唱价：“九百万一次……九百万两次……还有没有……一千万!?”

随着拍卖员惊异的声音，所有人都将目光集中在举出如此高价的人身上。

杨锦依旧翘着二郎腿，面无表情地举着那一千万的牌子，仿佛对秃顶大爷扔牌离场的愤怒举动浑然不觉。

半晌，拍卖员才恍然干咳了一声：“这真是我们今天最大的惊喜啊……好，清康熙御制镶银翡翠叶形耳饰一千万一次……一千万两次……”他正要举捶落下，忽见第一排站起来一个女人。初夏向大屏幕前的拍品图片缓缓走过去。

作为工作人员的初夏，几天前在预展时就本该见到这件拍品，可当时她们“浅山”代理的一件拍品迟迟未到，她忙着联系物流人员，错过了这最后一件拍品的鉴定流程。

此刻她见到那件拍品的图片，本来心中一悸：那是呼伦冲送给千叶的耳坠子。但是仔细看了许久，她越看越不对劲，不由地站起来走了过去。

她在所有人惊异的目光中，跑到门外的提货处，不顾惊叫着阻拦她的工作人员，翻找出这件拍品，捻在手中仔细端详。

她看着手中似曾相识的耳坠子，左右翻弄了一下，完美无瑕的银饰上，没有那个篆刻的“冲”字。她确定了自己的疑惑，拿着那拍品走回拍卖会场。

与此同时，拍卖场也因为她已乱成一团。拍卖员大叫保安人员，全场的人——包括杨锦，都对这个在佳士得拍卖场拿着拍品乱蹿的女人投去惊讶的目光，几个保安已经向她冲了过来。

她走回拍卖员跟前，面无表情地把耳坠子甩在桌子上，淡淡地自言自语了一句话，声音虽不大，却震得所有人都凝住了。

“这件拍品是赝品。”

“这是哪儿来的神经病？敢质疑佳士得的拍品。”坐席中死寂片刻，开始有人议论纷纷。

她瞟了一眼杨锦——他正托着下巴若有所思地望着自己——对众人说：“我有幸见过这件耳饰的真品。康熙年间纯手工的饰品，不可能有两件完全一样的，而且这叶子雕琢得也太过精细……”

初夏的言辞并不兴奋，反而有些黯然。也许谁也无法理解，她是那个最不希望这件拍品是赝品的人。

还没说完，警铃已大作，几个携枪的刑警冲到初夏身边，拉扯着要将她带走。初夏挣扎着叫：“我说的是真的！康熙年间，就连额娘……皇后娘娘的饰品也不可能做得如此细致。这件明显是后世仿制的赝品！”

拍卖员从没有见过胆敢在现场质疑拍品的人，惊怒地喊：“她是怎么混进来的？敢在这里胡说八道！还不快把这个疯女人带走！”

一个刑警见初夏反抗，挥起警棍向她的头砸去。初夏不禁吓得紧紧闭起了眼睛。

等了少顷，不觉有东西碰到自己，她疑惑地睁开眼，才看到那警棍已被一只粗壮的手臂攥住，不情愿地停在半空中。

杨锦山一般挡在初夏的身前，面无表情地注视着惊怒的刑警。

“我有权以妨碍司法罪告你。请你马上离开！”那刑警被一个普通人攥住了警棍，有些恼羞成怒。

杨锦将他的警棍缓缓放下，不再理会他，只对拍卖员说：“既然我已拍下了这件拍品，它的真伪我有权确认。这位小姐既然有质疑，重新鉴定拍品才能解除我的顾虑。”

已经有几个参与拍卖的顾问上前鉴定耳饰，他们交头接耳地讨论了一下，一位花白头发的老者对拍卖员说：“这的确是民国时期的仿品。”

拍卖员尴尬地笑了笑说："没想到这位看起来很年轻的小姐，独具慧眼，挽回了买家险些付出的巨额损失，也挽回了我们拍卖行的声誉。不知您是我们旗下哪个代理公司的工作人员？"

聂瑶瑶抓住这个给自己公司做广告的好机会，抢着高声说："我们是浅山明清书画器物研究中心的研究员。"

拍卖员仿佛已经忘了自己刚刚扯着脖子大喊抓初夏的情景，恢复了淡定专业的神态，朗声说："浅山明清书画器物研究中心是佳士得的长期合作机构，我们与他们合作的目的，就是随时随地去伪存真，保证流传后世的都是我们古代文化的精华真品，哪怕在即将成交的最后一瞬间，我们都有义务确保客户得到真品的利益。现在我宣布2012年香港佳士得春季拍卖会'中国宫廷御制艺术精品'专场的最后一件拍品清康熙御制镶银翡翠叶形耳饰为赝品，请有关人员回收这些破铜烂铁，进行相关处理。对这位险些拍到赝品的先生，我们致以诚挚的歉意，也要祝贺您在佳士得专业人士的帮助下，挽回不必要的损失。"

听着拍卖员巧舌如簧地把黑说成白，初夏虽明知她工作的浅山明清书画器物研究中心与佳士得拍卖公司根本没有多少业务联系，却也没有当众揭穿他为了挽回佳士得面子的这套说辞，只微微一笑，望了眼那耳坠子，不去理会凝视着她的杨锦，回到座位收拾东西准备离去。

呼伦冲，就不知你送我的那个耳坠子，现在流落到了何方？我失去了你，你失去了我，我们的定情之物，也失去了它的主人们。三百年的时光，是不是足以让一段刻骨铭心的爱情失去它原本的样子？

但就算一切物是人非，在我心中都永远珍藏着我们的笑和泪，直到重聚的那一刻。因为有你，我才有活下去的力量。

聂瑶瑶见初夏立了这么大功，难掩兴奋地叫："你刚刚真是太酷了！"她做了个捏着耳坠子的动作，学着初夏的样子粗声说："这件拍品是赝品。"然后开心地哈哈大笑。

初夏也被她逗得不禁莞尔，只是想到作为她和呼伦冲曾经爱情的见证，那件刻有她情人名字的真品，此刻也不知流落何方，一脸笑容不禁如断了线的风筝，无力地飘远了。

聂瑶瑶仍旧兴高采烈地对初夏说："这下帅哥不知道该多感谢你呢！一千万啊！他就算是再阔气，一千万也不是个小数目啊，不然也不会紧张到上演英雄救美的一幕吧……哎，你看，他看你呢！"

第七回　躲不开的悲　躲不开的你

初夏整理好手边的工作材料，抬头望了一眼杨锦。拍卖会已经结束，人们都稀稀拉拉地向会议厅外走去，只有杨锦仍旧坐在自己的位置上，懒洋洋地翘着二郎腿。他摊开双臂放在两侧的椅背上，正歪着头目光复杂地凝视初夏。

那凝视里，仿佛有着千言万语，又仿佛想要刺入她的心。

他身边的那个座位，也已经空了。

初夏避开他的目光，转过身低头迅速收拾自己的文件。

多年的杳无音讯，上次偶遇时的冷漠刻薄，都在重新看到她如花容颜的一刻，如暗地埋伏的刀锋，瞬间刺入杨锦的心脏。

他在这疼痛里一次次冷静地告诫自己，不要再和这个恶毒的女人产生任何瓜葛，但是她的身影就在他的跟前晃动，他的眼睛就总是忍不住去探究她隐藏着无穷秘密的双眸。

杨锦在这突如其来的邂逅中不知所措。

人散了，她就要走了。如此再放她回人海，我是不是还能再有机会与她如此邂逅？过往的怨怼，却阻止不了杨锦想要接近她的心。他只能自欺欺人地劝说自己：初夏给他挽回了一次不必要的损失，就算出于正常的礼貌，也应该过去说句话。除此之外，再没别的原因——不是自己对她旧情难忘的依恋，也不是自己对她冷漠拒绝的再一次尝试。绝对不是。

然而初夏终于还是从他身边漠然地擦肩而过。他望着自己伸出的手渐渐颓然落下，心里嘶吼着告诉自己：够了！就此放弃，就此忘记，这个女人不可能再属于你！

可心底总有一团灼痛的火焰，那是被他压抑着故意淡忘多年的火焰。他甚至以为它已经不存在了，此刻却只能眼睁睁地看着那火焰蹿出来燃烧自己，他任由那火焰驱使着，听到自己的喘息，听到自己转过身去叫她的名字。

望着初夏身边女同事投来饶有兴趣的目光，杨锦尴尬而愤怒："你不想答理我就甭答理，干嘛又来帮我。你以为我在意那点儿钱么？"

初夏终于缓缓转过身来，目光里波澜不惊，声音里平静无波："以杨总的身家，又怎么会在意那些钱？我只是不能忍受那件赝品冒充真品流传于世罢了。"

她总算是正眼看我了，她总算是和我说话了。杨锦感到自己在她面前卑微的自尊心稍稍得到了满足，心里不再焦灼地煎熬着了，却又因这小小的满足而更加看到自己的悲惨境地，只得冷冷说："真品赝品，也是我一个人的事，关你什么事?"

初夏的唇畔现出嘲讽的笑容："那器物对杨总来说也许只是个钱的数目，无论真假，只要能再高价出手也就行了。但是对我来说，那……"初夏骤然伤情澎湃，哽咽难语。

杨锦走近初夏，看到她眼中升起薄雾，形容是从没见过的凄婉，心中莫名跟着她酸疼，目光闪动地问："对你来说……是什么?"

初夏望着他茫然的脸，愤怨之情油然而生。呼伦冲，就算你已轮回，转世为杨锦，真的就把千叶忘得一干二净了？真的就把你亲自买给我的信物忘得一干二净了？你此刻居然对这一切的百转千回一无所知，却瞪着你无辜的眼睛撕扯着我的伤痕。

她的眼前现出在呼伦冲在病床上摸索耳坠子的情景，呼伦冲与她曾经的欢颜，此刻却已成为这两张冤冤相对的悲容。

初夏强忍即将夺眶而出的泪，甩了句："一件藏品的内涵，又怎么是你这种投机商人能懂的!"说完转身快步离去，任由泪水肆意横流。

她在前尘往事的哀怨中又一次刺痛了自己，也刺痛了那个无辜的转世生灵。

随着初夏的离去，杨锦感觉自己全身的火焰仿佛也被她带走了，一个人呆呆地僵立许久，才自言自语："我只是觉得那件东西必须属于我而已……"

站在大厅出口旁的一个男人，眼睁睁看着她泪流满面地与自己擦肩而过，却没有瞥自己一眼，只有痴痴地看着她的背影消失，徒留一串长长的怅惘的影子。

在那死气沉沉的黑边眼镜后面，是与曹雪芹一模一样的夺目花容，就是刚刚坐在杨锦身边那个温润的男人。林斯。

五月的香港，动一动就有恼人的黏腻纠缠在满身满脸上。初夏回到她的母校，在周末空荡荡的校园里漫步。

她仿佛还能看到爸爸一手拿着公文包，站在放学的校门口张开双臂开心地迎接自己的样子。十四岁的初夏穿着校服，欢叫着扑进爸爸的怀里，两个人手拉着手踏上回家的路，路上留下一串欢声笑语。

回到北京之后，爸爸被安顿在了家附近的小医院。一次性的20万抚恤金虽然不少，但是也经不起没有尽头的医院开销。初夏带着弟弟收拾打扫一家人久不居住的回迁房，忙着给弟弟找小学，又忙着给自己找工作，日子就在无止无休的忙碌中匆匆而逝。

她终于在一家名叫"浅山"的民办文物研究中心找到了一份管理员的工作，因为九年的宫中生活让她对一切明清器物字画了然于心，所以鉴别文物的目光熟练敏锐，很快便当上了研究员。本来天天有篮球特长，数学成绩也很突出，应该很容易找到学校。可是就连小区规定的学校都要收取赞助费才允许他入学，每个学期书本费、培训费更是层出不穷。她为了弥补学费和医疗费的亏空，只好在晚上又接了刺绣的活。

没想到她这九年养尊处优的公主生活，此刻却成了她赖以为生的独门本事。也许中国已丢失了太多的传统文化，让很多本该更加辉煌的技艺，反而成了日渐荒芜的沙漠。这每个闺阁少女都曾经谙熟的刺绣功夫，已成为稀缺的资源，让她占了这时代的“便宜”。

她想到这里不禁微笑摇头，幽风拂来，才赫然发现自己已不知不觉漫步到了学校的后山。

十几年过去，陈旧的校舍已粉刷一新，也盖起了新的图书馆和游泳馆，但是她曾经旷课、打架的后山却依然还是老样子。

她在遮天蔽日的树林里缓缓前行，寻找自己昔日的足迹。其实初夏当年多数的旷课时间，都是在这里自得其乐地采野花、采蘑菇、看松鼠、抓蟋蟀，打架也不过偶尔几次。

大概因为她不是本地人，长得又出众，所以很多女生都嫉妒排斥地喊她“北姑”。她也不知那是什么意思，只是见她们从牙缝里这么叫完，脸上都会现出不屑的神情，因此她猜想那一定不是什么好词。

当时她的人生哲学是：如果见到有什么活见鬼的事情，就要猛烈捶之。

她本就比那些当地女生个子高大些，打起架来又有些不要命的狠劲，所以初夏经历了几次经典战役之后，就已经立了威名，没什么人敢惹她了。

初夏想到小时候的自己扯着尹睿儿的头发，尹睿儿痛得吱吱哇哇地大叫粤语，初夏瞪着眼睛骂：“你们是不是让英国奴役了100年，宁愿当洋奴，也不习惯当自己是有祖有根的中国人了？什么叫‘北姑’？你回家问问你妈，你祖宗里有没有‘北姑’？如今你姑奶奶就在你跟前，不知道下跪磕头，还来嘴欠找抽，不孝啊你！”

一个敢怒敢言、天不怕地不怕的小太妹，真有些不可思议那是曾经的自己。9年皇宫的幽深已将她琢磨成一个宽忍的女子，如今的她只用依旧纯净的双眸寻找着当年自己打架的地点。她向树林深处望去，却见到一个魁伟的熟悉身影。

米白色的亚麻薄衫随着头发轻轻飘动，天地间仿佛只余他长身而立。

是杨锦！真是冤家路窄，昨天刚刚碰面，今天又阴魂不散地出现在了这里。我来香港只有这么短短五天，刚要享受下这最后一天轻松的怀旧之旅，他又跳出来煞风景。初夏连忙躲在一棵粗壮的榕树后面，不想再和他扯上什么关系，却又忍不住偷偷露出头来，好奇地看他来这里的原因。

杨锦一只手扶着高大的桂树，头微微低垂着，仿佛在看树上的什么东西。阳光从枝叶的缝隙里透出来，在他头顶和身上撒下疏密不均的亮点。某一时刻里，他与这树似乎都凝结在了阳光的细雨中，不分彼此地默然矗立。

不知过了多久，他疲惫地垂下手，在树下坐倒，头靠着树干闭起双眼，许久没有睁开，仿佛是睡着了。

杨锦头顶的不远处，有一片被剥开的树皮。那裸露着的棕红色树干，虽然有着风雨侵蚀的斑驳痕迹，但是深深的划痕依然清晰可辨。

一个等腰三角形被一条延长的竖线从中间分开——那是十几年前学生之间流行的爱情符号：一把小伞。作为伞柄的竖线两侧各刻着两个歪歪扭扭的名字。

杨锦。叶初夏。

“桂树生南海，芳香隔楚山。今朝天上见，疑是月中攀。”初夏柔美的嗓音和着她悦耳的笑声，划破杨锦心中不愿掀开的记忆。

穿着校服的杨锦躺在她的腿上，轻抚树干上崭新的划痕。她的面容被头顶的太阳光辉笼罩如仙。而十七岁的她，也的确清丽如仙。

杨锦懒洋洋地说：“你干嘛老是跟我念叨这首诗啊？”

“因为这是我的……父亲为我起名字时用的诗。念着它，我就仿佛回到我小时候住的那个家。”

“和我在一起你还想着你爸？和我在一起时你谁也不许想，除了我！”

初夏在他的额上拍了片桂树叶，撇了撇嘴，半晌怅然地说：“父亲工作忙……我也只有你了。”

杨锦顶着树叶坐起身，搂住她得意地说：“那以后这诗就是我们两个的暗号，你说前两句，我说后两句，这样就算我们失散了，就算我们都面目全非了，我也能把你找回来。”

初夏忽然急了，含着泪说：“你为什么要和我分开？我……我不要再和任何我喜欢的人分开了……”

“你怎么又哭了，我就随便一说嘛！怎么我说什么你都当真……”杨锦手忙脚乱地哄她，她的泪水却把他的一颗心都泡化了。

在这每天随着大树不断生长的印记之下，杨锦微闭双目，眉间轻轻抽动，一件件随这印记深埋进桂树的往事，翻涌着甜蜜而苦涩的波涛，将他包围，将他淹没。

初夏见杨锦没有要离开的样子，微微吐舌，蹑手蹑脚地转身离去了。

和十几年前一样细碎的午后阳光里，她与他背对着背，渐行渐远。她没能有机会知道，自己的名字曾经和杨锦的名字彼此紧挨，深深烙印在桂树的身体里，也曾深深烙印在两个人的心里。

第八回　闻晴天霹雳　寻柳暗花明

初夏骑着自行车，穿过灰瓦如峦、高墙林立的胡同，熟练地转了几个弯。她躲过一只蹿过胡同回家的白猫，笑着向两位坐在树下聊天的老奶奶打了个招呼，在一个小院的门口停下来。

粉刷一新的红漆小门，“九世同居”的门墩虽有些斑驳残破，栩栩如生的九只狮子却依稀可辨。这是一座不是十分规整的四合院，影背墙在“文革”的时候被砸了，西厢房也被扩搭了一个大砖房出来，使本来宽大的三进院落断为四截，只留一个狭窄的过道通向花厅。

这就是初夏工作的浅山文物研究中心的明清书画器物研究部。

当初她在报纸花花绿绿的招聘广告里，看到有一则只用淡淡写意风格的行书写着“浅山”两字的招聘广告时，她就被这则招聘广告中恬淡的意境所吸引，凭着写下的地址信息，初夏找到了这里。如今已是她工作的第四个年头，却从没见过她的大老板。只听资历老些的同事说，他是旧金山的华侨，热爱祖国传统文化，用他提供的基金，开设了很多以“浅山”为名的文物研究、文物保护和文化推广机构。

初夏虽然没有见过这位资金雄厚的老板，但是她在心底暗暗崇拜着他，觉得他虽然人在国外，却有着枝桠远播的树叶对于根的情怀，富贵而不淫，能有救国兴邦的德才，是地地道道浸泡着传统文化的中国人。

由于文物都是需要恒温恒湿的保存环境，“浅山”特地在这里挖掘建设了藏品地窖。这也是“浅山”虽然有雄厚的资金，却只选择这看起来有些落魄的四合院的主要原因之一。每天初夏都要在阴寒的地窖里呆上一阵子，进行些记录、鉴别和总结的研究工作。

这些看似枯燥而一成不变的工作，对初夏来说却是件幸福的事情，因为她不但可以在自己和四哥、十四哥一起用过的金丝楠木算学桌前坐上一会儿，回忆他们兄妹无忧无虑的年少时光，而且能够偶然发现自己用过的茶杯或浣薤阁挂着的工笔花鸟画。那些书画器物已经被岁月染上重重的痕迹，但在她的心里却依旧鲜艳地绽放着。她反复把玩这些曾经没有在意过的东西，如同把玩着她美丽无忧的少女时光……最让她惊喜的是，她在新近一批运到的藏品中，找到了她送给呼伦冲的剑穗。

虽说是剑穗，曾经艳丽的红色丝绦已几乎磨得荡然无存，只有那个团锦结还结实地盘踞着，尽管土灰的红色暗哑斑驳，也有丝绦的绒毛在四周蹊跷着，但它上面的白玉叶子依然温润如洗，平静地给初夏讲述岁月的故事，安静地宣告她的曾经。

她如落水般地抓住唯一一根稻草，抓住这些真实的凭借，带着暖暖的疼痛追溯记忆的彼岸。

当不再拥有的时候，她唯一能做的，就是让自己不要忘记。

对紫禁城里的人们，如同当年对爸爸一样，可以一点点地放下。唯有呼伦冲，她放不下。

她不能放弃重新见到他的渴望。哪怕只见一面，对他说声对不起，看到他过得很好，甚至妻妾成群，甚至子孙满堂，都能为她痛彻心扉的内疚画上一个不可能完美的句号。

初夏正将那白玉叶子握在手心，温暖地微笑着回忆自己送呼伦冲剑穗子的那个月夜，忽然听到地窖外有人高声吵闹。

初夏循声出了地窖，看到副部长姜民浩和聂瑶瑶正和几个拿着建筑测量仪的人争吵着。陈部长则沉着脸站在一旁，一言不发。整个研究中心的十几个同事，都已闻声步入院内。

聂瑶瑶正对一个拿着测量仪摆弄的人叫："你们没有许可证书，凭什么在我们这里随便东瞅西看?"

"测量仪"不耐烦地说："都告诉你了，集团的人一会儿就来，他们会把许可证带来的。"

聂瑶瑶依旧嚷："你们现在没有就不许测量，这是影响我们正常工作!"

"测量仪"不再理她，自顾自摆弄仪器。

那边的姜民浩稍微理智些，对一个看起来是管事的人据理力争地说："我们没有接到任何通知，你们凭什么要拆我们?"

初夏听到"拆"这个字，一颗心沉了下去。如果这里拆了，四合院就保不住了，地窖也就没有了，那些文物放在哪里？北京的四合院本就所剩无几，我们的工作还能在哪里继续?

几个人正在争吵着，外面忽然又进来一群西装革履的男人，走在前面的小胡子老远就喊："证书在这里，谁还敢不让拆?"

陈部长接过那文书，仔细看了一遍，说："这只是拆迁通知，为什么刚刚给我们通知就急着要来拆了?"

小胡子挤出个冷笑说："拆是早晚的事，我们集团急需这块地，支付给你们最高的拆迁补偿。拆迁说明上都写得明明白白，你们自己好好看看吧。"

聂瑶瑶撅着嘴凑过来看了看拆迁说明，忽然瞪大眼睛嚷："五万二一平米？每人两万拆迁配合奖励费?!”她捂住嘴努力镇定情绪，半晌才问小胡子：“你是说包括院子的面积吗？每个人是指居住人口还是户口所在人口?”

小胡子看到已经有人动了心，这工作已经好做了一半，摸了摸胡子说：“面积只包括正规搭建房屋的面积，人口嘛……按说是只算户口所在人口，不过因为集团情况特殊，我赵新民保证，今天在场的人都算一份。”说着叫身旁的员工：“小邓，你数数现场的员工人数，回头和公司财务报账。”

聂瑶瑶连忙说：“我们有两个人现在出差不在，把他们也算进去!”

小胡子挤了个笑：“这本来已经是特殊情况的特惠政策了，要是你今天跟我报一个出差，明天跟我报一个病假，我们到底该怎么算啊？今天派我来的目的，就是了解一下情况，沟通一下信息，只能按今天的状况估算一个大概人数了。”

聂瑶瑶还想多争些钱出来，初夏忽然走到那人面前说：“您今天先请回吧。把我们的意思带给你们老总，我们不搬，也不会让你们拆。”

听了这话，不但小胡子一惊，聂瑶瑶也都急了。聂瑶瑶扯了扯初夏的军大衣，初夏趁势把军大衣脱下来扔到她怀里，对小胡子说：“虽然贵公司给的待遇很优厚，但是我想这也是因为贵集团和我们同样明白这四合院的重要性——尽管对于重要性的理解不尽相同——可是我们的意思很明确，因为工作需要，我们不能离开这个四合院。”初夏说着，看了眼陈部长，像是征求他的同意。陈部长把拆迁通知折好，背手沉默了半晌，终于点了点头。

小胡子见他们态度坚决，也不再多说什么，只甩下一句：“敬酒不吃……可别后悔!”冷哼了一声，扭头带着人走了。

陈部长还没来，十几个同事坐在会议室，一个个都满腹心事。有的说，看来这工作要保不住了；有的说，拿了拆迁补偿，也算是失业补助了；姜民浩的想法算是最积极的：他鼓动大家把拆迁补偿攒到一起，为暂时的办公地点筹备基金。

聂瑶瑶反对说：“我们大老板又不是没有钱，哪需要咱们那两万块钱。我可是还想留着拿回家孝敬爸妈呢！可你听听初夏姐，把人家一句话给赶跑了，这下不会鸡飞蛋打了吧?”

初夏说：“好歹我们国家也是法治社会，他们既然看上了咱们的地，就肯定还会再来沟通的。”

聂瑶瑶恍然大悟：“啊！还是你最有心机！啊！我怎么早没想到！你真是太高明了!”她连连对初夏翘起大拇指，嘴里还啧啧地赞个不停。

同事们，连同初夏都莫名其妙地看着她。她揽过初夏的脖子，推心置腹地说：“姐，我一向最崇拜你，不过就数你今天的决策最英明了!”

初夏欣慰："你终于明白我们四合院的重要了？"

聂瑶瑶拍了她一下说："什么呀！我是说，他们既然知道咱们这四合院重要，就一定会再来，所以如果咱们当了钉子户，就肯定能要更多的钱了！"

听了她这话，有的人不以为然，有的人觉得也不无道理，大家正七嘴八舌地争论着，陈部长进来了。

陈部长似乎很疲惫，沉重地坐在椅子里说："我刚刚和老板通了电话。"大家都安静地等着下文，因为他接下来的话，决定了每个人今后的事业前景。他喝了口茶，一字字说："老板决定同意拆迁。"

办公室里一下子炸开了锅，叹息的居多，有个别义愤填膺的，初夏连忙问陈部长："老板有新的工作地点可以选择？"

陈部长叹了口气说："目前他还没有合适的地点可以供我们工作，所以我们暂时编入'浅山文化传播中心'，做一些文化推广的工作。"

大家仿佛为保住了饭碗而松了口气，初夏仍然追问："那些文物怎么办？"

陈部长感动地看了一眼初夏："如今大家都为自保人心惶惶，也只有你还关心那些死物了……老板说，他会派人全部运回旧金山总部保存。"

陈部长和大老板应该都知道，对于文物，每一次的运输，都是一次伤筋动骨的折磨。他们宁愿选择如此冒险的方式，也要放弃这个四合院，看来真的是别无选择了。那我和四哥他们用过的桌子，我浣蕤阁的茶杯字画，还有我送给呼伦冲的剑穗子……这些我唯一能够凭吊那些美好时光的凭借物，也都将离我而去？不行……我不允许……我已经失去了哥哥和呼伦冲，我不想再失去这些最后的慰藉……

初夏忽然心念一动，拉着陈部长问："陈部长，能不能再给我看看那张拆迁通知？"

陈部长从文件夹里翻出来递给初夏，她一把抢在手中，翻到最后一页，看了眼乙方的签字和印章，就跑了出去。

看着初夏挎上背包蹿出院门，大家面面相觑。陈部长拿起她最后看的那页纸，端详了许久，也没看出什么端倪，只见乙方的签字上打印着总裁两个字，后面潦草地签着个名字，依稀可以辨出两个字：杨锦。上面盖着红色的印章：盛远集团（中国）房地产开发有限公司。

第九回　逆来顺受计　肆无忌惮行

初夏一边打114查出盛远集团的地址，一边出门骑上自行车。盛远集团离初夏的研究中心居然不远，她拐了几个弯，上了车流滚滚的大街。北京的道路，不分早中晚，全天候地堵车。她飞快地骑着自行车，越过了奔驰，超过了宝马，很快来到了北京最昂贵的写字楼区。

在这么高档的写字楼区居然独占一整幢大厦，盛远集团果然财大气粗，怪不得杨锦那家伙从小就那么嚣张。初夏仰望面前蓝色玻璃的现代高层建筑，然后收回目光四下里寻找自行车停放处。

高级轿车倒是停了不少，哪有一辆自行车的影子？初夏骑着自行车绕大厦兜了一圈，实在找不到地方停，只好把它停在了一棵树下。

初夏把车锁好，拍拍车座，对自行车说："不用自卑哦，放眼望去，整个停车场就属你的车位最高级，还有棵树给你遮阳呢！"她微微一笑，背着背包朝大厅走去。

初夏来到了接待前台。超长的蛋型前台里，站着三位身穿制服的漂亮前台小姐，第一个在打电话，第二个在和一位穿西服拿公文包的男人亲切微笑地说着什么，初夏朝第三个走去，刚要说话，她的电话也响了。

初夏只好呆呆地等她打完电话。

终于，一位前台挂上电话，带着职业性的微笑对初夏说："您好，请问有什么可以帮您？"

初夏连忙说："你好，我找杨锦。"

前台小姐职业性的微笑断裂了一瞬，迟疑地打量了初夏半秒，再次礼貌地确认："请问您刚刚是说要找杨总吗？"

初夏连连点头："对对！"

"那请问您有预约吗？"

啊？找他还得预约？怎么这么复杂啊？"我没有。"

前台小姐依旧耐心地微笑："那么请您先打电话和杨总秘书联系预约。谢谢！"

初夏垂头丧气地离开前台走了几步，下意识地看了眼手表：已经中午十二点半了。他这个玩世不恭的花心"马来貘"应该不会那么敬业地放弃午饭时间来工作，那他恐怕很快就要出来了。她灵机一动，跑回前台问："请问杨总现在在这个楼里吗？”

前台小姐忘了及时挂上笑容：“在啊……他现在在开会，您要先预约啊！”

“知道了，谢谢！”初夏说着转身跑开了。前台小姐见她走了，撇了下嘴，和旁边的同事交换了个嘲讽的眼色，接着看她穿过大堂，张牙舞爪地向电梯跑去，连忙大叫：“小姐！小姐！您要先预约才可以见杨总……保安！保安！”

初夏在电梯前的指示牌上迅速找到了会议室的位置：三层。可是电梯还没来，保安就已经冲过来了。她连忙闪身进了楼梯间，向着三楼飞奔。保安在她身后边喊边追，眼看就要追上的时候，她终于到了三楼。

还没找到会议室，她就被保安抓住了。初夏反复给自己催眠的低调作风早被抛在了脑后，满清公主脾气瞬间大爆发。

想当年我见康熙都没人敢拦，雍正也得让我三分，如今因为个破杨总，就被你们几个没品没级的侍卫给拦在这里，我千叶公主不发威，就把我当病猫了！

她一边和保安扭打一边在安静肃穆的写字楼里大喊：“杨锦——杨锦——”杨锦的名字在高阔的写字楼里回荡，响彻全楼。

还没喊几声，就见一个穿深灰色条纹西装的高大男人从走廊另一边走了过来，身后簇拥着一群同样穿着西服套装的男女。初夏见到熟悉的身影，不再大喊，兴奋地招呼：“杨锦！杨锦！”

杨锦没有因为她的呼唤而加快步伐，长长的露台式走廊里，他不紧不慢地走着，最后缓缓停在她的面前，手插西服裤袋，皱眉打量她。

初夏的背包已经被保安扯得掉到了地上，本就随意的牛仔衬衫也被扯掉了两个扣子，领子滑落到胳膊上，露出半个肩膀，连内衣带子都清晰可见。杨锦身后响起低低的议论和女人的轻笑。

杨锦眉头深蹙，下巴微抬，示意保安松手。

初夏整了整衣服，捡起地上的背包背好，喘着粗气来到杨锦跟前：“我有事找你。”

杨锦盯着她冷冷说：“什么事？”

初夏看看冷峻的杨锦，再看看他身后一群等着看热闹的白领，顿时语塞，不知该从何说起。

杨锦也不想让下属看笑话，微一沉吟，拉起她的胳膊，半拖半拽地快步走向总裁专用电梯，撇下一群惊异的目光，消失在电梯门后。

光可鉴人的写字楼群里，杨锦目视前方地疾速向前走，也不管初夏是否能跟上他的脚步。初夏一会儿走一会儿跑地跟了一阵子，不耐烦起来，抢在他身前嚷：“你这是要去哪儿啊？”

杨锦瞥她一眼，甩了一句：“我饿了。”依旧保持原来的速度。

初夏随杨锦进了一个写字楼，坐电梯上顶楼，来到一个会员制的旋转西餐厅。

餐厅经理一见杨锦就笑着迎了上来，杨总前杨总后地把他们引到了一个景观最美的角落。杨锦点了个三成熟的鹅肝牛排，也不给初夏看菜单，就对服务生说：“给这位小姐来一份厨师色拉，油醋汁加桂花酱。”

服务生为难说：“对不起，杨总，我们餐厅没有桂花酱。”

杨锦扫了眼初夏，不耐烦地夹出一百块钱：“没有买去！”

服务生惊疑地接过一百块钱，匆匆忙忙地去了。

初夏见他又是那副不可一世的阔少嘴脸，抗议说：“你连菜单都不让我看，怎么知道我要吃什么？”

杨锦凝视初夏：“不想吃厨师色拉？不想吃桂花酱？”

咦？他怎么知道我爱吃厨师色拉加桂花酱的？初夏嘟囔说：“也不是不想吃啦……”

杨锦唇畔扯起经典的邪笑，身子靠进椅背里，手中晃动着玻璃杯里的柠檬苏打水，目光却一直深深地停留在初夏脸上。

初夏被他的微笑恍了神，眼前现出呼伦冲在月色下的紫禁城里抱着自己的不羁笑容，呆呆地在这微笑里痴迷了半晌，甩了甩头，正色说：“我今天找你……是有事要求你。”

这么多年来，初夏第一次主动来找他。杨锦有惊讶，有喜悦，也有心寒。他知道初夏不会无缘无故地出现。她找他，一定是有难办的事情要求他。他不在乎事情有多难办，只是心寒，自己到头来在初夏的心中不过沦为了一个被利用的工具。

你无数次头也不回地弃我而去，现在只因我有些利用价值才出现在我面前。你玩我玩得很开心是吗？这次我也要好好玩玩你！

杨锦眼中闪过寒冷的光，面上依旧若无其事地问：“什么事？”

服务员给上了菜，初夏耐心等他上完，尽量让自己的声音不是很焦急：“今天我们研究中心，收到了你们集团的拆迁通知。我们中心在一个四合院里，那个院子本身就是值得保存的北京胡同文化遗产，而且里面的地窖存放着大量文物。如果拆了，不但院子可惜，那些文物也将流离失所。所以……所以……你能不能帮我们想想办法，不要拆那个四合院？”

杨锦干咳了一下，夸张地皱眉说：“你这事……很难办啊！”

杨锦现在是初夏唯一的希望，他若是说难办，那就没法办了！初夏停了手中的叉子，沮丧地望着杨锦，也没了吃饭的心思。

杨锦似乎很满意初夏的反应，微微一笑，拾起腿上的餐巾擦嘴说：“不过你倒是和以前一样神出鬼没啊。我五年前见你的时候，你在柏林当服务生；上个月见你，你又在香港佳士得鉴定文物；今天你跑来，忽然跟我说保护四合院。你这些年到底都在干嘛？”事情一天不解决，你就得和颜悦色地耐心对着我一天，我才不会让事情那么容易就搞定呢！

还好杨锦没有追问我“前任初夏”的行踪，初夏字斟句酌地想着自己能说的信息：“我五年前就离开柏林回了北京，一直在‘浅山’做文物研究工作，所以上个月才会在香港佳士得碰到你。”初夏不死心地接着说：“‘浅山’是海外爱国华侨投资兴办的，它致力于中国文物保护和传统文化推广，这是一个有益于我们子孙后代的善举。在世为人，小要养家糊口，大要救国兴邦。我希望你也能为这件事尽些力所能及的义务。”

杨锦脑海中蓦地浮现出十八岁的自己。笔挺的西服遮掩不了稚气的青涩，他望着初夏的父亲叶仁礼，坚定地道：“修身、齐家、治国、平天下。男人小要养家糊口，大要救国兴邦。”

初夏无意中的话牵动他久久不堪回首的往事。杨锦天真的抱负，初夏无情的背叛，纠结着涌上心头，荡开酸楚的波澜。

曾经背信弃义地对待我，现在又来道貌岸然地劝我做慈善？杨锦冷笑说：“善举？现在这年头还有不要权利的义务？你还是好好打听打听你们中心那些文物的来路吧，别是打着文化保护的旗号，倒卖国家文物吧！”

初夏站起来抑着愤怒说：“你自己是个唯利是图的商人，不要把所有人都想的和你一样。你不帮忙也就算了，用不着羞辱……”她义愤填膺地教训杨锦，忽觉身子一震，头晕目眩，掉进了椅子里。

杨锦正不动声色地听她讲大道理，心里盘算如何不叫她撕破脸，这游戏才好能接着玩下去。忽然见初夏脸色一变，摔在椅子上，他咬牙克制自己想要冲上去的念头，冷冷托腮看她无助地瘫软在椅子里，任她眼里泛起虚空的灰色，复仇与疼惜这两个极端的旋涡，盘旋在他的胸内，几欲爆裂。

胸中的波涛冲撞着身体，杨锦终于站了起来，两步跨到她的身边，蹲下扶着她的身子，静静看她的脸色。

一阵眩晕过后，初夏定了定神，努力望向杨锦问：“刚刚地震了吗？”

杨锦用餐巾擦了擦她额头的汗，冷着脸说：“没有。”有服务生跑过来询问状况，杨锦叫他去倒杯温水。

初夏目光迷离地朝四周看了看，果然不像是地震的迹象，她茫然地望着杨锦：“我刚刚只觉头晕得要命，不是地震，那是怎么了？”

杨锦盯着她苍白的脸望了一阵，站起身挎上初夏的背包，顺势将她从座位上抱了起来，沉着脸说：“我们去医院。”

初夏本来只是被刚刚的自己吓了一跳，头已经不再晕了，现在被他忽然抱了起来，不顾满餐厅客人和服务员的围观，在他胸前用力挣扎说：“不要！放我下来！我不去！”

不管她如何挣扎，杨锦就是不放她下来，大步流星地走着，转眼进了电梯。初夏仿佛一只放在猫掌心的老鼠，也只能任由高大壮硕的杨锦摆布。

一个穿着红色短裙的女人蹿到刚刚关闭的电梯前，气急败坏地捶了几下电梯门，终于颓丧地垂下手臂。

尹睿儿独自站在电梯前，一双眼睛怨毒而彷徨地注视着紧紧关闭的电梯门，恨不得将它盯出一个洞来。她顿了半晌，拿出手机飞快地拨了几个键，不等对方说话，就劈头盖脸地说：“帮我调查杨锦的行踪，他最近有没有和什么四合院扯上瓜葛？……嗯，好……这么说，如果没了四合院，叶初夏也就不会再来纠缠杨锦了。不用等他的指示，你可以下手处理那四合院了，顺便给那个叶初夏点颜色看看……你放心，出什么问题有我呢！只记住一点，千万别提起我！”

电梯平稳地下行。贴着杨锦温暖坚硬的胸膛，初夏恍然回到了与呼伦冲初次相识的醉酒之夜，她抬头看着那坚毅的唇线和柔朗的双眸，不由地用手轻轻触起那铭刻于心的轮廓。

杨锦本来焦急地凝视电梯下行的楼层数字，忽然感到一只柔暖的手轻触到面颊。他低眉注视初夏款款流转的美目，一时间两个人都忘记了各自心中的结。

电梯门开了，两个白领打扮的男女看着电梯里的杨锦和初夏，都微微一愣。

初夏从遥远的梦中惊醒，尴尬地放下那触着杨锦面颊的手，低声对杨锦说：“放我下来。”

杨锦犹豫了片刻，没有动。初夏目光闪动：“刚刚也许是饿过头了，现在真的没事了，放我下来吧。”

杨锦见初夏已没了刚刚如梦似幻的深情，垂着睫毛避开他的目光。面色倒红润了许多，的确像是没事了。

他将初夏轻轻放在地上，沉着脸走出了电梯。

两个人走出写字楼，初夏拿走杨锦臂上的背包，和他道别：“无论如何，今天谢谢你。”

杨锦仍在回味初夏刚刚若即若离的神情，她似乎仍对自己旧情难忘，又似乎什么也没有发生，摸不透她到底是什么心思。杨锦只得淡淡说：“我也没帮什么忙……只是也许你该知道……如果那四合院是文物保护单位，那又另当别论了。”

初夏眼中燃起兴奋的希望，连连鞠躬说：“谢谢！谢谢！谢谢你！”然后转身轻快地跑走了。

杨锦望着她欢快的背影，阴沉的脸上露出冷冷的微笑，恨的雾霭在眼中晕染开来。

我恨你，也爱你，却因为这爱而更加恨你。若是我轻易放过了这复仇的机会，恐怕连我都不能原谅自己。

第十回　一怒为红颜　撕衣惊忘言

迪吧秀内光影晃动，冰冷的电子乐混着Adele的《Rolling in the Deep》猛烈撞击每个人的身体。

包房的沙发里，杨锦正和几个男人喝酒，每个人身边都有美得相似的女人在笑。杨锦的身边有两个。沙发前的小桌上，已经堆满了威士忌和香槟的空瓶子。

其中一个女人已经喝得半醉，贴到杨锦身上含糊地说："杨锦真是个帅哥，让人看了就忍不住想亲一口。"说着就把喷着酒气的红唇凑到了他的脸上。

杨锦厌烦地把她推开，只沉着脸一杯接一杯地和那几个男人喝酒。

其中一个"三角眼"的男人看他把美女推开，笑着说："看来你今天心情不好啊，喝酒也跟赌气似的，是为了工作还是为了女人?"

束着长发的林斯，摘掉黑边眼镜，露出让女人看了也嫉妒的花容，懒洋洋地接口说："杨锦什么时候为了工作发愁过？当然是为了女人。"

杨锦冷冷瞥了一眼林斯，继续闷头喝酒。

"三角眼"起哄说："人啊，点儿背也不能怨社会，生下来命就不一样。杨锦有个倾国倾城的香港未婚妻，也不稀罕人家，订婚三年也喝不着他的喜酒，走到哪儿都还有倒贴的美女送上门来。"

"三角眼"身边的女人笑："杨总那是高处不胜寒，美女看得多了，也都审美疲劳了。你看，Summer刚刚不就热脸贴了个冷……"

杨锦身边的另一个女人打断她："你别随便瞎猜了，其实杨总挺专一的，跟我们混来混去，也都只是做个样子。说不定人家心里只装着未婚妻，我们这些人都入不了他的法眼。"

林斯淡淡地说："杨锦也掬着一把泪哪！他那是典型的政治婚姻，跟古代的父母之命媒妁之言差不多。香港宏远，中国盛远，两大地产巨头要不联姻，要不就得你死我活，没准还得两败俱伤，他不和对方的女儿结婚能有别的出路吗？”

“三角眼”说：“其实也没有那么绝对啦！现在的市场双赢的例子也不少，不过听说宏远的千金偏偏要在杨锦这棵歪脖树上吊死，铁了心地要跟他，那他们家盛远也就只能把这个儿子舍了，去套宏远的狼了。”

杨锦面无表情地任他们哈哈大笑着议论自己，拿起酒瓶刚要倒酒，发现瓶子已经空了，抬手想叫服务员，却意兴阑珊地放下了手：“你们慢慢编故事，我回家睡觉。”说着就站起了身。

一直没说话的一个男人忽然说：“这么早就撤，长夜漫漫，多难打发，要不要去个地方看热闹？”说着举起满是文身的手臂，将手里的酒一饮而尽。

杨锦还没说话，“三角眼”就来了兴致：“去哪儿呀？有什么好事儿也带着哥去乐乐？”

文身男淡淡说：“杨锦那片急着盖楼的盘，不是有个立志要当钉子户的吗？小赵儿今天找我帮忙，我叫了几个人过去看看。”说着看了看表：“没准这会儿已经开始干活了。”

“三角眼”马上心领神会：“呦呵，连彪哥都出马了，看来这回真有热闹看了。”转头对杨锦和林斯兴高采烈地说：“走哦！咱们也凑两手去！”

林斯劝“三角眼”：“你也不看看你们家是干嘛的，要是把你当场抓个现形儿，你爸的脸往哪儿搁……”

杨锦本来要走，听了他们的话，沉吟了半晌，忽然面色一变，问文身男：“你要砸的是哪家？”

文身男搂起身边的姑娘，摸着她的胳膊说：“还有哪家，不就是什么深山浅山的……”话没说完，就被杨锦抓起衣服一把拽了起来。

文身男吓了一跳，吃惊地看着怒目圆睁的杨锦，身边的男男女女连声劝杨锦：“多大个事儿啊，淡定。”“有话慢慢说……”“你这是要演哪出啊？”

杨锦狠狠瞪着文身男，文身男回过神来，也不示弱地要与他开战：“想跟爷来硬的？爷奉陪！”一只胳膊打掉了杨锦抓着他的手。

杨锦无心再跟他多说，转身穿过扭动的人群，跑出秀吧。

几天过去，赵新民那帮人都没有再来。初夏和几个同事，每天都为四合院申请文物保护单位的事情奔波在各个审核机构之间，但是得到的都是令人失望的答复：他们工作的四合院，破坏程度和改建程度都不符合文物保护单位的申请资格。

黄昏将近，又是星期五，同事们都纷纷下班赶着度周末，初夏仍旧在电脑前忙碌着。她查了一个又一个关于文化遗产保护的网站，收集了一大堆资料，却依然找不到任何对她们这个四合院有帮助的信息。她叫了个外卖，一边吃一边工作，又向很多国际和国内的相关机构发了咨询和求助的邮件。初夏疲惫地活动了一下僵硬的脖子，望向屋外已被暗夜笼罩的房檐和院子中央的大枣树，轻轻叹了口气。

她看了看表，恍然才发现已经快到凌晨了，没想到她全神贯注地搜集资料，时间会过得这么快。她关上电脑，收拾东西，关了屋子的灯，正准备出屋，忽然觉得身子又是一震，然而代替头晕目眩的是滚滚而来的剧痛，她扶着脑袋摸索着坐回了椅子里。

她任由脑袋里的卡车隆隆驶过，头痛渐渐远去，却听到屋外有奇怪的轻微响动。隔着玻璃窗，她努力在难以分辨的灰暗中寻找那响动的蛛丝马迹，忽然惊惧地捂住了嘴。

几个拿着笨重工具的人，正贼头贼脑地在院子里乱转，似乎在确认屋子里是否还有人，其中一个正朝初夏的屋子走过来。初夏连忙躲在窗子下面。那人就在与她近在咫尺的窗外，向内张望了一下，然后走开了。初夏搞不清他们是贼还是别的什么人，但是看他们的身形，都是些横冲直撞的彪形大汉，直觉告诉她：不要让他们发现自己，不然下场一定很惨。

初夏唯一庆幸的是，自己已经把存放文物的地窖安全门锁好，那扇密码门是铅制的，就算用斧子砍也未必能砍得开。尽管如此，初夏依旧不放心地探出头来，偷看他们有没有去地窖行窃的意思。

那些人在院内巡视了一遍，并没有对地窖产生特别的兴趣，几个人在院子中央低声说了几句，忽然四散开来，向每间房子的玻璃猛砸。刹那间，初夏只听到“叮哐”之声在耳边尖锐响起，转眼间自己头上的玻璃连同窗框一起向屋内飞了进来，一片碎裂的玻璃掉在她的腿边，将她的腿划出一道长长的血痕。

屋外砸玻璃的声音仍旧此起彼伏地响着，初夏轻轻摸了一下火辣辣的腿，黏糊糊的液体沾了一手，她把手凑近自己面前，还没看清就已经闻到了血腥的味道。

无法无天了！这一定是杨锦派人来砸的！他肯定觉得研究中心的人都文文弱弱，胆小怕事，就拿这阵势给我们一个下马威，好让我们知难而退……居然还假惺惺地给我指条根本走不通的路！你这如意算盘打得倒是够狠！她攥紧血淋淋的手，缓缓站起身走出屋外，向着漆黑一片的尖锐巨响大喊：“都给我住手！”

砸玻璃的声音寥落地又响了几声，终于停了。她看到几个庞大的黑影缓缓朝她靠近，心中发颤，甚至有些后悔自己不该那么冲动地跳出来，不由地紧紧抵着身后的门，攥紧了拳头。

一个秃头壮汉走到她的面前，清了清沙哑的嗓子，吐出一口痰，冷笑着说：“这儿还有个活人哪！呦呵，这叫一个标致……不是狐狸变的妖精吧？”说着捏起初夏的下巴仔细打量她的脸。他身后的人影里随即响起粗俗的笑声。

初夏用力甩头，挣开他的手，怒道：“你们深夜擅闯民宅，我刚刚已经报警了！”

她虚张声势地一吓，秃头果然面色一凛，随即喝道：“你个死丫头片子，活腻歪了是不是！”说着拉起她的胳膊就把她推到了地上。

黑影里有个河南口音颤声说：“大哥，警察快来啦，俺们撤吧？”

秃头逼近倒在地上的初夏，随口说：“傻蛋，哪有那么快！”说着蹲下揪扯初夏的衣服说：“不给这小妞儿点颜色瞧瞧，她不知爷的厉害。”

初夏死死拉住他剥自己衣服的手，咬了一口。秃头痛得收回手，趁着微光看到自己手上血淋淋的牙印，猛地给了初夏一个耳光：“死丫头，属狗的！让你咬！”说着又去扒她的衣服。

布料的撕裂声随着初夏的哭叫，在黑魆魆的四合院里响了几下。未明的黑暗里，也能看到初夏的身体泛着白皙的微光。

有香甜的花气袭来。不仅秃头，连周围其他的人也都忍不住凑了上来，陶醉在她的桂香里，垂涎欲滴地摸向她的玉体。

“这香味儿……应该就是那个叫叶初夏的。有人托我给你带个信儿，你以后要是还敢纠缠杨锦，会比现在的下场惨一百倍。”

她的哭叫已变为狂乱的呻吟，胡乱挣扎着，只觉得赶开了一只手，又有三只手摸了过来，汗臭裹着热腾腾的欲望，将她重重围困在漆黑的四合院里。

杨锦，无论你是不是呼伦冲的转世，我都会恨你一辈子。

初夏惊恐地流着泪，无助地任几个人蹂躏，脑中已混沌一片，唯有这个念头清晰地萦绕。

初夏狂乱之中踢中了秃头的下身。秃头捂着身体蹲下去，大家也都不禁围过去看。初夏趁势连忙裹起衣服向门外跑去。

跑过狭窄的过道，躲开了两个人伸过来要抓住她的手，她赤脚跑向院门，刚要打开，却被人一掌关上，关在绝望里。

秃头怒不可遏的双眼近在咫尺，不等初夏反应，已被扇了一个耳光，身不由己地被扔到了枣树下。

她赤裸裸地在冰冷的地面扭动着身躯想要站起来，却被死死按在原地，只能任粗糙的手划过自己娇嫩的肌肤。

呼伦冲……你在哪儿？我的执迷不悟让你生死未卜，如今不再有你能来救我，这是不是我的报应？

忽然听到身边几声闷响，倒下了几个人。秃头刚要站起来，头上就被狠狠踢了一脚，眼前瞬间火冒金星，脑袋一沉，坐在了地上。

杨锦想要扶起初夏，却被已吓得失神的初夏猛力推开。她一丝不挂的胴体，令腿上斑驳的血痕更加刺目，狂乱地微张着的嘴，有鲜血从唇角流下。杨锦连忙脱下外套罩住她的身体，低吼着冲向那秃头，疯了一般对他猛踢。

秃头也是个狠角色，吃了杨锦突袭的亏，早就做好了准备，顺手抄起身边的斧子就朝杨锦抡去。

杨锦见有寒光一闪，伸出右手去夺那斧柄，却忘了自己习惯性脱臼的毛病，受不住斧子的来势，胳膊软绵绵地垂了下去，终于划破了腿。

与此同时，其他几个人也抄着家伙包抄上来，把杨锦和初夏围在了中央。

秃头恶狠狠地瞪着杨锦，刚刚抡起斧子又要砍下，门口忽然有人大喊："住手！快住手！"

是第一次来宣布拆迁的小胡子赵新民。几个大汉见了他，都放下手里的家伙，恭敬地点头叫："赵总。"接着虎视眈眈地瞪视杨锦。

赵新民几步抢到杨锦身前，上下摸索着杨锦的衣服，紧张地问："杨总……杨总……您没受伤吧？"摸到杨锦大腿时，弄了一手黏糊糊的血，瞬间崩溃，几乎跪倒，哭着说："杨总……杨总……都是我的错……杨总您这可怎么好……"

秃头等人见他们的老大对杨锦如对亲爹般孝敬，也都慌了神，站在那里不知所措。一个不知死活的大汉还企图辩解："我们正执行您布置的任务，这人就冲了进来打我们……"

赵新民蹦了起来，跳到那人跟前就是一个耳光："闭嘴！这是我们集团老总，他打你们就受着不完了？你看看，你看看！杨总受伤了你们谁负得了责？谁让杨总受伤的？快说！是哪个不长眼的让杨总受伤的？"

秃头梗着脖子说："我……"

赵新民蹿过去又是一个耳光："你是有几个胆子啊？敢砍我们杨总！你砍死我算了！你砍啊！你砍啊！"赵新民拿着他手里的斧子就朝自己身上招呼，秃头连忙挣扎着抢那斧子。

"好了，小赵。"杨锦对赵新民的闹剧已经看得不耐烦，抱起失了魂的初夏转身向外走，回头丢了句："你明天去人事科结这个月的薪水，走人吧。这几个人送警察局。"

赵新民哭天抢地地跟了过来，早有司机把他拉开，扶杨锦和初夏上了一辆宝马7系的黑色轿车。杨锦冷着脸，任由赵新民拍着自己的茶色玻璃哭喊，关切地望着初夏，将她大开的胸口拉好。

"回观塘。"杨锦对司机说。

第十一回　前尘往世情　郁结难忘爱

初夏从梦魇般的混乱中渐渐脱离，只穿一件杨锦的宽大外套，身子仍在兀自微颤，却集着游丝般的最后一分力气，冷冷说：“停车，我要下去。”

不知道你是安排的什么苦肉计，明明是你安排人砸“浅山”，这儿又跑来救我。

杨锦本来只想去阻止人砸“浅山”，却没想到初夏这么晚居然还在那里，看着她单薄赤裸的身体和累累的伤痕，心里早就怒火中烧，这会儿初夏还来闹脾气，他仿佛点火就着的炮筒般：“下去干嘛？你知不知道现在几点了？你想大半夜走在街上再被人……你是不是疯了？为什么这么晚还不回家？那个破四合院是你家吗？”

你贼喊捉贼，现在倒恶人先告状地先骂起我来，初夏虚弱的声音里满是怒意：“我回了家还能看见你导演的这出好戏吗？什么盛远房地产，我看是盛远黑社会吧？明的不行就来暗的，你怎么不让他们连我一块儿砸死？”

杨锦听她句句都暗示着是自己指使人砸“浅山”，自己为了她得罪多年的朋友，开除得力的下属，她不但丝毫不领情，反而对他兴师问罪，气得他脸色发白：“好……好……是我派人砸你们‘浅山’……是我吃饱了撑的，派人砸完还去跟我自己一派的人打架……你没疯，疯的是我！”他朝初夏吼完，别过头去面朝车窗，不再理她。

初夏见他认真生气的样子不像是装的，心里开始嘀咕是不是自己错怪了他。看了看汽车疾驰的方向，初夏来不及细想，对司机说：“麻烦您，我要去和平门。”

杨锦看了她一眼，咬牙说：“你还是不相信我？”

初夏瞪他说：“我得回家！不回家，弟弟会着急的。”

杨锦一惊：“弟弟？”

虽然已是凌晨，初夏的小区里依旧有些喝醉的打工仔乱蹿着，黑魆魆地，看不清路，宽大的BMW7系在停满车辆的小区里艰难前行，终于被一辆横在路边的三轮车挡住了去路。

司机正想下去挪三轮车，初夏不好意思地对他说：“您就停在这里吧，路也不远了，就是旁边这栋楼。”

杨锦随初夏下了车，皱眉看看杂乱的楼区和高声叫笑的打工仔，仿佛看什么都不顺眼，回头对司机说：“今儿也晚了，你开这车回去吧。明天上午把我的车开过来……停小区外面就行了。”

司机答应了一声，四顾着，艰难倒车出了小区。

初夏惊声叫：“你为什么要留下来？我家不欢迎你！”

杨锦看了看她兀自轻颤的手，依旧紧紧地攥着他外套的一角，明明心中不放心，却嘴硬说：“我的衣服还在你身上，要我回去也可以，你现在脱下来还我。”

初夏裹在杨锦宽大的外套里，仿佛穿了件连衣裙，乘着黑，旁人也看不出她里面一丝不挂。她听了杨锦的话，不由将外套攥得更紧了，狠狠瞪了他一眼，一言不发地转身走向自己家的单元门。

这个腹黑富二代，不但派人砸四合院，找人欺侮我，还厚着脸皮闯到我家来，这不共戴天的仇，我早晚要报的。

她吃力地推开贴满小广告的单元门，引杨锦进了楼。杨锦钻过横着无数自行车的一楼，向上张望了一下昏暗的楼道，皱眉说：“你爸爸不是外交官么？怎么住这种破地儿？”

初夏白了杨锦一眼，淡淡说：“外交官不过是国家公务员，你以为外交官该住什么地方？”

初夏和杨锦一瘸一拐地上了四楼，轻轻开门，蹑手蹑脚地进去，初夏对杨锦比了个噤声的手势。

“你爸……和你弟……睡了？”杨锦低头进屋，扫了一眼窄小得能一览无余的居室，忍不住摇头叹气，“参加了那么多慈善晚宴，原来眼前就摆着个灾区。”

初夏不理他，径自进卧室换了衣服，将外套扔给他说：“还你，你可以走了。”

杨锦端详着污迹斑斑的外套，满不在乎地说：“我这阿玛尼的外套八万块，脏成这个样子，洗涤费恐怕也便宜不了，你不给我弄干净，我是不能走的。”

初夏咬牙说：“人是你派来砸我们浅山的，要洗也该叫他们去替你洗。”

杨锦怒道：“我再说一遍，人不是我派的！我是刚刚才知道的消息，就马上赶来了！”

初夏脱口而出道：“你为什么要来？不来外套不就脏不了了？”

杨锦逼到初夏跟前，盯着她的眼睛咬牙道：“你知道我为什么要来，也知道我为什么看见你被人欺侮会发狂，你早就把我玩弄于股掌之间，现在又来问我这些……你非要把我逼疯是吗？”

“有人托我给你带个信儿，你以后要是还敢纠缠杨锦，会比现在的下场更惨一百倍。”初夏脑海里蓦地浮起秃头说过的话，伴着杨锦真实的愤怒，才终于看懂这次意外的罪魁祸首另有其人。

杨锦见她对过往的事情全无悔意，颓愤地捶了下墙，咬牙在屋内徘徊了半晌，坐在沙发上冷冷说："我又因为你受了伤，要你给我上药。"

又？

初夏不明所以，却无法拒绝杨锦困兽般的怨愤。

窄小的洗手间里，初夏取了药箱，头碰着头给杨锦清洗伤口。

所幸伤口不深，只是皮外伤，但是长长的划痕在大腿上依旧触目惊心。杨锦低头看了看初夏腿上的伤口，又想起刚刚那惨烈的一幕。他拨开她在自己腿上忙碌的手，帮她小心翼翼地清理。

杨锦一边给她上药，一边怒视她说："为什么那么晚了还在那里不走？"

初夏望着杨锦忙碌紧张的样子，心里升起一丝暖意。这几年都是她在忙碌紧张地奔波家计，照顾爸爸和弟弟，从来没有人如此照料过她。她努力逼迫自己装出的坚强在杨锦的关怀中融化，忽然感到一阵心力交瘁的疲惫袭来，这是她多年无暇让自己感受到的疲惫。

她忍着眼中荡漾的泪水，深深吸了口气，冷冷说："还不是因为你给我指的明路。"

杨锦随即想到上次临别时自己说的话。他的缓兵之计让她升起希望，但他知道那不是只靠她的力量就能实现的办法。他只是想让初夏能再来求他，可没想到初夏是如此认真地因为他的话而竭尽全力地忙碌着，甚至为此被人伤害侮辱。

他忽然有些恨自己。他是如此冷酷地对待她，对待他曾经的爱情，对待他自己的心。初夏为能保住四合院认真而执着的热情，更令他的行为显得猥琐而渺小，如此想着，他不禁握紧了攥着棉棒的手。

初夏倒吸了口凉气，才让杨锦意识到自己上药的手太过用力了。

杨锦低声说："对不起。虽然这次的事情不是我指使的，但毕竟是我公司的员工派人去做的，我也有一定的责任。你要追究责任，索要赔偿，找我就可以了。"

初夏望着杨锦因自责而疼痛的眼神，恍惚了时光，茫然不知自己置身何处。前世的牵念淹没现世的凌乱，望着他轻声自言自语："无论前世今生，我不怕你带来的灾难，没有了你，才是我的灾难。"

听不懂她的话，却看得懂她眼中的情。同样恍惚了时光，回到爱恋的时节，不自禁望着她微颤的唇，怜惜地接近，接近。

洗手间的门轰然开了，两个人霍然梦醒，惊跳着拉出了现实应有的距离。

只穿个小裤衩的天天揉着惺忪的睡眼进来，看到姐姐和一个陌生男人，吓了一跳，"你交男朋友也不提前通知一声，非要这么深更半夜地跳出来吓人么？"

杨锦揣着双臂，低眉打量天天，问初夏："你弟弟？"

初夏点点头，找出棉棒沾了药水给杨锦上药，淡淡地对天天说："他不是我男朋友。”

杨锦面色变了变，望了眼初夏，低头沉默地看她上药。

天天看了看杨锦的伤，又看了看初夏，冷冷地说：“打架去了？”

初夏不语，自顾自地给杨锦上药。

天天鄙夷地哼一声：“都这么大人了，还跟小孩似的。”说完，便走回了卧室关上门。

隔了一小会儿，天天又开门嚷：“喂，那男的，你既然不是我姐男朋友，要不早点走人，要不就到我这屋来睡。要想占我姐便宜，小心我拧断你的脖子。”

杨锦笑说：“小小年纪，够狠的啊……不过他这么大喊大叫的，不怕吵醒你爸？”

初夏低眉收拾药箱说：“我爸不在……你先洗澡吧，我出去……小心伤口。”

大概又去什么国家执行公务了。杨锦猜测。初夏也不等他再问明白，出去关上了门。

爸爸的病情虽然稳定，却也毫无起色。只能眼见着他一点点憔悴下去，却无计可施。那种无力感仿佛在初夏的心上蒙了一层愧疚的膜，好像她在袖手旁观地看着爸爸走向死亡。

她正斜靠在沙发上想着爸爸出神，见杨锦从卫生间湿着头发探出头来，吞吞吐吐地叫初夏：“哎……”

初夏问：“怎么了？洗完赶紧出来，我还等着快点洗洗睡呢！”

“那个……有睡衣吗？”

初夏白了一眼他：“你事儿还真多，穿原来的衣服凑合一宿不行吗？”

杨锦瞪眼：“原来的衣服脏得要命，不但破了，还有血，我怎么穿？”

初夏想了想，嘟囔说：“你那么一大只，我家哪有你能穿的衣服啊！”起身去衣柜翻找。

杨锦不放心地嘱咐：“如果没有真丝的，纯棉的就可以了。”

壮硕的杨锦穿着一件兔子图案的小背心和一条红色的紧身短裤，尴尬地从浴室里走了出来。初夏看了，抱着靠垫在沙发上笑断了气。

杨锦怒道：“我不穿了！”说着就要回洗手间脱衣服。初夏上前拦住说：“别，别啊，挺好看的！就是没想到我穿着超大的篮球背心，怎么到你身上这么紧呢？这睡裤我本来就买大了，都穿不了呢……”说着拉了拉紧绷的短裤下摆。

杨锦也实在不想再穿那身脏衣服，只能自寻安慰地问：“真的好看？”

初夏忍着笑，假装认真说：“嗯嗯！真的！”说着连忙进了洗手间，刚要关上门，瞪着杨锦说：“我们家洗手间的锁坏了，你要是敢轻举妄动……”说着在杨锦面前咬牙握了握拳头。

杨锦哼道："你那身材有什么可看的……我又不是没见过。"说完自觉失言，看着瞪视自己的初夏，连忙转身走掉了。

初夏一边洗澡，一边回味杨锦刚刚说的话，越来越觉得他们之间的过去不一般。她隐隐觉得有件事情她没有想明白，但又不清楚是什么事情，或者是她根本不愿意面对那件事情。

听着浴室里淅淅沥沥的淋浴声，杨锦有些控制不住自己的想象力，觉得喉头干涩发紧，他喝光了茶几上的一整杯水，仍然只能眼睁睁地看着记忆驱使着他，回到了十八岁的那个夏天。

屋外蝉鸣声响着，窗外的紫荆花在厚厚的绿叶之间招摇地绽放。落地窗斜斜开着，杨锦卧室的白色窗帘被微风轻抚起层层波澜，木地板中央镶嵌的白色大床里，是一丝不挂的杨锦和初夏，淡绿色的被单下，他们轻吻着抚摸彼此的身体。

他们青涩得有些不知所措，却在彼此的眼睛中确认着自己，确认着爱情。一切都在含混的痛楚里匆匆开始，又匆匆结束了。

初夏躺在杨锦坚实的臂弯中，如同一朵清丽绽放的花。

她的确散发着不容置疑的香。自从与她相识的一刻，那香甜沁人的芬芳就令他迷醉，恍如一个隔世的梦。

细碎的长发抚在他的脸颊上，让他的鼻子微微有些发痒。当时的杨锦并不知道，那些痛和那些痒，将成为他十几年来折磨自己又温暖自己的回忆。

他应该是恨她的，可是此刻却恨不起来。他应该忘记她的，可是此刻却微笑着躺在她家的沙发上，看着刚刚出浴的她。他不知道自己现在所做的一切意义何在，却也不愿再去想。

第十二回　斯虽是陋室　惟春慕德馨

初夏找出一条花花绿绿的旧毯子，塞给杨锦说："天天那屋的是双人床。晚安。"

杨锦惊道："你真让我和他一起睡？"

初夏瞪眼："不然你想怎样？"

杨锦争辩："我从来不和男人睡的！"

初夏审视他的脸："只和女人睡？"

杨锦语无伦次地说："也不和女人……我不习惯和别人睡一张床。"

你一个花心"马来貘"，把全世界都当成自己的后宫，有什么不习惯和别人睡的？初夏瞥了他一眼："不然你就睡地上！"转身进了自己的房间。

在几乎顶到天花板的小客厅里，杨锦呆呆站了半晌，只得关灯进了天天的屋子。

用了一会儿时间，眼睛才习惯了屋里的黑暗。只够放一张床和一个衣柜的小卧室里，天天四仰八叉地摊在双人床的中间，毯子早被踢到了一边。

什么双人床，明明比我的单人床还小一半……

杨锦别别扭扭地坐到床边，无奈地看了看呼呼大睡的天天，拿起他的一只脚，把他的腿放到一边。刚要躺下，天天的腿又伸了回来踢到他的屁股。他烦躁起来，索性把他的身子用力推开，背对天天躺了下来。

杨锦梦到自己赶飞机。一架又一架飞机在自己头顶隆隆飞过，就是找不到自己的那架。

杨锦在隆隆的飞机声中烦躁地睁开眼睛。

明明已经醒了，怎么那烦人的飞机声依旧响个没完？天已大亮，身边的天天香甜地睡着，圆圆的小脸在枕头上压出一个胖嘟嘟的弧线。

杨锦仔细辨认声音的来源，那一阵阵的隆隆声像是从楼上传来的。昨天折腾到凌晨，他本打算睡个懒觉，看看墙上的挂钟，才八点多……他翻了个身，决定接着睡，可是那轰隆隆的声音总是在他即将睡着的时候就奔腾出来，虽然每次都转瞬即逝，但是更好像是专门为了叫醒他才出现的。他正纠结着，楼上又传来不紧不慢的"哒哒"声，时隐时现地响个不停……那些声音简直不像是从楼上传来，而是从压着他身体的空气里传来的。

这是什么活见鬼的地方？隔音这么差！这里的建筑商一定是偷工减料，只涂了一层水泥隔板，更别说打隔离层了。若是早叫我发现了，非去告到他们倾家荡产不可。

杨锦脑子里不断自言自语，越想越清醒，结果睡意全无。他气急败坏地坐起身朝楼上喊："一大早干什么哪！还要不要人睡觉啦！"然后坐在床上侧耳倾听怒吼的效果。旁边的天天皱脸扭动了几下，继续呼呼大睡。

果然，周围一片宁静，他满意地躺下准备重新睡觉。

刚闭上眼，那些噪音又纷至沓来。他一咕噜蹿下床，就朝门口跑去。

初夏见他去开门，从厨房探出头来问："干嘛去？"

杨锦摆弄着门锁说："楼上一会儿轰隆隆，一会儿哒哒哒，我睡不着，去教训教训他们……你家这什么破锁怎么开不开？"

初夏系着围裙从厨房出来拦住他说："你算了吧！楼上住着一个老爷爷和一个老奶奶，轰隆隆的是他们家的拉门，哒哒哒的是老奶奶的拐杖，你总不能不让人家开门走路吧?”说着又看了看他那身搞笑的睡衣。

杨锦也低头看了看自己的睡衣，马上打消了出门的念头。

杨锦站在塞满杂物的小阳台上一边抽烟一边接二连三地打着电话，初夏从厨房端着碗筷出来喊：“天天，吃饭了。”又向杨锦招招手。

杨锦一边打电话一边坐到饭桌前：“可以，就那套吧。嗯……一个小时以后……”转头问初夏：“哎，你家是几单元几号?”

初夏虽然感谢他昨天救了自己，但是他一贯的冷酷和滥情已经在她的心中根深蒂固，下意识警惕地问：“你干嘛?”

杨锦也不放下电话，就朝初夏瞪眼说：“我叫人送衣服!”

初夏犹豫着说：“6 单元 401。”

杨锦挂了电话，天天也从洗手间出来了，坐下就拿起面包片抹黄油。

初夏给天天倒了杯温水：“先喝杯水再吃东西。”

小餐桌上摆了些简单的早餐：几片吐司、一盘水果、黄油和果酱，还有三碗鸡蛋羹，细腻温软的蛋羹上，各放着一小片香菇。

在家里，杨锦的早餐比这要丰盛百倍。

长长的餐桌上，会摆满各色风格的早餐：中餐的粥面、西餐的香肠煎蛋，仿佛一个酒店的自助餐席……只为了应对他随时会改变的胃口。餐桌的尽头，他一个人孤零零地享用这根本吃不完的早餐，管家和佣人站成一排，安静地看着他。

除了安静，还是安静。母亲在全球的分公司间飞来飞去，就算回了北京，也经常在自己的住处私会些“朋友”。家里，几乎总是他一个人坐在饭桌前吃饭。他厌恶那份孤独的进餐感觉，却也习惯了面对这份孤独。

尽管家中的早餐丰盛到奢侈，除了面前的这碗，他一生却只吃过一次家里做的鸡蛋羹。

那还是他七八岁的时候，几天高烧不退，大夫、保姆忙前忙后，母亲却只抽空来了一次。她温柔地抚摸他滚烫的额头，低声唱他小时候听过的歌谣，还亲手喂他吃自己做的鸡蛋羹。

从此，鸡蛋羹是他一辈子吃过最美味的食物。

三个人头碰着头在小小的餐桌旁吃简单的早餐。他的记忆里没有父亲的影子，却曾无数次幻想过如此的画面。

初夏看他狼吞虎咽的样子，笑说：“慢点吃，在家没吃过早点么?”

杨锦低头边嚼边说：“当然吃，只是一个人吃没意思。”

初夏奇怪：“你母亲呢?”

杨锦又拿了片吐司，抹着果酱淡淡地说：“她很少在。”

原来他也和我差不多，是一个人长大的。父母工作一忙，小孩就只能一个人面对这份孤单了。老爸毕竟尽量多陪我，少应酬，可看起来他就没那么好命了。

司机小闫给他送来了一套用衣架撑好、裹着服装袋的休闲服，把车钥匙交给了他，就离开了。

杨锦换了衣服出来，戴上雷朋墨镜，又变回了那个英俊的阔少，霸道地拉起初夏的手说：“走吧。”

初夏挣脱他的手问：“去哪儿？”

杨锦说：“周末当然是要出去玩儿了，难道还关在你这黑漆漆的小屋里？”

初夏挣脱他的手，收拾着碗筷说：“没太阳的地方戴墨镜，再亮的屋子也得黑下来。要玩儿你自己玩儿去，我可没功夫。”

杨锦别有用心地问：“难道你还有别的约会？”

天天凑过来起哄说：“姐，人家要泡你，你就给人家一个机会嘛。从来都不见你跟男的出去，你都快30了，再不嫁人可就要砸手里了。我可不想天天对着一个幽怨的老处女。”

杨锦听了天天的话，心中莫名其妙地高兴：原来她不但没有男朋友，而且很久都没有男朋友了。

初夏瞥了眼天天，嫌他多嘴，转头对杨锦说：“我真的有事。昨天研究中心被砸成那样，我得过去看看。”

黑暗里的惊悚仍然历历在目，尽管初夏害怕再次面对自己被人欺侮的地方，但是四合院的境遇，比她自己所经历的要遭上百倍，她不得不回去看看。

忙碌到没空自怨自艾地舔舐伤口。这些年来，她早已习惯独自在风雨中前行的孤寂。

就是为了让你忘记昨天的那一幕，才要拉你出去散心的。杨锦靠在门边，若有所思地凝视初夏心事重重的神情，若无其事地说：“我已经叫人过去看了，你就不必操心了。”

他昨天说会对这件事情负责，这么快就已经安排好了，看来还是个言出必行的人。初夏端着碗筷望了他一眼，不再说什么，转身进了厨房。

天天见姐姐面色缓和了些，连忙蹿进厨房缠着她说：“姐，就出去玩儿吧！走吧！”

初夏缠不过他，边刷碗边说：“把被子叠好就带你出去玩儿。”

初夏话音未落，天天就已经蹿到卧室去叠被子，几下叠好之后，就去拿篮球嚷：“我要去打篮球！听说东单的高手特别多，我早就想去见识见识了。”

初夏宠爱地答应：“好。”

杨锦本来望着这对亲热的姐弟微笑，听到这儿急了：“哎哎哎，我什么时候说带你去了?”

天天搂着初夏说：“你不带我出去，也别想带我姐出去。”说完在初夏身后朝他做了个大猩猩的狰狞鬼脸。

杨锦想揪过天天教训他，却被初夏挡在身前，看到她沉静而坚定的微笑，就明白天天这个电灯泡是当定了。

第十三回　抬指透前生　妙语续前缘

周末的东单体育场也是人满为患，每个篮筐下都坐着几个等着轮番上场的人。天天想要和人拼组，别人都嫌他年纪小拖累自己的队，不愿意带他玩。

杨锦头顶艳阳高照，擦着流到脖子上的汗水说：“这哪是打球的地方啊，根本是看人呢。我带你们去个室内篮球俱乐部算了。”

初夏为难地说：“都到这儿了，再去别的地方也来不及了。”

天天见大人们都瞧不起自己，趁着一个队伍交替的空档，在没有人的半场赌气自己练习投篮，几个熟练的转身纵跃，篮球稳稳地进了篮筐。他跳过去接住球，运球跑了几步，转身跳投，又进了球。姿势标准，动作自如，俨然一个专业篮球运动员的架势。

篮筐下，一个穿白色篮球背心的年轻男人对天天喊：“小伙子身手不错啊，我们这儿刚走了个人，你一会儿和我们一组吧。”

天天撅着小嘴的脸上马上露出欢喜的神色，连忙答应了。

杨锦翘起他的二郎腿，坐在一边的长椅上看着天天，见他独自练球行云流水的架势，露出赞许的神色。初夏对他说：“天天一年级就被选中进了德国小学的校队训练营，转回北京的学校，给他们学校拿了不少冠军呢。”说起这个弟弟，初夏不禁挂上自豪的微笑。

杨锦怀揣双臂笑而不语，等着看他场上的表现。

轮到天天的队伍上场了，四打四的半场，只有他一个是小孩。他熟练稳健地传球、过人，在那些比他高出两个头的大人中间，丝毫没有怯阵的神色。他似乎很明白自己的优势和劣势，不和那些人硬碰硬地抢球，只是在外围瞅准机会，远距离跳投，居然给他的队进了几个三分。赢得队友的鼓励和喝彩，他稚气的脸上不由浮起了骄傲的神色。

对方一个人高马大的男人似乎有些气不过输给一个孩子，天天刚接了队友传过来的球，他就借着抢球的势头朝他猛撞过来，却被天天运球灵巧地躲闪开了。过了一会儿，天天正起身投篮，那个人又以防守的姿势用胳膊肘撞了天天一下，天天毕竟人小身子轻，被他撞了一个跟头。

初夏大惊失色，飞跑过去扶他："你没事吧?"然后上上下下检查他的身子，发现胳膊蹭破了皮。她站起来对那人喊："这么大人怎么欺负一个小孩?"

那人毫不在意地拍着手里的球说："我也是冲球去的，又不是故意的。既然上了球场，这些碰撞也是难免的。"

初夏还要争辩，杨锦拦住她，对天天说："你去旁边歇会儿，我替你。"瞪了一眼那人，上了球场。

"你的腿……不要紧吗?"初夏担心他昨晚的伤。

杨锦回头笑道："有什么要紧的？比起小时候打架受的那些伤，这个简直不值一提。"

杨锦一上场，整个比赛的节奏不自由地变快了。他带球飞速穿越于防守的队员之间，运球、过人、灌篮，一气呵成，组织进攻，积极防守，转眼成了队伍的核心。刚刚欺负天天的那人见杨锦仿佛一颗重型炮弹，也不敢贸然和他硬碰硬地拼抢，却又想瞅准机会暗算他。

那人的计谋还没得逞，杨锦却在一次他上来抢球的时候，照着他的脑袋就把球砸了过去，球从那人被砸得七荤八素的脑袋上弹开，杨锦一个箭步蹿上去接了球，顺势灌篮，又进了一个球。那人虽捂着鼻子心里来气，可看看杨锦那比他还魁梧的身形，还有透出火焰的目光，一口气也只有活活咽回了肚子里。

天天在旁边看得摩拳擦掌，不断叫好，一副跃跃欲试的样子。杨锦的队获胜，接着迎战等候上场的四个人。队里一个人说要上厕所，离开了，杨锦就朝天天招了招手。

初夏微笑地看着这一大一小两个男人在球场上奔驰纵跃，挥洒汗水，忍不住想：如果爸爸在这里，会不会也像杨锦一样罩着天天，让他如此淋漓尽致地展现自己最光彩夺目的一面呢?

一日日长大的天天，倒有些呼伦冲的影子呢。初夏不知该喜还是该忧，只盼父亲早日醒来，也好能有个镇得住天天的人来管教他。

"你刚才要是击地传的话就能更简单直接，还可以突破对方的有效防守。"比赛告一段落，杨锦一边给天天讲战术，一边过来坐在初夏身边。

天天似乎一点也不觉得累，一脸认真地揣摩传球的动作。杨锦一面喝水，一面比画着指导他。

初夏叫天天："你也过来歇会儿吧，喝口水，你看你弄得一身都是汗。"

天天根本不理初夏，还没完没了地问着杨锦一些组织进攻的要领。杨锦低声劝初夏："你别总像个鸡妈妈。我像他这么大，整天有使不完的力气，根本不知道什么是累。你让他全心投入一件自己喜欢的事情，他就没有余力去给你惹是生非了。"

初夏深深地望了杨锦一眼，想起昨天自己因为天天打架受伤发脾气的事情，忽然觉得他说的也挺有道理。她轻轻地叹口气望着天天对杨锦说："天天长大了，是个小男人了，很多事情我恐怕也力不从心了……男人的事情，还是男人最了解……"

杨锦轻轻刮了一下初夏的鼻子说："要不是听你这么说，整天见你霸气侧漏，还以为你这个 Trouble Maker 也是个男人呢！"

杨锦本来以为初夏会对着他不服气地大叫，却见初夏轻轻捂着自己的鼻子，眼泪汪汪地望着他。

呼伦冲，你对我的这个小动作，就算轮回转世也没有离开你，可是你却不再是你。麻烦精变成 Trouble Maker，关于千叶的一切，已经在奈何桥的那碗孟婆汤里洗刷殆尽了吗……杨锦，你的身体里，到底还有多少呼伦冲的影子？一个蒙古没落部族里走出来的宫廷侍卫，这一世却出生在了崛起中国的大富之家，你笃信的忠孝礼信还剩下多少？你那举重若轻、从容地面对一切压力的风霜傲骨，又在哪里？你那运筹帷幄的豪情壮志，如今可也烟消云散了？如果杨锦是呼伦冲，该有多好……

杨锦小心翼翼地摸着初夏的鼻子问："怎么？疼了？"

疼？不在身上，却在心上。初夏久久凝望杨锦，千言万语哽咽在口中道不出来，终于转头收拾东西，对天天说："我们去吃饭吧，吃完饭，我想去一个地方。"

筒子河杨柳低垂，在仲夏倦困的午后安静地听人低语。初夏远眺河的另一边，能远远望见中山公园摩肩接踵的人群。

天天已经在车上睡着，杨锦下车抱怨："你怎么专爱往人多的地方挤？旅游景点你也不放过？"

初夏回首见杨锦懒洋洋地靠着车门，身后是紫禁城高高的围墙，还有斜出一角的金黄色飞檐，透露城内几百年的辉煌。

初夏望着杨锦俊逸犀利的面容，不禁拿出手机，将他的头和身后金色的飞檐框成一个模糊了时间的画面。望着手机中的照片，久久不语。

呼伦冲，原谅我这自欺欺人的想念。我实在是无法忍受这个没有你的世界，所以你的剑穗，甚至你的躯壳，都成为了我解怀的凭借。如今我和你回到了这紫禁城的家，却为什么只觉得胸中的空洞越来越大，大得在这炎炎夏日可以透出森森的冷风。你是无可替代的。就算你的转世也不行。

“偷拍啊？想当狗仔队还是太喜欢我了？”杨锦凑过来看初夏的手机。

初夏收了手机，靠在河边的护栏上望住眼前这个一无所知的男人。他对他们的曾经是那样无知，就像她对他们的曾经一样。

初夏玩弄着低垂的柳枝，轻声问：“你不觉得我变了吗？”

杨锦跳上河边的石栏：“谁不会变？我已不是当年的我，又凭什么强求你还是当年的你？”

“所以就算我变了，你也能接受？”

杨锦笃定地点头：“有些东西，永远不会变的。虽然埋得很深，可我还是看得见。”

永远不变的东西？难道他和呼伦冲也同样拥有这种东西吗？他看见了我和千叶的什么共同之处？

“在你的记忆里，我是个什么样的女人？”

坐在石栏上的杨锦微微一愣，无语仰望天空。透过纷繁的翠柳，一碧如洗的天空上，浮云如丝，美得像个童话，和多年前香港学校后山上的天空一样。

初夏纯净的笑容，无助的泪水，温柔的低语，还有她照料自己伤口的逆来顺受，拦阻自己打架的勇敢坚持……年少气盛的杨锦不听初夏的劝，初夏就每次在他打架的时候背个药箱远远看着，等杨锦打完了架，就扑上来替他上药。她总是一边涂药水，一边流眼泪。

还有他们一起看过的桃花，一起救过的雏燕……

无数的回忆如云，浮上这蓝的天，然后消散无痕。

杨锦仰头闭目，半晌满不在乎地对初夏笑：“你是个总给我意外的女人。”

“意外？”

“意外的第一次碰面，意外地再次碰面……就连消失也是一样。”杨锦不想再说。

站在街边，杨锦还要请他们去吃晚饭，初夏拒绝说：“玩儿了一天，天天也累了，不能没完没了地在外面跑了。”

就算曾经刻骨铭心，就算依旧怦然心动，初夏只不过是一个女人罢了。而他杨锦，从来不缺女人。何况是个曾经背叛他的女人。

爱过又怎样？仍然爱着又怎样？只不过是爱情罢了。他既然生在这弱肉强食、冷血无情的商场，早就没了将爱情进行到底的权利。就算有爱，也只能是一个锦上添花的点缀。

杨锦望着这对客客气气的姐弟俩，不再说什么。

初夏对他微笑说：“今天过得很开心，谢谢你！”能让天天如此开心的人，真的不多。

也不过是个普普通通的女孩，请她几次西餐，就心花怒放地感谢。复仇的计划顺利进行，让她接受我，爱上我，然后我才能将她当年给我的痛百倍奉还给她。杨锦冷笑不语，望着天天回头对他挥来的手，微微一笑，转身走向停车场。

杨锦把车开出停车场，看看时间：八点半而已。他打电话约了几个朋友，叫了几个女人，打算吃饭泡会所，开始自己真正的一天。

正在启动车，在恍若白昼的街灯下，杨锦从后视镜里望着那对姐弟不断急匆匆地招手。

初夏的脸色好像非常难看，天天似乎在抹眼泪，也许是出了什么事。杨锦下车向他们走去。

杨锦拍拍颤抖着声音招呼出租车的初夏，初夏回过头来，目光茫然地望他一眼，似乎没有马上认出他，接着招手打车。

杨锦见到初夏几乎失了魂的眼睛，一把抓住哭着招手的天天：“怎么了?”

天天见到杨锦，抹着眼泪哇哇大哭：“爸爸……爸爸……”

第十四回　魂散临危病　梦醒难济苦

杨锦把魂不守舍的初夏弄上车，天天边哭边指路。周末不限行，到了晚上更是堵得要命，在医院附近的小路上，车子排成长龙，很长时间一动不动。

天天哭着催杨锦：“爸爸……爸爸……医院说爸爸病危了……快点……”

杨锦张望反方向行驶的道路，畅通得几乎看不到车。他狠踩油门，路虎怒吼着蹿上了路中间狭窄的环保隔离带，敦实地晃了两下，驶下了隔离带的小台阶，掉头绕路飞驰而去。

初夏的目光始终淡淡地看着前方，面上无喜无忧，一言不发，仿佛已经不在这里。到了医院，车还没在门口停稳，她就忽然开了车门，疯了似的蹿出去，天天也随即下车追上了姐姐。

杨锦把车停好，跑进医院，到窗口询问了一下，向二楼病房跑去。

幽暗惨白的走廊灯下，杨锦边跑边检视一个个病房门口的名牌，在一个写着“叶仁礼”的病房前停了下来。

半开着的门里，传来冰冷的电击声，几个大夫正围着病床忙碌，床上躺着的人，随着电击被动地起伏毫无生气的身体。天天想要扑过去，已被护士拉住，只是一个劲地哭喊：“爸爸……爸爸……你别死……你别死……”

初夏在满屋慌乱的人群中，仿佛一朵安静的百合，苍白地站在病床不远处，呆呆望着床上的人。

杨锦担心初夏受的打击过大，无法承受面前发生的一切。他刚刚想要推门进去，却听到了心电仪发出了有节奏的“嘀……嘀……”声。

正在恸哭的天天闻声转头看了看心电仪，直线已经被规则的曲线代替，随着嘀声轻快地起伏，医生和护士早已闻声围了过来，为叶仁礼做各项指标的检查。止住哭泣的天天又被拉到一旁，满眼紧张地期待，观察着医生和护士的表情。初夏的眼中，也有了一丝温暖的气息。

医生难掩喜悦地告诉两个人：“患者各项生命指标已经恢复正常，如果经过今晚的观察期，就不会再有更大的危险……不过……”医生还没说完，就听天天惊叫一声“姐”，叶初夏软软地倒了下去。

宽实的胸膛稳稳抵住了初夏的身躯，让她依靠。初夏虚弱地望向那人，是呼伦冲的眼睛担忧地注视着自己，那眼睛里有疼痛，有隐忍，有不舍，有挣扎，双唇紧绷，如同初夏在太液池畔凉亭中见过的一样。

初夏仿佛在这眼睛中获得了生命的力量，从噩梦中幽幽醒转，惊叫：“爸爸……爸爸！”

她扑到爸爸的床边，心电仪稳定地鸣叫着，仿佛永远都不会再停歇。她微笑着流泪，抚摸父亲在呼吸器下的脸颊，轻轻说：“老爸……你知道吗？有没有心跳，也许对你来说已经无所谓，可是对我们这些活着的人来说，只要你仍在呼吸，我们就还是有爸爸的孩子……你的心跳，对我们真的很重要……”她呜咽着，枕在了父亲的臂弯里。天天也走过来，笑着流泪。

狭窄的白色病房里，三个人抱在一起，仿佛永远不想再分离。

医生轻轻安慰似的拍了拍初夏的肩，初夏抬头站起身，拉着医生的手感激地连声说：“谢谢，谢谢，谢谢，谢谢您！”

医生在口罩后面微笑：“能见到有这样的奇迹发生，我们也非常高兴。”

初夏自言自语：“我相信还会有更多的奇迹发生在爸爸身上。”

医生的眼睛忽然暗淡下来，注视初夏说：“请您到我办公室来一下。”

初夏茫然地重复医生的话：“植物状态并发症？”

医生耐心地给她解释说：“植物状态并发症有很多种可能，产生在你父亲身上的，是肺部感染。”

初夏皱眉问：“肺部感染？为什么会肺部感染？”

医生说：“这有很多种可能，有可能是因为患者咽部反射消失，致使口、鼻、咽部分泌物或呕吐物误吸入气道内；也可能是因为患者呈张口呼吸或气管插管、气管切开、吸痰等操作，引起的呼吸道防御功能下降，使细菌侵入肺部而引起感染。”

“所以我父亲才会病危吗？”

“这次的心跳异常其实和肺部感染没有直接关系。你父亲的肺部感染只是初期的程度，但是如果不及时治疗，今后也会有生命危险。”

初夏刚刚放下的心，又一次提了起来：“怎么治？能治好吗？”

医生微笑说：“这个你放心，通过物理和化学的多种治疗方法，目前是可以治愈的……只不过费用和疗效，根据你选择的方法会有所不同。”

“是多少钱？”父亲的抚恤金这五年已经没剩下多少了。

“根据目前你父亲的情况，我们建议采取综合疗法，这样疗效迅速，不会耗时太久。一个月要八万左右。”

初夏惊讶地瞪大眼睛：“八万?！一个月？要治多久？”

医生说：“这根据患者的情况而定，现在也不好说。有的三个月就能好得彻底，也有的病情反复，会拖上一年半载。”

初夏自言自语：“三个月……就是二十四万……”如果用上爸爸一直没有动的一些存款，应该也可以对付上半年……可如果拖上一年……就得想别的办法了……初夏本就刚刚经历了大悲大喜，此刻又忧心焦急，头忽然“嗡”地一下疼得伏在了医生的办公桌上。

医生赶忙站起来，观察初夏的动静，轻声呼唤：“叶小姐……叶小姐……”

杨锦坐在叶仁礼的病床前，看着他憔悴的脸。

松软下垂的面颊，灰黄无光的面容，十三年前的严厉神情，仿佛不是从这个人脸上出现的。

十七岁的杨锦，中五刚刚念完，稚气未脱，却穿西服打领带，提了礼盒，规规矩矩地按响了初夏家的门铃。

初夏开门让他进来，看到他一身正装，一脸凛然，还拿了他从来不屑一顾的见面礼，轻轻笑了起来。杨锦见到她的笑颜，自己的不安也稍微平复，低下头，脸对脸地与她笑在一起。

"谁啊?"屋内传来叶仁礼的声音。

两个人收了笑容，四目相对，看到彼此眼中的紧张。初夏向着屋内大声答："杨锦。"

屋内没了声息。杨锦随初夏进了父亲的书房，叶仁礼正在画着水墨画。一朵朵含苞待放的荷花，粉艳地在墨色的荷叶间亭亭玉立。

杨锦有礼貌地深深一躬："伯父好。"

叶仁礼抬眉瞥他一眼，继续埋头画画。杨锦只得攥着礼盒垂手呆立。

初夏嗔叫："爸……"

最后一朵荷花不再含苞待放，只是矜持地露出黄色的花蕊，展现婀娜的花瓣。花瓣尽染，叶仁礼终于放下了笔，走向沙发，对杨锦淡淡说："坐。"

杨锦等叶仁礼坐下，把礼盒双手放在茶几上说："第一次拜访，听说伯父喜欢香道，就挑了些沉香和香具，望伯父笑纳。"然后才在对面的沙发上立着身子半坐了。初夏也一起坐在了他的身旁。

叶仁礼不语，瞟了一眼低头含笑的初夏，不温不火地等着他的下文。

杨锦目光闪烁地组织语言，结结巴巴地说："我这次来……我这次来……是请伯父允许……允许初夏……允许初夏……允许初夏……"

"请爸爸允许我嫁给他。"初夏替紧张到口吃的杨锦大声说。

本来淡定的叶仁礼，不禁露出意外的神色。

杨锦有了初夏的鼓励，也连忙大声重复："请伯父允许初夏嫁给我。"说着不自觉摸了摸自己无名指上的白金戒指。

叶仁礼看了看他手上的戒指，不禁又朝初夏的无名指望去，不知何时，她的手上也已添了枚小小的钻指。

叶仁礼皱眉看着这两个一脸认真的孩子："你们还那么小……"

杨锦连忙大声说："我已经念完中五，如果我不考大学，就不用再念明年的预科了。我什么活儿都能干，马上可以赚钱养家……明年我就十八岁了，可以选择的工作会更多……请允许我娶初夏，把她留在香港，不要把她带走。"

叶仁礼沉吟了半晌："你家里同意吗?"

杨锦说："我们昨天已经征得了母亲的同意，她……她支持我的决定。"

叶仁礼一字字说："可是我不同意。"

杨锦和初夏都凝住了，瞪着叶仁礼不知如何应答。

"我相信你现在对初夏的感情。也许你现在不想初夏离开你，所以你宁愿放弃学业，尽早独立，来避免你们当下的分离。但是两个人之间，不是一直紧紧握着不放，才是真正的爱情，有时候，为了给彼此更广阔的空间，放手，也是爱情。"

叶仁礼的眼中闪过一丝笑容，望着初夏说：“无论是你，或者是他，现在目前最重要的终究是学业，而学业重要的，不仅仅是知识。”

他又深深望了杨锦一眼说：“你们从学业中，应该培养的不但是知识，更该是这高瞻远瞩的能力。况且，要想做一个真正有抱负的男人，必须德才兼备，才有可能让他拥有一呼百应的号召力，实现你滨泽济五江的大业……我的女儿，值得与这样一个男人相配。”

杨锦从小没有父亲的教诲，母亲又总和他聚少离多，一身抱负只化为了我行我素的暴戾，他被叶仁礼这一番话说得心潮澎湃，不觉自言自语：“初夏是天上的星星月亮掉下来的胚子，世间的千华百草凝聚成的灵性，我当然要努力做个配得上他的男人……德才兼备……现在的我还差得很远……”

叶仁礼微笑说：“我对你的印象就一直不错。虽然听说你家里条件优越，有些跋扈的脾气，不过能看得出你的本质不错。孩子就如同一块璞玉，母爱能让这玉瑰丽壮大，父爱能让这玉精雕细琢……可惜你们两个孩子，一个是精致但未免小巧，一个是壮阔但有失雕琢……”

杨锦趁势追问说：“如果我能完成好自己的学业，做一个德才兼备的男人，那么伯父就同意把初夏嫁给我吗?”

叶仁礼笑而不语，站起身来。杨锦和初夏都微微一惊，望着他缓步走回写字台前，添水研墨，在荷花旁提道：“两情若是长久时，又岂在朝朝暮暮……”

杨锦喜不自胜，站起身连连鞠躬说：“谢谢伯父，谢谢伯父!”不觉握起旁边初夏的手说：“两情若是长久时，又岂在朝朝暮暮……我在香港念完这两年预科，就考我最喜欢的建筑专业，总有一天，会将中国风的现代建筑矗立在全世界，把这个世界送给你做聘礼。”

初夏绽开明媚的笑，轻轻说：“我也不会输给你，会努力把我钟爱的凤穿牡丹绣在世界最漂亮的衣服上。”

第十五回　忘却的记忆　缠绵的诡计

那雄姿英发的魄力，那折服人的口才，到如今都化为了眼前这泛着淡淡病人腐朽气味的皮囊，毫无生气，等待死亡。

杨锦感念当年的自己，有爱国爱民的激情，有相信一切的纯真；也感念造化弄人的上天，让一切爱与恨、美与丑、天才与卑劣，最终都一视同仁地化为黄土，不由凄然对叶仁礼说：“两情若是长久时，又岂在朝朝暮暮？现在又不是古代，你女儿也不是古人，哪有什么长久的情？”他的一侧唇角又泛起那嘲讽的笑，眼中却含着泪。

他闭目竭力不让那泪水夺眶而出，听到身旁的天天半懂不懂地问：“你认识我爸？”

半晌，杨锦努力吞回盈眶的泪水，才睁眼故作轻松地说：“偶然见过，很久以前……伯父怎么成了植物人？”

天天嘟着嘴说：“那时候在德国，爸爸带姐姐去毕业旅行，在阿尔卑斯山就出了车祸……”

杨锦一惊：“你姐也在一起？”

初夏回到病房，疲惫地坐倒在父亲的床边，望着父亲灰黄的脸发怔。

从天天口中得知的一切，令杨锦不由重新打量这个令他恨到迷失的女人。没想到这个率性笑骂的女人，却对自己隐瞒了如此痛苦的一段经历：父亲车祸成为植物人、自己失去记忆、独自面对抚养弟弟和赡养父亲的重担……这一切对于一个本该挥霍青春、享受美丽的二十多岁女孩来说，是怎样一种羁绊的执着，才让她能淡然走到今天？

杨锦转而想到在柏林遇到初夏时，她对自己过去的闪烁其词：好像认识自己，又似乎对很多以前的事情不愿提起，他疼惜地望住目光黯淡的初夏。

原来她对我的记忆，只停留在初次相识的那一刻。那之后的惊心动魄和海誓山盟，对她来说都不存在了……包括她无情的背叛。这么多年来，对这一切耿耿于怀，拿前尘往事折磨自己的人，只有我一个，而我，却已成为了她的陌生人。我曾经想要让她再遇到我时爱上我，再狠狠地抛弃她，如同当年她对我做的那样，可是对于一个陌生人来说，这一切的报复又都有什么意义？我这么多年的痛苦又有什么意义？

最彻底的报复，便是不再记得。初夏对他的遗忘，已令他这一仗还没开始，就已溃不成军。

初夏正望着父亲的脸，为那几十万块钱的医药费发愁，忽然感到一只温暖的手搭在了自己的肩上。那一刻，她才发现自己的身体有多么冰冷。

她转头静静看那手的主人，那是呼伦冲还是杨锦？但是他们此刻谁也帮不了自己。

就算再爱再缠绵，自己的路还得自己走。

“你来做什么？”初夏无力地问，却并不期待回答。

杨锦欲言又止，望了一眼形同虚设的叶仁礼，想说什么却说不出口，终于还是拽起初夏："我们到外面说。"

熄灯的时间已经过了，他们关了门来到阴暗的走廊，杨锦逆着远处传来的微弱灯光，看着初夏清澈的眼睛说："你失忆的事情，为什么没告诉我？"

初夏轻嗅他的呼吸："你喝酒了？"

"这个不重要，别打岔！"

"我为什么要告诉你？"

杨锦低头叹息："是啊……我对你来说已经什么都不是了。那些事情，只有我一个人记得。"

初夏已经无力知道什么更多的事情，只在那里被动地听着。

杨锦一字字地说："既然你的记忆只停留在1997年你坠楼的那一刻，那么你一定还记得我拽住你的那只手了？"

初夏的目光仿佛从沉睡中醒来，疑惑地望着杨锦，努力回忆那段不知是否存在的记忆。

被月食吞噬的满月下，初夏的身子无可挽回地翻倒向栏杆之外，她原本是头朝下地急坠，但却有腿先坠到一丛灌木里的印象，随后才听到自己的头撞击坚硬大理石地面的一声闷响……

她仿佛想起了什么，又似乎什么也没想起来，惊疑地从杨锦凝视自己的双眼中寻找记忆的答案，恍惚间，那只吊在护栏之外奋力拉住自己的手闪现在她眼前。

她已经不能确定那是真实发生过的事情，还是根据杨锦刚刚说出的话臆想出的景象，她痛苦地飘荡在真实与幻想之中，猛然间，杨锦因竭尽全力而扭曲的脸在她眼前重现，也许只有两秒，那是被抛在时空角落而真实存在的两秒。

杨锦在她坠落的一刻，飞速蹿向她的身边，拉住了她头朝下的身体，却没能有更多的力气攥住她的手。片刻间，她的手无可挽回地离开了他。却因他那一拉，没有直接头部着地，命丧当场，而是改变了下落的位置和姿势，头朝上掉在了露台下面的灌木丛中。

初夏如梦初醒地轻声惊呼："是你救了我?!"同一个坠落的生死关头，上一世的千叶被呼伦冲所救，这一世的初夏被杨锦所救，上天为什么要安排如此巧合的缘分给我们，却又不让我们如愿以偿地厮守一生？

杨锦凝视初夏的双眸，仿佛寻找她脑海中关于他的痕迹。而他只疼痛地看到，那痕迹如烟，没有留下一丝感恋。

空有一腔的情思却无从诉说，他只能自嘲地勾起一侧唇畔，微微点了点头："条件反射吧。我总不能眼看着一个活人掉下去……不过也没救成。也许我在你记忆里唯一做过的好事，只有那件了，所以特地提醒你，这样你知道我们后来发生的事情也不会太意外。”

他说得轻描淡写，却不禁将自己拉回了多年前那个与她初识的夏天。杨锦沉浸在十几年前的回忆里，唇边不禁泛起温柔的笑容。初夏盯着那曾经在三百年前为她绽开的笑容，心中五味翻涌，打断那段她无从回忆的过去，问：“那之后呢？我们发生了什么值得让我意外的事情?”

杨锦的笑容消逝，又变回那个冷漠的商人，半晌才低头说：“这件事本来也就算过去了，可我开学进了新学校没几天，就在食堂里看见你被一帮太妹围着欺负。当时我的想法挺傻的，觉得我救了你的命，你的命就是属于我的，不允许别人随便对待。所以我就起身把你带走了。”

“这种事情接二连三地发生了几次，那些女生似乎因为我救你，反而对你变本加厉地欺负起来。终于有一次，当时把你当做眼中钉的尹睿儿叫了外校一帮古惑仔，在你总爱独自闲逛的后山把你围起来，还想对你非礼。我正好在树下睡觉，把那帮人给打趴下了，却因为救你的时候被古惑仔砍了一刀，形成了右臂习惯性脱臼。”

初夏忆起杨锦在柏林别墅时的痛苦狂躁，不禁问：“因为我忘记了这一刀，所以你那次才气得……”随即初夏想起杨锦霸道的吻，红了脸说不下去。

杨锦扯起唇畔说：“不是。我在学校本来就是个打架大王，又怎么会在意为你挨那区区一刀？何况你被欺负也因我而起。我只是恨你忘了后来的我们……”

经过那件事情，杨锦的右臂有一个多月都不能动，就从此赖上了初夏。出门要她扶，吃饭要她喂，连笔记都要她抄。初夏为报杨锦多次救命之恩，逆来顺受，更是比他的母亲还要无微不至……本来他母亲就一直忙于工作，有了初夏，他才有了些被人关心的存在感……渐渐地，这份因她而出现的存在感，对他来说越来越重要。重要到如果没有她，他就无法确认自己的存在。

初夏终于有机会印证自己不敢面对的猜想，忐忑地问：“后来的我们……”

杨锦叹口气，轻声说：“直到你随父亲离开的将近两年时间里，我们几乎形影不离。”

“我们……曾经相爱过?”

冷冷的笑容再次浸透杨锦的面容：“在一起不一定是相爱。相爱是两个人的事。我承认我爱过你。但是你有没有爱过我，我不知道。”

初夏不禁自言自语：“有的……一定有的……”

杨锦不由愠怒地审视她的面容：“你怎么能确定？你连我们的记忆都扔掉了。就算有，也不能保证你所说的一切是真的……你……你……”你这个骗子，让我已无法确定曾经发生在我们之间的一切，是否真的如我记忆中的那样美好。

初夏无言以对，她无法告诉杨锦，对于从来没有接触过男人的千叶公主而言，杨锦如此摧枯拉朽地闯入她的世界，第一眼，就已是一生一世了。两世的宿命，交错时光的纠缠，她和他的爱情，就像注定一般烙印在灵魂里，就算转世轮回也难以磨灭。

杨锦压抑怒意，眼中闪动商人诡谲的光：“既然我们彼此相爱，多年重逢之后更应该彼此珍惜。明天起你和你弟搬去我家住。”

初夏吃了一惊，盯着杨锦半晌说不出话，终于说：“同居对你来说是不是家常便饭？怎么就像是说带我逛街那么轻松？”

杨锦淡淡地望着她说：“我从没和谁同居过，以后也不打算和别的什么人同居。”

“我没有和谁同居的打算，和谁也没有。”

杨锦急了，按住她的肩膀，盯着她的眼睛：“你是不是傻啊？你去问问，全世界做梦都想和我同居的女人都能排到月球了。如果你们和我在一起，你就不用每天到那个破四合院钻地窖，可以整天逛街买名牌买到吐；天天可以去贵族学校念书，用不着受那些穷孩子的气；我也能请这世界任何一个角落的名医巫医给伯父会诊……一定让他的病情得到更好的治疗……”

初夏挣脱他的手：“是我自己心甘情愿钻地窖的！我们现在活得虽然辛苦，但是还没沦落到非要你这个富二代对我们施舍慈善！”

杨锦望着初夏坚持的目光，终于妥协：“好吧……我承认，我更多的是为我自己考虑，我受不了扔下失忆的你独自奔波着照料父亲和弟弟。一想到当年在柏林，我明明有机会发现你的反常，却仍然沉浸在自己的情绪里，让你白白受了这么多年的苦，我就更不能容忍自己继续对你现在的状况袖手旁观。”

中国商人的法则之一就是以利诱人；之二就是以情动人。我已把同居的好处摆了出来，再让你陷入我的情网，这买卖就成了一半。杨锦在心里如此盘算着，已不知自己刚刚的话是真是假。

初夏望着困兽般无奈的杨锦，不由有些感动，目光闪动地问：“你……这是在求婚吗？”

杨锦忽然目光变得有些复杂，字斟句酌地说：“不……其实不是的……我只是希望能天天见到你，可以照顾你，不必担心你一个人无依无靠地独自面对生活……我……不能跟你结婚……”

虽然初夏并没想要真的嫁给他，但是看他闪烁其词的态度，不禁有些好奇：“为什么？”

杨锦望着走廊漆黑的一角，面无表情地说：“因为我已经订婚了。”

原来柔情似水地绕了那么大圈子话当年，无非是想把我收了当个二奶。初夏不怒反笑，叹了一阵才想起来问：“和谁？”

杨锦冷冷答：“尹睿儿。”

初夏更是张着合不拢嘴，不知该骂还是该笑，半晌才说："因为我们当年的手下败将，所以要把我收作二奶？"

杨锦连忙解释："我没有把你当二奶的意思。我和她的婚事是家里很多年前就决定的，她知道我心里没有她，但是凭借她家在地产界的影响，对我死不放手。为了我母亲和集团，我只能同意这桩婚事……况且，在今天之前，我都没有任何需要改变这现状的必要。"

初夏嘲讽地笑："直到今天，看到我的惨状，所以大发善心，想要收了我做二奶来满足你虚伪的同情心。"

我对你怎么可能有同情心？我为你的消失疯掉时，你又可曾同情过我？只有重新拥有你，我才可能让自己不再沦陷于那些因你而痛苦的回忆里。

目光里已燃起淡淡的火焰，杨锦仍旧竭力耐心解释："我再说一遍，你不是二奶！你虽然失忆了，但是不能否认我们的曾经，更不能自私到让我放弃我的现在！一句话、一件事就能影响全球股民生计的盛远集团总裁夫人，不是你能当得了的！"

一个走到他们身前的值夜护士，听到杨锦的低吼，忘了本要说的话，惊恐地打量杨锦，又微微摇头叹了口气，撇嘴白了他一眼说："这儿是医院，已经过了探视时间，二奶这种事儿别到处嚷嚷去。"说完转身走了。

杨锦望了眼走远的护士，压抑自己几欲爆发的情绪说："我的婚姻不过是挂个名头，保证两家利益均沾、集团合作相安无事，该过的日子也都是和你过……只不过没有一纸婚书的契约罢了。"

初夏望着眼前信誓旦旦的杨锦，本对他升起的一丝好感也在此刻烟消云散。就算他这不是同情自己，也不过是想要既拥有爱情，又不损失事业。人生那么多好事凭什么全让他一人占了？就因为他有钱？是不是包二奶的固定说辞就是这些？貌似给二奶足够的面子和尊严，其实还不是拿我的困窘当做得到我的筹码？一个得到名存实亡的婚姻，一个得到有名无分的男人，两个女人的牺牲却都用来成就眼前这个自私自大的男人。

初夏越想越气，正要接着质问他，却听他的手机响了起来。杨锦也不看是谁，挂了电话，刚要接着说话，电话又响了起来。他只好不耐烦地拿起手机："喂？"

肃静清冷的医院走廊里，响起女人黏腻腻的娇嗔："杨锦啊……你怎么还不过来啊？"

他甩了句"有事儿过不去了"就挂断电话，关了手机。刚要和初夏继续说话，却被她劈头盖脸地抽了个耳光。

"真是荒唐！我为什么把爸爸治疗的事情撇下不管，站在这儿听你这个花心'马来貘'鬼话连篇？你能扯得自圆其说也就罢了，圆都圆不了就又有女人纠缠过来。

你到底想找多少个二奶才罢休?”初夏冷冷瞥了他一眼，转身要推门进病房，却被他猛地按住肩膀，压在了走廊的墙上。

眼前是杨锦怒火中烧的双眸，渐渐腥红的瞳底几欲宣告厄运的来临：“我没有在恳求你。我只问你，你到底答应不答应？要不是当年你绝情地离开我，我又怎么会心灰意冷地任由尹家决定这桩婚事？为什么你把我推到今天这进退两难的局面，却还来若无其事地嘲笑我？我对你的心一次次地被你践踏、蹂躏，现在我只想保存住自己最后作为儿子和总裁应尽的义务，为什么你连我这最后的底线和尊严都要剥夺？如果你那么看重那一纸婚书，为什么当年你没有求你父亲让我娶你？我有太多为什么等着你来解答，可是你却失去了该死的记忆。现在我只想尽我所能地保护你，照顾你……得到你。就连这些，你都不允许吗?”

初夏平静地望向这团愈渐狂乱的火焰，淡淡说：“我离开你？一定是我对你到处留情的斑斑劣迹心灰意冷了吧？既然当年我已决定离开你，如今我又怎么可能答应和你在一起?”

杨锦在她清冽的声音中寻回了自己，眼中的红焰退去，却依旧咬牙追问：“我和你在一起的时候从来没有多看过别的女人一眼！到处留情？我的情都毫无保留地给了你，哪儿还有余力留给别人！是你毫不犹豫地甩掉我，和别的男人在一起!”

初夏一惊：“你少在这儿胡说八道，别以为我没了记忆就可以对我的过去胡编乱造。”

杨锦盯着她的眼睛：“你在惠灵顿都做过什么？你没了记忆，不代表那些事情也消失了!”他从上衣口袋中拿出几张破碎的纸片，塞进初夏的手中。

是几张照片的碎片，初夏借着微弱的灯光，将它们勉强拼凑在一起。

惠灵顿的大学校园里，初夏和一个金棕色头发的高大男生有说有笑，快乐地抱在一起。

“我胡编乱造？你自己看看自己都做过什么吧！离开的时候甜言蜜语，说到了新西兰就和我联系，转眼就在我的世界里销声匿迹了。我等了一个月、两个月、半年、一年……还傻得以为你出事了，派人去惠灵顿打听你的消息。结果却看到你和别人卿卿我我，早就把我撇在脑后了。”

初夏望着照片里不是自己的自己，仍然不可置信：“不可能……千叶……我不可能是这样的人……”

杨锦狠狠地逼近她的脸，“事实就是事实！我心中的恨，已成了无处可施的魔。我可以不再计较那些被你忘掉的曾经，但是不能容忍再度失去你。你必须用自己全部的未来赎回对我犯下的罪。我给你三天时间考虑，希望你不要让自己后悔。”

杨锦望着初夏清澈的眼，不禁去望那柔嫩的唇，克制住想要吻上去的冲动，转身走入昏暗的走廊。

“给我几天考虑，结果都是一样的。我不会后悔。”初夏在他身后，气得声音颤抖。

惨白的日光灯下，杨锦侧头撇下他的邪笑，消失在黑暗里。

第十六回　忘年遇故知　登门逢夙敌

星期一早上，初夏踏进“浅山”的四合院，却见不到一丝被摧毁过的痕迹。地上的瓦砾消失殆尽，崭新的玻璃在修缮一新的窗框中安静地反射太阳的光亮。

是杨锦。他似乎在对她无言地宣告：呵护和摧毁，对我来说都是同样的容易，只要我想。

刚要换上军大衣去地窖，聂瑶瑶欢天喜地跑了进来：“要拆咱们的盛远房地产来人了，你还不快去看看！是个帅哥呢！”

杨锦来了？他不是说给我三天时间吗？又来搞什么阴谋诡计？初夏随聂瑶瑶出来，疾步穿过窄巷，绕过枣树，循着陈部长的笑声向他的办公室走去。

陈部长办公室里，他正和一个戴黑边眼镜的长发男人谈笑。初夏仔细辨认那人妖孽的美目朱唇，低声惊呼：“曹雪芹！”

聂瑶瑶奇道：“什么曹雪芹？还红楼梦呢！买了咱们附近这块地的盛远集团，他们好像忽然改变了策略，也不逼我们拆迁了，还派古建专家——就是那个帅哥——来帮四合院恢复原真性，说是只有这样，才可能申请文物保护单位。”

正说着话，那男人已被陈部长送了出来。陈部长紧紧握住他的手说：“非常感谢盛远集团这次的决策，不仅救了北京日渐稀缺的四合院，更救了无数承载着中华悠久历史的文物。我可以很负责任地承诺，盛远集团的这次决策不会错。”陈部长看见初夏、聂瑶瑶，为她们两人介绍说：“这位就是盛远集团的古建专家林斯先生。这位是我们‘浅山’的首席研究员——叶初夏。初夏你来得正好，我一会儿要出去开会，为了保护这个四合院的原真性，林先生想要了解一下它的结构和历史，你帮他提供一些相关的资料最合适。林先生，失陪了，见谅！”说罢笑眯眯地回了办公室。

长得这么妖孽的男人，最多不过三十岁。如此年轻就可以在一个领域被称为专家，却不知是浪得虚名，还是确有真才实学。初夏脸上有些不以为然，终于还是礼貌地伸出手去。

林斯不紧不慢地和初夏握了手，微笑说："在香港佳士得威名远播的叶初夏小姐，今天能有幸一见，仍旧和我当年在柏林见时一样的娴贵高雅。"

他在柏林见过我？初夏一惊，仔细打量眼前这个人，粗大的黑边眼镜遮住了半张脸，那眼镜后是和曹雪芹一模一样的花容，不知是不是因此，让她的确有些似曾相识的感觉，却又一时想不起在什么地方见过。她正自苦思，却被聂瑶瑶一把拉走了。

聂瑶瑶把初夏拽到角落，咬牙切齿地说："怎么凡是我看上的帅哥，全都认识你？这次是我先出手的，你可不许再来搅合。"

初夏本担心那人是"前任初夏"认识的人，正惊疑不定地回忆那人到底是谁，被聂瑶瑶这一阵数落，不由笑了："他认识我，我可还没想起他是谁。你放心好了，我现在可没闲情逸致来跟你争帅哥。"

聂瑶瑶仍旧不依不饶地说："最可怕的就是你这欲拒还迎的架势。他认识你，事情就糟糕了一半……总之你最好少和他说话，更不许对他笑。"

初夏已被风卷残云的杨锦搞得好像惊弓之鸟，不知那人底细，担心他是第二个来讨情债的，对他敬而远之正是自己求之不得的，连忙一叠声答应："好好好好……万一我有事情跟他说，就全靠你来传话了。"能有这么一个自告奋勇的传声筒，初夏更是乐得自在。

聂瑶瑶自然满口答应。初夏将眼前的工作交给了她，远远瞥了眼若有所思注视她的林斯，转身回了办公室。

所幸那个神秘的林斯没再来纠缠她，她平安无事地下了班，回家给天天做饭。

杨锦派林斯来重建四合院？他昨天晚上还是个恶魔，今天怎么突然变天使了？千万要记住，他不是呼伦冲，他没有信义，只有自私的欲望。这都是他为了得到我而耍出的阴谋诡计，千万不要被他假惺惺的施舍打动。

她心事重重地做了两个菜，看天天津津有味地吃。天天边吃边说："姐，今天我在学校人品大爆发了。"

初夏夹了一筷子菜给天天："别光吃肉。"

"你听我说啊！今天有个集团说要赞助我们学校的篮球队参加全国少年篮球赛，还指定让我当前锋！"

"你本来不就是前锋么？"

"你不懂！前锋的位置那么重要，一般都会有替补的人选，万一我状态不佳或者球技被 PK 下去，随时可能换掉我的。不过这次不一样，那个集团指名道姓要求不能换掉我。我如果能参加这个全国少年篮球赛，以后就有可能和全世界的高手过招，连进 NBA 都有可能的！"

初夏停了筷子，疑惑道：“怎么会有这么好的事儿？人家为什么偏偏要选你？”

“你老弟我打得好呗！那个盛什么集团有眼光才挑中我的！”

初夏警觉地追问：“盛什么集团？”

“盛……盛远！我得好好记住我恩人的名字。”

又是杨锦！他怎么知道天天的学校的？他想靠拉拢天天来利诱我？初夏放下筷子，拉起天天的手说：“天天，你能不能听姐姐的话，别参加这个比赛？”

天天撤回被初夏拉着的手，不可置信地望着她：“姐，你疯了吧？为什么啊？”

“具体原因说了你也不明白，总之你听姐姐的没错。”

“你就总是这样，什么都自己决定！我在德国时候篮球打得好好的，一句话说要回北京，我就没了那么好的教练和队友；你这次又一句话说不要我参加比赛，我已经不是那个什么都得听你的小孩了，凭什么因为你一句话放弃我想做的事情！？”

“你才 12 岁，以后机会多得是，这次的不是机会，是陷阱！”

“你什么意思？人家觉得我篮球打得好就是陷阱了？你是不是觉得爸爸躺在那儿，我不应该为了篮球的事情高兴？应该跟你一样把自己搞得悲哀得像个入土半截的活死人？已经这么多年过去了，我的未来长得很，我不想总活在悲惨的过去！”

“不是的！你都在胡说什么啊！我怎么会不允许你有高兴的权利呢？”

天天摔了筷子起身：“早知道你对我管东管西管得不可理喻，你跳楼的时候就不应该拉住你的腿！”

初夏心里一沉，万万没想到相依为命这么多年的天天，会对她说出如此刺耳的话。她瞪着天天，一句话也说不出。

天天也后悔自己的话有些过火，但是一时冲动，话已出口，只得低头抄起门口的钥匙奔出了门。

杨锦，你是不是明知道天天会这样，才布下这个我不得不迈进来的圈套？初夏瞪着天天还没吃完的半碗饭，心中绞痛得哭不出来。

三天的日子悄无声息地滑过，天天一言不发地和她冷战，四合院的同事欢声笑语地感念盛远的恩情。初夏无暇顾及这些，因为父亲的病不能再拖了，必须马上交出第一个月的医疗费。

这几天，初夏总算将父亲攒下的各国货币都转换成了人民币，去银行取出八万元钱。望着所剩无几的存折数字呆呆出了会神，就匆忙往医院赶去。

当她把钱交给父亲的主治医师的时候，却得知父亲的病早已开始治疗，有人已经替她预付了半年的医疗费。

杨锦，原来你想让我别无选择，因为如果不选你，我所有关心着的人都会从你造的美梦中醒来。

“我给你三天时间考虑，希望你不要让自己后悔。”现在我才知道你所谓的“后悔”是什么意思。但是如果我这样就会妥协，就不是堂堂大清千叶公主了！

“你好，我找杨锦……就是你们杨总。”

蛋形前台后，接待小姐惊慌地打量初夏，这次她不敢再怠慢，挤出不自然的微笑：“不好意思……杨总今天没来。”

“没来?”

“杨总只参加些决策性会议，一般都不会来公司……您不知道?”看来你对我们杨总的了解也不过如此。前台小姐忍住不让自己鄙夷的心思传到脸上。

这公司是他的，他却想来就来，想走就走。这个家伙原来就是这么对待自己工作的。

初夏正犹豫着要不要闯上去看个究竟，忽听背后有人冷冷说：“找杨总有事？找我也是一样的。”

初夏闻声回头，尹睿儿一身宝蓝套裙，不可一世地睨着她。

金碧辉煌的私人会所里，值班经理亲自为两人端上咖啡。尹睿儿挥挥手，值班经理带着套间内演奏竖琴的乐手和服务员，安静地退出了包房。

尹睿儿开门见山：“认识这么多年，你我也不必兜圈子了。说吧，怎样才能让你在杨锦身边消失?”

初夏笑：“恐怕你没搞清状况。我还想求你管住他，还我一个清静。”

尹睿儿咬唇：“天下没有不吃腥的猫，只要你不在他面前散着腥气晃来晃去，他怎么会跟你这么一个脏兮兮的太妹混在一起?”

初夏凑近尹睿儿面前道：“当年做出那些下三滥手段的人，才是真正的太妹。无论今天裹在多么精致的皮囊里，心里还是脏得不可救药。”居然敢趁我和千叶互换的时候找人围攻我，这笔账无论如何也抹不掉。

尹睿儿以为自己离间两人的事情败露，心虚慌乱：“他……都知道了?”

这么多年过去，看来她还是对自己的行径有些愧疚之心。初夏宽容道：“虽然那次的事情把我们两个都伤得不轻，但是毕竟已经过去了。我不会抓着过去不放，包括杨锦。”

尹睿儿如释重负：“也许是我错怪你了。你也知道，我们快要结婚了。结婚之前的女人都是很敏感的。”只要她不拿过去的事情来要挟我，事情就好办了一半。

初夏微笑：“我不想和他再有任何瓜葛。那些过去的事情……对我来说就像不存在一样。”

尹睿儿盯着她的脸："我能相信你吗？"

"我离开了这么久……在中国的朋友已经不多，你是我从小就认识的人，虽然贱点儿，但是做个朋友也许不赖。我已经有了我自己的生活，不会去纠缠杨锦。只希望你能别让杨锦再在我身边出现。"如果尹睿儿能阻止杨锦千方百计得到我的阴谋，那么我们的目标就是一致的。

尹睿儿拉起她的手笑："这有什么难的？我们两家在美国有个项目，这两天我就把他拉走，保证他十天半个月也回不来。"

只要尹睿儿能把他从我身边带走，他那炽烈的疯狂总会随着时间平息。既然恢复古建原貌是个办法，就算没有盛远派来的林斯，我也能想办法实现。等事情过去，我再把爸爸的医疗费还给他，和他也算两清了，只是天天……

第十七回　恨义士无义　慰故交如故

暮光将尽，初夏盘算着对付杨锦的办法，低头心不在焉地穿过小区无人的窄巷，撞在一个人结实的胸膛上。

"对不起……"初夏连忙抬头，却见到了那张犀利俊逸的脸。那是徘徊在她千百个梦里的脸，却也是她现在最怕看见的脸。

"你总这么随便对路人投怀送抱吗？"杨锦斜唇微笑，似乎心情不错。他撇嘴环顾这堆满废旧自行车和杂物的暗巷："你非得走这种专给流氓强盗预备的地方吗？"

初夏白他一眼："不然怎么会遇见你？"

杨锦满不在乎地笑："我也许是流氓，但不是强盗，反而是施舍救济你这个倒霉穷鬼的慈善家呢！"

"我说了我不需要！"初夏绕过他，想要赶紧结束这次倒霉的对话。反正过不了几天，尹睿儿就会把这个腹黑魔头带走了。

杨锦揪住走掉的初夏，把她拉回自己面前："你少跟我装糊涂。今天是第三天了，我要你的回答。"

初夏挣开他的手，迎着他的眼睛说："你得到的回答永远都是一个：不同意！"

杨锦凑近她的面容，盯着她的眼睛问："你确定你不后悔？"

"拜托你结束这种幼稚的游戏好不好？我们已经结束了，再不可能重来……何况我对你我之间全无记忆。你利用我所有关心的人来得到我，我不可能和这样不择手段的男人在一起!”

“我那怎么算是利用？我只是想让你知道我能为你做的有很多，而那些只是开始。你就当是产品的试用装好了。如果你真的和我在一起，能得到的会更多。”

“……我们两个人的逻辑完全不在一个世界里。如果我要和一个人在一起，只需要一个理由，用不着搞什么提供利益的试用装!”

杨锦认真望着她：“那理由是什么?”

初夏惊讶：“这还用问吗？当然是爱情了！只有这个理由才能让两个人长相厮守在一起，别的东西都只是一时的诱惑罢了。”

杨锦笑：“你怎么还和十几年前一样天真。爱情才是一时的诱惑！没有永远的……不然你也不会离开我了。”

“你不相信爱情，只相信利益。所以我是在对牛弹琴。”

“因为利益是看得见的，爱情是看不见的。凡是能量化的东西，就比那些虚无缥缈的东西可靠。”

“遗憾的是，人都有心，没有人的心能被全部量化。”初夏绕过他身边说：“‘浅山’我会自己想办法，把你的账号给我，我把医疗费还你。”

杨锦的瞳底再次泛起血的波澜，他拉住初夏的肩膀按在破旧的墙上狠狠道：“我爱你。这够不够?”

初夏迎向杨锦眼中扑来的火焰，她做梦也没有想到杨锦会对她说出这三个字，这三个她害怕从他口中听到的字。杨锦的爱，呼伦冲的爱，混淆了时空冲向她，令她迷惑此刻自己是叶初夏还是千叶公主。面前这个男人极致的爱恨，从身体内部将她撕裂。

“不够。因为我不爱你。”初夏瞪着杨锦从齿间挤出这几个字，心碎自己居然会对着呼伦冲的脸说出这样的话。

杨锦眼中的火焰黯淡了一瞬，转而激起瞳底的猩红：“得不到你，我还可以毁了你。毁不了你，我还可以毁了你所珍视的一切。我能修，就能砸，明天我就让你那心肝宝贝的四合院夷为平地。”

初夏不禁呆住了。她知道杨锦冷酷无情，却无论如何也不敢相信，前世光明磊落的呼伦冲，在这一世会为了得到她，不惜使出威逼利诱的下流手段。

见到初夏不可置信的眼神，杨锦也恨自己不得不拿出他本不屑利用的筹码。他知道那四合院对初夏是多么重要，正因为知道它的重要，他本打算在初夏答应自己之后，默默替她打理好一切，不忍心用这件事情来要挟她。可是面对初夏坚决而冷漠的抗拒，他已经愤怒得慌不择路，口不择言，眼睁睁地看着自己说出了那些卑鄙的话。

初夏竭力镇定自己，如同看一堆龌龊的垃圾一般望着他：“就算你将四合院夷为平地，毁掉的也不过是你在我心里留下的一点点好感而已。”

杨锦在她鄙夷的眼神里，看到了卑微的自己，他一面和她一起蔑视着自己，一面在这蔑视里恼羞成怒，他不禁更加用力地按住初夏的身子，恨不得与她立刻同归于尽。他瞪着初夏低吼：“我不稀罕你施舍给我的好感——连那一点点好感你都不必有！因为我只要你的人。”

初夏被他铁钳一般的手臂按得疼痛欲裂。上一次如此对她的人，是那个肮脏油腻的金陵无赖，她曾经在内心呼唤呼伦冲，呼伦冲就来到她的身边，转瞬之间将她从那无耻之徒手中解救出来。而此刻，那个无耻之徒却换为了呼伦冲的下一世，这对于初夏来说，无异于呼伦冲亲自在她心上践踏折磨，她再次在心中呐喊他的名字，可是只能绝望地看着面前疯狂的杨锦，和他眼中失控的火焰。

打开的闸门里，有凶灵蹿出来吞噬他的魂魄。同样因她而燃起的烈焰，同样的犀利俊逸，呼伦冲为保护她而失控，杨锦却为得到她而失控。

初夏别过头去，绝望的泪水无法阻挡地从面颊上静静滑落。她的眼泪冲走了曾经因为四合院而对杨锦建立起来的一丝好感，却也冲垮了杨锦不择手段占有初夏的狂躁。

她宁可在弟弟和父亲的压力中孤独前行，宁可失去珍爱的四合院，宁可无助绝望地哭泣，也不肯屈从于他。

他失去了最后一丝占有她的可能。

杨锦恨她，更恨自己。即使失去记忆，即使窘困潦倒，她的心里也没有一丝依赖他、依恋他的念头；而他，再一次在她面前变成了一个卑鄙的恶棍，可恶的小丑。

杨锦想就此把她捏碎，却又望着她清澈的眼睛下不去手。只能挥起自己的拳头，在她脑际的墙上砸得灰土四溅。

拳上流的血替代了心上流的血，手上的痛缓解了心里的痛。

“姐！你放开我姐！”天天扔下手里的书包，冲上来拽着杨锦拳打脚踢。十二岁的男孩，手上已经有了不小的力气，加上些拼了命的狠劲，一拳拳招呼上也着实让人吃不消。

杨锦暴怒地挥臂，将天天撞在墙上。猩红着双眼，就要去掐天天的脖子。

初夏还没来得及惊叫，天天却从地上爬了起来，闪电般将杨锦冲撞到了另一面墙上。

墙头的砖瓦纷纷掉落，杨锦、初夏，连同天天自己，都被他这惊人的力量和速度震得半晌说不出话。

“敢欺负我姐！我跟你拼了！”天天晃过神，涨红着小脸对杨锦捶打不休，却又恢复了普通12岁男孩的力道。而杨锦已褪去瞳底的暴戾，只面无表情地挨着，甚至露出些释然的表情。

我只是太想得到她，贪恋令我无法阻止自己那些疯狂愚蠢的念头。在我变得更加疯狂愚蠢之前，应该快些有个人痛痛快快地打我一顿，最好打到我动弹不得，这样我才能停止思考。

何况这人是初夏的亲弟弟，一个最有资格出手的人。

直到杨锦的嘴角已经让天天打出了血渍，直到天天已流着泪无力再打，初夏终于软绵绵地拉住了天天，望了一眼从远处闻声赶来的邻居们，又冷冷看了看含血呆立的杨锦，低声对天天说：“我们走。”拉着他一路跑上了楼，将门反锁。

背抵着门，初夏咬唇默默矗立良久，泪水终于一颗颗滚落。

今天的一切是噩梦吗？为什么爸爸的悲剧还没演完，又有杨锦踏上他狠心的脚？真希望永远不要再见到这个让自己爱着皮囊又恨着心肠的男人。眼见正气凛然的呼伦冲在下一世沉沦到如此不堪的境地，这比和他生离死别还要残忍。

胡同口的白猫依旧懒洋洋地躺在人们的必经之路上，槐树下的大妈们依旧絮叨着邻居的三长两短，一切都如普通的夏天那样普通，只有初夏站在四合院紧闭的大门前，心惊胆战，不敢推门。

“我能修，就能砸，明天我就让你那心肝宝贝的四合院夷为平地。”杨锦的恐吓不像只是说说而已。他真的可以做到。

斑驳的朱漆大门吱地开了，飞出手舞足蹈的聂瑶瑶：“你站在这里拜天地吗？帅哥……哦，就是那个林斯非要找你，我是扛不住了……你是不是夜夜给自己枕头下面塞桃花啊？明明话都不多说半句，为什么各色帅哥都往你那里扑？”

聂瑶瑶絮叨着，已把初夏拉进了院子。

枣树枝繁叶茂，窗棂一尘不染。一切仍如普通的一天那样普通。初夏不由长长舒了一口气。

难道尹睿儿已经把那腹黑魔头拉到北美洲去了？真是谢天谢地。但是四合院的厄运，恐怕只是时间问题，还是先看看林斯的态度，毕竟他是盛远的人，从他那里恐怕能探出杨锦对四合院的打算。

初夏盘算着，已被聂瑶瑶扔到了林斯跟前。

林斯望着心事重重的初夏，似有若无地叹了口气，靠在身旁的枣树上。刺目的阳光洒下浓重的树影，看不清他的脸，只从他的方向传来轻柔的暖。

林斯打破沉默：“早看出来你故意躲我，虽然不知道是什么原因，可对自己的专业也这么敷衍了事，可真叫我失望啊。”

初夏含糊：“专业？”

林斯的眼睛里总算闪出些存在感："听说你对古器物，特别是明清时期的很有研究。你也该知道这院子始建于康熙年间，有三百多年的历史。怎么？舍不得给我些建议？"

初夏看他满脸认真地向自己请教，只好如实招来说："我只对明清宫廷器物和书画有些心得，对民间建筑真的一窍不通。如果不是你告诉我，我都不知道这院子有三百年的历史。"

林斯盯着她看了一会儿，似乎在辨认她说话的真假："触类旁通，我虽然研究中国古代建筑，对器物书画的认识也自然少不了，却头一次见你这样'专一'的专家。"

初夏心虚地笑："我哪能当得了什么专家？不过是比别人见的多些罢了。"我这书画器物不像你的古建筑，无非是多经多看，真品上手多了，也自然辨得出真伪。而如今的世界里，又有谁能比我见真品更多呢？再加上些学习的刻苦，掌握些时下必备的消息，也就勉强能混到今天了。

林斯还是那慢悠悠的腔调："那你为什么要拼命保存这个四合院？"

看来杨锦和他的关系不一般，连我出头保护四合院这些私人的事情都没有隐瞒他。可我又怎么能解释得清那地窖里的文物和我的关系呢？初夏不敢看他的眼睛，慌乱应道："四合院本来就是北京越来越稀缺的文化遗产，本来就应该尽量可能减少对它们的破坏。何况……"

林斯目光闪动地审视这个支支吾吾的女人："何况？"

初夏生怕他看出自己的心虚，连忙大声说："何况这地窖里的文物，是我最珍视的无价之宝，不能随便移动，不然有损坏的危险。"

林斯目不转睛地望着初夏的脸，初夏以为他无法信服自己有些牵强的说辞，刚想添油加醋地解释，却见他面无表情的脸上忽然绽开笑容："本以为你独具慧眼，和我一样识出了这院子的珍罕之处。却没想到我们不同，因为两样东西，却有着不一样的珍视。"他望向屋檐之上斜角的天空，轻得自言自语似的说："你放心，我不会让杨锦为所欲为，任由他把这四合院夷为平地。"

从另一个人口中听到杨锦的话，初夏一惊，抬头审视他这话的真假，他却还是那副懒洋洋的神情，仿佛天下的一切纠结烦恼都没什么值得挂心。

初夏忍不住问："你不是盛远的人吗？能不听你们杨总的旨意办事？"

林斯笑了，笑得胜似这七月的阳光："杨总？他是别人的总，可不是我的。"见初夏被他越说越迷糊，他才慢悠悠解释道："修缮古宅，虽然原本是杨锦求我帮忙，但是我见了这院子，心中莫名其妙地割舍不下，这事儿已经变成了我自己心甘情愿的了。杨锦既然请了我这佛来帮忙，要送走我可没那么容易了。"

初夏不可置信地确认："你不是盛远的人？可你敢和盛远集团对着干，不怕杨锦……"

林斯收了笑，深深望着初夏说：“杨锦虽然混点儿，但是很重感情。他舍不得我这个朋友，就像从来都放不下你。我看重这院子的文物价值是一方面，更重要的是拦着他做出自己都会后悔的事儿。”

的确，如果他真把这个院子毁了，恐怕我这辈子都不可能再原谅他。可是……“杨锦一直放不下我？”初夏忍不住问。

“我们在麻省理工认识的时候，他整天都在喝酒，喝了酒就跟我聊你们的曾经。你的笑，你的精致，你的香……这一切好像都已烙印在他的脑子里。我虽然都快听烦了，但是每次他酒醒了都会矢口否认提起过你，我虽然不知道你们为什么会分开，但是我能确定的是，这十几年来，自己都不愿承认他从没忘记过你。”

“怎么可能……如果真是这样，他不能忘记的女人恐怕要有一个军团吧！”

“的确，杨锦从来没缺过女人。他就像个孤独的孩子，喜欢随意找些女人来当玩具，可是人家要主动跟他回家的时候，又会被他一下子推到九霄云外。他虽然这样反复无常，可那些女人也像宠孩子一样宠着他。在他心里总有一片不能碰的地方，那地方住着的人……也许你比我更清楚。”

初夏从林斯诚恳的脸上，仿佛见到了杨锦痛苦而真实的感情。也许他对千叶的思念，就如同我对呼伦冲的一样，不会被时间冲刷掉，只会被时间磨砺得愈发光亮。

“初夏，开会啦！会议室！”聂瑶瑶开门朝初夏大喊。

初夏连忙答应着向会议室跑去，跑了两步忽然顿住，回头笑望着林斯：“谢谢你……”为了四合院的事，也为了杨锦的事。

“可千万别谢我。一个女人一旦开始对你说谢谢，就代表你没什么和她再接近的机会了。”

“本以为你和杨锦不一样，聊到这儿才发现，还真是物以类聚。”初夏脸红了一下，扭头跑走了。

望着初夏跑走的背影，林斯的笑容凝结，消散，化为沉沉的牵念。

我想要保住这四合院的真正原因，不知今生今世是否还有机会告诉你？

第十八回　失控的报复　狠毒的妥协

快下班的时候，初夏的头疼再次狂暴地袭来，她终于去医院做了检查。初夏带着自己的检查报告，到了医生的诊室。

“这块黑色物体，就是你毛细血管渗出的血块。”

“人体的奥秘很多时候的确奇异。既然德国那么先进的仪器都没有检查出任何异常，只能说明当时真的没有任何脑出血的迹象。据我推断，应该是经过这五年，你的脑部毛细血管在两次震荡之后每况愈下，终于造成破裂、渗血。”

“破裂、渗血会不断持续，就会因为多余血液而压迫脑部其他的主干神经，造成胸闷、呕吐、头晕和头痛。最严重的情况，会导致休克、中风，或者死亡。”

“即使是开颅手术，因为位置在最难以触及的额叶区下方，而且无法确定能否治愈那些不断渗血的毛细血管，虽然只有9%的成功可能，但费用要在十几万到几十万之间，而且不能保证一次成功，之后的护理和检查费用也是类似的金额。”

“如果不采取任何救治措施，毛细血管的持续渗血最终会令大面积脑部神经压迫坏死，导致脑死亡。最短三个月，最长也有存活几年的病例。”

“目前还不能确定渗血的速度，你最好十天之后来复查一次。”

从暮色西斜的天安门走到华灯初上的东单，又折而向南，走到灯火弥漫的崇文门。忽然一阵暴雨袭来，阵阵瓢泼席卷街市。

片刻间，包裹着她的人群消失无踪，她独自在瓢泼的道路上艰难前行，仿佛整个城市只剩她一人。

踏过一个深及脚踝的水坑，脚下忽然一滑，摔倒在泥泞里。

她曾经被青蛙吓得跌倒，有宫女太监拥上来搀扶，有十四哥俯在她的身前问长问短，还有呼伦冲在身边关切地望着自己。而如今，她满身泥污地独自倒在这地狱一般的雨里，没有一个人知道，没有一个人在意，就算自己就此死了，恐怕也不会有什么改变。

其实死对她来说不是件可怕的事情。她曾经想死，却不能去死，如今总算可以不得不死，对她来说倒算是个解脱。

但是她还不能那么快就死，她还有一个未成年的弟弟需要照顾。就算她的命长，能活个几年的时间，也熬不到弟弟自立的一天，何况万一她三个月就离开人世，连爸爸的肺部感染都未必能看到治愈的一天。

那巨额的医疗费由谁来付？那年幼的弟弟由谁来照顾？还有随时可能夷为平地的四合院。在解决了这些事情之前，她还不能死。她早已和自己约定过，养大弟弟，照料爸爸，到了这些事情都不再是羁绊的一天，她还要回到那个有呼伦冲的世界。无论那时的千叶是多大年纪，身在何方，只要还在同一个世界，她就要找到他。

她就是依靠这渺茫的希望，才支撑自己直到今天。

而现在看来，她连这渺茫的希望也不能拥有了。最终迎接她的那个世界将没有呼伦冲，而只有死亡的无边黑暗与寒冷。

下一世的轮回里，谁又会记得谁？都是为了活下去而挣扎在命运里的蝼蚁罢了。

漫天飞雨，是我想你的眼泪。阵风袭来，已分不清什么是泪水，什么是年华。

谁没有脆弱的时候？就算是蝼蚁，也让我做一只血战到底的蝼蚁。就让我躺在雨中尽情淋漓我的绝望，当我再次站起来的时候，我还是那个天不怕地不怕的太妹叶初夏。一切难题都会有解决办法的，只是我还没有想出来。

没有绝望的处境，只有面对处境绝望的人。

雨渐渐变得无力，失魂落魄地从头顶暗红色的天空飘落，初夏从泥泞中爬起来，不停向前走。不知不觉，已经走回了医院的楼下。

她下意识向父亲的病房仰望，却见到他房间的灯还亮着。

这么晚了，会是谁来探望爸爸？天天应该在家里做功课才对啊！

初夏步履艰难地走上二楼，来到父亲的病房前。

门虚掩着，一个背影高大厚壮的男人，在父亲面前的椅子上垂首坐着。

是杨锦！怎么这个阴魂不散的家伙又出现了？尹睿儿还没把他带到美国去？

他怎么会来探望爸爸呢？是在这里守株待兔地等我？难道他认识爸爸？初夏心念一动，忍不住侧耳倾听屋内的动静。

屋内鸦雀无声。两个男人一个睁着眼，一个闭着眼，在各自混沌的泥沼里挣扎。

许久，杨锦终于说："小要养家糊口，大要救国兴邦。是不是我离您的期望实在太远，所以您不允许我就这样无名无分地带走初夏？"

又是一阵沉默。杨锦似乎在倾听着来自病床上的声音，又似乎是沉浸在自己不堪回首的往事中。

杨锦笑了一声，又像是叹了一下："也许听起来仍旧像是借口。那时的我真的想要做到这些，不仅因为您的要求，更是因为我的梦想。我不但想要造出让世界惊叹的楼宇，而且希望我的建筑能成为中国的荣耀。但是没了初夏，我似乎一下子失去了方向，我努力想要实现的梦想，没了那个和我一起看梦的人，瞬间变得索然无味。"

"我承认，我曾经想要报复。可我找遍天涯海角也找不到那个报复的对象，唯有报复自己。我违背我的诺言，抛弃我的梦想，放逐地活着。可是十几年活下来，我又得到了什么？没有报复的快感，只有失去的寂寞。我不但失去了她，也失去了自己。"

杨锦像是征求同意一样，小心翼翼地问那个无声无息的病人："但是当我再次见到初夏，仿佛找回了当年的自己，又有了实现当年梦想的激情。所以，我真的没有可能拥有初夏吗？"

本该回答他这个问题的人，依旧浑然不觉地闭目仰卧着，已和一切纷扰与世隔绝。

爱得越烈，恨得越炽。初夏静静看着这个沉浸在旧日时光夹缝中的人，仿佛看到了烙印心中的呼伦冲，又仿佛看到了自己。她刚要走进病房，手机却响了。

“您好！请问您是叶行添的家长吗？”电话那边传来嘈杂混乱的世界，一个急切的女人声音令初夏的心提了起来。杨锦看到矗立门边的初夏，换上冰霜般的面具，却遮不住波涛汹涌的眼睛。

“是我。请问您是……”

“我是叶行添的班主任张老师。叶行添出车祸了，请您马上过来！”

先是爸爸，然后是我，现在连天天都……老天，我到底犯了什么错？你为什么要这样折磨我?！初夏在心里呐喊，却化不成情绪，形不成语音，呆立在门边，任由电话里越来越高声的“喂喂”响彻安静的病房。

杨锦望着初夏煞白的脸，纠结几秒，终于起身抢过她的手机：“喂？怎么回事……在哪里？好的，我明白了，我们马上就到。”

从一个医院赶到另一个医院，同样惨白的灯光，同样幽深的走廊。外面的雨依旧滂沱地下着，仿佛天空仁慈的泪。

很多穿着校服的学生在急救室门前哭泣。班主任颤抖着唇颠三倒四地告诉他们：“今天他在学校门口和同学又打了起来，被一辆经过的面包车撞倒……现在还在抢救，一直昏迷不醒！”

杨锦瞥了眼目光空洞的初夏，不确认初夏是否听到了班主任的话，替她问：“他为什么打架?”

一个女生哭着答：“因为他被另一个同学换掉了前锋的位置。”

“前锋?”杨锦背后冒出冷汗。

另一个女生抢着说：“就是前不久刚刚决定的全国少年篮球赛的前锋人选。今天盛远集团发来消息，指明要求换掉行添，所以校篮球队安排了替补前锋来补他的缺。行添一口咬定这件事情有内幕，说是那个同学靠关系才得到了前锋的位置。两个人互相指责，结果动起手来。”说着恨恨瞥了眼一旁垂头丧气的男生。

那男生已吓得站不起来，只一个劲地重复：“我不是故意的，是他自己没看见，才撞上那辆车的。”

初夏如梦初醒般地瞪视杨锦，脑中却木然地无法相信听到的一切。

杨锦没想到他一时怒意的决定会惹出如此的结局，面色也越来越苍白：“他现在什么情况?”

班主任说：“已经抢救了快一个小时，现在还不能确定脱离生命危险呢！”

一个皮肤黝黑的男人跑上前：“都是我不好！人是我撞的，您高抬贵手！医药费我全担！”嘴里还嚼着东西，像是刚吃完饭回来。

杨锦冷冷说：“医药费不用你管。”

那男人一愣，打量杨锦，寻思是个拿主意的人，连忙赔笑：“你们一定是孩子的父母了。这哪儿说得过去？虽说是他不小心吧，可撞人的毕竟是我，别说医药费了，花个几千的赔偿费也是应该的。哥这些钱还是有的。”

杨锦一挥手臂，把那人贴在了墙上，从怀里掏出一张空白支票：“这张支票你随便填个数字，任何跨国银行都可以兑换。”

男人半信半疑地看着支票，仿佛一只看到奶酪却看不到陷阱的老鼠。

杨锦把支票塞进他领子里：“拿着它，你也可以让我送进急救室了。”话音刚落，就一拳打向那男人的脸。

那男人被杨锦打翻在地，杨锦仍要趁势踹上一脚，却被初夏拽住了胳膊。

杨锦颓然停了手，面无表情地看向初夏冰冷的双眼。

“你有什么权力在这里撒野？不是因为他，都是因为你！你现在让我后悔了？报仇了？高兴了？要是天天有个三长两短……”

那男人站起来没好气道：“看老弟也是个出来混的，哥现在好说好商量也就算了，撕破脸对谁都没好处……”

班主任忽然盯着杨锦的脸叫：“您是盛远的杨总！我刚刚开始就看您有些眼熟呢！”

那黑脸男人本要接着骂，听了班主任的话，骂词噎在喉咙里，半个音也发不出来。

急救室的门开了，推出来昏迷不醒的天天。初夏和杨锦刚要过去，却被女生们挤开。她们哭叫着天天的名字，将病床围得寸步难行。班主任连忙维持秩序，将她们一一个个都赶走了。

大夫说天天已经脱离了危险期，只是右臂粉碎性骨折，恐怕今后再也无法参加篮球之类的剧烈运动了。

杨锦被初夏关在病房门外，等了一个多小时，初夏才缓缓出了门。

污渍斑斑的鹅黄色连衣裙浸湿地贴着皮肤，头发仍然湿漉漉的，那场大雨灾难般将一切噩耗泼遍初夏的全身。

杨锦上前替她拭去那浸渍的雨水，脱下外衣温暖她瑟瑟发抖的身躯，但只看到她愈发般冰冷的眼神。

想对她说对不起，想说这都是我的错，想说请你给我机会让我照顾你们一生一世。可是如今，我还怎么有资格说出口？杨锦的唇微颤了几下，那些话语却无法宣之于口。

一切的威逼、利诱已功亏一篑，只把你和天天推到噩梦的深渊。我彻头彻尾地成为你的又一场灾难，是不是和你相守已成为我的痴心妄想？拿什么才能弥补我在你们身上所犯下的罪？

初夏宣读懿旨般地直视杨锦：“我可以搬去和你同住，但是你要答应我几个条件。”

如此变故之下，初夏的态度却转变了 180 度，杨锦诧异地望着她，不喜反疑：“你说。”

“让爸爸得到最好的治疗，尽快治愈他的植物状态并发症。”

不过是些我早已开始在做的事情。杨锦本以为她又来讽刺刁难自己，见初夏认真的脸色，心头升起希望，诚恳说：“伯父的病，不用你说，我也会竭尽所能让他得到最大程度的康复。”

“无论我和你之间发生什么事情，照顾好天天。我不用什么昂贵的国际学校，只要你答应保证天天的学费，直到他完成学业。”

“行。”

“保证四合院的完整无损，还有研究员的正常工作。”

“这件事基本靠谱，但在拿到最后确认文书之前，我不能百分之百保证你。”杨锦见初夏提出他最后的筹码，心中掠过一丝苦涩。终究初夏还是凭着这些原因才屈从了自己，却没有半点心甘情愿的眷恋。

初夏步步紧逼：“什么时候能拿到确认文书？”

杨锦皱眉想了想：“两周。”

初夏说：“两周之后，拿到确认文书，等天天出院，我就和他搬过去。”

杨锦终于恼怒地望着她的眼睛：“你一定要把自己当做一件东西似的交换吗？”

初夏凝出一丝嘲讽的笑，凛冽的目光几乎吹透杨锦本就冰凉的心：“对你来说，我不早已是件会呼吸的玩物了吗？”

原来在你心中，我是如此不堪。而这一切的不堪，却也是我对你不择手段的贪恋自作自受得来的。杨锦无言以对，颓然坐回椅子里。

也许我根本活不到他结婚的那天。只要父亲和弟弟能有个依靠，让他在我活着的时候对他们有了感情，在我撒手人寰之后，他也不会就此对他们置之不理吧？他得到我的人，我利用他的感情，谁也不比谁更高尚，谁也不比谁更龌龊。而他万万没有想到的，恐怕就是这个他处心积虑得到的人，不但给不了他自己的心，就连身体都已朝不保夕。我死的一刻，就是对他永远的报复。算起来，我比他更加恶毒，他比我更加可怜。

初夏望着沮丧的杨锦，狠狠微笑。

第十九回　新颜妆古宅　将死入豪宅

初夏淋了一场大雨，回到家就发起高烧，加上照料受伤的天天，不得不向“浅山”申请了年假，十几天后才拖着病快快的身子走进了四合院。

一进院子，却以为自己走错了门。崭新修葺的影背墙，仍有工匠在悉心垒砌着烧釉彩瓦的“竹林七贤”墙画；横在院落中间的砖房已经荡然无存，院子恢复了三进式的四方原貌；刚刚用绿漆粉刷过的窗框门柱，仍旧泛着新鲜的涂料味道；原本破碎的玻璃窗前，正有工人吆喝着装嵌镂空木雕的窗棂；只有院中央的枣树，在阳光下招摇着枝繁叶茂的身姿。

初夏正满眼惊异地观察这一切的变化，聂瑶瑶已经跑过来拉着她向里院走去，边走边笑说：“你生病生得真是时候，这几天大家忙着帮盛远集团的工人恢复古建原貌，屋子里也没法办公，都没正经工作，这刚刚收拾出点眉目，你就来开工了。”

这十几天杨锦销声匿迹，却对他的承诺还是言出必行的。

远处的林斯忙着给工人布置工作，见了初夏，对她微微一笑，聂瑶瑶会错了意，以为他在对自己笑，忍不住得意地对初夏说：“这些日子林斯跟我好得不得了，大事小情都来找我商量，还和我一起吃午饭呢！”

她看着鲜活动人的聂瑶瑶，风华正茂，无忧无虑，不缺情爱的烦恼。能有她这样简单平凡的人生，却是很多人不知珍惜的幸福。

疏忽几天，日子平静无波地度过。即将下班，初夏收拾好手头的东西，抬头望了眼窗外古意盎然的四合院。四合院的修缮工作基本竣工，她心中暗赞那林斯少有所成，的确是个人才。

“对我的工作还满意吗，叶小姐？”一个男人的声音慢悠悠地在她身后响起，初夏循声回头，林斯已不知何时出现在了她的身后。

初夏见了他，不自觉地心虚，生怕再惹出“前任初夏”的什么纠葛，下意识地向聂瑶瑶的座位望去，想要求救。

今天林斯一直没来，聂瑶瑶这个懒蛋非常准时地下班走人了。

这几日初夏虽然对院子的细节修缮有不少建议，都是通过聂瑶瑶提给林斯的，林斯就算想找她说话，她也马上放聂瑶瑶扑上去拦他。此刻却没了聂瑶瑶给她当挡箭牌，初夏只得不自在地向林斯笑：“满意。当然满意。”

林斯也不等初夏请，自顾自在她身旁的座位坐下，托着下巴看初夏，懒洋洋地说：“看来你还是没想起我们的过去啊……”

初夏含糊：“我们的过去？”

他咬唇盯着忐忑的初夏，半晌说：“被人忘记的感觉真的很不爽……难怪杨锦会怒……可你忘掉他是迫不得已，忘掉我可太让人伤心了。”

“到底是怎么回事？”林斯的哑谜越说越玄，初夏几乎脱口而出：“难道你知道你是曹……”

林斯打断她的话，递给初夏一份文件，淡淡说：“不提这伤心事了，逼着别人想起自己的事情只有杨锦那个混人会干。还是说正事吧！杨锦动用了一切能动用的关系，让这份文书以最快速度批了下来。”

初夏打开文件，批文的标题：“北京文物保护单位授权许可证书”，又看到内文中写着“不得擅自改造、移动、损坏、拆毁”等字样，一颗悬着的心总算得到些慰藉，不由捧着那文件贴在胸口，心花怒放地笑。

林斯漫不经心地打量初夏兴奋喜悦的神情，托腮说：“高兴完，就和我回去收拾东西搬家吧。”

初夏的笑凝在脸上，瞪着他问：“是杨锦让你来的？”

林斯笑得耐人寻味：“是我自己愿意来找你的。至于把你带回他家，当然百分之百是他要求的了。”

初夏忍不住说：“你真是活雷锋，连帮我搬家的事儿都替他操办了？”

林斯听初夏话里带刺，却依旧气定神闲地说：“他当然巴不得自己能来，可惜现在人在美国，想来也来不了了。”

怪不得我这些天能如此消停，原来他不在北京，定是尹睿儿把他带走了。“他什么时候回来？”

林斯揉乱她的头发，起身说：“女人就是麻烦，总那么多问题。他明天下午就回来……你真那么想他？不是听说你已经把关于你们的一切都忘得一干二净了？”

初夏没好气地理着自己的头发说：“谁想他了？我是想他永远回不来。”

林斯望着初夏，渐渐敛了笑。

最近香港宏远似乎真把杨锦这个准女婿当成了自己人，却又好像故意不让他在北京久留似的，无论大小事宜，都让杨锦亲力亲为。可杨锦家务事的这个马蜂窝，还是让他自己捅给初夏的好。

初夏自言自语：“明天就回来了，今天还急着叫你搬什么家。”

林斯已走到门口，回头说：“他不放心，怕你忽然变卦，所以要我就算绑架也要在今天之内把你绑走。”言语里却有几分苦涩。

初夏哭笑不得，不知该为了杨锦这刻不容缓的占有欲哭，还是为了他担心自己变卦的幼稚举动笑，只好跟着林斯回家收拾东西。

初夏知道自己在杨锦家的日子不会很长，只带了些必需物品，却给天天大大小小地打包了不少东西。运东西的卡车先开走了，她们姐弟坐上林斯的轿车，一路东行，来到机场附近的别墅区，进入一片名为“观塘”的中式建筑群。

天已全黑，依稀间初夏辨认出车开进了一片灰瓦白墙的别墅车库，车库里停着几辆她之前就见过的车：黑色路虎，银棕色阿斯顿马丁，还有宝马的商务车。

早有几个人等在车库门口，跟上来拿了初夏姐弟的行李，为初夏引路进屋。

璨如烟火的长形水晶吊灯，从顶层延伸到一层客厅，给客厅带来一泻千里的通透豁达。屋内的陈设中西结合，有欧式贵妃椅，也有中式扶手椅，有美式田园的餐桌，也有明代古玩的木床，却是一致的深咖啡色，丝毫没有不和谐的感觉。

右臂挂着石膏的天天，从没有见过如此豪华的居室，不由张着嘴赞叹不已，却有些不安地问姐姐：“这房子好大啊！我们真的要住在这里吗？真的没关系吗?”

司机小闫笑说：“这栋别墅只是杨总自己住的，加上旁边的一整排，其实都在董事长的名下，给我们这些下人住一栋，还留了几栋给临时到访的客人。”

初夏淡淡一笑，抚着天天的头安慰他：“你杨哥哥是个大慈善家，他想要救济咱们，咱们当然要给他这个做好人的机会了。”

周围的佣人听了她的话，都忍住不笑出来，林斯大笑着走过来对初夏说：“我听过有女人夸他帅、夸他阔、夸他身材好，还是头一次听到女人夸他是个慈善家。”

天天毕竟年幼，又最听姐姐的话，自言自语说：“上次还以为他是个坏人，既然姐这么说，那他就是个做过坏事的好人了。”

有佣人领天天去看二楼他的房间，也把初夏的行李拿去了。客厅的人忙碌地四散开，只剩下初夏和林斯两人。初夏听了他不咸不淡的评语，只冷冷一笑，坐进椅子里喝茶。

林斯拿过她桌子上的手机，输入了自己的电话号码，说：“你确定你不会逃跑是吧?”

初夏又笑起来。他简单直接的说话方式，也让她有种似曾相识的亲切感……他必是曹雪芹的转世了。

“不会逃跑。”初夏饮了口茶，是新下来的金骏眉，浓而不涩，红茶里的极品。

她将目光淡淡移向飘窗外的院落，不再打算说话。

如果我还能好好活下去，也许林斯是个值得交的朋友，可惜我已时日无多，没道理再多惹一个人伤心。

林斯也似乎没有留下来的心思，匆匆忙忙向门口走："那你保证让杨锦能在明天下午见到你哦，我家就在这个小区，有事打电话。"

初夏叫："哎!"

林斯正要推门出去，停下回头问："还有事?"

初夏双手枕着椅子靠背说："你不好奇我为什么要和他在一起?"

林斯苦笑："各有各的道理，各有各的活法，谁也没资格评判谁，又何必知道?我只是完成朋友交给的任务罢了，自己也忙得很，还没有闲到八卦别人的新闻。"说罢挥挥手，消失在门口。

初夏望着空空的门口撇撇嘴，没想到狼心狗肺的杨锦还能有这么个通情达理的朋友。她见一个佣人刚好走过，叫住她说："麻烦您，带我去我的房间好吗?"

那略胖的女佣人，大约有四十多岁的年纪，忙回答说："好好，我这就带您去少爷的房间。"说着就引她往楼上走。

初夏以为她听错了，连忙跟上去解释："阿姨……大姐，我是叫您带我去我的房间。"谁会对这个腹黑恶魔的房间感兴趣?

那佣人笑着对她说："您不用这么客气，我比您大些，您就叫我于姐好了。"边说，边来到一处宽大的卧室。

初夏不由向里张望了一下，先被床头的巨幅凤穿牡丹刺绣吸引住了目光，又见里面有一张半落地的超大床，向地面过渡的步入式地板上，是精致的羊毛波斯地毯，随意摆着双蓝色的大拖鞋，那大拖鞋的旁边，还有一双小些的白色拖鞋。

初夏还没想明白这一切的含义，于姐就笑着说："天天小少爷的卧室就在走廊尽头右手边，那间朝阳又宽敞，挺不错的。我们本来问少爷您住哪间合适，他没让我们另外安排您的房间，只说住他这间。"

初夏依旧茫然问："那他住哪?"

于姐有些尴尬地笑了笑，细声说："也住这间。"

要我和他共处一室?他想得倒挺美。"不行，我就住天天隔壁那间好了。"

于姐上前拦住她说："那间是少爷的书房，没有床的。"

初夏正四下观望着住哪合适，于姐犹豫着说："您看这样好不好?今天也晚了，反正少爷也没回来，您先住他这间，等明天他回来了，再和他商量不迟。"

初夏想了想，明白这事她也做不了主，只能等杨锦回来再和他算账，咬牙点了点头。

于姐仿佛如释重负，引她进来交代了洗漱和起居的一些事情，就让她早些休息，退了出去。

初夏去天天的房间帮他收拾了行李，又叮嘱一番，就回房洗漱。杨锦可真会享受，不但有大得像个游泳池的按摩浴缸，还在自己的卧室安了一个土耳其浴的桑拿房。初夏开了桑拿房的门向内打量半晌，撇撇嘴，走进了旁边的淋浴室。

初夏打开淋浴的开关，温水从四面八方喷射出来，她仔细打量这玻璃浴室，原来不但上面有天花板式的大型花洒，侧面的水流也分上下两股，更可以随意调整自己需要的方向和强度，简直像是置身于一个小型瀑布中。

初夏不由站在这“雨”里摇了摇头。

整个浴室比我家的卧室还要大，难怪他进了我家浑身不自在，原来他住在这宫殿似的豪宅里。

找不到浴巾，初夏只得在卧室内东翻西找，拉橱柜的抽屉时，无意中发现一个古色古香的木盒，显然是用花梨老料打制的。

如此大尺寸的盒子，怕是要用百年成材的黄花梨才可造得出。没想到这“马来貘”的箱底居然还能珍藏如此货色。初夏不禁打开箱子赏玩。

尽是些建筑图的草稿，所绘建筑似中非中，似西非西，却尽含中国古代建筑和现代建筑的慑人之处。还有一张揉皱的英文通知书，写着“TEST OF AMERICAN ARCHITECT ASSOCIATION”（美国建筑师联合会测试）。初夏半懂不懂地放下这些纸，却在盒子底端触到一件硬物。

她摸出那东西拿起看，似是一枚男式的白金戒指，只简单地镶了几枚碎钻，却像是被什么扭压了似的面目全非。

门被轻轻敲了三下，初夏连忙收起盒子跳进被子应道：“请进。”

“小姐，知道您今天来，我特意买了新的浴巾，却忘了给您拿来。”于姐微笑着进来，将浴巾放在床上：“您今天也累了，早些休息，若有什么事按床头的铃，我会马上过来的。”

“好的，你跪安……哦，您也早些休息吧！”

于姐微微一愣，轻轻退了出去。

人真是懒惰的动物，这才刚刚被人伺候了一下，转眼就拾起宫中的脾气了。千万别忘了，你可不是那个千叶公主了，只是个寄人篱下的倒霉鬼！

初夏裹着厚实的浴巾躺在宽大松软的床上，沮丧地将头扎进杨锦的空调被，他的味道瞬间包裹住她。这是带着一丝男人荷尔蒙味道的干净气息，居然和呼伦冲的一模一样。

初夏一直觉得，爱情就像一场两个人之间的化学反应，而彼此独一无二的气味就是这反应的催化剂。她每次和杨锦的相处，不是剑拔弩张，就是心慌意乱，从来没有留意过他的味道，而此刻躺在没有他的床上，却让她不得不承认，这呼伦冲的转世，实在存留给她太多爱情的印记，让她想恨恨不来，想爱又抗拒，无法分清对他的感觉。

她同意杨锦的提议，在生命最后的日子里搬进他的家，从此与他朝夕相伴，又有多少是因为他身上呼伦冲的影子？她不得不承认，她想在自己永远地闭上眼睛之前，尽可能多地看到他呼伦冲的脸庞，和他眼中摧枯拉朽的火焰，直到与世长辞的那天。

这是她能拥有呼伦冲的最后方式。

初夏伴着心思想她理不清的情愫，不知不觉地蒙胧睡去。睡梦中她仿佛躺在呼伦冲的蒙古帐中，温暖的野兽皮毛包裹着她和他。她将脸颊贴在他的胸膛上，轻轻笑着，在彼此的呼吸和心跳中迷醉而眠。

第二十回　颠鸾倒凤悔　不请自来人

初夏赤裸着醒来，身上的毛巾不知何时已经不见了。天已大亮，她回忆梦中甜美的感觉，已不记得上一次如此彻底地安然酣睡是什么时候了。她恍惚觉得自己依然在呼伦冲的怀中，可以伸手触到他坚实的胸肌，可以抬眼看到他俊逸的睡容。

我仍旧是在梦中么？为什么这触觉和视觉是如此真实，真实得舍不得就此醒来。呼伦冲换了一个睡姿，将她的身子用自己的双臂紧紧圈着，清晨的阳光透过窗帘，蒙胧地洒在他睡梦中仍在微笑的脸上。初夏珍爱地轻触他的睫毛。

他的睫毛微微颤动，睁开睡眼望着她，笑容和晨光一样灿烂，轻声说：“早啊。”

初夏不自觉红了脸，将头靠在他的胸口低吟：“早。”

他伸了个懒腰，又将手圈回初夏的腰际，享受似的低声说：“好久没有睡得这么香了。”

楼下传来微波炉计时器的轻响，初夏如梦初醒般坐直身子：我不是在做梦！她诧异地回头看，“呼伦冲”正满足地扯起一边唇角望住惊慌失措的她，露在被子外面的上半身是均匀的小麦色肌肉——重点是没穿衣服，而且也不能确定被子下面的那截有没有穿！她连忙又确认似的看了看四周。

我昨天搬来了杨锦家，此刻正在杨锦的床上。那么我身边的这个人是……

初夏连忙扯起被子围住身子，匆忙跳下床怒视杨锦：“你什么时候跑到我床上来的？”

宽大的双人被让初夏一下子扯跑了，杨锦穿条丝绸睡裤，一边拽着跑到床沿的被子一边迷迷糊糊地皱眉说：“什么你的床？这明明是我的床。”接着又扯起那该死的半边唇角笑：“从今天起，这就是我们的床。”

初夏咬着嘴唇，早就气得说不出话，愣了半天才问：“你不是今天下午才回来吗？干嘛半夜鬼鬼祟祟地爬上床？”

杨锦终于用力扯回了被子的一角盖在身上，连同被子里的初夏也被他扯得跌在床里。他闭着眼慢悠悠答：“我公司的事情提前处理完，就改签最早一班飞机飞回来了。”又忽然眯着眼看跌在他面前的初夏：“我回自己的家，当然要上自己的床，谁鬼鬼祟祟了？也不知是谁昨夜一个劲儿往人怀里钻。要不是我太困太累……”说着打量初夏露在被子外面雪白的香肩。

一定是我在梦中把他当做呼伦冲抱着了。初夏被他说得面红耳赤，又被他的目光看得浑身发烫，她再次用力扯起被子要遮身体，可杨锦这回早有防备，她拉了半天，被子纹丝不动，自己反而被拽得离他更近了。

杨锦一觉醒来，神清气爽，见初夏楚楚动人的模样，却仍旧徒劳地在他面前挣扎，更让他心痒难搔。他一把拉过初夏，毫不费力地就压在了她的身上。看着她珠光流转的双眸，微嗔的樱唇，情不自禁地吻了下去。

昨夜的美梦，今晨的纠缠，让初夏迷失在时光的夹缝中，她还没有弄清自己该不该接受这个吻，唇却先于思想迎了上去。

既然我连生命都将失去，那么就让我暂时忘记他是杨锦，拥有片刻呼伦冲的吻也好。也许老天还对我有些同情心，才让我在这末日来临之前，能够享受如此重温幸福的机会。

初夏将手臂紧紧圈住他的脖子，如珍藏最后的礼物般，沉浸在呼伦冲的吻里，微闭的眼角却有泪水静静滑落。

杨锦拥着初夏柔若无骨的胴体，被久违的桂花甜香萦绕。初夏迎合地吻着他，点燃他体内堆积深埋的火药，令他狂乱迷失。他不禁轻抚她一丝不挂的身体，却感觉她浑身一颤，挣扎着从他身下逃开了。

终究还是不行。他是给我带来恶梦的杨锦，不是我美梦中的呼伦冲。我的身体终究拒绝了他。那是我要留给呼伦冲的第一次，我珍藏已久，希望渺茫的第一次。我无法背叛呼伦冲，就此自欺欺人地屈从杨锦。

就如同我不愿意代替“前任千叶”被呼伦冲爱一样，我的爱，也只在呼伦冲的身上，不可能转给这个和我不共戴天的杨锦。虽然都是同一个人的轮回，个性观念却有天壤之别，无法替代，无可取代，否则我就是背叛呼伦冲。

杨锦默默注视初夏微颤的背脊，它娇小无助地蜷缩着，仿佛诉说道不出的伤。

她还是不肯对我敞开心扉。对她来说，我是个陌生的花花公子，无情地逼迫她，霸道地占有她，是她和弟弟醒不来的噩梦，不再有任何往日彼此的温情停留在她的记忆里。此刻的她，也许已经竭尽全力去迎合我，但是仍然挥不去心中的愤怒与恐惧，毕竟她一个人孤独面对生活的绝望，已经太累太久。

半晌，杨锦柔声叹道："我不会再逼你。我接你过来，是想照顾你，保护你，不是再来带给你噩梦……我等你，等你心甘情愿的一天。"他颓然翻身下床，从床头柜上拿起一只蒂凡尼的蓝色盒子扔在床上，低声说："候机的时候无聊，看这条项链挺配你，就买了一条。"说完起身向浴室走去。

初夏打开面前的盒子，是一条晶莹璀璨的钻石项链，链子里有无数细小的碎钻被白金包裹着，最下端是一颗巨大的钻石，镂空的纹饰华丽地嵌出心的形状。

初夏举着这条价值不菲的链子哑然失笑……我在他心中有如此光彩夺目吗？如此奢侈的配饰，我是能戴着它去研究中心钻地窖？还是能戴着它上街买菜？我和他虽在同一个时空，头脑里的世界却不是同一个。

杨锦洗澡出来，初夏已经不在了，那项链也不知去了哪里。他穿了居家服，下楼去吃早饭，见初夏已坐在餐桌前和天天有说有笑地吃着。看天天大嚼大咽的样子，杨锦暗笑着想，这一桌子丰盛的早餐总算不会再被浪费了。

趁着大家都在，杨锦给初夏和天天介绍了家里的佣人：于姐和管家王哥是对夫妻，还有另外六个负责打扫的女佣、三个园丁，还有初夏之前见过的司机小闫。

初夏低声问杨锦："这么多人，就伺候你和母亲两个人？"

杨锦淡淡说："其实只有我一个，我妈客人多，附近单有自己的地方住，不常过来。我不喜欢人来人往的麻烦，这里也只招待亲近点儿的人，其他人都奔我妈那儿去。"

初夏撇撇嘴，寻思：按他配置佣人的级别待遇，在宫中也算个才人、答应了。

吃完早饭，杨锦坐在廊下的茶几边，照例边喝咖啡边看报纸。天天凑过来看了看他的报纸，咋舌说："这上面的英文，你全都看得懂？"

杨锦微笑着点了点头，分了一张给他："看你认得多少单词了。"

天天接过报纸，皱眉读："什么 Wen wants to talk with 什么 face to face……只差两个词，结果全不明白了……有中文的不看，看什么英文的，累不累啊你！"

杨锦喝了口咖啡，边看报纸边说："像你这么大，读得也算不错了。英文不过是种国际通行的工具，就像汽车飞机。有了它，你就能比没有的人去更远，走更快。你多学多用，习惯了就不会觉得累了。"

天天坐在他身边的椅子里，托着腮看他读报，不服气地说："我小时候在德国，上的也是双语幼儿园，那时候我可是英语德语汉语样样精通……可惜全是文盲。回来国内，小学教的还没我在幼儿园学得多，又只是读读写写，又变哑巴了。你上的什么幼儿园?”

杨锦喝了口咖啡，眼不离报纸地说：“我上的幼儿园叫麻省理工，在米国，所以英语好。”

天天皱着小眉毛，一脸使命感地说：“不就麻绳理工么？赶明儿我到米国上个铁链理工，也回家看英文报纸。”

杨锦笑着摸了摸他的头：“好孩子，有志气。等你转了国际学校，考铁链理工就更容易些了……你的手，还疼吗?”

“现在好多了。最开始的几天，每天疼得夜里哭，我姐发烧还得伺候我，又睡不好觉，那才叫惨呢！可惜……我再也打不了篮球了。”天天说到这里，撅起小嘴，眼看就要哭出来。

杨锦心中一酸，未及说话，初夏过来催天天：“快走吧，上学要迟到了。”

天天似乎不想让姐姐担心，连忙抹抹眼泪，满不在乎地说：“期末考试快到了，上课都是复习而已，在哪复习都是一样。”

初夏敲了他一记：“少废话，你不许再琢磨逃学的事，和我一起走，我看着你进校门再上班。”

天天摸着被初夏敲疼的头，不情愿地站起来上楼去收拾书包。

杨锦合上报纸站起来说：“等等我，我送你们。”

初夏冷冷瞥他一眼：“让小闫送我们就行了。”

杨锦深深望着初夏说：“早上有会要开，我送你们。”既然已得到了你，只想寸步不离地守住你。你所有的噩梦，必须到此为止。

杨锦一副不容置疑的口气，初夏冷笑说：“工作那么积极，不知你是一贯如此，还是因为对爸爸的许诺而改了性?”

杨锦面色有些不自然，坐回躺椅中，别过头去望院子中随风摇曳的竹叶，一言不发。

既然你已回到我身边，对你父亲的诺言，是拾起来的时候了。我已浪费了太多时间。

听他在病床前对父亲说的话，确是发自肺腑，难道自今日起，腹黑恶魔要回头了？他对“前任初夏”的爱情居然能刻骨铭心到将他彻底改变?

若此刻在他面前的是千叶，该是多么幸福的一件事。

初夏轻声叹，顺着他的目光，望着院内曲折温婉的小桥流水，还有古色古香的凉亭：“这院子设计得倒别致，你们小区建筑师的内心还有些古意的丘壑。”

杨锦满意地微笑：“这院子买来的时候，可是什么都没有的。”

初夏诧异：“不是小区里家家都如此的？是你专门找人设计的？”

杨锦伸个懒腰说：“是我自己设计的。”

初夏望着屋间摇曳的翠竹，亭边掩映的丁香，还有墙角参天的桂树，草木与建筑交相辉映，布局章法错落有致，是典型中国建筑的精髓，想起杨锦在父亲床边说过要当建筑师的梦想，又想起昨夜在卧室抽屉里看到的建筑图，忽然觉得杨锦并不是表面看起来的那么不学无术。

“看不出，原来你居然还真是美国建筑师联合会的。”

杨锦警觉地望着她：“你翻了我的抽屉？你这人有没有点儿基本的教养啊？”

“我怎么没教养了？是你非让我住你卧室的，你以为我是个死人？只会直挺挺地躺在床上吗？我会动的呀！”

杨锦缓了口怒气，竭力道：“有些东西你最好不要动。因为那些虽然曾经与你我有关，但都已回不去。”

初夏脑中闪出那枚面目全非的白金戒指，心中莫名其妙地酸痛，忍不住问：“那戒指……”

杨锦疲惫地闭上眼睛，让晨光穿透眼睑透出五色的微光，仿佛看到他和她曾经在那钻戒光辉下闪烁的笑脸，自言自语说：“你曾经说，戒指只是个许诺的凭借，真正的契阔该是订在心里。我曾经是多么相信你说的那些话，坚守着契阔，为了建筑师的梦想努力，直到你亲手将我的梦打破。”

杨锦睁开眼，嘲讽地对着初夏笑：“而你却已对这过去的一切无知无觉。这就是你对我报复的报复吗？我不是什么美国建筑师联合会的，因为我压根没去参加那个测试！你是不是又要瞪着你无知无辜的眼睛问我‘为什么’？”

初夏忽地笑了：“你真傻。”

杨锦沉默地怒视着她，眼中已有火焰蠢动。

初夏接着道：“就算我曾经毁掉过你我之间的诺言，也不代表你就该放弃自己追逐的梦想，就算那梦想是因我而起的，却是你自己的选择，不是吗？希望不是想出来的，是一步步做出来的。与其用破罐破摔来报复我，不如成就一个更好的自己，让我知道我曾经放弃的是多么优秀的人。”

杨锦起身盯着她的眼睛说：“别说得这么轻松，好像是个旁观者。我用不着你来教训，你只需记得我说的话：你对我的背叛，要用你一辈子的时间来偿还。”说罢走进房内。

蝉鸣的院中，初夏望着他愤怒的背影消失，冷冷自言自语：“只是你做梦也没有想到，我一辈子的时间只剩下了三个月。”

第二十一回　惊笑里藏刀　叹铁血柔情

下班路上，杨锦破天荒地随初夏和天天去超市购物，虽然把三块一斤的菠菜听成了三十块，把卖场大妈吓了一跳，自己却乐在其中。

几个人到家已八点多，杨锦进门就喊：“晚饭好了没有？饿死了。”

“我儿子还是这么能吃，来让妈亲亲。”客厅里传来一个中年女人的声音。杨锦一愣，不由停住了脚步。跟在他身后的初夏，见一位微胖的中年女人笑着走过来，虽然上了年纪，但是保养得很好，衣着发型也仔细斟酌过，能看出年轻时是个美人。

“妈，您怎么来了？也不事先通知一声。”杨锦虽然有些意外，但是仍旧由着妇人抱住他，弯腰让她在自己脸上亲了一口。

妇人宠爱地轻轻拍着杨锦的脸颊，爱不释手地念叨：“哎呦，我儿子越来越帅了。前几天和王太太喝下午茶，她吹她儿子吹得天花乱坠，说有多帅多能干，结果一看相片，长得还不如你脚趾头漂亮呢！”

杨锦似乎习惯了母亲的娇宠，只笑着说：“哪有人长得跟脚趾头似的，我看您就是觉得自己儿子最顺眼。”

妇人嗔怪地拍了杨锦一下：“哪儿是我觉得？你去问问你王伯伯、孙伯伯他们，哪个不夸你？”

杨锦脸色变了变，走进屋去冷冷说：“少跟我提那些伯伯叔叔的。”

妇人并不在意，仿佛这才看见初夏和天天，打量初夏说：“你有朋友啊？长得还挺标致。”

初夏本以为杨锦的母亲是个精明能干的厉害女人，如今见她疼爱杨锦的样子，又对自己态度随和，心下稍微安心了些，连忙点头问好：“伯母好。”又拉了一下身旁的天天。

天天会意，也行礼说：“伯母好。”

杨锦坐在餐桌前招呼开饭，淡淡地对母亲说：“这是叶初夏啊，您不认识了？那是他弟弟叶行添。”

一抹惊异从妇人眼中一闪而过，她不可置信地盯着初夏的脸看了片刻，随即笑说：“好久不见，出落成个美人了。欢迎欢迎，进来一起吃饭。”

听他们如此说来，伯母是见过“前任初夏”了，却不知是在何时何地说过些什么。初夏已经习惯那段不曾亲历的生活给她带来的意外，只顺从地随着妇人走进屋内，静观其变。

初夏坐到杨锦身边，杨锦仿佛不想让母亲知道初夏失忆的事情，趁母亲没有察觉，低声在初夏耳边说："我妈姓楚，你们在香港我家见过一面。"

几个人坐定，等楚夫人开了菜，杨锦和天天狼吞虎咽地吃起来。楚夫人看着两个人的吃相，微笑说："你这弟弟，吃起饭来和杨锦倒是一个架势。杨锦小时候就是嘴壮，才能长这么大的个子。"

初夏笑了笑，只听不说，给楚夫人夹了个菜。

楚夫人心事重重地望着初夏，假装不经意地问："一直没听杨锦提起过你，还以为你们没了联系。"

初夏说："也是最近才联系上的。"

杨锦轻描淡写地说："我让她和弟弟搬来一起住了。"

楚夫人停了筷子，却没有过分吃惊的神色，只冷冷地望着杨锦。初夏也担心楚夫人会反对，不禁忐忑地望着她。只有杨锦和天天，仍旧若无其事地吃个没完。

楚夫人望了眼初夏，回身示意佣人退下，继续夹菜说："你应该知道，杨锦订婚了。"

单刀直入，一语中的，确是个厉害的角色。初夏简单答："我知道。"

旁边闷头吃饭的天天，忽然插嘴问杨锦："你订婚了？和谁？你不是我姐的男朋友吗？"

初夏担心年幼的天天听了这些事情胡思乱想，见他吃得差不多了，催促道："今天你回来晚了，赶紧吃饭，吃完还得写作业呢！当心睡晚了明天起不来。"

天天答应了，满腹狐疑地盯着杨锦看了一眼，扒完剩下的饭菜，心满意足地抹抹嘴，起身上楼去了。

楚夫人别有深意地观察着初夏和弟弟的一举一动，轻描淡写地说："你这弟弟，比你可小了不少啊。"

初夏微笑答："他今年才十二岁，是小了不少。"

楚夫人又问："你爸爸呢？你搬来这里他不管？"

初夏刚想如何回答，杨锦抢着说："她父亲驻使国外去了。她这么大的人了，自己的事情能做主的。"

楚夫人瞪着杨锦一字字说："虽说自己的事情能做主，但是也要顾全大局，考虑考虑周围的人和事如何处理。"

杨锦嚼着饭说："尹家那边，我会瞒紧了，至少面子上会过得去。"接着面无表情地擦擦嘴说："您当年不是已经答应我们在一起了？"

初夏心中一跳，不知他话里又是一段什么故事，早就没了胃口，放下筷子盯着碗怔怔出神。

只听楚夫人掷地有声地说：“当初我要是不答应，只怕我这个儿子早跟别人私奔了。”

初夏听她话里有话，偷望了她一眼，却见她和杨锦一样，若无其事地夹菜吃饭。

他们母子，表面亲昵无间，实际波涛暗涌，真有些当年我在后宫的惊心动魄。

对于杨锦，母亲既是养育他的恩人，又是掌控他的敌人。他和母亲从小相依为命，在感情上互相依赖。既然他对初恋都会留恋至今，重情重义可想而知，当然不忍心辜负爱他的母亲。可是以他傲慢不羁的个性，长大成人的他，却在经济上、生活上、甚至终身大事上处处受制于她，这份由来已久的矛盾，恐怕就要以我为导火线爆发出来。

怪不得杨锦不让她知道我失忆和父亲卧病的事情，料想他也知道她母亲的厉害手段，说不定会拿我和家人的把柄做文章。

楚夫人缓了缓神色，依旧夹着菜，细嚼慢咽地淡然说：“尹家不是简单的角色，他们不知道则已，若是知道了，不但我们海外合作开发的几个项目可能搁浅，单说金融街后面的那块楼盘，就能让你吃不了兜着走，更别提全球股价暴跌的麻烦了。我这么多年虽见过不少纸里能包火的事情，你也从来不是个省油的灯，但是闹到今天这不知深浅的地步，你可还是头一回。”说着目光如刺地扎向初夏说：“十几年前，你们还是孩子，不知深浅也就罢了，如今都三十上下了，还闹这种上不得台面的笑话，事前连个招呼都不打，把我当死人了？”

杨锦本来冷着脸只是听，见母亲越说越咄咄逼人，把餐巾往桌子上一摔，顶开椅子站起来吼：“我有什么上不得台面了？我这还不是都跟您学的！”

楚夫人见一贯顺从的杨锦，居然为了初夏敢跟自己顶嘴，又当着外人提起些自己的私事，气得直笑：“我怎么了？你爸是个赌鬼，我都养了他那么多年，幸亏我及早抽身，你生下来没多久就和他离了婚，不然如今还在填他那个无底洞。我又没和谁订婚，愿意和谁在一起，那是我的自由。你这就为个女人跟我翻脸了，还能指望你陪我一辈子？”说着说着，她自觉寒心，不禁流下泪来。

杨锦见母亲哭了，心软后悔，走到她身边轻轻搂着她安慰说：“是我不好，不该跟您嚷嚷。我错了。”

楚夫人撒娇似的抬起泪眼说：“就是你错了。你怎么能为个外人伤我的心？”

杨锦边叹气边说：“是我错，是我错。我错在不该跟您顶嘴，说那些让您伤心的话。但是叶初夏，我是要定了。”

初夏见这对母子一会儿剑拔弩张，一会儿温情脉脉；一会儿说楚夫人的事，一会儿又说自己的事，她在这里坐着不自在，抬屁股走人又不合适，也明白此刻无论她说什么在楚夫人眼里都是个错，只得继续当个活摆设，冷眼旁观他们母子过招。

其实对于自己和弟弟的去留，初夏并不十分在意。回去了，无非接着过紧巴巴的日子，静静等待撒手人寰的一天。她很想跟他们说，其实不必为了自己那么费神，她不会让他们头痛多久，很快自己就会头痛而死了。

想着这些，他们母子为了她针锋相对的演出，仿佛成了场闹剧，她一动不动地僵坐在饭桌前，不由挂起凄然的笑容。

楚夫人虽然泪眼模糊，听了杨锦寸步不让的回答，泪光里却闪出几分冷静。她审视儿子笃定的神情，平静地说："十几年前我答应过你们在一起没错，但是你也该记得，我说过你们不可以结婚。"

杨锦见母亲口气松动，背诵似的重复母亲当年的话："想和初夏结婚，就别想要集团；想要集团，就不能和初夏结婚。"

楚夫人回忆着自己当年的话，轻轻点头说："那时候，虽然尹家的事情还没提上日程，但是为了你的前途和公司的前途，这是最好的选择。你不可能十几岁就带着老婆去麻省理工念管理，我辛辛苦苦赚来的钱，是为了培养你，可不是为了养你全家；集团也不可能交到一个能力低微的人手里，所以当初只能让你两者选其一。"

杨锦苦笑着低声自言自语："其实我什么都没有选，最终也只是被人选而已。"

他们母子的对话，让初夏越听越惊心。难道十几岁的杨锦，就已经和他母亲讨论过我和他的婚事？或者，我就是为了婚事才和他母亲见了那唯一一面？仔细算来，那时我才不过十五，他也顶多十七，是什么事情让一个十七岁的少年下了定终身的决心？

初夏望着杨锦苦涩的笑容，仿佛见到了太液池畔的呼伦冲。看来他和"前任初夏"的关系，不止是一个无疾而终的初恋那么简单。我曾经作为一个值得让他谈论婚嫁的人，深深印在他的心中，令他这十几年一直难以忘怀，所以他才不惜不择手段、不求名分地要得到我。他终究还是那个有担当的呼伦冲。

楚夫人注视着杨锦眼中笃定的深情，目光闪动，面色阴晴不定，终于咬牙说："就算一辈子不能和她结婚，就算辜负含辛茹苦独自养育你的母亲，你也要和她在一起？"

杨锦搂住母亲的肩膀："我早和初夏商量好，不会结婚的。我也不会撇下您和集团置之不理，我知道您最疼我，会理解我，若是我能幸福，您又怎么会伤心？"

楚夫人叹了口气，冷冷瞥了眼惊疑不定的初夏，叮嘱似的低声对杨锦说："尹睿儿找你，也多半会往我那边去。你这么多年四处沾花惹草，她也惯了的，只要让叶初夏少和外人接触，别让她知道你们住在一处，别疯想着你们俩能结婚，先得过且过地走着看吧。”

杨锦见母亲同意了他的决定，心下大喜，望了眼神思游离的初夏，保证说：“婚约捆绑的是物质，我和她，用不着那一纸婚书的捆绑，也同样可以一生一世。”

楚夫人慈爱地抚着杨锦的脸颊，幽幽说：“知子莫若母。你当年为了她，几乎离家出走。这么些年，虽然有尹睿儿死缠着你不放手，你为了甩开她，总找些女人做出一副花花公子的样子，又什么时候真正开心过？我从来就是个自私的人，为了自己的儿子，可顾不得别人家的女儿了。”楚夫人将脸转离杨锦的视线，转眼面如寒霜，却语气温和地对初夏说：“你有福气，把野马似的杨锦收拾得服服帖帖，可惜前些日子我和尹家碰面，商量好年内就要让杨锦和尹睿儿完婚，到时候你就好自为之吧。”

初夏淡淡一笑：“到时候，就听天由命吧。”就算我能活着看到他们结婚的那一天，估计后面的日子也不会长了。

送走楚夫人，杨锦一言不发地皱眉上了楼。初夏知他为和尹睿儿的婚事烦心，也就由他去了，独自靠在落地窗边的贵妃椅上发呆。

新月不觉滑到中天，初夏的头在恍惚的思虑间昏昏沉沉，胸口像压着一块大石，喘不上气来。赫然想起医生曾说过，脑中血块引发的后果之一就是胸闷，看来她的症状又添了一样，却不知接下来又会出现什么。

昏厥？中风？还是死亡？

初夏无力地微闭着双目，卷缩成一团，不知自己是要晕倒还是要睡去，正在蒙胧之间，却感觉自己被一双坚实的手臂轻轻抱了起来。

初夏惊觉，虚弱地睁开眼。杨锦瞄了眼怀抱里猫一般惊醒的初夏，扯起唇畔的一角，轻声说：“上楼去睡，当心着凉。”遂抱着她上了楼。

总是如此霸道地关心我，总是在冷漠的面容下道出低沉的温柔。在我风雨飘摇的生命里，为什么偏偏你会出现，来做我最后垂死挣扎的稻草？

初夏望着他深埋过往的双眸，低声如絮：“我们曾经爱到十几岁已论及婚嫁？我丢失了太多关于你的记忆，也曾经以为知道与不知道，对我已无所谓，可是今天见到你为了我和你母亲……才让我第一次有想要知道的好奇。”

杨锦挂起一丝嘲讽的微笑，故作轻松地说：“我那时太年轻，被初恋冲昏了头，知道你要和伯父去新西兰，就疯了似的想要留住你，而能让你独自留住香港的唯一办法，就是结婚。”

当年若真是如你所说的一时冲动，现在你又何必大费周折地想要得到我？也许你是当局者迷，可我作为你和“前任初夏”的旁观者，却将你的深情和笃定看得一清二楚。难道承认自己的爱和担当是件很难启齿的事情吗？

初夏悲悯地望着在爱恨中挣扎的杨锦，柔声问：“毕竟我们没有结成婚。为了你母亲，也为了集团，对你来说，这都是难以割舍的结，不是吗？”

杨锦仿佛被触碰到伤口似的，目光惊跳了一下，眼中又扬起火焰，望着初夏低吼说：“当年我为你疯到连这些都要抛下不顾了，可你父亲几句话，就让我心悦诚服地放弃了那时的念头……两情若是长久时，又岂在朝朝暮暮……我真是天真……以为你会等我。”他压抑着那火焰，笑得凄凉，转身出了卧室。

他不是为了母亲和集团放弃了与我成婚的念头？千叶真的背叛了他？为什么我第一次为失去千叶的记忆而感到遗憾？初夏独自半卧在娴雅绽放的牡丹花下，陷入深深的迷茫。

日子看似平静无波地倏忽滑过。初夏的复查结果不算乐观，血块只留给她三个月的生命，顽固地植根于她的额叶区下。它如一只伺机而动的秃鹰，偶尔扇动黑色的翅膀，席卷初夏日渐脆弱的身体，不时挥起尖利的喙，撕啄她即将破碎的神经。

初夏竭力隐瞒她每况愈下的病情，虽然偶尔不得不向研究中心请假养病，杨锦却只以为她厌倦了长途奔波的上班路，倒也乐得她守在家中与天天为伴。他喜欢无论出差或是工作回来，都能随时看到她的身影，这让他真正踏实地感觉自己拥有了这个曾经以为永远失去的女人。

父亲转到了小区附近的私立医院。天价的医药费没有白花，和公立医院大夫的态度大相径庭，这里的医生护士见了他们，都跟见了亲人似的，父亲的肺部感染也得到了很好的控制。尽管私护的照料已极尽精细，初夏仍旧一如往常地给父亲按摩、擦身。触着父亲萎缩的肌肉，她心中就会升起难以割舍的疼痛，担心自己离世之后，父亲是不是能够得到如此悉心的照料，更担心若有一日他醒来却没有了她，又会是如何血骨剥离的心痛。

暑假将尽时，天天拆了石膏。杨锦说，打不了大球，还可以打小球。只要有空，就会去附近的高尔夫球场教天天练球，初夏也被他们拉去晒太阳。也许天生的运动神经强悍，天天玩了一阵子，就已能打出“小鸟”球，成了那个球场的童星，这犀利帅和萌帅两个大小帅哥，不知俘获了多少师奶少妇的芳心。

那个妖孽的林斯仿佛人间蒸发了一般销声匿迹，没有他来颠覆初夏本不存在的记忆，倒让初夏心中略为宽慰，却又含糊这人终究是自己在哪里见过的，每次想起，又都想不出个头绪，他留下的电话号码，自然连碰都不敢碰了。

到了晚上，初夏喜欢斜在贵妃椅里刺绣，精神好些的时候，也会坐到院内弹几支筝曲。她喜欢看杨锦望着他弹筝刺绣的眼神，那里面有重温往日的回忆，也有憧憬当下的幸福。她是代替“前任初夏”温暖他的影子，而他也代替着呼伦冲，满足初夏无法实现的期待梦境。

若是当日呼伦冲和十四哥早一步提亲，也许此刻望着我的那个人，就该是他的前世。

然而没有也许，日子就这样真实又荒诞地前行。谁是谁的傀儡，谁是谁的替身，到头来也成了一汪化不开的情水。她只能在即将迷失的时候慌忙提醒自己，眼前这个人是断送天天梦想的仇人，她所做的这一切，都是为了撒手人寰一刻的报复。

然而想象那一刻来临之际杨锦的疼痛，却丝毫无法令她快慰，只是令她多背负了一个人的痛，那痛因越来越深的羁绊而愈演愈烈。

第二十二回　赝品梨花图　真品绝世作

一日，初夏在地窖清点新到的文物，忽然碾压般的剧痛滚滚袭至脑际，初夏瘫软在货架旁，一个彩绘双耳净瓶被她碰得摇摇欲坠，而她也只能仰望那净瓶徘徊在生死边缘，软绵绵眼睁睁地无能为力。幸而那瓶身挣扎着晃了几晃，又稳稳地立在了搁板上。

不能再这样下去了。我的病虽是我自己的，却越来越对这些文物不利。看来在我惹出更大的麻烦前，是我全身而退的时候了。

待痉挛般的头疼袭过，初夏吃力地站起身，小心地从恒温罩内取出剑穗，仔仔细细望了它最后一眼，凝视温柔如洗的白玉叶子，不敢再多拿在手里半刻，合上罩子，出了地窖。

虽然我曾想要与这些我年华的见证长相厮守，共同进退，凭借它们证明我曾经的幸福，但是如今却连这点幸福也不能再有了。我的幸福已经过去，死死握着，只有窒息而亡。放手，才能让它们的未来有幸福的可能。

办公室里空无一人。初夏拿着辞呈出来，遇见一个路过的同事问："陈部长怎么不在办公室？"

同事答："在会议室呢。佳士得、嘉德、苏富比，来了一堆有头有脸的人物呢。"

"浅山"一向与世无争，只做些文物的研究工作，怎么会惹来这么多拍卖巨头开会？初夏不禁站在会议室门外好奇地向内张望。

都是些头发花白的老者，戴着鉴定文物用的白手套，却比年轻人还要激动地争论着什么，有拍桌子的，有瞪眼睛的，他们的高声谈话若隐若现地传进初夏的耳朵里，什么"我拿我四十年的名誉担保"，什么"不可能"，内容断断续续，也猜不出个缘由。

初夏正自摸不着头脑，忽见一直横抱双臂据理力争的陈部长望向她这边，对她招了招手。

初夏只得推门进了屋，对着一屋子剑拔弩张的老者说：“诸位伯伯好。”抬头只见会议桌上摊着几本学术杂志，还有个泛黄的绘本，显是年代久远的老物。

陈部长连忙招她过来说：“你来的正好。”又对众人僵着脸介绍说：“这是我们‘浅山’的研究员，叶初夏，一个可塑之材。”

一个长髯老者忽然说：“久仰久仰，只可惜这造物的材料，是靠拆别人台得来的，未知朽木是否可雕。”

长髯老者的嘲讽似乎早在陈部长的意料之中，他不以为意，淡淡给初夏介绍：“这位是‘佳士得’的首席鉴定官，苏丹澜苏老先生。”

原来还在为我当初识破了他鉴定过的那对耳坠子耿耿于怀，一个学识渊博的大家却如此小气，对人不对事，再负盛名也不过如此而已。初夏心里暗笑，面上却依旧恭敬地点头问候：“苏老先生好。”

初夏见陈部长正望着桌上的一份画本出神，绕到陈部长身旁，顺着他的目光望去，见摊开的一页上，是一树张扬绽放的水墨梨花，画旁题着：“人说梨花白雪香，我爱梨花似月光。明月梨花浑似水，不知何处是他乡。”

呼伦冲的睡颜，伴着他浓密的睫毛，英挺的鼻梁，与这画中的文墨一并泼进了她的脑海。

这不是呼伦冲寝室内的《梨花图》么？而曹雪芹送我的那幅是卷轴，眼前这幅却是小了许多的画本。初夏不禁拾起画本翻看，见里面还有竹、菊、荷等各色写意花木，约有十一二种。

陈部长见初夏皱眉深思的模样，也忧虑地说：“怎么，你也看出了毛病？”

初夏本正怀疑这本画册的真假，却见笔墨的用法淋漓洒脱，极似她所见的格调，可仔细端详那幅《梨花图》，尽管造型夸张、构图险怪如出一辙，若不是她曾对着原画日日赏玩，险些难以看出那笔墨中的一丝婉转丘壑。

初夏心中已有了答案，却含笑问：“陈部长觉得这画本不是出自石涛本人之手？”

陈部长将双臂横在胸前，凝视画本沉声说：“石涛的这十二联花卉图册，多次辗转于嘉德、佳士得等著名拍行，如今已炒到了几百万的天价，可如今到了咱们手中，我却看着它有了许多疑点……”

初夏小心翼翼地问：“什么疑点？”

陈部长依旧深锁花白的长眉说：“尽管这些画章与石涛的如出一辙，连纸张的年代都看不出破绽，却在浑健泼辣的笔法中稍见稚涩，淋漓酣畅的墨色里略输豪迈，不似石涛中年之后的成熟笔法和不羁的运筹。”

初夏暗赞，不愧纵横古玩界四十余年的老行家，目光犀利，更值得敬佩的是他敢于怀疑的态度。这本画册不知已过了多少行家的手，他却仍然怀着一颗纯净的赏画之心。在他眼里，这不是一件价值不菲的投资品，而是真实的画作。

初夏紧握辞呈的手，迟迟无法抬起。她这才发现，自己难以割舍的不但是那些寄托情思的物件，更是这驰骋古今的鉴赏快意。

她迟疑着开口说：“陈部长的眼光的确独到，这也是我质疑的一点。不过……我的想法不仅停留在猜疑的假设，而是……”

苏丹澜打断初夏，自顾自地说：“今天的事情如何算有个眉目？四个鉴定的老行家加一起二百年的上手经验，到头来只争出个二对二的僵局，这传出去还不叫人笑话？”

他身边微胖的老者笑着说：“陈部长既然已写了论文，见诸报章，立场是明确得很了，只不知赵先生真的要赔上自己的一世英名，来赌这已身价近千万的画本是赝品？”

石涛画本经过这三家拍卖行的手，价格一路飙升，到了陈部长这里却被公布为赝品，自然叫这几位鉴定专家没面子，来找陈部长兴师问罪了。却不知这位赵先生为什么会站在陈部长这边？

初夏不由仔细打量这赵先生。

赵先生算是几个人里最年轻的一位，却也是年近花甲，利落的平头里已掺了不少白发。他皱眉沉吟半晌，操着浓重的香港口音自言自语说：“我本人在经手这画本时，也不是没有犹豫过，只是当时这画本已炒到天价，贸然辨为赝品，恐会引起轩然大波，而且我自己也没有十足的把握，因此也就……”说着睨了眼陈部长，轻叹说：“陈先生虽已发表论文，却仍疑点重重，但是这画本材质的年份，就难以说服诸位行家，我看还是即时罢手为妙。”

陈部长见赵先生临阵倒戈，不禁提高音量说：“若是我在惜名誉影响，这论文也早就成了废纸，可画风确凿，却不是区区纸材就可辩驳的。”

一直坐在一旁未发一言的秃头老者忽叫道：“画风、笔法、墨痕、纸料，这鉴别古画的四点缺一不可，即便一点存疑，也万万难以堵上诸多行家的悠悠众口。我一再重申这几点，陈部长却一意孤行，不知是真的为画本真伪，还是为自己扬名立万？”

陈部长气得脸色发白，刚要分辩，初夏忽道：“这画的确不是出自石涛之手。”

几个人望向初夏，被这年轻女孩的笃定神色震慑得半晌说不出话。苏丹澜咬牙道：“久闻叶小姐辩清初字画器物的方法独到，却不知这次又要说出些什么危言耸听的话来？”

初夏望着那梨花图轻轻道："众位行家学识渊博，自然都在我之上，只是真的假不了，假的真不了。因我见过这梨花图的卷轴原图，两相比较，这幅自然难成真品。"

苏丹澜步步紧逼道："在佳士得拍卖会上，叶小姐也口口声声说自己见过那耳饰的真品，却不知叶小姐又是在何时何地见到过谁也未曾听闻过的梨花图卷轴呢？"

初夏知苏丹澜必会有这一问，淡淡笑道："个人的经历际遇有别，几位老先生能有今日的造诣，自然也不是等闲得来的。我的经历，不提也罢，在下只能告诉诸位，这画是曹雪芹临摹的仿本。"

此语一出，在座的几个人都惊得无言以对。陈部长半晌才道："曹雪芹与石涛确是同一时代的人，临摹石涛的原画也有可能。只是曹家被雍正两次抄家，曹雪芹未留下任何画作，如此一说，却是更要引起诸般猜疑。"

苏丹澜哈哈大笑道："好个伶牙俐齿的小丫头，为解这材质之惑，却能编出如此故事，在下闻所未闻，甘拜下风。"

初夏知他讽刺自己毫无凭据，可她除了亲耳从曹雪芹口中得知此事，又哪来的凭据？只得说道："曹雪芹名垂千古，他的画作更属稀缺之物，若是几位在座的业界权威承认，既可解了陈部长质疑画本的影响，画本的行情更是只有飙涨的道理，这其中不会牵涉任何赔偿纠纷……何况……这也是事实……"

微胖老者连忙笑道："据我所知，石涛中年已小有所成，在当时的书画界已声名鹊起，官宦大臣之间更是以与他结交而彰显自己的身份品味。石涛长年云游江南一带，而江宁织造的曹家也是数一数二的大富之家，怎有不去拜会的道理？"

赵先生拿过初夏手中的画本沉吟道："听叶小姐如此一说，回观《石头记》中千回百转的丘壑，这画中确是带了几分细腻婉转的意思，也与曹雪芹的风貌吻合。"

秃头老者兴奋道："我那还藏着几张脂批的《石头记》原本，比较一下纸墨，验证一下诗文笔迹，或许能有个眉目。"

送走众人，初夏随陈部长来到办公室。陈部长坐进椅子里，深深吁了口气，仿佛放下了千斤的重担。他赞赏地望了眼初夏，刚要说话，却见她将辞呈轻轻放在了他面前的桌子上。

初夏咬着唇，等待陈部长投来的惊疑目光。

陈部长看了辞呈，只是无奈地叹了口气说："这一天，终于还是到了。"

"陈部长……"

陈部长微笑说："我虽然整天泡在文物堆里，却也不是两耳不闻窗外事的书呆子。咱们的四合院能如此顺利地保全下来，全是你的功劳。不过你似乎不想张扬这事，所以我也不便提起。"

陈部长能得到老板信任，在研究中心独当一面多年，这明察秋毫的本事，自然也不是朝夕之间练成的。初夏低头沉默，她原本苦思冥想着也编不出个辞职的借口，如今陈部长却顺理成章地给她找了一个。

陈部长的笑容里渐渐透出些严厉的神色，沉声说：“可是，你也令我很失望。”

初夏抬头看着陈部长，有深深的法令纹刻进他的面颊。他盯着面前的辞呈说：“虽然很多女人都甘愿当个遍身名牌的米虫，但是刚刚见你进退有致地维护了画本的真相，加之我对你一贯的了解，本以为你对文物的爱，能让你出脱这凡俗的诱惑。盛远能劳师动众地为你大兴土木，我就已有了些预感，如今看来，在盛远总裁挥金如土的攻势下，你的确不外如是。”

陈部长如此的误会，也在初夏的意料之中，但是亲耳听到一贯器重她的陈部长说出这些重话，初夏仍旧有落泪的冲动。她仰起脸，一言不发地吞咽下没有流出的泪水，微笑着对陈部长说：“令您误会至此，也是在所难免的。别的我不愿解释，只请您相信，眼下的选择已是我能做出的最好抉择，我这一去，对很多人……很多物件都好……就算陈部长不能祝福我，不知能不能答应我个请求？”

陈部长抬眼望她，问道：“什么请求？”

初夏顿了一下，摸着颈子上闪烁的钻石项链，鼓起勇气说：“我们中心收藏的那支‘清康熙叶形白玉团锦结’，能不能转卖给我？”

开着的门，矜持地叩了三声。初夏和陈部长循声望去，楚夫人正站在门边，微笑着看向初夏。那笑里，看不透她的心思，却遮不住她冷冷的目光。

第二十三回　重利轻别离　笑谈露机锋

下午，杨锦忽然接到德国项目受阻的消息，秘书递上早已订好的机票，他在去机场的路上给初夏打手机却接不通，料想她又在没有讯号的地窖里和她那些古老的朋友作伴，就给她发了个短信，匆匆上了飞机。

飞机居然是经停香港转机的航班，他没等机舱开门，就打开手机把秘书劈头盖脸地骂了一顿。“谁让你订转机的航班了？不知道我最烦在飞机上耗时间吗？我那架飞机要是还修不好就不用修了！”还没骂完，就见尹睿儿裹着一件酒红短裙笑吟吟地坐在了他的旁边。

杨锦挂了电话，惊讶了几秒，随即冷笑：“怪不得机票出得那么快，就跟早就预备好了似的。你串通我妈来骗我？”

尹睿儿娇嗔着拍了他一记，随即贴上来说：“人家想你了嘛！我美国的项目忙了这么久才回来，你推说公司有事一走了之也就罢了，我回来好几天你都不急见我一面。我不用这种连哄带骗的办法，哪能见着我的未婚夫呢？”说着就朝他脸上亲去。

杨锦见她的红唇咄咄逼近，连忙扭头假装捡座位边扔下的杂志挡住，令她扑了个空。

他原本对她无非敷衍了事，吻上几下也不会少块肉，虽然毫无感觉，也就由她去了。经过一日日地与初夏的朝夕相处，虽然仍旧与她心存芥蒂，连手都很少碰，但是身体却下意识地排斥了尹睿儿。他对自己这莫名其妙的反应也含着几分意外，他爱初夏，他一直都承认，但是他不能容忍自己为这份爱加上一个失控的方向盘。他必须和尹睿儿结婚，不能因为那个曾经背弃他的女人而影响他人生的方向。

因为自己下意识的闪躲，他甚至有些恨起这份爱来。

更加愤恨的，自然还有尹睿儿。她毕竟陪在杨锦身边十几年，对他每个细微动作所蕴含的意思都心知肚明，见他看似无意地躲开她的吻，不由心生猜忌，顿生怨愤，又不敢直接发作，假装毫无察觉地娇笑着说：“这次我们去 Bamberg，要好好享受享受巴伐利亚的风情，一起去洗个罗马浴，你要补偿我独自度假的损失，也做对双宿双飞的鸳鸯。”

杨锦竭力浮起一层微笑，语气却依旧淡淡的：“你有父母陪着，怎么就算独自度假了？”

尹睿儿吃吃笑说：“连爹地都笑我是‘嫁出去的女泼出去的水’，只要没有你在身边，我无论和谁在一起，都只感觉是一个人的寂寞。”

杨锦冷冷地听着她的软语，望着她痴情的双眼，心中长叹一声，搂过她的脖子深深吻了下去。

她将是我的妻子，我的事业，我一生路途的合作者，尽管有名无实，我也要做足一个丈夫的样子。让什么该死的爱情见鬼去吧。

一座灰檐互叠的四合院，郁郁葱葱的葡萄架上已缀满串串晶莹的青色果实，几个鸟笼垂在一旁，有黄鹂、画眉婉转地啼着。

古琴曲从一个穿丝绸白衫的男人指下传出来，他边弹边悠然和着唱曲。楚夫人面色淡然地饮着茶，初夏坐在她的对面，茶碗的盖子纹丝不动地合着。

楚夫人微笑地瞥了眼墙角的青花鱼缸，目光落到初夏身上，漫不经心地说：“像这样闹中取静的地方越来越少了，若没有会员的身份，恐怕一般人做梦都想不到北京还有这样的地方。”

初夏见她话里有话，忍不住回道：“本来像这样清幽雅静的地方，北京人人都可享受得到，却可惜如今都被目光短浅的商人们统统翻盖成了蜗居，把北京弄得越来越不像北京了。”

侍弄香道的女子坐在长桌尽头，静静焚起沉香。

楚夫人听她毫不示弱，也不再含沙射影地暗示初夏身份的悬殊，开门见山地直视她说：“你父亲的事情，我已知道了。原来你就是为了区区几十万的医药费才黏上杨锦的，早知如此，你直接来找我就好，何必还大费周折地搬家。”说着从手包里抽出一张纸片，轻轻点在桌面上。

初夏捏起那纸片看，见是张二百万的支票。她对楚夫人这直截了当的做法有些哭笑不得，她轻笑着把那支票放回桌面，半晌不知该说什么好。

若是承认她是为了钱，那她大可拿了支票走人，这些钱虽不能让父亲、弟弟过上如现在般优渥的日子，自己却能不再为他们发愁她过世之后的生活，可她却不想就这样一走了之。

一方面是因为楚夫人那鼻孔看人的盛气凌人，让她咽不下这口气；另一方面，她不想为了这二百万，失去那报复杨锦的机会。

她反复提醒着自己，天天一生的篮球梦想，必须要用杨锦的心碎来补偿。她不允许自己承认，和杨锦的朝朝暮暮，已令她模糊了呼伦冲与他的灵魂是否还有分界线。

虽然楚夫人已猜中了她找上杨锦一半的原因，但是那另一半的原因却也无法让她如此轻易就被打发掉。

楚夫人瞥了眼那静侍香道的女子，淡淡说：“你是和杨锦完全生活在两个世界的人，根本无法想象我们的生活，更别梦想着有一天能进入这生活。你知道她在干什么吗？知道她焚的沉香，要多少钱一克吗？这些知识涵养没个时日的浸染是不行的，别以为戴上个他送的钻石项链就已是飞上枝头的凤凰了，你只能是杨锦见不得人的污点。”

初夏扫了眼那女子，缓缓说：“现在这些物件的价钱我是不清楚，我只知道她香篆压得力道不匀，怕是压不成一朵莲花了。”

楚夫人一脸不屑，刚要说话，就听那女子低呼了一声，果然提起的香篆下，没能印出一个完整的莲花图案。

楚夫人咬牙说：“哪儿请来的新手，这都练不好，还不快下去。”

那女子连连告罪着下去了，又有个上些年纪的女人要来替她。

初夏笑：“这也怨不得她，是她的香压太小了，和那香篆、香炉根本不是一套。”说着起身对那女人说：“沉香粉的味道太烈，仔细熏了鼻子。理气调息不成，反倒碍了身子。我不爱焚香，把熏香的器物拿来吧。”

那女人见来了行家，忙拾上了一套新香具摆上。初夏微微点头：“香炉、香灰、香压也算讲究，只是我不爱用银片放沉香，容易掺进金属的腥味，有没有云母片？这羽毛香扫我也用不惯的，换个兔毫的来吧！”

楚夫人惊得合不拢嘴。初夏熟练地烧炭、理灰、埋炭、打香筋、放云母片和沉香，轻轻端炉拢手在鼻前嗅了，又递到楚夫人面前。

楚夫人慌手慌脚地接了，却学不出初夏那娴雅的姿态，冷哼一声，将香炉放在面前。

初夏淡笑着说：“家父虽爱琴棋书画，最喜的还是这清心涤虑的香道，我耳濡目染，自然也学了些皮毛。当然家父教我更多的，还是做人的道理。他常说：三代才能出贵族，我家祖上虽没落了，熏陶却还比一夜乍富的人强些。”还有我另一个皇阿玛康熙，他那里学来的香道和做人的道理，就更不必提了。

楚夫人被她说得几欲爆发，转眼又舒了口气，拉着初夏的手推心置腹地说：“你也知你家道没落，虽然这些钱不能让你父亲和弟弟过上如现在般优渥的日子，却也能让你有第一桶金，做个养家糊口的买卖……如果你还有些自力更生的远见的话，有什么不懂的，你也可以来问我……毕竟你是我儿子爱了十几年的女人。”

给对手一个足够的面子，让她输得心服口服。不但授之以鱼，而且授之以渔，这宽宏的气量与高远的目光，的确不是一个普通女人可以做到的。她能有一番今天的作为，也是势在必得的结果。

然而我根本不是一个她值得如此殚精竭虑的对手，也没有参与这场争斗的心思。和一个根本不存在的敌人对垒，恐怕是这个世界最悲哀的事情之一了。

我只想做一棵树而已。不用被杨锦威逼着搬来，也不用被楚夫人利诱着搬走。这些与面前的支票根本半毛钱关系都没有。

初夏扯起一丝笑，捏起那支票说：“如此说来，我就恭敬不如从命了。”

楚夫人仿佛没想到初夏会答应得如此痛快，愣了半秒，随即笑说：“枉你叫我一声伯母，我的关照不必见外。”

初夏把支票放进背包里，自言自语似的说：“就不知我该和杨锦说这是您给我们的关照，还是算许我进门的贺礼？他总给我买东西，这回我也有钱给他添几件衣服了。”

楚夫人和暖的面色转眼挂上寒霜，冷冷说：“你不必揣着明白装糊涂，难道非要敬酒不吃吃罚酒你才甘心？”

初夏假装无辜地瞪着她问：“明白什么？罚什么？我明白您那日去杨锦家，是早已知道了他接我同住的消息，因此才来特地赶我走。您本以为是个来路不明的什么女人，可却没想到是他十几年前的初恋，这才改了战术，不再跟杨锦硬碰硬，专门来调查我，对付我。可惜我已一无所有，您就算要罚，我也没什么能再罚给您的了。”

楚夫人没料到初夏城府如此之深，早已对她的部署了若指掌，一丝惊讶飘过，却转眼笑了。她饮了口茶说：“你不必装傻。你自己做的事情自己最清楚。”

难道她知道了什么我失忆期间自己也不知道的事情？初夏疑惑道：“什么事情？”

楚夫人收了笑，望着她的眼睛道：“你那弟弟，根本不是你爸爸生的，却是你自己和人生的野种。”

第二十四回　镜花水月妄　快语隐真情

“爱你。等我。”十天过去，杨锦除了这条简单交代下落的短信，一个电话也没有打来。

天天刚出去找同学玩了，初夏独自坐在院内的筝前挑弄琴弦，淡淡望着一只白色的蝴蝶在花间招摇翅膀。

几天前，初夏哄天天说去骨折复查，已经做完了亲子鉴定。尽管大夫诧异居然有人来做母子关系的亲子鉴定，也不好多问，很快就出了结果。

天天果然是她的儿子。

一个以为自己仍是处子之身的女人，却已做了十二年的母亲。

千叶，杨锦曾说你水性杨花，我还不敢相信，如今你却让我做了个现成的单身母亲，而且连孩子父亲的一点线索都不留给我。是不是你忽然面对现代极度自由的世界，人生观崩溃，道德失去底线，才变得如此胡作非为？我无论如何也想象不出自己的前世能做出这种事情。

门铃响了。初夏知道天天不会这么早就回来，这屋子里缺的人，还会有谁……她停了琴弦，回头朝屋内望去，等待门的方向现出那个期盼的身影。

隔着飘窗，林斯似笑非笑地向初夏走过来，仍旧是一脸懒洋洋的表情。

初夏眼中的光华黯淡下来，回头接着弹完她的《汉宫秋月》。

林斯坐在初夏身旁的藤椅里，眯着眼睛，伴着她不疾不徐的筝曲，静静看着这院中的风景和院中的人。

立秋过后，傍晚的天气立刻转凉。初夏只穿着一件薄薄的米色长裙，一阵风起，裙摆和满园的枝叶兀自摇曳翻飞，几乎分不清哪里是人，哪里是叶。

曲毕，佣人已上了茶。林斯微笑着喝了口茶，望着初夏说：“看见是我，失望了?”

初夏懒懒地靠进椅子里，抱着蜷起的双腿，回以同样的微笑：“本来也没什么期望。”

林斯托腮看她：“所以随着满院子的草木一起东倒西歪，在这冷风里萧瑟?”

初夏本想假装看得开，看得淡，却被他戳中了伤心事，白他一眼：“你是来陪我闲扯淡的？林先生这么大一个忙人，我可付不起那么贵的陪聊费。”

林斯回应她的揶揄，反唇相讥道：“果然跟了商人，也变得势利起来，动不动就要谈钱，可见也没把我当个知己来看。”

“知己？我可跟你不熟，高攀不上你做知己，而你如此说，却又是知道我了?”原来不但我对你相见恨晚，你对我也有几分莫逆之情。

林斯微微一笑，自顾自说：“这首《汉宫秋月》确是行云流水，洒脱清幽，却弹得未免过于沧桑了，不像是出自一个风华正茂的女子之手。”他深深看着初夏：“若是人选择了不快乐的路走，自然会徒增太多的疲惫。”

初夏知他说自己甘愿独守空闺，也要选择和已订婚的杨锦在一起，可是他又怎能知道这其中千回百转的缘由。她不禁凄然一笑说：“世界上的事情若是全随人来选择，又哪来‘万般无奈’‘迫不得已’这些词?”

林斯轻笑说：“人们发明这些词，都是为了给自己找借口。鲁迅不是说过‘世上本没有路，走的人多了也就成了路’?”

话是如此说，可是也要有命才能走完这条路。如今我已无颜带着儿子在杨锦这里过这锦衣玉食的日子，和楚夫人讲定了期限，只想等杨锦回来再好好看他几眼，就带着天天销声匿迹，明天已是最后一天了。他人去无踪，却也不知能否再见这最后一面。

其实见与不见，又有什么分别？镜花水月，终究梦一场。

人又恰恰是这种不甘心的动物，明知是摘不到的镜花，捞不到的水月，不到万般无奈，决不愿从美梦中醒来。

当年我何尝不知我与呼伦冲的未来凶多吉少，情根深种之时，又哪顾得上想那不可预知的未来？到头也只有当头棒喝，才不甘心地睁开眼看这惨淡的世界。

如今我与杨锦这注定毫无结果的孽缘，还是由我独自了断，前世今生里，我欠他的债，总是还也还不清了。

天色渐黑，冷意袭来，初夏不由得抱紧了自己的手臂，只淡淡说：“你不必替我担心。虽然我人随着这满院子的草木一起东倒西歪，心却不会再动。”这一切的纷扰已伤害不了我，因为我的心，已封存在三百年前的那个人身上……对杨锦，只是些虚幻的迷恋罢了。

林斯眉头轻蹙，望了她半晌，站起来说：“冷了，进屋吧。”

佣人已摆好晚饭。今天初夏一人无聊，忽然怀念在德国刚刚回到现代的日子，那时候虽彷徨，却仍有希望，不似如今的自己，已是死水一潭。她要人买了慕尼黑的白香肠，做好酸菜和土豆泥，又弄了些空运来的德式生拌牛肉碎当前菜。

林斯坐进饭桌旁的巴洛克餐桌椅里，看着一桌子丰盛地道的德式菜肴，故意说：“原来你有未卜先知的本事，知道我今天会来蹭饭。”

林斯恬淡豁达的性子让初夏感觉很舒服，本来已讲了很多心里话，听他一说，才忽然想起他在德国见过自己的事情，于是便坐在对面警觉地望着他。

林斯看着她的样子，无奈一笑：“不知是你太不敬业还是我这人太过平凡，看来我这个经常光顾你们餐厅的老主顾，没给你留下什么印象啊。”

初夏瞪着他顿了半晌，恍然大悟：“你是林总！”

林斯见她终于记起自己，满意地笑：“总不总的可不敢当，我不像你家杨总，有个货真价实总裁的位子，我无非四处接些设计研究的顾问差事，余下的日子就在家吃父母了。”

初夏想起他有一阵子常来她打工的餐馆吃饭，总点些同样的菜，还经常独自坐一个单间。虽然他经常“碰巧”在她当班的时候来，可那时的自己心不在焉，一心只担忧着弟弟的生活和爸爸的病情，对他酷似曹雪芹的脸也几乎视而不见。

回忆起钟老板对他客客气气的样子，可想而知来头也是不小的，却被他如此轻描淡写说得不堪，知他谦虚，便由衷地说：“我却觉得，你这差事似乎更有意义。”

林斯切了片香肠，沾了点芥末酱，送入口中仔细品味：“这香肠细腻可口，也就罢了，亏你能在北京找得到这专配白香肠的甜芥末，叶小姐对饮食的讲究品位还是没变。”顿了一顿，望了初夏一眼自言自语似的说：“只是却不见了你昔日眼中夺目的神采。”

你对我的观察确是毫厘不差，可惜个中滋味也只有我一人才能品尝。初夏有口难言，却因难得找到个谈得来的朋友，酒兴大发，大清公主脾气上身，也顾不得医嘱，自言自语说：“可惜他这里没有像样的白酒，也尽是些洋酒。”遂吩咐佣人说：“记得你们杨总藏了几瓶拉菲，拿一瓶来给林先生尝尝。”

林斯犹豫说：“他那几瓶拉菲可是83年的宝贝，你不怕他舍不得？”

初夏调皮地说：“好肉好酒好朋友，一样都不能少。那些身外之物能入了此情此景，才是它们的造化。”当年我和四哥、十四哥在曹雪芹府上，每天饮琼浆玉露、餐佳肴美馔，曹雪芹把他家三十年的“月华枫露”拿出来，连眼睛都不会眨一下，何况这区区一瓶拉菲？如今我借花献佛，请曹雪芹的转世喝酒，算是还了他的人情了。

林斯被她几句话说得也豪兴大发，吩咐佣人说：“麻烦再拿两个青花小碗来。”

"热烈欢迎杨总返京指导"，杨锦瞥了眼机场出口处的大红横幅，面无表情地和尹睿儿快步走出 VIP 通道，任由下属们前呼后拥地进了一辆黑色轿车。

一定是母亲叫人拉的横幅，生怕我回京后忘了自己身份背负的重任，沉浸在初夏的爱情里。

知子莫若母。

尹睿儿依旧挂在他的胳膊上甜言蜜语，他却已没有一点听的兴趣，一颗心早已飞到了观塘的别墅。

所以将尹睿儿送到她的别墅，她仍然恋恋不舍地邀他坐坐时，他敷衍地吻了她一下说："明天就要开股东大会了，你还是早点休息的好。"便关门开车走人了。

第二十五回　挚友仇反目　痴女却盛情

香肠、刀叉、烛光旁，两个人推杯换盏饮拉菲。酒到酣处，盘中餐已尽，又开一瓶玛歌。佣人们看他俩聊得热闹，也没有需要他们的地方，都各自散去。林斯忽然问初夏："你怎么不问我，杨锦现在在哪里？"

初夏醉眼蒙胧地笑说："知道了又如何？他能立刻出现在我眼前？"

林斯低头看着手中的碗说："他不放心你，所以让我来看看。"

初夏笑得更加厉害："他若是没空回来，就不必不放心；若是不放心，就自然会回来。有什么自己不放心却让朋友来看的道理？"

林斯看初夏笑得凄厉，微微摇头叹说："作茧自缚……"

初夏没听清，红着眼睛问他："什么？"

林斯淡淡地笑望着初夏说："我说你们两个，都是两只作茧自缚的蛹。"

初夏倒了新酒，小口抿着，若有所思地说："蛹作茧是为化蝶，我们作茧却又是为了什么？"忽然想起什么来似的问林斯："我们中心的聂瑶瑶，你觉得怎么样？"

林斯被她劈头盖脸这一问，有些不知该如何回答，边想边说："活泼、开朗、有主见……是个不错的女孩。"

初夏八卦地趴在桌子上凑近他说："当你女朋友如何？"

林斯一惊，转而望着初夏说："我对那些女人没兴趣。"

初夏晕乎乎地重复他的话："对女人没兴趣……对女人没兴趣……啊！原来是这

样啊……你上辈子就有些不阴不阳的 metrosex，原来到了今生……果然……可惜……可怜……可悲啊……”

林斯见她前言不搭后语地拿自己胡扯，有些不耐烦：“你可来可去的，到底想表达什么?”

初夏绕到他身旁的椅子坐下，托着红彤彤的脸颊望着他幽幽说：“我说可惜，是可惜了一段落花有意的姻缘；可怜，是可怜你流水无情，聂瑶瑶的一片春心也只有被枉自辜负；可……我还说可什么来着?”

林斯和她摆起同样的姿势，无奈地托腮，眯起蒙胧的星目望着初夏提醒：“可悲啊!”

初夏眼珠乱转地回忆说：“对，对，可悲……我是为普天下的妙龄女性损失了一个如意郎君的选择而替她们可悲啊……”

林斯莫名其妙：“什么意思?”

初夏转眼已把他当姐妹看待，凑近他的鼻子说：“你对女人不感兴趣，自然是女人的损失，男人的福利了。”

林斯哭笑不得，转而贴近她的脸定定地望着她说：“我对女人来说就那么完美?”

初夏酒量虽不错，可终究借酒消愁，只觉脑袋已晕乎乎的，对林斯的举动也不以为意，依旧对着他笑说：“完美谈不上，可也算是个极品花美男了。”

林斯目光闪动，又问：“你说我对男人感兴趣?”

初夏嘻嘻笑说：“不是我说的，可是你自己说的。”

林斯望着她的樱唇，低声说：“你要不要验证一下?”

初夏奇怪，刚要问他怎么验证，已被他的唇堵上了嘴。

不似杨锦那般灼热，林斯的吻轻柔却缠绵。初夏惊得自始至终睁大了双眼，直到他半睁着秋水般温柔的双眸，离开她的唇，也没弄明白发生了什么。

初夏怔怔地望着林斯，见他认真的目光里带着些许疼惜，没有丝毫玩笑的意味，凑在她的耳边低语：“在你最后的日子里，别太苦了自己。”

她心中一惊，还没来得及说话，忽然听到耳边风响，一件沉甸甸的东西从她身旁略过，重重砸在林斯身上，林斯身子一歪，坐在了地上。

初夏这才看清，那东西是个小型拉杆箱，她正要循着那东西飞来的方向望去，见杨锦已经冲到了林斯跟前，把刚要站起来的林斯一脚踢翻，按住就打。

看到林斯吻初夏的一刻，杨锦首先并不是愤怒，反而有一种被惩罚的快感。他吻了别的女人，而别的男人也吻了她。这是他应得的报应，他在这报应里冷酷地嘲笑自己。但是身体终究先于他的思维，兀自愤怒了，当他明白自己做什么的时候，他已经按着林斯死命地挥着拳头。

初夏连忙上去拉杨锦，杨锦一挥手，把初夏推得摔个跟头，正好肩膀撞到桌沿，她不由呻吟一声，捂着肩坐在了椅边的地上。

杨锦停手转头向她望去，见初夏被自己盛怒之下推伤了，不由有些悔意。林斯趁机坐起来对着他脑袋就是一拳，两个人又要扭打在一起。

“别打了！”初夏竭尽全力地喊了一声，两个人都不禁停了手，望向初夏。

初夏扶着椅子坐上去，揉着肩膀喘息说：“这么大人了，当心让屋里人看笑话。”这时已有佣人闻声赶来，杨锦挥了挥手，要他们各自歇息。

杨锦扫了眼桌上的蜡烛、红酒，坐下对林斯冷笑说：“知道我这几天不在家，就趁机跑到我家偷酒喝。偷酒也就罢了，连人你都敢偷!?”越说越怒，又想冲上去动手。

初夏连忙拉住他的胳膊，诧异地问林斯：“不是杨锦叫你来看我?”

林斯捡起摔在地上的眼镜，边擦边说：“是我不放心你。”接着冷冷地瞪着杨锦说：“他既然和未婚妻在巴伐利亚逍遥快活，又怎么会想得起你来?”

初夏本已猜到的事实，被人亲口说了出来，不禁心头一酸。望着默认般不语的杨锦，她淡淡对林斯说：“谢谢你的好意，不过这路是我自己选的，不值得让你这样替我愤愤不平。”

林斯努力镇定着说：“你有浑然天成的纯粹，为什么不值得？本以为你跟了杨锦，尽管是个情人，却毕竟是你和杨锦慎重的选择，会得到你想要的幸福，可是你仿佛一朵被人摘下的鲜花，每次远远望你，都眼睁睁看你一点点枯萎。如果杨锦让你不幸，还有我可以给你名正言顺的幸福。”

初夏和杨锦都被林斯的话惊得哑口无言，万万没有想到林斯对初夏怀着如此深意。初夏想起林斯刚才的耳语，连忙走到他的身前，在他耳边低声说：“别让杨锦知道我的病。”

杨锦看到初夏对林斯如此亲昵，骤然泄了满胸的怒气，颓然坐在椅上。

林斯瞥了眼杨锦，狡黠一笑，望着初夏的眼睛说：“杨锦是个幸福的傻瓜，可我不想让你做个不幸的傀儡。我在柏林就已对你动心，在香港佳士得就已对你动情，在北京的四合院……他虽然像火，每次都快我一步把你带到摧枯拉朽的山巅；我却像水，能带你坐看云淡风轻的幽谷。”

杨锦听着林斯句句的倾诉，眼中的怒火化去，染上了淡淡哀伤的神色。

也许林斯比我更适合她。至少他可以毫无保留地爱初夏，不会如我一样徘徊在两个女人之间，徘徊在爱恨之间。

初夏为林斯诚挚的爱意动容，她本以为林斯只是一个旁观者，一个体贴仗义的朋友，而他对自己的想法却也只是发自他对爱情的判断。只感念各人的情怀如人饮水，冷暖自知，谁也无法从表面真的了解一个人心里究竟在想些什么。

林斯接着缓缓说：“我比杨锦更有让你幸福的能力，如果你肯考虑我，我就在你的面前，不离不弃，不会忽然愤怒，不会忽然消失，不会让你哭，只会让你笑。”

初夏望着林斯神情的双眸，甚至有些怨恨自己的命运。如果她没有在十四岁时遇到了三百年前的呼伦冲，陷入他摧枯拉朽的爱情；如果她没有在二十三岁时回到现代，与杨锦有了理不清的爱恨纠缠；如果她还有活下去的可能，让自己再爱一次，也许她真的会考虑他的提议。

不过，那些都是如果，而那如果换来的也只是一个也许。

她的生命已经注定和身边这个如火般暴烈、如山般坚定的男人纠缠在了一起，无论他的名字叫做呼伦冲，还是叫做杨锦。

初夏向杨锦望去。杨锦却只是垂目看着落地窗外那片浓郁的漆黑，仿佛默默等待着初夏的决定。

许久，杨锦用他自己都难以辨认的声音低语：“你可以选择放弃我。”眼睛里却闪烁着害怕失去的恐惧和疼痛。他呻吟似的低声说：“林斯是我在美国时的同学，建筑系的高材生，体贴的好男人。如果你愿意和他在一起，我会很放心，不会再死死把你握在手里。这几天分离的日子，就已让我窒息得难以承受。我太高估了自己，以为能把婚姻和爱情分得很清，能满足家族的利益，也能照顾好你和你弟弟，可是却发现这只是我给自己埋下的陷阱，我折磨了自己，也折磨了你。看你苍白的脸……你真的在我手中正渐渐枯萎……”

他和未婚妻这十天过着什么样快活的日子？可是他无论是多么快活，回到家却不能忍受有人对我丝毫染指。我是他的一件珍贵的收藏，就如同呼伦冲的剑穗对于我的意义。我们都紧紧握着过去的爱情死不放手，握到无力面对今天，握到无力拥有明天。就算是如此窒息着，我们却仍然宁可相拥着死去，也不肯分开独活。

而此刻他却说放手。他放了我，更是放了对我的恨。

初夏轻轻叹了口气，微笑地轻抚林斯的脸颊说：“‘各有各的道理，各有各的活法，谁也没资格评判谁。’这是你先前对我说的话，尽管你竭尽全力地想要我快乐，我也只能站在原地谢谢你的爱。谁说人生一定要快乐？对我而言，平安、平淡、平静，就已足够。就算要有快乐，能守在这里，已是我生命能拥有的最大快乐。”

她又凄然道：“你说你在柏林就已对我动了心，在香港就已对我动了情，可是却没见你有半分让我明了你心思的举动，甚至是你送我到杨锦家的那天……爱情和很多来到生命里的事情一样，又怎能让人做足准备才会发生？若是没有抓住机会，也只有在错过里悔恨而已……而我，已没时间让自己悔恨。”说着抽痛骤然袭来，她扶了扶头，轻声对杨锦说：“我累了，想上楼。”

杨锦如夺回了属于他的宝物，生怕两人反悔似的，起身毫不犹豫地抱起初夏，头也不回地向楼上走去。

林斯独自蹲在餐椅前，在璀璨的吊灯下无语凝噎。

看来我输给杨锦，不是因为她对他的钟情，却是因为杨锦总能如现在这样，在爱情里斩钉截铁，不留给别人丝毫喘息的机会，无论是他的爱人，还是敌人。

若是我见她第一面的时候就如此把她俘虏在自己怀中，也许她已是我的了。可我又如何才能做到如杨锦一般的霸气凌人？

性格决定选择，选择决定命运。我的性格，是不是早已铸成了我终将与她擦肩而过的命运？

林斯拿出怀中一个锦盒，小心地打开来看，一对镶银的翠玉叶形耳坠静静躺在盒内，他轻轻抚摸其中一个耳坠上篆刻的“冲”字，叹了口气，收起放入怀中。

第二十六回　愧离命中人　却遇争风女

中元节的月亮，透出诡异的橙色光芒。初夏看了看墙上的挂钟，6 点多，杨锦就快要下班了，天天贪玩没有回来。

早知道就不应该答应让他出去的，明明说好 4 点就回来，现在却还不见人影。行李都已收拾好，初夏握着飞往柏林的机票焦急地向窗外张望，却仍旧不见天天的影子。

如果杨锦回来，我还哪里能走得成？

初夏坐立不安，只得打开信封，将留给杨锦的信又仔仔细细读了一遍。

没有一只鸟躲得过天空，
没有一片云彩躲得过风。
没有一朵花躲得过枯萎，
没有一双眼睛躲得过泪。
没有一种思念躲得过孤寂，
没有一种爱情躲得过痛苦。
就像我躲不过转世轮回中的你。
钻石项链我卖掉了，赎回来的白玉剑穗从此拜托你了。

天天我带走了，父亲从此拜托你了。留下我所有的积蓄，虽然不够照料他的费用，但已是我的所有。等到天天能够自立的一天，我自会叫他来补上余下的钱。

希望你能忘记我，但是我不会忘记你。

初夏拿起手边的笔，将最后一行涂个乌黑，小心地把信叠好，和银行卡一起放回信封，将剑穗的锦盒轻轻压在信封上。

初夏望向窗外的橙色月亮，心里扯着淡淡的离愁，一遍遍安慰自己，不过是见不到一张呼伦冲的脸，与其挣扎在这非分的妄想里走向死亡，不如好好想想天天今后的日子该如何安排。

她拨通李彤彤德国家里的电话，响了五声，才听到她气喘吁吁的“喂”声。

“是我，初夏。”

“哎呀，怎么是你？你回德国了？最近总不见你在 MSN 上，还以为你出什么事了呢！回德国怎么不早告诉我？”李彤彤仍旧如往日风风火火地叫。

初夏微笑答：“我还没到呢，你急什么。我今晚的飞机，明天上午才到。”

“哦！要不要我去接你？我最近真是忙得四脚朝天，但是你如果一定要我接的话，我也不好推辞……请顿饭就可以了。”

初夏一笑：“连你也学得油嘴滑舌了。我已经在网上安排好住处，直接过去就行了，不用劳烦您这个大忙人了。就是跟你报告一下我的行程，省得你又说我不讲义气。”

“呵呵，不过说实话，我最近忙着搬家……对了对了，我给你寄过去的包裹收到没有？”

“什么包裹？你又为什么要搬家？”初夏奇怪。

“呵呵，我要搬去和 Stephan 住在一起了。”

“真的？太好了！恭喜你啊！看，我说得没错吧，那小子就是跟你挺配的。”初夏离开德国时，追李彤彤的那个金发男人终于和她修成正果，李彤彤从此在德国也不再是个飘摇的浮萍，她由衷替她高兴。

“最近的好消息多得很呢！还记得那会儿介绍你打工的那家餐厅么？现在可火了，开了好几家分店呢！钟老板总说是托了你的福，每次我去吃饭，他不是打折就是免单，弄得我都不好意思去了。”

“哦？怎么回事？”

“我还想问你呢！他说什么你认识的地产大亨帮他在另一块特棒的地头找了块地，他那间险些不保的店铺才得以化险为夷，是怎么回事啊？你什么时候在德国认识地产大亨了？我怎么都不知道？”

一定是杨锦的安排。这应该是我离开德国不久的事情，原来他嘴上说得狠辣，却仍旧为钟老板安排了退路。早知道他不是表面上看去的那么冷酷无情，却没想到他因我求的情，竟如此在意。

他这人也怪，能洋洋得意地做坏事，却不能心安理得地做好事。这件事情从未听他提起。

初夏不由轻笑说：“这件事说来话长，等我过去再仔细跟你说……你刚刚说什么包裹？”

“啊，对对，我这几天收拾东西才翻出来的，还是你老早之前放在我这的一箱子东西呢，说怕你爸看见生气，就扔在我家地下室了，我也没工夫打开看，你又只撇给我一个新地址就人间蒸发了，我只好一股脑都寄给了那地址……都好几天前的事儿了，估计这两天也该到了。”

于姐正巧走过初夏身旁，听到她问，忙低声说：“下午有个你的快递，见你正午睡，我就收了，一忙这才想起来。”

初夏向于姐点点头，对着电话说：“收到了，今天刚刚收到的，是什么东西？”

门铃急促地响了起来，初夏连忙跟李彤彤道了个别就挂了电话，不等佣人过来，几步蹿了过去，开门说：“叫你早点儿回来……”初夏话音未落，就被一个耳光抽得看见了金星。

站在门外的不是天天，却是怒气冲冲的尹睿儿。她逼进屋内，指着初夏的鼻子骂：“小时就知你是傻瓜想变小龙女，死皮赖脸抓着杨锦不放手。长大之后，没想到你更添了厚颜无耻的本事，甜言蜜语说什么对他没兴趣，却躲到杨锦屋子里当起二奶来。以为我是Idiot？杨锦不说自然有人说，夜路走多了，当心撞到鬼呀你！”

初夏捂着肿胀的脸颊，冷冷说：“他还没和你结婚，用不着摆出一副原配夫人的架势到这里来撒野。”

尹睿儿理直气壮地一步步上前说：“Don’t Dream！你这个二奶能有出头之日？我们的婚期已经Confirm，看你这只金笼子里的鸡还能嚣张多久！”

初夏见她越说越不像话，气得不假思索抬起腿来狠狠踢向她的小腹：“你是不是家里没镜子？找面镜子照照，看看咱俩谁更像鸡？！”

女人打架，无非是抓头发、撕衣服、扇耳光，久没与初夏过招的尹睿儿这才想起她的必杀技就是“窝心腿”，尹睿儿被初夏踢得坐在地上半晌说不出话，佣人们连忙扶她起来，几下子又被她赶开了。

尹睿儿知道自己从小就打不过初夏，现在看初夏的架势，比起当年似乎更加不要命了，也不敢再轻举妄动，自顾自坐进沙发里，翘起腿点了根烟说：“我不跟你这野蛮人一般见识，等杨锦回来我再跟他算账。”

初夏正担心杨锦回来自己走不了了，转身就要去二楼拿行李：“你自己慢慢等，我少陪了。”

尹睿儿以为她心虚想躲起来，故意大声说：“当年他甩你和我在一起，以为如今他能为你这贱货撑腰不成？”

初夏停住脚步，扭头望向趾高气昂的尹睿儿，不禁问：“当年他甩了我？”

尹睿儿慢条斯理地弹了弹烟灰，仔细判断着初夏的反应，吸了一口缓缓说：“你这个杨锦甩下的破鞋，如今又厚着脸皮缠上来。杨锦早就不愿提，连你自己都想赖账？我可是全都记得一清二楚。”

“破鞋？杨锦甩了我？”听着尹睿儿轻蔑地诉说往事，初夏仿佛隔着一层蒙胧的雾，看到了当时的自己。她凭着想象与判断，尽力抛去尹睿儿的片面之词，试图还原一个真实的过去，可终究像是在听别人的故事。

“怎么？你不记得当年的事？”尹睿儿观察到她茫然的表情，仿佛生起一丝喜悦。

“我出过车祸，失去了一段记忆。”初夏沮丧地承认。

尹睿儿似乎惊喜得难以自制：“那么，你不记得当年你们分手的事情了？”

初夏轻轻摇摇头。

尹睿儿转着眼睛盘算半晌，忽柔声道：“不记得也好……当年杨锦被你甩了之后，整天魂不守舍，是我陪他重新站了起来。那时他就承诺，今后会照顾我一世。”

初夏问：“我甩了杨锦？刚刚你不是说他甩了我吗？”

“不是……是……是因为当初的回忆太痛苦，他一定要我这么说的。也许认为他甩了你，他自己会觉得好过些。”说着讲起当年的往事。

杨锦自以为因毕业酒喝得太多，才错过了和叶初夏最后一次见面的机会。他整日守着电话等待初夏，却不见一丝消息。

一日，尹睿儿来他家玩儿，他只顾蒙头大睡，也不理她。佣人递上一份快递，他才懒洋洋打开来看。

“是美国建筑师联合会的资格测试通知！初夏陪我盼了好久的通知书！要是她知道该多高兴呢！”杨锦兴奋地爬起来，边穿衣服边打电话：“王秘书，帮我订一张到惠灵顿的机票，越快越好。”

尹睿儿的眼中冻上一层寒霜：“你要去找她？”

“我已经受够了没完没了的等，我不喜欢等人！”

尹睿儿想要拉住他，却有几张照片无意掉在了他的床边。

尹睿儿像是怕杨锦看见，连忙收起这些照片，却被杨锦一把夺了过来。

里面有初夏的笑脸，和一个金发碧眼的男孩，他们在杨锦从未见到过的陌生校舍里有说有笑，亲密拥抱。

杨锦将那些照片揉个稀烂，穿上T恤奔出了房间。

“是我一个朋友碰巧拍到的，我就是怕你乱想，才不敢给你看。”尹睿儿故作焦急地大声喊着，却是满脸的得意。

杨锦叼着烟，一言不发地在夜晚香港的街道中穿行。一间间茶餐厅和大排档灯火弥漫，双层巴士呼啸着擦肩而过。后面跟着小跑的尹睿儿，她在杨锦撞到人时，向翻来白眼的路人连连道歉。

一天天，一夜夜，他的爱在漆黑的夜色里漠然地穿行，见不到明天的太阳，只染上愈发浓重的恨。

原来杨锦拿出的照片是真的。我曾对杨锦伤得如此之深，深到改变了他的人生。他说要我赔上一生来补偿他的，原来就是这背叛的痛。可我却连补偿他的机会都已没有了。

初夏听着这些不是发生在自己身上的经历，为杨锦的疼痛而酸楚，更为只能在杨锦伤口上撒盐的自己而恼怒。尹睿儿冷冷一句：“你这个不知廉耻，抢别人男人的贱人。”把初夏心里不知该向谁发的火气一下子骂了起来。

冷静回忆刚刚听到的话，还击给尹睿儿：“我和杨锦先在一起，要说不知廉耻的贱人，你应该算是第一个。”说着转身又要上楼，一回身，却看到杨锦站在门口。

杨锦见到尹睿儿，本来心中没底，心中正盘算着如何应对，听到初夏的反唇相讥，却不由唇角勾起一丝邪笑。他示意初夏先上楼去，走过去坐在尹睿儿对面的沙发里点燃一支烟，又搭起二郎腿，懒懒地望着她，坐等她兴师问罪。

尹睿儿见杨锦一副气定神闲的样子，又刚刚被初夏骂得气短，怒容满面地指着楼上说：“你就由那个贱人在我面前撒野？”

杨锦冷冷地瞪了尹睿儿一眼，弹了弹烟灰说：“你可是名门淑女，注意你的措辞。”

这么多年来，杨锦虽然对尹睿儿心不在焉，曾经染指的女人也不少，可是从来没因一个女人用这样吓人的眼神瞪过自己。她又惊又惧，只得搬出父母来撑腰：“你趁早把她赶走，不要闹到爹地妈咪那里不好收拾。”

杨锦本来担心她的父母已经知道，如今见她自乱阵脚地漏了口风，心下宽了一半，大喇喇地说：“你先回去，我自会处理。”

若是换作别的女人，尹睿儿听他说了这话也就安心了，可这次的女人是叶初夏。杨锦一贯独来独往，都不允许自己随便到他的住所来，孤傲成性的他破天荒地和叶初夏同居，这不是以往那些做做样子来气走她的女人。也许她苦心经营即将得到的爱情，就要毁在叶初夏的手里。

更何况，她是造成两人当年误会分手的罪魁祸首，若是他们将误会解开，杨锦必将和她反目成仇。

不但那些裸体照片是在杨锦的酒里下了迷药之后拍的，初夏打来的电话都是她背着杨锦偷偷接的，就连叶初夏和金发男孩的照片，也是她雇人假装问路拍下来的。

可是她也不敢把初夏的事情告诉父母，若是他们知道，一定反对自己嫁给他，那样的话，她多年的忍耐和坚持就全都付之东流了。

尹睿儿无计可施，越想越心慌，流泪说："你不要忘了，当年她离开你，是谁陪你走完那些没完没了的街巷，是谁陪你整夜打游戏机解闷，是谁……"说着已经泣不成声，她勉强着断断续续说："你曾经要我再也不许提起那些事情，说把它们当做垃圾打包扔掉，可是你现在又把那垃圾找了回来，你有没有想过我会有多不开心……我从十四岁眼里就只有你，在你身边等了你十几年，你总说还没有准备好，不肯结婚，现在有了她，你更不打算和我结婚了……"

杨锦望着她把睫毛膏哭成两个黑洞，脸颊挂着两行黑色的泪水，他熄灭手中的香烟淡淡说："你放心，我和你的婚期不会变。"

尹睿儿立刻止住哭声，瞪着乌黑的眼圈问："真的?"

杨锦面无表情地说："你不用在意叶初夏，我会和你结婚的。只是四合院的改建计划，还需要你的合作。"

尹睿儿一直等着杨锦主动提起四合院这个筹码，好探出它在杨锦心中的分量。终于等到他主动开口，她心中如吃了一颗定心丸，却仍然假装抽抽噎噎地说："你不把她赶出去，还提什么四合院?"

杨锦竭力克制住自己即将爆发的愤怒，深吸了一口气说："保住四合院，我才会和你结婚。"

"你霸占了我姐，还要和别的女人结婚!?"不知何时，天天已站在门口，愤怒的小脸涨红着火焰。

第二十七回　离人怒摔玉　仇家毒挟子

杨锦打发走不依不饶的尹睿儿，对天天说："大人的事儿，小孩儿少插嘴。"

"天天，这里不用你来管，上楼去洗澡吧！一身脏兮兮的。"初夏闻声下来，抹着天天额头的一块污迹，疼惜地抚摸他。

自从知道他是她的儿子，她才明白自己对他事无巨细的关爱，原来是母爱的本能。

天天挥开初夏的手说：“你是不是傻啊？他都要跟人结婚了，你还带着我住进来？你丢得起这个人，我还丢不起呢！杨锦，你给我记住！篮球的仇我一定会报的！现在我还小，可等我是个大人的时候，你已经成个老头了！耍我？我有一辈子的时间陪你玩！”说完头也不回地跑出了门外。

初夏要去追，却忽然心中酸闷，扶着鸣响的头坐进了沙发。

杨锦宽慰她说：“他跟我小时候一样，放狠话的功夫一流，等真兑现的时候又会心软了，他舍不得伤你这个姐姐的心。别担心，我让小刘去看看。他跑不远的……只要有你们在我身边，他折磨我一辈子也是我应得的。”

初夏喘息着等待身体内的咆哮不再折磨，无心争辩，坐进角桌边的沙发里一言不发。

今天看来是走不成了。尹睿儿可真是弄巧成拙的高手，当年她派古惑仔围攻我，却撮合了我和杨锦；如今她又跑到这里兴师问罪，让我没有走成。她想要算计我，冥冥之中却总是算计了自己。

电话响了，杨锦拿着锦盒接起电话。

“你好，我找叶初夏。”一个陌生男人的声音。

杨锦毫不犹豫地问：“找她干嘛？”初夏连忙趁机拿起那封信，塞进衣服下摆里，偷眼看杨锦时，他已转头看着自己，僵着脸问：“你干嘛呢？”

火山深处有岩浆蠢动，低吼的山口已暗示着心悸的爆发。

初夏顾左右而言他地问：“我的电话？”

杨锦将电话递给她，依旧冷冷瞪着她的眼睛。

“是叶初夏吗？”电话里的男人愣着嗓子问。

“是的。你是……”初夏搜索记忆里的人，从来没有听过这个声音。

“我是替尹小姐传话，她告诉你，如果你还在等你弟弟，可以不必等了。若是你明天之前不离开杨锦的家，就别想有生之年再看到你弟弟。记住，这件事情如果让杨锦知道，你弟弟同样没有好下场。”不等她有所反应，电话里已是一片忙音。

杨锦不管面色苍白的初夏，打开锦盒瞧了一眼，冷冷打量初夏的神情：“我问你，你刚刚在干嘛？”

初夏满心只是天天的安危，已无心蒙混那信封的留言，只坐在沙发里不语。

杨锦一直死死盯着初夏，把那锦盒扔回角桌，蹲在初夏面前瞪着她沉声说：“你知不知道？你一撒谎就眼珠乱转……我最讨厌别人骗我，特别是你。”

岩浆已溢满山口，安静地流出滚烫的火焰。

初夏本就不擅撒谎，不禁心虚地垂下眼睛，去摸衣服里的信。杨锦直着眼睛掀起她的衣服，不顾她的挣扎，几下就把信抢了过去。

他起身抖出信看了一遍，沉声问：“这什么意思?”

初夏凝着脸，无言以对。

杨锦把信甩在她的身上，吼道：“撇下这么几句话就想一走了之是不是?!”

终究是爆发了。岩浆四溅着，咆哮着，要将所见之物尽数吞没。

虽然早有所料，初夏还是被他甩在身上的信吓得身子一震，眉眼抽动了一下，不敢抬头看他的眼睛。听他沉重的喘息声微微发颤，知道他在努力压抑着怒气，她半晌才轻声说：“你放我走吧。”

尹睿儿多此一举地劫持了天天，其实我明天本该走的。现在为了天天，我更是非走不可了。

杨锦再次蹲下身来望着她，竭力不让自己的声音太过激动，却有些嘶哑：“为什么?”

初夏不答，只盯着那锦盒说：“你说过，我可以选择离开的……”

杨锦颤声怒道：“你要去找林斯!?”

初夏脱口而出：“是。”说完连自己都诧异，怎么会说出这样的话，可覆水难收，想想似乎也没有更好的借口，总比将楚夫人和天天的事情说出来要强上百倍。若是杨锦知道母亲要挟初夏离开，他们母子必将水火不容；若是杨锦知道初夏在分开的几年和别人生了孩子，对他更是个万劫不复的打击，不知他又会狂怒成什么样子。

不知为什么，每次在杨锦的狂怒面前，初夏虽像暴风雨中一片飘零的树叶，可心底却总有一片澄明的冷静。也许因为她只是个替代品，正如他是她的替代品一样。

她在这清冷里疼惜地注视他的愤怒。

愤怒有多烈，伤就有多深。

杨锦的疼痛，令她感同身受。何况这是她带给他的痛。她多想抚平他心上深深的伤口，轻拥着平复他汹涌的怒海。可是说什么都只是借口，更多的说辞也只能带给他更深的痛。

她只有在他灼热的波涛中安静矗立。

你让我走，才不会被真相伤害，才不会伤害天天。

杨锦眼中忽然闪起前所未有的冰冷火焰，站起身，在初夏跟前如困兽般来回踱步，半晌才说：“我允许你走时，你跟我信誓旦旦说什么已经选择了我，现在却要偷偷溜到他身边。你折磨我上瘾是不是?”说着拿起锦盒在初夏面前挥舞：“我送你的项链在你眼里连这么个破玩意儿都不如？这是什么？这算什么？我现在改主意了，你死也得死在我这屋里!”

杨锦话音未落，已挥臂将锦盒重重摔在地上，剑穗跌出盒子，白玉叶子在两人的面前瞬间碎裂。

初夏的心上几乎划出血来，望了眼杨锦那和呼伦冲一模一样的脸，扑倒在剑穗前。她怜惜地拾起那两瓣白玉叶子，捧在手中，想拼却已拼不成，只觉心碎成网，似落叶般一片片凋零。在痛到麻木的魂魄里，她紧闭双眼，泪却滂沱，跪在杨锦跟前无声啜泣。

这是我多年思念的依托。只剩这唯一的见证，告诉我那爱曾真实存在过。它熬过三百年的风霜，如今却被你亲手毁在我的眼前。我留给你，是想你也许能存着一丝前世对我的牵念，就算在今生你我是如此爱恨交织，我已留给你全部的心，只想剩个躯壳了却余生。你却连这些微的奢望也不让我留，将我的心如此干脆地摔个粉碎。

杨锦望着初夏在自己脚边肝肠寸断地哭泣，也不禁动容。自他与初夏重逢，她已不再是记忆里小鸟依人的少女，虽然一样的单纯、善良而坚强，却是倔强淡定的。就算面对他强势的要挟，也没见她泪如雨下；就算与他耳鬓厮磨，也总觉她的笑容里有一丝抹不去的哀愁，心内有一块融化不开的坚冰。他从没见她哭得如此悲戚无助，才恍然这几乎光秃秃的玉叶穗子对她的重要，不免为自己盛怒之下的举动懊悔，可已追悔莫及，只得冷冷说：“东西没了，可以再买；人没了，我却不知拿什么才能换得到……”

初夏抹了抹泪，惨笑着自言自语说：“可一件无价之宝，却比一个烂人珍贵得多。我真是个傻瓜，沉浸在自己的痴心妄想里，想要忘了你是个多么恶毒的混蛋，对你居然心存希望，可却没看清，对一个混蛋存着希望，只是多了一个让自己伤心的可能而已。”

初夏绝情的眼神和刺耳的话，令杨锦本就强压的怒火又翻滚起来，他终于咆哮着说：“你是傻瓜？我是混蛋？你有没有搞错？十几年前你无声无息地甩开我就再也没了消息，转眼水性杨花地勾搭上别人，如今又想故技重施，你就算玩人也该换些新花样吧？到底谁是混蛋!?”

初夏满心无处诉的苦楚也化为一腔怒意，站起来昂头对着杨锦叫道：“我无声无息甩开你，恐怕也是看透了你有颗多么残忍的心！砸浅山，拿四合院要挟我当二奶，如今又砸了……你说谁是混蛋!？难道你还想把我当个宠物圈养一辈子？”初夏声嘶力竭地叫着，却忽然觉得眼前一黑，连忙向后退了几步，软绵绵地靠进沙发里。

第二十八回　追悔莫及恨　香消玉殒花

杨锦见初夏已倒进沙发，脸色又是他之前见过几次的煞白，他上前一步想要去看看她的状况，却终于忍住了脚步，恨恨地说："又要晕倒，又是一副弱不禁风的模样。让你对着我，真就那么痛苦？还是你等着我再来同情你，好再一次有机会踩住我的心来践踏？"

于姐手里拿着个开了封的包裹，正要送过来给初夏，忽见她苍白着脸倒进了沙发，连忙俯下身观察她的脸色。

快递的盒子从沙发扶手上掉了下来，李彤彤寄给初夏的东西跳出来，摊了一地。

成百上千张天空的照片四散开来，蔚蓝的，灰黑的，千变万化着面目，千姿百态着云朵，铺满杨锦的脚下。

杨锦捡起一个锦盒，一支细小的白金钻戒静静躺在盒内，脑中扑来初夏曾经说过的话："我不惯戴什么戒指的，以前也不曾听说这个能许诺出婚姻。婚姻是两个人的心事，不过你一定要搞个戒指，就戴个小巧别致的也罢。"

恐怕只要是关于我，无论是戒指还是心事，没一样是认真过的。杨锦咬牙盖上盒子，拾起一本相册。温顺微笑的初夏和青涩张扬的杨锦，穿着校服的，穿着 T 恤的，那些尘封在不敢触碰的昨日的画面，在一张张发黄的照片中纷至沓来。他的心酸痛地抽搐了一下，合上相册，又捡起一个日记本模样的精致册子来看。

《天天成长日记》？杨锦看了这日记本的名字，茫然地翻开一页去读，熟悉的隽秀繁体楷书，一字字如初夏的低语，映入他的脑中。

1999 年 12 月 23 日

今天去做了彩超，你又大了几厘米。天天，听说再过些日子，就能感觉到你的胎动了。但愿你别像你爸爸那样厉害，在我肚子里大打出手哦。

今天遇到一个怪人，口音像是新西兰的本地人，却向我这个外国人问路，之后说为了感谢我，还用力拥抱了我。虽说这里的洋人见面、告别都要拥抱，可像他这样的陌生人还是头一次。

昨天终于鼓起勇气给你爸爸打了电话。他和尹睿儿的裸照，我再也不愿记得，更无法相信尹睿儿的话。除非他亲口告诉我那个结局，我都不能改变我的选择。

可电话还是尹睿儿接的，说他在打游戏，没空接我的电话。看来有了她，他过得很好，就像我有了你，也过得很好……

尹睿儿说，分开的最好结局是忘了。你爸爸忘记了我，掩耳盗铃的日子就这样结束，也许妈妈很傻，就是忘不了他，但是我从没后悔留下了你。

你是我过往的见证，也是我未来的支撑。父亲曾不惜断绝和我的关系，也要我拿掉你，可是我怎么能亲手杀死自己的孩子……和他的孩子……

圣诞节就要到了，我怕你外公生气，藏起了你爸爸去年这时送我的戒指。

“死生契阔，与子成说。执子之手，与子偕老。”始至今日，相互拥有，相互支持，相互珍爱，无论顺境逆境，富贵贫穷，疾病健康，永不背弃，直至死亡把我们分离。

我相信他说这些话的时候是认真的。只是现在忘记了……

这里的圣诞节一片绿油油的炎热，如果你爸爸在，一定会抱怨这里比香港还要没气氛吧？可是，我也许永远听不到他的抱怨了……

今天的天空翻卷着乌云，马上就要下雨了。我刚刚又拍下了一张天空的照片，这已经是我离开他的整整一百天了。天空没有哀愁，天空记录着我想他的每一“天”，所以，你小名叫做“天天”。名字依你爸爸的家谱，论语“文、行、忠、信”的“行”字，虽然你的奶奶在离婚时去掉了他名字中的“文”字，可我觉得，论语中高尚的品性不该断。

如果不能拥有，永远记在心里不忘，也算一种得到。

杨锦模糊的泪眼不知擦了几次，才勉强看清这些字迹。泪水却已一滴滴打翻那些思念，在灰黄的日记本晕开一片片斑驳的悔恨。

初夏的头像要裂开一样疼痛着，感到自己的意识仿佛正一点点抽离身体，杨锦痛苦的低语似乎要经历几万光年才能进入她的耳中。

于姐担心的目光一直在她的眼前晃动，似乎呼唤过她，然后响起杨锦咆哮的声音。那声音仿佛来自异度的空间。

“为什么？为什么你让我恨到今天才知道这些事情?!”

这次的疼痛似乎与往日的不同，排山倒海没有停歇的意思，似乎要榨干初夏的最后一丝生气，与她的身体同归于尽。她在疼痛中喘息着，用几乎不再属于自己的身体，竭尽全力倾泻出最后一次呐喊。

“杨锦！”气若游丝的初夏望着杨锦，似乎再也没力气出声，只有一颗颗汗珠从煞白的脸边滑落。

杨锦顾不得再吵，拥到初夏身前。杨锦摸摸她湿漉漉的额头，想要替她拭汗，而那汗水仿佛汹涌的潮水，刚刚抹去又复涨起。他只得无措地握着她微颤的手，锁着眉头望她：“你怎么了？你哪儿不舒服？”

初夏的身体，已如死人般冰冷。瞳孔里是灰色的寂寞。她的唇似乎微微地动了几下，却不再发得出声音。

“小姐，小姐！你怎么样？你哪不舒服？小姐！你说话啊！”于姐拉着初夏的胳膊，轻轻晃动。

杨锦按住于姐晃动初夏的手，抬头慌张地四下喊人：“王哥！王哥！叫救护车！……不，不用了……小闫！小闫！小闫！”

他们的争吵声早就惊动了全屋的佣人，只是大家都不敢贸然出面，远远地听着动静。小闫转眼出现在杨锦跟前：“杨总，我在！”

杨锦边要抱起沙发上的初夏，边对小闫叫：“备车，去医院。”

初夏轻轻推开杨锦的手说：“不用了。”那声音坚定得仿佛含着某种隐喻，让杨锦不寒而栗。他竭力不去理会那黑沉沉的隐喻，抱着初夏站了起来。

“不用了……别把时间浪费在路上……”初夏那清冷如冰的声音穿透杨锦的胸膛，令他无法如往日般我行我素，整个人如同断了线的傀儡，抱着她坐倒回沙发里。

和刚刚来到这里的时候比，初夏的身子轻了许多，轻到杨锦几乎感觉不到她的存在。为了确认初夏仍在他的怀抱里，他不禁紧紧抱住这臂弯里的人，而那冰冷的血肉和单薄的骨骼，更加深了那存在的虚无。

她在他的爱里，一点点磨灭了。而他，占有着她，自顾自对着她沉浸在爱情的幻影里，当幡然惊觉的时候，似乎一切已太迟。

他接过于姐倒来的水，扶着初夏喝了一口，轻声安慰六神无主的自己：“没事，她好些了……她很快就没事了……”

初夏似乎真的比刚才有了些力气，她缓缓抬起手臂轻抚杨锦的面颊，扯出一丝微笑，声音小得如昨夜飘来的风：“照顾好天天和爸爸……你答应过的，对吗？”

杨锦慌乱地低吼：“天天是我们的孩子，我要把这十二年欠你们的统统加倍还给你们……你自己的父亲为什么要我照顾？……你应该自己照顾！”

初夏的目光忽地幽暗下来，仿佛疲倦了似的就要阖上眼睛，抚着杨锦的手臂，软绵绵地坠落下去。

杨锦连忙拉她的胳膊，一叠声地叫：“我答应！我都答应！你别睡……我求你……！”

初夏在杨锦的轻晃中勉强睁开眼睛，对着他焦急慌张的面容，那些解不开的结已烟消云散，那些伤害和被伤害，都已不再重要，只留下浓到化不开的牵念。

她眉湾轻蹙，依依不舍地说：“天天……救他出来……我走之后……忘了我。”

杨锦咬牙忍住泪水，瞪着她吼：“天天怎么了？我为什么要忘了你？我刚刚说你死也要死在这里，现在你为了能离开我，就宁可去死？你就真的这么讨厌我？没有我的允许，你不可以死！”

小刘慌慌张张跑进来：“杨总，会所、球场和花园都找了，全都没有叶少爷的影子！”

杨锦看看初夏，慌乱地问：“游泳池呢？”

“游泳池也找了！我问值班的警卫，他们说好像看见过叶少爷和谁出去了，但是天太黑没看清楚。”

“尹睿儿……是尹睿儿……”初夏的声音断断续续，仿佛飘自另一个世界。

杨锦的瞳底升起煞人的血红：“这个贱人，十几年前离间了我们的账还没算，如今又欺负到天天的头上。我不把她撕碎……”

初夏冰冷的手遮住他的嘴，胸前猛烈地起伏着，像是积攒那些如游丝般的气息，她望着杨锦的眼睛，断断续续地叮嘱说：“可以愤怒，但不许疯狂；可以消沉，但不许堕落；可以失望，但不许放弃……”她的话语被剧烈的喘息声打断，隔了许久，才努力地拾起声音说：“你已因我放弃过一次自己，别让我为了你，死也不能安心。”

杨锦心中最柔软的一处被初夏的话碰触，泪水沉默地滑落，他终于问出他一直不敢去问的那句话：“在你心里，是不是恨已远远大于爱？”

就算作为千叶的替代品，我也该让你知道她的爱情，虽然我已不再清楚，你到底是否还是呼伦冲的替代品。

她轻轻微笑，过了半晌，终于缓缓摇摇头。

这细微到不可辨的动作，却成为杨锦一世的救赎。

“也许从一开始，我就无法真的恨你，一切都只是想要和你在一起的借口。”她道出了她的心，而这也是他的。

他又一次将她紧紧拥在怀中，反复地呻吟：“这也是我想要对你说的话。爱我就不要离开我，不要让我连重新面对这爱的机会都没有。”

初夏虚弱地靠在杨锦的肩上，忽地看到他身后窗外的圆月。

巨大的橙色月亮如阴谋一般沉默地看着她，神不知鬼不觉地已经缺掉了少半张脸。

娇艳纷飞的碧桃花瓣，金檐叠互的紫禁城，暮色中荡漾的太液池涟漪，那些在初夏无数次的梦境中遥不可及的幻象，尽管已真实得触手可及，她仍然仿佛看到泪眼模糊的天天在黑暗里哭喊着她，不舍地挣扎着拉住真实与虚幻中两个人的手，轻声说：

“你们是我今世最重要的人。”

她咬着嘴唇，想要把天天虚幻的手送到杨锦的手里，但还没送到，她的手已无力地垂了下去，再也抬不起来。

杨锦木然地一遍遍呼喊怀抱中这个女人的名字，但是她再也没有回应，只留下愈来愈浓郁的桂花香气，将他独自陷入悲伤的重围。

第三部 错 失

朱颜泣血诗君归。
萧何难料乾坤事，
笑傲天下心已碎。
杀意卷土黄沙坠，

第一回　六载夫妻份　真假黄粱国

宽阔的鄂尔多斯草原上，秋风萧瑟，秋草金黄，鸿雁南飞。蓝天拥抱无垠大地。康熙帝率众来此围猎。

帐外的阳光刺目，透进窗，闪开了叶初夏的眼睛。

一个英俊的男人拉起她的手，叫道："你醒了！"

看他这一身的装扮，我该是已回到了三百年前，再次进入了千叶的身体。可是……

"你是谁？"初夏打量四周，像是在一个蒙古包里，而眼前这个陌生男子又是谁？

男人一惊，想要急着说些什么，又忽然转了转眼睛，笑道："我是你相公啊！"

初夏大惊失色。她无数次在脑中幻想过再次回到三百年前的场景，有紫禁城的浣薮阁，有秦淮河的江宁织造，有京城的曹家宅邸，甚至有这草原上的蒙古包——蒙古包是她最期待的回归地点，可是……可是……若是在这里苏醒，我面前的人应该是呼伦冲才对，怎么居然是一个陌生男人，还说是我的相公！？

千叶打量面前这男人。他也不过二十出头的年纪，比她足足小了八九岁。就算古代允许姐弟恋，这年龄跨度也实在太夸张了。

难道我不是千叶了？进入了别的什么人的身体？

千叶也顾不得隐隐作痛的头，连忙坐起身来四下寻觅着喊："镜子……镜子！"

一面铜镜转眼出现在她的面前。

镜子里是千叶二十八九岁的面容。人愈发地苍白消瘦了，可的确还是千叶。

她刚刚松了口气，面前那个英俊男子的脑袋就被人重重打了一记。她这才想起看那举着镜子的人。

不知何时，又有一个男人已来到床前，手里正拿着那铜镜，嘴里却不依不饶地教训千叶的"相公"："叫你帮我在床前守着，我这才去打个盹儿，转眼就让你给我戴上个翠绿的帽子！"男人虽已年近三十，可眉目灵动，面如冠玉，虽蓄了唇上的胡须，也掩不住绝美容颜的艳丽。

"曹雪芹！"千叶一眼认出了他，不由分说将他一把抱住，又是笑又是泪地在他袍上乱蹭一气。

曹雪芹微微诧异，若有所思地望着肆意撒娇的千叶半晌，唇边忽然泛起疼惜的笑意，轻轻乱揉她的头发道：“醒了就好……醒了就好……太好了……”眼神却有些空洞地怅然若失。

千叶拉曹雪芹在床边坐下，打量他的容颜，除了那撇小胡子，岁月仿佛并未在他身上留下痕迹，只是穿过他的身体，缓缓流走了。

可那双本就千回百转的眼睛，更多了些深邃的丘壑。

看来千叶还是听从了皇阿玛的旨意，嫁给了曹雪芹。却不知他们婚后的境况如何？呼伦冲又如何了？

“看什么呢？没见过你相公这么俊美的男人是吗？虽说我的确比很多女人都漂亮……”曹雪芹又去揉她的头发，仿佛在逗一只刚刚睡醒的猫。

此刻还不知他和千叶之间关系如何，贸然问他呼伦冲的下落，恐有不妥。

千叶奋力压抑想要知道呼伦冲下落的情思，强笑道：“我是看你那两撇小胡子，把花美男转眼变大叔，实在是败笔啊，败笔……”说着忍不住扯了扯他的胡子。

曹雪芹被她扯歪了嘴，却深深凝视着她故意道：“我蓄的时候你熟视无睹，一觉醒来，却对我百般挑剔。是不是你昏睡这五天，在黄梁国里遇见了谁，换走了你的心？”

千叶不敢去看曹雪芹探询的眼睛，心虚地笑道：“你徒有这惊天地泣鬼神的才子虚名了，连成语典故都能胡诌。黄粱一梦说的是卢生在梦中得到荣华富贵，度过余生，梦醒却发现睡前蒸的黄米饭还没有熟。哪来什么黄粱国了？”

曹雪芹悠闲一笑，不慌不忙地吩咐侍立一旁的年轻男人去熏沉香，倒汤药，才缓缓道：“一花一世界，一叶一菩提。你又怎知小小黄粱之中没有一个国度？梦前黄粱，梦醒黄粱，这梦中的世界，自然可称作黄粱国了。只是那个国度的一切繁华瑰丽，不过是一场短暂虚幻的梦。什么都带不来，也什么都带不走。”说罢别有深意地望着千叶。

“假作真时真亦假，真作假时假亦真。你又怎知我们此刻不是在另一个梦里？”千叶感念这三百年的时光交错，幽幽道：“就算什么都带不来也带不走，对我来说也无所谓，因为我的瑰宝，就在这里。”说着唇边泛起温暖的笑，将手轻轻放在自己的心上。

天天、杨锦、呼伦冲、四哥、十四哥、两界父母，还有面前的曹雪芹，关爱、钟爱、宠爱、怜爱、友爱……她已得到太多的爱，如今都满满装在她的心中。夫复何求？

天天居然是千叶和杨锦的孩子。她果然还是那个敢爱敢恨而执着的另一个我……杨锦能不能从尹睿儿手中救回天天？身在此端，彼端的昨日，杨锦的泪水，天天的哭喊，羁绊着放不下，却只能化为一缕难及的梦。

年轻男人递来药，打断了曹雪芹对千叶的无语凝望：“公主刚醒就谈禅，仔细又劳了心，还要多养精神为好。”又对曹雪芹禀道：“李太医现在万岁爷的帐中，已通人去传了。”

千叶接了药，不禁问道：“皇阿玛和我们在一起？我现在到底在哪儿？”

曹雪芹望着她，心事重重道：“这些日子发生的事，你什么都不记得了？”

千叶心虚地转着眼睛，拍拍脑袋笑道：“这次的事，怕是把我‘神思溃乱’的旧疾勾了出来，我们成亲到如今的事情，半点也记不起来了。”语毕将药一饮而尽，然后咂嘴皱眉道：“好苦好苦！”

曹雪芹眉头轻索，正自沉吟，他身边的年轻人已迫不及待地蹿到千叶跟前急道：“那我呢？公主真的不认识我了？”

千叶仔细辨认他的容颜，只觉他伶俐的眼睛仿佛似曾相识，却道不出个究竟，只得微微摇头。

“我是曹有啊。有儿！”

看他和曹雪芹的关系，再加上这名字，该是主仆才是。可他对我开的玩笑和曹雪芹对他的态度，又有些不主不仆，难道是曹家的晚辈子侄？千叶正自迷惑，曹雪芹已懒洋洋道：“有儿是我起的名，‘君子以言有物而行有恒’。你和呼伦冲在江宁街上捡来的孩子。”

六年了。呼伦冲这个名字没有一日不在她的心中被反复念着，而此刻才有人叫出口来。

只听到这名字，就已让她怦然心动。

她又回到了他的世界。

她与他的爱情，终于不再是个遥不可及的梦。

心动过后，是酸楚的痛，回旋，萦绕，久久不去。

如今我已为人妇，你却生死未卜，就算是在同一个世界，我们之间又有多远的距离需要跨越？

曹雪芹望着千叶阴晴不定的面容，眉峰微挑，莹润如花的唇上浮起莫名的笑。

那笑里有几分怀恋，又有几分苦涩。

千叶收拾心思，终于笑道：“怪不得这么眼熟！十几年未见，都长成个大人了！”

曹雪芹也笑道：“自你进了我曹家，他与其说是我的家仆，莫若说是你的陪嫁，每日为你鞍前马后地操办了不少事情。我见他聪明伶俐，更贵在知恩图报，对你忠心耿耿，这次围猎就叫他来当你的马童。”

看来我是在陪皇阿玛围猎中出的事，却不知是在木兰围场还是锡林郭勒？

千叶正忖着，曹有垂目道：“终究还是有儿的疏忽，未料到公主会深夜骑马赏月，没能在鞍前侍候，才令公主独自坠下马来。”

曹雪芹叹道：“连我这个枕边人也未料到，何况是你……拦得住人，也拦不住心……”

千叶不解其意，正望着曹雪芹黯然的神色发怔，忽进来一婢女道：“万岁爷知公主醒了，龙颜大悦，人虽还在帐中养病，却已赐了些丹药来。”说着引进来一名老太监。

那太监呈上一个锦盒禀道：“万岁爷赐西域雪莲丹参丸二十枚，令公主安心休养，咳疾复发时和水服了，有奇效。另有七副新取的血珀燕窝，已交给御厨房打理，叮咛公主若是再度不思饮食，每日至少也要进上一副。”

千叶和曹雪芹谢了恩，待那太监回去复命，千叶自言自语道：“看来我这几年染上的毛病真正不少，却是刚脱了生死之险，又要与病弱鏖战了。”

她所思的是初夏额叶区后的血块，曹雪芹却以为她念及坠马之事，拉过她的手来按着脉，静思片刻，苦笑道：“你坠马的外伤已无大碍，几副安神养身的方子便可病除，只是多年郁结于心，咳疾难愈，这病弱的身子却是只能虚耗下去了。皇上御赐的丹参、雪莲，都是平喘化瘀的奇药，或许能有所转机。”回首又命曹有取来笔墨，在案上写了一副方子，交与他道：“我们远在塞外，医力匮乏，李太医忙于皇上病情，别的太医也不过如此，不如就按我开的方子抓药来应急也就罢了。唯这两味熟地、白芍须单独煎了，再配上我带来的新鲜红花，服雪莲丹参丸时做药引用。更别忘记每日照例熏两次沉水香，更比入口的良药济事些。”

他对我如此温柔体贴，百般呵护，我们的样子十足是一对恩爱的年轻夫妇，却不知他的竺香玉，现下又身在何处?

千叶疑惑地望着曹雪芹，那女婢却以为千叶怀疑曹雪芹的医术，上前宽慰道：“刚刚曹有取药时说公主醒来忘记了很多事情，如今奴婢见公主的神情言语，像极了当年坠万岁山之后的境况，想是又犯了‘神思溃乱’的旧疾。公主不必担心，这些年公主的身子虽然每况愈下，但多凭额驸的妙手回春，才屡屡化险为夷呢!”

千叶这才正眼端详那婢女，却是画境。她如见了姐妹般拉起画境的手，轻笑道：“你随我嫁来曹府了。”

画境十几年前经见过千叶那惊世骇俗的“溃乱”，现下见她如此，也不以为意，微笑道：“公主待下人一向宽厚仁善，奴婢和书香、棋韵都舍不得公主，求了德妃娘娘，万岁爷才许我们陪进曹府的。”

我哪是什么宽厚仁善，不过是看不惯那些主仆尊卑的规矩偏见罢了。千叶想了想，问道：“琴音呢？她没来?”本来她与琴音最为亲厚，却不料偏偏她没有陪她嫁进曹府。

画境的笑容凝结了片刻，正盘算着该如何说出口，一旁缄默不语的曹雪芹忽道："公主刚醒，说了这大半天的话，也疲了，先让她养足了精神再谈也不迟。"

画境知趣，躬身退了下去。千叶仍念念不忘刚刚太监的话，问曹雪芹道："皇阿玛病了？"

曹雪芹见人都退了下去，打了个哈欠，和衣躺在千叶身边道："皇上毕竟年迈，这长途跋涉未免劳累，犯了些风寒而已，并无大碍。"他懒洋洋将一只手臂搭在千叶身上，千叶毕竟体虚不受力，被他的手臂轻轻一压，已软绵绵倒回了枕上。

曹雪芹深吸了一口气，千叶身上的桂花甜香转瞬沁入心脾，他微闭双目靠在她的身旁，低声浅吟道："掬水月在手，弄花香满衣。有你在侧，不弄花已香满衣，又何必去深夜望月。"

千叶从未和他如此亲近，不由地全身僵直，瞪着眼睛不知如何是好。

难道他们多年的夫妻就是如此相处的？看来千叶早已把杨锦抛在脑后，认命地相夫教子，当起"曹夫人"来了。

等等……相夫教子……教子？！

"我们……有孩子吗？"千叶依旧一动不动地躺着，只有闪烁的大眼睛里尽是忐忑。

若是千叶又让我当一次现成老娘，我和呼伦冲还有什么希望？

曹雪芹均匀而惬意的呼吸微顿了一瞬，手臂撑头侧卧起来，似笑非笑地望着千叶道："你说呢？"

千叶不知该如何回答是好，支吾半晌，只得说："结了这许多年婚，想是该有了……"

曹雪芹依旧是一副不温不火的模样，凑近千叶的耳畔，低声道："你若想有，那有何难？"说着星目半掩，吻上她的颈子。

千叶浑身一颤，急忙推开他道："我……我……身子还没大好……还需再养养……聊了这半日，早已乏了。"她转向床里，紧闭双眼，耳朵、身子却提心吊胆地感应身后曹雪芹的动静。

一声似有若无的叹息滑过，他的手臂轻轻环在她的腰际。千叶紧张得几乎缩成一团，却不再见他有别的举动，只有他温热的呼吸熏着她的耳畔。

半晌无声，她以为他睡着了，却听他梦呓似的道："能在你身畔入眠，我已知足了。"

他的呼吸渐次沉重，果真睡着了。

这是什么情况？我终于回到了朝思暮想的世界，却躺在了曹雪芹的臂弯里。就算现在还没有孩子，看他的阵势，恐怕也是早晚的事儿了。呼伦冲，你到底在哪里？四哥、十四哥，你们是不是就在和我近在咫尺的营帐里？为什么不来看我？

缠绵的思绪里，千叶昏沉沉地睡了过去。再次醒来时，天已黑了。不知何时，她身上已覆了张貂裘锦被，床却空了一半。

头依旧闷闷地微痛。

与头痛为伴的日子，已让她能区分数十种不同头痛的讯号。她明白这种痛只是外伤，总会痊愈的。

可想而知，千叶坠马摔得不轻，却不知她为什么要深夜独自策马赏月？

挥不去的倦意袭来，她又想要闭上沉甸甸的眼帘。

半醒之间，一个黑影悄无声息地出现在她的床前。

一定是曹雪芹回来了。我又得和他同床共枕，难道我一辈子就要如此过下去？

千叶游离着困倦的神思，如此纠缠不清地想着，却见那黑影没有上床，只低下身子伴在她的床侧，山一样巍然不动，仿佛在看她的睡颜。

就着窗外如霜的月色，此刻千叶才看明白，那人穿着夜行衣，遮着黑巾，看不到他的脸。

刺客？千叶想喊，却仿佛仍在梦中，身不由己地躺着，动弹不得。

我是在做梦吗？还是我太困，醒不来？千叶如此想着，只见那人的一只手正向她伸来，缓缓移向她的咽喉。

他要杀了我？我千辛万苦才回到这个世界，还没有呼伦冲的半点消息，我不能死！快来人哪！谁来救救我？她在心中呐喊着，可却怎么也叫不出声，睁不开眼。

那手在她的颈子上停顿片刻，尽管微微颤抖着杀意，却轻柔地滑向她的颊畔。

是一只稳定的大手。仿佛怕吵醒她，丝毫没有碰到她的脸，那手沿着她的轮廓轻轻游走。

触及某个魂牵梦萦的思恋，千叶仿佛回到那个朝华纷飞的清晨，江宁织造的别院里，她坐在呼伦冲的床边，依恋地用手记忆他容颜的每一个细节。

她心中一动，望住那人的双眸。

依旧深邃如潭，依旧犀利如刀，依旧有低吼的火焰在风中呼啸。

夜行衣和黑巾，只对不熟悉他的人有用。对于千万次在心间反复思恋的千叶，却形同虚设。

呼伦冲！

她在心底呐喊他的名字。而拥有这名字的人，就与她近在咫尺。

屋外似乎有人的脚步声。那黑影转瞬消失在她的床前，带走千叶前生后世的牵念，如来时般突然。

第二回　拂墙花影动　疑是玉人来

千叶再次醒来，天已大亮。

回想昨夜呼伦冲的双眸，忘不掉那难解的伤痛和低燃的火焰。虽兀自心跳，一切却已如风中的雾霭，了无踪迹。

是梦？是幻？还是真？千头万绪理还乱。

只期待夜幕再次降临，好让她在黑暗之中，再次寻到她的光明。

几个昼夜的等待，那不期而至的悸动却再没有出现。

只有曹雪芹每日守在她的床前，嘘寒问暖，耳鬓厮磨。当千叶可下床行走之际，他为她插上最美丽的珠钗，陪她一同去觐见康熙。

大帐中赤檀香烟轻萦，太监、宫女侍立两旁。中间的龙榻上，侧卧着龙袍锦裘的康熙。

发如雪，纷飞着六年的离别。

曹雪芹见了康熙，早早就跪了下去，中规中矩得分外刻意。千叶却顾不得同拜，几步已投进康熙的怀抱，哭叫道："皇阿玛！"

回到未来，叫老爸，却已无人应，多年期待的父爱，如今才能得以实现。千叶终于找到了依靠的肩膀，满腔的委屈与疲惫，随着泪水肆意横流。

康熙威仪的眼中闪过几分诧异，暖流融化了多年的冰。他轻抚千叶的头发，浮出宽慰的笑："你有多久没有与朕如此亲近了……可知玉琢而后成器，这一摔，却懂事了。"

千叶抬起泪眼望着他道："无论发生什么事，您永远是我独一无二的皇阿玛。"就算他令自己与呼伦冲生离死别，久别重逢，却心中从无怨恨，只有浓到化不开的依恋。

她的心上流着千叶的血，康熙是她的亲生父亲。原来骨肉亲情的眷恋是如此难以抗拒。

康熙听了她的话，目光忽变得凛然悲凉，自言自语似的道："如今朕的儿女中，能像你如此想的人，恐怕不多了。"他的话被一阵剧烈的咳嗽打断。

帐外忽有太监传："四阿哥、十四阿哥觐见。"

康熙蹙眉道："回来了。传！"片刻，两个身披铠甲的英武战将步入帐中，正是她的两位哥哥。

这几日她已得知，康熙此次围猎，远赴鄂尔多斯草原腹地的伊克召盟，就是为了能给四哥、十四哥在准噶尔的谈判壮声势，康熙大帝虽然年迈，却仍然健旺勇猛，随时能够御驾亲征，再次踏平准噶尔。

见他们父子面色凝重的样子，千叶知有紧要的国事相商，与曹雪芹退到一旁，安静地听着能不能捕到些呼伦冲的蛛丝马迹。

两人对千叶坠马之事毫不知情，顾不得看她，对康熙拜道：“儿臣参见皇阿玛。皇阿玛吉祥。”

康熙勉力坐起身子道：“快起来吧。朕已从快报得知，谈判并不顺利。”

十四阿哥道：“回皇阿玛，准噶尔部自占领拉萨以来，气焰更加嚣张，因去年击退了我大清由青海攻入的兵马，准噶尔可汗策妄阿拉布坦今年胆大包天，向我大清索要白银五千万两，以及漠北喀尔喀的札萨克图半部疆域，以保证不再进犯我大清疆土。”

康熙怒道：“果真是胆大包天，欺人太甚。以为我大清无人可派吗?”

四阿哥道：“儿臣也是如此的意思，已对策妄阿拉布坦明确表示，我大清可战、可败不可辱，割地赔款的事情我们是绝不答应的。”

康熙叹道：“本想兵不血刃，却终究还是要再起烽烟了。”

十四阿哥拜道：“儿臣愿请缨出征，定要将这不知天高地厚的策妄阿拉布坦打个落花流水。”

四阿哥道：“我军因去年的失利士气大跌，就算十四弟领兵出征，以现下的情势，也应派个得力的战将策应才是。”

康熙点头道：“依你之见，这战将的人选该当何人?”

四阿哥道：“四川巡抚年羹尧在年初的西南叛乱中有勇有谋，指挥若定，是个不可多得的将才。依儿臣之见，或可一用。”

年羹尧是雍正的左膀右臂，四哥这是要在十四哥身边安插一个自己人，既能在明里制衡，又可在暗中监察十四哥的一举一动，若是大胜而归，更可得个知人善用的美名，不可谓不是个一箭三雕的周全之策，只是皇阿玛和十四哥若是知道两人的这一层关系，恐怕不会让他如此顺利……现下年羹尧和四哥之间的关系是在明处还是暗处呢?

康熙正自沉吟四阿哥的举荐，十四阿哥上前道：“儿臣忽然想到还有一人，此人不但勇武谋略不下年羹尧，近几年更统一了喀尔喀蒙古久战无首的纷乱局面。策妄阿拉布坦进犯喀尔喀蒙古多年，烧杀掳掠无恶不作，若是能赢得此人的协助，不但得一战将，更可赢得数万喀尔喀熟悉地形战况的猛士。”

康熙思量道："策妄阿拉布坦此次妄图侵占喀尔喀蒙古，若是我大清与其同仇敌忾，不但免于劳师远征的弊端，而且蒙古骁骑也是应对准噶尔骑兵的最佳选择，更甚者，我们也可探知此人对我大清是利是弊。"他顿了顿，瞥了眼一边的千叶，皱眉道："只是……你说的这人……可是呼伦冲？"

千叶浑身一震，强自忍住翻涌的血脉，竭力不让自己的心跳将孱弱的病体打翻在地，却仍然不禁退了半步。

曹雪芹连忙扶住千叶，担心地望住她苍白的面色。

呼伦冲还活着，我魂牵梦萦的男人他还活着！不但活着，而且统一了他的喀尔喀诸部，成为了漠北蒙古最杰出的英雄。他果然是属于那片草原，果然是个大智大勇的猛士。

千叶如一朵即将凋谢的鲜花，却在花瓣坠落之前，绽开了最绚丽的笑颜。

曹雪芹凝望千叶苍白而夺目的面容，神色中有几许安慰，又有几许失落。

四阿哥和十四阿哥也不禁向千叶望去，却因眼下权力的较量，匆忙别过头去。

四阿哥道："启禀皇阿玛，呼伦冲当年犯下的罪行，已可见此人目无天威，是个肆意妄为之辈，此番将前线的成败悬于此人身上，恐怕事有不妥。"

呼伦冲肆意妄为？我们是两情相悦，他对我的心天地可鉴，若不是皇阿玛指婚早了一步，此刻我身边的人也许就是他了。四哥怎么可以为了前朝争斗，指鹿为马，抹黑一个本来清白的人？

千叶刚要发飙，却被曹雪芹扯住了衣袖。

曹雪芹凑在千叶耳边低声道："莫要忘了，女眷不可参与国事。你来淌这浑水，不但于事无补，只会染上一身泥泞。最好静观其变。"

康熙见两人窃窃私语，锁眉挥袖道："又似当年般的魂不守舍，在额驸面前竟仍旧至此！丢尽了皇族妇德，还不快下去！"

六年前的事，在大家心里都仍是一个解不开的结。

两人慌忙行礼退下，千叶走到帐门，忽地顿住脚步，回首颤声道："女儿自知丢尽皇阿玛的颜面，只求皇阿玛莫要动了真气，玉体为重。"说罢噙泪随曹雪芹退出了帐门。

如果史料不错，康熙只有三年的阳寿了。

这个史上在位时间最长的千古一帝，她独一无二的父亲，即将离开人世。而她，只能眼睁睁看着他死期的逼近，将心内的依恋和不舍，化为这一句平淡的祝祷。

今天是个阴霾的天气。乌云波澜壮阔地翻滚在一望无垠的草原上。一阵寒意让千叶微微打了个冷战。

呼伦冲此刻是否也在这草原的风中萧瑟？不，他一定仍旧冰冷坚韧如刀，再大的风沙，也只会将他磨砺得锋芒更露。

有的人，就是为挑战而生的。

“我想去骑马。”千叶对曹雪芹道。想要驰骋在呼伦冲的世界里，越是飞奔天边，就越接近他那颗壮阔的心。

曹雪芹担心地望了眼苍白憔悴的她，却只看到她已不在此处的笃定目光，终于无奈道：“答应我，不要跑。”

不啰嗦，不冷漠，总是恰到好处地理解着我。曹雪芹不愧是我的蓝颜知己。千叶对他微笑点头。

曹雪芹侧头吩咐曹有道：“把我的马牵来。还有花影。”曹有应声而去。

“花影？”又是一个陌生的名字。难道是曹雪芹的侍妾？古代男人就是烦，再好的男人只要有点钱，不娶个二奶就好像天理不容一样。

曹雪芹见千叶撅着的嘴，仿佛读懂了她的心思，道：“一会儿你就会看到了，是个美女呢！”

曹雪芹居然敢当着原配的面如此夸奖他的二奶，千叶一定是妇德妇功妇言的典范。

“跟着咱们几年了？”

曹雪芹享受地看着千叶有些酸溜溜的脸，心醉的微笑里总甩不掉那一丝苦涩的愁。

“三年不到。”

马来了。好马。

一匹白霜，一匹胭脂。

曹雪芹已翻身上了白马，千叶仍旧拍着胭脂马的脖颈赞叹：“皮毛红如丝缎，没有杂色，骨骼匀称，没想到蒙古马里也能有如此修长的货色。”

曹雪芹微笑道：“花影的父亲是一匹野生大宛马，跑入了圣上在这里特设的御马山，摔死了两个马师，也没有人能驯服得了。蒙古人爱马，就算因它死了人，也不舍得伤它性命，只得由它去了。它在御马山称王称霸地搅和几日就跑了，却让圣上最钟爱的一匹御马怀了孕。”

千叶摸着当年康熙御赐的金络脑，掠过一丝怀恋的笑意，听了他的话，恍然大悟道：“原来她就是花影。你说得云山雾罩，我还以为是……”

曹雪芹拉千叶上马，轻轻将她带向自己身前，盯着她的脸明知故问道：“以为是什么？”

千叶斜坐在马上，半个身子不由自主地靠在他的怀中，掠过一丝尴尬的笑意，顾左右而言他道：“谁让你给一匹马起个女人名字，没的教人误会。”目光闪烁地盯着他似笑非笑的脸，知他以为自己吃醋，连忙道：“皇阿玛就在帐中，你若是教我这会儿一个坐不稳，摔下马来，可罪名不小哦！”

曹雪芹面色忽然变得很难看，甩臂将她扶回马上，丢下句：“这要挟人的功夫倒没摔掉。”说完便策马先行而去。

千叶不解曹雪芹为什么忽然不高兴，让曹有牵马，缓缓跟在他的后头离了大营。

乌云翻滚得更加猛烈了，一片片金黄的田野，倒向风的去处。千叶望着曹雪芹的身影，在苍穹之下撒下淡淡的落寞，本想问他的话，也只有翻转在胸，无从道起。

曹有忽道：“‘待月西厢下，迎风户半开。拂墙花影动，疑是玉人来。’额驸给公主的马取的名字，出自《会真记》，对您回心转意的期盼之心，是可想而知的了。”

千叶疑惑道：“回心转意？”元稹这诗，说的是一个男人对女人的期盼之情，而他对我，或者对“千叶”，也是存着回心转意的期盼？我离开的时候，我们只是知己而已啊！

曹有苦笑道：“公主过门这许多年，额驸却多睡在外舍。我们下人不好打听猜测，但是额驸对公主的一片体贴之心，可都是有目共睹的。”

千叶心中一动，问道：“曹府里，可还有位叫做竺香玉的婢女？”

曹有回忆道：“曾经仿佛是有过，那时候我还小，记不太清，似乎是犯了什么过错，给打发出府了。”

千叶惊道：“什么时候的事？”

曹有道：“那可久了……怎么也得有个五六年了。”

原来我回到现代不久，竺香玉也离了府，不知以曹雪芹对竺香玉的感情，怎么能让她只因个谁也记不清的过错就被赶出了府呢？四哥和她之间，又如何了呢？

“你可知我四哥这些年，又纳了几位侧福晋？”

曹有道：“自从公主嫁进府，从没听说四阿哥那边摆过什么婚宴，想是一位也没纳过了。”

天色如水中的墨滴，将阴沉翻卷着四散。两匹马如浪里扁舟，在宿命般的天地之间飘摇漫步。

不知不觉，康熙的围猎大营已经远得不见了踪迹，眼前出现了一片红枫树林。霜叶火红，胜似鲜花。

千叶想要策马赶上不远处的曹雪芹，刚要挥动马鞭，却教曹有攥住了梢头。“公主莫要挥鞭，花影的伤还没痊愈呢。”说着望了望马的后臀。

千叶这才发现，花影的马臀右侧，有个寸来长的伤痕，不大，却不浅。

曹有解释道：“那日公主落马，花影自己跑了回来。我们见它臀上的刀痕，鲜血淋漓的，以为公主遭遇了马匪，慌得四处去寻。所幸花影聪明过人，领着我们去了，这才见公主独自倒在一块巨石边，想是落下来的时候头碰在石头上，这才什么都忆不起来了。”

千叶问：“那是个刀痕？”

“是啊，可深了！附近马匪十分猖獗，连官运粮草都敢劫，胆大包天得很呢！所幸也许是马匪畏惧圣上天威，也或许是我们及时赶到，他们没敢对公主轻举妄动，钱财物品一样没少，自己吓跑了。”

马匪既然敢刺花影，就没道理不对我下手，曹有他们赶到的时间，完全来得及抢夺我的财物，就算来不及，也能把我整个人掳走。

千叶心事重重地望着花影臂上的伤口，百思不得其解，只有沉沉的痛郁积心头，挥之不去，却也解释不清。

“要不要下来歇歇？”不知何时，曹雪芹已将马停下，等千叶赶上来。

走了这些路，果然身子已有些倦了。

千叶疲惫笑道：“也好。”

曹雪芹道：“正巧前面有个敖包，过去歇歇脚。”温柔中，却仍有着百转千回解不开的结。

第三回　有海阔天空　偏痴人自扰

花岗岩的敖包石堆上，缀满红色的丝带。

一个丝带，就是一个虔诚的希望。

作为叶初夏的我，就是凭着那虔诚的希望，才熬到了这与呼伦冲的同一片天空下。

又有多少人，仍旧在为他们的希望而努力？

曹雪芹一言不发地随千叶坐下，靠着敖包的石堆，头枕在胳膊上望着天空呆呆出神。

千叶也躺了下来。天色如水中的墨滴，将阴沉翻卷着四散。

江宁织造府内，比肩看大雁的两小无猜已成昨日，他们各自望着远天里南飞的鸿雁，各想各的心事。

两匹马已耳鬓厮磨。两个人却咫尺天涯。

千叶和曹雪芹这些年是如何过来的？为什么看似相敬如宾的日子，却好像有着无数不能触摸的伤痛暗涌？一句话不小心，就踩中那笑颜下千百个禁忌陷阱中的一个。

呼伦冲此刻又在哪里？曹雪芹我是不敢问了，四哥已变得有些不择手段，还是少惹为妙，也许十四哥能透露给我些端倪。

他是如何在那五十个板子下挨过来的？他的姑母现下如何了？他又是怎样对抗后母兄弟、诸盟可汗夺得这喀尔喀的领袖之位？他……可已娶妻生子了？想到这里，千叶忽然被心痛折磨得迫不及待，想要马上奔到十四哥的面前，将呼伦冲这六年的一切都仔仔细细问个清楚。

她呼地起身道："天已要下雨了，我忽然觉得很冷，还是回去吧。"

曹雪芹依旧淡淡望着天空，本就被阴云覆盖的面容，随着千叶的话语更是凄清："不必急着回去找十四阿哥，若是要问呼伦冲的事情，问我便了。"

太想知道，是她的幸，却是他的不幸。千叶期待又不敢形于色，只得垂头不语。

他瞥了眼千叶欲盖弥彰的神情，嘴角浮出一丝苦笑，望回天空道："得知呼伦冲被圣上责罚五十大板，打回原籍永不录用，靖王爷已根本不认他这门干亲，十四阿哥自顾不暇，曹府上下的人天天盯犯人似的盯着你，又在准备迎娶公主您的一堆繁文缛节。只听说他被拖出宫门时已不省人事，他在京城无亲无故，却不知在哪里挨过那些伤痛，当我再次见到他时，已是来年的秋季。"

我离开这个世界时是春天，如此说来，已是一年多的时间过去了。他在举目无亲的京城，不知是如何挣扎在生死边缘的。

尽管已经知道他熬过了最难熬的日子，想到那些因她而起的戮痛，心尖仍似被什么扯着似的抽搐。

"他没有回蒙古？"

"回了。却又不得不回京城一趟。"

"为什么？"

"参加他姑母的丧礼。"

最不愿发生的事情，还是发生了。千叶顿时觉得手脚没了血液，僵冷地靠在了敖包上。

他至亲的姑母，我连一面都没来得及见，却因我而病，因我而亡。本以为我的爱情，只与他有关，却没想到赔上了一个可怜之人的性命。

是不是我根本不该对他执着？若不是我非分地坚持，他又怎会招来这杀身丧亲之祸？

六年来，没有一刻不想找回的人，现在却没了找回的勇气。

这是三百年前的世界，婚姻、门第、种族、人命……已有太多的阻碍横在我和他之间，就算我不畏惧，又怎知他不再畏惧？就算他不畏惧，又怎知不是又一个厄运的开始？一个大清皇族的有夫之妇，又能如何与一个蒙古漠北的首领厮守终身？

“后来呢？”没了勇气，没了信心，却仍旧放不下。

放下。区区二字，又怎有说得那般轻易？

“当时他郁郁寡欢，也没有机会上前多谈，只听说他的父王不久后也病逝了。他不知从何处得来个强大的靠山支持，平内乱，合三部。如今虽然汗王是他的胞弟，他却已是喀尔喀蒙古的无冕之王了。”

千叶唇边浮起温暖的笑。只要他过得幸福，是不是和我在一起，又有什么重要？

“你……为什么要告诉我这些？”将自己发妻的心上人诉之于口，需要多么宽大的胸怀与多么深刻的了解？曹雪芹虽然长得柔美，心内却是个硬汉。

曹雪芹苦笑道：“你不问我，自会去问别人。看着你彷徨心痛，我又如何好过得了？”

爱到深处，在那个人的快乐面前，自己的快乐已微不足道。一样心思，两样伤情。

千叶望着曹雪芹那深情的苦涩笑颜，心中一震，不由地问道：“你对我……从何时起……？”

“蛾儿雪柳黄金缕，笑语盈盈暗香去。众里寻他千百度，蓦然回首，那人却在灯火阑珊处。从何时起，谁又说得清楚。曾经我慕你超然绝俗的大女儿胸襟，慕你万事众生皆平等的豁达禅意，而当你在我家院内望着桂花落泪以至葬花，望着雌燕育雏落泪以至开窗等燕来时，我才发现，虽你是睹物思人，自己却多么希望你思念的泪水是为我而流。”

葬花、开窗等燕，都是《石头记》中林黛玉的所为，而听他所言，却是千叶在嫁进曹府后思念杨锦和天天的言行了。这样一个多愁善感又饱学诗书的璧人，又怎会不得曹雪芹的倾慕呢？

“只是她从没对呼伦冲有过特别的牵念，却不知她此刻是否已经回到了一心系念的那个人的身边。”曹雪芹的声音，淡如夜风，却令千叶置身骤雨。

雨已纷纷，思绪一般寥落。

“你知道？”千叶对这个三百年前的人能了解这说不清的时光之变，惊异不已。

雨点落在曹雪芹仰望天空的面上，泪珠般滑落。他凄然笑道：“从你醒来抱我的那一刻……自婚后，她从没那样抱过我。”

若是他不提起，我都忘了自己抱过他。定是我回到呼伦冲的世界，高兴得忘了形。

细腻婉转如他，与千叶夫妻相伴六年，若是不察觉出些蛛丝马迹，也枉称曹雪芹了。

"虽难理解你和她是如何换了心神，一个娇如艳阳，一个缠绵似雨，可你们心内都有一股不认输的韧劲，善良与执着如出一辙。"

不似呼伦冲与杨锦，三百年里，女人的地位大相径庭，千叶与初夏外化的表象自是截然相反，而她们的相似之处，恐怕也只有曹雪芹能体会得如此入木三分。

"还有一个不能改变的共同之处，就是……"不待说完，曹雪芹的话语已化为一声叹息。

就是我们心里的那个人，都不是他。

他是我从小的偶像，如果我爱的人是他，而不是呼伦冲，又哪来得那些生离死别的痛？

曹雪芹自嘲地笑道："一个对我蓄须漠不关心，一个对我剃须熟视无睹，无论艳阳愁雨，你始终是你。"

她这才发现，因为她的一句话，他已把唇上的胡须剃了个精光。

又如六年前般俊美如画，而她却根本无心看见。

千叶与他相伴六年，尚不能忘记杨锦。我又怎能轻易忘得掉呼伦冲？

冰雨打着千叶和曹雪芹的脸，两个为爱伤怀的人，为了同一件情事，将愁绪化为一缕轻烟，随风化进雨中。

"可你……不是对竺香玉……"他在四哥面前几次为了竺香玉闪烁其词，却又是为了什么？

曹有见两人谈心，不敢打扰，一直远远伺候着，此刻望望愈发阴沉的天，走过来担心道："额驸，公主，雨大了，该回去了。"

曹雪芹挥挥手叫他退去，坐起身不答反问："也许你我将如此相对一世，难道你真的打算心内只装着个遥不可及的别人？"

曹雪芹期待的目光灼烧着千叶的脸，她在这令人窒息的视线里别过脸去。

如此温柔的深情，我却无福消受。

曹雪芹轻轻捏起千叶的下巴，将她低垂的眼睛转向他的脸。

"退一步海阔天空，又何苦痴人自扰。"

细细研磨的雨里，他将唇轻轻贴近她的。

婚姻、门第、种族、人命……也许我的宿命里，本不该有呼伦冲，若是只沉浸在眼前的人里，于他于己，该都是好的吧……

拥而不有的是他，有而不拥的是我。能让这拥有圆满的，也许只在一念之间。

而我的一念，却为何偏偏如此执着？

千叶在宿命与愿望里徘徊之际，那唇已拥有了她……

只倏忽一瞬的碰，她却似触了电般滑开了。

“知我者，谓我心忧。不知我者，谓我何求。你却是因我心忧而替我求了。”

知我如此，却为何偏偏心有所属？虽然曹雪芹的怀抱满是千叶的浓香，听了她的话，更明白自己拥有的，只是她盛满花香的空壳。他不禁微闭双眸，轻声叹息。

蓦地，马蹄、马铃、马嘶、惊呼。不知哪个先入了耳，千叶被一股摧枯拉朽的力道拽离了曹雪芹，转眼已坐在一个人的鞍前。

“马匪!”曹有的声音里满是惊骇，却已在风中飘远了。

千叶已在一个黑衣人的怀中，胯下是一匹疾驰如电的黑马。

千叶这才想起挣扎，瞪着双目道：“放开我!”

那人粗壮的双臂紧握着缰，身子如山般巍峨不动，笃定地将她围困在他身前方寸的地带，又怎挣扎得开？

“若是不想摔死，就别乱动。”那人的声音冰冷决绝，带着几分不容置疑的命令。

千叶忽然停下死命乱舞的双臂，如羔羊一般安静。

不是因为他的话，却是因为他的声音。

马若飞驰起来，并不颠簸，只有狂野的蹿跃宣告那危险的速度。马蹄和马铃响着节奏清晰的拍子。秋风如刀，秋雨如针，千叶在那人的臂弯里，却只觉温暖如春。

转眼进了红枫林，身后似有呼唤声传来。

千叶从那人臂弯的缝隙里向后望去，远远有曹雪芹纵马追来，却还有一个胭脂色的影子，似乎在两人离开的一刻就尾随着，同样迅如闪电地飞驰而来。

千叶低呼：“花影!”

黑衣人的马虽是硕大修长的良驹，终究载着两个人的体重，又怎及无人的脱缰花影轻便自如？没有主人的花影，此刻正以惊人的速度向他们接近。

曹雪芹似乎也想明了这个道理。他的白马是御赐的追风马，长途追赶下去，一个人的轻便总会敌过两个人的重压，穷追不舍，终有追上的时候。

果然不用多久，花影已在两人身畔，曹雪芹的白马也已清晰可见。

黑衣人的马是高大健硕的大宛马，在山地草原驰骋，自然胜人一筹，可红枫林虽参天林立，却难免有低矮的枝桠迎头袭来，却是蒙古马的天下。

定是他一心想着用红枫林遮掩形迹，以便奇袭，却没想到曹雪芹如此锲而不舍地追赶他们，不肯轻易放弃。

爱情，都是自己最为宝贵的东西，都等着另一方知难而退，谁又肯轻易放弃？

马颈已渗出微汗，如此虚耗下去，曹雪芹追上他们也只是时间问题了。

千叶正心里七上八下没个计较，忽觉腰上一紧，黑衣人将一根粗大的绳索系在了她的腰际。

她还没弄明白怎么回事，只听黑衣人一句：“握缰，坐稳。”将马缰塞进她的手里，身子已飞了出去。

千叶一声惊呼，怕他要下去对付曹雪芹，却见他脚未沾地，人已稳稳跃上了花影的马背。

大宛马身上少了百十来斤的重量，只剩一个形同虚设的千叶，忽地向前猛蹿出去。千叶腰上又是一紧。

此刻她才明白，那黑衣人已将她腰身和他的手臂用长长的绳索捆绑在一起，人虽在花影上，却仍旧和她紧紧相连，时刻掌控着她的动向。

只不知是为了防她跌落马下，还是为了防她单独逃跑？

两人虽将曹雪芹愈落愈远，那绳索却给他找了不少麻烦。他必须要和千叶的马紧贴在一起，才不至将绳索兜在两人之间的树干上，也许是自恃骑术，他才敢如此狂傲地霸占住她。

他的骑术，的确值得他如此狂傲。

他不但转眼驯服了从未驾驭的花影，更能操控着它与大宛马时刻保持方寸的距离，令一匹矮小负重的马，与一匹高大轻捷的马并驾齐驱。

身后一声短促的闷哼，千叶循声望去。

曹雪芹撞到一个突兀的树枝，跌下马去。

“曹霑！”千叶第一次喊出他的名字，却可能已是最后一次。

论骑术，曹雪芹能追到这里，已是奇迹。而这奇迹的出现，应是全凭他满腔对我的情意。

未及再想，千叶只觉腰上一紧。

循着腰上的绳索望去，刺来面罩后冰冷的目光。

冰山之下，有喷薄欲出的岩浆蠢蠢欲动。

顶着那杀人的视线，千叶仍旧不放心地回首，直到确认曹雪芹仍能够挣扎着站起身，这才转过头来。

一旦转过头，就再不能回头。

两匹马箭一般冲出红枫林，远离泣丧伤怀的曹雪芹，远离千叶的亲朋故交，奔向未知草原的茫茫风雨之中。

雨停了。暮色里，云朵熏红了蒙古包后的天河。

“济农回来了！济农回来了！”

才只见到远方大营的熊熊篝火，便已听见一叠声兴奋的蒙语。

片刻，快马已至。

人群早已簇拥上来。黑衣人跳下花影，瞥了眼仍然呆坐马上观望大营的千叶，左臂微微用力，绳索甩上红云。

千叶惊叫一声，整个人被绳子拽着，身不由己飞进了黑衣人的怀抱。

四目相对，冰火两重天。

不及收拾荡漾的心神，千叶已被他扛在肩上，在嘈杂欢呼的蒙语中，进了最大的营帐。

“有事也别进来。”黑衣人低声吩咐一句，门卫已知趣地从外面关上了门。

“放我下来！”千叶话音未落，已被抛进塌里。

滑顺绵软的各色毛皮毯子，层层叠叠堆满塌上，仿佛掉进了海绵堆。

尽管一点也没摔疼，堂堂大清公主，被人粗鲁地抛来抛去，像对待战利品一般，于她可是头一遭。

千叶瞪了眼黑衣人，用力去解腰间绳索上的结。

黑衣人根本是行军打仗的行家，他在匆忙一瞬系下的结，千叶咬破了嘴唇也解不开。

黑衣人将佩剑、马鞭扔到几上，一边烤火，一边侧头观赏徒劳窘迫的千叶。

炉火温和地噼啪作响，黑衣人的眼睛仿佛也映照上了暖意。

他上前拨开千叶的双手，两指一捏，转眼挑开了结。

千叶赌气把绳子扔到一边，撅嘴瞪着他犀利的双眸。

嘴虽嘟得老高，眼睛里却柔情似水。

她缓缓伸出手去，轻轻触碰他微蹙的眉，深邃的眼，还有面罩下英挺的鼻子，捏住那面罩的一角，微微用力揭开。

黑衣人眼中闪过凄厉的火，一只有力的大手猛地按住了她。千叶身子轻颤，又复绵软。

挥之不去的浓郁桂香将他重重围困。那火终于熄灭，只留下些痛楚的灰烬。

面罩连同头巾被黑衣人一把扯下。微卷的长发飞扬，凌厉的须髯勾勒出霸气的轮廓。

四目相对，艳阳一片天。

千叶笑着流泪，触摸珍宝一般轻抚他的脸颊。

“呼伦冲……”

“……嗯？”

“呼伦冲……”

“嗯？”

“呼伦冲……”

“何事？”

“呼伦冲……”

“有事没事？”

“曾经有事，但现在什么事都没有了！”千叶投进他温暖宽阔的胸膛，紧紧抱住他的腰，仿佛生怕又是虚幻的梦一场。

原来呼唤他时有人答，是如此幸福。

笑有多浓，泪就有多汹涌。

呼伦冲有些猝不及防地被她抱住，闪过一丝意外，情不自禁抬起自己的胳膊，想要拥她入怀，犹豫片刻，终于目光一凛，推开她的身子。

千叶惊讶地抬起泪眼望他，迎来的却是森森寒意。

“水性杨花至此，公主实为大清之耻。”

如此凛冽的话，竟出自朝思暮想的呼伦冲之口。千叶不禁目瞪口呆，泪都已忘记流。

呼伦冲见她伤情的神色，眼神不由得柔软下去，纠结片刻，又将她狠狠推倒进床里。他站起身背对千叶，除去被雨淋得湿漉漉的夜行衣，满不在乎地道：“刚刚目睹公主与额驸耳鬓厮磨，因此本以为掳来公主，会抵御，会顽抗，谁想到转眼又来与我缠绵。这水性杨花的女人，反而让人索然无味了。”

曹雪芹吻我的时候，他一定早就在暗处看着。就算三百年后的杨锦，看到林斯吻我还会暴跳如雷，更何况他是活在三百年前秉信贞操至上的呼伦冲……我这下，真是跳进黄河也洗不清了。

千叶心内焦急，却仍旧无言以对。

又见那张扬的小麦色肌肉。呼伦冲已将衣衫除得只剩一条亵裤，抹着身上的雨水，逼近千叶身前，扯起一丝邪笑道：“如今见了男人的身子，也不再知道脸红了，可见为人妇的好处。”说到最后，不禁咬牙切齿，瞳底猩红，眼中又有火焰燃起。

此刻千叶才发现，呼伦冲曾经光洁的上身已布满伤痕，如一道道魔咒，潜伏在他壮硕的胸臂之上。千叶不禁抬手想要轻触他的伤，颤声道：“这些年，你是怎么过来的？”

指尖还未触到，已有寒光厉闪。转眼间千叶的俏脸上已压上一支牛角弯刀。

拿着弯刀的人，却是她情牵三百年的男人。他眼中的火焰深处，翻涌着他多年前的痛。

靖王府里姑母的丧礼，清简至极。除了挽联和顾及靖王的颜面没有裁减的僧侣，几乎看不出是一个王府侧福晋的丧礼。十四阿哥将千叶拉至无人处，低声道：“呼伦冲就在厢房等你，你去看看吧！”

呼伦冲失魂地徘徊出房，寻到千叶，阴郁的面容总算见了几分光彩，刚要上去叫，却见千叶灰色的瞳孔里无波无澜，冷冷道：“什么呼伦冲？我不认识。今日参加这不相干的丧礼，我已疲累至极，只想静静一个人快些回府。十四哥莫要再给我寻什么事端吧！”拽开十四阿哥拉着她的袖子，转身而去。

此刻呼伦冲眼中的熊熊火焰，与那日靖王府中的如出一辙。

你嫁给曹雪芹可算万般无奈，但是转眼间将关于我的一切抹杀殆尽，做人怎能无情无义至此？

刀锋在千叶俏丽的面容上缓缓移动，冰冷地斩断那些曾经不舍的记忆，终于停在她的咽喉。

千叶望着狂怒的呼伦冲，终于轻抚他因她而累累的伤痕，凄然笑道：“杀了我。”我所亏欠你的，如果用命能偿得清，我死不足惜。”

我看见你的身子不再脸红，只因见惯了你下一世杨锦的身子。他总半裸着在自己家里走来走去，那与你一模一样的身形，也不是我不想看就能不看的。

千叶望着他玉石俱焚般的目光，忆起对叶初夏爱恨交织的杨锦。

曾经只隔岸观火，已体无完肤，如今身陷囹圄，才知被自己爱的人恨，是杀人般的痛。

与其活着忍受死一般的悲伤，不如让你亲手了结我的性命，如此也算死得其所。

刀锋用力，皮开肉绽，鲜血顺着白皙的颈子淌上雨浸的华服。

千叶在血光里惨淡地笑，双目一瞬也舍不得离开呼伦冲的脸。

微颤的手渐渐用力，血流如注，仿佛在实践两人心中血骨剥离的痛。

颈子忽地一轻，弯刀离了千叶。

呼伦冲望着她的眼睛咬牙道：“我曾对天地日水发誓，永不放弃千叶公主。无论你是否还记得这个死生契阔，我一直都没有忘。”

滚烫的鲜血烧灼皮肤，千叶微笑：“你还将这誓言记得如此清晰，就像我一样。”

“不一样。我的誓言不像你的那样一钱不值。所以你放心，我不会让你轻易死掉。因为自今日起，我和姑母为你付出的一切，要从你身上讨个干净，让你也尝尝生不如死的滋味。”呼伦冲拉起千叶的头发，将唇凑上她的颈子，舌尖毫不犹豫地压上伤口，吸吮她四溢的鲜血。

这就是我魂牵梦萦的吻吗？为什么这吻却是如此疼痛？千叶如折了颈的傀儡，在呼伦冲疾风骤雨的怀抱中，任他玩味自己颈上的伤口。

呼伦冲舔着唇边的鲜血，恶狠狠地对千叶道：“喀尔喀人饮了仇人的血，才能更加强大和无所畏惧。今日我饮了你的血，千叶在我心中便是死了。”

最彻底的报复，便是不再记得。

苦苦希冀的相聚，迎来的却是这摧枯拉朽的恨。

又能如何呢？于我，是六年生死两茫茫的期待。于他，却是六年独面生死的背叛。

“如今姑母的血债已偿了一半，只要再让我抓到那个将我告到皇上跟前的逆贼，将他血祭姑母的灵位，姑母的在天之灵也可欣慰了。”

千叶在呼伦冲灼热的逼视中，闭起双眼，泪水再一次滑落。她竭力不让自己恸哭出声，却只抑得双唇更加颤抖。

呼伦冲凝视身前凄苦的千叶，比起六年前的艳光四射，如今的她已如一片风雨中凋零的花瓣。

她整日在深宅重楼中养尊处优，没经历一丝皮肉的苦痛，又与那曹雪芹共度最美丽的韶华，却为何清瘦凄惨至此？

六年前养心殿的纱帘后，千叶也如眼前般苍白无助，摇摇坠去的一刻，我的心也跟着落了。莫非这分别的六年，她也有自己难言的苦衷？

“济农！济农！”门外有人急喊。

呼伦冲用蒙语不耐烦地向外喊道：“我不是说过了，有事也别来扰我！”

“济农！是探子回来了！”

呼伦冲面色一变，抄起床侧的貂裘，千叶只见锦毛翻飞，呼伦冲已从床里飞坐上长几旁的虎皮靠椅。

他朗声道：“让他进来。”举手投足，已是一个冷静的漠北霸主，却仍改不了蹬踩靠椅扶手的习惯。

一个衣着华丽的蒙古人踏进帐中，跪地拜道：“济农英明，扎萨克图汗呼伦博古德果然与鄂尔多斯汗暗地私会借兵，意欲明日启程突袭我们的中坚大营，想要直捣乌里雅苏台刺杀您。”

呼伦冲冷笑道：“他这如意算盘打得虽妙，却不曾料到我已尾随他至漠南，此去也只能伤我皮毛。

那人道：“乌里雅苏台的心脏就在我的面前，我八万扎萨克图人只愿誓死追随草原上真正的巴图鲁，必可将呼伦博古德截杀在半路，叫他连皮毛也碰不到一丝。”

千叶在宫中多年，满蒙一家的训诫听了无数，对蒙语虽只是一知半解，“济浓”的称呼和最后那个“巴图鲁”一词她却是懂的。“济浓”是副亲王的意思，可见他已是一人之下万人之上的高位；而只有蒙古人心悦诚服的大勇士，才能获得“巴图鲁”的殊荣。

她见那人神情激昂，知有要事发生，又见那人看着呼伦冲崇敬的眼神，他这六年在喀尔喀人心目中的地位可见一斑。

呼伦冲沉吟道：“我们为掩人耳目，此行只带了三千精骑乔装马匪，若是贸然出击，恐其他部众一时难以接应。况且，不等他来打我，我就先去灭他，这是反叛；若是他欺到我头上自投罗网，我才算师出有因。”

又有一清兵装扮的男子奔入帐中，足下却不闻一丝声音，可见轻功了得。他跪倒便报：“启禀济浓，大清皇帝围猎大营里公主被掳，乱作一团，派了猎犬营和猎鹰营正连夜四处寻找。”

呼伦冲不禁瞥了眼床角的千叶，缓缓起身道：“传阿古拉、巴图达赖和哈斯乌拉。”

两人领旨匆匆而去。

呼伦冲不再看千叶一眼，心事重重地除了貂裘亵裤，换上一身黑色箭袖镶蟒袍。张扬的长发和犀利的容颜下，唇又不禁紧紧抿成了一条隐忍的线。

本只想远远看她一眼，却仍然忍不住趁夜去到她的床前；本想只知悉她现在过得如何，却仍然看不了她和别人亲热的样子。六年了。这六年我经历了多少生死浩劫，为什么见到她的一刻却仍旧失去了惯有的冷静，变成了一个不顾后果的傻子？

还没系好那黑色镶狼皮斗篷，已有三个蒙古人奔入帐中跪倒。一个虎背熊腰，一个白面硬朗，另一个是虬须大汉。

呼伦冲边系着身上的斗篷边吩咐道：“阿古拉，你率五百人抹去我们来时那两匹马的蹄印和气味，将蹄印引向鄂尔多斯城，之后去土谢图部调二万骑兵，三日内包围乌里雅苏台，与我里应外合。”

那虎背男子领命拜退。

呼伦冲佩上长剑、牛角弯刀和马鞭道：“巴图达赖，你率两千人与我即刻启程乌里雅苏台。鄂尔多斯汗必将被大清皇帝问罪马匪掳获公主一事，延误出击乌里雅苏台的时机，你我必得赶在他们到达之前运筹迎战。”

那虬须大汉领命拜退。

呼伦冲走向帐门道：“哈斯乌拉，你率五百人即刻开拔，莫要留下一丝扎营的痕迹。八日后在乌里雅苏台城外待命。”

那白面男子望了眼床里血迹斑斑的千叶，问道：“这个女人……是扔了还是杀掉？”

呼伦冲驻足冷冷望了眼千叶，低下睫毛道：“带走做我的女奴……保护好……用你的命。”说罢抬起右臂，羽声乍起，一道金光闪向他的右臂，随他消失在大帐门口。

千叶这才惊觉，角落里盘金鸟架上一动不动的金毛大雕，并不是件摆设。

第四回　性感美男计　淫邪复仇法

一阵剧烈的咳嗽过后，千叶皱眉捂着颈上的伤疤，痛得半晌动弹不得。

咳疾复起，伤痛未愈，加上作为女奴的徒步跋涉，这几日的行程下来，千叶单薄的身子已摇摇欲坠。

蒙古兵咕哝着生硬的汉话道："还不快走！掉了队，让清兵追上，也给不了你一个全尸。"又是一道无情的鞭子抽来，千叶忍痛咬紧了唇，迈开沉重的腿，一步步向遥遥可见的乌里雅苏台城走去。

若是让哥哥们追上来，我就可以再回到那锦衣玉食的生活里，不必再受这任人欺凌的苦痛。

可我这几日的苦痛，和呼伦冲六年来的九死一生相比，又何足挂齿？

若是就此放弃眼前城池里浴血奋战的呼伦冲，我这六年用生命换来的期盼又算什么？

低沉的号角声起，有一小支丢盔卸甲的队伍从城内冲了出来。

马上的哈斯乌拉自言自语："呼伦博古德真是顽固，打到今日还不死！"

千叶遥望那队伍，为首的一个大胡子，正向西疾驰而去，四顾着仓皇寻找退路。

雕唳，一道金光啄向大胡子的脑袋，他捂着头，将手中的长矛乱舞，马速骤然慢了。

黑色的闪电早已从城门中蹿出，剑光四射，转眼砍落几名队尾的骑兵。

城外待命的阿古拉，也已从西面包抄而上，与城中的追兵一起，将大胡子团团围困。

号令部落的可汗，已成阶下之囚。

失去斗志的呼伦博古德，垂死挣扎般地向千叶一行猛冲过来。还没奔到跟前，已被呼伦冲刺落马下。

金雕仍不依不饶地撕咬呼伦博古德的面颊，呼伦冲一个呼哨，那金雕眨眼间又回到了他的肩头。

呼伦博古德的一只眼睛，却早已血肉模糊。他的笑容比鬼还要惨厉："我呼伦博古德今日除不了你，是我对不起扎萨克图的八万部众。你这个汉人生出来的杂种，也配当扎萨克图的汗么?!"

呼伦冲剑抵博古德的咽喉，怒而不语。哈斯乌拉蹿上前凛然道：“密宗活佛早就教化我们，众生平等。蒙古人是人，汉人也是人，济浓能让扎萨克图安宁，能让喀尔喀蒙古团结富强，男人有牛羊放牧，女人有布匹纺织，就是真正的巴图鲁，就是我们的汗！”

将士们振臂高呼，呼声震天。

“呼伦冲是我们的汗！”

“扎萨克图汗呼伦冲是真正的巴图鲁！”

“让傲慢蛮横的呼伦博古德下地狱！”

“杀了他！杀了他！”

呼伦博古德在山呼声中变了颜色，虽早知大势已去，此刻才知子民对他的恨意是如此浓烈。

失了江山或可再得，失了民心，即是万劫不复。

“我是你的亲弟弟……你……你不能杀我！”呼伦博古德血迹斑斑的脸，似乎已见到地狱的火光。他慌乱地躲避冰冷的剑尖，那剑尖却如索命的冤魂般在他的咽喉间萦绕。

呼伦冲冷笑：“亲弟弟？你又何曾把我当做是你的亲哥哥？”

剑尖用力，呼伦博古德眼见命丧黄泉。

一声女人的娇喝划破蒙古大军的怒吼，穿透每个人的心神：“等等！”那陌生的俄语虽难解，却有着不容置疑的气魄。

人们都不由地向那声音的源头望去。

烙金的长袍殷红如酒，长发金黄如波，白皙的面上有琉璃般的碧眼透出高傲的锋芒。

她虽只一人悠闲漫步着走近呼伦冲，但她身后一眼望不尽的红甲骑兵却令所有人不由地倒退了几步。

“索菲亚？”呼伦冲抬头惊讶地望着那神秘而美丽的金发女人，命警戒着她的兵士退去，剑仍笔直地指向呼伦博古德。

“就是喜欢你带着东方口音叫我的名字，真是性感。”索菲亚腰肢扭转，将一只手臂搭上了呼伦冲的肩膀。

呼伦冲没有挣开她的手，目光却不禁向远远人群中的千叶扫去。

血迹斑斑的华服，污渍斑斑的花容。只有不可置信的双目依旧璀璨。她虽听不见他们的话，却已将他们的一举一动尽收眼底。

呼伦冲的心中抽痛了一下，连忙收回视线，向前一步逼在索菲亚的面前，用俄语道：“或者，我已该称您为叶卡捷琳娜二世陛下。不知您刚刚登基就大驾光临敝邦，有何指教？”

索菲亚望着呼伦冲俊容的目光不再迷醉，冷艳道：“来收拾我五年前布下的残局。”

呼伦冲目光一凛，皱眉道：“五年前，你调俄罗斯炮兵助我平定车臣汗的叛乱，才令我有机会与土谢图汗会盟，让喀尔喀部安定富强。你的恩德我没齿难忘。”

索菲亚微微一笑道：“当年借兵给你，也全是为了报你的救命之恩。我十岁从普鲁士迁居俄罗斯，一路历尽艰辛，又被狼群围攻，若不是遇到追击狼群而进入俄罗斯边境的你，也没有我的今日……只是，我当年借兵给你时，没有想到有朝一日会贵为一国君主，而为国家考虑的君主，就会有很多的迫不得已……”她的目光不禁望向地上的呼伦博古德，打量他满身的血渍泥污，厌恶地移开了视线。

呼伦冲冷笑道：“北方之熊俄罗斯，自然不想在它的脚下出现一只统一安定的猛虎。”

索菲亚宝石般的翠眼目光闪动，望着呼伦冲因冷峻而更令人心跳的侧颜，柔声道：“自十岁那年见你，就知你非池中之物，心中再也难以忘怀。没想到今日我们却以熊首虎心之位再次聚首，就请你念及往日情谊，让我把这将死之人带走，回去好对王宫大臣有个交代。曾经蒙古成吉思汗率军直讨莫斯科的杀戮，恐怕你我都不想再重演吧。”

呼伦冲望望柔媚低语的索菲亚，又望望她身后无垠的铁甲军士，知她如一杯香醇妖艳的毒酒，若是先礼不成，而后大兵转眼就将要把他的乌里雅苏台城夷为平地。

他一侧唇角微扬，一只手臂微微用力，将索菲亚揽入怀中笑道：“无论你是叶卡捷琳娜二世，还是索菲亚，你都是我心中那朵开不败的玫瑰。呼伦博古德本是我的亲弟弟，我又怎么忍心杀他？可我留他下来也多有不便。若是你能将他带走，好生相待，我也省了这进退两难的烦忧。”

一贯拒人于千里的呼伦冲忽然对她如此表白，索菲亚望着他幽潭般的美目心花怒放，不禁在他怀中娇喘道：“我的情人中唯独缺了一位矜持骁勇的东方勇士，不知你是否愿意补上这个空位？”

呼伦冲在她耳畔低声道：“这里人多耳杂，你我多年未见，如今你登基，我封汗，呼伦博古德也有了着落，逢此三喜临门之际，何不到城中一叙？”说完在她耳垂上轻轻咬了一口。

他这调情的手段令索菲亚浑身酥软，半依靠在他怀中道：“如此甚好。”

索菲亚的随从军士见她移步城中，都紧张地跟了上来。呼伦冲回首笑道：“改日我必得扩建城池，才容得下你这浩浩荡荡的私会大军啊……不知陛下每次和情人私会，是不是都如此大的阵仗？”

索菲亚回首傲然吩咐道：“我与故友到城中一叙，你们不必跟来。”顿了顿又道：“诺捷耶夫，你带着你卫队的三百人随我进来便可，将呼伦博古德带回大营，交由大臣看管。”说着向那金发碧眼的壮硕军官使了个眼色。

叶卡捷琳娜二世一生情人无数，这诺捷耶夫便是其中之一。他远远见到她与呼伦冲举止亲昵，本就妒火中烧，此刻见她向自己暗送秋波，知她对呼伦冲仍然心存芥蒂，不禁喜形于色，叫了三百个最擅长搏击的勇武军士跟进了城中。

窗外新月如钩，勾起无数过往，停在最痛处翻涌。

呼伦冲轻咬索菲亚的邪笑容颜，总是蹿出来反复鞭笞她的心。

曾经蔑视杨锦的朝三暮四，如今呼伦冲居然变本加厉。千叶豁然明了杨锦所说的话：“有些东西，永远不会变的。虽然埋得很深，可我还是看得见。”

杨锦与她相处的日子，已多过了与呼伦冲曾经的幽会，此刻她已明白，她曾经认识的呼伦冲，并不是呼伦冲的全部。

也许她只是一直不愿从杨锦身上承认，呼伦冲的灵魂里，存在着暴虐纵情的黑暗，那是因复仇之心而燃出的洞，黑洞之底盘踞着七情六欲的孽障。

作为雄霸一方的喀尔喀汗王，他的报复完全可能比杨锦的酷烈百倍。

呼伦冲和索菲亚到扎萨克图汗宫已有七日，她却连一面也没有见到。

确切地说，她根本没能走出女奴房半步。

别说门外守卫森严，就算没有看守，她这衣不遮体的白纱袍，也令她寸步难行。

扎萨克图汗的王宫虽不及紫禁城庄严巍峨，却另有一番异域风情。不似中原的简朴之风，奢华瑰丽有过之而无不及。

门首匾额四框饰有龙纹，龙眼上所镶嵌的宝石则发射出威严的光茫；大殿的墙壁缀满珍珠宝石，象牙宝座珠环玉绕；千叶的女奴房，也被白狐皮毯子覆满地面。

白色的象牙床，白色的珍珠椅，就连她的新衣服，都是白色的。

只是这衣服，不似中原的绫罗绸缎，也不似蒙古的束腰窄袖，却是由无数层白色的薄纱和俄罗斯蕾丝缝制成的。

尽管朱玉环绕，广袖翩翩，材料却太过单薄，让玉体若隐若现。

每次有人进来，千叶都尴尬地遮住双峰。幸好送餐送药的都是女人。若是大夫来了，她只得躲到床上，覆盖裘毯才能遮体。

咳疾虽难愈，身上的伤却渐渐好了。

虽衣食无忧，却不懂蒙语，无法与人交流，整日薄纱覆体，赤着双足在屋内徘徊，她已是一个被囚禁的宠物。

难道呼伦冲的女奴都是如此待遇？

"女奴，随我来。"一个圆脸婢女呈上件白貂大氅，令她罩上，然后转身而去。她见千叶听不懂她的话，呆呆站在原地，粗鲁地拽着她的胳膊示意她跟上来。

不再是大清的千叶公主，她已没了名字，整日只被人唤作女奴。

"要去哪里?"千叶问前面的女婢。女婢听不懂她的话，头也不回地向前走。

她跟着婢女，在红色地毯的金殿里一路前行，忽然在一个拐角处顿住了脚步。

她仿佛听到了呼伦冲的笑声。那笑声和着女人的笑声在金殿里回荡，虽绵远，却空落落的。

衣袖被狠狠拽了一下，她只得跟着婢女继续向前走。

我穿越三百年，跋涉千万里，就是为了和你在一起。可是你虽见到了我，却把我一个人孤单单扔在这里。你和索菲亚很快活么？快活得已把我忘记了么？不行。我不允许!

千叶脚不停步地转了方向，不顾身后婢女的呼唤，她赤着白皙的双足在殷红的地毯上奔跑，四顾寻找那笑声的源头。

正殿东侧的暖阁透出光亮，大门被千叶猛地推开，墙壁上悬挂着翡翠、珠宝镶嵌成的山水画，画前是衣衫大开的呼伦冲和醉眼迷离的索菲亚。

周遭的婢女大惊，呼喝着围上来要赶千叶出去。那圆脸婢女也追了上来，拉着千叶的胳膊不断责打她娇弱的身躯。索菲亚的卫队士兵连忙远远扶枪戒备。

袒着半边结实的胸肌，裘袍锦衣凌乱，面对呼伦冲和他怀抱中的索菲亚，千叶才后悔自己是个呆子，不该跑来看这刺心的一幕。她在人们的责骂拉扯中久久呆立，直到白貂大氅被那女婢打得滑落地上。

女婢们见了她那薄得透出双峰的白纱裙，都是一惊，害羞得停了手，窃窃私语地露出嘲弄的神色。

卫队里那些俄罗斯壮汉，见了她那若隐若现的身子更是垂涎欲滴，一个军士连火枪也忘了拿，"噹"一声掉在了地上。

就连放荡不羁的索菲亚，见了她的衣衫，也不禁露出惊异之色，却转眼娇笑了起来。

呼伦冲面无表情地玩味着她胜似白纱的雪肤，只有一只拳头越攥越紧。

在你的女人和仆从面前让我如此难堪，这就是你所说的报复吗？这就是你所说的生不如死吗?

千叶在众人鄙夷的目光中蜷缩身体，宁愿自己在他们灼热的盯视中蒸发殆尽。

眼见着泪水一滴滴落在红毯之上，只恨自己仍在此处。

呼伦冲仿佛从那些男人的眼中望见了自己，心中翻涌道不尽的波澜。

"好了。你们退下吧。"

女婢们领命退下，呼伦冲对索菲亚微笑道："这是我新捉来的女奴，春宵一刻值千金，人多难免繁杂，留她一人伺候我们足矣。"

虽与呼伦冲相伴七日，他却总是若即若离地调自己胃口。索菲亚本来防范的心渐渐变得急不可耐，趁此刻醉意蒙胧，望见呼伦冲健阔的小麦色胸膛，她恨不得一口将他吞下肚去。

见呼伦冲提议让这活色生香的半裸美人单独伺候，可知他已兴味盎然，暗赞他调情促性的手段高超，索菲亚连忙道："诺捷耶夫，这里没你们的事了，都下去吧。"

诺捷耶夫一直寸步不离地守卫索菲亚，就是防着呼伦冲乘虚而入，连忙上前道："陛下的安危是我们的职责，臣等不敢有半点疏忽。"

索菲亚选诺捷耶夫进城护卫，本就看中他对自己忠心耿耿寸步不离，此刻她酒意正酣，浑身发烫，一心全在呼伦冲身上，倒有些后悔自己选诺捷耶夫来当自己的绊脚石，不耐烦道："让你出去就出去，在门外守着也就是了。"

诺捷耶夫无奈，带着卫队退了下去，戒备在门外，仔细聆听屋内动静。

索菲亚见人都走了个干净，只留这半裸女人在身前，打量千叶的身躯啧啧赞叹道："素闻东方女人平板得像块木头，你却带来这凹凸有致的尤物给我看，是否是想让我跟她一较高下？"说着轻轻解开绿裙身后束胸道："不如你就比比看，谁的身材更妙。"

俄罗斯贵族女人的衣裙本就低胸，解开身后的束胸，双峰更是呼之欲出。呼伦冲不理春心荡漾的索菲亚，漠然别过头对千叶道："斟酒。"

纱影飘摇，千叶站起身，颤抖着双手拿起玉壶，琥珀色的美酒盛满两个人的琉璃盏。

难道我一生就将成为他调情促性的工具，眼睁睁看他拥着别的女人调笑尽欢？

失神的苍白面容下，尊严被一层层剥落，心已痛到麻木。

一声惊呼，玉壶打翻在索菲亚的衣裙上，琥珀色的浆液四溅。

千叶连忙擦拭索菲亚的衣裙，却被她一掌掴得倒在地上。

"好个卑贱唐突的女奴，连个下贱的差事都当不起。"索菲亚被呼伦冲碰了个软钉子，心中本就躁动难耐，此刻正好责打这女奴给呼伦冲看。

呼伦冲本来目光复杂地望着千叶斟酒，此刻见千叶被索菲亚责打倒地，拥起索菲亚哄道："不必为个女奴跌了你高贵的身份，衣服脏了也好，不如我替你脱掉。"说着压上她的身子倒进塌里。

索菲亚在他身下娇笑道："你真坏，只一心想要剥光我的衣服，莫非这是你故意设计的陷阱？"

同一张软榻，一边春光明媚，一边地冻天寒。千叶虚弱地倒在地上，无力地望着三尺之外调笑的两个人，刚刚想要闭上眼睛，不去看这折磨人的一幕，却不由得双眼圆睁，不可置信地瞪着呼伦冲的右手。

呼伦冲与索菲亚调笑之际，已从软榻的虎皮毯下抽出一把明晃晃的匕首。他唇畔微侧，邪笑着道：“这当然是我故意设计的陷阱。”语未毕，那匕首已抵上了索菲亚的颈子。

索菲亚被冰凉的匕首架在颈上，酒瞬时醒了大半，冷笑道：“如此对待你的情人，未免太过绝情了吧?”

呼伦冲冷冷道：“我没有情人，只有仇人。只要你把呼伦博古德乖乖交给我，便不会是我的仇人。”

第五回　裸程对君颜　迫许额驸婚

“儿子！我的儿子！你在哪儿？啊！我的儿子，你在这儿！快随娘回去，娘给你备了许多你最爱吃的酥油奶酪。”

千叶从女奴房的窗子循声向外望去，白雪皑皑的大殿前，一个蒙古妇人正拉着守卫的士兵叫喊。虽穿着华服，却头发蓬乱，目光涣散，在冰冷的雪地里赤着双足，仿佛也不觉得冷。

这便是呼伦博古德的母亲，一个失去了独子的母亲。

呼伦冲与叶卡捷琳娜二世缔结“有生之年，永不互犯”的盟约，以她为人质交换了呼伦博古德，并将其处死。

自那日起，总能听见这撕心裂肺的呼唤声。

原来呼伦冲难得展露的笑颜，也只是为了魅惑索菲亚的计策。

他自然不能允许呼伦博古德落到俄罗斯的手中，否则他就成了挟制呼伦冲的最佳工具，若是他们扶持呼伦博古德做傀儡，与他二分江山，他这多年的血汗早晚也将付之东流。

曾经害怕四哥和十四哥的自相残杀，没想到在万里之外的喀尔喀，却提前经历了呼伦冲的兄弟相残。

若是四哥杀死了十四哥，我是不是也会如此疯掉？

门忽然开了，闯进来醉醺醺的呼伦冲。

他一向忙于处理呼伦博古德留下来的烂摊子，时刻保持着清晰冷静的头脑，白天喝酒，千叶还是第一次见。

窗外几个士兵拥上来，拖着那妇人远去了。只留下凄厉的哀嚎，声声呼唤已不在人世的儿子。

“王位真的比兄弟重要？”千叶不解地问。

“自被逐出紫禁城，姑母因我而亡的那一刻起，我才明白：要想保护自己和所爱的人不受伤害，只能拥有至高无上的权力。而为了这权力，你不杀别人，别人也会来杀你。”

呼伦冲冷酷的眼光让人不寒而栗。

而这样一个杀死亲弟弟也不会眨一下眼睛的恶魔，却是因我而出。

“你可以折磨我，但是不要折磨自己。”如今你敢掳走皇上的爱女，敢杀死自己的亲兄弟，还有什么事你做不出来？你曾经捍卫的仁孝呢？你曾经笃信的忠义呢？

呼伦冲摇摇晃晃地逼近千叶，快意地玩味她的泪水，满意地欣赏片刻，坐在床边微微抬起他穿着靴子的脚道：“我哪有折磨自己？”

又要我服侍他了。总是如此将我踩在他的脚下，用我散尽的尊贵换取他一丝的快慰。

千叶缓缓俯下身，脱掉他的靴子放在一边道：“你没有吗？自从入主这个宫殿以来，我从没有见到你真的笑过。你所做的一切，并没有让你快乐。”

“谁说的？我现在就很快乐。”也许是酒精的麻醉，呼伦冲躺在床上支起头，拉得千叶跌在他的身前，好像一只老虎玩弄到手的小羊。他闭目微笑地享受她甜腻的体香，拿出一件鹅黄色的薄纱裙。

大约每个月，呼伦冲就会给她换一次衣服的颜色。如今这已是第六次。

每件纱裙的款式质地都不亚于当年替他姑母挑的云锦，虽样式不同，却都是一样的薄可见体。

他用生命换来的财富地位，已成了羞辱折磨她最好的工具。

又如往日般犀利的目光，望着她轻解薄雾般的衣裙，细细品味她的每一寸肌肤。

千叶在这赤裸裸的目光中轻轻战栗。

若是由内而外地任他将我的尊严片片剥离才能令你快慰，若是如此才能赎回我对你所亏欠的，只要让我能偶尔看到你，安心地知道你就在我不远处的寝殿，这一切又有何妨？

薄纱落地，千叶一丝不挂地站在他的身前，麻木地拿起他手中的鹅黄色纱裙。

梨花图下两个年少的男女，曾只摸一摸胸膛就会面赤心跳，如今赤身裸体也只有冷冷相对。

又是这凄惨的笑颜，仿佛述说着什么难言的苦痛。呼伦冲在千叶的惨笑中再一次怀疑自己对她的报复，甚至隐隐感到他报复的荒唐无稽。

他轻触她胸前鹅黄色的薄纱，依恋地将脸埋进她柔软的身体。

花气袭人，一瞬间，桂落满地。

他猛地抱紧她的身子，仿佛夺取转瞬即逝的珍宝。

千叶惊讶地睁大双眼，不可置信地确认他的拥抱。

这滚烫的热度，这熟悉的气息，这摧枯拉朽的霸气，她还没来得及反应这一切的真实，身子已被狠狠推到了墙上。

墙虽冰冷，却不及呼伦冲的言语寒意彻骨。

“水性杨花的荡妇，碰着都会脏了我的手。”又是这千篇一律的言语。呼伦冲咒骂得狰狞了脸，不知是因为仇恨还是心痛。

背心被撞得生疼，引来千叶一阵剧烈的咳嗽，她几欲窒息地软绵绵瘫倒在地，眼睁睁地望着呼伦冲愤然离去。

门“嘭”地关上，屋内重新回到没有呼伦冲的死寂，只有千叶的咳嗽声如索命的厉鬼，在虚无中干燥地回荡。

我一定是喝了太多的酒，醉到忘了她曾经的残忍。千万不要忘记，这是一个背弃誓言、投进别人怀抱的肮脏之躯。

可是为什么，每次我见到她，身体都会忍不住背叛头脑，想要不顾一切地接近？

呼伦冲颓丧地等待灼热的身体渐渐冷却，抵着女奴房的大门，喘息着滑坐到红毯上。

清晨，他接到来自康熙的圣旨，命他择日迎娶和硕恪靖公主为妻。

喀尔喀蒙古虽为蒙八旗之一，却不受大清皇帝直接管辖，只算半个属国。定是康熙得知他与叶卡捷琳娜二世缔结修好盟约，忌惮统一富强的喀尔喀势大南犯，才出此和亲的策略试探他。

可自从千叶出嫁，康熙膝下已无女，这和硕恪靖公主又是哪里冒出来的？

无论是哪里冒出来的，天朝圣旨，他没有选择的余地。

喀尔喀还没有强大到敢向大清帝国挑衅的地步。如果俄罗斯是北方之熊，铁蹄难挡，大清帝国便是雄踞东方的卧龙，从不轻言外侵，可若有哪里挑衅，就要面临覆灭的危机。

本以为就算恨之入骨，也要痴守千叶纠缠一生，早就抱定了不娶的决心，如今才知已身不由己。

“没想到有朝一日会贵为一国君主，而为国家考虑的君主，就有很多的迫不得已……”

此刻他才明白叶卡捷琳娜二世道出此言时的寂寞。

咳疾稍缓，千叶爬到镜子前，无力地抬起手臂，抚向镜中的自己。

每次呼伦冲走后，千叶都会从镜中望着这曾经不属于自己的身体，自惭形秽地认同他的咒骂。

“水性杨花的荡妇，碰着都会脏了我的手。”这如出一辙的咒骂，仿佛一道永远难以逾越的鸿沟，反复提醒着呼伦冲的恨，反复提醒着千叶的罪，划出两人咫尺天涯的距离。

若不是你坚持那永不放弃我的誓言，将我重新夺回你的怀抱，也许我也就会妥协地与曹雪芹相伴一世了。

太液池畔，呼伦冲低下头来，轻轻在千叶唇上一吻，一字字对着她的眼睛道：“我呼伦冲今日对天地日水发誓，绝不辜负千叶公主，永不放弃千叶公主。死生契阔，与子成说。”

“执子之手，与子偕老。”千叶回应的言语，曾经同样笃定。

不再是高高在上的公主，我只是个任人践踏的女奴而已。

不再是那个爱我等我的千叶公主，只是我一时兴起掳来的女奴而已。

曾经在彼此的双眸中确认幸福的两个人，如今隔着一道紧闭的门，各自两端，泣不成声。

草原的春天来得晚些，却终究还是到了。

春风拂过大地，所到之处冰雪融流，花开四野。

马蹄踏过开到靡荼的野花，带着寂寞的冷意，奔向茵茵绿原。

呼伦冲行至一丛参天的山丁树下下了马，随手挥动马鞭清掉去年的枯草，靠着大树坐下，心事重重地望着南方的天际。

尽管他借口乱局初定，百废待兴，竭力拖延和亲之事，康熙却已下诏，命十四阿哥为和亲使，送恪靖公主到乌里雅苏台完婚，更封了他郡王之位，可见对喀尔喀的局势重视之至。

康熙的确不得不重视。准噶尔烽烟又起，喀尔喀作为毗邻硝烟的猛虎，呼伦冲的倾向尤为重要。葛尔丹已多次派大喇嘛哲普尊巴的使者来争取呼伦冲的力量，然而对旧主康熙的忠心使他却不得不顾。

更何况，这里头还有十四阿哥胤禵的情义。

当年胤禵为袒护他的罪责，虽然挨了二十个板子，降为贝勒，但是却在风头过后暗自相助他统一喀尔喀的大业，若是没有他联纵合并的钻营关系，软硬兼施地拉拢各部贵族，这安定的局面一定仍然遥遥无期。

十四阿哥带着那来历不明的恪靖公主已出发半月有余，若是一切顺利，这几日也就该出现在南方的那条大道上了。

呼伦冲望着南方的天边，轻轻叹了口气，起身仰头凝望。

一棵棵屹立百年的山丁树，迎风紧挨着彼此，在杀戮迭起的草原上，将沧桑的目光慈爱地投向呼伦冲。在遮天蔽日的茂密树冠之中，藏着一座小小的宫殿。

飞檐叠互，雕梁画栋，全木质的用料，与树枝树干浑然一色，若是不仔细辨认，谁也难以发现这枝叶中的玄机。

这是只有呼伦冲一人知道的秘密，他疲累时静思的暗所。

他在这里无数次重获直面人生的力量，在逆境中找回生存的意义。

虽然孤独，但是坚韧。宫殿如斯，人亦如斯。

呼伦冲睨了眼那离地丈余的宫殿入口，腾空一跃，轻轻踏进了这空中的楼阁。

紫檀桌椅，温床软榻，这殿内的陈设虽简单，却也样样考究。

纱影蹁跹，从窗前拂过，一晃已躲入了阴暗的角落里。

呼伦冲万万没有料到，他的秘密宫殿，却有他人潜伏。

“谁?”剑随声起，瞬间已逼向那角落里的人。

一双彷徨却清澈的眼睛，穿透他心上冰冷的围墙，一如往昔。

“你?”呼伦冲惊异地望着剑下的人。

千叶的惊异似也不亚于他，颤声道：“你怎么会来这里?”

呼伦冲收了剑，寒光入鞘，情思入茧，又成了那个冷漠的可汗，不答反怒道：“我许了你方圆五里内的自由，可不是要你四处乱钻的。”

大夫曾报知他，千叶的咳疾“因郁而起，因郁而甚”，他才赐了千叶出行的衣衫，许了千叶在附近散心的自由。

她的命是他的。他不允许自己仇恨未消前，她就香消玉殒。

千叶起身望向窗外，轻轻道：“我也是前几日无意中才发现这个地方，只觉此地虽孑然于世，却在风雨中坚韧挺拔，很像一个人……所以不自觉总会前来坐坐。我找了几块巨石当阶梯，上去之后再踢翻了，以免被人发现。”

呼伦冲心中一动，眼中的一抹柔情却转眼被烈焰吞没。你既已把我看得如此通透，就应知我不能容忍背叛，特别是你的背叛。

他转身靠进塌里，双手枕头，望着窗外一言不发。

千叶又道：“扎萨克图虽地处偏远，你们王公贵族的生活却比紫禁城的更为奢华，这宫殿的建筑陈设，恐怕更是要劳费一番民力了。皇阿玛曾说‘水能载舟，亦能覆舟’，若是为官不为百姓的贫苦生活谋福，只知搜刮享乐，难怪喀尔喀战乱难平。”

我只担心你不要重蹈前人的覆辙。

呼伦冲冷冷道：“我也正为如何还政于民劳思难安，不然你以为我整日在议事厅都在忙些什么？”他望向窗外满眼的青草芬芳道：“如今准噶尔烽烟再起，大清若不能消其气焰，我喀尔喀将会第一个受到它的欺凌。何况连年战乱，漠北早已民不聊生，如今喀尔喀子民的希望都寄托在我一人身上，我又怎能不兢兢业业，只顾安享前人搜刮来的福祉？……只是这空中宫殿的一瓦一木，都是我一人造就出的。”

千叶环视着这美轮美奂的宫殿，不可置信道：“这飞檐、这桌椅，都是你一人造出的？”

呼伦冲淡淡道：“我十几岁的时候，父王对我不闻不问，后母对我又百般刁难，唯一和我亲近的姑母已远嫁京城。没有人关心我整日都在忙些什么，于是我就偷了父王不用的木料摆设，每日来这里建造只属于我一人的宫殿。”

千叶坐在塌边，凝望他在年少痛苦回忆中深锁的眉，轻声道：“独自建造，独自享受，当年的你是何等寂寞。”

呼伦冲望着千叶直视自己灵魂的清澈双眼，失神道：“知我如此……当年你却怎能忍心说出那么残酷的话？”

千叶不禁问道：“什么话？”

呼伦冲沉浸在那折磨人的思绪中，犹自恨恨地握紧她的肩道：“可以说你不想再见我，可以说你恨了我，甚至可以说你忘了我，我都能理解你的无奈，可是怎能说姑母是个与你不相干的人？”

千叶只觉肩膀几欲被他捏碎般剧痛，她忍着痛和即将再度袭来的咳嗽，喘息着望着在怒火中同样喘息的呼伦冲。

车马的喧嚣淹没两个人的喘息，震得整个空中宫殿都微微发颤。

呼伦冲松了手，从塌边的窗子向下望去，一条见首不见尾的车马大队，浩浩荡荡经过树下，向乌里雅苏台城中缓缓而行。

“是大清国的使臣！”千叶望见那熟悉的官兵服饰，不禁脱口而出，又连忙掩住嘴，怕惊动树下的人。

呼伦冲跳到宫殿入口，看到野性难驯的莫邪已不知跑到哪里吃草去了，这才稍稍松了口气，步履沉重地坐回软塌上。

千叶低声问：“为什么会有如此庞大的清军向乌里雅苏台行进？他们去干什么？去找你吗？”

呼伦冲犹自沉吟未答，忽闻树下的大队人马中传来一个清朗的男声：“大家打起精神，乌里雅苏台已近在眼前了，此行虽路途遥远，但也要拿出我大清国抖擞的气魄，才不至泯了我朝和亲的喜气。”

千叶听到这个声音，不顾被发现的危险，连忙向宫殿入口望去。

马上一人熏貂吉服冠，青狐皮瑞罩，石青色秀龙五彩云袍，不是十四哥还是何人？

“十……”千叶脱口想叫，却被呼伦冲捂住了口，只有泪如断珠，一滴滴掉进树下的茵茵绿草之中，更有一滴落到了十四阿哥冠顶的红宝石上。

呼伦冲紧紧捂住千叶颤抖的唇，无声地望着这个并肩出生入死的伙伴从两人脚下策马而过，消失在乌里雅苏台前的尘烟里。

“这是怎么回事？十四哥怎么会到这里来？他是来找我的吗？”

车马远去，呼伦冲望着千叶婆娑的泪眼一字字道：“他不是来找你的，他们早就当你是个死人了。此次他是来当和亲使的。”

千叶愕然道：“和亲使？谁的？”

呼伦冲唇角一扯道：“我和恪靖公主的。”打了一声呼哨，蹄声踏来，跳上莫邪疾驰而去。

“会奉旨成亲的，不止你一人。”

呼伦冲得意却凄凉的声音远远淡去，徒留千叶在他曾经驻足心醉的空中楼阁，支离破碎。

第六回　洞房换主人　强暴见忠贞

“汗王大喜的日子，人人都忙得不可开交，唯独见你在这乱逛，真真叫人烦心。还不快去将这些吉物撒在汗王的婚床上，愣在这里干嘛？”总领女官从花廊绕过来，正碰见后花园的千叶，劈头盖脸用汉话交代了事情，然后塞给她一个用红绣缎盖着的金篮子，匆匆忙忙地走了。

朱金玉栏，张灯结彩，大殿内外无处不弥漫着喜气，更何况这最重彩的婚房。

龙凤呈祥的花烛熊熊地燃着，叫嚣着将这喜气进行到底。千叶望着它微微发了阵呆，忽听鼓声雷动的“鹰舞”伴乐声传来，这才收了混沌的心神，想起打开金篮子看。

红枣、桂圆、莲子、百合、栗子……五颜六色地盛了满满一篮子，定是要放在婚床上图吉利的了。

自从呼伦冲亲口告诉她和亲的事，她一直都难以相信这是真的。

此时此地，良辰美景，触目惊心地告诉她不得不面对的事实。

呼伦冲要和别的女人结婚了，而她只是个打杂侍候的女奴。

脑中却依然浑浑噩噩的，竟没有想象中的悲伤，或者是已悲伤到不再有感觉。

床上的吉物闪耀地张扬喜庆——虚伪却刺痛的喜庆。

那个恪靖公主是否也是这虚伪婚姻的傀儡？是否也被一段感情刺痛着？

她面无表情地捡起床上的红枣、栗子、桂圆大吃起来，皮屑果核啐了一床。

食物满满地塞了一嘴，却还是补不上心中那巨大的空洞。

泪依旧傻傻地流，忽听屋外有喜婆的声音：“启禀公主，婚房快到了，小心门坎。”

千叶出门已来不及，只得四顾着找到个屏风躲在后面。

刚刚躲好，门就开了。

红丝盖，大红吉服，公主由喜婆扶着，款款坐到了床边。

“这是谁伺候的，这么不周！盛放吉物的喜篮，用完了也不知道摆下去。”喜婆边嗔怪，边将金篮子提了起来，四顾着不知该放哪里好，只得向屏风走去，打算塞在屏风后面。

完蛋了！我这下非得暴露了形迹，让公主拎到呼伦冲和十四哥面前审个明白不可。

千叶无计可施，只缩得像只鸵鸟，掩耳盗铃地将头埋向里端。

“莫要随便乱放，没的坏了喜气的气氛。他喀尔喀蒙古乃僻远蛮夷之地，下人粗鄙也就罢了，咱们可不能同流合污，教人看了笑话。”

公主的几句言辞威仪谨慎，喜婆听了，连忙退到门外，打发人去安置那金篮子。

刚刚化险为夷的千叶长长舒了口气，仔细回想那公主的语声，却仿佛似曾相识。

我本就奇怪，皇阿玛什么时候多了这么一个白来的女儿，想是认了哪家王府的郡主做养女来充当这和亲的傀儡了？

千叶还想细听那公主的语声，却见她一动不动地坐在床边再不言语，恍如雕塑一般。

古代女人在揭开红丝盖之前本就不允许说话的，刚刚她说了那么一句，已是破例，想是实在看不惯我留下的烂摊子才忍无可忍了，若是等她再次开口，定是难上加难了。

千叶见那公主已形同虚设，正是自己逃跑的大好时机，连忙蹑手蹑脚地一边观察那公主的动静，一边绕出了屏风。

又是一阵杂乱沉重的脚步声响起，刚刚胜利在望的千叶沮丧地蹿回了屏风后面。

吉服似火的呼伦冲一边喝酒，一边笑着看那凤冠霞帔的新娘。新娘一动不动地交手坐在婚床边，只有长长的金色鸾纹指套衬着一双芊芊玉手，娴静地露在袖边。百合、栗子、红枣、桂圆撒了一床，好似一锅腊八粥，他的笑声洪钟般在婚房内回荡，余韵却只剩苦涩，凄清之意尤胜哭号。

“今噶尔丹背天犯顺，自蹈危机，和硕恪靖公主临危出降，既娴内治，宜被殊荣，居心柔嘉，妇德无违。今朕拟建一公主府于归化，大黑河水优先供公主使用，划地一万六千七百亩，院落五进，正殿悬朕御笔亲书匾额‘肃娴礼范’。封额驸扎萨克图汗王呼伦冲扎萨克多罗亲王。以慰天恩。钦此。”

花堂之上的圣旨言犹在耳，红丝盖头下的璧人已在眼前。

十四阿哥虽然搀扶着呼伦冲进来，可自己也醉得不比他轻，结结巴巴地道：“人生大喜莫过于‘金榜题名时、洞房花烛夜、他乡遇故知’，今日你与公主举案齐眉，你我故交重逢，明日便要并肩杀敌，更比金榜题名还要快意百倍了。”豪气顿生，呼伦冲也跟着大笑起来。

呼伦冲举着酒瓶摇摇晃晃走向新娘道：“我十几年前一心想娶公主为妻，不料却在今日如愿以偿，老天真是眷顾我呢！”他喝了口酒，望着那蒙着盖头的人自言自语道：“若是这情景发生在七年前，该有多好……”

十四阿哥也不由触景生情道：“千叶红颜薄命，无缘与你共白首，定是老天眷顾你，才为你又降下这天仙般的公主。”之后又觉心头一酸，抹泪道：“千叶在天有灵，也定会替你笑的了。千叶，你说是不是？”说着向天干了一杯，自饮而尽。

红丝盖下忽传来一个清冷的声音道：“十四哥今日本就疲累，明日还要领兵沙场，莫要饮得多了，小者伤身，大者误军，还是快些安歇了才是。”

十四阿哥叹了一声道：“你们大好的日子，是我煞风景了，难怪恪靖公主有怨。”拍了拍呼伦冲的肩膀低声道：“你值此良辰美景，仍能挂怀千叶，不枉我视你为一个义薄云天的知己。”随即饮了一口酒道：“酒入豪肠，七分啸成剑气，三分酿成月光。还是让我在这月光下醉剑畅饮吧！”语毕提着酒壶晃出门外。

呼伦冲望了望壶中的酒，又望了望床边的人，低吟道：“香魂作云骨作泥，怎知今朝花烛苦？她在我心里，也早就死了。”一个趔趄，坐倒在婚床边，新娘的红丝盖被他挥出的手臂碰得飞了起来，飘飘摇摇落在地下。

呼伦冲边灌着手里的酒，边眯着醉眼望向新娘的脸，细看之下，不由惊得将酒壶掉在地上。

“琴音!?”

壶中的酒安静地横流，浸染在地下的红丝盖，湿漉漉的，如鲜血般殷润。

珠环玉翠中，琴音娴静地抬起眼，望了一望呼伦冲，又娴静地垂下眼道：“本宫乃皇上懿旨特封的和硕恪靖公主，额驸莫要失言了。”

呼伦冲定了定神，酒已醒了大半，忍不住望着她清丽的面容沉声道：“你明明是琴音，没错的！是何故成了恪靖公主？”

琴音垂眼幽幽道：“千叶公主出宫立府，本宫挂怀德妃娘娘身边没有个体己的人，就留下来侍奉娘娘。本来尽忠职守是为奴的本分，却蒙德妃娘娘抬爱，以慰丧女之痛，认本宫为义女。时逢准噶尔部滋扰不断，本宫自告奋勇受此联姻大任，是为皇上的养女恪靖公主了。”

呼伦冲恍然点了点头，忽闻屏风后有异动，喝了声“谁！”

琴音颤声问：“是谁？”

呼伦冲冷冷望着蜷缩在屏风后的千叶，千叶一双大眼睛虽望着他，却已空灵得恍如不在此地。

十四哥的哀吊，呼伦冲的思悼，琴音的乍现，这一波波冲击袭来，早已将她震得溃不成形。

呼伦冲望着瘫软的千叶，面无表情道：“没有谁，想是我不胜酒力，听错了。”说着步回婚床，吹熄了花烛道：“春宵一刻值千金，今日你我该当好好快活才是，莫要让蛇虫鼠蚁搅了我们的兴致。”

黑暗里，只有丝帛绸缎声悉悉索索地微响。

“自额驸遇祸离宫，琴音便一直挂念，如今能再续前缘……啊……额驸你好坏！”琴音的娇嗔化作娇喘，想是呼伦冲已剥光了她的衣服。

千叶捂住耳朵不想去听，不愿去想，那些声音却直刺进她的心中，让她阵阵酸痛。

细碎之音乍停，脚步声起。千叶忽觉身子一轻，已被人抱在了身前。

“额驸，额驸？”琴音焦急的呼唤声从床里传来，却苦于一丝不挂，一时下不得床。

“我忽然想起还有件军机要事，得和十四阿哥商谈。公主今日定是疲累不堪，快些歇息吧！”

呼伦冲虽语气平静，脚步却不停顿，抱着千叶箭步蹿出婚房，月光银瀑般洒在他的脸上，千叶才见到那熟悉的火焰在他眸中蠢蠢欲动。

避着来往的奴婢，呼伦冲转了几个弯，将千叶一路抱回女奴房，狠狠扔在床上，怒视她道：“搅了我的洞房，你满意了？”

千叶揉了揉被撞疼的屁股，跳起来道：“你曾说你永不放弃我，如今又说要让我生不如死。在人前羞辱我，还让我看着你娶别人做新娘，你真的就准备这样折磨我一辈子么？”

一贯逆来顺受的千叶忽地大发雷霆，呼伦冲眼中闪过一抹意外，继而想到定是和亲的事情令她妒火中烧，得意地冷笑道：“这才仅仅是个开始，我还要让你看着我和别人子孙满堂，让你一生做我儿孙的奴仆，才能解我心头之恨。”

千叶盯着他的脸颤声道：“我到底做了什么十恶不赦的事情，让你恨我至此？你可知这六年里，我受的苦楚虽不能和你比，却也日日折磨着我的心？”

呼伦冲嘴角一扯，斜唇笑道：“与曹雪芹风花雪月，将我从你心中连根拔去，从此认作不相干的人，也算是折磨了？”

千叶念起他诘问自己漠视他和姑母，心中一动，问道：“在这六年中，你可曾见过我？”

呼伦冲不语，在屋内徘徊半晌，才望着窗外的圆月呻吟道：“见过，不如不见……四月十五，也是这样一个满月的日子，却是我姑母的祭日……”

他见过真正的千叶！定是千叶随曹雪芹出席靖王府侧福晋的丧礼，说了什么话，才令呼伦冲刻骨仇恨至今。

可是我又怎能告诉她，那个不认识你和你姑母的人并不是我？

千叶苍白着脸，瘫坐到床上，自言自语道：“你真的知我么？曹雪芹尚能看出我们的不同，你却怎会认错了人？”

忽地一掌掴在了她的脸上，一团烈焰已燃尽呼伦冲的双眼。“不许在我面前提那个人的名字！”

千叶拭了下嘴角的血迹，迎着那烈焰站起来，同样掴了呼伦冲一个响亮的耳光。

“信不信由你，我没有假装不认识你。你亲眼所见，亲耳所听的不一定就是真相。不知是你瞎了眼还是我瞎了眼，偏偏要如此纠缠在一起。我这就去找十四哥，要他带我回去。”

千叶刚刚朝门边走了两步，已被呼伦冲狠狠拽回身前：“你敢！”

千叶在他怀中扭打道：“我怎么不敢？你个宇宙无敌超级大笨蛋，连哪个是我都认不出，亏得我还死心塌地跟着你来这里。我要是不愿意，你哪能轻轻松松就把我掳来？以为老娘真害怕你么？老娘不发威就把我当病猫，你们几世轮回都一副德行，如今又让我当二奶，不仅是二奶，还是伺候人的菲佣，姑奶奶我不伺候了！”

呼伦冲被千叶一连串稀奇古怪的词儿弄得晕头转向，想要还嘴，却不知从何还起，只感到十几年前那个刁蛮率性的千叶又回到了他的身边。

呼伦冲边沉着脸整理怀中泥鳅般乱舞的千叶，边瞪她道：“你被我掳来，就要做我一生的奴仆，这是喀尔喀的规矩！你若是心存悖主之意，我有权处死你！”

“死就死吧！我又不是没死过！我要是真心不想和你在一起，别说你掳来了我，刚刚十四哥去你们婚房的时候，我大可跳出来叫他救走我，倒是看看你这个汗王官儿大还是我这个公主官儿大！”

呼伦冲被她的话说得一愣，千叶趁机在他手臂上就是一口，呼伦冲抬臂睨了眼通红的印痕，咬牙道："麻烦精，看我不好好教训教训你！"抡起手臂又将千叶抛进床里。

两人在床上扭打厮杀了一阵，一个气急败坏拳打脚踢，一个虽嘴上狠毒心中却下不去手，反而闹了个相持不下的平局。

呼伦冲本来酒喝得不少，刚刚为了让千叶顺利逃跑，剥琴音衣服的时候，满脑子却想的都是千叶的玉体，如今虽是扭打，但肌肤之亲尤胜。他只觉千叶的身体在他的身下剧烈起伏着，珠圆玉润的胸部蹭着他的胸膛。他头脑一热，猛地按住了千叶的双手，望着千叶因愠怒而微红的面颊，只觉血液逆流而上，几乎冲破头顶爆了出来。

千叶被铁钳一般的手臂擒着，丝毫动弹不得，转而怒视他的俊脸，见他正春光流转地望着自己，刚刚硬起来的心肠忽地软化了。

口口声声控诉你的背叛，而今日奉旨和亲，我又何尝没有重演你的无情？

亲眼所见，亲耳所听的，并不一定全是真相。

真相只在我心里，有口难言。

也许命运的捉弄里，身不由己的不止我，也还有你。

呼伦冲的双唇轻轻触上了她的双唇，却被她忽地闪开了。

"今日是额驸和公主成婚的大喜日子，额驸怕是该回去歇息了。额驸慢走，不送。"千叶语气里满是讽刺，一口一个额驸，冷冷地将眼睛别到一边，不去看他恼羞成怒的脸。

呼伦冲忽地收起怒意，邪笑道："公主又怎样？婚房里的是假的，不过是明日突袭准噶尔的幌子，我面前的却是真的，你是要我和哪个洞房？"

"突袭？你和十四哥明日就要出征了？"

呼伦冲不语，只势在必得地斜勾着他该死的唇，霸道地凑过来吻她的脸。

千叶见他又生出那副玩世不恭的态度，知他打定主意跟她作对到底。她要他留，他偏偏要走，如今她气了他，要他走，他却偏偏要留了。

什么公主不公主，在他来说全是气她的幌子，只要让她不好受，他就心满意足了。

她越是挣扎，他越是紧攥着不放。喀尔喀男人血液中与生俱来的征服欲，早就千百次在脑中疯狂臆想着撕碎的纱裙，此刻终于在掌中片片凋落。

千叶万万没有料到，她和他的第一次，居然是被强暴的。

仇恨的，惆怅的，纠结的，纠缠的，一瞬间只在千叶的痛楚与鲜血中化为缠绵的讶异。

呼伦冲也万万没有料到，与曹雪芹成婚六年，千叶居然仍是处子之身！

这血淋淋的事实敲入呼伦冲的脑中，告诉他自己的恨毒是多么荒唐。

千叶忠贞守望六年的人，却在每日折磨她取乐！

所以她从未祈求回到曹雪芹的身边，所以她从未反抗他的霸道欺凌，所以她只有对着这一切的折磨凄然微笑。

原本疾风骤雨的霸占，化为一滴滴疼惜的轻吻。桂香温柔拥抱着袒露真心的男人，淡然述说着无怨无悔的浓情。呼伦冲终于在千叶身上泣不成声。

恪靖公主已在洞房，出征归日遥遥无期，曾经本该珍惜的人，如今已没有了珍惜的机会。

追悔莫及四个字，原来是如此让人痛彻心扉。

一个从未在人前落泪的铁汉，此刻哭得如失亲的孩童。

千叶的惊讶不亚于呼伦冲。她做梦也没有料到，千叶为了杨锦，却守住了本该属于呼伦冲的身体。

体贴温存的曹雪芹，面对这一切又该是多么凄凉？

大清律法中有言："驸马居府中外舍，公主不宣昭，不得共枕席"，此刻她才明白，千叶定是以公主身份相逼，才守住这六年的贞操之身。

为了一个渺茫的重逢期盼，真正的千叶却如此傻傻地守候。

而她自己又何尝不是这样傻？即使面对和呼伦冲一模一样的杨锦，为了那渺茫的誓言，也无法轻易跨出那交出身体的最后一步。

呼伦冲的两世也一样。傲慢不羁，嫉恶如仇，时而天真得像个孩子，时而危险得像个魔鬼。前世今生里，杨锦与他难分彼此。

她豁然明白，无论前世今生，外物如何纷扰，真正的自己，永远都在那里，真正的他，也一样。

呼伦冲滂沱的泪水，正是为那执着的真实的她而流。

她也从他的泪水里，拾回了真正的他。

只要拾回那个真实的他和我，彼此的灵魂毫无保留地相对相拥，一切都不算太晚。瞬间也是永恒。

你爱的是从前的我，我爱的是从前的你。我曾经以为真正的爱情，是坚持着原本最初的样子，如今你我虽都在岁月里改变了，可我才明白，真正的爱情是无论对方如何改变，都能宽容地接纳。那不是山一样的占有与纵容，而是水一样的引导与包容。我们要一起在彼此给予的爱情里，越变越好。

她轻轻抚摸呼伦冲微卷的长发，苍白到透明的面容绽开温暖的笑颜。

第七回 琴音复仇毒 疯妇枉慈悲

一声低沉的号角如同呼伦冲昨夜的呻吟，划破黎明的天空，震醒了千叶的酣梦。

她在雪白的貂皮毯下滑动身体，寻找那个坚实而温暖的胸膛。

另一半的软榻已空，只留一张单薄的字条在千叶的指尖。

爱你。等我。

呼伦冲的字如其人，霸道而简单地飞舞。

等与不等，我都已等了。我等了你十几年，渐渐我已喜欢起等待。因为等得越久，重逢时就越幸福。

千叶唇畔笑的弧度不及展开，已裹着白貂皮蹿到窗边。

眼前是旌旗招展的无垠大军。呼伦冲一身银盔银甲，肩立金雕，骑着莫邪在队伍的前端缓步行进，身边是金甲披挂的十四哥。

呼伦冲的头颅微侧，望向千叶女奴房的窗子。冷冷的铠甲泛出温暖的光，他似有若无地向着千叶苦涩微笑，抬出的手是“I Love You”的形状。

侍卫官误会了他的意思，殷勤地纵马蹿到呼伦冲的身畔，声音洪亮地问道：“威远将军，您招呼在下有何吩咐？”

呼伦冲尴尬地望了他一眼，沉声道：“没有什么特别的……只是要你点清出征的人数，将清军与蒙古大军合理调配。自今日起，满蒙一家的古训要在我们的刀剑之下显出神威。准噶尔人可以夺走我们的命，但夺不走喀尔喀人的傲骨。我们已被他们欺凌太久，如今我们扬眉雪耻的时候到了！”语毕，在万千将士的山呼中，他仍旧心不在焉地向窗里的千叶张望。

他假公济私地挥一挥手，却也挥出了一番道理。千叶捂着嘴，却还是笑出了声。

十四阿哥听了呼伦冲的豪言壮语，不禁应道：“呼伦将军所言极是，我大清马上得天下，更少不了蒙古人的鼎力相助。如今你我联手突袭，定将那不知死活的噶尔丹打个落花流水。”

十四哥想是已被皇阿玛封了大将军王，却不知此次出征，虽然赢了战役，却输了江山。而那江山，却是输在了同父同母的四哥手上。而呼伦冲是否能安然无恙地回来？

千叶望着两人远去英武的背影，为十四哥怅然，也为呼伦冲担心。

总领女官蓦地推门闯了进来，劈头盖脸便骂："昨日那婚床上的吉物是不是让你给咬了?"她推着千叶逼问道："你是猪吗？看见能吃的便啃？还不快随我去见公主！胆大包天的女奴，这次必打得你没命才能记住！"

"你就是那个胆大包天的女奴?"琴音幽冷的声音从红罗纱帐后传来。

千叶被总领女官押着跪了下来，咬唇不语。

琴音的身影在纱帐之后微微闪动，问女官道："她听不懂汉话?"

女官谄笑道："回公主，她是个汉人，听不懂蒙古话倒是真的。"随即推搡千叶道："你这只猪，公主问你话，还不快答？怎么忽然变哑巴了?"

我若是出声，细心的琴音便会立时听出我的声音，我哪敢回答？千叶咬着唇，依旧不答。

琴音不耐烦道："不答便是默认了，将她拖出去打上一百个板子，暴晒在宫门三日，以儆效尤。"

昨日呼伦冲洞房逃跑，今日便脚底抹油出征了，琴音正一口恶气无处发泄，又偏偏晨起时才看见满床的果皮残渣，便将这洞房花烛的霉头统统怪罪在这痴傻的女奴头上，心里早已将她斩杀了千万次。

女官尽管粗暴，可没料到琴音真的下此狠手，彷徨道："启禀公主，一百个板子……就连血气方刚的壮汉也经不起，何况这个痨病鬼的女奴……"

琴音叫道："目无尊卑，祸乱宫廷，论罪当诛！这已是看在汗王与我新婚的喜气上开恩了，若不在今日立个规矩，谁也不知大清律法的森严敬畏。你带领下属不利，也有个失职的罪名。"

女官怕连累自己，连忙道："公主教训的是。我乃西北蛮夷之地，何况这女奴是汗王亲自捉来的，奴才等卑微末职无权干涉，疏于调教，还望公主严加律导。"

琴音微微一怔，命人掀起纱帐道："汗王亲自捉来的女奴？我倒要看看她的模样。"

若是她认出我，禀报皇阿玛，呼伦冲这掳走公主的罪名足以引发一场喀尔喀的灭顶之灾。我宁可挨这一百板子，也不能让她看见我的脸。

千叶浑身已被冷汗湿透，只是死死低着头不敢抬起来。

琴音向女官轻抬下巴，女官会意，扳着千叶的头道："你这痴傻疯呆的笨猪，还不快把头抬起来让公主看看?"

千叶终于拗不过那蒙古悍妇的胳膊，将头抬起，绝望地对着琴音。

"千……"琴音惊得站了起来，又连忙噤了声，心事重重地坐回了鸾塌。

紫丁香炉静静地盘旋出淡淡的青烟，大厅内除了千叶急促的喘息，什么也听不见。

隔了许久，琴音道：“原来不过如此的姿色而已，拖出去行刑吧。”声音已恢复了往日的幽冷。

千叶望着淡然远眺窗外的琴音，不可置信往日体贴恭顺的她能够残忍至此，直到被拖出去的那一刻，才挂上恍然大悟的笑。

我和呼伦冲在轮回转世中都存留下各自的真魂，她既然是尹睿儿的前世，又怎会不阴险毒辣地想要除掉我呢？

“十一、十二……”空旷的大殿前回荡着木板打在血肉上的闷响，千叶已将唇咬出了血痕，却仍然不肯叫出一声哀鸣。

“二十九、三十……”行刑官还要再打，却被琴音喝住了。

“留她一条命，明日再接着行刑。”她喝退众人，踱步到五花大绑的千叶跟前微笑低声道：“奴才给公主请安了。”

千叶气若游丝地狠狠道：“认了我这个公主，阿玛和额娘哪能留你这冒牌货的位份在？”

琴音冷笑道：“我与呼伦冲大婚之事已成，皇阿玛就算知道你的存在，也不一定会削掉我的公主之位，我更可将你从呼伦冲的身边铲除。”

“那你是为什么……”

琴音恨恨道：“若是皇阿玛知道呼伦冲掳走了你，他的命必将不保……”

千叶不由地悲凉道：“你是从何时对呼伦冲……”

琴音的笑颜散去，凄厉道：“我对他的情意，比你可要深得多。当年我牺牲德妃对我的信任，想要成全你们，只为呼伦冲能安然无恙地保全自己……谁知你这个笨蛋弄巧成拙，让呼伦冲做你的替死鬼，自己却无忧无虑地当你的曹夫人去了……现在我给你这个薄情寡义的贱妇一个机会。”琴音挥手叫人将千叶松绑。

“你可以马上离开，回去当你锦衣玉食的公主，从我和呼伦冲的生命里消失。或者留在这里，领受我这一百板子的赏赐。”

千叶不语，只是望着她狠狠地笑。

琴音变色道：“你宁可领受我这一百板子，也不离开呼伦冲？”

千叶的笑容逝去，轻轻道：“我知道你不会如此轻易放了我，不会让任何人有可能在皇阿玛面前告呼伦冲的大逆之罪，然而我若真的选择离开，你就有个让呼伦冲对我死心的最好理由。将心比心，都只是个为情所困的苦命之人罢了。”

琴音惨笑道：“不愧是冰雪聪明的千叶，既然你明知我不会禀告皇阿玛你的存在，那我也不会让你来破坏我和呼伦冲的好事，你心甘情愿地当女奴，那就慢慢领受我这一百板子的恩赐吧！……今日我要将我们所受的冤屈，加倍偿还在你的身上。”

千叶望着睚眦欲裂的琴音，绝望地闭上了双眼。血液一点点离开她的身体，她在意识模糊中渐渐冰冷。

蒙胧之间，她听到熟悉的蒙语哀嚎：“儿子……儿子……你在哪里……娘给你做了你最爱吃的酥油奶酪……啊……儿子……他们抓住了你要杀你……不许碰我儿子……谁也不许碰……”

千叶醒来时，已躺在微凉的草席上。身上的伤已被包裹妥当，一只温暖却颤抖的手，扶她起身，细心地喂她汤药。

“儿子，坏人都让娘赶跑了，谁也不会再来欺负你了……”微胖的蒙古贵妇，虽然头发凌乱，目光涣散，说的话也听不懂，悉心呵护的温情却实实在在。

“我不是……”千叶刚要分辩，一旁的女婢连忙用汉话低声劝道：“是老太后从公主手中救了你，你在这里，公主也不敢把你怎样，就由她去吧！”接着黯然道：“人人都笑老太后是个疯婆子，可谁又知道一个母亲失去了儿子，这哀痛是多么噬心慑骨。”

老太后仿佛完全没听到女婢的话，只对千叶一再道：“饿了吧？娘给你备了酒席，都是你爱吃的，定教你吃到饱！”说着挥手叫人抬来了菜肴。

只是些稀粥剩菜，老太后却满心欢喜地拿根几乎啃光的鸡腿来喂千叶道：“烤羊腿，娘专为你热的。”又故作神秘地道：“呼伦冲可没有！”

女婢道：“新汗王恨极了老太后，只是看她疯了，才不忍下毒手杀她，饮食起居却只如对待乞丐一般，这肉已是老太后舍不得吃，一直替你留下来的了。”

不知你和呼伦冲有过多么深的宿怨，如今却只是个爱子成魔的母亲，更误打误撞地救了呼伦冲的女人。无论恨有多烈，爱却如水般善利万物，泽被着天下所有身在苦难中的人。

千叶噙着泪水，任由老太后慈爱地一口口喂她吃下那所剩无几的鸡腿。

千叶在简陋的居所里，虽然衣食粗鄙，却在老太后的悉心呵护下渐渐痊愈。经过伤筋动骨的一场浩劫，身子更虚弱了不少，咳疾仿佛也加重了许多。何况老太后请不来高明的大夫，只能任由着这病将身体虚耗下去。

琴音仍旧不断派人来挑衅要人，都被老太后豁出性命阻拦住了。虽然琴音知道老太后的地位名存实亡，但大清的封号犹在，仍不敢将她如何。

呼伦冲一走就是半年多，千叶从女婢那里打听到他和十四哥一路大胜的消息，心下也安慰不少，只一味挨着日子，和女婢一点点学起蒙语，等待他凯旋的一天。

这一日她正给老太后梳头，由着老太后戴上年轻时最爱的芍药花，看着镜中老太后因为有她的陪伴而日渐丰润的面庞，千叶欣慰地笑了。

一个年轻男子的声音从窗下传来：“女奴娘娘，女奴娘娘！”

到底是女奴还是娘娘？千叶一愣，循声走到窗边向外望去。

一个眉清目秀、清兵打扮的男子轻声问道：“您可便是女奴娘娘？”

千叶犹豫道：“我是女奴……可……”

“那就对了！”那男子似乎生怕让人看见，一边环视四周一边道：“呼伦可汗得知您的消息，很是担忧，叫小的给您带来这个。”说着将一封信和一个鹿皮小盒从窗里递进去，转身跑了。

定是他怕泄露了我的名讳，叫人抓住把柄，才让那兵士称我“女奴”，又觉如此不够庄重，才叫他又加个“娘娘”。这突兀的称谓，也只有呼伦冲才想得出了。

千叶忍着笑打开那小盒，见是满满一匣子桂圆、红枣、栗子等坚果。她莫名其妙地放下盒子，打开红漆封蜡看信，呼伦冲豪放的字迹飞舞在眼前：

“我数日便凯旋归来，你安心忍耐，我自会快马加鞭，你别急，琴音那贱人若是敢动你半根毫毛，我豁出汗位不要，也会跟她拼命。我启程前看见琴音榻上满是果壳，想是你为泄愤吃的。我这里又给你稍来了些，你尽管吃个够，好和我百年好合，早生贵子。若是还不解气，回来叫你吃了我。爱你。”

千叶见他开头写得颠三倒四，自是知道消息就急了，马上写的信；又见他直言快语地说起她吃吉物的事情，正红着脸笑，忽听门外有人道：“太后，大清来了使臣，请汗王过去商议要事。”是琴音佯装恭顺的蒙古语。

琴音这将计就计的法子当真奏效，老太后也不顾戴好那芍药花，站起身对千叶慌忙道：“大清天子看重你，还不快去，莫要失了礼数。”

千叶忙道：“儿臣累了，歇歇再去。”

老太后也不管她说些什么，只推着她道：“这孩子，快去见了使臣，娘给你温好热炕，回来再歇不迟。”

千叶被老太后刚推出门，几个兵士就关起门，将她架走了。老太后在屋内仍兀自念道：“大清天子也看重我儿子，我儿子真是前途无量……快弄些柴来给他热炕，这屋子从刚刚起就冷得要命。”

一只精致的宫绣锦鞋踩住粗旧的布衣，千叶被兵士押着跪在琴音跟前。

琴音细腻如画的妆容凑近千叶蓬乱的素颜，尖利的金色鸾纹指套轻轻刮着千叶的面颊道：“拿一个疯婆子做挡箭牌，你的白日梦结束了。”

千叶瞥了眼琴音，冷笑道：“你把我除掉又如何？呼伦冲转世轮回也不会爱上一个毒妇。”

琴音的秀眉被愠怒震得微颤：“若是这世界只用爱来维系，还用得着皇阿玛的指婚吗？我是他明媒正娶的公主，我杀个来历不明的女奴，他敢把我怎样？我只要他一生一世只对着我一人，自然有的是时间让他回心转意。”

千叶静静回道：“不知你用什么诡计骗了我额娘和阿玛的真心，只是冥冥之中自有天意，你昧着良心做的事情，终有一日因果循环，报应到自己。”

琴音大笑道：“真心？报应？他们会对我有真心？我们只是互相利用罢了。我若是怕什么报应，此刻也不会在你的面前了。”

千叶望着琴音虚张声势的笑容，凄然道：“我不相信，当年那个体贴周全的姐姐，如今会不择手段到如此地步……也许你是爱毒了呼伦冲，沦陷在欲念之中，才不惜一切来到这里……可就算这世上有多少的欺骗和利用，呼伦冲也不会对这些理睬分毫。”

琴音在千叶淡然的冷静前渐渐溃不成军，怒道：“当年你是高高在上的公主，而我是你的奴婢。你我生来悬殊，我认了。而如今我苦苦经营来了你的地位，你这女奴也该好好尝尝做个奴婢那任人宰割的滋味。”她冷冷望着千叶，用蒙语高声道：“将这疯话连篇的女奴拖出去，将上次欠下的七十个板子一并补上了！”

原来琴音为怕千叶的事情泄露，专门挑了些不懂汉话的兵士。那些兵士听到蒙语的懿旨，立刻将她拖到了大殿门前。

“一……二……”这半年中，乌里雅苏台宫中被琴音铁腕惩戒的人不计其数，兵士们见她对一个早已病容满面的女奴也死命相逼，早已有了恻隐之心，虽然将板子高高抡起，却在下手一刻收了力气，落到千叶身上便轻了许多。

“早上没吃饭么？用这些打蚊子的力气！”琴音是何等心机，早已将兵士们的神色手段看在眼内。

“九……十……”兵士们略微用力，却仍然手下留情。

琴音盯着千叶臀上晕开的血痕，冷冷道：“谁若是再敢偷懒，就替这女奴受完后面的板子。”

兵士们知道琴音说一不二，从不留情，为了保命，只得用上了全力。

“儿子……儿子……我的儿子……你在哪里……”老太后见不到千叶，仿佛又犯了疯病，四处寻找她死去的儿子。

千叶忍着剧痛，缓缓抬起头，看到泪流满面的老太后，仍旧戴着千叶早上为她插的芍药花。

“儿子……他们抓住你要杀你……我是扎萨克图太妃，大清一品诰命夫人，不许你们动他！”老太后神色威仪，语句严谨，一时间大家都恍了神，以为她恢复了神智。

琴音正惊疑不定地望着她，她忽然猛冲到琴音面前，用手掐住她的脖子道：“呼伦冲，你杀我儿子，我就杀了你！”

兵士们早就对琴音不满，此刻正好借疯子的手来泄私愤，一个个虽佯装紧张地冲

上来，都不使上力气去拉老太后。

失去神智的人不会留下余力，琴音奋力挣扎，脸却已涨得发紫。

“大将军王、威远将军凯旋！”随着一声高叫，远方响起清亮的号角。老太后被熟悉的征战讯号摄了心神，现出惧怕的神色，收手捂住双耳。

琴音死里逃生，奋力将老太后推开，兀自跪地喘息。

老太后的头猛撞上千叶身下刑床的尖角，瞬间血流如注。芍药花随她轰然坠地，在鲜血中娇艳出死亡的颜色。

第八回　母爱撼冷魂　血泪溅亲温

“还不快放人！”呼伦冲连人带马急纵过来，乘着奔马的疾势，离鞍飞到了大殿阶前。

古铜色的皮肤愈发闪亮，疏于修剪的虬髯张扬四散。

兵士们利落地卸开千叶的镣铐，千叶顾不得呼伦冲担忧的搀扶，爬到老太后的身边。

“儿子……儿子……我的儿子……”老太后用尽最后的力气呼唤，虚弱但是执着。

“我……我在这里！”千叶忍着刺痛，微笑着拉起老太后的手。手已冷。

老太后用虚无的目光扫了眼千叶道：“不……你不是我儿子……儿子……我的儿子……”

呼伦冲扶起躺在地上的千叶，急着想要带她回去养伤，却被老太后死死拉住了衣角：“儿子，你回来了……我的儿子……”

千叶惊讶地望向呼伦冲。日晒雨淋的沙场征战，打磨出不修边幅的虬髯和黝黑的肤色，此刻的他真与弟弟有八成相似。

呼伦冲冷着脸，想要挣开她的手，却被千叶按住了。他抬眼见到的是她恳求的目光，她在泪水中轻轻摇头。

这半年老太后拼着性命照顾千叶的事情，他已探查清楚。如今她已命悬一线，自己又何必和一个将死之人计较呢？他犹豫之间，已僵着身子被她拉到了身边。

老太后慈爱地望着他，气若游丝地道：“我的好孩子……娘给你做了最爱吃的酥油奶酪……”

八岁的小呼伦冲垂涎欲滴地拿起桌上一碗热腾腾的酥油奶酪，狼吞虎咽地正吃着，忽然一只手飞来打翻了碗，黄澄澄的可口羹肴瞬间散落一地。

“这是娘给我做的奶酪，你这汉人的贱种不能碰！”七岁的呼伦博古德盛气凌人。

年轻的王后拉走呼伦博古德道：“娘那里还有许多，莫要让这贱种再脏了你的碗。”

儿时的记忆刺痛呼伦冲的心，他冷冷道：“我早已不爱吃那东西了。”

老太后似乎没听到他的话，忽然仿佛浑身有了力气，坐起来自顾自将呼伦冲搂入怀中柔声道：“和清朝使臣商讨完国事，累了吧？快来歇歇……来，娘哄你睡觉……”

呼伦冲想要挣开她的怀抱，无意又瞥见千叶的泪。

千叶悲悯的泪水，老太后慈爱的眼神，呼伦冲在爱恨徘徊之间，听到了熟悉又陌生的蒙语摇篮曲。

“山丁树长在南山，爸爸为你做摇篮，漆黑寒冬的夜，妈妈为你挣扎起，怀抱着你喂奶祛严寒……”

儿时千万次渴望的怀抱，儿时千万次渴望的低唱，宿命般穿透弑弟夺位、凯旋归来的他，令他模糊了双眼，恍惚了仇恨的心。

我杀了你的儿子，逼疯了你，如今却躺在你的怀抱里替弟弟接纳你最后的母爱……这是上天安排给我的讽刺么？

仇恨是把双刃剑，杀死了他们，也折磨了我……我所做的一切真的值得吗？

“妈妈呀……爸爸呀……宝宝不要哭，妈妈在这里……”老太后的声音渐渐消逝，微笑着停止了呼吸，双臂却仍然紧紧拥抱着呼伦冲。

千叶挨着血肉模糊的疼痛，趴到老太后身边虚弱地呼唤，老太后却再不能睁开双眼。

为了填满权力和欲望的沟壑，还要牺牲多少人才能停歇？千叶的泪水为老太后而流，也为迷途中的苍生而流。

“恪靖公主……你不打紧吧？”十四阿哥已乘快马随后赶到，却只见到这血淋淋的一幕。他扶起惊惶的琴音，小心查看她颈上的伤痕，担心地问道：“发生了什么事？”随即向呼伦冲和千叶望去。

“千叶……千叶！”十四阿哥扔下惊魂未定的琴音，拥向惨不忍睹的千叶，反复抚摸着她的面庞确认道：“千叶……你真的是千叶吗？你没死……太好了……太好了……谁敢把你伤成这样？”他又惊又喜，疼惜地望着她的伤势又不由大怒。

面无血色的千叶想要躲避却已没有一丝力气，望着十四阿哥凄然呼唤：“十四哥……”未及多言，已被呼伦冲抱了起来。

呼伦冲边走边对十四阿哥道："旁的事稍后再说，先救人。"走到琴音身旁，忽然顿住脚步咬牙对琴音道："恪靖公主心狠无德，伤千叶公主在先，杀诰命夫人在后，我喀尔喀不敢留此祸患，还望公主早日启程回京。"又望了望老太后的尸身，黯然道："将诰命夫人按国礼厚葬在我父亲的陵寝，也将呼伦博古德的尸身一并行国礼移葬。"

琴音追着呼伦冲惨叫道："我是大清的和硕公主，你的结发妻子，你不能休了我！"

呼伦冲看也不看她一眼，一言不发地大步走入殿内。

琴音发疯般挡在呼伦冲身前道："你不能这么对我……我为了成全你们险些让德妃娘娘杀死，千辛万苦才有了今日……你不能这么对我……"说着扔开双手的金色鸾纹指套，举着双手惨然道："你看看……你看看我如今的样子……我为了你变成这样，才得到德妃娘娘重新的信任……你不能这么对我……我从没想过要害死谁……我只是想要和你在一起……"

呼伦冲不禁看向她在自己面前疯狂挥舞的双手，不由地变了颜色。

珠石玉翠的指套下，一双芊芊玉手的小指，几乎齐根断掉。

十四阿哥劝道："恪靖公主的事稍后再谈不迟，快救千叶要紧。"说完便拉着呼伦冲快步奔向侧殿。

疗伤愈创的马奶如凝脂，缓缓从浣莲池边的玉石麒麟口中流出。水雾如幻，随着玉腿轻抬，明艳的酮体从乳白的池水中渐渐现了出来，踏上池边的石阶。

没有活佛的祷祝，没有媒聘的仪祀，呼伦冲和千叶向西昆仑拜天，向北喀尔喀拜地，向南方京城的方向拜了千叶的皇阿玛康熙，在十四阿哥的见证下，许下今生相守的婚约。

"只能给你如此简陋的婚礼，我呼伦冲发誓会用一生的幸福来补偿千叶公主。"

"喀尔喀汗王需禀明大清皇帝，才可册立嫔妃。我已不是千叶公主，只是一个无名无姓的女奴。你知道我在意的不是这些。"

池水的映衬中，千叶的身体剔透如露。她刚要拾起丝袍，已有人帮她递上。

浓密的白雾中她不及看清服侍自己的婢女，道了声谢，心事重重地抬臂穿衣。

和十四阿哥再三商议的结果，还是让琴音留住了王后之位，因为只有这样，千叶被呼伦冲掳来喀尔喀的大罪才不会暴露，何况，归化城的公主府离乌里雅苏台有三天三夜的路程，她在那里占个虚名，又被呼伦冲治辖，也奈何不了千叶几何。

只是明日呼伦冲又将返回战场，没了他的威慑，不知她又要搞出什么事端。

千叶更加担心的是呼伦冲。他可以安然无恙地从战场上再次回来吗？尽管有着大胜的结局，历史的笔墨却是用多少无名的鲜血书写而来的。

政务繁忙，内忧外患，草原猛虎之首，却总用萧索的目光望向这片已臣服于他的土地。

无论何时何地，每当她想用温柔疏开他蹙紧的眉，迎来的总是疾风骤雨的占有。

仿佛再没有下一次般的占有。

然后他们在彼此疼痛而炽烈的爱中，短暂地沉沦，短暂地忘记一切。

微蹙的柳眉被肩上的一吻惊得飞扬，千叶回首，才发现是呼伦冲正为自己整饬衣袍。

张扬的须髯早已被千叶按着电影《教父》里男主角的胡型修理工整，一头微卷如鸿的长发衬得他鼻子格外挺拔。只穿一件白色罩袍，白丝锦裤，盘踞的肌肉在白袍下半露着。他居高临下地望向千叶柔若无骨的身躯，丝毫没有移开目光的意思。

尽管早已和他尝尽巫山云雨，面对他突如其来的目光，仍然有些不知所措。

呼伦冲仿佛已读懂了她的心思，故意捏住白袍的衣襟，将衣衫大敞，细细品味她一览无余的胴体。

千叶红着脸低下头，又忽然想起婢女，慌忙四顾。

婢女们自然早已被他遣走，只有白玉般的池水在麒麟雕像下流连出清脆的水声，还有波澜的微光晃动着两个人的面容。

呼伦冲缓缓将脸凑近千叶的胸前，千叶颤着睫毛微闭起双眼。

呼伦冲装模作样地嗅了嗅，然后皱眉道："没洗干净啊……"

千叶奇道："哪里？哪里没洗干净？"难道是我只顾想事，忘记洗了什么地方？

呼伦冲忍着笑看她认真地上下检查自己的身体，半晌才佯装严肃地道："若是洗干净了，怎么没有鲜奶的味道，仍旧是这么重的花香？"

千叶气结，这才知道又被他捉弄了，抢过他捏在手中的衣襟，几下子将衣带系好，把自己裹了个严实。

自恃也不算个笨人，怎么在他的面前，总好像个智商为零的呆子？

呼伦冲见千叶生气，也不以为意，却拿出一副师父的姿态袖手问道："教你的'千寻百步'，练得如何了？"

千叶没好气道："有什么难学？早就青出于蓝了。"

呼伦冲道："那让我来试试。"话音未落，步已跨出，闪电般伸臂向千叶的纤腰揽去。

衣袂飘忽，只见千叶身体划着圆圈的弧度向后疾闪，呼伦冲已扑了个空。

呼伦冲笑道："不错啊。"又伸臂向千叶衣领袭去。

黑发腾挪，又是几个以柔化刚的圈子，卸掉呼伦冲的来势，更加速了千叶向后闪躲的力道。

幽婉的浣莲池旁，白衣飘飘，蓝影绰绰，呼伦冲一招招迅雷不及掩耳的攻势，都被千叶翻转跳动着化为无形，转眼两人间已拉开一大段的距离。

忽然一声惊呼，赤着脚的千叶被池边溢出的水一滑，向池中倒去。

呼伦冲连忙几个纵跃，身子一绕，将千叶兜入怀中，稳稳站在浣莲池的边缘。

呼伦冲低眉望着惊喘连连的千叶，仿佛一世也看不够。

呼伦冲没了戏谑的神色，眼中升起忧虑：“我已安排哈斯乌拉的侄子乌尔苏留下来照顾你，树中殿已为你准备好足够的补给，没有人能找得到你。万一……万一遭遇不测，就用我教你的这‘千寻百步’逃到那里。”

千叶抬头望着他的俊容，同样担心他在前线的安危：“我真的不能随你同去?”

呼伦冲别过脸，望着窗外无垠的黑暗道：“你不会想看到我杀人的样子。”

那是个女人无法涉足的修罗场，一个如野兽般撕咬到你死我活的血色世界。用暴力换来和平，胜者为王，败者为寇，这就是战争。

生于战乱四起的喀尔喀，呼伦冲早已从小见惯了杀戮，那已不是她能担心得了的事情。

千叶将面颊轻轻贴上他半露的胸膛，轻轻闭上双眼，让他稳定有力的心跳声安抚自己的心：“我爱的不仅是恪守忠孝仁义的你，也爱张扬七情六欲的你。因为爱你，所以包容你的全部。”

第九回　黑衣魔爪厉　君远贴心暖

凉亭内，一阵剧烈的咳嗽声打断古琴的清幽，乌尔苏教婢女送药熏香，扶千叶回房躺入纱帐。

这乌尔苏眉清目秀，便是上次在老太妃窗下传信的年轻人，手勤脚快，机智谨慎，更可贵的是忠心耿耿，呼伦冲确是个知人善用的将才。

“娘娘，喀尔喀地处北寒之地，即便是夏天，没了太阳也是阴冷无比，娘娘还是仔细身体为是。”

千叶虚弱地微笑道：“我的身子我自己知道，和天凉不凉也无关的。”

乌尔苏亲自试了药，命女婢递上来喂，又道：“上一次恪靖公主加害的外伤，尽管可汗备了疗效奇特的瑰玉马奶令您不留一丝伤痕，却定是伤及筋脉，对您虚弱的身子雪上加霜了。奴才若是马再快些，早些禀明可汗，娘娘也不至今日如此了。”

千叶慰藉乌尔苏道：“我这咳疾，连大清的御医都无可奈何，这一年与可汗朝夕相伴，郁结不存，咳疾已算是平顺得多了。我感谢你还来不及，你可莫要再自责了。”

乌尔苏听千叶如此褒奖自己，受宠若惊道：“能服侍娘娘，是奴才的福分，尽忠职守更是奴才的本分，娘娘这可要折杀奴才了。”

千叶道：“早跟你说过，我和汗王又没有皇阿……皇上恩准的婚约，莫要叫我娘娘了。”

乌尔苏凑近千叶低声道：“如今乌里雅苏台哪个不知，归化那个虽大权在握，仗着有大清皇帝撑腰，掌着联宗合并喀尔喀各部的大权，在可汗心中却是这个……”说着伸出小指指甲比了一下，又道：“而您才是我们喀尔喀心脏的血，又宽厚和善，没半点架子，子民们都暗自封您是我们的王后呢！”

千叶正色道：“我是不稀罕那个有名无实的位子，可公主每日兢兢业业地为喀尔喀苦心经营，也是可汗和子民的福分，若是有人再如此说起，你可要替我骂他们了。”

若是这人心所向的舆论传到琴音耳朵里，又不知要惹出多少故事。我只求与她相安无事，她得了喀尔喀却得不到呼伦冲，心中的苦也必是一言难尽的了。

乌尔苏敛容肃立，连连称是，心中更对这虚怀若谷的娘娘五体投地，查看一眼那灵芝双耳焚香炉中的奇楠香，问那焚香的女婢道：“我怎么没见过你？”

那女婢低眉回道：“回台吉，齐齐格今日发了高热，起不来床，我是总领女官分来顶替的。”

乌尔苏上下打量她片刻又问：“哪个殿的？叫什么名字？”

女婢不敢抬头，躬身回道：“女婢乌丽罕，原是女奴房的，现女奴房荒废，总领女官分我到外务采办，却也一时无事可做，这才听命来了可汗寝宫。”

乌尔苏仍不放心，拂手道：“你的香也焚好了，即刻随我出来吧。莫打扰了娘娘休憩。”

夏夜清爽，树叶遮动窗棂，随晚风轻吟，忽有几个黑影闪过，撼动静谧的安详。

几个门外侍夜的婢女，没来得及哼出半声，已横死在那些黑影的刀下。他们随风潜入寝殿，无声地蹿到千叶的床边。

“醒不了的？”一个黑衣人低声问。

“放心，那沉水麝月香里加了迷魂散，睡上三日也醒不来。”另一个嗓音沙哑的黑衣人道。

“都怪那乌尔苏多事，盘出了乌丽罕的底细，不然也做不了咱们刀下的冤鬼。”一个怪鸟般桀桀的声音道。

沙哑嗓音低声喝道：“闲事莫管，速把她掳去交差。”

他似乎是这群黑衣人的首领，其余的人依言噤声，向千叶横七竖八伸出手去。

忽地蓝鹅绒锦被高高飞起，罩在了两个黑衣人的头上。那首领反应敏捷，向后疾纵，抽出了腰间的佩剑。

蓝绒锦被落下，床上却已空无一人。

那首领慌忙四顾，寻找千叶的影子，只看见白衣的一角闪出了寝殿大门。

“追！”他一声令下，几个黑衣人紧跟着那白影蹿出了寝殿。

千叶见黑衣人紧追不舍，展开呼伦冲教的“千寻百步”，如暗夜中的精灵，几个纵跃已飘出了前殿。

亏我没有白白在尔虞我诈的紫禁城养尊处优了九年，加上知己曹雪芹又是个用香的奇人，才能从那香的味道中分辨出这细微的破绽。若不是我提前服了“噬毒散”，恐怕早已中了他们的奸计。可惜乌尔苏提醒了我，自己却白白赔上了一条性命。

其中一个黑影轻功不弱，已渐渐追了上来，千叶不及替死去的人们惋惜，在空中翻跃了几个圈子，想要跳开那人掌力所及的范围。

不似千叶靠奇绝的步法取胜，那人的轻功显然是深湛内功炼化出的，越追越有后劲，奔至乌里雅苏台城门，已将千叶牢牢掌控在掌风之下。

那人刚要出掌，只听千叶忽向哨台高叫：“救我！救命！”

几个守城的兵士见深夜有人追赶一女子，连忙搭弓射箭。

暗夜中响起破空之音，几支箭齐齐向那人射去。

只见那人左躲右闪，更将一支箭接在了手中向城门的守卫掷去。一个守卫应声倒地，想是凶多吉少了。

其余的守卫们奔过千叶身边，朝那黑衣人一拥而上。千叶刚想放心喘口气，却见那人已将两个守卫手刃剑下。

这些死士高手是哪里来的？听他们的口音都是京城中人，难道是来自宫中？

千叶抵着紧闭的城门，在黑暗中瞪着双眸，眼睁睁地看着又有两名守卫倒下。

再耗下去，其余的黑衣人很快就要赶上来了，只有徒劳连累更多无辜的人。

她连忙撮指在口中打了个响亮的呼哨，奋力挪开门闩，将城门一点点推开。

随着最后一声惨叫，身后的黑夜陷入死一般的寂静。千叶在渐渐袭来的寒意中回过头去，那人已慢悠悠擦着手中长剑上的鲜血，向她步步紧逼过来。

她回身狂乱地去推城门，可那千余斤的城门岂是单薄如她的女子可以随便推开的？刚刚推开一条缝隙，那人已到了她的身前。

对待爪下必死的老鼠，猫并不着急。黑衣人蒙着面，两只布满血丝的眼睛透出志在必得的凶光，面罩下发出渗人的沙哑笑声。低沉而诡异，仿佛来自地狱。

他将手缓缓伸向千叶的颈子，缓得像在轻抚，缓得像在抽取她的生命。

忽然一阵急促的马蹄声，当黑衣人惊觉，马已奔至他的跟前。

好马，胭脂马。却没有主人。

千叶欣喜地低叫：“花影!”她本担心那声呼哨离得太远，花影未必能听见，此刻趁黑衣人恍神的一瞬，划起圈子绕开他的掌风，飞上了花影。

黑衣人惊觉，一掌催出，虽在强弩之末，仍然中了千叶的右肩。

与此同时，花影后蹄猛蹬，正中黑衣人的心窝。那人飞撞在城柱之上，一口鲜血染湿了黑色的面罩。

黑衣人身子还未坠地，花影带着千叶已撞出城门，消失在茫茫夜色之中。

花影仿佛读懂了主人的心思，在星光密布的天空下，奔至山丁树的树中宫殿，停下轻轻打着响鼻，好像在担心主人的伤势。

千叶右肩只觉火辣辣的，烧灼得难捱，她忍痛扶着树干，在鞍上站立起来，想要施展轻功跳上宫殿入口，丹田的气息却乱得聚不起来，根本没有离鞍的气力。

如此暗的夜色，根本找不到巨石，更别提用我受伤的肩膀将它们搬在一起了。远处似已有追捕的蹄声传来，若是如此拖下去，万一那群人发现了我，我岂不是功亏一篑了?

千叶急得一只手在树干上乱舞乱摸，却摸到了一根粗大的草绳。

那草绳的末端刚好在千叶伸手能及的位置，就算在白天，恐怕不到这个高度，也很难发现。

蹄声迫近，仿佛一个死亡的暗示。

她将那草绳用力一拉，居然垂下了一个软梯，将她引向了宫殿的入口。

千叶上了宫殿，收了梯子，打了一声低哨，花影应声奔入了夜色。

不敢点灯引人注目，她摸索着踉跄到软榻上，拉开肩膀的衣襟，尽管窗外星光微弱，也能看见伤处淡淡的红色掌印。

千叶暗自后怕，那黑衣人好深湛的内功，居然最弱的力道也能将她伤得如此，若是真的被他将那掌打实了，更该受到如何的折磨?

那蹄声似在不远处踏过，渐渐远了。

惊惧交迫，更加上背后灼烧般的剧痛，千叶夜不能寐，苦苦挨到日出，这才勉强睡去。

好像刚刚闭上眼，就被一阵马蹄的异动惊醒。惊弓之鸟，哪怕再细小的声音也能入耳，千叶将锦被拉至口鼻，屏息一动也不敢动地侧耳倾听。

一个尖细的男声忽从树下传来：“这死丫头跑不远的，看蹄印从这里又折而向西，想是逃到最近的村庄去了。”

怪鸟般的声音道：“岳……岳大哥受了伤，我们先休息片刻再追也不迟。”

你们可别在我这树下休息，不然我岂不是枕着火炉睡觉，大气也不敢出了？千叶圆睁着大眼在被子里心急如焚。

沉默半晌，沙哑的声音才开口道：“恪靖公主的懿旨，我们奴才必得赴汤蹈火，更何况这里更有四爷的密旨，我们若是不小心行事，脑袋也要朝不保夕，我一点点伤又算得了什么？”

又有一人道：“说也奇怪，为什么我们彻夜给恪靖公主送来四爷的密旨，她一看信就要我们马不停蹄地去捉这女奴回来？”

怪鸟声犹豫着道：“其实我那天去领密旨，还未进去，已听到里面有四爷和一个女子的声音，说什么‘十四阿哥’，什么‘恪靖公主将他留住’。”

尖细的声音问：“后来呢？”

怪鸟声道：“后来我就被通传进去了，却只见四爷一人。”

沙哑的声音打断他们道：“主子的意思，我们奴才还是莫要乱猜，知道得越少，肩膀上的脑袋就越保。还是快些走吧！恪靖公主的旨意固然重要，四爷要我们杀了呼伦冲的旨意更重要！”

几声马鞭和吆喝，马蹄声渐渐向西远去了。那最后的一句话，却令千叶心头一紧。

就算他们追上花影，看不见我的人，也不能拿它怎样。只是他们说的话，实在教人心惊。

他们定是四哥派来的人了。看来琴音能坐上公主的宝座，必是四哥暗中支持的结果，因此她也成为四哥在喀尔喀的耳目和臂膀，一有风吹草动就会向他汇报，若是四哥有什么号令，她也莫敢不从了。

只是他们提起四哥说的话是什么意思？和他说话的那个女人又是谁？琴音怕我的事情败露，连累呼伦冲，不敢向京城传递消息，四哥必是不知道我的存在了，琴音为什么收了信就会命人去捉我？四哥又为什么要杀呼伦冲?！这一节怕是连琴音都不知道的了。

想到呼伦冲即将腹背受敌，千叶在伤口的折磨下更觉五内俱焚。疲累却再难入睡，她在清晨的阳光中四顾这空中的宫殿。角落里已堆满应急的干粮和水袋，柜子上更摆了不少衣袍纱裙，还有乔装用的蒙古男袍，都是千叶素来喜欢的颜色。

想象呼伦冲临走前一个人在这殿内忙碌的情景，她深觉此刻就算逃亡受伤也并不孤独，一想到不知能否再看到他如水般温情的眼睛，不由地微笑着流下温暖的泪。

她的目光无意中落在堆得满满的百宝阁上，见有无数的药瓶药盒整齐码放，找出金疮药抹了，又和水吞下些治内伤的药末，这才感觉疲惫袭来，战战兢兢地睡去。

一觉醒来，日已西斜，肩膀上的伤虽不再兀自灼烧，却依旧火辣辣地。

千叶闭上双眼，努力不去想肩上的痛，辗转反侧时，却摸到了枕下一封信。

信封上是呼伦冲熟悉的笔迹，只写着“女奴”两字。

千叶不禁展开愁眉，轻轻笑了，又连忙抖开信看。

若是你能看到我这封信，恐是情况已十分糟糕，我自会回去找琴音算账，你只需谨记以下几条：

一、若是受伤，百宝阁上有各类伤药，也备了你咳疾的药。

二、切忌夜间点灯，以免露了行藏，更莫要在白天引花影来宫殿周围。

三、我用莫邪的马尿留了记号，你打发花影出去，她会去科布多找我，我就算不在那里，也会留下人接应它，我接到消息会立即去救你。

四、保重身体，切莫冲动。

五、等我，爱你。

千叶酝着笑将信反复看了五六遍，才恋恋不舍地叠好放回枕下。

已经知道他是说一不二的天蝎座，可看这苗头，恐怕他的上升星座在处女，真是越老越啰嗦了。

千叶在渐渐消逝的阳光中支离破碎地微笑，蒙胧地想着呼伦冲的明媚笑容和孩子般的神情，在灼烧的伤痕里阵阵发冷，汗湿着再度昏睡过去。

梦里亦是无尽的黑夜，却忽地眼前一亮，载满她欢笑和泪水的玉叶剑穗，出现在无垠的黑暗之上。

那玉叶和记忆中的一般精雕细琢，可叶子的颜色却是棕黄的。

黄翡一般的质地和颜色，令千叶在梦中都怀疑自己是否记错了，它本该就是一块黄翡。

还未想得明白，一个清幽的女子声音响了起来，仿佛发自玉叶，又似来自天边。

“缘起缘灭，一叶知秋。王道将逝，天道难存。子盼父王，兄争弟斗。三纲沦丧，末世将至。你还不速速醒来，开悟三才之道，腾挪三纲之变，更待何时?”

千叶被那女子的声音喝得惊醒，骤然想起树下黑衣人的对话，豁然一惊，连忙起身，向窗外打了个呼哨，在半明的月色下，努力辨认着写了一封信。

右肩的伤处又火辣辣地烧灼起来，她听花影的啼声渐近，连忙扶着伤痛的肩膀，放软梯下树。

花影见到主人，刨蹄扬鬃地欢喜，千叶打量它身上的辔头鞍鞯，琢磨将信放至何处才能万无一失。

记得阿玛赐的金络脑与普通辔头不同，有一个连向马鞍的暗囊。千叶想着，按动辔头上的机关，一个暗囊从马鞍下跳了出来，掉在地上。

千叶捡起暗囊，沉甸甸的，里面居然有东西。

她松开暗囊的拉绳，从里面掉出一个刀鞘和一封信。

她将刀鞘拿在手中端详，见精巧细致，更嵌有几颗红宝石，似是宫中的奇物。

为什么居然没有刀而只有刀鞘？千叶觉得奇怪，抖开信瞧。

俊秀的蝇头小楷，端庄地写着上款，居然是简体字，而且是从左到右现代横式的段落布局：“叶初夏。”

千叶见到自己三百年后的名字，惊得倒抽一口气，连忙接着读下去。

第十回　跨世传励语　舍生救卿命

千叶借着如水的月光，揭开一段封存在时光中的秘密。

叶初夏：

叫自己的名字，真有些不习惯，而此刻的你，也应叫做千叶了。

不知为什么，你会在接到阿玛赐婚的旨意时昏倒，没有人愿意告诉我原因，就连十四哥也是一样。我赌气不理他，他居然顺势对我敬而远之了，仿佛是怕自己不小心抖出什么秘密。

你在遥远时光的另一端，该是也被我的许多秘密折磨了吧？在此说声对不起。

天天可好？他的爸爸……也许你不会再遇到了吧……

而我却依旧不能放下他，无论是看到我们一起赏过的桃花，一起救过的雏燕……当再次见面成为渺茫的痴望，我才明白在同一片天空下的珍贵。为了他，我决心趁着月蚀回去。无论他在天涯海角，我也要找到他，告诉他我的真心。

正好此次月蚀是在皇阿玛的围猎大营前，就算我不幸死了，曹霑也好减些干系。

如果你看到这封信，那么我的猜测该是成了现实。为了我自己放不下的人，令无辜的你又回到这陌生的三百年前，再次说声对不起。

也许这三百年前的世界，对你也不都是陌生的。在收拾嫁妆的时候，发现一些你小心珍藏的物件，有丝帕，有卷轴，还有一对翠叶耳坠子。而我在浣蕤阁醒来的时候，手中却紧紧攥着那个玉叶穗子。

也许这些东西对你来说有着特别的意义，我都在出嫁前小心地埋在了浣蕤阁的丁香树下。交给琴音，我不大放心……

也替我对曹霑说声对不起，我知他惜我重我，而他对我的一片心意，只有你来替我偿还了。

阿玛和额娘，也请你替我尽孝，而我，只想知道老爸的安危。

关于四哥和十四哥，虽然上天已注定了结局，但路只在人的脚下，也许某个人的一念之差，我所看到的史书就会大变……经历了你我月影轮回的劫难，我已相信这世间一切皆有可能。只盼你能保全自己，做些力所能及的福祉。

大女人小要养家糊口，大要救国兴邦，相信你我前世今生的轮回里，执着的信念不变。

千叶

千叶读完信，看看手中握着的刀鞘，心中一动，走向花影的马臀。

当年千叶月下落马时，花影留下的伤痕，正与刀鞘口的宽度吻合。

刀鞘——刀——花影的伤口。初夏一阵冷汗袭来！

她为了能够回到杨锦身边，不惜只身犯险，刺惊花影落马昏倒！

原来她对杨锦的思念，和我对呼伦冲的一样浓烈。锦衣玉食，然而寂寞，她是多么悲伤地熬过这6年？相较之下，我因有了杨锦和天天的陪伴，日子要好过得多了。只是她如何能够面对自己脑后的血块和不久于人世的命运？她对我连连道歉，其实真正应该道歉的是我才对。

杂乱的马蹄声从西边的夜色中由远及近，千叶不及再想，将信和刀鞘收入怀中，迅速将自己的信放入暗囊扣好，将花影催入无垠的夜色。

一群黑衣人从夜色中现出身影，来到山丁树下，那尖细的声音道："岳大哥所言果然不错，跟着那匹无人马的蹄印，我们又回到了这棵树下，只是怎么不见半个人影？"

怪鸟声道："那匹马甚是机警，见到我们跟着，总是不跑，等我们拉开了距离，一个不留神，却又跑得没了影。"

一个黑衣人下马在地上辨认半晌，沙哑道："自这里起，蹄印变得杂乱，更加上了人的脚印，显是有人从这里上马了。”翻身上马喝道：“她中了我的赤炎毒，此刻不死也去了半条命，接着追，跑不远的！”

寒光照铁衣。千万名骑兵气势汹汹，连战马的头上都罩着獠牙的铁面。

一员相貌狰狞的战将，在准噶尔战旗下振臂怒吼道：“为了准噶尔的荣光，我们必将一雪前耻，收复失地！冲啊！”

山呼震天，汹涌的战马踏着磅礴的扬尘，向科布多城猛攻而来。

忽然城门大开，一队骑着庞然大物的骑兵挥矛迎战。

一匹匹身披刺甲的巨貘，在蒙古军士熟练的驾驭下向着敌军猛冲过去。

当准噶尔兵将冲到城下，更有两股貘军从城左右翼包抄过来，断了敌兵的退路。

准噶尔人从未见过如此形状诡异的巨兽，一时不知该如何应战，只听那狰狞战将吼道：“刺人！”

准噶尔兵士听令向蒙古骑兵猛刺，却只够得着他们战甲重护的腿，哪里刺得着人？只有被刺的份儿。更有几匹马见到从未见过的巨兽，惊得乱奔，将马上的人甩得四落。

城楼上，银甲抖擞的呼伦冲手扶城墙，与肩上的金雕一同望着城下败象连连的准噶尔大军，唇角斜斜上扬。

金光闪耀，十四阿哥步到他的身边，扣着金甲护指的边缘道：“你这貘阵当真是奇思妙想，生于南洋的马来貘正适应这潮湿温暖的盆地气候，打起仗来如鱼得水。”

呼伦冲笑道：“自古兵家所言：一寸长一寸强，殊不知坐骑也是此理。”他虽说笑，目光却一刻也没有离开城下的战局，忽然迅捷地抬手一挥。

副官会意，高叫：“放箭！”

城楼上蓄势待发的千万只弓箭如雨疾射，顿时未及奔至城下的准噶尔大军惨叫连连。

东北方的山坡忽现出一个白色的人影，在胭脂马的映衬下夺目出尘。

呼伦冲仔细辨认，依稀见那马像是花影，又见一队向东败逃的准噶尔骑兵奔向那疲惫的白色身影。

呼伦冲冷静的俊容倏然变色，抢过副官手上的弓箭，敛气凝视那些远得看不清面目的准噶尔骑兵。

马上摇摇欲坠的千叶，抬头望向遥远的城楼。虽辨不清城楼上清军将士的面目，却已心头升起暖意。刚要安心微笑，忽听耳边杀声四起，一个杀红了眼的准噶尔骑兵已挥刀就要向她砍来。

千叶带伤奔波多日，早已心力交瘁，呆望着那迎头砍来的刀，连眼睛也无力闭上。

蓦地，那骑兵血迹斑斑的面容与高举的刀凝在她的身前，转眼吐血坠马而亡。

千叶这才惊觉自己身处险境，惊恐地望着一个个冲来的骑兵，却见他们未及近前，都中箭倒地。

呼伦冲箭无虚发，缓了千叶身前的危难，却眼见越来越多的溃军向东涌去。他将弓箭扔给副官道："箭不要停。"不等他反应，人已抽剑越出城墙之外。

尖锐的啸声随着金光袭来，金雕随着它的主人倏然落下。

蹬着城墙翻了几个跟头，呼伦冲在箭雨里冲入乱军，近身的箭已被他尽数抓在手中。他人未落地，已将一把箭掷向敌军，箭从几个准噶尔兵的身体穿胸而出，带着血浆飞溅而落。呼伦冲翻身上了一匹无人的战马，杀出一条血路，向着那白影奔去。

金雕先至，啄瞎了几个冲向千叶的敌军，为呼伦冲铺平道路。

"千叶，千叶！"千叶已伏在马上意识模糊，听到熟悉的呼唤，抬头看到不远处呼伦冲担忧的俊容，勉强挤出笑容，颤抖着手伸向他挂着血痕的遥远面容，只想抹去他眉间的焦虑。

乱军之中，那溃逃的准噶尔大将冷眼打量呼伦冲，见这个锐不可当的冷酷夙敌目不转睛地望着胭脂马上的女人，形容之中的牵挂让他几乎无法相信自己的眼睛。

大将冷笑，趋马直奔千叶。呼伦冲见状急忙催马，想要赶在他的前面阻拦，尽管有金雕助阵，却终于还是慢了一步。

千叶的白裙掠过呼伦冲的指尖，人被那大将一把掳到自己马上，大将把流星锤的尖刺抵在千叶脖子上，向呼伦冲狞笑道："想不想要这女人的命？"

呼伦冲面冷如霜，目光却已喷出火焰："你若是敢伤她分毫，我必将你碎尸万段。"

大将本没有把握拿个半死的女人要挟这万军统帅，见呼伦冲的反应，心中确凿，笑声震天："将科布多城门大开，退军五百里，我就把这女人的命还给你！"

十四阿哥担忧呼伦冲只身犯险，难以脱身，已派清军人马接应上来，大军呼啸着正要冲向那败军之将，却被呼伦冲抬手止住了。

不明情势的副将瞥了眼千叶，对呼伦冲道："我朝的千军万马已包围了准噶尔的残兵败将，莫要被一个来历不明的女子扼住我们的咽喉。"

呼伦冲沉声对副将道："她是我的王妃。"

副将变色，低头不敢再言。

呼伦冲相持半晌，朗声对那大将道："将她放了，我跟你走。"

副将急道："一军统帅怎可贸然犯险？就算那女子是您的王妃，也不能抵过我军千万人的性命重要！"

千叶竭力对那大将恳求道：“你只让我跟他说一句话，之后随你处置！一句话就行！”将那消息传到之前，我绝不能死！

呼伦冲唇畔一斜，深深望着千叶道：“千万人又如何？这世上也只有一个她。”说罢下马向那大将走去。走过副将的身畔，对他低声道：“伺机而动。”

副将与呼伦冲几个月出生入死，早已对他运筹帷幄的英武才略佩服得五体投地，此刻会意，悄悄紧握弓箭，不再多言。

那大将见呼伦冲走近，仰天大笑道：“枉你雄才伟略，却因一个女人输了城池！”

笑声未毕，呼伦冲飞石击中准噶尔大将马臀，那大将只觉坐骑一震，流星锤不由离了千叶的要害。呼伦冲趁势将千叶扑走，不等大将抡锤出击，副官早已弯弓搭箭，射向那人。

准噶尔大将只觉咽喉一凉，已被一箭洞穿，用尽生命最后的力气，圆睁怒目，抡起流星锤砸向呼伦冲的后心。

千叶躺在呼伦冲的身下，眼见流星锤扑面而来，不知从哪里来的力量，滚身挡在呼伦冲身上，那犬牙差互的重锤呼啸而至。

万军的喊杀声中，千叶只见呼伦冲血渍斑驳的犀利面容，和他身后飞舞的耀眼金光，知道他未受伤，心中一宽，微笑着晕了过去。

千叶被一身难耐的燥热逼得醒转过来，刚刚睁开双眼，就触到了呼伦冲汗湿的胸膛。

自己正与呼伦冲一丝不挂地侧躺在软榻上，他正微闭双目，将双手紧紧抵着她的后心，将自己紧紧压在他的胸前。

千叶刚要说话，呼伦冲沉声道：“闭嘴。”

千叶撅了撅嘴，依言不再出声，这才发现他和自己一样，浑身大汗淋漓，赤铁般通红。

虽然如此，千叶静心仔细体会，渐渐觉得有阵阵清流从他的掌上传入自己的身体，身体的燥热，特别是那块灼烧的掌印，不再那么难熬了，只余臂上流星锤的外伤煎熬着。

一炷香的功夫过去，她的身体已渐渐恢复了往日的白皙，就连肩上的红印也已消失。

而呼伦冲却依旧浑身通红，甚至比刚刚还甚。

呼伦冲双掌离了千叶，盘膝坐于榻上，依旧微闭着双目道：“水。”

千叶一怔，慌忙四顾，才见床边早已备好一缸清水。她连忙拉到呼伦冲身边。

只见呼伦冲双臂运功，呼吸渐渐粗重，蓦地将双手划着圈滑入水中，终于睁眼盯视着那水缸。

千叶见了他的眼睛，不由地低呼。

原来连他的眼睛也被灼得通红，她体内热毒的厉害可想而知了。

她生怕自己弄出半点声息影响了他，捂住嘴缩在床角一动不动。

呼伦冲的喉间忽地发出野兽般的低吼，浑身的肌肉瞬间纠结膨胀起来，仿佛将浑身的真气泻到了手上。一大盆水从冰到热，转眼间居然沸腾了起来。

呼伦冲轻轻闭上眼睛，吐纳着收了功，身体终于渐渐恢复往日的古铜色；再度睁眼，又是黑白分明的星目。

千叶稍稍松了口气，却仍然不敢说话。半晌才听呼伦冲一动不动道："你在哪里惹了赤炎毒砂掌的传人？"

千叶这才匆忙拾起毛巾替他擦汗道："打我的那个黑衣人，练的是毒砂掌？怪不得我每到夜间就会愈发疼痛，一日深似一日。"

呼伦冲仿佛仍然心有余悸，眉峰微蹙道："掌中之最乃毒砂，毒砂之最乃赤炎，幸亏你来得及时，否则七七四十九日之后，这赤炎毒砂掌入了心包经，神仙也救不活你了。是谁敢打你的主意？"

我为了救他们冒死前来，却没想到先救了自己。千叶忙道："四哥派人要来杀你！那些人想掳走我，却被我逃了。"

呼伦冲眉间一抬，轻轻问道："你是为了告诉我这个消息，才不惜带伤奔入险象环生的战场？"

千叶点头急道："那些人随时可能出现，功夫了得，你们千万小心！"

呼伦冲目光如水，轻抚千叶娇嫩肌肤上的累累血痕，千叶为保护他而以命相搏的一幕残忍地划入脑际。

"若是我没有自私地将你掳来喀尔喀，你贵为天朝上国的公主，怎会受到如此诸般的苦痛？我是不是错了？"

千叶轻扶呼伦冲乱军中划伤的面颊，温热的暖意流入心底："你没有掳走我，是我心甘情愿跟着你。哪怕是天涯海角的死地，能够看到你，触到你，是我多少年来的希望。凭着这希望，我才活到今天，活到有你的世界。"

呼伦冲望着千叶清澈见底的双眸，不由将唇怜惜地贴近她的伤口，缓缓在那伤痕边轻吻，只想吻去她的痛。

呼伦冲为她敷药包扎，两人穿好衣服刚开了门，十四阿哥就蹿进来道："可好了？等得我这心焦，再不开门我就要以为你们双双惨死了！"

千叶啐道："怎么整天在你口中我就是死啊死的，我不死也被你念死了。"

十四阿哥见千叶随有伤在身，却依旧鲜活，宽慰笑道："听说这赤炎毒砂掌不但伤者有危，救者更是热毒加倍注于体内，稍有闪失，我这百万大军就失了统帅，我能不担心吗？”

千叶回想刚刚呼伦冲疗伤时严峻的神色，才恍然他刚刚从鬼门关徘徊一圈回来。本来见他轻描淡写不露声色，还以为他功夫高深尽在掌握，原来是为了救她将自己的命做了赌注。

千叶望了眼柔情笑望着自己的呼伦冲，心中一酸道：“往后别做这种傻事。”

呼伦冲唇角一斜，微笑道：“也没有多傻，只是跟你一样傻而已。”

第十一回　千叶道实情　真巫媚假意

“依你所言，这是个来自京城的大内高手了？”十四阿哥听完千叶的述说，不由地眉头拧成一团。

呼伦冲沉吟道：“蜀中唐门的赤炎铁砂掌独步天下，而在宫中得此真传者，唯有他门下的大弟子岳如风了。”

十四阿哥惊道：“你是说雍王府的一等侍卫岳如风？”

呼伦冲点头道：“他本是掌门唐御风与前任四川巡抚之女的私生子，不容于唐门，依了娘家的权势才在京中寻了差事。”

千叶道：“他们被四哥派来，本是去找恪靖公主传递密信，恪靖公主看了信，就要他们来捉我了。”

十四阿哥奇道：“他们为什么要捉你？”

千叶刚要说话，又忽然咽下，半晌才道：“琴音与我一直不睦，有现成的高手助阵，她怎能错失如此一个对付我的好机会？”

十四阿哥点头思索道：“我从八哥的快报中已然得知，最近四哥表面忠孝低调，暗中集结党羽，蠢蠢欲动，没想到远在喀尔喀的琴音也是他的爪牙。他的野心之大，实在令人发指。”

千叶黯然道：“无论如何，他也是那个罩着我们长大的四哥，不会对你我如何。只是他的党羽比他狠毒更甚，说不定会做出什么疯狂的事情来。”她担心地望了眼呼伦冲，又拉起十四阿哥的手深深道：“你千万要提防周围的明枪暗箭，你身在关外，如果有个好歹，连真相也未必能传到京中去。”

呼伦冲支着头横坐榻上，望着千叶欲言又止的纠结神情，若有所思。

送走了十四阿哥，呼伦冲跃回榻上淡淡道：“说吧。”

千叶正心事重重地盘算计较，听他一问，恍然道：“什么？”

呼伦冲将手支在炕桌上，托腮望着她一字字道：“实话。”

千叶心虚地转着眼睛道：“你怎么知道我没有说实话？”

呼伦冲道：“你自己不知道？你一说谎就眼珠乱转，表情非常不自然。”

千叶想起杨锦也说过类似的话，不由道：“而你最讨厌人家骗你。”

呼伦冲面无表情地补充道：“特别是你。”

千叶幽幽叹道：“如果我估计不错，四哥的密信是要恪靖公主想法子将十四哥拖在关外，回不了京城。而她捉我，是为了要挟十四哥，拖延他回去的时机。”

呼伦冲皱眉道：“若是十四哥中计，就回不去京城；若是他不顾你走了，琴音正好借刀杀人，除了你这个眼中钉……只是，四阿哥为何要琴音留住十四阿哥？又为什么要杀我？”

因为皇阿玛再过三个月就会暴病驾崩，而他多半将王位传给了十四哥。若是他回去，四哥这个雍正帝哪还能登基？何况有呼伦冲这个漠北虎心做十四阿哥的后盾，四哥的宝座怎么可能坐得安稳？所以四哥为了阻止十四哥回京，必将引来更加恐怖的血雨腥风，也许历史的轨迹也会改变，不但十四哥凶多吉少，呼伦冲恐怕也会性命不保。

千叶在心中反复盘算着想说的话，却不知该如何解释，只得道：“也许现在十四哥拜大将军王，凯歌高奏，而尚武轻文的大清国，朝野上下必对十四哥的呼声最高。他若是回去，会影响四哥的部署。也许他派人来杀你，就是为了要除掉十四哥的左膀右臂。”

只是四哥是如何得知皇阿玛暴病的消息呢？难道皇阿玛现下身子已不好了？失亲的彷徨在千叶心中越来越浓，不由地连连咳嗽。

呼伦冲轻抚千叶的后背，思索道：“如此说来，事不宜迟，眼下准噶尔一败涂地，大势已去；我一人驻守前线足矣，我已知道了他们的阴谋诡计，要想暗算我也没那么容易。让十四阿哥即日返京以辅佐皇上，稳固地位，他朝必可荣登皇位。”

呼伦冲想到这个同患难共生死的朋友，即将黄袍加身，指点江山，不禁替他欢欣，起身就要去找他商议军中交接事宜。

千叶忽拉住呼伦冲道：“他不能回去。”

呼伦冲回头，望着千叶疼痛却坚韧的神色，笑容凝结在眼中，不由呆住了。

在雍亲王府侧书房年羹尧凑在四阿哥耳边低声道：“十四阿哥这次拜大将军王，奉旨出征，又得喀尔喀相助，捷报频传，朝内呼声日益高涨，离皇位更近了一步。”

四阿哥面无表情的脸上飘过一丝难以察觉的笑容："不到最后关头，莫要妄下定论。有些事情，恐怕就连皇阿玛，也不能掌控……"

年羹尧正要问个明白，忽闻外面传禀："十三阿哥到。"

四阿哥难掩满面的期盼之情，强自镇定道："叫他进来吧。"双眼已望穿了紧闭的房门，对年羹尧道："今日的事先议到这里，你下去吧。"

年羹尧打千退下，向快步进门的十三阿哥行了礼，目光不由落在十三阿哥身后的那个人身上。

那人一身黑衣黑笠，笠上蒙着黑纱，不容他看仔细，已与他擦肩而过进了屋。

十三阿哥进门行礼道安，并不多言，闪身侧让，似笑非笑地让那黑衣人站在了四阿哥面前。

四阿哥一言不发地望着那人，脚却不禁向她移了两步。

黑纱袅娜，梨花般的雪肤在黑衣里更显璀璨，那人福了一福轻声道："贱婢竺香玉，参见四阿哥。四阿哥吉祥。"声音虽轻，更有一番缠绵悱恻的韵味。

一贯僵冷的脸上现出温暖的笑意，半晌只道："你来了。"

十三阿哥故意长叹一声道："千叶当年说过什么来着？'人间千古，王侯将相，谁也难逃一个情字。'我为了这难逃的情，还是先避一避吧。"说着行了个礼，向外走去。

"哎。"四阿哥唤他，"苦了你……"

十三阿哥毫不在意地挥挥手："我本来就梦想做个浪迹天涯的侠客，如今削了郡王的名头，排于朝堂之外，倒落得悠闲自在。"

四阿哥深深道："冒着'妄行法术，蛊惑愚众'的罪名收留玉儿，谢谢你。"

十三阿哥笑道："本来曹府赶她出来，也是迫于八爷党的势力，我收留她，于情于理都是应当的。我早就让大阿哥陷害得失去了皇阿玛的信任，如今再多加这一条莫须有的罪名也不打紧，无非在皇阿玛跟前陪着小心便了。"

竺香玉对十三阿哥微笑道："忍辱负重，终有云开月明之日。"

十三阿哥仿佛听惯了竺香玉的机锋，满不在乎地笑笑，出门去了。

四阿哥却仿佛对竺香玉的话颇为挂怀，望着她道："你所言果真不假吗？有朝一日十三弟的冤屈真能得以昭雪吗？"

竺香玉轻轻靠在四阿哥的怀中，幽幽道："何止他的冤屈，就连我，也终有出头之日。"

四阿哥秀眉微蹙道："你不惜让曹府知道你修道的秘密，迫他们赶你出府，义无反顾跟了我，虽总说我能让你找到你想要的幸福，可这么多年过去，我除了让你等得花容憔悴，只有对你亏欠得越来越多。所幸皇阿玛前日见了我们的儿子弘历，甚是喜他聪慧识体，已命人将他领入宫内抚养。”

竺香玉抑着喜色，微嗔道：“四爷是嫌我老了？”

四阿哥认真道：“怎么会？你在我眼中，只如初见一般，是那个江宁织造的荷花池旁随风起舞的小女孩。”

竺香玉忍不住笑道：“四爷定是忘不掉那个把你拽下水的疯丫头了。”

四阿哥不禁沉浸在遥远的回忆中，也跟着笑道：“我不过是没话找话地道了句天热……你知道我最怕热的……那可是我凭生第一次下水。”

竺香玉拥着四阿哥，在他耳边轻轻道：“四爷很快就可以天天拥着我在池中嬉戏了，只要你保持现在的仁孝无为，只要你让十四阿哥回不来……因为那时，四爷已成为万人之上的天子。”望着四阿哥惊异的目光，竺香玉温柔的笑颜下透出冷冷的寒光。

第十二回　离间仇语破　天葬人间祸

积雪覆盖的冰川，沉淀千万年的风霜。两个白裘皓衣的男人，艰难地攀援在冰峰之间。

呼伦冲攀着险绝的冰峰，回首望着步履维艰的十四阿哥担心道：“十四爷，前面一段太过艰险，奴才独自上去看看吧！”

十四阿哥奋力追上呼伦冲，笑道：“你把我当弱不禁风的公子哥了？我就这一个妹妹，她难得交代如此重大的任务给我，我岂能让你独占了鳌头？”

呼伦冲心事重重地望了眼十四阿哥的明朗笑容，似有若无地轻叹一声，向上攀去。

准噶尔战乱已平，十四阿哥本打算回京述职，却无意中从藏医口中得知，天山之巅生长的紫金龙胆花，是治疗咳疾的奇药，千叶又开口求他，他怎有不去采来的道理？

只是他不知道，此花虽有治疗咳疾的疗效，却未必能药到病除，藏医的话，也是千叶命他故意说给十四阿哥听的，为的只是拖延他回京的时间而已。

“如此卑鄙小人的行径，我万万无法对恩重如山的十四阿哥做得出来。”呼伦冲因此和千叶大吵了一架。

“你只需信我，不让他回京，只是为了免去一场血雨腥风，也能让十四哥和你保住性命。他留在我们这里，有我们拼死保护他，总比落在琴音和四哥手中强上百倍。”千叶气苦难当，唯有将呼伦冲的宝剑抽出横在颈边：“我用我的命发誓，只留他三个月。我只是为了要救你们。若是你不答应，我立时死在你的面前。”

一阵狂风吹来，冰雪刺面，迷了呼伦冲的眼睛，他不由闭上双眼，任由泪水横流。

“紫金龙胆花，找到了，找到了！”十四阿哥惊喜的叫声令呼伦冲睁开眼睛，向不远处的崖边望去。

一簇簇五角形的小花在冰峰的光芒下，安静地闪耀着蓝紫色的微光，仿佛严寒中温暖人心的慰藉。

呼伦冲刚要纵身跃上悬崖，十四阿哥按住他道：“我来。”

十四阿哥飞身跃起，刚刚踏上悬崖，却脚下一滑，险些从这丈余的小平台上坠下。

两人望着被踢下悬崖的小石子坠向无底的冰峰之下，都不由冷汗直冒。

十四阿哥小心翼翼地在悬崖上移动，仔细将每株小花连根拔起，收入身后的背囊道：“若是能将它们移植回去，千叶的药就不愁了。”

呼伦冲望着认真的十四阿哥，悲伤地闭上眼睛，别过头去。

我平生最恨说谎，而此刻却在欺骗我最好的朋友；我平生最恨不忠，而此刻却在竭力阻拦可能成为未来君主的人回京。千叶，我选择了相信你，你千万不要辜负我的选择。

如果有朝一日若是证明你错了，我将比恨你还要百倍地痛恨自己。

十四阿哥终于将紫金龙胆花一朵不剩地采进背囊之中，正要拉向呼伦冲伸过来的手返回山上，忽然一支金镖飞向两人的手边。

两人连忙缩手躲过了金镖，才发现不知何时，已有几个蒙面黑衣人埋伏在两人上方，此刻正各执武器，蓄势待发。

他们逆着风，隐去了声音和气息，呼伦冲暗骂自己只顾纠结，没有留意周围的动静。

呼伦冲飞快地纵跃到十四阿哥所在的平台上，挥剑挡在他的身前。

几个黑衣人在呼伦冲纵跃的同时，已跃上平台附近的巨石，黑压压地伏击在白雪皑皑的冰峰之上。

慑人的杀意已扑面而来。呼伦冲警觉到了极点，只要哪个黑衣人有一丝的动静，他就要立即发难。

他们却没有进招，只听头上一块巨石上蹲踞的黑影人沙哑道：“呼伦冲，把十四爷乖乖交出来，也好免了你我对决的辛苦。”

呼伦冲冷笑道：“岳如风，你只是个四爷的走狗，不知没有四爷的命令，你可敢伤了十四爷分毫？”

岳如风吭吭笑道：“我是四爷的走狗，你却是千叶公主的姘头，你们这些日子做的好事，可够让四爷好好惊喜一番的了。”

原来岳如风一行紧随千叶的坐骑花影，来到科布多城。他们才发现这是十四阿哥和呼伦冲对垒准噶尔的前线。如此一个卑微的女奴不但知晓他们都不知道的军机密要，更有统帅呼伦冲弃军冒死前来相救，岳如风顿时觉得这个恪靖公主吩咐捉拿的女奴大有来头。

他们混入军中打探、偷窥，慑于呼伦冲武艺高强，一直未寻到除掉他的机会，日子久了，却窥出了些关于千叶的端倪。

果然，呼伦冲被岳如风说得一愣，岳如风心中的把握就更加确凿了。他满意地笑道：“你和千叶公主搞些露水情欢的勾当也就罢了，还怕十四爷回京泄露了消息，想要将他骗到这里杀死，真可谓歹毒至极。”

十四阿哥听他如此说，虽然不信，也不由地疑惑地望向呼伦冲。

呼伦冲侧头对十四阿哥沉声道：“不要中了他们的离间之计。”

岳如风气定神闲地笑道：“十四爷只要回去再问问那藏医，这紫金龙胆花是否真能药到病除，就能明了奴才所言是否属实了。”

十四阿哥和呼伦冲各自一惊，不禁看向对方。十四阿哥与呼伦冲出生入死多年，一见他愧疚躲闪的眼神，已心如刀割。

“你骗我？千叶也骗我？”十四阿哥怒不可遏，想要痛打呼伦冲，又苦于地方狭窄，施展不开，愤而抖开背囊道：“你们想要杀我，而我还跟傻子似的跳到这悬崖来为她取这草药？”

一朵朵蓝紫色的小花随风而逝，最后的温暖消散，只留千年的冰雪包围心寒彻骨的人。

呼伦冲急道：“我们没有要杀你，只是千叶说你留在我们身边，是最安全的选择。”

十四阿哥怒极而笑，指指上下道：“你说这上不着天下不着地的地方，是最安全的选择？”

本来我只是想带你来此拖延时间，谁知你会只身犯险跳到崖上采花。呼伦冲百口莫辩，只叹道：“我的确骗了你。要杀要剐等日后悉听尊便，只是此刻还请奴才带你脱离险境。”

十四阿哥望望各自盘踞的黑衣人，自言自语道：“被相交十余年的挚友所骗，人心才是最毒辣的险境。”

岳如风见离间之计得逞，正色道：“奴才虽不懂‘义’的奥妙，却知‘忠’的可贵，王爷还是随奴才走吧。”只听两声巨响，呼伦冲头顶的山崖被岳如风跺得冰雪崩裂，劈头盖脸朝呼伦冲撒来，他趁势左手挥刀向呼伦冲疾刺。

呼伦冲挥剑躲开进逼的刀锋，岳如风的右掌已至，火红的赤炎毒砂蒸发了所触的冰雪，卷着灼热的风，逼至呼伦冲的面门。呼伦冲怕将十四阿哥挤下山崖，不敢后退，挥剑格挡，岳如风的左手刀又至。

岳如风正是凭这左刀右掌扬名立万，堪称大内侍卫中数一数二的高手，此时又居高临下毫无破绽，呼伦冲顾忌十四阿哥的安危，下盘受制，只有招架之力，没有还手之功。

其余几个黑衣人伺机而动，向十四阿哥逼近道：“请十四爷随奴才回归化公主府一避。”

十四阿哥在犹豫之间，已向其中一个黑衣人伸出了手。

“十四爷莫要听信谗言，以免追悔莫及!”呼伦冲在节节进逼的刀锋与掌风之间奋勇缠斗，已把一柄长剑裹成一道密不透风的白墙，可是分神照看十四阿哥，左肩一阵刺痛，已中了岳如风的快刀。

岳如风不给呼伦冲任何喘息的机会，转眼赤炎铁砂掌已奔向他的前胸。

这十成的功力若是将呼伦冲的前胸打个正着，任凭他如何勇武雄壮，也得命丧当场。

包围十四阿哥的黑衣人，也向他努力伸出手去，即刻要把十四阿哥拉走。

忽然山顶传来闷响，隐隐的隆隆之声仿佛千百只老虎在百里之外齐声咆哮。

一块山石被那声响震了下来，正打中岳如风袭来的铁砂掌。他一声惨叫，右臂已断。

呼伦冲生长在这片土地，听到如此异动，悚然变色道：“雪崩!”话音刚落，已有冰雪卷着巨石，如百万大军过境一般袭来。摧枯拉朽之势，已把几个黑衣人吓得腿都软了。

呼伦冲拉过十四阿哥，躲在岳如风所站的巨石之下。他眼看身边的几个黑衣人连惨叫都没来得及发出，就已葬身雪魔之口，只紧紧攥着十四阿哥的手臂，暗自祝祷这大石千万要承得住雪崩的攻势。

无数大大小小的石块与这巨石发出无情的碰撞之声，巨石猛烈地抖动着，将雪雾灰尘挥洒笼罩在两个人的头上、身上，两人死死盯着巨石的动静，一颗心随着那剧烈的抖动越捏越紧，直到巨石抖动得已不堪一击，两个人闭起眼睛不敢再看，任由雪幕冰冷地将他们埋葬。

平湖辉映碧空，雪海之山傲然耸立于浩瀚无垠的天地之间。它残酷地吞噬一切之后，呈现世间最宁静的美丽。

一片雪地破出一个缺口，透露生命的痕迹。

呼伦冲挣扎着扒开埋在头顶的雪，喘息着叫：“十四爷，十四爷！”仔细感觉，这才发现自己冻僵伤痛的手臂仍然紧紧攥着他的手。

他的手冰凉僵硬，没有一点活着的气息。

他连忙抽出身后的剑鞘，疯狂挖掘自己身边的雪地。

十四阿哥的面庞显露出来，眉上已结了一层冰霜。呼伦冲惊慌失措，将十四阿哥连拉带拽地从雪中拖出来，摇着他喊道：“十四爷，十四爷……胤禵，胤禵！”

十四阿哥没有反应，面色已如冰雪般苍白。

泪水一滴滴洒落在十四阿哥冰封的脸上，呼伦冲喊道：“我不该听千叶的话，把你带来这里，就算她以死相逼，我也不该听的。胤禵……胤禵……你死了，我却不能报仇，因为是我和我最爱的女人害死了你……本来以为你和我们在一起是最安全的，却是我们害死了你……我如今已是个不仁不义的卑鄙小人，多一个无耻之徒活在世上又有什么意义！”

呼伦冲痛心疾首地在天地之间嚎叫，仿佛想把无处发泄的愤懑叫喊到精疲力竭，忽然一个微弱的声音打断他道：“好大的胆子……竟敢直呼本王的名讳……”

呼伦冲泪眼模糊地向十四阿哥望去，只见他半睁着眼睛，正望着自己虚弱地微笑。

被十四阿哥看到自己嚎啕大哭的样子，呼伦冲连忙收了泪，用袖子抹了一把脸，惊喜又尴尬地望着他。

十四阿哥气若游丝地笑道：“还不快扶我起来，躺在你的怀里一点儿也不浪漫。”

呼伦冲刚要扶他起来，他却一声呻吟，又坐回了地上：“腿……”

两人这才发现，十四阿哥的大腿鲜血淋漓，想是被尖利的石块击中了。

呼伦冲忍着肩上的伤痛，背起十四阿哥，一步一挨地向山下走去。所幸雪崩之后，地势变缓，比上山之时平顺许多，呼伦冲行到山脚，打了个呼哨，莫邪和十四阿哥的战马闻声而至。

十四阿哥大腿受伤，已夹不紧马镫，无法单独骑马，呼伦冲只好和他共乘莫邪，扶着他在身前，勉强行回了大营。

第十三回　父子弥留春　得失一瞬间

在畅春园，银杏树披着耀眼的黄袍，傲视秋风中凋零的百树，仿佛对摧残它的冬天无知无畏。

粉衣如花的宫女走过树下，踏着清脆的枯叶，走进寝殿的大门。

绕过“松鹤延年”的屏风，她将汤药交给侍立床边的试药官道：“皇上，该用药了。”

总领太监扶起卧床的康熙，等试药官试好药，那宫女跪地小心地一口口喂康熙服下。

服了几口，康熙道：“只是风寒，也快好了，叫李太医明日起不必煎这些药了。”

总领太监赔笑道：“皇上此次驾临畅春园，并未命嫔妃、皇子跟从，我们做奴才的，更当小心伺候才是。”

康熙服了药，躺回榻上道：“他们一个个相互指摘，搅得朕不得清净，我是眼不见心不烦。”望着窗外萧瑟的枯树叹道：“想朕戎马半生，英明一世，如今只落得个九子夺嫡、子盼父亡的惨淡收场，定是老天讽刺朕，只顾做个成功的帝王，却做了个失败的父亲。”

总领太监跪倒拜道：“皇上千万莫出如此悲怆之语，奴才臣子们都敬重皇上宏才伟略，四爷更是每日请安尽孝，如今正替皇上行祭天大礼，祝祷皇上福寿绵长呢！”

康熙微微点头道：“德妃教子有方，她的两个儿子都是一样的出息……还有那个聪慧夙成的女儿……十四还没回来吗?”

总领太监起身回道：“回皇上，加急文书已发出去近一个月了，还没有十四阿哥的消息。”

康熙皱眉起身道：“朕躺得倦了。现下觉得精神比刚刚好些，扶朕起来出去走走吧！”

康熙乘步辇，前引后从地打了双龙黄扇、九龙曲柄华盖，正行至一霜叶满地的桂树前，只见枯黄的叶片随风飘落到树旁的湖水中，不由下辇自言自语道：“随波逐流，一去杳无音讯，这便是朕最疼爱的女儿。他们都说你死了，而朕却知你没有死，撇下朕在这金玉的桎梏中，独自寻你的自由去了。”

一名太监匆忙跑来跪拜道：“刑部尚书魏锦程有要事禀报。”

康熙敛了悲容，朗声道："传。"

俄顷，又有太监引着刑部尚书一行疾走而来，魏锦程跪地便道："启禀皇上，前日捕获一断了臂的可疑之人，正欲行窃，有人认出他就是四爷府中的一等侍卫岳如风，严加审讯之后，今已招供。"

这刑部尚书是八阿哥的人，八阿哥已从十四阿哥处获讯，四阿哥派岳如风等人挟持十四阿哥以拖延他回京的时机。岳如风大难不死挨回了京城，正在城外穷困潦倒，欲偷一馒头充饥，却被八爷府中的幕僚抓个正着，便被拷打审讯至今。

康熙沉着脸道："一等侍卫行窃？笑话。可审出了什么啊？"

魏锦程拜道："皇上有所不知，这岳如风被四阿哥派去喀尔喀，意欲对十四阿哥不利，却被呼伦可汗击溃，才狼狈不堪地逃回京城。"

这两个他最器重的儿子却在明争暗斗，同母兄弟之间尚且如此，更何况别的皇子？他早已属意十四阿哥，封了密诏将皇位传与了他，本打算令四阿哥掌辅政大权，可四阿哥却非但无法依仗，反而令他连皇位的继承人都将不保。

康熙面上变色，忽觉左臂发麻，仍勉强问岳如风道："魏大人的话，可属实么？"

岳如风这一个月饥寒交迫，一路行乞才回了京城，却又受此难熬的酷刑，恨不得早一日死了解脱，叩首道："回皇上，句句属实。而且奴才还目睹一天大的秘密，若是皇上能开恩放了奴才，奴才必将和盘托出。"

魏锦程未料到岳如风还有没招供的事情，不知利害，未免心虚，厉声道："这该死的奴才，敢跟皇上打商量，你是活得不耐烦了！"

岳如风早已不顾一切，匍匐着到康熙脚下，指了指身边的桂树道："是关于它的。"

康熙恍然，即刻遣退了旁人道："讲吧！"

岳如风污渍斑斑的面上现出生机的光彩，连忙道："奴才奉四爷之命监视十四爷，却意外发现呼伦冲的女奴就是千叶公主。"

你宁愿去做他的女奴，也不肯享受我安排给你的优渥安逸吗？爱情真的值得你如此舍弃一切吗？

康熙只觉自己的左臂由下而上，渐渐失去知觉，心脏也一点点跟着麻痹。他仿佛看到苏麻拉姑仙步蹁跹着向自己走来，微笑着回答他道："若是你的心能对权势荣华这些外物纷扰淡然处之，如水般与世无争，善利万物，那么你身在何处，你是谁，也并不重要了。"

"传……传老四……快传……"康熙呻吟着倒在了步辇旁边，桂树依旧安详地落下一片片秋叶，并没有因为这千古帝王的轰然坠地，而多落一片，或者少落一片。

海龙红绒结顶吉服冠，青狐皮端罩，四阿哥在弦子、琵琶和拍板的礼乐声中，向神位行一叩礼，礼毕起身，司俎唱起赞歌，在众人的合唱中，四阿哥举神刀念道：“上天之子，纽欢台吉，武笃本贝子，某年生小子，某年生小子，今敬祝者，丰于首而仔于肩，卫于后而护于前。畀以嘉祥兮，齿其儿而发其黄兮，偕老而成双兮，年其增而岁其长兮，根其固而神其康兮。神兮贶我，神兮佑我，永我年而寿我兮。”

刚刚念完祭祀之歌，还没来得及再行叩拜之礼，隆科多已张皇地跑进殿内，在四阿哥耳边道了句耳语，侍立一旁。

四阿哥面色微变，但仍缓缓拜了下去。礼毕起身，颂赞三次，待礼乐停了，这才与隆科多疾走出了祭天神殿。

四阿哥顾不得换下吉服，边走边问隆科多道：“叫你部署的，可都妥帖了？”

隆科多小跑着跟在四阿哥身侧道：“样样俱安，其余皇子、嫔妃，没一个知道呢。”

正行至天坛大门刚要上马，一黑帘软轿内传出一个女人的声音幽幽道：“六位时成，时乘六龙以御天。干卦已出，四爷缓一步亦可。”

四阿哥听了这女人的声音，刚刚上马镫的脚又撤了回来，对隆科多道：“你去盯仔细了，莫要走漏了风声。”见隆科多上马去远了，这才掀帘坐进轿里低声道：“样样被你算准了，快不行了。”

竺香玉轻笑道：“坤数未尽，你此刻若是急着去，恐怕凶多吉少。”

四阿哥毫无表情的脸上微微颤抖道：“他毕竟是我阿玛，此刻他别的皇子不传，唯独等着我一人，我怎能让他在垂死之际枯等？”

竺香玉笑容骤敛，轻抚四阿哥微颤的手道：“谋事在人，成事却在天。昨夜紫微星有破空异兆，四爷此次若要成事，恐怕要经历一番磨难。”

三更的锣梆敲醒弥留的老人，康熙睁开双眼，屋内只有自幼跟随他的老太监侍立在侧。

他的众多儿女和数不尽的妃嫔，那些曾经俯首仰仗他的人们，此刻正不知在何处忙着尔虞我诈，酒肉言欢。

“老四……”康熙竭力震颤自己沙哑的喉咙，他听见自己的声音不再是昔日的威严洪亮。

老太监忙上前躬身道：“回皇上，早已通人去传了，这都七八个时辰过去了……”

“雍亲王觐见。”叠次的传禀之音仿佛响在另一个世界，传进康熙的耳中，他将死的面容才现出一丝生气。

那丝生气里，已安慰多过愤怒。

也许他所剩无几的余生里，这是他唯一能够再见到的亲人。这窥伺王位、谋害亲弟的不忠不义之人，就是他的亲生儿子，他亲自教过算学、引导政务的儿子。

他已跪在自己面前，却不知他眼中的泪水，是悲伤，是忏悔，还是虚情假意。

“皇阿玛……皇阿玛……”四阿哥声声哀痛地叫着，去拉他的衣袖。

康熙用尽最后的力气甩开他的手，眼中闪过厉色，瞪视着四阿哥。四阿哥不敢再看他的眼睛，心虚地垂下头去。

厉色灰暗下去，他又变回了孤独垂死的老人，他断断续续道：“朕已传位十四阿哥……现在朕要你拿你的性命发誓……照顾好你的弟弟……和妹妹……若有半分谋逆之心，朕就算是在地府，也要找你索命……”

四阿哥悲恸的面色僵硬了一瞬，低头道：“儿臣……儿臣发誓……”

康熙节节进逼道：“拿你的性命发誓!”

四阿哥连忙俯首道：“儿臣拿自己的性命发誓……发誓辅佐十四弟，照顾好弟弟和……妹妹?”四阿哥说到此处，疑惑地望着康熙。

康熙听了他的誓言，身体不再僵硬地紧绷，苍老的容颜松弛下去，半晌才道：“千叶在……喀尔喀……和十四……呼伦冲……在一起……”

在四阿哥惊异的目光中，康熙面上露出喜悦的神色。仙袂飘舞的苏麻拉姑向康熙翩翩走来，她呈上他儿时最爱玩的小木刀。

幻境中，康熙的魂魄道：“它不是掉进井里了吗?”

苏麻拉姑微笑道：“玄烨，无论丢了什么，只要你有愿意找回它的心，它就不会离开。”

康熙的魂魄道：“我这一生成就无数，失去无数，可如今想来，最挂心的却只有你和这小木刀。”

苏麻拉姑不语，只微笑地望向康熙身前垂首痛哭的四阿哥。

“无论丢了什么，只要你有愿意找回它的心，它就不会离开你。”

康熙努力抬起手臂，轻轻将手放在四阿哥的头上，只一瞬间，就已软软垂了下去。

只一瞬间，四阿哥仿佛回到了五岁时的那个午后，困倦的他被康熙轻抚着头，靠在他的身旁安然睡去。

心中冻结的某处融化了，融化成了决堤的江河。他仿佛刚刚真正意识到自己失去了唯一的父亲。他声声呼唤着他，第一次如此真心地呼唤着，却再也没人回应。

秋风依旧吹，落叶依旧落。一个深秋平凡的日子里，儿子伏在他已死去的父亲身上，哭得像个孩子。

第十四回　众叛亲离苦　飞城面圣怒

“玉霜雪莲莫要与别的药材同放，当心坏了药性。”十四阿哥想要走过去帮着收拾，那面如皓月的蒙古女孩忙把他按在旁边的塌上坐下，嗔道：“伤筋动骨一百天，你骨头都断了也不知养好了再走，这又要乱动。”

十四阿哥满意地欣赏她霸道的嗔怪和忙碌的身影道：“皇阿玛不爱用参，这玉霜雪莲便是我能带给他最好的补品了。”说着顺手拿出一只雪莲，望着手中温润的白皙花朵道：“常听皇阿玛说，这雪莲不畏风霜，高节独丽，越是险绝高难的地方，越是她风姿绽放的佳境，如今亲眼所见，才知她美得霸气。”

他抬眼留恋地望向那女孩，女孩面上一红，低下头去，边收拾边道：“既然知道，就要明白她若是进了那优渥的人间温室，便再难成活的。”

十四阿哥黯然地望着她道：“真的打定主意不随我回去?”

女孩犹自未答，忽有一兵士奔入屋内，跪倒呈上一封信道：“八阿哥的加急密函。”

十四阿哥仍旧留恋着那女孩欲拒还迎的神色，接过信拆开封蜡去读。

女孩将他常用的衣物小心收拾好道：“我已叫他们将这些都浆洗好了，也加了龙脑香球，回去虽不用再洗，也要放上几日去去闷气再穿才好……”她无意中向十四阿哥瞥去，却见他已面色苍白，密函和那朵雪莲花，飘飘摇摇地落到了地上，各奔东西。

一声疾似一声的咳嗽回荡在空阔的寝殿内，藏医撤下请脉的丝帕，皱眉半晌不语。千叶查着他的神色，咳道：“有话直言，不妨的。”

藏医沉吟道：“姑娘的病根早在多年前就种下了，加之近几年不知将养，内忧外损地用度，我这么长时间的调养也收效甚微……小人实在有愧……”

女婢伺候千叶喝了口水，她竭力平缓着气息道：“我这身子……我自己也有几分的自觉。不干先生的事。”

藏医接着道：“只是，今日这脉象又有些不同……”

千叶呕心沥血地咳了一阵，只静静等着他的下文。

藏医目光闪动道："有几分像是喜脉，但青壮年气血充实的妊娠女子该是滑脉——按之流利，圆滑如按滚珠。姑娘这脉象却……恐怕这胎就算有，也是难保的了。"

藏医这几句话，令千叶先是乍喜，而又乍悲，咳得愈发掏心掏肺，终于呕出一口血来。

"看得如何了？她的身体为何每况愈下？"呼伦冲从书房批完公文，几步已走到千叶的榻前。

藏医见了呼伦冲如见了鬼一般，颤声跪下道："回可汗，姑娘今日这脉……"

千叶藏起带血的帕子，打断藏医道："先生说我近日染了些风寒，所以咳得愈发厉害，不妨事。"

呼伦冲抬脚将藏医踢了个四脚朝天道："什么欺世盗名的五代单传神医，都是些江湖术士，吃了你那'自尽龙胆花'，反而更厉害了，还留你有何用处！"

原来呼伦冲因千叶用紫金龙胆花一事延误了十四阿哥的归期，令他至今伤未痊愈而抱恙启程，虽十四阿哥已谅解他的两难境地，呼伦冲却仍然整日自责恼恨。但是顾忌千叶的身子，不敢再跟她生事，只将无处发泄的邪火都一股脑撒给了这藏医。

藏医连忙起身跪地哀嚎道："小人医术浅薄，还请可汗恕罪……但恕小人直言，姑娘的病在我手中若是难愈，漠北恐怕无人能治了……也许唯有请大清国的太医来，才有一线生机……"

"一线生机？你是说她快活不成了！什么狗屁庸医，自己没本事医好，还来诅咒病人！"呼伦冲说着又要抬腿。

千叶忙拉住呼伦冲道："医者父母心，他明知会触怒你，还冒死进言，可知所言不虚的了。"

呼伦冲俯身握着千叶的手，颓然道："这可如何是好……难道真的将紫禁城的李太医也掳来喀尔喀不成……"

千叶轻抚他的手微笑道："哪怕是生命的最后一刻，也要竭力绽放。只要活着，总会有许多奇迹。"说着望向床头榉木五足香几上的一盆小花。

紫金龙胆花闪耀着蓝紫色的光芒，在雍容的寝殿一角安静地盛开着雪山的圣洁。这是从十四阿哥所剩无几的背囊中拣出的一株。来时已无一丝生气，千叶仍旧舍不得扔，小心地将它栽种照养，居然在枯死的枝桠上抽出了新枝，开出新的花朵。

呼伦冲顺着她的目光望向那花，痛声道："难道只有看着你枯萎到生气全无的境地，再来等待奇迹么？"

门“咣”地一声被踢开了，十四阿哥怒不可遏地冲进来对着两人道：“这就是你们不择手段拖延我回京的目的？”他指着千叶道：“你是想要我如你一般，做个弃父不孝之人？连皇阿玛的最后……最后一面……都不得见……”说到最后，已无力愤怒，向东瘫跪在地哭道：“皇阿玛……儿臣不孝……儿臣不能在您最想见我的时候赶回去见您最后一面……儿臣不孝啊……”

皇阿玛终于还是去了，我又何尝不想赶回去见他最后一面，而我心甘情愿坐在呼伦冲马上离开曹雪芹的那一刻，就已失去了后悔的权利，也失去了重新选择的机会。千叶轻抚着呼伦冲的手，软绵绵地垂了下去。

十四阿哥泪流满面地冲到千叶床前，摇晃着千叶细弱的身躯道：“你是不是也和那些人一样，成了四哥的走狗，所以才千方百计阻止我回京，好让他篡位登基？现在朝野上下都已传得沸沸扬扬，皇阿玛本将皇位传给了我，可是却被他改了遗诏，就是因为我在千里之外毫不知情！”

无论我做什么，历史的结局都无法改变。那皇位无论本来是不是你的，都终将落在他的手中。你留在这里，平安无事已是最好的结局。

千叶面对十四阿哥的泪水和怒骂，心如刀绞，不禁将求助的目光投向身旁的呼伦冲，只见他正用不可置信的愤怒目光看着自己。

连你也不相信我？我要如何才能告诉你们，就算我现在坐在曹府的后花园里，十四阿哥的结局也是无法改变的。可是……就像我当年道出了《石头记》的名句，影响了曹雪芹的著作，难道我的所作所为，才是历史上造成四哥登基的原因？

千叶想到此处，不由汗毛倒竖，整个人陷入深深的自责与慌乱之中。可是身边两个她最亲近的男人不但帮不了她，而且已恨她入骨。她就是那个弃父不孝、欺兄不义的罪魁祸首。

千叶在十四阿哥疾风骤雨的质问中，如风中的枯叶，她真希望自己此刻能晕过去，这样就能逃开这一切的悲伤，可是她却分外清醒。她的双眼清晰地看到十四哥悲愤的脸，清晰地看到呼伦冲纠结翻涌的疼痛目光，她体内的每一根神经都在鞭笞着她的心，宣判给她深重的罪孽。

紫金龙胆花被狂怒的十四阿哥挥到地上，最后一份温情的见证，和着千叶的羁绊，在他的咆哮声中支离破碎。

暮色西沉，千叶披起白水貂锦缎斗篷，独自出了大营，向不远处的树林坡地走去。

不知何处传来马头琴声。琴声忧伤，孤单地回荡在空旷草原，回荡在这片曾经鲜花遍野，她与呼伦冲纵马嬉戏的地方。鸿雁飞翔在天上，天高远。到底哪里才是它们的家乡？北方还是南方？

她在林间顾盼着漫步，她忽地躲在一棵大白桦树后，探出头来，依恋而畏惧地向树林的深处望去。

呼伦冲右手持剑，左手握酒，已将长剑舞得天地变色，酣畅淋漓。

剑法虽已登峰造极，却极尽绝望的悲凉。

总是在太阳消失的时候想要寻找他的温暖，可是只能在这远离众人的深林里找到他鬼魅般的身姿。从什么时候起，他已远离了她，她也只能靠这遥望才能慰藉自己寒冷寂寞的无助。

已离开乌里雅苏台十日有余，本欲送离十四哥启程返京，四哥诏书却紧随而来，封呼伦冲侍妾为浣月公主，认作御妹，命她和呼伦冲一同进京受封。

四哥想是已知她被呼伦冲掳走的消息，如此将她改封浣月公主，既免去了呼伦冲劫持大清公主的罪名，又避免了她作为千叶再嫁的口实，确是一片为她和呼伦冲打算的苦心。

只是这两个千辛万苦才能相守的人，因为各种心中的结，已无颜相对。

“虽然他是抢来的王位，我本不屑听从他的旨意，但如此也好，我定要随你进京据理力争，将这本属于你的尊荣夺回谢罪。若是能揪出当年告密我和千叶的小人，将他血祭姑母的灵位，我这条命可立时交给你处置。”

呼伦冲激愤的言语里，是十四阿哥将信将疑的沉默，是敌是友，他已分不清。千叶如猫般蜷缩在榻上，仿佛已看见一场血雨腥风不可避免地席卷而来。

三个人已成为三座寂寞的孤岛，只有悲伤的潮水，不变地拍打在他们的身畔。

一阵剧烈的恶心袭至喉间，千叶扶着树呕出些清水。明明晚饭什么也咽不下，却仍然吐得这样厉害。这就是妊娠反应吗？

蓦地一道金光袭至她的面门，却在她身前萦绕片刻，落在了她的肩上。金雕喉间发出咕咕的安详鸣音，亲昵地和她撒娇。

“干将，大家都变了。也只有你，什么都没变。”千叶凄然笑着刚要抚摸它的头颅，它已腾空而起，翩然离开了她。

只见它又落回了呼伦冲的肩膀，而呼伦冲，正在数丈之外冷冷地望着她。

“呃……本想去找十四哥，可却走错了路……”她正慌乱地想着该说什么，呼伦冲打断她道：“夜间有狼，公主莫要擅自离营，奴才回京对公主的嫡兄‘皇上’才好交代。”

千叶未及再言，见他已自顾自转过身，对着幽不见底的深林静默许久，取下肩头的干将。他轻轻抚摸它金色的羽毛，很久，很久，终于振臂一挥，将它抛进天空。

干将不解，漫无目的地在空中盘旋了片刻，找不到攻击的目标，茫然地想要落回呼伦冲的肩头。

呼伦冲挥剑砍向干将，惊得干将再度腾飞起来，盘旋进愈渐灰暗的夜空。如此反复了十几次，干将终于长啸一声，飞进茂密的丛林深处，无影无踪。

千叶知道喀尔喀人敬畏自然，不会贸然掠取任何大自然赐予的资源，包括狩猎的雕。虽然年迈些的雕会被主人放归山林，但是干将是百年一遇的金雕，又正当壮年，为何要将它放走呢？

又过了很久，呼伦冲才回首过来，眼中腾着雾水。他的裘袍随着长发，在微光下的晚风中飞扬，身躯却如山一样巍然不动。他犀利傲视着东方那已漆黑的天际，雾水渐渐化为瞳孔深处的坚冰。

千叶心头一惊，脱口而出道：“你豁出性命不要，也要把四哥拉下皇位，你此去已抱着必死的决心，所以你才放走了干将！”

呼伦冲冷冷瞥了她一眼，唇边泛起她熟悉的邪笑，仿佛对自己的死活早就已不放在心上。

“你不要这样！不要死！因为……”我已有了你的孩子！千叶拉住他的裘袍，可望着他冰封的双眸，想要说出的话也仿佛被冻在了喉咙里。

呼伦冲拽开千叶拉着他的手，低头缓缓跪在她的面前。

她爱的男人，她腹中孩子的父亲，喀尔喀十万子民的王，此刻跪在她的面前。

而她，只觉得寒风刺骨，寒意冻彻心扉。她望着他缓缓抽出腰间的牛角弯刀，望着他静静划破自己的手掌，望着他将那鲜血举到自己面前。

“喝了我的血，从此你所认识的呼伦冲将不在世上。”

呼伦冲掌间的鲜血在千叶面前安静地喷涌，千叶在他和自己的疼痛中，麻木地重复呼伦冲的话：“不在世上……”

“那个能够实践太液池畔曾经诺言的呼伦冲，已被你亲手杀死。”

早春的太液池畔，西斜的太阳让年少的他们置身于一片橙色的涟漪之中。呼伦冲曾经在那里抱着千叶，轻轻在她唇上一吻，一字字对着她的眼睛许下誓言。一个信义之士不朽的誓言。

“我呼伦冲今日对天地日水发誓，绝不辜负千叶公主，永不放弃千叶公主。死生契阔，与子成说。”

曾经的吻，曾经的暖。那些曾经支撑着千叶作为叶初夏挺过六年遥远时空别离的誓言，如今他要亲自毁灭它，用他的鲜血。

第十五回　抗希冀婚约　启前明密穴

"开门，开门啊！为什么大白天关了城门?"先行官正叩着德胜门，十四阿哥与呼伦冲已披着戎装纵马赶来。

先行官拜道："启禀大将军王、威远将军，这城门白日紧闭，闻所未闻，该当如何是好?"

十四阿哥犹自沉吟，忽听城楼上一个尖细的太监声音道："胤禵、呼伦冲、浣月接旨。"

千叶被女婢们扶着，摇摇下了凤辇，见十四阿哥和呼伦冲仍旧一动不动地在马上坐着，定定地望着城楼之上。

明黄箭袖五色云龙袍，雍正俯视城下的十四阿哥，目光与面容被严霜笼罩，不见一丝变化。

太监催促道："胤禵、呼伦冲、浣月接旨。"

千叶步到两人中间，担心地望着他们。他们直盯盯地望着城楼上的那个明黄色的人影，既不下马，更不下跪，只是一言不发地矗立马上，仿佛已忘记了那人之外的一切存在。

千叶只得喊："有什么事，四哥就叫人传吧！"

城楼上沉默许久，尴尬而愠怒的沉默。

终于头顶有太监的声音念道："奉天承运，皇帝诏曰。今大将军王胤禵平准噶尔有功，策勋多罗郡王，念及远征劳苦，课令居于府中修养，免其朝务辛劳。扎萨克图汗王呼伦冲屡立战功，睿智骁勇，现策勋多敏郡王，延先皇所赐扎萨克多罗亲王封号，拜双王，择日与固伦浣月公主完婚，以慰天恩，钦此。"

十四阿哥听闻雍正表面褒奖自己，实为削去他的实力，软禁府内，本就心头火起，再听闻呼伦冲被雍正加官进爵，拜了大清第一个双王，又赐婚，他与雍正暗地勾结陷害他的罪行不言自明了。

呼伦冲明白这是雍正离间他和十四阿哥的计谋，为的就是孤立十四阿哥。可瞥见十四阿哥投向自己惊怒交集的眼神，知道此刻如何辩解也是枉然了。他悲愤地将目光转向千叶，正见到千叶泪眼模糊地望着自己。

延误了十四阿哥的传位大事，如今自然得到你亲哥哥的恩典，与我百年好合了。

可是你的心机之毒，更甚于恪靖公主，我岂能再娶一个毒妇？你的眼泪总是如噬心的毒药，迷得我听信了你的甜言蜜语，此刻又来博取我的怜悯，让我就犯不成？

呼伦冲抑郁多日的愤懑破胸而出，只听一声怒喝，他飞身跃起，蹬着莫邪蹿上了半个城墙的高度，腾挪起轻身功夫，转眼踩着城墙跃到了雍正身前。

隆科多大惊，唤侍卫上前阻拦。只见呼伦冲手握剑柄，怒火的余晖扫向那些当年排挤他的手下败将，那些侍卫深知呼伦冲嗜血凌厉的本事，都只举着刀剑虚张声势，没有一个敢贸然上前。

雍正眼中露出冰冷的火焰，与呼伦冲那焚烧一切的烈火相撞。半晌，雍正挥手要侍卫们退下，悠闲地踱步到城墙边，似有若无地瞥了眼千叶和十四阿哥，又定定地望向呼伦冲，唇边却添了一丝笃定的笑。

你若是敢轻举妄动，城墙下那两个你最珍视的人也将立即死于非命。呼伦冲虽然愤怒，却并没被冲昏了头。雍正的每一个举动，每一个表情，他都心领神会。呼伦冲昂然道：“臣此番面圣，并没有别的意思。只是听闻皇上将固伦浣月公主赐婚于我，想要提醒皇上，请您莫要忘记，先皇已将和硕恪靖公主赐婚于我。”

雍正不慌不忙地缓缓道：“此事朕自然记得，只是曹家已因贪赃枉法，私吞盐款而获罪抄家，千叶公主虽为朕的胞妹，就算不是下落不明，也必将连累其中。朕见浣月公主与千叶神似，甚为喜爱，念及你是千叶数次的救命恩人，昔日的情谊必然不薄……朕赐你双王，就是要你与这两位公主永结连理，相敬如宾。”

呼伦冲没有料到雍正下手如此迅速狠辣，已令曹家获罪，不知只是为了千叶能得偿所愿嫁给我，还是为了别的缘由。他转眼镇定拜道：“先皇尸骨未寒，臣怎敢贸然篡改圣意？我与恪靖公主举案齐眉，臣不敢冒此不忠不义之名。而皇上罔顾圣祖仁皇帝先诏，二度赐婚，皇上也要三思是否会担个不孝之名啊！”

雍正一凛，他本想靠着加封赐婚，拉拢呼伦冲这漠北重臣，更离间他与十四阿哥的默契信任，却万万没有料到呼伦冲会从拒绝赐婚处下手反抗他。

你宁愿放弃你冒着不忠忤逆之名掳来的女人，也不能舍弃与十四的情谊吗？雍正眼中再次升起冰冷的火焰，喝道：“朕金口玉言，覆水难收，此事还请呼伦可汗进宫再叙不迟。”

“从此朕不会再让你受任何人的欺负。包括呼伦冲。”

回到修缮得更加华丽的浣蕤阁，遣走了众人，四哥虽身穿天子的妆花缎龙褂，但拥抱仍是那么温暖。千叶听了他在耳边说的话，却是喜忧参半。

“他没有欺负我……”千叶忙不迭地对四哥解释，却只看到他面上那洞悉一切的微笑。

不是只有眼睛在笑，也不是只有皮肉在笑。如此轻松的笑容，她很少能从他的面上见到。“你是心甘情愿，朕这个做哥哥的，却不能让他为所欲为。敢拒婚，这件事不能就这么算了。”

得了他处心积虑谋求的皇位，从此他不必有所顾忌。江山是他的，臣民是他的，他已是万人之上的天子。

她替他高兴，又替十四哥伤心。她曾是他们的黏合剂，如今也许已成了绊脚石。

她终于忍不住说：“他和十四哥相交多年，如今四哥不但封他双王，又将我破例许配给他。他本已对十四哥愧疚万分，怎么可能还允许自己顺顺利利地得偿所愿……唯有惩罚自己，才能让他好过些了。”她观察着四哥的神色，小心翼翼道：“若是想要让他安心娶我，也只有对十四哥有所补偿才是。”

四哥面上忽地冻上一层寒霜道：“这些朝堂之事，你不必操心。你只需安心待在你的浣薞阁，好好想想嫁妆里都带些什么。朕还有些折子要批，改日再来看你。”

终究还是不同了，一言不睦就要翻脸而去，我却不能如小时候那般，强拉着他的衣袖将他留下。怅然若失中，千叶喉间作呕，不由扶着桌角吐出些清水。

已走到门边的雍正赶忙回身上前，将她扶到了床边，观察她苍白消瘦的面容，心中已有了几分底，愠怒地向屋外叫道：“来人，传李太医。”

“公主这是喜脉，但是脉象虚浮，珠涩而不滑，加之超龄产子，恐怕若是不先将咳疾治得稳妥，这胎儿是难保的了。”李太医不愧是太医院的翘楚，几句话，已将千叶远近的病情说个明白。

雍正冷冷地望着千叶憔悴的花容，见她毫无意外的神色，直截了当地道：“这孩子，你是要定了？”

不愧是知我惜我的四哥，说话依旧简洁明了。千叶虚弱地望着他，微笑着点点头。

雍正怒道：“呼伦冲好大的胆子，你已有孕在身，他还想始乱终弃不成！”

千叶忙拉着他的衣袖道：“他还不知道……我求你，先莫要告诉他。一则这孩子未必能保，说了徒增忧虑；二则我只想他心甘情愿地娶我，不愿拿我们的孩子来做筹码。”

她见雍正兀自愤怒地思虑，又撒娇地拉了拉他的衣袖道：“若是我能将这孩子保住，必会告诉他的。我的知识产权，自然要亲自道出，可不想让四哥来当传声筒。”

雍正想起当年千叶震惊宫府的人肉空调，也不禁笑了，只得对李太医沉声道：

“用尽你毕生的医术，保住浣月的孩子。”

呼伦冲一进宫便被请进了为春堂，名曰以国礼款待扎萨克图汗王，又以后宫不便擅自走动为由，将他软禁了起来。

然而呼伦冲又怎是可以轻易被软禁的？他早从老一辈的侍卫那里听说，前明的各宫嫔妃，甚至皇上，为了一己私欲，在宫中设置了不少密道暗格，传说这为春堂曾住过明朝宪宗皇帝的宠妃——万贵妃，此人心机颇深，恐怕少不了这些鸡鸣狗盗的勾当。

可他翻遍了紫檀万历柜上的陈设、墙壁之上的字画，却没有一样带动得了任何机关。

他沮丧地坐进花厅的黄花梨官帽椅中，无意中将目光落在手边堆满尘埃的古琴之上。

夕阳斜照，古琴泛起苍凉的颜色。

总是会在暮光将尽时想起千叶。乌里雅苏台寝殿的窗边，她轻弹古琴，琴声幽远。偶尔她会抬头望向他，那目光里是恍惚了外物，甚至恍惚了光阴的幸福。

他轻触琴弦，触不到曾经的幸福，只有蚀骨的痛沉沉袭来。

“只能给你如此简陋的婚礼，我呼伦冲发誓会用一生的幸福来补偿千叶公主。”

我埋葬的诺言，又岂止太液池畔那一句？而我却只有放下那些诺言，因为我已不配再拥有幸福，更何况是和那个再次背叛我的女人。

要如何才能放下那不该再想念的人，不该再回味的过往？早已入骨的爱，又岂是挥剑即可斩断的？

却只能徒劳地在想念之时挥起长剑，如果斩不断那痛，就让那痛淋漓尽致地惩罚我吧。

剑心顿起，不禁狠狠按下琴弦，琴弦在指尖崩断。

却见椅背的镂空云纹随着崩裂之音腾挪着四散开来，响起了锈音沉重的金石之声。

声音却是从隔壁的寝室传来的。若不是呼伦冲耳力极佳，恐怕难以辨出这蒙胧声音的方位。

这万贵妃果然谨慎，非但机关设计巧妙，更与密道不在同一个地方，发现的机会更少了几分。

呼伦冲进了寝室，上下寻找密道的入口，却又是毫无头绪。

难道这密道的机关年久失修，已经打不开了？呼伦冲几乎绝望地坐在紫檀攒花围子罗汉床边，环视毫无破绽的寝室。

其实他只需再向后坐一点，就能看到床里东侧的大洞。

“皇上驾到！”随着太监尖细的高唱，雍正已步了进来。呼伦冲一愣，一言不发地望着雍正进来，丝毫没有行礼请安的意思。

雍正盯着傲然挺立的呼伦冲，扯唇一笑，坐入炕桌边，抬手赐座。有太监低眉奉茶熏香，片刻已让雍正挥手清了出去。

雍正刚好坐在了密道入口的前方，而此时呼伦冲心事重重地想着十四阿哥的匡复大业，丝毫没有看到那个本该看到的入口。

雍正整着衣袖问道：“住得可还合意？”

呼伦冲冷冷道：“皇上盛情难却，臣受宠若惊。”

雍正似有若无地一笑，展眼望着他道：“既知难却，就不必徒劳了。”

呼伦冲回视他道：“天下明知不可为而为之的，也不止臣一人。而是否都能做到问心无愧，可就难说了。”

雍正见他暗讽自己夺嫡之事，凑近他的脸，逼视他一字字道：“不要仗着有千叶，你就如此肆无忌惮，若是敬酒不吃吃罚酒，就算有十个千叶，你也只有一个脑袋。”

雍正本想借着千叶有孕一事来逼迫呼伦冲就犯成婚，听他如此张扬不羁，反而改了主意：若是他得知和千叶有了孩子，恐怕更加肆无忌惮，闹到有朝一日逼不得已要除掉他的时候，更是徒增千叶的伤心了。

呼伦冲凄然笑道：“不必跟我和那个心如蛇蝎的女人扯在一起，我是看错了她，信错了她。而皇上对待自己的亲弟弟尚且如此，臣又岂敢抱有一丝奢望？”

雍正意外道：“千叶？心如蛇蝎？”

呼伦冲笑得凄如鬼魅：“就是她，就是皇上的妹妹，那个我不惜一切也要得到的女人，我惦念了十几年的女人。”

雍正见他笑得凄凉，定是有什么隐情，问道：“千叶怎么了？”

呼伦冲怒视他道：“皇上问臣怎么了？皇上不是最清楚吗？若不是您对千叶下了密旨，让她不择手段延误十四阿哥返京，您又怎么可能顺顺利利地荣登大宝？”

我明明下密旨令恪靖公主拦截十四阿哥，为什么千叶会替她的对头担起这艰巨大任？想来必是因为此事，她不但失去了呼伦冲的信任，也令呼伦冲与十四阿哥不睦了。可是，这又是缘起何因？

雍正心中迷惑，正盘桓着心思，怒视雍正的呼伦冲却蓦地瞥见了他身后的巨洞。

那定是刚刚机关带动的密道入口了，虽然被褥遮挡着缝隙，但是只要向那里一瞥，即能识出破绽。若是让雍正发现，我将失去唯一逃走的机会。

两人虽端坐榻上一动不动，心中都各自翻涌着不足为外人道的波涛。一时屋内死寂一片。

雍正干咳一声，打破沉默道："如今举国哀恸，朝野自然有着不少流言蜚语。但是呼伦可汗如此口无遮拦，就不怕欺君之罪吗？"

呼伦冲尽管想让雍正尽快离开，却忍不住道："若要人不知，除非己莫为。皇上不做些纸里包不住火的事情，自然不怕会有人说三道四。"说着站起身向门口踱了两步，想要转移雍正的视线。

雍正却稳坐不动，缓缓道："朕自是不怕的。你以为单凭你们两个的一面之辞，能搬得倒先皇的遗诏么！"

呼伦冲冷笑道："遗诏只有皇上一人拿到，写了些什么，自然也只有皇上知道了。"说着走向窗边，只想将雍正的视线引得越远越好。

雍正起身缓缓走近呼伦冲，低声道："人生在世，成败与否，不在走得快慢，只在是否选对了路。你若是悬崖勒马，才不至和十四一并从无路的危崖上摔个死无葬身之地。你将十四留在喀尔喀有功，朕看在千叶的份儿上，给你这个回头的机会，劝你莫要执迷不悟。"

呼伦冲淡淡道："我已因那一错追悔莫及，若是再错，就算前面有条灯火辉煌的大道等着我，走完那条路的人也只是个无信无义的行尸走肉。"

雍正冷哼一声，想要转身坐回榻上，呼伦冲连忙跳到他身前道："臣长途跋涉，有些倦了，恐怠慢圣驾，改日再谈吧。"

雍正盯着他的脸，走近他一字字道："负了对你一往情深的女人是小，触犯天威是大，你莫要令自己死无葬身之地，无福再见你喀尔喀的子民。"语毕拂袖向门口走去。

呼伦冲刚刚松了口气，雍正忽在门口停下道："百日之后国丧期满，你准备与千叶的大婚之礼吧！"

康熙赐了他恪靖公主，雍正又要赐他浣月公主，尽管皆是机关算尽的手段，而他却何德何能受到如此眷顾？呼伦冲惨然笑着坐回榻上，侧头望向那密道的入口。

第十六回　怨怼祭月苦　密炼转生珠

更深露重。圆月如面，温柔俯瞰大地，照得浣薤阁树影婆娑，屋瓦婀娜。千叶设一祭月坛，将丁香树下掘出的物件置放其上，遥望门外肃立值夜的侍卫，幽幽叹了口气，焚香合十默祷。相思成冢。

借着一两月光，她握起那已变为昏黄颜色的玉叶，一波波发生在这庭前的往事拍打上心头。那个泛着不羁笑意的三等侍卫，虽就在她不远处的宫闱之内，却已成须扬长发的漠北之霸，一个恨她入骨、不惜以拒婚为政斗筹码的朝野重臣。

她的孤单身影在月下独泣，很久，很久，她轻抚自己的小腹，才有了重新站起来的力气。

走过外间几个熟睡的宫女，她们陌生的面孔令她明白，一切早已物是人非，殷勤的琴音已怨毒入骨，门外那个守夜的侍卫也不会再抱着酩酊的她进到屋内。

刚刚拭去泪痕准备入睡，床里忽然一阵异响，她屏住呼吸半坐起身子，在黑暗中睁大双眼，忽见一个人头冒了出来。

还没来得及叫出半声，嘴已经被那人捂住。那人硕大的身躯如骇人的巨山，将她压倒在床上。借着窗外微弱的月光，他们惊慌地相互打量，看清彼此之后，却只更加惊愕。

“若是弄出半点声息，立时要你毙命。”呼伦冲恨不得将她吞噬的低吼，令千叶寒澈骨髓。

千叶轻轻拨开呼伦冲的手，侧头张望屋外的动静。确定宫女们仍旧熟睡，这才低声道：“你是怎么……”

呼伦冲不理千叶，已轻捷地跳下床，警惕地打量四周，回身凑近千叶道：“门外的侍卫，可还是两个？”

千叶点了点头，转眼恍然，却已吓出一声冷汗：“你要逃走？”

呼伦冲冷冷瞥了眼千叶道：“你那好哥哥，为了防我逃走，将为春堂上上下下守卫得密不透风，对你倒是一如既往地疼惜，将这浣蕤阁熏得似夏天般暖热。”

那是四哥怕我有孕在身染了风寒不能用药，还不都是为了我们的孩子？千叶咬唇，无语望着他犀利飞扬的容颜，只觉心上那属于他的印记，因他的出现重新沸腾了血液。

“公主，可有什么要吩咐的？”外间的贴身宫女仿佛听到屋内有动静，推门就要进来。

呼伦冲连忙蹿回床里，千叶将金蚕丝被一翻，盖起两人的身子道：“不打紧，只是刚刚有些不适，睡不着，现下已好了。”

宫女秉着油灯近前道：“公主近日不思饮食，身子愈来愈弱，不如让奴婢弄些点心，吃了也好安睡。”

千叶将被子拉得只剩一个头，慌忙道：“不用了，吃了那些积在心里，更睡得不安。你尽管歇息，不用管我。”

呼伦冲怕被宫女看出破绽，只得在丝被内紧紧贴着千叶，她那熟悉的桂香再度盘旋进他的心里。

眷恋的，愤恨的，渴望的，抗拒的，一时如阵阵巨浪，击倒了他的心神。

金蚕乃是用含足金的饲料所喂养出的桑蚕，所织的丝被冬暖夏凉，更如千万只温柔的手轻抚肌肤，何况千叶的身体柔软而纤细，仿佛一吹即散，令他缠绵难弃。期待了十几年的大婚，虽已被他亲口断然拒绝，但一直有着浇不灭的渴望盘旋郁积。

“她走了……”千叶的声音低弱难辨，不知是刻意的，还是本已如此。

呼伦冲强把自己从恍惚的眷恋中拉出来，不去看她苍白欲泣的面容，不去想她病弱难捱的身子，下了床，向窗边走去。

千叶拉住他的衣袖，低声道：“若是你走了，这笔账将尽数算在十四哥身上。你是想帮他，还是想害他？”

呼伦冲沉默片刻，仿佛在思量她话里的虚实，终于挣脱她的手道：“我天亮前会回来。你若是敢走漏半点风声，就算你是当今皇上的妹妹，也难逃我的掌心。”

窗外的月光，让呼伦冲俊逸的面容阴阳分明，笔挺的鼻子如一道分界线，一边悲凉无助，一边阴郁莫测。如瀑布倾泻的长发中，他是如此摄人心魄，因他无双的容颜，也因他犀利的毒。

总是像个四岁的男孩，相信自己能做到任何事情，能成为任何人，还能拥有任何东西。

而他也的确实践着自己的话。征服纷乱的喀尔喀，踏平难驯的准噶尔，将紫禁城的宫墙视若无物。这就是她爱的男人，一个天真而危险的异族狂魔。

只是往后的日子里，是否事事仍旧能够如他所愿？

千叶凄然一笑，那笑容如断了魂般苍凉，轻抚着自己的小腹，无语地望着他的身影消失在窗外的黑夜。

宝贝，爸爸生妈妈的气了。也许一辈子就将这样，再也不原谅妈妈。你能原谅妈妈吗？不要原谅我，因为连我都难以原谅自己。

夜如难熬的寂寞，无尽黑凉。尽管是黎明前最暗的时分，千叶已恍惚听到远方的鸟鸣。

黎明不要来，千万不要来。若是呼伦冲不能趁夜隐藏形迹，无论是否被捉，都是一桩大祸。

千叶正在床上盯着那扇开着的窗焦急等待，一恍神的功夫，呼伦冲已站在了屋内。

衣角飞扬，他低头摆弄石青色的衣衫，一言不发地向千叶，或者他的密道入口走去。尽管毫发未损，面色却比走时还要恶劣。

“十四哥怎么样?”千叶料定他必是去了十四哥的王府，急着想知道十四哥的境况。

不问还好，一问简直点燃了火药的引信，呼伦冲飞身跃入床里的入口，将千叶也拽了进去。

长明灯幽灵般在密室的四壁未明，更映衬呼伦冲鬼魅般凌厉的面容，他将千叶按在潮湿冰冷的墙壁上，怒视她华丽无尘的容颜道：“你知不知道你闯了多大的祸？为什么？为什么如此出尘的外表下是一颗蛇蝎的心？为什么你会对自己的亲哥哥如此狠心？难道只有这个皇上才是你的哥哥?”

千叶吃痛，扭曲了脸，却仍然无言以对。背心一阵难耐，掏心掏肺地咳了起来。

呼伦冲如火般犀利的目光不禁软了，正要松开紧紧攥着她衣领的手，刚刚十四阿哥愤怒到疯狂的面容忽地蹿入他的脑海。

“我从未曾料到，我最好的朋友和最爱的妹妹会是背叛我最深的人。如今我还能再相信谁？我还能再有什么作为?”十四阿哥痛苦的诘问令呼伦冲除了彷徨，只有愤怒，事到如今，他仍旧不解千叶为什么会这么做。

亲眼所见，亲耳所听的，并不一定全是真相。

他强抑着怒火喘息道：“我现在给你解释的机会。无论你说的是真是假，我愿意相信你。”

千叶闪烁的泪眼里看到他眼中盘旋的希冀，那希冀是原谅她的愿念，更是放过自己的救赎。而她却只能在那希冀中垂下头去。

“你总说我是个笨蛋，不能真的知你懂你。好，我承认我是个被你耍的笨蛋，但是这个笨蛋已经笨到还想给自己一个机会原谅你。所以你说啊！你倒是说话啊!”呼伦冲在千叶无言以对的沉默中愈发慌乱，泪水从蜷缩的心上涌出，告诉他自己的绝望。他在这绝望中望着她的眼睛，只听到细若游丝的忏悔。

“对不起。都是我的错……你现在就杀了我，忘掉那些仇恨，别再为我的过错而折磨自己。”何须再挣扎？何须再辩解？就算是历史注定的劫难，一切的错也是由我一人铸就。

怒火再度轰然蹿起烈焰，那声声的质问已如落入深渊的巨石，毫无声息地消失在千叶疼痛到麻木的双眸里。他胸中的烈焰因得不到丝毫救赎而愈发胀裂，将手臂压在她的颈子上，越压越紧。

“我真该在掳你回来的那夜就杀了你，也不至纵容你酿成如此不忠不义的大祸。”俊逸如斯，炽烈如斯，千叶在她今生唯一眷恋的男人身前，在他愤欲吞噬的目光中，用尽最后一丝力气在这烈焰前凄惨地微笑。

呼伦冲在她的笑容里拾起昨日的欢颜和往昔的痛，恍惚犹豫间一愣，手臂不由松了。千叶剧烈地咳着瘫软在地道：“若是我告诉你，这和你当初误会我的原因归根结底是一个，你可会相信？”

“不信。”这是什么匪夷所思的答案？你曾经用忠贞证明了自己的清白，然而这次的事情已不止是你我之间的儿女私情，这关乎着朋友和国家的命运，你又能拿什么来证明？拿什么来拯救？

又是那凄凉得仿佛早已洞悉一切的微笑。呼伦冲在千叶这微笑中再次疯狂，将剑抵在千叶的颈边低吼：“不要用那种纯真的眼神看着我，不要用那种好像能看透我的眼神看我！不要这样对我笑！”

千叶的目光却依旧如多年前般清澈无辜，仿佛那些罪只是一场误会，一场因为他的愚蠢无知而导致的误会。

他的手仿佛不听使唤似的，无法将剑再多挪动一毫，只有徒劳地叫：“你听见了吗！”

千叶的面庞苍白到剔透，令耳际的翠叶耳坠更显莹绿。往事裹着浓情席卷上来，他转过头去，不停步地离开她的视线。仿佛在逃避着什么。逃避什么呢？她的罪，还是他的无能为力？他无法抵御的爱情？

康熙伏在雍正的床前，在他耳边低声呜咽道：“照顾好你的弟弟……和妹妹……若有半分谋逆之心，朕就算是在地府，也要找你索命……”他穿着和雍正一模一样的明黄色龙袍，面色苍白，唇却艳红。

雍正悚然惊醒，望了眼身边被他碰醒的竺香玉，扯出一抹强笑，安慰因他而起的担忧。

他疲惫地坐起身，沉沉叹了口气，揉着太阳穴闭起双眼。

“又做那个梦了？”竺香玉用手拭去他额边的凉汗，才发现他仍在微微战栗。

雍正仿佛不想忆起那梦境，假作无所谓道：“这雍和宫，可还住得惯？”

竺香玉撅嘴故意道：“不惯。”

“怎么？”

“喇嘛念经的声音太大，仿佛在跟臣妾抗议。”

雍正宠爱地将她耳前的一丝秀发捋到松散的鬓边，道："为了能让你安心仙道，也只能叫他们这些人来做幌子了。这雍王府，朕曾经的家，终于成为你可以堂堂正正踏进来的地方，也算是了了朕的一桩夙愿。"

见自己故意找来的麻烦总算可以让他暂时忘记噩梦的烦忧，竺香玉满意轻笑。她眉目流转，移步下床，取宣德炉，焚紫薇辟邪香，取了一只紫檀匣子和一只血玉珠子道："左右也是醒了，再炼些转生珠吧。"

竺香玉打开那镂刻匠心的缠枝莲藕龙纹匣，取出一颗灰黑里泛着暗淡金光的丹丸，伺候雍正和水服下，静静望着他修长的秀眉清目。

早就知道他有朝一日会成君主，早就知道他只有十几年在位的福帛，却是从什么时候，觉得他看起来如此顺眼了？不止是顺眼……甚至比曹雪芹那绝世的容颜也不逊色……

想起曹雪芹，她的胸中不禁微痛。

多少年过去了，我怎么还忘不了那个一眼将我洞穿的浪子？雍正因我将他曹家贬职抄家，他此时正流落何方？

他伤了我的心，我伤得他一无所有。无非两败俱伤。

静心修行的雍正抬眼凝视着竺香玉的凝视，想说什么，却只抬了抬眉，沉醉在她的双眸里。

此时无声胜有声，也许就是这个意思。

忽地，情动真气，走火入魔，他胸中一阵热血翻涌，几欲作呕。竺香玉慌忙抚着他的背，观察他的颜色。

已经来不及平复那起伏的心绪，雍正一口鲜血喷出，染得被褥纱帘殷红点点。竺香玉连忙从背后拥住他，紧紧贴着他的背心，用自己的膻中穴汇集元气传给雍正。一炷香的功夫，雍正的呼吸才渐渐平稳，又恢复了最初的淡然神色。

又过了一炷香的功夫，雍正头顶的天门穴渐渐泛出流光溢彩，一个和刚刚那丹丸同等大小的珠子渐渐凝了出来，却是闪耀七色光辉的剔透。

竺香玉久久地拥着他，直到感觉那璀璨的光芒渐渐熄灭，才取下他头顶的小珠子。

她飞快地拿起床边的大血玉珠，丹田提气，眼中精光一晃，珠子蓦地在她手中跳动起来，又散出刚刚雍正头顶那奇异的绚丽光芒。她另一只手中的小珠子仿佛在与它呼应，也发出微弱的光芒，轻轻跳动着，渐渐离开她的手心，向那大珠子游去。

雍正收了势，担心地移到竺香玉的身畔，不去看那珠子，却只紧张地盯住她额角渗出的薄汗，和渐渐失去血色的樱唇。

屋内仿佛闪电划过，转眼屋内的一切恢复平静，那小珠已消失在血玉珠之中，竺香玉软软向后倒去。血玉珠沉沉落在她不远处的丝被上。

雍正连忙揽她入怀，眉间深蹙道：“何必为了我化去你罩门的真气，本来聚拢转生珠就已经令你元气大伤，这下若是有个闪失，油尽灯枯，我只恨自己虽贵为一国之君，却没本事救得了你。”

竺香玉在他怀中泛起虚弱的笑，只有美目依旧灵动。“万岁爷从来都可心如止水地修炼，今儿个这是怎么了？转生珠才只结了两颗，你若是有个好歹，我们转世轮回的大计就前功尽弃了。”

雍正黯然道：“也许我错了，就算我只能在位十几年，也已是偷来的福分，不该如此不甘地迫你给我制造转生的机会。”

竺香玉轻轻摇头道：“因果循环，既然我们选择背叛而谋得了这至高的权位，这也是我们必须承受的果。我漫长的余生里，若是没有了你，就算真元护体，长生不老，又有什么意思。”

雍正深情的凝视里，竺香玉看到一个机关算尽的冷面帝王，无怨无悔地赤着自己的真心，用他的生命望着她。她渐渐迷失了心神，已不知自己刚刚说的话，几分是真，几分是假。

“哪里来的香气？”雍正眼光一闪，嗅着那淡香沉吟道：“这不是你焚的紫薇辟邪香。”

竺香玉将流转的目光落在那血玉珠上，幽幽道：“是你原神的香气。只集了两颗，就已能破了这紫薇辟邪香的气，可见你的元神之深纯。能够成仙的元神，都有自己独特的异香，假以时日，这必是能令你在重生之日仙缘护体的真神。”

雍正心中一动，失声道：“千叶……自从降生便有异香……”

竺香玉似有若无地一笑，懒懒地靠在雍正的怀中，望着那转生珠，不再言语。

千叶，本就不是人，而是落入凡间的尘仙。

第十七回　光阴四合院　宿命两世人

华美的红绸包裹小麦色的肌肉，呼伦冲抬起一侧眉毛，打量镜中的新郎。

不羁的长发从肩头滑落，他下意识地向腰间的佩剑尽头摸去，然后将手漠然地停留在那空幻的末端。

这习惯怕是改不掉了，尽管已经没了那玉叶剑穗很多年，却总在紧张不安的时刻去寻找它的存在，哪怕幻想它在那里，心中也会多少寻获一丝安宁。

我今天即将面临的恶战，都是因这个女人而起，而我为什么仍然眷恋着那份挥之不去的感情？是不是它已成为我身体的一部分，和她的笑容与泪水一起，奔腾在了血液之中？

竭力在两团宿命的火焰中竖立一面冰墙，我自欺欺人的冷漠伪装还能坚持到何日？呼伦冲刚刚将牛角短刀插入短靴，在渐近的脚步声中连忙起身对着镜子整理衣装。

“皇上驾到！”宣声未落，人已进屋。雍正警觉地打量了一下呼伦冲，又环视他的卧室，似乎仍未放心，将目光落在他腰间的佩剑上道：“这大喜的日子，尤忌血光之气，剑就免了吧。”

呼伦冲唇角微挑，一言不发地将剑除了，扔向墙上的挂钩。

雍正踱步坐上软榻，慢悠悠地道：“今日朕既然去喝你的喜酒，贺礼必不能免。”

他抬了几根手指，侍卫们押着一个人远远走来。那人双臂被绑，口中仍不老实，边走边嚷：“议政大臣一等公佟国维是我叔父！你们敢抓忠良之后，简直是无法无天了！这里可是紫禁城，天子脚下，不是你们为所欲为的地方！”他被推入屋内跪倒在地，这才抬头看到了雍正，大惊失色道：“皇上……皇上？皇上！”

雍正道：“朕早就找人查过，当年圣祖仁皇帝赐婚的那晚，就是佟志德进乾清宫去告的密。若不是他，也不会令你惨遭横祸，时至今日才能与千叶再续前缘。朕忍他已忍了多时，如今正抓了他贪污货款、逼死人夫、强抢人妻的罪状，要如何发落，悉听尊便。”

康熙将千叶赐婚曹雪芹的那晚，我已如行尸走肉，恍惚了当时的记忆。现下回想起来，佟志德似乎确曾出现在乾清宫的门前。原来我做梦都要手刃的仇人，竟是昔日对我笑面温语的同僚！

呼伦冲额畔的青筋已暴怒，他扯起吓成一滩的佟志德怒喝：“为什么？同僚之时你我不知共守了多少个日夜，我自觉你和他们不同，不是个趋炎附势之人。为什么？为什么你要如此对我？你可知我姑母因这场浩劫送了命？只因你的一面之辞！”

佟志德慌乱道：“不关我的事！我也不想的！都是良……良太妃的主意！求你放了我，我愿痛改前非……你若要杀，我帮你把良太妃带到你的面前！”

为了保命，不惜搬出别人来送死。呼伦冲唇角微斜，低声问雍正道：“如何处置，皆由臣说了算，皇上可当真么？”

佟志德见了雍正和呼伦冲寒意森森的目光，慌乱道：“呼伦冲……呼伦可汗，我伯父佟国纲与准噶尔殊死搏斗，战死在你蒙古的草原，你可忍心对你蒙古的恩人之后……下手……？”话未说完，已不可置信地望着洞穿自己胸膛的长剑，倒在了血泊之中。

“留你这样的后人，也只会给你的祖先蒙羞。”呼伦冲面无表情地抽剑在他身上抹了几下，只听佟志德喉间呻吟道：“你这个噬腥啖血的异类……明明身份低微得一钱不值……凭什么获得公主和两代帝王的青睐……凭什么……”

呼伦冲盯着他渐渐逝去光华的眼睛淡淡道：“就凭我比你多了一颗人心。”

佟志德冷笑道：“人心能值几个钱？你也只是被人利用在鼓掌之间的工具而已……兔死狗烹……你的下场……早晚也和我一样。”

呼伦冲贴在他的耳边轻轻道：“我早已不在乎自己的下场。”

佟志德的眼睛凝在迷惑不解的一瞬，逝去了生命的气息。呼伦冲回身拜道：“谢皇上助臣手刃仇人，此恩微臣没齿难忘。”

望着由佟志德身体的空洞汩汩涌出的鲜血，雍正寒霜般的面容露出一丝难以察觉的笑容，缓缓道：“这个佟志德乃是佟国维的远亲，勉强攀得上个侄子，算是本家的，其实倒与良太妃关系更近些。若不是在宫里背后有人撑腰，量他当年也不会有如此大的胆子。”

呼伦冲见雍正微微眯着双目望向窗外的皑皑白雪，心知他有意利用自己除去异己，佟志德只是一个开始而已。只是他既然被佟佳氏的恭懿仁皇后抚养长大，为何能对佟氏一组如此心狠？能对亲眷尚且如此，昔日的老臣，今朝他重用的自己，又都将是何下场？

就算面前是无路的悬崖，他早已没了选择的权利。已将生死置之度外的人，又怎会在乎自己的下场？

呼伦冲唇侧一挑，傲然笑道：“臣早已看这良太妃不顺眼，当年不知给了我干姑母密太妃多少气受，虽然靖王府与我已无半分的瓜葛，但昔日密太妃对我不薄。前儿个微臣去探望她老人家，仍跟我哭诉这宫中的世态炎凉，听得臣也欲除之而后快。”

雍正轻笑着点点头，眼中仍是窗外的漫天霜雪，那霜雪里却有一个穿着单衣罚跪的孩子，在恭懿仁皇后的宫前一次次，一天天，只为了让他记住规矩。

自我登基一日起，我所有失去的，都将被夺回来；我所有被伤害的，都将用血来补偿。我爱的人们，将从此至高无上；我恨的人们，将死无葬身之地。我背叛父兄夺来的王位，我时日无多的余生，必将把这爱恨挥霍到极致。

千叶站在浣蕤阁的屋檐下伸出手去，一团雪块落入掌心，与她火红的吉服辉映出夺目的光彩，却转眼化为卑微的雪水。

无论是柏林的还是北京的，无论是三百年前的还是三百年后的，雪总是给人凄丽的绝望，就像她的人生，在她最期盼的一天也笑不出来。

虽然呼伦冲频繁出现在她的床上，却只是把她当成通向十四哥府内道路的一部分，不再有多余的愤怒和悲伤。也许他已对她或自己绝望，明白过多的情绪也只是徒劳，永远得不出个答案。

她的人和她的床，仿佛一个功能性的存在，也许一直如此。

她忽然觉得冷，下意识地摸摸自己耳上的坠子，扯出一丝苦笑。

摸耳坠，这个不知何时忘掉的习惯又不知何时回来了。曾经的温暖依旧在脑际闪耀，让她不安的心多少有些着落。

她从怀中掏出玉叶穗子，昏黄更加深重了几分，溃变得已接近朽木的棕色。

“缘起缘灭，一叶知秋。”这话到底什么意思？若是叶子的颜色暗示着国运，四哥已即位，难道真如我梦中那声音所说：王道将逝，天道难存。子盼父王，兄争弟斗？我又该如何开悟三才之道，腾挪三纲之变？

现下可以解开的玉叶之迷只有一个：杨锦所摔的玉叶不是真品，却也不是后世仿制的赝品。

“公主，您命人去打的穗子做成了。请公主过目。”宫女呈上了一只红漆木盒，里面静静躺着一支白玉穗子。

一样的团锦结，一样的叶，精雕细琢，真假难辨，却是莹润白皙，如初见一般。

每次她轻抚那昏黄的玉叶，脑中都会闪过杨锦愤怒的脸，和碎成片片的白玉剑穗。如今她莫名觉得，这玉叶与杨锦和呼伦冲有着劫难的相克，每次玉叶与他们相逢，不是叶毁了人，就是人毁了叶，真真假假，替身、真身，仿佛宿命中互相排斥的存在，却又频频在宿命中相逢。

无可抗拒的相逢，无可挽回的排斥，她与杨锦和呼伦冲又何尝不是如此？

为免三百年后玉叶的劫难，她命人按原样重新制了个一模一样的，宫中不乏能工巧匠，羊脂白玉的无暇用料也难不倒内务府，加上她这御妹的面子，不出半月，穗子已到了手中。

迎着纷飞的大雪，千叶将两支穗子高高举起，暗叹若是玉叶颜色不变，就算是自己，也难辨真伪，只默默祝祷那假白玉叶子可流传于世，安然出现在“浅山”的地窖之中。

而这真玉叶又该如何料理？千叶忽地脑中灵光一闪，命人备辇出宫。

“今晚就要在十四爷府内行大婚之礼，现下虽然时辰还早，公主的吉服俱已料理妥当，如此出宫恐怕万岁爷怪罪。”宫女们自然胆子小，怕在如此重要的日子担下罪名。

“若是四哥问起，就说我忽然想起有个嫁妆必须亲自去办，一定会按时赶回宫中。”千叶说着，已提起大红的石榴裙在雪中留下一串脚印，去远了。

宫女们素知这公主言语不同，行为有异，尽管四阿哥登基，她不改口称皇上，仍然叫四哥，却见万岁爷本人不以为意，反而将她居为护佑皇位的福仙，乐在其中；如今在大婚之日也要擅自出宫，跑得珠环乱掉，衣裙飞散，也只有叹口气跟在后面，疾步紧随而去。

“回公主，还有三里就到阜成门了，奴才们现下该如何走的好？”辇外太监喘着粗气尖声叫着，千叶打开帘子伸头四下张望片刻，犹豫着道：“往那边吧……”

太监赔笑应着，避过千叶头上刺来的金钗，见她缩头进了辇，硬着头皮咧了下嘴，指挥轿夫向南而行。

千叶每隔半柱香的功夫就要探出头来观望一阵，一会喊左转，一会喊右拐，一会又说走错了调头，折腾得轿夫太监宫女十几个人在雪天也闹出了满头大汗。

千叶自己更是在辇中心急如焚，自言自语道：“我这路痴本就爱迷路，何况是找一座三百前不知存不存在的宅子？早知道有今天，当初天天进进出出，叫林斯量个经纬，绘个地图就好了……唉，地图又带不来……也不行啊，这可怎么找得到？”

她下意识地再次打起帘子探头观望，忽见远处一栋朱漆大门前那一对活灵活现的“九世同居”狮子门墩，大喊了一声：“到了！”也不顾落辇等宫女搀扶，跳下辇来踉跄着向那朱漆大门奔去。

大门半掩着，门额上的百子献寿图、门里影背墙上的“竹林七贤”墙画，居然与林斯重装时的样貌殊途同归，千叶恍然以为自己回到了三百年后，正走进浅山书画研究中心去上班。

然而手中的玉叶已暗淡得棕黄难辨，她心中所剩无几的温暖希冀也被冻碎成粉。

这是她不惜性命也要回去的三百年前，是与她魂牵梦萦的呼伦冲的大婚之日。而她却站在这个三百年后仍然屹立的四合院前，为的只是藏起他和她的信物，不让它受到他的伤害。

如果他已注定放弃这段感情，退守进没有她的壁垒，那么他们的爱情，还有她来保护。

千叶轻轻探头聆听院内的动静。没有声音。她怕惊动院里居住的人，连忙打发走了随行的宫女太监，上下打量这崭新的朱漆大门，终于蹲下身，向一个门墩下方奋力掘去。

掘出一个大小差不多的深坑，千叶将棕色的玉叶穗子小心放进提前准备好的青花瓷盒里，刚要盖上，却顿了半晌，缓缓取下那对翡翠耳坠子，颤抖着指尖将它们捏入盒子里。

沙砾渐渐将跃动的青花盒覆盖殆尽，千叶的面容凛冽、寂静，如这漫天寒雪，只有泪水静静温暖着冰冷的面颊。

总以为已经到了绝望的尽头，却总是坠入更深的绝望。还有什么比放弃了自己更加无望的境地？此刻，我和呼伦冲却都是如此。只盼这些死物能游离纷扰之外，安然埋葬三百年的时光。

为情所困，作茧自缚。遇到呼伦冲，就像一场劫难。无法摆脱，不想放弃，但是那爱已让我伤痕累累，体无完肤，在这爱里被磨损的，不止有我，还有他。

这就是情劫吗？

为什么我的爱情总是和我擦肩而过？是我错了？他错了？还是这个世界错了？我在这个世界里只是一个任人摆布的傀儡，嫁给曹雪芹、做女奴、当公主，就连嫁给呼伦冲……都是身不由己，如今我又将我的爱情寄回了三百年后，只希望另一个我能够熬过脑后血块的劫难，将那爱情珍藏、封存，当做寄托她和杨锦的祝福。

千叶轻声咳嗽，瞥了眼帕子中的血渍，轻抚小腹站起身来，向着雪中抬步。

“千叶……”清冽的声音在身后轻声呼唤。

如果说呼伦冲的低吼将她带向地狱的火焰，那么这个声音总是令她接近天堂的微光。

千叶在熟悉的低唤声里凝在了雪中，久久不敢回头望去，只有泪水更加滂沱。

第十八回　风雪泪归人　细语漫今生

靴子踩在雪中柔脆的轻响，一点点向千叶靠近，再靠近。一只温柔的手搭在她的肩上，轻轻扳过她细弱的身躯。

漫天飞雪中，泪眼蒙胧里，是曹雪芹如花清逸的容颜，布衣须茬遮挡不住他温润的倜傥。他在寒风里笑着，冰雪在这笑容里融化殆尽。

两个人久久矗立在这无垠的白色世界里，红艳的吉服与青衫的布衣仿佛各在两个维度，一个哭，一个笑，一臂的距离，一生的牵挂。

“公主！公主还健在！我们都以为你被掳走遭了不测，额驸……公子他只身在外漂泊了两年，在茫茫大漠寻找不到公主，如此才断了希冀……公主这些年都在哪里？是如何回京城的？怎么穿着大婚的吉服回来了？”曹有打起油伞，迎着步向花厅的两个人，兴奋得问个没完。

“我还没问，你急什么？去把‘白牡丹’拿来，用我去年存的雨水泡了。”曹雪芹被曹有说得满脸不自在，急着将他打发走。

曹有奉命去了，边走边抹泪念叨：“这为公主存了多年的白茶，公子总算盼到有人品尝的一天了。”

曹有的每一句话，都令千叶心中一缩一缩地抽痛，她不敢看曹雪芹的脸，径自走进花厅嗅道：“还是你的沉水香最纯，闻了身子仿佛都轻了。”

这间屋子，三百年后就是会议室，曹雪芹的石涛花草册仿本，曾经被无数业界巨头争论得面红耳赤，而她此刻在曹雪芹自制的仙香水雾中，呆坐在榉木百鸟朝凤木雕椅里，甘愿忘记时间，忘记一切的恩怨。

“不问我为什么在这里？”曹雪芹坐进她身旁的椅子里，笑容又恢复了刚刚的温润。

“因为我知道。”

“你知道？”

“曹家被四哥抄了家，罪名是贪污盐款。”这次的劫难却应该不是最后一次，按照史书记载，还会有第二次抄家……但是历史也说曹雪芹是在第一次抄家之后才降生的，所以历史这玩意，也不全可靠，看来是四哥因为什么特别的原因，篡改了曹家的历史。

曹雪芹依旧笑着，那笑容里多了几分耐人寻味的苦涩。

“不问我为什么在这里？难道你也知道？”千叶忍不住问。

“我只知道皇上昭告天下，自己认了一个干妹妹，今天就是她与喀尔喀的扎萨克图汗的大婚之日。”曹雪芹只呆呆地望着千叶红丝缎吉服的凤羽绣边，自言自语道：“皇上真的很疼你，这吉服，比你我成婚之日的还要美丽，还要精致……只是，记忆里的永远是最美的，因为再也回不去。”

“对不起……”终于有机会亲口对他说出这句一直郁结于胸的话，千叶的泪再度涌了出来，说不清是愧疚，还是欣慰。

“白牡丹”沏了上来，五色琉璃彩杯中，银针白毫随水绽放，仿佛飘在梦里，和着沉水香的缭绕香烟，泛起淡淡茶雾。

曹雪芹揭盖饮茶，人也仿佛飘到了恍惚的昨日：“曾经我在草原上看到你和呼伦冲策马比翼，我从没有见到你如此开心的笑脸，曾经有一瞬，我后悔自己看到了你的笑脸，宁愿看到你狰狞惨死的尸身，但是我却发现自己在笑，因为你的笑而笑……也许我错就错在对你太好了。”

千叶忍着泪强笑道：“对啊，人都是很贱的，你对他越好，他越是觉不出你的好。这‘白牡丹’，本是你为去我咳疾燥热而特意采来的，每年只产一两的顶级白茶……你错就错在对我太好了。”她说着这话，已分不清是在说曹雪芹，还是在说自己。

本来是个得理不饶人的太妹，为什么面对霸气凌人的呼伦冲，我却总变成逆来顺受的怨女？难道这就是天敌么？

曹雪芹看似无意地将手指搭在千叶的腕上，淡然笑道：“呼伦冲对你不好吗？”笑容转瞬凝固，紧握千叶的脉息，惊得一个字也说不出。

“身孕四月有余，咳疾难愈，命不久矣……这些只有李太医、四哥和我知道的事，你莫要再让更多的人徒增悲戚了。”千叶在泪光里淡淡的笑颜，像是在说别人的事情。

“李太医也该告诉过你，若是你不执意要这个孩子，还有几分生的希望……呼伦冲的孩子，比你的命还重要？”曹雪芹的声音不再悠然淡定，已有几分焦急的嘶哑。

“我的命，早已是苟延残喘来的孽障，多少人左右为难的折磨……这孩子，却是无辜的。”

曹雪芹颓然落下扶着她脉细的手道：“本来以为放你幸福，我输得起……面对这个结局，我开始怀疑我是否输得起了……”

“人生在世，岂不就是因为不知道结局，才能珍惜当下的快意洒脱？我宁愿为做过的事情后悔，也不愿为没有做的事情遗憾。”江宁织造大雁纷飞的天空下，曹雪芹的话已成为难以企及的尘烟，此番千叶道出的，却是一字字血泪的验证。

“你……后悔吗？”

千叶在曹雪芹余音绕梁的问话中娴静矗立，半晌，才微微摇了摇头：“若是每件事情都是发自真心的抉择，就没有什么后悔可言。”

初见时把酒言欢的万岁山，再见时旖旎秀丽的江宁城，重逢时苍茫豪阔的大草原，一桩桩往事如一幕幕画卷，静静穿透沉水香中默默静坐的两个人，是过去，也成为永恒。

很久，很久，千叶打破这并不尴尬的沉默道：“你记不记得，你还欠我一个秘密？”

“你欠我一个秘密，这个就当抵押了。”千叶携着那梨花图跑远的纷飞笑颜，本身已成为一幅图画，和着她银铃般在水边回荡的余韵，被曹雪芹珍藏于心。

“你是说，我和竺香玉？”曹雪芹唇边带笑，明知故问。

"你知不知道，有时候你清澈得像一湾湖水，瞥一眼就见底；有时候又像一个谜，越想越难以捉摸。"千叶托腮观察这传说中的男子，他惊世的容颜如同他惊世的遗作，华丽地伤情。

"那只是你并没有心思去真的想解开我这个谜而已。我对你，从来不曾有过秘密。"

千叶哑然无语。六年的夫妻，他是她毫无印象的夫君；苏醒的重逢，她又一心只念着呼伦冲，何时何地，她曾认真驻足想过他的感情？也许是不敢想，因为一旦想了，更是负债累累的罪。

曹雪芹似乎不想让千叶太过自责，故作轻松地笑道："我和她，很简单。她是我府上从青楼买来的歌舞婢女，七岁进府，就已被我撞破她私炼仙术的秘密。她对我倒毫无隐瞒，说是逢一跛足道人点化，刚刚开始修炼。本来人各有志，这也无碍，只怨她心比天高，仗着些未卜先知的本事，十岁邂逅当今圣上，即以色诱之。我知她心不在他，叹她难免终会面对违心薄命的一天，因此宁愿她只在我府上做一名无忧无虑的歌舞婢女，也不愿她去趟那世俗权位的浑水。"

"所以你就导了碧桃园里吃胭脂的一幕，故意演给四哥看，好教他知难而退？你虽是一番大情大性，可在四哥这个有情人眼中却是容不下的沙砾……竺香玉心中的那个人……可就是你？"

曹雪芹不置可否，只叹道："自幼朝夕之间，她只对着我这一个男人，自然和园子里许多别的女儿一样了……而自从你进了曹府，她对我心灰意冷，故意让人寻了把柄被逐出府，被十三阿哥收留，如今心里的那个人到底是谁，也只有她自己知道了。"

"可惜无论她心里的人到底是谁，四哥当年的那笔帐，还是一定要算的……他不会让他的敌人有喘息的机会。"

曹雪芹无所谓地笑道："所以，我就在这里了。每天焚香喝茶，写字作诗，自有我的黄金屋，自有我的颜如玉。而你又为什么会在这里？不在洞房好好等你的呼伦冲？"

千叶如梦初醒似的惊叫："洞房！"她站起身慌慌张张地望了望西斜的日光，才发现雪已停了。

"我得走了，四哥必已等得心焦了！"她提起红袍夺门而出，凤冠上的钗环清脆作响。

曹雪芹随她起身，见怪不怪地幽然问道："洞房之夜，你不担心呼伦冲，却只担心你四哥在等你？"

红色的婚鞋在门边忽驻，千叶的身影在日光里红艳夺目，却消瘦得几乎被那光吞没：“他……已不会在等我……”

曹雪芹缓缓走到她的身边，缓缓向她伸出手道：“若是他不愿再等你，你只须记得，只要你回身，这里永远有我在等你。”

惊觉相思不露，原来只因已入骨。情不知所起，一往而深。

时空交错的四合院里，三百年后参天的枣树还只是一棵稚嫩的树苗，它在院子静静矗立于积雪之下，和这个温婉的男人一起期待一个渺茫的答案。

如果我就在这梦境一般的时光里停留，忘记那些痛彻心扉的爱恨，远离那些争权夺利的伤害，与他看着彼此的眼睛一点点老去，难道不是一个完美的结局？

相见莫如不见，有情何似无情。呼伦冲，放你在心里，好过伴你在身边。因为这样就不会互相伤害。

千叶凝视门外皑皑的远方，却看不清前路该如何抉择，回望面前这深情似水、柔美似水的男人，迟迟无法抬起那条即将跨出门的腿。

第十九回　悉情寻新娘　机语问前夫

洁莹的雪花在阴霾的天空下泛着幽蓝的微光，映得十四阿哥的眼睛如一片深不见底的湖水。

“十四爷，一切准备已就绪了。八爷会在府外等您的讯号，烟火一起，立时就会派重兵围住贝子府。”

十四阿哥眼中蔚蓝的湖水中有猛禽掠过，指上的关节不禁捏得“咔咔”轻响。

“那呼伦冲也真是不知好歹，枉与十四爷相交一场。奴才们哪个不敬重十四爷豪义万丈，胸襟广阔，誓死也要将属于您的一切夺回来，只有这个趋炎附势的小人，不但见风使舵，还要雪上加霜地在您府里大摆自己的婚宴，美其名曰一偿浣月公主思兄之情，其实我看就是要让您下不来台，炫耀跟了那个有多得风得雨。”侍卫在手中比了个“四”的手势，被十四阿哥挥手打发了下去，独留十四阿哥在檐下观着茫茫白雪，眼中满是耐人寻味的思虑。

太监慌慌张张地进了养心殿，打千道：“回皇上，送亲的车马仪卫俱已安备妥当，可是……”

宫女理着雍正明黄色吉服之上的腰带，雍正头也不回道：“讲。”

"浣月公主午前就和下人们急匆匆出了宫，说是置办些必需的嫁妆，至今还未回来!"

雍正回首道："可派人去寻了?"

"一个时辰之前就已派人去寻了，只打听到公主的凤辇一路向西，不知去了何处。"

雍正怒道："再派骁骑营去寻!"

"喳!"太监擦了擦额前的冷汗，正要躬身退出，忽听雍正道："慢着……传呼伦冲。"

角落里的自鸣钟滴答滴答低吟着流过的时间，不知过了几盏茶的功夫，才见呼伦冲懒洋洋地走来。

雍正望着他不疾不徐的样子，压着怒火问道："可知千叶去了哪里?"

"不知。"

"你未过门的妻子在大婚之日下落不明，你不着急?"

"急有用吗?"

雍正负手踱到呼伦冲的面前，打量他面无表情的脸，似有若无地叹了口气，踱回椅上坐下道："坐。"

呼伦冲应声告了坐，只望着斜斜的落日一言不发地若有所思。

"你恨她?"

"臣不知道。"呼伦冲的声音轻得似乎只有自己能听得到，"我恨她，也许只因她做了自己。可她若不做自己，我根本不会爱她。"

"你可知你在这爱恨徘徊间，她为你做了什么?!"

"她所做的一切，我已不知孰真孰假。"

"爱人不疑，疑人不爱……你还是不够爱她。"

"我不爱她?!我若是不爱她，就不会令姑母和自己惹上那杀身之祸，就不会冒死也容不得她在曹雪芹的怀抱里缠绵，将她夺回我的身边!就不会……我错就错在太爱她!"呼伦冲强抑着愤怒，粗重的呼吸已有些颤抖。

"你这不是爱她，只是爱自己的欲念。你为自己想要占有她的欲念而牺牲了珍视的东西，这与她无关。爱一个人，却不能包容她，理解她，到头来，你只是爱着自己的爱。"

呼伦冲粗重的呼吸渐渐无力，仿佛陷入了前所未有的茫然。

雍正在呼伦冲无尽的沉默里，自言自语似的道："每个人的所作所为，都是有他的原因的。"

呼伦冲眼中蓦地腾起火焰，凝视地面的青砖恨恨道："但不都是合情合理的。"

雍正蓦地起身道："你要事事合情合理？她明知自己身子虚弱，产子就将性命不保，却仍坚持诞下你和她的孩子，你倒给我解释解释这中间的情理！"

呼伦冲感到自己的头瞬间不再属于自己，血液从身体各处冲撞上来，激荡着他的头颅。他听见自己嘶哑的声音问道："她怀着我的孩子？"

雍正干咳了一声，恢复往日的镇定，坐回椅内道："朕这大半生，虽经历了无数尔虞我诈，却从未见过千叶欺骗谁，也绝不会拿千叶去欺骗谁。因为她是唯一只把我当做亲人的亲人。"

呼伦冲无语凝坐，许久，许久，蓦地站起身冲进凄丽的雪国。

寂静的白雪中，曹雪芹独立在朱漆大门边，冷风滑过他的布衣青衫，却令他颀长的身躯透出不食人间烟火的仙骨。

他的目光凝视远方，仿佛目送什么远去，又似等待什么归来。

一骑黑马踏雪而来，呼啸矗立在他的身前。人与马一般地彪悍犀利，隐隐有萧杀胜似寒冬的冷意逼来。

吉服似火的呼伦冲跳下马，几步已抢到他的面前。

"她呢？"

"走了。"

"去哪儿了？"

"还能去哪儿？"

"我问你呢！"呼伦冲俊逸的面容再次被眼中的火焰点燃，张扬的长发在风中飞舞。他凑近曹雪芹的如花容颜，仔细打量他眼中波澜不惊的淡定。

曹雪芹唇边带笑，仿佛勾起一湾春水，在呼伦冲那几欲将他撕碎的目光里静静矗立，不去理睬他的逼问，缓缓望着他道："你说千叶所忠贞的，是爱情还是婚姻？"

呼伦冲摧枯拉朽的怒火中流露出一丝茫然的疑惑，不由答道："若是她忠贞的是婚姻，此刻也不会有我在你的面前了。"

曹雪芹的笑容更加明媚，打量着他火艳的吉服道："可是此刻你却要她去结一个没有幸福的婚，你可还能确信她所忠贞的是谁吗？"

呼伦冲眼中的火焰渐渐浑浊，他不得不承认，他和千叶之间的恨，已将这爱蚕食得体无完肤，就连他们曾经苦苦希冀的婚姻，也成了这恨的牺牲品。他沉默了许久，才道："我曾经因为她的不忠而恨她，如今我们都已在这爱恨里伤痕累累，谁欠了谁，早已说不清……她有自由选择她所忠贞的……我只是担心她……"

"她不需要谁来担心。她就像一棵蒲公英，在风里柔弱地摇摆，支离破碎地飞散，身不由己地飘荡。没人知道她的快乐和悲伤，刚刚想要同情她凋零的命运时……”

呼伦冲忽接口道：“却发现她在一个随意的角落茁壮地生长成为新的生命。”

曹雪芹含笑望着他接道：“她是我们中间最勇敢执着的一个。”

漫天冰雪中有橙色的夕阳挂在西天的晴空，温暖的橙色光芒照耀两个无双的容颜，一个在如水青衫中逍遥微笑，一个在似火红服中唇畔微侧。

“所以，我们之间根本不需要这婚姻的虚名，这场婚根本是结给别人看的。”呼伦冲道。

“但是你却必须要结，而她却无须陪你演这场戏。”曹雪芹收了笑意，目光忽然变得深邃无底。

演这场戏。

呼伦冲一惊，不由地望向他谜一般的双眸。他忽然觉得这个看似两耳不闻窗外事的书生，并不像他所想的那么简单。

夜色渐渐染上白雪，无论多么洁白的颜色，没了日光的庇佑，都难免染上些悲凉的灰。唯有千叶火红的吉服依旧浓艳如火，刚刚一阵剧烈的咳嗽，令她疲惫地倚在雪地前的门边，黯淡的双眸在曹雪芹身影出现的一刻终于回复了几丝生气。

“他走了？”

曹雪芹点点头，面上却看不出一丝情绪的蛛丝马迹。他跌入靠椅呆了半晌，忽然想起什么似的拿起茶盅喝茶，却只嘬了一小口就放了下来，自言自语地低声道：“茶凉了……”

千叶从未见过曹雪芹如此魂不守舍，跟着他坐回靠椅，紧张地读着他的神色道：“说了些什么？他允许我留在这里？”

曹雪芹不答，只道：“我以为天下没有人比我更了解你，可是我错了。”

千叶不明所以，只得安静地等待他的下文。

“东边日出西边雨，道是无晴却有晴。他也许只是跳不出自己结下的那张忠义的网。”

“每个人都有自己结的网，每个人都在自己和自己玩。他只是依情而动，忠实于自己的爱恨。只可惜不是每个人都能如此。”千叶道。

曹雪芹起身进了里间，取出厚厚一叠抄本交给千叶道：“我所设想的世界，该是以情治世，以真处世，一切违背自然、违背真情的行为，都是不道德的。”

千叶望着那抄本微微一笑，接道：“那该是个生态主义的世界。以天人合一为世界观，以重新定义的忠孝仁义礼智信为人生观，你的新学，会有人替你发扬光大。”

曹雪芹道：“这是一个关于愚钝顽石的故事，我是那块石头，又不是那块石头。故事里有你我，也有世人。”

“后世人们为了你到底是不是那块石头，吵得可厉害呢。”

“一切都在是与不是之间，假作真时真亦假，若是连这点肆意的跳脱都读不出来，也就不必吵了。一个萝卜一个坑的，当我是个书呆子吗？”

“你自然不是书呆子，只是你真能对你曹家两次抄家的命运看得开？”

曹雪芹道：“乱哄哄你方唱罢我登场，到头来都为他人作嫁衣裳。我只希望，我能是个除了文字，在历史上销声匿迹的人，这样至少能保存我原本的样子。”

“四哥确是抹去了你所有历史的痕迹，甚至禁了你这书。历史都是需要它的人写给需要它的人看的，比真实更多的，是政治。”

“我写的不是政治，也不是情爱，而是人，在困顿的灰色善恶中打滚的凡人。我试图在虚幻中打开一条通向真实的路，前日刚刚收笔，你是我的第一个看客。”

千叶笑道：“那我该好好作评才是……不过……评书人都该取个风雅的笔名才是……叫什么好呢？”

曹雪芹沉吟半晌，瞥了一眼屋角的书桌道：“文房四宝以砚最坚，以砚最久，你以纤弱之躯宽爱容恨，驰骋古今，就叫指砚如何？”

千叶嘟嘴道：“我才不要叫那黑漆漆的玩意……不如叫脂砚，好歹有几分女儿的香润。”说着提笔在扉页写道：“脂砚斋重评石头记。”

曹雪芹笑道：“好，好。自今日起我修文，你评文，你我协力在你这脂砚斋里畅游那顽石的仙界。”

千叶收了笔，若有所思道：“我只求安静地了却余生，不要任何人因我再有任何伤害。”

两人的欢颜忽被几声震天的炮鸣打断，紧接着有呐喊的杀声若隐若现地从远方传来。千叶侧耳静听少顷，不禁问曹雪芹：“外面发生什么事情了？”说着就要跑出去看。

蓦地衣袖被曹雪芹按住，千叶回首见他凝重的神色，心中隐隐觉得有什么不对劲，失声道：“这是从十四哥王府的方向传来的声音……我不出现，这大婚之礼也就不该有了……你到底对呼伦冲说了什么？他现在哪里？他们发生什么事情了？”

曹雪芹在千叶一叠声的问话中沉吟不答，只是身子被她撼得越来越烈，半晌才道：“你知不知道‘月派’？”

千叶一愣，这才想起曾有书云曹家实属废太子胤礽一派，他的支持者，与雍正的

"日派"相对，被称为"月派"。但是四哥已抹去了几乎所有关于曹雪芹的历史痕迹，一切都只是传说。

"难道那传说……是真的？你是'月派'的人？"千叶不禁讶然。

曹雪芹道："我不是，但我伯父是。"

千叶想起自己与曹雪芹在万岁山的初次相识，他就曾说是奉家父之命来京拜见伯父，所以就算他闲云野鹤，不去趟'月派'的浑水，也难逃家中的瓜葛渊源了。

"所以呢……你们想趁我的大婚之礼对四哥动手？"

"具体的细节我不是很清楚……你知道我这个人对这些事情没兴趣……只是我伯父一得知你在我这里，就帮呼伦冲安排了一场戏，也好让他如愿以偿。"

"一场戏？"

"二阿哥在被幽禁之前，将他一个刚刚降生的女儿托付与我伯父照养，如今已过二八年华。我骗呼伦冲说你已提前去十四阿哥府上准备大婚了，而那个女孩儿正好替你去演完你不愿演完的戏码……"

千叶背后一股冷意袭来，脱口而出道："顺便刺杀四哥？"不等曹雪芹答，人已奔了出去，又忽然停住奔回来拿了那名为《石头记》的抄本放入怀中，深深地望了曹雪芹一眼，如一朵红云飞入了灰白的雪夜。

曹雪芹将手缓缓放在千叶的手曾经停驻的桌角。桌角微凉，空荡荡的，不留一丝余温。

"明知告诉了你会这样，明知我留不住你，可是为什么我却仍然对你有着一丝希冀，仍然无法对你撒谎呢？"夜色尽染，只有雪色的微光映照曹雪芹寂寥的容颜。"无论换作前生后世，我对你的好还是不会变。只是我们福薄缘浅，未曾修到足以抵御你那情劫的缘……若是那情劫能逃得开，也称不上是情劫了。"

一位须发皆白的仙翁从庭前的雪夜中幻出身形，飘至曹雪芹的身前道："文曲星此番人间的游历，可尽兴了？"

曹雪芹瞥了那仙翁一眼道："你是太白金星还是讨债鬼？发呆的功夫也不给人留。"

太白金星笑道："我顶着上头的压力，替你瞒了整整七天。一个人干两个人的差事，活活为王母的寿宴祷文忙得直做恶梦，我偏头痛的老毛病都要犯了。不就是你升仙途中月宫桂树下小憩一夜的恩情么？她自己的情劫也只有自己去化，你又帮得了多少？可别为这一夜恩情误了大事，你要是再不回去，我可写不出那绝世的文章来歌功颂德，拍马屁于无形……而且新的武曲星又要上任了，你们组的新人理应你来带……"

曹雪芹被他念得直揉太阳穴，连忙求饶道："好好好，我跟你走，我求你别念了……但愿我对她的最后几句点拨能奏效。长痛不如短痛，她那情劫我也算帮她速成了。"金光一闪，人已化为轻烟，裹着金色的尘埃蹿入夜空，如同一道华丽的焰火。

"年轻人一点也不替老年人考虑考虑，说来就来，说走就走，走得还这么张扬。"太白金星一边抱怨，一边缓缓化入了茫茫白雪，如来时一般悄然无踪。

第二十回　喜宴争帝位　血溅痴情泪

"明知是个圈套，皇上还是要去？"竺香玉帮雍正披上朱金孔雀五色披风，一边系着他的白玉护额，一边心事重重地打量他深蹙的眉。

本以为得了这皇位他会快乐些，可以将半生的压抑尽数释放出来，却只见他的眉间已蹙成了深深的沟壑。

而她，已分不清这担心里，有多少在意的是自己锦衣玉食的靠山，又有多少在意的是这个愁眉不展的他。

"不入虎穴，焉得虎子。'月派'按兵不动，我抓不住把柄；老八既然自己送上门来，这账也该算一算了。何况这是千叶的婚礼。"

又是千叶。曹雪芹口中离不开她，他的口中也离不开她。而自己通晓再多的仙理丹术，也算不清那个坠落于人世的尘仙。

所以有千叶在的地方，就会有她算不出的变数。

"此去凶多吉少，还望皇上三思。"她的一颗心，不知是不是因这理不清的卦象，悬得直痛。

雍正望着她忧虑的花容，眉间的沟壑渐渐化开，凑近她的面颊轻轻嗅道："你今日这淡扫的胭脂尤其香润，颜色也清丽可人，可是朕上次遣人去扬州特地采办来的？"

竺香玉轻抚自己的面颊，不由点了点头："臣妾只提起扬州是臣妾生长的家乡，尤其是那苏红缎脂的香气让人至今难忘，并未想要劳师动众地去大举采办，皇上以后莫要如此了。"说着低下头去，却难掩心中的喜色。

小时候在青楼，碰了一下就被打得半死的胭脂，如今也不过是我众多脂粉中的一款下品，这不就是我所梦想的生活吗？

一根手指轻轻板起她的颔尖，迎来的是雍正笃定的凝视："知道你不在意那些妃嫔的虚名，才将你留在我唯一视为家的雍和宫，只求能与你朝夕相伴，让你独享这皇后都无法企及的荣耀。我当年的誓言正在一点点兑现，所以，你应该再相信我一次，等着我回来，等着我将我们的儿子弘历封储的一天。”

我们的儿子。

我们的。

当年那个隐忍沉默的少年，已经成为雷霆万钧的帝王，他的背影里不再是孤独的彷徨，而有着压倒众生的自信。

这就是我所选择的男人。有了他，爱情又算什么？

竺香玉望着雍正在暮色橙雪中渐渐消失的背影，不安地微笑。

“一拜天地。二拜高堂。夫妻交拜。礼成。”礼部大臣的唱词在礼乐声中结束，雍正和十四阿哥望着那对吉服中的璧人，面上都不禁现出欣慰的笑容，两人无意中对上了彼此的目光，那笑容在森然的冷意之中渐渐凝结，只留下笑的躯壳在往昔中叹息。

“可惜今日皇额娘染疾，不然她若是见此良辰美景，可知不是她的每个孩子都令她不快，心下也能畅快大半。”十四阿哥逼视雍正道。

德妃自从康熙归天，早已悲伤得恨不得一同去了，加之听到两个儿子夺嫡的传闻，一病不起，每次雍正谒见，都只是哭道：“哀家从未曾想自己的儿子有当天子的福分，如今看来，这天子若是如此才可当上，不当也罢，你可不要封我什么皇太后，我当不起的。”

若是十四弟得了这个皇位，她还会如此悲戚吗？每次在她的泪颜面前，雍正的心中总是怅然若失地愤郁。

十四阿哥的话点燃了他久积于心的火，雍正迎着他的逼视冷冷道：“自古忠孝不能两全，朕既然选择了替国家尽忠，还请你多替朕在皇阿玛身前尽尽孝道，不必只在府内搭建宝塔祈福，择日去遵化守灵吧。”

十四阿哥刚要发难，呼伦冲忽举杯笑道：“国家大事再议不急，今日乃臣大婚的喜宴，只谈家事为妙。”说着命人为他身旁盖着红绸的新娘和雍正斟酒道：“皇上洪福齐天，万千子民的命运都系在皇上的身上，可知任重道远。臣斗胆敬皇上一杯喜酒以表敬意。”

不等雍正喝，自己先干了。那不羁的笑容里，隐隐含着邪气。

新娘无声地走近雍正身前，在红绸下独饮了一杯，待雍正饮完了自己杯中的酒，又拿了酒壶近前替他斟满。

雍正以为千叶又在恶作剧，挑衅他的酒量，微笑着仰头一饮而尽，完全没有看到那新娘的一只手，已伸向自己红袖之内的匕首。

那新娘的匕首刚要抽出，忽听门外礼炮齐鸣，喊声震天，吓得那新娘又将匕首撤回了袖内。

雍正手中兀自捏着酒杯，循声向外张望，只见无数蒙面的黑衣人已冲入喜堂，各执兵刃蓄势待发。

雍正唇边闪过一丝冷笑道："用自己妹妹的婚宴作谋逆的挡箭牌，你可已丧尽天良了？"

十四阿哥沉声道："夺嫡篡诏的人是你，丧尽天良的人也是你。我只是要将我失去的夺回来，所有亏欠我的人，都将付出代价，千叶也不例外。"

我只是要将我失去的夺回来，所有亏欠我的人，都将付出代价。

血的代价。

雍正恍然自己似也曾如是说，不由失神道："不愧是我的弟弟……若换做是我，恐怕也会如此吧……可惜，你不是我……你所拥有的一切，已都尽在我的股掌之间。"

他剑眉微抬，轻轻挥了挥手，整个西城弥漫在绚烂的烟花海中，镶金黑甲的骑兵瞬间踏满王府周围的大街小巷。

千叶在乍起的烟花中惊得合不拢嘴，望着远方十四哥的王府在烟花的映照下，恍如仙宫般璀璨，但是看到辇边匆匆掠过的黑甲骑兵，不禁因这绝美幻境之下的残酷现实而打了个冷战，喘息着加快了脚步。

那第一声炮响，恐是十四哥布下的埋伏；"月派"的人又想要利用呼伦冲除掉四哥；而这身边掠过的黑甲骑兵如此威仪张扬，定是四哥的人了。

这么多人都借着我的婚宴想要实现自己的目的，而作为新娘的我却阴差阳错地置身事外，可他们都是我不能抛弃的羁绊，四哥、十四哥虽不能保证毫发无伤，或还有史书可依，平安无事，而呼伦冲，他又能否全身而退？

不，若是我没有妄想躲在曹雪芹的居所贪图安逸，"月派"又怎么可能派假新娘乘虚而入？到头来，一切祸事仍在我的一念之差。

千叶催促轿夫在雪地里疾行，初停的大雪在冷风里渐渐成冰，走得格外艰辛。好在十四哥的王府与曹雪芹的四合院相去不远，终于挨到了门前，却被森严的卫兵挡住了去路。

一名黑甲骑士在阶前对着她火艳的吉服愣了一瞬，拦住她道："王府重地，闲人速速退下！"

千叶喝道："你看我这身打扮像是闲人吗？我是你们主子的妹妹，我是来参加自己大婚之礼的。"

那黑甲骑士被千叶的气势喝得又愣了一瞬，茫然道：“大婚之礼不是正在举行吗？”

千叶红袖乱舞道：“没有新娘，哪来什么大婚之礼？若是耽误了吉时，你有几个脑袋向你们主子交代？还不速速退下！”

黑甲骑士嗫嚅道：“可是……如今婚礼是小，我们是奉旨捉拿钦犯……”

千叶一边绕过他的身边一边怒道：“里面没有钦犯，只有亲人，是战是和全在一念之间。你们哪个若是敢不听主子号令就轻举妄动，坏了主子的大事，本宫就先要了你们的脑袋！”

她昂首阔步地叫嚷着从黑甲枪尖前走过，已进了府门，跨入了一片黑压压的蒙面丛林。这两队人马虽然阵垒分明，没有得到下一步的指令，却都只能蓄势待发。本来气氛已经紧张得一片死寂，千叶的叫嚷早就穿透府门传到了黑衣人们的耳朵里。

为首的黑衣人并没有阻拦千叶，只是望着千叶的背影不解地微微摇头。

街巷中的百姓早就避之不及，这个纤弱女子却要奔向死地，而且势在必得，非去不可。他们虽都身经百战，如此送死者，却是闻所未闻。

那新娘仿佛受了惊，在黑衣黑甲的重重包围中软软跌在雍正怀中。

雍正拥着她柔声安抚道：“不用怕，今日是你大婚的好日子，虽不幸要有这搅局的碍眼，朕必会保你安然无恙。”

“皇上小心！”寒光乍现，一只匕首从新娘的怀中闪向雍正的胸膛，却被雍正身边的侍卫拉锡伸臂挡开了。

雍正犹自惊愕，更加惊愕的却是呼伦冲。他做梦也没有想到一直袒护雍正的千叶会对雍正出手，眼见那匕首又挥向雍正的身前，拉锡一心护主，已不顾一切挺剑刺向新娘。在这千钧一发之际，他不及仔细思考，摸出靴中的牛角短刀掷向雍正，揉身扑向拉锡的剑锋。

“四哥！”一朵红云飞向雍正，冷器刺入骨肉的瑟瑟声中，血沫纷飞。

“千叶？”长剑穿透胸膛，兀自紧紧拥着新娘。呼伦冲不可置信地望向自己短刀射中的千叶，回首凝视怀中红绸凋落的新娘。

素眉秀目，却是一张陌生的脸。那女人同样不可置信地望着他，仿佛看到了什么闻所未闻的奇景。

拉锡挥剑再刺，那女人灰白的唇边鲜血四溅，静静流下泪水道：“尽管不是真的，今生有人能对我如此……我已无憾了……”

呼伦冲惊愕地瞪视这陌生的脸孔，又瞪视被自己短刀穿透胸膛的千叶，终于绝望微笑，反手向拉锡头顶挥出一掌。

倾尽他毕生最后气力的一掌。

拉锡登时脑浆崩裂，气绝。

三件红色的吉服被殷红的血渍染得如三朵盛放即凋谢的花，在黑衣人与黑金甲震天的厮杀声中摇摇坠地。

“千叶……千叶……”雍正和十四阿哥不顾各自护卫的拉扯，一齐扑向倒地的千叶。“宣太医……李太医……张太医……统统叫他们火速觐见!”雍正叫道。

“去把我封存的玄天济血膏拿来！快!”十四阿哥叫道。

胸前的鲜血汩汩涌出，依稀能够看到背后刺入的刀锋穿胸而出。千叶满足地微笑着拉住两人的衣袖，轻轻摇了摇头。

“你一生逢凶化吉，这次也一定没事的……”十四阿哥有气无力地嘶吼着，那话语却苍白得仿佛连自己也说服不了，只得求助似的望向雍正，想要从他的神情中寻得一丝鼓励。

雍正只蹙着他眉前深深的沟壑，慌乱地重复十四阿哥的话：“一定没事的……一定没事的……”

“哥……”千叶想说话，张开嘴，却只有喷涌的鲜血淹没声音。

十四阿哥连忙用手帕去擦千叶脸颊的血，可是旧的刚刚擦掉，新的又从口中涌了出来，转眼一条手帕早已被血湿透。他终于放弃了徒劳，无助地恸哭道：“是我害了你……是我们害了你……其实我早就不怪你了，我只是不愿意面对这惨淡的命运，将一切的罪责怪到你和呼伦冲头上……可是你们……却为了我……”

“千叶是为了我……是我的奢念让她……我曾发誓不让我们中的任何一个再受一丝委屈，因此我才想要拥有这无上的王权……可是我已在无边的权欲之路上停不下步……”雍正哽咽着，安静地泪流满面。

雍正和十四阿哥在悲恸的自责中，忽觉自己的衣袖被轻轻拉扯。他们随着千叶微弱却笃定的最后一丝力气，缓缓躺在了地上，躺在了千叶的臂弯中。

西城硝烟弥漫，王府刀剑纷飞，喜堂侍卫森严。三个皇族的兄妹，却躺在喜堂中，恍如躺在多年前太液池边的草地上。

刚刚下了早朝的兄弟俩，被千叶强拉来太液池玩耍，一左一右枕在千叶的臂弯中沉沉睡去。虽疲惫却是甜蜜的。

无忧的年少时光，清新得恍如隔世，就连那笑声也已远得不似真的存在过。

千叶将十四阿哥的手和雍正的手放在胸前，仿佛像是要让他们拉住彼此，而他们的手却只被千叶胸前的血渍染上斑驳的暖。

“三百年后，这些权欲爱恨，也无非是人们茶余饭后的谈资而已，我只愿你们别再和自己过不去。”千叶无力的话语，穿透两个人的心。

他们犹豫地望着彼此的眼睛，缓缓地向着彼此的手靠近，再靠近……

“回皇上，十四阿哥的兵将都是身经百战的西域雄师，此地太过凶险，还是随奴才避一避吧！”

“十四爷，八爷的骑兵已被击溃，我们还是先离开此地为好。”

听到护卫的禀报，两只手蓦地停在了温暖的血泊中，两个人被各自的护卫拉离千叶的身边，拉向了黑色和黑金色的阵营，你死我活。

转眼之间，刚刚还喜气洋洋的大殿，只剩花烛还兀自燃着美景良辰，还有倒在血泊中的三个身穿吉服的人，静静躺在各自的寂寞中。

呼伦冲忍着胸膛撕裂般的剧痛，匍匐着爬向千叶，在身后留下一道长长的血痕。

“冷……好冷……呼伦冲……”血已流尽之后，千叶终于找回了震颤喉咙的声音。

“嗯……”呼伦冲痛得扭曲了脸，挣扎着爬到千叶的身边，却在千叶将头转向自己的一瞬化出轻描淡写的笑容。

“我叫你的时候，你总是会应我……真好……”千叶唇边泛起幸福的笑。

呼伦冲将千叶轻轻拥入怀中，想要用自己的身体温暖她。可是只发现自己的身体比她的还要冰冷。

“看……碧桃落了……春天过去了……如果有来世，我只想做一棵树，在春天的风里扎根，怒放花叶，不再任人摆布，颠沛流离。”有了呼伦冲的怀抱，就算寒冷，也不再彷徨。千叶望着门外微笑。

不知何时，沸沸扬扬的大雪再度袭上夜色，庭前雪片纷飞，如四月碧桃的花瓣。呼伦冲看见自己摘下一片落到千叶头上的花瓣，那花瓣是心的形状。

“我不会再让任何人和事将我们分开。死生契阔，与子成说。执子之手，与子偕老。我终于可以兑现我的誓言。”呼伦冲牵起千叶的手，唇畔掀起最后的笑。

漫天飞雪化为粉润花瓣，席卷天空，包裹大地。一对深情相拥的人，望着奋不顾身掉落的花瓣雨，渐渐失去生命的温度。

“终有一天，我们可以远离这些纷争，简单地相爱……我一直都相信……”千叶在呼伦冲的怀中安然打了个哈欠，缓缓闭上了眼睛。

“如果早知道是这样的结局，你还会不会选择爱我？”呼伦冲不及等到千叶的回答，也缓缓闭上了双眼。

一阵风吹熄了喜堂的红烛，两个相拥的人丢失了生命的颜色。屋外大雪兀自飘落，静静掩埋人间的一切罪恶。

黑暗中，千叶的腹部透出若隐若现的微光，那光如心脏般起伏，蓦地跳出千叶的身躯，照得喜堂如白昼般光亮。

一颗巨大的白色明珠发出婴儿般的啼哭，散发璀璨的异光，在两团难分彼此的红火吉服之上徘徊片刻，卷着五色的云彩，飞入没有星光的天际。

堂前的竺香玉望了眼那星光隐没的夜空，眼中现出惊异的神色："千叶和呼伦冲所诞的孩子，居然就是再世的武曲星……只有仙姻才可能直接诞下转生石，难道呼伦冲是我卦外的异仙?"她快步走进漆黑的喜堂，摩挲两个渐渐冰冷的尸身。

她想要抵住呼伦冲的心门，探知他是人是仙，两个人的身体却在彼此的怀抱中僵硬，再也难以分开。

"有些人活着但不能聚首，有些人却死了也难以分离。"竺香玉颓然住了手，幽幽轻叹，不知这叹息中有多少是为这两个逝去的韶华，有多少是为了自己违心的抉择。

指尖滑过千叶的衣衫，一册抄本掉了出来。她掏出袖内的夜明珠看时，熟悉的笔迹如一根根细密的针，刺入她以为早已麻木的心。她轻抚那书的扉页，千叶和曹雪芹谈笑的欢颜，和着那《脂砚斋重评石头记》的扉文划入眼帘，转眼嫉妒的恨意磨碎了哀伤，她举手将那书撕成两半，望着片片凋零的文字，曹雪芹温纯如花的笑面仿佛也随之凋零，心头一酸，无力再撕。

"只有你才配作评，才配称'脂砚斋'么?就算你有过倾国倾城的容貌，在天是仙籍，在地为皇室，如今你在我面前也不过是堆冷冰冰的肉而已。"她恨恨将视线收离千叶的尸身，翻弄手中的抄本道："只存下了前八十回的故事，正配我与他相伴的日子，那些日子里，还没有你来作祟，配得上评他书的人，也只有我!"

竺香玉瞪视千叶的尸身，那尸身的面容只露着满意的微笑，已将尘世的恩怨尽数抛弃，还有她根本无知无觉的竺香玉的恨。竺香玉怅然若失地呆坐一瞬，将抄本收入怀中，起身隐没在掩埋无数因果的雪夜里。

第二十一回　梦隔西风天　入世化尘仙

太液旖旎霜满天，青丝白发度何年？
今生无悔今生错，来世有缘来世迁。
笑靥如桂堪缱绻，容颜似水怎缠绵？
对月形单望相护，自在蓬山舞复跹。

白雾中姿容独立的仙子，如那歌声般飘忽不定，仿佛一吹即散。

没有风，有的只是浓得如符咒压身的雾。挥之不去，扰之又来，和那心底沉沉的痛一起，压得千叶喘不过气。仙袂恍过眼前，那仙子如梦似幻的微笑中，她在天宫的记忆倏忽而归。

她沉沉叹了一声，对那仙子拜道："广寒宫碧玉泽桂，拜见太阴星君。"

太阴星君微笑道："人间梦隔西风，算天上年华一瞬。此番你在人间的游历，终能舍生取义，物我两忘，思忆执着而不偏激，情爱忠贞而不沉迷，这情劫也算修成正果了。"

碧玉泽桂不安道："临行前星君点化有云，那元神的孽障将在'十字刺穿蝎子'之时与我相逢。我见到曹雪芹的一刻，正是他用十字匕首刺穿红蝎之时，可我却最终放弃了他……"

太阴星君笑道："你入了凡尘，闭了心眼，也似那些人般只用肉眼凡胎观物，自然不能明了此间的奥义。"说罢指间酝出一个水滴，将它轻轻弹至她们脚下的河水之中。

桂叶卷着嫩黄的花瓣纷飞，波澜荡漾如镜的水面，浮出往昔的倒影。

浣蕤阁前的暗夜，呼伦冲与千叶初次对视的眼中仿佛已写满前生后世的牵绊。呼伦冲头顶是星辰密布的夜空，一抹流星从南十字星的尾端射向天蝎座的心脏。

千叶低呼了一声"流星！"连忙双手合十默念道："上帝耶稣阿拉真主菩萨保佑，快让我回到老爸的身边去！"

自己曾经的娇憨与呼伦冲的青涩，历历尽在眼前，翻涌着道不尽的隐痛，将往事一一打翻。碧玉泽桂喃喃道："原来我为他付出的一切血泪，都不过是注定的情劫……我到底欠了他什么？要经历如此割舍不断的伤害才能还得清？”

“‘伤害’不过是柄双刃剑，每逢砍在你身，也都痛在他心。他想要砍断你，你却又在每次即将折断之时化生出新的枝干。他恨你不能让他砍断成仙，又在天长日久之间被你无穷尽的执着生命力所感动。所以在他修成蔚南天神之前，你们之间早就在互相伤害，也因此才会有他成仙时化出的这元神的孽障。”

碧玉泽桂惊道：“星君所言的，难道是那个每天恨我恨得牙痒痒的吴刚？他在我小时候就已成仙，我早已不记得他的样貌了，又哪里来的情根深种？”

太阴星君点头笑道：“相见莫如不见，有情何似无情。你已悟出的道，又何须再来问我？”

碧玉泽桂恍然道：“我们终于在彼此的元神中笑着相拥而逝，这就算修成正果了？”

太阴星君点头道：“你只需道给我在人世悟出的三纲之变与三才之道，即可位列仙班。”

碧玉泽桂踌躇道：“我在三百年的人世间疲于奔命，哪里有空去想什么三纲之变、三才之道……”

远方忽地一阵仙乐飘来，本来淡然的太阴星君回首张望，急道：“西王母的寿宴开始了，我每日只在广寒宫守着你这棵树和那只不会说话的兔子，难得能有如此见人的机会，一早就精心打扮好了只等点化你同去，也算有了跟班，抬了声势。你若是依旧冥顽不灵，我还是将你化为飞灰，也省了诸多周折。”说着就要挥袖施法。

碧玉泽桂只觉身体的每一寸肌肤像要裂开一般疼痛，望着皮肤纹理间亮得绝望的光斑，连忙用尽力气按住太阴星君高高挥起的袖子喘息道：“想……想起来了……”忽然急中生智，想起临别时与曹雪芹的对话，回忆道：“以情治世，以真处世，一切违背自然、违背真我的行为，终将自食其果。”

太阴星君停了法，整着妆容点点头，催促道：“三纲者，君臣义。三才者，天地人，都将如何自处与互化？”

碧玉泽桂接道：“三才应天人合一，与物为春；三纲应守新的忠孝仁义礼智信，与人为善。”

碧玉泽桂话音刚落，白雾骤散，远方隐隐现出林立的仙宫。那雾如烟云般向着一处卷去，碧玉泽桂向着那雾的归处望去，见是一枚翠绿欲滴的巨叶。

太阴星君整着钗环跟过来道：“这是你的转生石。每个可以成仙的人选都会有一颗凝聚元神的转生石。只有元神精纯并与肉身合一，形不悖意，意忠于形，如你所历练的那般，才有可能成仙。你见到的玉叶，不过是千叶八岁那年我给你带过去的转生珠的幻物。它能预示你情劫完结的时间。”

“‘缘起缘灭，一叶知秋’原来是这个意思，怪不得它在我离世之前越来越黑。”

谈话间，丝般游离的白雾飘浮在空中，被那五色的神光聚在转生石的上方，渐渐凝成了几个篆体的小字：思忆圆成，幻西天神。

太阴星君又道：“我就知道，树比人强。你仙阶仙位都比我高，可愿随我同去王母寿宴?”

碧玉泽桂微笑摇头：“我要去找杨锦。”

太阴星君大惊道：“难道你想私下凡间？你可知这是触犯天条的死罪？若是被天帝知晓，必将灰飞烟灭。”

碧玉泽桂微笑道：“你不是人，自然不知道人生中最美丽的事情，多半都是错的。若是守着一颗空荡荡的心，就算可以存活万载又有什么意思？我甘愿化身凡人，就算经历几十年的生命，这生命能与所爱相伴相依，也如烟火般短暂却华美。”

“错是要付出代价的。”

碧玉泽桂道：“我如果爱他是个错，我甘愿承受那错的代价。‘如果早知道是这样的结局，你还会不会选择爱我……’这些没来得及回答他的话，我却仍有机会告诉下一世的他。”

太阴星君道：“情劫已历，天命已成。千叶和杨锦都只是不再与你我有关的凡胎，他们之间的缘分也已尽了。”

碧玉泽桂惊道：“尽了?”

太阴星君道：“千叶回到三百年后，还未与杨锦再次展开情劫，文曲星就将你提前度化入劫，赐了你化劫成仙的天机，你和呼伦冲相拥而亡，千叶的存在已没有意义，即将因你脑后的血块死去了。”

碧玉泽桂望着太阴星君波澜不惊的面容道：“谈人的生死竟可以平淡至此。和乏味的神仙相比，他那极致着七情六欲的元神孽障更要真实得多。”

太阴星君道：“人间一梦已千年，你真的打算活在梦中不肯醒来吗?”

碧玉泽桂道：“你怎知你此刻不是做着一个更蠢的梦?”

医院的病床上，美丽的薄纱覆盖如花的容颜，白色婚纱中的叶初夏静静闭着双眼，一对翠绿欲滴的叶形耳饰映着苍白的脸，仿佛一个未醒的童话。

病床边，笔挺的黑色晚礼服，精致的黑色领结，一个如童话般英俊的新郎轻轻握着初夏的手。

他从怀中掏出两枚小小的白金戒指，将一枚套在她的无名指，一枚套上自己的：

"我曾以为拒婚就是盛远的末日，其实看来，这才多大个事儿啊？这钱就不能在一个坑里埋着，我终于帮我妈找到新的合作伙伴，宏远地产甩下的空洞也可以补上的了。我妈气我和尹睿儿解除婚约，但是我也气她拿天天要挟你离开我。我已经和她约定，弥补了宏远地产甩下的空洞，就辞去盛远的总裁职位，不再做个离不开她的富二代。"

杨锦拿出一份印着蓝章的英文证书，举在初夏面前笑："你说的对，希望不是想出来的，是一步步做出来的。你让我去考的这个"美国建筑师联合会"的资质证明，终于拿到手了，这是我第一次用心争取自己的梦想。明天起，你就要陪我跳槽去一家美国的建筑公司做建筑师了。一开始的日子可能会苦些，但是你放心，我当总裁时年薪积蓄还不少，就算都花光了，也不会让你的身体被亏待半分的……我看我准是前世欠了你……"

昔日的温暖回忆只化为安静的泪水，杨锦泪眼模糊地垂下头。

就算初夏闭着眼，也不愿让她面对自己的眼泪。

"你欠我的，可不止一生一世，却是千年的情债呢。"

杨锦在身边熟悉的声音里抬起眼，初夏惊诧地看了眼自己穿着的婚纱，摸着耳畔的翠叶坠子，对他温柔地笑。

那笑容曾出现在杨锦无数次凝视她面容的想象中，此刻却因为来得太过突然，竟无法相信这是真的。他轻触她的笑颜，确认她唇边的温柔弧度，自言自语地说："你醒了……她醒了……"

同一个拥抱，相隔三百年，初夏在他的怀中一起向窗外望去，大雪无声飘洒，一如十四阿哥府中那个寒冷的夜，曾经相拥而逝的两个人，此刻却有了彼此生命的暖。

初夏懒懒抵住他坚实的胸膛，深吸久违的荷尔蒙味道。她取下一个翡翠耳坠，抚摸内侧篆体的"冲"字。

杨锦望着她自言自语："林斯去美国前把这对耳坠子交给了我，说是他在翻修'浅山'时挖出来的。有时候我真怀疑林斯是不是比我更适合你。"

初夏望着他黯淡的双眸，轻抚他微蹙的眉，道出前世未答的话："也许他知我懂我，可以给我安逸的生活，但是你我之间的爱，早已出离一切现实的考量。不因为时间，不因为地位，更无视仇恨。如果悲剧的结局是爱你的代价，我也因为有机会能够爱你而不枉此生。"

她在他的怀抱中又渐渐地闭上了眼，但却她已拥有了千叶和叶初夏的两世记忆，因为她已是天界叛逃的尘仙。

护士在仪器失控的鸣叫中对医生惊叫："血压50……40……30……心率43……大

出血了，需要紧急输血！”

通过血液匹配检查，杨锦连忙要求护士将自己的血输给初夏。尽管明知道一个人能输出的血量远远达不到初夏的所需，他只是一次又一次让护士延长自己输血的时间。

呼吸器下面的初夏，又似这半年来的了无生息，她执意要做这只有9%成功希望的开颅手术，难道我就眼睁睁看着自己再次失去她？如果这样，还不如我死来得痛快。杨锦在几欲窒息的彷徨中闭上双眼，鲜血裹着寒意渐渐抽离他的身体。

又听到护士走近的仓惶步声，杨锦闭目说：“到她脱离危险期，别停。”甩下他失去知觉前的最后一句话，他陷入了与她血脉相连的梦境。

春意暖，风吹遍开满白花的草原。这些美到迷离的红心小花，却是剧毒的断肠草。马蹄踏过一朵朵矫饰无暇的陷阱，黑马与胭脂马，载着两个人的欢声随风驰过。

如此自由的地方，就是杨锦的前世，那骁勇豪侠无双容颜的诞生之地。在风里纵马驰骋，让颠簸的云彩吹乱头发，他是杨锦，也是呼伦冲，他又回到了这里，张扬着小麦色的肌肉，成为这不羁的土地上生长着的霸主。

她是千叶，也是叶初夏。她纵马赶上奔驰的他，白色的纱袍在风里舞出长长的云痕。

马蹄踏过开到靡荼的白花簇拥着的两个无名香冢，穿过雍正和十四阿哥这对并肩哀吊妹妹的兄弟，带着千叶和呼伦冲的欢笑，奔向茵茵绿原，奔向他们未完成的梦境。